一茶句集

現代語訳付き

小林一茶
玉城 司＝訳注

角川文庫
18119

凡　例

〔内容〕

一、一茶の発句と認定できる作品約一万九千八百句から千句を選んで、季語別に配列して通し番号をつけ、出典・訳文・年次・語釈・解説を記して、巻末に全句索引等を付載した。

〔配列〕

一、句の配列は季語別とし、各季語の中は各句が詠まれた年代順とした。

一、季語の配列と各句における季語の認定は、次のように行った。

（1）季語とその配列は、昭和五十四年信濃毎日新聞社刊『一茶全集』第一巻発句を参照して行った。

（2）一句に二つ以上の季語がある場合は、句のはたらきからみて中心的な役割を果たすと認められる季語を優先して選択した。

（3）季語が含まれないと判断される句は「雑」として、成立年順に配した。

一、成立年の認定は、次のように行った。

（1）一茶生前の自筆本やその写本に収載する年を成立年とした。

寛政三年紀行―寛政三年三月二十六日〜四月十八日*1
寛政句帖―寛政四年〜同六年
西国紀行―寛政七年三月八日〜三月下旬*2
父の終焉日記―享和一年四月〜五月*3
享和二年句日記―享和二年中
享和句帖―享和三年四月十一日〜十二月十一日
文化句帖―文化一年一月〜同五年五月*4
花見の記―文化五年三月二十日
草津道の記―文化六年六月二十五日〜同二十九日
文化三―八年句日記写―文化三年九月、四年四・五・八月、五年十二月、六年一・二・三・八月、七年三・四・六・七・十・十一月、八年二月の句日記分の写し
文化五年六月句日記―文化五年六月十一日〜十五日
文化五年八月句日記―文化五年八月二十一日〜三十日
文化五・六年句日記―自筆句日記断簡。文化五年、三月十四日〜二十九日、六月分全て、七月一日〜十日、十二月一日〜二十九日、同

六年七月一日～十七日、二十六日～三十日、八月七日～十四日
句稿消息―文化九年十二月～十三年夏頃。含一部文化五・六年頃
七番日記―文化七年一月～文政元年十二月
我春集―文化七年十二月～八年十二月
随斎筆紀―文化八年成。その後増補
株番―文化九年（十、十一年の記事も混在）
志多良―文化十年一月～十二月
文化十年句文集―文化九、十年
だん袋―雲士編。文政一年～六年九月
八番日記―文政二年～四年＊5
大叺―文政二年、同四年＊6
発句題叢―文政三年～六年＊7
まん六の春―文政五年一月～三月
文政句帖―文政五年一月～八年十二月
浅黄空―春の句のみ現存。文化期後半～文政期

一茶自筆句集―春・冬のみ現存。寛政五年～文政八年
俳諧寺抄録―文政六年頃～九年
文政九・十年句帖写―文政九年～十年

＊1　文化三～五年改訂・清書。
＊2　同書中の書き込みは、寛政年中の句で、「西国紀行書込」とした。
＊3　文化三・四年頃清書か。
＊4　文化四年五月九日～十月七日の記事を欠く。
＊5　風間本を底本にした。同日記の梅塵写本の場合は「梅塵本八番」。
＊6　一茶自筆。長沼俳人の筆蹟も混在。
＊7　稿本。版本の場合は「版本発句題叢」。

（2）類句や改作句と思しき場合、所載する選集の刊年によったものもある。
たびしうゐ―寛政七年秋序・同年刊
さらば笠―寛政十年刊
一茶園月並―一茶評。文化元年～三年刊
菫草―春甫編。文化七年刊
木槿集―魚淵編。文化十年刊
三韓人―文化十一年刊

杖の竹―松宇編。文化十三年刊
あとまつり―魚淵編。文化十三年刊
芭蕉葉ぶね―鷲笠編。文化十四年刊
おらが春―文政二年成（嘉永五年刊）
たねおろし―素鏡編。文政九年刊

（3）これ以外の句は、原則として入集する集の出版年を成立年とした。なお、その角書は記さなかった。

（4）一茶没後、門人が編集出版した「一茶発句集」や出版されず写本で伝わった同集を参考資料として用いたが、典拠としてあげる際、書名が紛らわしいので、単に「文政版」「嘉永版」として掲げた場合もある。

一茶発句集―文政十二年信州俳諧寺門従編（文政版）
一茶発句集続編―梅塵編。天保二・三年頃成
一茶発句鈔追加―宋鵗編。天保四年成
一茶発句集―嘉永元年山城屋佐兵衛版本（嘉永版）

〔出典〕
一、出典は、本位句の下に、二点以内を記した。

一、出典名は、〔配列一、成立年(1)～(4)に記載〕に示した名称(信濃毎日新聞社刊『一茶全集』第一巻発句での呼称に準拠)で記した。

一、異形句や類句の出典は、必要に応じて解説や参考の中で紹介した。

一、自筆等真蹟類の場合、その所蔵者などを記さず、「真蹟」とした。真蹟か否かの認定はおおむね従来の研究に準拠した。

〔本位句・異形句・等類句・前書〕

一、本位句として採用した句の等類句とみられる場合でも、別の句として扱った句もある。ただし、あきらかに、本位句にたいする異形句とみられる場合、その句形を、上五・中七・下五の別に参考に示した。

一、本位句の表記や前書・後書等は底本にしたがったが、明らかな欠字は補った。

一、前書は、原則として本位句として採った句の前書を掲げた。他の出典との間に大きな異同がある場合は、参考や解説で適宜ふれた。ただし、長文におよぶ前書では、(前書略)としたり一部抄出した場合もある。

〔表記〕

一、句や前書の表記に関しては、次のようにした。

(1) 基本的に表記は底本に従い、漢字と仮名の当て換えなどはしなかった。

（2）変体仮名はすべて現行の仮名表記に改め、漢字の旧字体や俗字・異体字・略字等も、原則として現行の漢字表記に改めた。ただし、底本の表記を残したものも一部にある。

（3）読解の便宜を図って、濁点と漢字の読みを適宜に施した。読みは歴史的仮名遣いによったが、底本にある読みは底本通りとした。ただし底本の仮名遣いが歴史的仮名遣いと異なる場合、（　）で歴史的仮名遣いを示した。

（4）「丶」「ゝ」「々」「〳〵」などの踊り字は、底本通りとした。

一、語釈・解説で諸資料を引用する場合も、おおむね右に準じて行った。ただし、漢詩文については、原則として書き下し文に改めた。

〔訳・季語・語釈・解説・参考〕

一、それぞれの句について、訳・季語・語釈・解説・参考を付した。

（1）訳文㊟訳は、簡潔を旨として現代語訳をしるした。句意がたしかで、言い換える必要がないと思われる句についても、適宜散文にした。

（2）年次年は、伝記的事項や出典の性格などを考慮して判断した。

（3）語釈語は、前書を含めて句の解釈に必要な語句についてしるした。

（4）解釈解は、句が詠まれた背景や拠りどころ、同時期に詠まれた句など、鑑賞に役立つことを考慮してしるした。

(5) 参考 (参) は、一茶の類句や一茶より前時代もしくは同時代の俳人の発句で用語・素材・趣向が類似すると思われるものを示した。

〔季語について〕

一、季語については、『一茶全集』第一巻発句(信濃毎日新聞社)、雲英末雄・佐藤勝明訳注『芭蕉全句集 現代語訳付き』(角川ソフィア文庫)、『暉峻康隆の季語辞典』(東京堂出版)を参照して解説した。

一、季語の配列は、おおむね時候・天文・人事・動物・植物の順にしたが、「行く春」「行く秋」「行く年」など、過ぎ行く季節を惜しみ送る句などは、それぞれの季節の終わりに配した。ことに年末の行事が多い冬は多く変更した。

一、各季語の内の配列は、年次順とした。

一茶句集 目次

凡例 3

春 15

元日・正月・日の始・あら玉のとし・又ことし・けさの春・御代の春・花の春16 春立つ・春は来る26 春31 初空36 蓬萊《ほうらい》38 御慶38 初夢39 わか水39 藪入《やぶいり》40 凧《たこ》・手まり・つくばね42 万歳44 雑煮45 春駒・春鳥47 若菜・わかなつみ48 長閑50 春の日50 長き日・長くなる日・永日51 春の雪53 雪汁・雪解・雪消55 春雨・春の雨59 春風・春の風65 春の月・春も月夜71 薄がすみ・霞・夕がすみ・かすむ・朝霞・春がすみ73 陽炎《かげろう》81 苗代《なわしろ》86 涅槃《ねはん》・ねはん像87 初午《はつうま》89 開帳89 出代り90 雛《ひな》・雛祭り・草餅・草の餅91 山焼95 田打96 畠打(畑打)96 恋猫・うかれ猫・猫の恋97 親雀・雀子(雀の子・子雀)100 呼子鳥106 鶯《うぐいす》106 燕《つばめ》・乙鳥110 雲雀《ひばり》112 雉《きじ》112 雁《かり》・帰雁・行雁114 蛙116 蝶《ちょう》・小蝶・初蝶122 白魚130 わか草131 菫《すみれ》132 菜の花・なの花133 木の芽・芽出し137 蕨《わらび》138 梅・梅の花・梅の木139 花・花の陰・花びら・華の世149 花見155 桜・散桜・ちる花・夕桜156 藤167 山吹167 柳168 まつの花170 春が行く・行春・あすなき春・春を惜しむ171

夏

175

五月雨176　入梅晴《つゆばれ》177　暑さ・暑き夜178　夏の夜・短夜179　涼《りょう》・涼《すず》み・涼《すず》し・涼しさ・涼風《りょうふう》・門涼《かどすず》・夕涼《ゆうすず》181　夕立193　雲の峯《みね》196　夏の月198　夏山199　清水201　青田・青田原203　夏花《げばな》206　ちのわ207　太刀《たち》兜《かぶと》・幟《のぼり》・粽《ちまき》207　更衣《ころもがえ》・衣替《ころもがえ》・袷《あわせ》・初袷《はつあわせ》・帷《かたびら》209　はだか217　日傘218　簾《すだれ》・青簾218　わか竹220　かや・紙帳・蚊遣221　扇・団扇《うちわ》・団《うちわ》224　御用の雪228　田植え・田植歌・田植笠・早乙女《さおとめ》・田植馬・田草228　余苗《あまりなえ》234　心太《ところてん》235　かはほり236　羽ぬけ鳥236　時鳥《ほととぎす》237　閑古鳥240　よし切・行々し《ぎょうぎょうし》243　水鶏《くいな》244　鵜《う》245　蟾《ひき》・蟾蛙246　蛍248　虫（尺取虫）257　蚊《か》・藪《やぶ》蚊《か》・孑孑《ぼうふら》・棒ふり虫258　蠅《はえ》・蠅除《はえよけ》・蚊蠅《かはえ》263　蚤《のみ》270　紙魚《しみ》273　虱《しらみ》274　蟬275　蝸牛《かたつむり》280　あやめ282　夏菊283　昼顔284　葎《むぐら》285　夕顔286　けし・けしの花288　葵《あおい》290　ぼたん290　なでしこ291　萍《うきくさ》294　麦・麦秋・烏麦・麦つく295　苔の花298　筍《たけのこ》298　瓜の花・冷し瓜・瓜の番・初瓜299　若葉・茂り302　夏木立・小陰《こかげ》・木下闇《こしたやみ》304　紫陽花《あじさい》306　卯花《うのはな》・花卯木306　茨の花309　青梅310

秋

313

秋立314　秋・（白さ）315　秋の日316　秋寒・うそ寒・朝寒・夜寒・冷つく316　秋の夕323　秋の夜・夜永・長き夜324　天の川・星祭・織姫《おりひめ》・七夕《たなばた》雲・彦星・星むかへ326　月夜330　今日の月・明月・月見333　秋の雨・秋の雲342　秋風346　野分355　霧・秋霧356　露・白露・夕露・夜露358　稲妻368　花野・秋の原369　棚経《たなぎょう》・迎《むか》え鐘《がね》・灯籠《とうろう》・送り火370　踊り372　角力《すもう》374　かがし

378　砧《きぬた》378　鹿・小牡鹿《さおしか》380　鴫《しぎ》381　雁《かり》・はつ雁383　渡り鳥389　秋蟬389　日ぐらし390　蜻蛉《とんぼ》・赤蜻蛉390　蛼《こおろぎ》394　きりぎりす・はたおり虫395　蟷螂《とうろう》399　艸《くさ》の花400　菊・菊の花400　朝顔・蕣《あさがお》406　桔梗《ききょう》408　女郎花《おみなえし》409　萩の花410　そばの花411　蘭411　稲・おち穂412　鬼灯《ほおずき》414　尾花・芒《すすき》414　紅葉《もみじ》416　渋柿・熟柿《じゅくし》417　木槿《むくげ》418　葡萄《ぶどう》419　糸瓜《へちま》419　栗420　栃の子・栃餅422　団栗《どんぐり》423　秋の暮・行秋424

冬

433

神の御立434　時雨・初時雨《はつしぐれ》・むら時雨・しぐるゝ・時雨雲434　芭蕉忌・ばせを仏442　寒・寒い・寒き・寒き夜445　小春449　寒月449　木がらし450　雪・初雪453　霰471　かれの473　霜・霜の夜・霜よけ474　十夜476　寒垢離《かんごり》476　鉢扣《はちたたき》477　寒念仏《かんねぶつ》478　いろり・炉478　あじろ480　鷹狩481　綿弓481　紙子《かみこ》・紙衣482　布子・綿子・綿むしろ483　頭巾485　足袋《たび》486　衾《ふすま》・蒲団《ふとん》487　雪車《そり》488　かじき489　雪仏《ゆきぼとけ》489　雪礫《ゆきつぶて》490　冬籠《ふゆごもり》491　炬燵《こたつ》・巨燵494　炭・炭団《たどん》496　榾《ほた》500　薬喰《くすりぐひ》501　納豆《なつとう》501　みそさざい502　千鳥《ちどり》503　干菜《ほしな》505　鴨《かも》505　水鳥・浮ね鳥506　鱈《たら》507　鰒《ふく》507　なまこ508　枯菊《かれぎく》508　かれ芒《すすき》509　大根《だいこん》・土大根《つちおおね》・大根引《だいこひき》510　木の葉・ちる木の葉・葉ちる・おち葉・ちる紅葉513　冬枯《ふゆがれ》517　かえり花518　茶の花519　冬椿519　煤《すす》はき・煤の顔・煤520　師走521　餅《もち》・餅つき・のし餅・配り餅522　節分525　正月待つ・春を待つ526　年内立春527　年の市528　掛乞《かけごい》528　せき候《ぞろ》・節季候《せっきぞろ》・せつき候529　年忘れ531　年の暮・暮れ・こよひ一夜・越《こゆ》る・年留《とま》る・年ごもり・行年《ゆくとし》532

雑（無季）　545

解　説　553
小林一茶　略年譜　575
参考文献　585
全句索引　590

一茶句集　春

元日・正月・日の始・あら玉のとし・又ことし・けさの春・御代の春・花の春

江戸初期の歳時記（誹諧初学抄、毛吹草）以来「新年」の部の最初。元日・日の始はその年の福徳を司る年徳神を迎えて年棚に祭る神事の日。正月は松の内（元日から十五日まで）、あら玉のとし（又ことし）は新年、けさの春・御代の春・花の春は新春。いずれもめでたく詠む。

1 象潟《きさがた》もけふは恨まず花の春　　俳諧千題集

訳雨が似合いの象潟も今日は恨みの雨ではなく晴れ渡っている。なんと言っても花の春だから。年寛政元年。解芭蕉「象潟は恨むがごとし」「象潟や雨に西施がねぶの花」（奥の細道）の句文をふむ。若き日の一茶も多くの俳人と同じく芭蕉を敬慕していた。菊明（一茶）が象潟を訪ねたのは、寛政元年八月九日。「象潟や嶋がくれ行く刈穂船」「象潟や朝日ながらの秋の暮れ」の句を残している（旅客集）。参『俳諧千題集』は、葛飾派今日庵元夢の編集。菊明号で入集。

即興

2 正月の子供になりて見たき哉　　樗堂俳諧集

【訳】お正月が来ると年玉をもらい、凧《たこ》上げや駒回しをする。そんな子どもになってみたいなあ。【年】寛政九年。【解】正月のうかれた気分から童心に返ってみたいという願望。一茶と同時代を生きた乙二は「はまの子は正月待つよ鳴千鳥」（松窓乙二発句集）と客観的に詠むが、一茶は子どもの頃にかなえられなかった願いを率直に詠んでいる。【参】一茶と樗《ちょ》堂《どう》と麦士の三人で巻いた歌仙の発句。樗堂は、伊予松山の俳人で富商。一茶を歓迎して寛政八年秋から翌年春まで滞在させた。一茶『三韓人』の跋《ばつ》は樗堂自筆書簡の模刻。

3

又ことし娑婆《しゃば》塞《ふさぎ》ぞよ草の家　　文化句帖・発句題叢・希杖本

遊民《いうみん》〳〵とかしこき人に叱られても今更せんすべなく

【訳】また今年もこの娑婆を塞いでいるだけだなあ。この草の家もおのれも。【年】文化三年。【語】遊民―定職をもたず遊び暮らしている人。ここでは一茶自身。かしこき人―おそれ多い人。ここでは夏目成美（浅草の札差）。娑婆塞―役に立たない邪魔者。ごくつぶし。【解】正月一日の作。めでたさを詠むのが通例の元旦に、「生きていても役立たず」と自嘲的ながら、致し方ないと居直ったのだろう。娑婆塞ぎは、現実世界をいう仏教用語。ここでは「よめごにあかる身となり、一日も娑婆塞」（西鶴織留・巻二）の用例のように、肉親からも見放された人。【参】中七・下五「娑婆塞なり草の庵」（発句鈔追加）、「娑婆塞なる此身哉」（文化十一年・七番日記）、「娑婆塞なる茶の煙り」（発句鈔追加）。

隣へよばれて

4 君が世やよ所《そ》の膳にて花の春　文化句帖

訳ありがたい君の世だなあ。よそ様のお宅の食事に呼ばれて、迎えるめでたい春。年文化三年。語君が世―一般的には天皇の治世。聖代。解正月一日の作。同日に詠んだ「婆婆塞」の句と同工異曲。自分の稼ぎで正月祝いの膳につけないことを自らあわれむが、「隣へよばれて」と閉じこもらず、暗い調子にならないのが特色。

5 あら玉のとし立《たち》かへる虱《しらみ》哉　文化句帖

訳新しい年に立ち返った、虱の卵もかえったはずだなあ。年文化五年。語あら玉―年や月にかかる枕詞。解新年を迎えての歳旦句。虱の卵もまた新しい年と洒落《しやれ》てみた。新年と虱の取り合わせがおかしい。「虱」は、新年が明けてゆくこと、夜がしらんで行くことの言いかけだろう。

夜酉《とり》の刻の比《ころ》、火もとは佐内町とかや。折から風はげしく、烟《けぶり》四方にひろがりて、三ケ日のはれに改たる蔀《しとみ》畳のたぐひ、千代をこめて餝《かざり》なせる松竹にいたる迄、皆一時の灰塵《くわいぢん》とはなれりけり。されば人に家取られしおのれも、火に栖《すみか》焼かれし人も、ともに

この世の有さまなるべし

6 元日や我のみならぬ巣なし鳥　　文化三—八年句日記写

【訳】元日が来たなあ。おれだけではないよ。家を焼かれて巣無し鳥になったのは。【年】文化六年。【解】この年元日の夜、江戸佐内町で出火、本所表町辺まで焼いた大火があった（武江年表）。前書では、家を焼失した人と自分の身の上を重ねあわせて、世の有様を述べる。この句のほか二句（参考）を詠み「随斎のもとにありて乞食《こじき》客一茶述」と記す。仮住まいさせてもらっている夏目成美に哀れな境涯を訴えたかったのだろう。【参】「礎《いしずゑ》や元日しまの巣なし鳥」「家なしの此身も春に逢ふ日哉」も同日（正月元旦）の作。

7 古郷や馬も元日いたす顔　　七番日記

【訳】古郷が懐かしいなあ。さぞや馬も元日の改まった顔をしているだろう。【年】文化七年。

【解】古郷では馬も正月らしく改まった顔をしているだろうと望郷の思いにかられる。馬小屋と母屋がつながっていることが多く、馬も家族の一員だった。馬耳東風といわれる馬の顔に焦点をあてたところが面白い。同時に「家なしも江戸の元日したりけり」と、江戸で暮らしているわが身を悲しんで詠む。

8 我春も上々吉よ梅の花　七番日記　自筆本

訳わが春もこのうえなく上々吉だよ、梅の花。年文化八年。解季語は梅の花だが、それに託して新年を祝う気分が濃厚なので、こちらにおいた。この世の春一般に加えて、梅の花が咲いてくれているので、わが春も「上々吉」と寿《ことほ》いで初春を祝う歳旦句。「上々吉」は歌舞伎の評判記などで、もっとも出来が良い時に使う言葉。二日には「例の通《とほり》梅の元日いたしけり」と詠んでいる。参中七「上々吉ぞ」（我春集）。下五「けさの空」（文化十一年・七番日記）。

情ある里人、家の小隅かしてとしとらせんとあるに、地獄にて仏見たらんやうにうれしく、師走廿四日といふにそこにうつりて（略）、人々のかげにて、漸《やうやう》西の春にはなしぬ

9 人並の正月もせぬしだら哉　志多良

訳人並みの正月もしない、なんともていたらくだなあ。年文化十年。語しだら―自堕落に近く、だらしないさま。解上五「よそ並の」（七番日記）。正月元旦の作。めでたいと詠むのが歳旦句の原則だが、あえて孤独で自虐的な風を装いながら、だらしなくとも正月を迎えたことを寿ぐ歳旦句。底本には長文の前文があり、その一部を仮に前書とした。

—長文の前書は義母・義弟の悪辣なふるまいで、借家で年越ししたこと、毛野の可候や長沼の春甫のお陰で、新春を迎えたことを訴えるもの。

10 すりこ木のやうな歯茎も花の春　七番日記

【訳】すりこ木のようにすり減った歯茎になってしまっても、迎える花の春。【年】文化十年。

【語】花の春—季語。花々が咲きほころぶ春で、明るい印象をもつ言葉。新年の美称として使われることもある。【解】新春を迎えた喜びを詠んだ歳旦句としてはやや異例。談林の宗因の句「すりこ木も紅葉しにけり唐がらし」（続境草）の見立ては、良く知られていたが、すりこ木を衰えた歯茎に見立てた例はない。すりこ木ですりおろすときのようにきりきり痛んだのだろう。芭蕉句「薦《こも》を着て誰人《たれびと》います花の春」は、乞食行脚《あんぎゃ》する高僧の面影をかりて詠んだ歳旦句だが、この歳旦句を自画像として詠んだところが笑いの種。

【参】同年に「すりこ木の音ニ始るかすミ哉」（七番日記　志多良　句稿消息）。文化元年「貧交／すりこ木もけしきに並ぶ夜寒哉」（文化句帖）。

11 あれ小雪さあ元日ぞ〳〵　七番日記

【訳】あれ、小雪が降っている。さあ今日、元日だぞ元日だぞ。【年】文化十一年。【解】同時に

「又ことし娑婆塞《しゃばふさぎ》なる此《この》身哉」と今年もまた生きていても何の役にも立たない穀つぶしだと詠んでいるが、「あれ」「さあ」の掛け声を取り入れて明るい。「あれ」は「見さい」との連語で初期俳諧には「あれ見さい沖にはかもめ礒千鳥」（毛吹草）のようにしばしば使われる。また歌謡でも「あれ春風が、吹くわいな」（賤《しず》が歌袋）のように使われる。「さあ」は勧誘するときに使う。元日を迎えた、はずむような喜びが伝わってくる。参文化十一年「さあ春が来たと一番烏哉」（七番日記）。

12 こんな身も拾ふ神ありて花の春　　七番日記

訳こんな身でも拾ってくれる神があって新春を迎えた。年文化十三年。解正月元旦の作。日記に「晴」とある。結婚後、古郷で春を迎えた喜び。七日には「捨る神あれば拾ふかみあればぞ我も花のかげ哉」という俳諧歌（狂歌）を詠んでいる。「拾ふ」神を妻の菊とみてのざれ歌だが、照れくさいのである。

13 影ぼしもまめ息才《災》でけさの春　　七番日記　浅黄空

訳影法師も丈夫で健康で迎えた新春よ。年文化十四年。語まめそくさい―体が健康で丈夫なこと。「鯉鮒もまめそくさいか五月雨」（何袋）。解皮癬《ひぜん》治療中滞在していた西林寺

（茨城県守谷市）での作。自分の影法師をみての作だが、古郷の家族を思って、子どもの影法師や妻の影法師も思い出しているのだろう。着眼点が新しい。上五「も」の働きによって、今年は健康で一年を過ごしたいと願望がこめられている。参上五「影法師と」（俳諧寺抄録）。文化十一年「蚤《のみ》ども、まめそくさいぞ艸《くさ》の庵」（七番日記）。

14

這《は》へ笑へ二つになるぞけさからは　　七番日記　おらが春

二ツ子にいふ

訳這え、笑え、二歳になるぞ、この春からは。年文政元年。解文政二年の初春を迎えるにあたって、前年の暮に詠んだ作。文政二年の『文政句帖』正月にも記す。娘のさとの成長を願って「這え笑え」と畳み掛けて命令口調で呼びかけたのは深い愛情から。さとは文化十五年（四月二十二日文政元年に改元）五月四日生まれ。当時は生まれたときに一歳と数えて、正月を迎えると二歳になる。其角の諺《ことわざ》を用いた狂歌「這えば立て立てば歩めと思ふにぞ我身につもる老を忘るゝ」（類柑子）が念頭にあったか。参前書「こぞ十一月生れた（る）娘に人並の雑煮祝はせて」（文政句帖）、「こぞの五月生れたる娘に一人前の雑煮膳を居《す》へて」（おらが春）、下五「けふからは」（おらが春　浅黄空　自筆本等）。さとは、一茶の願いもむなしく文政二年六月二十一日に没した。

15 北国や家に雪なきお正月　八番日記

【訳】ここは北国だよ。なんと今年は家に雪がなく迎えたお正月。【年】文政三年。【解】文政三年の歳旦句。例年ならば、北国では大雪で家も埋もれてお正月を迎えるのに、あまりの天候異変に驚いての作。『八番日記』によれば、この年の正月一日、小雨、二日雪、三日雪折々晴、四日晴、五日晴時々雪、六日雪、七日雪、八日晴。【参】上五「たのもしや」の句形でも記載（八番日記）。「御降《おさが》りの祝義《儀》に雪もちらり哉」と併記。

16 正月やごろりと寝たるとつとき着《ぎ》　文政句帖

【訳】正月だなあ。ごろりと寝ている、とっておきの着物で。【年】文政五年。【語】とつとき着―普段着ではない、とっておきの晴れ着。【解】正月に晴れ着を着て寝ころび、自堕落に過ごすうれしさ。最高の贅沢である。「二ツあれば又三ツほしやお正月」も同じ頃の作。

17 世の中をゆり直すらん日の始　文政句帖

【訳】世の中を揺らして直すのだろう。一年の始まり。【年】文政七年。【解】元旦の作。この日「晴　申《さる》刻地震」（文政句帖）。実際に地震があったのだが、「世直し」の願いをこめて歳旦句とした。「ゆり直す」に句眼があり、地震の揺れによって、世の中が良くなることを願うほど、世が混乱している。

18
元日や上々吉の浅黄空　　浅黄空

訳めでたい元日を迎えたなあ。今年一年を占うかのようにすばらしい浅黄色の空。年文政八年。語上々吉―歌舞伎評判記などで用いる褒め言葉。一茶は夏目成美に自句の批評を依頼する手紙を送ったが、成美は上出来の句を「上々吉」、その上さらに良い句を「極上々吉」として返送している（句稿消息）。浅黄色―一茶好みの色。やや黄緑がかった青。解「わが春も上々吉よけさの空」（七番日記・文化十一年）と着想が同じ。前年（文政七年）飯山藩士の娘田中ゆき（三十八歳）と五月に結婚、八月に離婚、痛風も再発したが、新年を迎えて心機一転。まだ明けきらない浅黄色の空を仰いで希望を抱いたのだろう。文政八年正月一日から四日まで晴（文政句帖）。参文政八年の歳旦句かとする前田利治説（『一茶自筆　父の終焉日記　浅黄空　俳諧寺抄録』勉誠社）に従う。文化十一年「あつさりと春は来にけり浅黄空」（七番日記）。

19
日《ひ》の本《もと》や金も子をうむ御代《みよ》の春　　文政句帖

訳わが日の本の国では金も金の子を生む、ありがたい春をむかえた。年文政八年。解日本を神国と意識しながらも、西鶴がいうように「銀（かね）がかねを生む」（日本永代蔵など）御代だと現世的な利益に目が向くのがおかしい。文政八年の歳旦句用として前年の十二月末頃に詠んで句帖に記し、さらに翌八年の元日に再び「神国や草も元日きつと咲《さく》」と併記。

春立つ・春は来る　二十四節気の一。旧暦では元日と立春がほぼ一致している。冬と春が交替することを実感し、春の胎動を感じとることができる季語。

20　春《はる》立《たつ》や四十三年人の飯　　文化句帖

訳立春が来れば、いよいよ四十三歳だなあ。ずっと他人様の飯を食ってきた。年文化元年。語四十三年―江戸期は四十から老人。「四十暗がり」（四十歳頃から視力が衰えること）を意識し始めた。解享和三年十二月二十六日、翌年（享和四年＝二月十一日に文化元年に改元）の歳旦句用に詠んだ作。この年は、十二月二十五日（年内）が立春。中七「四十三年」は次年の年齢。春はめでたいとは言え、働かずに他人様の飯にあずかって生きてきたと自省的。「人の飯」は、「狂言にひるねしたる人の飯をぬすみくひし事有」

（類船集）とあるように、一茶が用いたような意味では使われていなかったらしい。参同時に「我宿は蝿もとしとる浦辺哉」。前年の歳旦句は「今歳、革命（辛酉《しんゆう》）ト称ス、倩《おのれ》四十二年他国ニ星霜ヲ送ル」の前書で「上段の代の初日哉旅の家」（文化句帖）。

21 門〳〵の下駄の泥より春立ぬ　七番日記

訳新年の挨拶にやってくる人々の下駄の泥から春がやって来たなあ。年文化七年。解立春そのものをいう「春立ぬ」ではなく、年始の挨拶風景。ぬかるんだ道を歩いた体験をふまえた句作りだろう。「下駄の泥」に着目した点が新しい。雪解け道のぬかるみを思わせるが、春を迎える喜びは足袋《たび》の汚れのいまいましさに勝る。参正月三日「梅谷治兵衛ニハカラレテ下谷切手町家主長兵衛、尋ヌ。終不知泥途足袋ヲ損ジテ日暮ニ帰」（七番日記）。

22 春《はる》立《たつ》や菰《こも》もかぶらず五十年　七番日記

訳立春を迎えたよ。よくぞ菰もかぶらず生き抜いて五十年。年文化九年。語菰もかぶらず―乞食にもならず。解芭蕉の「薦《こも》を着て誰人います花の春」（其袋）の歳旦句をふまえる。芭蕉翁を売り歩いたお陰で菰かぶりの乞食にならずに五十年目の春を迎えた、と挨拶。晴れがましさよりも、これまで生きてきたことの重みをかみしめる。参元旦は「春立や先《まづ》人間の五十年」二日は「おのれやれ今や五十の花の春」、三日は「口べたの東鳥もけさの春」（全て七番日記）。「おのれやれ」句は『株番』にも収載。

23
あつさりと春は来にけり浅黄空　　七番日記　浅黄空

訳あっさりと春が来たなあ。元旦の浅黄空。年文化十一年。解大晦日の晩に前年のことなどをあれこれと思い煩っていたことも、新年の決意をしようとしていたことも忘れてしまいそうなほどあっさりと新年を迎えた。浅黄色は、薄い黄緑がかった藍色で一茶好みの色。秋夫の「春立と人のいへばぞ浅黄そら」（発句題葉集　随斎筆紀）を下敷きにしているとの説もある。俗語「あつさり」を取り入れたところが魅力。

24
春もはや立ぞ一ヒ二フ三ケの月　　七番日記

訳春になったよ。ひいふう見よの三日月。年文政元年。解「ひいふうみ」の「み」（三）を呼び出して楽しむ言葉遊びの句。併記する「手まり唄一ヒ二フ御代の四谷哉」も同じく言葉遊び。子どもにお手玉をしてみせて、数え歌を歌いながら成した作だろう。子どもと遊ぶ楽しさが伝わってくる。

25
春立や弥太郎改め一茶坊　七番日記

訳立春の日よ。弥太郎の幼名を改め、今春から一茶坊主。年文政元年。解翌年の春興句として自分の名前を詠みこんだ作。この年の「鶯《うぐひす》よけさは弥太郎事一茶」（七番日記）も同じ趣向。これ以前に「秋の風一茶心に思ふやう」（文化八年・同日記）、「一茶坊に過たるものや炭一俵」（文化十年・同）、「瘦蛙《やせがへる》まけるな一茶是に有」（文化十三年・同）、「時鳥《ほととぎす》なけなけ一茶是に有」（文化十三年・年同）、これ以降に「春立や弥太郎改めはいかい寺」（文政二年・八番日記）など「一茶」の名を詠みいれる句がある。自分を相対化するためであり、また存在を確認するためでもあるだろう。参文政二年の八番日記にも同じ句形で記録。

26
ことしからまふけ遊ぞ花の娑婆《しやば》　八番日記

去十月十六日、中風に吹掛《倒》されて、有《直》に此邙《北》の夕の忌み〳〵しき虫となりしを、此正月一日はつ鶏《どり》に引越《起》されて、とみに東山の旭のみがき出せる玉の春を迎ひ《ふ》るとは、我身を我めづらしく生れ代りて、ふたゝび此世を歩く心ちなん

訳生きながらえて、今年から命のもうけと思って遊び暮らすことになったよ。花のような俗世間を。年文政四年。語此邙《北》―北邙《ほくぼう》で墓地。解中風の病いから生き返って新春を迎

えた喜び。たとえ苦の娑婆であっても、儲《もう》けものと思って遊んで暮らそう、と居直った。「ことしから丸儲ぞよ娑婆遊び」と併記。「丸儲け」句を先に詠んだが、季語がないから少し改変したのだろう。「まふけ遊ぞ」はパンチ力に欠けるが、同じ趣向で詠んだ歳旦句。文化三年「又ことし娑婆塞ぞよ草の家（庵）」、文政二年「苦の娑婆や桜が咲ば咲いたとて」と詠んだことを受けて、生きているだけで儲けもの、といった心境。参中七・下五「まふけ遊びぞ日和笠」（浅黄空）。

27 春立《たつ》や愚の上に又愚にかへる　文政句帖

今迄にともかくも成るべき身を、ふしぎにことし六十一の春を迎へるとは、実《げ》に〳〵盲亀《まうき》の浮木に逢へるよろこびにまさりなん。されば無能無才も、なか〳〵齢を延る薬になんありける

訳生き延びて新年を迎えたなあ。愚かに生きてきた上に、また愚に戻って行く。年文政六年。語盲亀の浮木に逢へる―大海で盲目の亀が浮木の孔《あな》に入ることが困難なように、仏にめぐりあうことは難しい。ここでは、生き延びたこと。解これまでの人生を振り返った長文の前書がある。それによれば、十四歳で古郷を追いだされ、あちこちを放浪している間に「夷《ひな》ぶりの俳諧」を覚えて、各地で旅寝の宿を借りて労を休めたが、自分の家ではないので、あれこれ気遣いしながら生きてきた、という。無能無才で愚者として

生き延びたことの恥ずかしさと誇りが入り混じった複雑な喜び。この年九月下旬の作「つくねんと愚を守る也引がへる」は、自画像だろう。参この句と併記して「おなじく」の前書で「さなきだになみ〳〵ならぬおろかさになをおろかしさをましら《真白》髪哉」の俳諧歌と「初声はあはう烏でなかりけり」の作を記録している。

春　旧暦の一月（正月）から三月までをいうが、とくに新春。

無衣《ぶい》

28 **明ぼの丶春早々に借《かり》着《ぎ》哉**　享和句帖

訳明るい春早々に借り着をしているよ。年享和三年。語無衣―「豈《あに》衣無シト曰《い》ハンヤ」（詩経国風・秦風）。解『詩経』「無衣」は、衣服に祖霊の降臨を祈願して、戦争に行く兵士の無事を祈る詩。それを衣服さえない貧者の生活に転じた笑い。新年早々からの借り着は悲しくもおかしいが、着物の主の福者の祖霊が降りてきて、一年無事に過ごせれば幸いだ。参この年（享和三年）、一茶は『詩経』を学び、それを俳諧の題にして多くの句をなした。

29 前の人も春を待《まち》しか古《ふる》畳《だたみ》　文化句帖

訳ここに前に住んでいた人も春を待っていたのだろうね。相変わらずの古畳。年文化元年。解十二月三十日「富次郎より餅配リ来ル」日の作（句帖）。文化二年用の春興句。いつの代も、畳は古くても新しい春を待つ気持ちは変わらない。そう思うと縁もゆかりもないが、以前住んでいた人が懐かしく思われてくる。

30 わが春やタドン一ッに小《こ》菜《な》一《いち》把《は》　文化句帖

訳わが春が来たよ。タドン一つに小菜一把の貧者ぶり。年文化二年。語タドン―炭団。木炭や石炭の粉末を球状に固めた燃料。冬の季語。小菜―方言で「をな」。解一月三日の作。貧乏生活を見かねた人から、タドン一つと小菜一把をもらって、ささやかながら温かな気持ちで春を迎えた喜び。同日に詠んだ「わかなの《若菜野》や一葉摘んでは人をよぶ」の作は、「君がため春の野に出でて若菜つむわが衣手に雪は降りつゝ」（百人一首）を念頭においての作。参同日に「草蒔《まく》や肴《さかな》焼《やく》香《か》も小《こ》昼《ひる》過《すぎ》」「我袖も一ツに霞むゆふべ哉」などの作もある。

福寿草といへる花、人々もてはやすことのうらやましく、一本もとめて植たりけるに、いかゞしたりけん、山吹のう［る］はしき色には咲かで、灯心の油じ［み］たる花になんありける。橘《たちばな》の枳殻《からたち》と変ずる類《たぐ》ひ、愛《め》づる人によるならん。かゝるいぶせき庵に移したれば、本性をうしなへるもことはり也。戯《たはむれ》にかれが名をとりかへる

31
貧乏草愛《めで》たき春に逢にけり　文化句帖

訳貧乏草、お前にもめでたい春がめぐってきたなあ。年文化五年。解一月二十九日の作。前書で、福寿草を一茶の庵に植えたところ、みじめな花に変わってしまった。それを見て名前を「貧乏草」と言い変えた、という。痩せた地に生きる「貧乏草」（福寿草）に自分の姿を重ねて憐れんだ自虐的な戯れだが、福寿草の名前を呼び替えるところがおかしい。同じように咲く花でも、生きる場所によって、咲き方が異なることは哀しくもあるが、めでたい春には変わりない。参「藪並《やぶなみ》や貧乏草も花の春」も同日の作。

32
老が身の直《ね》ぶみをさるゝけさの春　七番日記

訳老人としてナンボの価値があるかと値踏みされて迎えた新春。年文化七年。解新春になっても変わらないわが身だが、人からは老人に見られ、尊敬すべき人か金持ちか、見定められる。「値ぶみをされる」は哀しい現実だが、それを受け止める、おおらかなおかしさがある。参「梅咲て直《ね》ぶみをさるゝ此身哉」と併記。

33 我春も上々吉よけさの空　　七番日記

訳わが春も上々吉だよ。めでたく晴れ上がった今朝の空。年文化十一年。解文化八年の春興句（下五が「梅の花」）とほぼ同じ句形。同時に「七転び八起の花よ女郎花《をみなへし》」（七番日記）と誹諧歌「世の中はあなた任せぞ七ころび八起の春にあひにける哉」（同）の作があるので、明るい兆しがみえてきたのだろう。「上々吉」は歌舞伎評判記などでいう最高の褒め言葉。「も」の働きで、世の中ばかりか、自分もまた明るい春を迎えたと見得をきった。参中七「上々吉ぞ」（真蹟）。この年二月二十一日、義弟仙六と遺産を折半し、生家も二分。四月十一日、母方宮沢家の遠縁にあたる信濃町赤川の常田久右衛門の娘菊（二八歳）と結婚。

から風の吹けばとぶ屑屋《くづや》ハくづ屋のあるべきやうに、門松立てず煤《すす》はかず、雪の山路の曲り形《な》りに、ことしの春もあなた任《まか》せになんむかへける

34 目出度さもちう位也おらが春　　おらが春

訳目出度さも、あなた任せでちょうど良い。わが春は。年文政二年。語ちう位―適当。適切な意で使われる北信濃地方の方言。否定的に使う場合と適切であるとして使う場合と両方ある。あなた任せ―阿弥陀仏にお任せする他力本願。浄土真宗の教え。一茶は浄

土真宗の信徒だった。[解]ここに掲げた前書は、丹後国普《ふ》甲寺《こうじ》の上人が、元日の朝、西方浄土からお迎えがあり、自ら大泣きするという芝居を仕組むのは、「仏門において、祝の骨張なるべけれ」と述べ、一方、俗塵に埋もれて鶴亀に喩《たと》えて祝うのは「厄払ひの口上めきてそらぞらしく思ふからに」と述べた長い文章（沙石集・巻九）に続く。普甲寺の上人のように大した演出をせず、俗人のように門松を立てて厄払いのようにもしないのは、あなた任せだからだという。前文と照応させると、歳旦句の中七「ちう位」は、激烈な信仰でも俗塵の厄払いでもない中間で良しとし、自分の力でどうにもならないのだから、仏様（あなた）任せで生きて行こうとする姿勢である。[参]平藤一利氏『一茶俳句と遊ぶ』は、「中位なり」に白居易の詩「中隠」の「唯此中隠士　致身吉且安」が背景にある、と考察されていて興味深い。

35
まん六の春と成りけり門の雪　　文政句帖

御仏ハ暁の星の光に、四十九年の非をさとり給ふとかや。荒凡夫のおのれごとき、五十九年が間、闇《くら》きよりくらきに迷ひて、はるかに照らす月影さへたのむ程のちからなく、たまたま非を改らためんとすれば、暗々然として盲《めしひ》の書をよミ、蹇《あしなへ》の踊らんとするに等しく、ます〳〵迷ひにまよひを重ねぬ。げに〳〵諺にいふ通り、愚につける薬もあらざれば、なを行末も愚にして、愚のかはらぬ世をへ《経》ることをねがふのミ訳満六十歳の春と成ったなあ。門に残る春の雪。年文政五年。語まん六―完全の意に、満六十歳を掛けたもの。御仏は…四十九年の非をさとり―釈迦《しやか》が三十歳二月八日暁、成道したこと。闇きより―和泉式部「暗きより暗き道にぞ入りぬべき遥かに照らせ山の端の月」（拾遺集）。解前書は満六十歳を迎えても「荒凡夫」の己は、「ますます迷ひにまよひ」愚を重ねるばかり、このまま愚者として愚の世の中を生きて行くという。句は還暦を迎えた充足感で門松に残る春の雪もめでたいと歳旦句を詠む上での約束事を守っている。なお、中七「春こそ来れ」、上五・中七「ろくな春とはなりけり」、「ろくな春立にけらしな」「さればこそろくな春なれ」と様々に詠みかえている。

初空

新春の空。新しい季節を迎えて新鮮な気持ちで仰ぐ空。

36 初空へさし出す獅子の首《かしら》哉　　七番日記

訳新春の初空へ景気よくさしだした獅子の頭の見事さよ。年文化八年。解二月八日の作。獅子舞の獅子の動きをとらえ、獅子頭に焦点を絞って、新年を寿《ことほ》いだ。「さし出す」が句眼。明るくかがやく初空と新年を祝う荒々しく舞う獅子舞の勢いが、調和してすがすがしい。参同じ頃に「獅子舞や大口明《あけ》て梅の花」。

37
壁の穴や我初空もうつくしき　七番日記

訳 壁の穴よ。そこからのぞく我が家の初空もうつくしい。年 文化八年。解 一月十五日、随斎成美亭での作。同二十日に「草の戸やどちの穴から来る春か」の作があり、貧乏ぶりを楽しむ風情が感じられる。実際は「我が家の壁の穴からのぞく」のだが、「我初空」の表現によって、空を自分のものと錯覚できるからおかしい。参 前書「草庵」（我春集）、上五「節穴」（同）。

38
初《はつ》空《ぞら》をはやしこそすれ雀迄　七番日記

訳 元旦の空をほめそやしこそすれ、けなしたりはしない。雀までもが。年 文化十四年。語 はやす―囃子《はやし》を奏する。ここでは雀が笛や太鼓を打ち鳴らすようににぎやかに鳴くこと。解 正月一日の作。日記に晴と記す。西林寺（茨城県守谷市）での作。雀が「はやしこそすれ」は「めでたいと鳴いている」で、「けなしているわけではない」と己（一茶自身）を納得させた言い回し。前年から皮癬《ひぜん》に苦しめられていたことが、こうした言い回しになったのだろう。参 其文「八朔やすずめがはやす梅嫌《うめもどき》」（三韓人）。皮癬は伝染性の皮膚病でかゆくなる。

蓬莱《ほうらい》　新年を祝う飾り物。蓬莱飾《ほうらいかざり》のこと。三宝《さんぼう》の上に白米を盛り、榧《かや》・搗栗《かちぐり》・橙《だいだい》・串柿《くしがき》・穂《ほだ》俵《わら》・昆布・熨斗鮑《のしあわび》・伊勢海老・梅干などを飾る。

39 **蓬莱に南無〳〵といふ童《わらべ》哉**　七番日記

訳 蓬莱飾を見て、南無南無と言う子どものいとしさよ。年 文化八年。解 蓬莱飾をありがたいものとみて、子どもが念仏を唱える。神も仏様もなく信仰する庶民の意識を映し出した子どものしぐさがかわいらしい。参 中七・下五「なんむ〳〵といふ子哉」（おらが春　発句題叢　浅黄空）、下五「子供哉」（我春集　版本発句題叢）。

御慶　新年を祝う祝詞。新しい年を迎えた慶びを述べる。

40 **門の春雀が先へ御《ぎょ》慶《けい》哉**　七番日記

訳 門松が立ててある新春の家、雀が先へ行って、新年のご挨拶《あいさつ》をしているよ。年 文化十年。解 正月四日長沼（長野市近郊）へ年始の挨拶に行った折の作。自分より先に門をくぐって行く雀を見守り、ユーモラス。旦那衆ならば、小僧が先導するところだが、そんな身ではない者には雀がふさわしい。参 同年正月頃に「善光寺／雀子も朝開帳に参りけり」（志多良）。

初夢　大晦日の夜から元日にかけてみる夢、元旦の夜にみる夢、正月二日の夜にみる夢とも、節分の夜から立春の明け方にみるともいう。

41　初　夢　に　古　郷　を　見　て　涙　か　な　　寛政句帖

訳初夢に古郷のことをみて涙したことだよ。年寛政六年。語初夢―縁起がよいのが「一富士、二鷹、三茄子《なすび》」（夢あはせ）という。解一茶はしばしば「古郷」を懐かしんで詠んでいる。この前年にも、「落し水魚も古郷へもどる哉」（寛政句帖）と詠んだ。帰郷願望が初夢にもあらわれたのは吉か凶かは別として、涙するほど望郷の思いが強かったことに我ながら感嘆したのである。参文化七年「正夢や春早々の貧乏神」（七番日記）、文政七年「初夢の不二の山売る都かな」（文政句帖）。

わか水　立春の早朝、または元旦にくんで用いる水。一年中の邪気を除くとされるので欠かせない。

とし男つとむべき僕といふものもあらざれば

42 名代にわか水浴《あび》る鳥かな　　おらが春　八番日記

【訳】おれの代理で新年一番の若水を浴びてくれる鳥だよ。【年】文政二年。【語】名代―人の代わりに立つこと。またその人。とし男―新年に門松を立て若水を汲み、歳徳棚《としとくだな》の飾りつけなど勤める。【解】一年の邪気をはらう若水を自分の名代として鳥が水浴びしてくれた。下僕がいないからだが、それでも新春を迎えて成すことを代わりにすませてくれたのだ。元旦の早朝に鳴く鳥を「初鳥」と称して、めでたいものとすることをふまえての作。文政元年十一月「庵」の前書で「名代の寒水浴びる雀哉」（七番日記）、また「名代のわか水浴びる雀哉」（同）と詠んでいるので、その改案だろう。文政二年からはじまる「柏原村一茶先生日記」（『風間本八番日記』）の巻頭では、正月元旦に「鶏日　大雪　社参仏詣　上日」と記して、上五「名代の」の句形で記す。

藪入《やぶいり》　奉公人の休暇。親元に帰るのが一般的。正月と盆の二回が原則だが、季語としては春（正月）。

43 藪入や墓の松風うしろ吹　　七番日記

【訳】やぶ入りの日はことさらだよ。墓の松風が後ろから吹いてくる。【年】文化七年。【解】父母を亡くした人の藪入だろう。待っていてくれるのは、父母の墓だけ。一茶の先祖や父母の墓は、柏原の小丸山にある。本来ならば、うれしいはずの藪入だが、待っていてくれる父母がいなければ、むしろ悲しさや淋しさが募る。

44
藪入が供を連たる都哉　七番日記

【訳】藪入で帰郷する男がお供を連れている、さすがに都は違うなあ。【年】文化十年。【解】奉公人がお供を連れて得意げに親もとに帰って行く姿。都の豊かさへの驚き。ふつうは、お供を連れて帰れるほど豊かではない。

45
藪入りや涙先立人の親　七番日記

【訳】藪入りで帰って来たよ。家に入ると、言葉より先に涙、それが親というもの。【年】文化十四年。【解】奉公先から、帰ったときの情景。逆に実家から奉公先へ戻るときの情景としても良いだろう。無事で帰って来たことを喜ぶ親のうれし涙、再び奉公に出すことの不憫さにしのび泣きか、どちらにしても言葉より先に涙があふれてくる。「淋しさや逢坂過る藪入駕」、「藪入が藪入の駕《かご》かきにけり」、「藪入りや犬も見送るかすむ迄」も同じ頃一の作。
凧《たこ》・手まり・つくはね　たこあげ・手まり遊び・羽つき。いずれも正月の男児や女児の遊びで、子どもたちはこの楽しみもあって正月を待った。

46 里しんとしてづ《ず》んづ《ず》と凧上りけり　七番日記

訳里はしんと静まりかえり、凧だけがのびのびと上がっているなあ。年文化八年。解破調句。里の閑寂さに対して、凧の存在感を感じさせる。「づんづ」の擬態語が活きて働き、異様なほどに静かな里の村を眺望した句だと想像させてくれる。同時に「辻諷凧《つじうたひ》も上《あが》つていたりけり」、「今様の凧上りけり小食《こ》小屋」。

47 凧《いかのぼり》碓氷《うすひ》の外《ほか》は春ぢ《ぢ》やげな　七番日記

訳空高く凧巾《いかのぼり》、そこから見ても碓氷峠以外はもう春だろうな。年文化十年。語ぢやげな―本当らしい。もっともらしい、を意味する「嘘ぢやげない」の略語か。解碓氷峠は群馬県碓氷郡と長野県北佐久郡の間の峠、標高千二百メートルの妙義山を仰ぐ険阻な峠。そこだけにまだ春が来ていないことを言うが、下五「ぢやげな」が俗語調でおかしい。

一悟った風の老人の口調か。

48 大《おほ》凧《だこ》のりんとしてある日《ひ》暮《ぐれ》哉　七番日記

訳大きな凧が空に凛としてあがっている、そんな春の日暮れだなあ。年文化十一年。解春の夕暮れ空に「りん《凜》としてある」大凧の存在感。凛は孤高でありながら、それを肯定する強さを秘めた姿。蕪村の「几巾《いかのぼり》きのふの空のありどころ」（落日庵句集）をふまえているのだろう。

49 凧の尾を追かけ廻る狗《ゑのこ》哉　七番日記

訳凧のしっぽを追いかけて回る子犬だよ。年文化十一年。語ゑのこ―犬の子。子犬。解無邪気な子犬の姿をとらえた作。同じ頃に「犬の子の咥《くは》へて寝たる柳哉」（七番日記）、前年に「ちる花を引きかぶりたる狗哉」（同）、「狗《ゑのころ》に爰《ここ》迄来いと蛙哉」（同）等の句があるが、猫を詠んだ句に比べて狗（犬）を詠んだ一茶の句は少ない。

50 つく《突く》はね《羽》を犬が加へ《咥》てもどりけり　七番日記

訳羽根つきで突いている羽を犬が咥えて戻ってきたよ。年文政元年。解犬は忠犬よろしく、落ちた羽を咥えてくるのだが、子どもたちの羽根つきを邪魔するだけ。その光景が楽しく温かい。同年作の「つくはねの落る際也三ケの月」は、早朝から子どもたちが羽根つきを楽しみ、天高く舞った羽が落ちてくる彼方にうっすら残る三日月のうつくしさ。参同時に「つくはねの転びながらに一ツかな」、「つくはねの下ル際也三ケの月」。

51 鳴く猫に赤ン目をして手まり哉　八番日記

訳鳴いている猫にあかんべをしてから、手まりをしているよ。年文政四年。語赤ン目―目の下を引っ張って、わざと赤目を出すこと。あかんべ。解猫は恋の季節に入って、腹から絞り出すような声で鳴いているのだろう。そんな猫に、あかんべをした後、手まりに夢中になって遊ぶ子どもの可愛らしさ。前年の「鳴猫に赤ン目と云《いふ》手まり哉」（八番日記）と同じ趣向だが、こちらの方が子どもの姿が活き活きと浮かび上がってくる。女の子だろう。

万歳　千寿万歳の略。正月に家運・長寿を唱えて米銭を求める門付芸能。江戸期には太夫と才蔵がやって来て掛け合いで滑稽なしぐさや文句で、家々をまわって新年を言祝《ことほ》いだ。

52
万歳のまかり出たよ親子連れ　　文化句帖

訳万歳がやってきたよ。みれば親子連れ。年文化元年。語まかり出づ―参上する。蕪村「罷出《まかりいで》たものは物ぐさ太郎月」（ふたりづれ）。解享和四年（二月十一日に文化元年に改元）一月二日の作。万歳が新年早々に訪れたことが嬉しく、親子での稼ぎがいとおしい。一茶中七「まかり出たよ」は、不意をつかれたことを示唆する巧みな表現。参この年、一茶は本所の勝智院（江東区大島）で新年を迎えた。文化八年「万ざいや門に居ならぶ鳩雀」（同）。

53
万歳や馬の尻へも一《ひと》祝《いはひ》　　七番日記　句稿消息

訳万歳がやってきたよ。馬のお尻へもめでたい新年のお祝い。年文化八年。解祝言を述べ滑稽なやりとりで笑いを誘う万歳が、調子にのって、馬の尻に向かってまで祝言を述べたのだろう。馬と人が同じ屋根の下で暮らす山村ならではの情景。

雑煮　餅を野菜や魚介類などと取りあわせて煮た正月の祝いの食べ物。大きな椀にたっぷりと盛るのが贅沢《ぜいたく》な気持ちにさせてくれて喜ばしい。

54　癸丑《きちゆう》歳旦　　　　寛政句帖

君が世や旅にしあれど笥《け》の雑煮

【訳】めでたい大君の世だよ。旅の途上にあるけれど立派な器に盛り付けた雑煮。【年】寛政五年。【語】笥―食器。君が世―君が代とも書く。本来「君」は恋人だが、天皇を中心においた世（代）へと転化した寿詞。万葉集・古今集以降多く使われる歌語。【解】寛政五年の歳旦句。有間皇子「家にあれば笥に盛る飯《いひ》を草枕旅にしあれば椎《しひ》の葉に盛る」（万葉集）をふまえて、旅にあっても贅沢させてもらっていることに感謝。この年、肥後（熊本県）八代《やつしろ》の正教寺の俳僧文暁のもとで新春を迎えた。「浴《ゆあ》みして旅のしらみを罪み始め」（寛政句帖）も同時の作で、罪の始めと虱を摘み始めを言いかけて洒落ている。【参】この頃の一茶の作「君が代や茂りの下の那蘇《やそ》仏」（寛政句帖）は、禁制のキリスト教―隠れキリシタンを詠んだ珍しい例。他に「君が代や乞食の家ものぼり哉」（西国紀行書込）。

55　かゞミ《鏡》開きの餅祝して居《すゑ》へたるが、いまだけぶりの立けるを　　　　真蹟

最《も》う一度せめて目を明け雑《ざふ》煮《に》膳《ぜん》

【訳】もう一度だけ、せめて目を開けて見な、目の前に雑煮の膳があるのだから。【年】文政四

年。語かゞミ開き―正月十一日。鏡餅を割って雑煮などにして食べる。この日、石太郎が死亡。解一茶の二男石太郎を哀悼する句。石太郎は食い初めのときを迎え、雑煮を食べるはずだったが、正月十一日の鏡開きの日に他界してしまった。俳文「石太郎を悼む」（『一茶遺墨鑑』所収）で、一茶は石太郎の死を「いかなるすくせ《宿世》の業因にや」と嘆き、「悪い夢のみ当りけり鳴く烏」と夢見の悪さを呪い、生まれて九十六日目に「朝とく背おひて負ひ殺しぬ」と、母の菊が背負って窒息死させたと菊を痛烈に非難した。あまりに不幸な事故に節度を失い、怒りの矛先を菊に向けたのである。参一茶の長男千太郎は文化十三年五月、長女さとは文政二年六月に早世。

春駒・春鳥　春駒は春の野に放たれた馬。若い馬をいうことが多い。年始に馬の頭の作り物をもち、歌ったり舞ったりする門付芸人をいうこともある。春鳥は春に鳴く鳥一般。うぐいすをいう場合もある。

56 春鳥や軒去らぬ事小一日　　法雨春興

訳春鳥よ。軒端を立ち去らないまま、ほぼ一日過ごしたね。年寛政十一年。語小一日―ほとんど一日。一茶「すぎはひや榾《ほた》一つ掘るに小一日」（寛政句帖・寛政五年）。解鶯が軒を訪ね来て小一日鳴いていてくれたことの喜び。「去らぬ事…」は、陶淵明「一タビ去ルコト三十年」(帰園田居五首　其一)をふまえる。古来、鶯は春を告げる鳥(春告鳥)として鳴き声も愛された。その声が軒端で一日中聞こえる。漢詩文を取り入れた初期の習作。

57春駒の歌でとかすや門《かど》の雪　七番日記

訳新年を祝う春駒の歌で、家々の門に積もった雪をとかしてくれるね。年文化十三年。

解ここでの春駒は、木製の馬の頭を持って門付けして回る芸人。かれらがやって来て新年を寿ぐ歌によって、門の雪もとけていくと明るい気分になる。

若菜・わかなつみ　一月最初の子《ね》の日には野山で小松を引き、若菜を摘んで平安を祝った。宮中では新菜の羹《あつもの》を奉り、これが正月七日の七草粥《がゆ》として定着。芹・薺《なずな》・御形《ごぎょう》・繁縷《はこべら》・仏座・菘《すずな》(蕪)・蘿蔔《すずしろ》(大根)が一般的だが、薺だけで代表させることも多い。わかなつみは、春の行楽でもあった。

58きのふ迄毎日見しを若菜かな　我泉歳旦

〔訳〕きのうまで毎日見ていたのに気づかなかったが、今日は若菜の出番だなあ。〔年〕寛政十二年。〔語〕若菜―正月の初の子の日に食べる七草の新菜。春の七草。きのふ迄―杉風「きのふまでふり《古》にし人の顔若し」（貞享三年其角歳旦帖）。〔解〕七草粥《がゆ》で一年の健康を願い春を寿《ことほ》ぐ句。芭蕉句「昆若《蒟蒻》にけふは売勝《うりかつ》若菜哉」（鷹獅子集）を念頭において、七草の祝いには芭蕉翁の昔から若菜が脚光を浴びるなあと見直した。年が改まると古びた菜でも若菜と呼ばれ、珍重されることの楽しさ。

59
出《で》序《ついで》にひんむしつたるわかな哉　　七番日記

〔訳〕新年の挨拶《あいさつ》に出るついでに、ひんむしった若菜であるなあ。〔年〕文化十二年。〔解〕中七「ひんむしつたる」が威勢がよく新しい。その主は一茶らしいが、書簡では受身形「ひんむしらる丶」とあるから、眼前の風景を見ての嘱目吟だったかもしれない。やや乱暴ながら、正月を迎えた喜び。〔参〕上五「お序に」（句稿消息）。上五・中七「お序に引んむしつても」。中七「引ンむしつても」（自筆本）、「ひんむしりたる」（鶴巣日記）、「ひんむしらる丶」（文化十二年二月五日斗圃宛書簡）。下五「初若菜」（栗本雑記・五）。

60
温《をん》石《じやく》のさめぬうち也わかなつみ　　七番日記

訳温石が冷めない間だけの若菜摘み。年文政元年。語温石—身体を温めるために軽石などを焼いて紙や布でくるんで、懐などに入れる石。冬の季語。解温石は冬用の暖房具のひとつ。初春とはいえ寒さが厳しいので、それを離せない。和歌的伝統では、「君がため春の野に出で」摘む優雅な「若菜摘み」も、寒冷地では温石が冷めないうちしかできないとユーモラス。

長閑　天気が良くて穏やかな春の日のさまをいう。冬の厳しさから解放されてこころがのびやかになる。

61 長閑《のどか》さや浅間のけぶり昼の月　八番日記

訳のどかさよ。遠く浅間の煙がたなびき、昼の月が出ている。年文政二年。解浅間山は三十六年前の天明三年（一七八三）に大噴火したが、今ではおさまっている。昼の月は役たたずで「のどかさ」の象徴。参同じ頃「浅間根のけぶる側迄畠かな」。

春の日　冬の日にくらべて一日の日脚が永くなり、温かくなったと感じる日射しをいう。

62 春の日や暮ても見ゆる東山　文化句帖

訳春の日よ。日が暮れても見えるよ。東山。年文化二年。解東山は京都の東山。嵐雪「ふとん着て寝たる姿や東山」の有名な句をふまえ、冬から春の宵ののんびりした情景に転じた。若き日の旅寝を思い出して詠んだ作。

長き日・長くなる日・永日　春になって日中が永くなること。温かな日射しとなることを喜ぶ。

63 鶏の人の顔見る日永哉　文化句帖

訳鶏がおれの顔をじっと見ている。春の日永。年文化四年。解見る主体が鶏であるのがおかしい。長い冬を終えて春の日永となった喜び。「人」はいわゆる人一般ではなく、自分(一茶)の顔とみた方がおかしみが増す。参文化三年「鶏の小首を曲げる夜寒哉」(文化句帖)。

64 花ちりてゲツクリ長くなる日哉　文化句帖

訳花が散って、急に日が長くなったなあ。年文化五年。語ゲツクリ―急に、の意。一茶独特の用法。「親竹のげつくり痩《や》せて立にけり」(文化六年句日記)、文化十年「一祭り過てげつくり寒さ哉」(七番日記)、同十一年「げつくりと四条川原の冬がれぬ」(同)などの例がある。解中七「ゲツクリ」の言葉の面白さで詠んだ句。花が散ってガッカリしていると、俄かに日が長くなったように感じる、ということをいう。俳諧では他の用例がみられないので、一茶独自の用法とみてよいだろう。

65 一《ひと》村《むら》はかたりともせぬ日永哉　文化六年句日記

訳一村は眠ったようでかたりと音さえもしない。まさしく春の永日だよ。年文化六年。解同日(一月十二日)に「永《なが》の日に口明通る烏哉」の作もある。人気を感じさせない村の様子。中七「かたりともせぬ」が、永日の気分と響きあう。文政八年「かたりともせぬや日永の御世の町」(文政句帖)は、この再案だろう。

66 長き日の壁に書たる目鼻哉　七番日記

訳春の日永、なすこともなく眺めている壁に書かれた目鼻よ。年文化十三年。解壁に書かれた落書きの顔の中でも目鼻にしぼっているのがおもしろい。文化八年「秋風や壁のへマムショ入道」（七番日記）や文政五年「へまむしよ入道はした紙ふすま」（文政句帖）など、戯画「へマムショ入道」（現代では「へへののもへじ」式の文字を使った人物戯画）を詠んだ句もある。

67
禄《ろく》盗《ぬす》人《と》日永なんど、ほたいけり《え》　八番日記

訳禄盗人が春の日永だなあ、などおどけていることだよ。年文政四年。語禄盗人―ろくぬすびと。ろくぬすっと、とも。職務能力もないのに高い俸禄を得ている人を盗人に喩《たと》えてののしる言葉。解たいした働きもせずに、暇をもてあます役人を痛烈に批判。「ほたえる」は、甘える、つけあがるなどの意味もあり、作者の怒りがただならないことをうかがわせている。花盗人ならば風雅だが、禄盗人では洒落《しゃれ》にもならない。翌年には「日永なと禄盗人のほたへ《え》けり」（文政句帖）と同じ趣向で詠んでいる。参中七「日永なんぞと」（浅黄空　自筆本）。

春の雪

和歌・連歌でも詠みつがれた題。淡く消えて行く。

緑兮《りょくけい》　忘らるゝ身とは思はずちかひてし人の命のおしくもある哉

68 紫の袖にちりけり春の雪　享和句帖

訳紫の袖に散ったよ。春の沫雪《あわゆき》が。年享和三年。語緑兮―「緑ヨ糸ヨ」（詩経・邶風）をふまえる。緑衣を壁にかけて、亡きあなた（女性）を思う詩。「忘らる丶」は右近の歌（百人一首）。紫の袖―一般的には、紫衣《しえ》の僧衣の袖。高僧の衣。ここでは緑衣の代わりに用いた。解『詩経』「緑衣」の主題「我、古人（女性）ヲ思フ」を借りて、生のあはれを詠んだ。光孝天皇「君がため春の野にいでて若菜つむわが衣手に雪はふりつ丶」（百人一首）もふまえるか。紫衣に散りかかる雪が生のはかなさを象徴する。古典に依拠した習作。紫衣は、高僧が着る僧衣。無常の雪ではあるが、紫色と白の対比が美しい。

69 古郷や餅につき込《こむ》春の雪　文化句帖

訳古郷よ。餅つきの臼に舞いちる春の雪をいっしょについたものだ。年文化四年。解春の淡雪が餅つきの臼に舞い散る風景がうつくしい。郷愁の句。春の行事ひな祭りでも地方では餅をついた。あるいは出産祝いの餅か。

雪汁・雪解・雪消

春になって雪が解けたり、消えたりすること。雪汁は、雪どけの水。

70 雪解て嬉しさう也星の顔　　享和句帖

訳雪が解けて嬉しそうにしているねえ。星の顔。年享和三年。語星の顔―りん女「おさな気ののかぬすだれや星の顔」（後の月）。解「嬉しさう也」と率直に表現するのが新しい。蓼太「岩を出て嬉しさう也ことし竹」（蓼太句集）にヒントを得たか。「星の顔」を星の表情とする用例は極めて少ない。雪解を喜ぶ子どもの顔と星の輝き（顔）が二重写しになる。参「娶《よめ》貰ふ時分となるや梅の花」と併記。

鎌倉円覚寺教導日本橋に晒《さら》す。玉の盃、底なきがごときといへど、色好むは、人性にして、好まざるは獲麟《くわくりん》よりも稀《まれ》なり。あるは染《そめ》どの、姫を思ひ、又は物洗ふ女に迷ふ。やごとなき僧正、雲に住《すむ》山人すら、この一筋は踏みとめがたくやありけん。僧教導は仏道のいさをしも九五《キウゴ》近き身の、戒を破りし罪となん、巷《ちまた》に面をさらさる丶、余所目《よそめ》さへいとを《ほ》しく、にが〳〵しくぞ侍る

71 雪汁のかゝる地びたに和《お》尚《しやう》顔《がほ》　　文化句帖

訳雪解けの水がかかる地面に座らせれ、さらしものになった和尚の顔。年文化元年。語

鎌倉円覚寺教導―円覚寺（臨済宗）の教えを庶民に伝える僧。日本橋に晒す―女犯《にょぼん》の僧は日本橋の橋詰めに三日さらした後追放（江戸の刑罰）。玉の盃、底なきがごとき―同文が『徒然草』第三段にある。獲麟―架空の動物の麒麟《きりん》を得る。稀なこと。そめどの、姫―染殿の后。文徳帝の女御《にょうご》藤原明子。紀僧正（真済）が愛執の情を抱いて病死後、紺青色をした鬼、天狗となって現れて悩ませた（古事談三・宝物集二）。紀僧正は空海の高弟で『性霊集』の編者。物洗ふ女―久米仙人がその脛《はぎ》を見て神通力を失った（今昔物語集十一）。九五―易の卦で最上位。天子の位。【解】十二月二十六日の作。この日は晴（句帖）。女犯の罪をおかして晒し者になった僧侶に対して、好色の情念は誰にもあるものだから致し方ないと同情する。が、一方で高僧の教導者としてはあるまじき行為とみて苦々しさを覚える。「和尚顔」はふつう分別くさい顔を言うが、この句では威厳を保とうとしながらも、いやらしくも情けなくも見える顔。雪解け水が、その顔にかかり、黙って通り過ぎることができなかったのである。【参】地びた―地面を俗に「地べた」また方言で「地びた」。

72

雪とけてクリ〳〵したる月よ哉　　七番日記

【訳】雪がとけてぼんやり曇っていた月もクリクリと明るく輝く夜になったなあ。【年】文化七年。【解】中七「クリ〳〵」が眼目。雪が解けて春が来た喜びが伝わってくる。文化十四年

―には「旅浴衣雪はくり〳〵とけにけり」（七番日記）の作があり、こちらは雪解そのもの の形容。「くり〳〵」を使った類句もある。

73
子守唄雀が雪もとけにけり　　七番日記　志多良

―訳子守唄が聞こえ、雀が遊んでいた雪も解け出したよなあ。年文化十年。解成美に送った『句稿消息』にも見えるから、自信作だっただろう。成美は点を与えていないが、雪解けとともに子守が外へ出てきた雪国の情景。待ちわびた春を喜ぶ。

74
しなのぢや雪が消れば蚊がさわぐ　　七番日記

―訳信濃路よ。雪が消えるとすぐに蚊が騒ぎ出す。年文化十年。解信濃路は長い長い冬を終えると、春も夏もいっぺんにやって来るような感覚になる。そんな思いが、下五「蚊がさわぐ」。

75
雪とけて村一ぱいの子ども哉　　七番日記

―訳雪がとけて、家々から出て来た村いっぱいの子どもたちよ。年文化十一年。解一月中句の作。雪国ならではの春の喜び。「村一ぱい」は、春の野山に子どもたちがあふれかえり、活気がもどってきた様子。三月中旬には中七・下五を「町一ぱいの雀哉」と記し、「雀」を「子共」と改めているが、一月の「村一ぱい」の句の方が雪国の春の明るさと生きる喜びを伝えてくれる。雪は豊作をもたらすが、雪解けが遅いと耕作が遅れ、不作を招く。参中七「町一ぱいの」（浅黄空）、上五・中七「雪げして町一ぱいの」（自筆本）。寛政年中「夕日影町一ぱいのとんぼ哉」（西国紀行書込）。

76 とくとけよ貧乏雪とそしらるゝ　　七番日記

疾《とく》

訳早く解けなさいよ。いつまでも残っていると、貧乏を招く雪と叱られる。年文化十四年。語とく――「疾く」で素早く。同じ頃「とく消よ名所の雪といふうちに」（七番日記）。解季語は「とけよ、雪」で雪解。同時に「町並や雪とかすにも銭がいる」の作があるから、雪を解かすためにお金を払ったことが知られる。無生物の雪にまで呼びかけるのがおかしいが、一日も早く雪が消えてくれ、という切実な願いがこめられている。

77 鍋の尻《しり》ほし並《ならべ》たる雪解哉　　八番日記

訳鍋の尻を干して並べてある、雪解けの春だなあ。年文政二年。解冬中煮炊きした鍋底は、炭で真っ黒になる。雪解けとともに鍋底を洗って、干し並べた風景。雪国の長い冬の生活が終わり、春が到来したことを思わせる。「鍋の尻」が並んでいる情景は、ありふれたものだが、そこに着目したところが新しい。参「十ばかり鍋うつむける雪解哉」（文化十一年・七番日記）。

春雨・春の雨　春雨は降りみ降らずみしとしとと降り続き、草木の芽を育て、開花を促し、春暖を誘い、艶なる気分をもたらす。春の雨は春になって降る雨一般をいうが、区別してはっきり詠み分けられてはいない。

78
けふ植し槇《まき》の春雨聞く夜哉　　享和二年句日記

訳今日植えた槇の木にふりしきる春雨を聞いている静かな夜だよ。年享和二年。語槇―真木。スギの古い名前。解江戸期までの人々は自分の家を建てるために自ら木を植えた。植樹後の雨は慈雨。しとしとと降る春雨に、何十年後の家作りを思って満たされた心地になる。

79
春雨やはや灯のとぼる亦打山《まっちやま》　　文化句帖

江戸浅草。隅田川べりにある小さな丘。ここに聖天宮（浅草寺の支院、金龍山本龍院）があある。解待乳山の聖天宮は、商売繁盛、夫婦和合の現世利益を願う人々の信仰を集めた。近くには吉原もあり、聖天宮の灯がともると心が騒ぐ。やわらかに降る春雨に身も心も誘われる。

80 草山のくり〳〵はれし春《はるの》雨《あめ》　文化句帖

訳草の山だけくりくり晴れた。さきほどまでは春の雨。年文化元年。語草山―雑草の山。一茶・文化二年・四十二歳「草山に貌《かほ》おし入て雉《きじ》のなく」（文化句帖）。文化十年・五十一歳「草山の雨だらけなり春の風」（七番日記）。くりくり―許六「仏法修行の人を見るに、其なす業は坊主のまねなり。成就の時と見えて、くりくりと剃りまはし、袈裟衣《けさごろも》の仲間に入って…」（本朝文選・蕎麦《そば》ノ論）。解「くりくり」という頭を剃ったときに使う擬態語のおもしろさに惹《ひ》かれての作。「雪とけてクリ〳〵したる月よ哉」の句も天候をいうので、何度かこの言葉を試してみたのだろう。草山の語頭の「く」音と響きあうところも楽しい。しとしと降る春の雨に対して、晴れたときの印象がくりくり。無造作に擬態語を使うようにみえるが、さまざまに試みたことがわかる。参二月二十一日の作。同二十五日には「うそ〳〵と雨降中を春のてふ」。

81
壁の穴幸《さいはひ》春の雨夜《あまよ》哉　文化句帖

訳壁の穴がぽかり。幸いにも春雨が降る甘美な夜だなあ。年文化五年。解一茶にとって時空を超える通路が壁の穴であった。それを通して、古郷を思ったり、新しい年を迎え、また甘美な「春の雨」を眺めている。参享和四年「初雪や古郷見ゆる壁の穴」（文化句帖・四十二歳）、文化五年「春立といふより見ゆる壁の穴」（同・四十六歳）。

82
土《つち》焼《やき》の姉様うれし春の雨　文化六年句日記

訳土で焼いた女雛《めびな》を求めたうれしさよ。やわらかな春の雨。年文化六年。解土人形の女雛に親しみをこめて姉様と呼ぶのは、田舎の風習。その人形がうれしそうに微笑んでいる。雛店で求めたのではなく、ひな祭りのために去年の女雛を取り出したとみることもできる。参一茶が帰郷後、しばしば訪ねた北信濃の中野市では、土雛が作られていた。

83
春雨に大《おほ》欠《あくび》する美人哉　七番日記　我春集

訳春雨に大きなあくびをする美人だなあ。年文化八年。解せっかくの美人の顔が崩れてしまうほどの大きな欠伸《あくび》。美人の俗な姿をとらえながらも、春雨がしとしとしどけなく降るので艶っぽい。文化十三年の「榾《ほた》の火に大欠するかぐや姫」（七番日記）は、この句の変奏。蕪村は「青梅に眉あつめたる美人哉」（蕪村句集）と詠んだが、春雨ならばのんびりと欠伸するだろう、と洒落てみせた。また「褒姒《ほうじ》（中国周の幽王の寵愛する美妃）の笑い」に対して、欠伸する美人。【参】文化十年「菫咲《すみれさく》川をとび越ス美人哉」（七番日記）、同年「やこらさと清水飛こす美人哉」（同）など、闊達な美人を詠んだ句もある。また、文化二年「鴫《しぎ》立て畠の馬のあくびかな」（文化句帖）、同九年「一並《ひとならび》雁の欠《あく》ビやうすがすみ」（七番日記）、同「赤犬の欠《あくび》の先やかきつばた」（同）、同十二年「欠にも節の付たる茶つみ哉」（同）、同十三年「春雨や欠をうつる門の犬」（同）、同十四年「寝て起て大欠して猫の恋」（同）など馬や雁や犬・猫の欠伸も見逃さない。

84
春雨や鼠のなめる角田川　　志多良　句稿消息

【訳】しとしとと春雨が降っているよ。鼠がなめる隅田川の水。【年】文化十年。【解】春雨が降るなか隅田川の川辺に鼠がおりて、水を飲んでいる風景句。「なめる」が、異様な感覚を呼び起こす。芭蕉句の「秋をへて蝶もなめるや菊の露」（笈日記）が念頭を過《よぎ》ったか。小なる者（鼠）が、大河を「なめる」という逆転の発想がおもしろい。【参】成美はこの句を「奇々妙々」と評した（句稿消息）。文政元年「笹ツ葉の春雨なめる鼠哉」（七番日記）。

85
春雨や喰《くは》れ残りの鴨が鳴《なく》　七番日記

訳春雨が降っているよ。食われなかった鴨が鳴いている。年文化十年。解春雨はしっとりと温かく降る。そんな雨の中で、鴨料理にされなかった鴨がやがて食われることも知らずに鳴くあわれ。ついには食される身でありながら、空腹に餌を求めて鳴く姿は、人間も同じである。

86
一ツ舟に馬も乗けり春の雨　七番日記

訳一つの舟に馬も乗り合わせたよ。春の雨が降っている。年文化十年。解馬小屋が家屋敷内にあった時代だから、馬が同居するのは珍しくないが、同じ舟に乗ることは珍しかったのだろう。春の雨に降りこめられて、人馬が一体となって朧《おぼろ》にかすむ。芭蕉の「一家に遊女も寝たり萩と月」(奥の細道)と同じ構造をもつ句。パロディか。

87
梟《ふくろふ》も面《つら》癖《くせ》直せ春の雨　七番日記　浅黄空

訳梟も傲慢《ごうまん》不遜《ふそん》な面癖を直しなよ。しとしとと春の雨。年文化十一年。解梟は冬の季語。それに気づいてか、この句の頭に「春」と書き入れている(七番日記・文化十一年十一月頃)。やわらかに降る春の雨で梟に呼びかけた。「梟」は一茶自身の譬喩《ひゆ》。『七番日記』文化十二年の正月一日には、「鳩いけんしていはく」の前書で、上五「梟よ」の句形で収載する。「鳩」は新妻菊《きく》を擬《なぞら》えたものだろう。そうした見立ての句ならば、自然界では合うことがあり得ない夜行性の梟と昼間に活動する鳩の取り合わせも不自然ではなくなる。春雨の温かさが、梟と鳩をつつみこんでくれて、意見しても険悪にはならない。

88
藪《やぶ》尻《じり》の賽《さい》銭《せん》箱や春の雨　七番日記　句稿消息

訳藪のはずれに置かれた賽銭箱よ。春の雨がふりそそぐ。年文化十一年。解藪続きのはての、置き忘れたような賽銭箱に春の雨。かつてあった神社が、なくなって殺風景になってしまった。春の雨がそんな世の移り変わりを温かくつつみこむ。参前書「隅田堤」(浅黄空)、「宿山寺」(自筆本)。下五「梅の花」(文政二年・八番日記)。

89
しん〳〵としんらん松の春の雨　七番日記

善光寺

訳しんしんと親鸞《しんらん》松に降り注ぐ春の雨。年文化十二年。語しんらん松―親鸞《しんらん》が配流先の越後から関東へ向かう途中、善光寺（長野市）に参詣して奉納した松。現在でもびんずる像の脇に、一本の松が生けられている。[解]春の雨を「しんしんと」降るとする用例はなく、しんらん《親鸞》との言い掛けた戯れだが、静かに降る春の雨の様子から、親鸞の静かな心情を忖度《そんたく》したのだろう。一茶は熱心な浄土真宗の信者だった。

90 **春雨や御殿女中の買ぐらひ**　文政句帖

[訳]春雨が降っているよ。御殿女中が買い食いをしている。[年]文政七年。[語]御殿女中―宮中や将軍・大名など高家の奥向きに仕える女中。転じて嫉妬《しっと》深く、底意地の悪い女性とされることが多い。[解]規律が厳しければ、ありえない。銭をもつ身分の高い女性の買い食いが想定されても、不思議ではない世の中になったのだろう。やわらかに降る春雨が、やわらいだ時代的雰囲気を伝える。文政二年の「春雨や妹《いも》が袂に銭の音」（文政句帖）も同じ趣向。

春風・春の風　春になって吹いてくる東風。氷をとかす風で、冬の北風とはかわってぬくもりを含んでいる。

91 春風や黄金花咲むつの山　文化句帖

訳春風よ。黄金が花咲くという陸奥《むつ》の山が思われる。年文化元年。語黄金花咲―大伴家持「すめろぎの御代栄えむとあづまなる陸奥の山に黄金花咲く」（万葉集）。解陸奥国には黄金が産出するという伝承をふまえた作。歌舞伎「伽羅先代萩《めいぼくせんだいはぎ》」で有名な伊達騒動の主、仙台藩三代藩主・伊達綱宗（五十四万石）が吉原通いをしたという「黄金花咲く奥州の若い殿様吉原通い」をふまえての作だろう。黄金への愛着に、艶冶《えんや》な気分が加わる。

参三月中旬の作。

92 春の風草にも酒を呑すべし　文化句帖

其角百年年忌

訳心地よく吹く春の風、なびく草にも酒を呑ますべきだね。年文化三年。解二月二十九日の作。其角は宝永四年（一七〇七）二月三十日没。二月二十九日没とする説もあり、一茶は後者を採った。「十五より酒を飲み出て今日の月」と詠んだ其角が大酒飲みと伝えられたことをふまえて戯れたのである。一茶も酒好き。

93 春風に箸《はし》を摑《つかん》で寝る子哉　文化句帖

訳春風が心地よく吹いてくる。箸をつかんだまま寝ている子どもの無邪気さよ。年文化四年。解二月半ばの作。同時に「里の子が柳摑で寝たりけり」の作がある。食事の途中で睡魔に襲われて眠ってしまった子どもの寝姿。子どもの可愛らしさばかりか、これから生きて行こうとする姿をとらえている。

94 春風や牛に引れて善光寺　七番日記

訳春風が心地よく吹いているよ。「牛に引かれて善光寺参り」。年文化八年。語牛に引かれて―「牛に引かれて善光寺参り」は諺《ことわざ》。『せわ焼草』（明暦二年）『本朝俚諺』（正徳五年）等の他、多くの俚諺《りげん》集や善光寺縁起等で流布した。解この年、閏二月二五日から四月一五日まで善光寺出開帳。江戸にいて、古郷の善光寺を懐かしんだに違いない。諺を活かした作。春風駘蕩《たいとう》たるなかでのお参りは、信仰のためばかりでなく、冬の閉ざされた生活や日常の煩わしさから逃れる方便であり、庶民の娯楽でもあっただろう。参『我春集』では前書「二月廿五日より開帳」で上五「春雨や」。

95 春風や東下《あづまくだ》りの角力取《すまふとり》　七番日記

訳春風が吹いているよ。東下りの相撲取りに。年文化八年。解東下りする相撲取りは、『伊勢物語』の業平《なりひら》の面影だが、業平のように失意で東に下ったわけでもなさそう。春風に吹かれ、泰然自若《たいぜんじじやく》たる姿が浮かんでくる。参三月十六日の作。この日から永代寺で信州戸隠明神九頭竜権現開帳。十八日には「開帳の山時鳥《やまほととぎす》雨ふれば国へ帰るにしかずとぞなく」という大田南畝《なんぽ》の狂歌を日記に書きとめている。

96 春の風おまんが布のなりに吹《ふく》　志多良　句稿消息　浅黄空

高い山から谷そこ見れば

訳春の風、おまんが干した布とおなじような形で吹いている。年文化十年。語高い山から……―薩摩《さつま》の侍源五兵衛とおまんの情愛を歌う江戸初期歌謡。西鶴「恋の山源五兵衛物語」（好色五人女）、近松門浄瑠璃「薩摩歌」にも取り入れられて、後期まで流布した。解前書にも句にも「おまん可愛や」と謡われた「おまん」を入れて、春風が吹く様子をおまんが干す布に見立てた作。「高い山から、谷底見れば、お万可愛や、布を晒《さら》す、なう布晒す」（春遊興）や「高い山から、谷底見れば、お万可愛や、布をさらす。己《おれ》がさらすは、布ではないぞ、あだな男の、心をさらす」（山家鳥虫歌）のように変奏を重ねて流布したので、一茶も良く知っていた歌謡だろう。春風に吹かれる布の肌触りから甘美な恋を感じさせてくれる。

97
ぼた餅や地蔵のひざも春の風　七番日記　おらが春

訳うまそうなぼた餅よ。地蔵のひざにも春の風。年文化十一年。解ぼた餅を地蔵にお供えしたのだろう。温顔な地蔵の顔がますますほころぶように見え、誰が着せてくれたか、お地蔵様の薄い着物からのぞいて見えるひざにも春の風が心地よく吹いている。参中七「藪の仏も」（おらが春）。

98
春風や小藪小祭小順礼　七番日記

訳春風が吹いているよ。小さな藪、小さな祭り、子どもの順礼たちに。年文化十一年。解「小」を詠みこんだ「もの尽し」の句。芭蕉の「小萩散れますほの小貝小盃」、蕪村の「春雨や小磯の小貝ぬるゝほど」を意識して、「小」を多用してみせたのだろう。いずれも春風によく似合うものを取り合わせた。祭りや順礼などの人事を詠みこんだところに一茶の新しさがあり、人恋しさの思いが自然とあらわれてくる。

99 春風や侍二人犬の供　　八番日記　浅黄空

[訳]温かな春風が吹いているよ。お侍が二人、犬のお供をしている。[年]文政三年。[解]二月初旬の作。大の侍が一人ならずも二人までして犬のお供。平和な風景だが、やりきれない。この句に続けて「俳諧がてにはも茂き此二ハ《庭》は上手にうそをつき山の月」の俳諧歌（狂歌）を詠んでいる。支考の『二十五箇条』「虚実の事」にいう「抑《そもそも》、詩歌・連俳といふ物は、上手に嘘をつく事なり」を用いて、俳諧が盛んな世の中で、嘘にみせかけて、真実をいう、というのである。侍が犬のお供をするというのは嘘だが、なすべきことをしないで、犬に使われている、というのが真実。それを風刺した。「武士《さむらひ》や鶯に迄つかはる丶」は、同工異曲。[参]前書「犬名小路」（浅黄空）。

100 春風に猿もおや子の湯治哉　　文政句帖

山田猿湯

[訳]心地よく吹く春風。猿も親子で湯治しているよ。[年]文政五年。[語]山田猿湯―湯田中温泉（長野県下高井郡山ノ内町）。ここの地獄谷の猿は入湯する。[解]親子の猿が一緒に入浴している情景。「猿も」から「自分も」そうだったが、と子どもがいた時の思い出が甦《よみがえ》って来る。一茶自身の湯田中での湯治を「涼風に欠序《あくびついで》の湯治哉」（七番日記・文化十

二年）や「降雪やわき捨てある湯のけぶり」（文政句帖・文政五年）などと詠んでいる。

参一茶は湯田中の旅館主・湯本希杖・其秋（其翠）親子を門人として、文化九年以降しばしば滞在した。一茶にとって身も心も温まる場所だったのだろう。

101 はるかぜや鳴出しさうな飴の鳥　一茶発句集続篇

訳春風が心地よく吹いているよ。今にも鳴き出しそうな飴細工の鳥。年年次未詳。解飴細工の鳥が小さな口を明けている様子の「鳴出しさうな」が可愛らしく、子どもたちの嬉しそうな笑顔まで見えてきて、春風と相まって、温かな作者の心が伝わってくる。文化十年に「梅さくや飴の鶯口を明《あく》」（七番日記　句稿消息）がある。梅に鶯の取り合わせでなした作だが、こちらの方がやや硬い。

春の月・春も月夜

たゆたうように天上にあって、おぼろにかすむ月。またその月が昇る夜。

102 茹《ゆで》汁《じる》の川にけぶるや春の月　享和二年句日記

訳遅い夕飯にゆでた汁の湯気が川面にけぶっているよ。見上げれば春の月。年享和二年。

解隅田川の川辺に住む人の生活を温かくみつめた作。ゆで汁の湯気、ぬるんできた春の川、おぼろな春の月が混然一体となって庶民の生活を温かくつつみこんでいる。参『享和二年句日記』には、この句の上五「ゆで汁」、中七「河に」と若干表記を異にする句も収載している。享和三年・四一歳に「ゆで汁のけぶる垣根也みぞれふる」（享和句帖）もある。

103 文七が下駄の白さよ春の月　享和二年句日記

訳文七の下駄は相変わらず白いなあ。春の月がほのぼの。年享和二年。語文七―元結職人。一説に信濃国（長野県）飯田の晒《さらし》紙で作った元結。桜井文七が創作したことからいう。文七という杉原紙でこしらえることから言う。元結は、もとどり（髪を頭の上で結ぶ。ちょんまげはそのひとつで男子のもの）を結ぶ細い緒。組紐、麻糸、紙縒《こよ》りで作った。解紺屋の白袴ではないが、家に閉じこもりっきりで仕事をするので、元結職人の下駄は真新しい。春の月夜に珍しく外出する清貧に生きる市井の人物の下駄に焦点を当てた物語風の作。落語の人情話「文七元結」が思い出される。

104 はつ春も月夜となるや顔の皺《しわ》　文化句帖

訳初春も早くも過ぎ去って春の月夜となったなあ。年を重ねて増えた顔の皺。年文化二年。解二月二十三日の作。句頭に◎。同二十六日にもこの句を記し、句頭に○。初春から推移して春のぼんやりした月夜の候、めでたさに浮かれていたが、顔に刻まれた皺が気になる。おぼろに照らす春の月が皺を隠してくれよう、とユーモラス。同日（二月二十三日）に「春の月さはらば雫《しづく》たりぬべし」の作もある。朧月に触れたら、雫がたれるだろうとみる感覚が新しい。

105　すつぽんも時や作らん春の月　　七番日記

訳鶏のように時を告げるはずのないすっぽんも鳴いたらしいよ。それほどうつくしい春の月。年文政元年。解「すっぽんが時をつくる」は、寛政九年『諺苑』等に載る諺で、あるはずのない事のたとえ。春の朧月《おぼろづき》があまりに美しいことをいう。『おらが春』のこの句の前書「水江春色」から、浦島太郎を思いださせる。すっぽんから浦島を竜宮城へ運んだ亀を連想したか。参前書「水江春色」（おらが春　文政二年二月十五日李園宛書簡）、「大沼春色」（浅黄空）。

薄がすみ・霞・夕がすみ・かすむ・朝霞・春がすみ　空中に浮遊する微細な水滴のため、

遠方が見渡せない現象。同じ現象でも春の霞、秋の霧と分ける。時間によって、朝霞・夕霞などに分けた、状態によって薄がすみともいい、春を冠して霞を強めていうが、ぼんやりした状態で艶なるさまを詠む。

106
三文が霞見にけり遠眼鏡　寛政句帖

白日登湯台

訳三文はらって遠眼鏡で霞を眺めたことだよ。年寛政二年。語一文―穴あき銭一枚。一茶の時代、かけそば一杯は十六文。解湯島天神の湯島台に登って、遠眼鏡でのぞいた江戸の風景。上野や不忍池、隅田川を遠望できるはずだが、霞んでいて見えなかったのだろう。遠眼鏡で遠くを見る代金が三文。それを見る男の値打ちも三文。大江戸と言えど、ぼんやりとかすんでいては見える風景も三文。哀しくもおかしい。参寛政二年刊『霞の碑』(児石ら編)にも入集。文化十三年「三文が草も咲かせて夕涼み」(七番日記)、同十四年「三文が桜植けり吉野山」(同)、文政二年「三文が若水あまる庵哉」(八番日記)、同八年「三文の雪で家内の祝ひ哉」(文政句帖)。

107
旅笠を小さく見せる霞かな　丙辰元除春遊

訳旅の笠を遠く小さく見せる、どこもかしこも春霞だなあ。年寛政八年。解中七「小さく見せる」に句の眼目がある。遠景に小さく見える人馬を描く「寸馬《すんば》豆人《とうじん》」は、画の技法だが、旅笠で孤独な旅人を描き、それを包み込むかのように温かな霞を配した。参『丙辰元除春遊』は、一茶も属した葛飾派の徳布の歳旦帖。それに「行脚一茶」として収載。文政六年、一茶六十一歳「旅笠や唄で出代る江戸見坂」（文政句帖）の句もある。なお「旅笠」を句に取り入れた用例は少ない。

108
今さらに別《わかれ》ともなし春がすみ　挽歌

栢日庵は此道に入始てよりのちなみにして、交り他にことなり。一茶は三月の末、いまだ踏のこしたる甲斐がねや三越ぢの荒磯も見まほしく、逆枕旅立てば、主は竹の花迄見おくり給ひぬ

訳今更に別れというだけでも辛い。おぼろにたなびく春霞。年寛政十一年。語今さらに―「今になって急に」と「これまで続いて来たのに今その上に」の意の両方をかける。挽歌―死者を哀悼する詩歌。もともとは葬送の柩《ひつぎ》をひく際に歌った。解若き一茶を温かく迎えて衣食住の援助をしてくれた立砂《りゅうさ》との別離の悲しみ。涙も手伝ってぼんやりとした春霞が、旅の行く手ばかりかわが悲しみもつつみこんでいる。淡い句作りながら、立砂を深く思い、永遠の別れとなることを悲しむ気持ちが伝わってくる。参栢日庵は、馬

橋（千葉県松戸市）の立砂の庵号。俗名大川（油屋）平右衛門。年下の一茶を庇護し、可愛がってくれたが、寛政十一年十一月二日没。その子息斗囿も一茶を庇護してくれた。

109 よい程の道のしめりや朝霞　　庚申元除楽

訳ちょうど適当なほどに道がしめっているよ。今朝の霞に。年寛政十二年。語よい程―適当な。一茶・六三歳「よい程の遠鶯や藪屋敷」（文政句帖）。解旅立つ朝の思い。王維「渭城ノ朝雨軽塵ヲ潤ス」（送元二使安西）をふまえているのだろう。道が少し湿っている方が歩きやすく、草鞋《わらじ》にもしっくりくる。

110 霞み行や二親持し小すげ笠　　文化句帖

中村二竹《にちく》、古郷に赴《おもむ》けば、本郷追分迄おくる

訳ここで別れて遠く霞んで行くよ。両親が待つ古郷に向かった小菅の笠が。年文化元年。語中村二竹―信州柏原の酒造業桂屋与右衛門（俳号平湖）の長男。太（多）三郎。寛政十年頃出奔、後に帰郷したが、文化八年廃嫡、人別帳から除かれ以後行方不明。本郷追分―中山道と日光御成道の分岐点。日本橋から最初の一里塚があった。解両親二人が揃っているだけで恵まれているから、古郷こそ安住の地だよという思いをこめた二竹への

送別句。二竹は一茶と同郷の柏原（信濃町）の人で、同地で唯一の一茶門人。文化初年、『一茶園月並』に投句、同二年には三度も江戸相生町に住む一茶を訪ねた。参この年一月二十七日には「信濃柏原帰訪中村氏及未刻酉刻復雨霧」の前書で「跡立は雨に逢けりかへる雁」の送別句もある。この中村氏は中村桂国（信州柏原の本陣利為の長男）。

111 かすむ日や夕山かげの飴の笛　文化句帖

訳春霞の日よ。夕日のさす山かげから聞こえる飴売りの笛の音。年文化二年。解とらえがたい春霞の夕暮れを飴売りの笛の音で聴覚的にとらえる。言い知れぬ人恋しさを誘う。飴の鳥を詠んだ一〇一番「はるかぜや鳴出しさうな飴の鳥」と同じ趣向の句だが、どちらも捨てがたい。

112 湖を風呂にわかして夕がすみ　七番日記

訳湖の水を風呂の湯にわかして、眺める夕霞。年文化八年。解湖水を風呂の湯にしてつかりながら、夕方にたつ霞をながめていると、湖そのものに浸かっているような、ゆったりした気持ちになってくる。大げさな譬喩《ひゆ》が豪勢な気分にしてくれる。

113 かすむ日の咄《はなし》するやらのべの馬　　七番日記

【訳】春霞の日の話をしているのだろうか。野辺の馬は。【年】文化九年。【解】春霞の日にのんびりと草を食《は》んでいる馬たちが、話をしているように見える。生き物を温かく見る作者の視線が感じられる。一茶は馬が好きで深い愛情を抱いていた。

114 ほく〱とかすみ給ふはどなた哉　　七番日記

【訳】ほくほくとかすんでいらっしゃるのはどなた様ですかなあ。【年】文化十年。【語】ほく〱―馬や人間が歩む時の擬態語。【解】春霞のなかを「ほくほくと」と歩んでくる「どなた」は、「給ふ」と敬語を使うから、春を告げる佐保姫《さほひめ》か、あるいは喜びごとがあった人か、もしくは思いもかけず銭もうけした人か、とさまざまに連想させる。直接、誰なのか言わないのが楽しい。【参】中七「霞んで来るは」（文化十年春素檗宛書簡）。文化七年十二月に「ほか〱と煤《すす》がかすむぞ又打山《まつちやま》」（七番日記）があるが、「ほかほか」とは異なる擬態語だろう。

115 かすむやら目が霞やらことしから　　七番日記

訳かすんでいるのだろうか、目が霞んでいるのだろうか、今年から。年文化十年。解春霞でかすんでいるのか、老眼（花眼ともいう）のためにかすんでいるのかわからない様子をユーモラスに詠んだ。同時に「古郷やイビツナ家も一かすみ」と詠むので、古郷の実家に受け入れられないことへの悔しさもあったのだろうが、春霞を愛《め》でていることには変わりがない。

116
かすむ日や目を縫《ぬはれ》たる雁が鳴《なく》　七番日記

訳春霞のうららかな日だよ。目を縫われた雁が鳴いている。年文化十年。解鳥の目を縫うのは、季節をわからないようにするため。雁の目を縫うのは、食用にするためか。人に捕らえられた雁の哀れさを鳴き声で表現した。参前書「小田原町」（句稿消息）。別に「安針町」の前書で、中七・下五「目を縫れつゝ鴨の鳴」（同）。小田原町は築地辺り、安針町は日本橋界隈《かいわい》。

117
我里はどうかすんでもいびつ也　七番日記　句稿消息

訳おれの住む里はどんなに優雅に霞がかかっても、いびつだなあ。年文化十一年。解『句稿消息』では上五「我郷《さと》は」と「里」を「郷」と表記するから、古郷の柏原を詠んだことがわかる。古郷に帰ったが居場所が定まらず、霞さえも歪《ゆが》んで見える。中七「どうかすんでも」は、優雅な春霞でさえも、ゆがんでしまう、との嘆息。

118
笠でするさらば〳〵や薄がすみ　七番日記

軽井沢春色

訳笠で仰いでする、さらばさらばの別れよ、薄霞がたなびいている。年文化十四年。解江戸・関東への最後の別れを中山道の軽井沢で惜しんでの作。「さらば」のくり返しが効果的。一茶が六年に及ぶ西国行脚を終え東へ帰った折の句文集『さらば笠』（寛政十年刊）の書名を思い出させる。一茶の『方言雑集』では「さらば」の用例を「さらばよと別る、時にいはませば我も涙におぼゝれましを」の歌を「後撰　贈太政大臣への返《かへし》い せ」（実際に後撰和歌集巻十九所収の伊勢の歌）として引く。「春がすみいつちちいさいぞおれが家」と併記。

119
梅ばちの大《だい》挑灯《ちやうちん》やかすみから　七番日記

加賀守

訳梅鉢を描いた大提灯があらわれたよ。春霞の中から。年文政元年。解梅鉢の紋は加賀藩主前田家の紋。それをつけた大きな提灯が霞のなかから、姿をあらわした。加賀藩の大名行列は二千人規模であった、というから壮観。江戸末期には威勢をほこるために、さらに大人数で行列したという。参同じ頃の「加賀どの、御先をついと雉《きぎす》哉」は大名行列の先に雉子があらわれた風景。

120
かすむ日やしんかんとして大座敷　八番日記

訳かすむ日よ。静まりかえった大座敷。年文政二年。語しんかんとして―森閑として。ひっそりと静まりかえっている状態。解「かすむ」は春霞。人気のない座敷がかすむ様子は、現世を超えた世界。同じ頃「思ふまじ見まじかすめよおれが家」「おのが門見るやかすめばかすむとて」「かすむぞや見まじと思へど古郷は」「古郷や朝茶なる子も春がすみ」など数多く「かすむ」句を詠んでいる。

陽炎《かげろう》　春の日射しに地上の水分が蒸発して、空気がゆらゆらと立ち上る現象。糸が乱れたように見えるため、糸遊ともいう。命のはかなさに喩《たと》えて詠まれることもある。

蓮生寺に参《まゐる》。是は次郎直実発心して造りし寺とかや。蓮生・敦盛《あつもり》並て墓の立るも哀也……いまだ若竹の節々かよはき敦盛ハ、直実《なほざね》がために打れ給ひぬ。……是皆宿業のむくゆる報ひにて、恥をさらし、ほまれをとるも、皆一睡の夢にして、かくいふ我も則幻ならん

121 陽炎やむつまじげなるつかと塚　　寛政三年紀行

【訳】陽炎よ仲良さそうに並んでいる敦盛のつかと直実の塚。【年】寛政三年。【解】寛政三年の帰郷の折の作。『平家物語』(一の谷の戦)で、熊谷次郎直実《くまがいのじろうなおざね》が自ら討った平敦盛《たいらのあつもり》の菩提を弔うために建てたという寺に参詣。一茶が訪れたのは、直実が晩年に過ごした熊谷市(埼玉県)にある浄土宗の熊谷寺。山号を蓮生山という。ひらながな書き「つか」は敦盛、漢字表記する「塚」は直実の墓。前文では、因果応報の道理を述べ、一睡の夢のはかなさに、陽炎のような我が身のはかなさを重ね合わせるが、句からは因縁を越えて救済された「むつまじげな」敵同士の姿が浮かんでくる。【参】熊谷次郎直実が、その菩提を弔うために出家して建てた寺は、蓮生寺で静岡県藤枝市にある。山号が熊谷山。浄土真宗大谷派。

122 陽炎や子に迷ふ鶏《とり》の遠歩き　　七番日記

【訳】ゆらゆら立ち上る陽炎よ。わが子可愛さに迷う親鶏の遠歩き。【年】文化十年。【語】子に迷

ふ―諺。子どものために心を迷わせる親心。「子にひかさる丶親心」「子に迷ふ親の心は闇」とも。解ふだんなら遠出しない親鳥が、子ども可愛さに陽炎の中を追いかけて行く。諺を取りいれて、親が子の安全を思う姿を詠んだ作。親から見捨てられたという「まま子」意識を持ち続けた一茶の願望から生まれた作だろう。

123 陽炎に飯《めし》を埋たる烏かな　　七番日記

訳陽炎にまぎれて飯を埋めた烏だなあ。年文化十年。解烏は知恵があり、餌を備蓄する。その姿を再現した。観察眼の優れた句。烏を詠んだ句は、文化四年「なく烏門の接穂を笑ふらん」（文化句帖）、同九年「雛の日や太山烏も浮れ鳴《なく》」（七番日記）、文政六年「烏メにしてやられけり冷《ひ》やし瓜」（文政句帖）など百句ちかくある。雀についで身近な鳥だったからだろう。

124 陽炎やわらで足ふく這入口《はひりぐち》　　七番日記

訳陽炎のたちのぼる日よ。野良から帰って藁で足を拭く入り口。年文化十一年。解春の野良仕事を終えて帰った農民の姿。貧しいから藁で足を拭くのだが、充足感がある。土間に入る前の入り口で足をふくことから、律義で朴訥《ぼくとつ》な人物を想像させてくれる。参中七「草で足拭く」（自筆本）中七下五「草で足拭く上り口」（浅黄空）。「鶯や泥足ぬぐふ梅の花」（七番日記）は、同工異曲。

125 陽炎にぐいぐい猫の鼾《いびき》かな　七番日記

訳陽炎のなか、ぐいぐいという猫の鼾が聞こえてくるよ。年文化十一年。解はかないものに喩《たと》えられる陽炎だが、猫には関係ない。猫の鼾の擬音語「ぐいぐい」をにごらずに「くいくい」と読むとする説もある。『希杖本一茶句集』ではそれを「すいすい」とする。いずれにしても擬音語の使い方が巧みで、生きることへの賛歌となっている。参文化九年「陽炎に何やら猫の寝言哉」（七番日記）。

126 さむしろや銭と樒《しきみ》と陽炎と　七番日記

浅草寺

訳敷かれている小さな莚《むしろ》よ。その上に銭と樒と陽炎。年文化十二年。解江戸浅草（台東区）の浅草寺に敷かれた小さな莚《むしろ》の上にちらばるお賽銭と、仏前に供える樒に陽炎が立っている風景。銭は現世、樒は来世の喩え、いずれも陽炎のようにはかないが、この三者を等価にみる視点が新しく、狭い莚でひしめきあっている姿は、俗世そのもの。樒も一春の季語。

127
陽炎や新吉原の昼の体《てい》　七番日記

訳陽炎が立つ幻のようだよ。新吉原の昼間の様子。年文政元年。解「新吉原」は明暦二年以降の呼び方。陽炎が立つ昼の新吉原は、蜃気楼《しんきろう》に立つ楼閣のようで、とらえどころがない。其角の有名な句「闇の夜は吉原ばかり月夜哉」（武蔵曲）を意識して、昼の風情を詠んだのだろう。

128
陽炎や手に下駄はいて善光寺　八番日記

訳陽炎の立ち上る中、手に下駄を履いて善光寺参り。年文政二年。語善光寺―長野市にある寺。七世紀半ばの創建と伝えられる。天台宗の大勧進と浄土宗の大本願の二つが母体。芭蕉「善光寺／月影や四門四宗も只一《ただひとつ》」（更科紀行）。解四つん這いになりながらの善光寺参り。腰の曲がった老人の参詣姿と思われるが、同じ頃「愛らしく両手の迹の残る雪」とも詠んでいるので、這い這いする子の参詣する姿かもしれない。この春、善光寺詣でを詠んだ「善光寺堂前／白猫のやふな柳もお花哉」「門柳天窓《あたま》で分て這入《はひり》けり」の作もある。参同じ頃「陽炎や歩行《あるき》ながらの御法《みのり》哉」（八番日記）。前年には「雀らもお

「や子連《づれ》にて善光寺」（同）。

129 **陽炎や目につきまとふわらひ顔**　真蹟　八番日記

一七日墓詣

［訳］陽炎がゆらめき、わが目につきまとう子どもの笑い顔。［年］文政四年。［解］石太郎初七日の墓参の折の句。陽炎に墓石がかすみ、無邪気な子どもの笑い顔が目から離れない。「つきまとふ」は否定的表現だが、ここでは、どうしても忘れられない子どもの笑顔を強く浮かび上がらせるのに効果的。この年に詠んだ「蝶見よや親子三人寝てくらす」は、石太郎も生きていて親子三人が「川の字」になって仲睦まじく寝ている、という幻想だが、愛児を喪った哀しみを乗り越えようとする切なる願いから生まれたもの。［参］この年、他にも「三七日／九十六日のあひだ雪のしらじらしき寒さに逢ひて、此世の暖さをしらず仕廻ひしことのいた〱しく、せめて今ごろ迄も居たらんには」の前書で「赤い花こゝら〱とさぞかしな」（風間本・梅塵本八番日記）や「石太郎此世にあらば盆踊」（梅塵本八番日記）など石太郎の死を悲嘆する作がある。

苗代《なわしろ》　水にひたしておいた籾《もみ》種をまいて、稲の苗を育てるためのシロ（水田に四方を区切って作る）。

130
苗代や親子して見る宵の雨　七番日記

訳苗代が出来上がったよ。親子そろって満足げに見ている、宵の雨。年文化十三年。解三十九歳の一茶は「父ありて明ぼのみたし青田原」(享和元年・父の終焉日記)と詠んだ。「父の終焉日記」は、父の遺言を書き記しておいて遺産相続の権利を主張するために書いたもの。この句と合わせて読むと親子して苗代を作り、田地を耕して稲を育てたいと心から願っていたことも忘れてはならない。

131
寝心や苗代に降る夜の雨　文政句帖

訳安らかな寝心よ。苗代に静かに降る夜の雨。年文政七年。解耕さずして暮らした一茶が農民に成り代わって詠んだ作。雨は苗を育ててくれる慈雨だと自足する農民の思いが伝わってくる。三十六歳の若き日にも「苗代の雨を見て居る戸口哉」(寛政十年三月三日馬泉宛書簡)と詠んでいる。参「辻堂や苗代一枚菜一枚」と併記。

涅槃《ねはん》・ねはん像

釈迦《しゃか》が入滅した二月十五日、寺院で釈迦涅槃の図像を掲げて行う法会《ほうえ》。涅槃は煩悩から解放された境地をいう。俳諧題。

132 ねはん像銭見ておはす顔も有　七番日記

訳お釈迦様の涅槃像がかけられている。その尊像ではなく散らばった銭をみていらっしゃる顔もある。年文化十二年。解釈迦涅槃像がかけられた寺院で説法を聞いている人、もしくは絵解きを聞いている人の顔だろう。涅槃像より賽銭箱の銭を見ているような顔に焦点をあてたのだが、涅槃像に描かれた「銭見ておはす」人の顔とみる見方もおもしろい。ありがたい説法も大事だが、銭がもたらす現世利益に関心をいだく顔も悪くない。

133 相伴に小僧もちよつと涅槃哉　文政九・十年句帖写

訳涅槃図の仏が横になっているのにあやかって、小僧も涅槃を決め込んでちょっと横になっているよ。年文政九年。語涅槃―涅槃会のこと。釈迦入滅の二月十五日に行う遺徳奉賛追慕。釈迦涅槃図を掲げる。解小僧のちゃっかりぶりを活写してユーモラス。お釈迦様と同じ姿で寝ころんだ小僧の姿が憎らしいが、お釈迦様と同じだと言われれば仕方ないなあ。湯田中の門人希杖が写した『文政九・十年句帖写』の冒頭に収載。この年の歳旦句は現在知られていない。

初午《はつうま》　二月最初の午《うま》の日、京都の伏見稲荷に神が降りた日とされ、全国の稲荷神社でも祭礼が行われる。春の農作業を前に豊年を祈願する人でにぎわい、参道では種子や細工物などが売られた。俳諧題。

134　初午を無官の狐鳴にけり　八番日記

【訳】初午の祭りの日に、官位のない狐が鳴いたよ。【年】文政二年。【語】無官の狐―官位のない狐。正一位稲荷大明神の眷属《けんぞく》でない野狐。「名のらぬはいまだ無官か郭公《ほととぎす》」（玉海集）。【解】稲荷の神のお使いの狐ならば初午の祭りにも参列するが、無官だから参列できない。その哀しみで鳴くのか、別に理由があって鳴くのか含みをもたせる。幸若舞「敦盛」等で「無官の大夫」と呼ばれた笛の名手・平敦盛を狐に重ねあわせたか。前書に「初午」（同）と記、上五「花の世を」（おらが春）とする句形もある。宝永元年（一七〇四）刊『渡鳥集』に「こうこうと狐鳴行春の霜／殿《しんがり》をはるかに見て野雪隠《のぜっちん》」の付合があるから、狐は「こうこう」と鳴くとされていたらしい。【参】一茶が編んだ『たびしうゐ』（寛政七年刊）には、登舸の「橋の雪無官の坐頭うづくまる」を収載する。

開帳　寺院がふだん秘仏として公開しない仏像を公開すること。善光寺の出開帳などがある。

善光寺　　　七番日記

135 開帳に逢ふや雀もおや子連

訳善光寺のご開帳に回り逢えたなあ。雀さえも親子連れ。年文政元年。語開帳―一茶の時代、信州善光寺の開帳は、享和三年と文政三年（開帳差面帳）。解親子の雀が善光寺に来て餌を啄《ついば》んでいる。「雀も」の「も」が句眼。自分は親子連れでご開帳に来ることができなかったという哀しみが背景にあるのだろう。併記する「雀らもおや子連にて善光寺」も同じ趣向。「それ馬が〳〵とやいふ親雀」「雀子や仏の肩にちよんと鳴」も同時の作。参前書「善光寺御堂」（だん袋）、中七「逢ふや雀の」（自筆本）。

出代り　一年または半年契約の奉公人が雇用期限を終えて入れかわること。寛文九年（一六六九）幕令で三月五日と九月五日と改められた。八月（後に九月）は、後の出代わり。

掛川　　　俳諧五十三駅

136 出代りや蛙も雁も啼《なき》別れ

訳奉公人の交代どきになったなあ。それぞれの古郷を目指して、泣き別れ。年天明八年。語啼別れ―なきわかれ。「さらばさらば　と云て、なきわかれにする」（虎明本狂言・武悪)。解蛙は帰ると言いかけ、雁は帰雁をいうが、ともに擬人化されている。「掛川宿」での別離。同地には信濃へ通じる塩の道があるが、特に古郷の信濃を意識しているわけではなく、それぞれの古郷へ帰る奉公人が、今生の別れと大声で嘆き騒ぐ声が響いてくる。謡曲や狂言の表現「泣き別れ」を取り入れた句作り。参菊明号で入集。

137 出代や江戸見物もしなの笠　文政句帖

訳出代りの休暇となったなあ。江戸を見物するのも、信濃からもってきた笠。年文政五年。解休む暇なく働いたので、田舎の信濃からもってきた笠を買い替えることさえできなかったのだろう。土産話にでもしようと思って江戸見物するにも、野暮ったい信濃笠。信濃者の出代りを詠んだ同年作「江戸口やまめで出代る小諸節」がある。また翌文政六年には「あんな子や出代にやるおやもおや」(文政句帖)、「五十里の江戸を出代る子ども哉」(同)、「出代や十ばかりでもおとこ山」など幼くして奉公に出された子を思う作もある。さらにその翌年(文政七年)には、「江戸口や唄で出交る越後笠」(文政句帖)、「越後衆や唄で出代る中仙道」(同)と越後者の出代りを詠んだ作がある。

雛《ひな》・雛祭り・草餅・草の餅　雛は雛人形。雛祭りは五節句の一つである三月三日の上巳《じょうし》の節句。厄災を払う日であったのが、女子の幸福を願い、雛人形に桃の花などを供える行事として定着した。草餅は蓬《よもぎ》などを入れて搗《つ》いた餅で、この日に食べるとよいとされる。

138 狙《さる》も来よ桃太郎来よ草の餅　文化句帖

訳猿も来いよ、桃太郎も来なさいよ。草の餅。年文化二年。解桃太郎噺《ばなし》（昔話）をふまえた、童心に返っての作。草の餅は黍団子《きびだんご》よりももっと魅力的というユーモラスな呼びかけ。昔話の桃太郎を詠んだ句は、文化十年「梅さくや犬にまたがる桃太郎」（七番日記）、同十三年「老が世に桃太郎も出よ桃の花」（同）、「老が世に桃太郎も出よ捨瓢」（同）がある。参泣く子を詠んだ句に、文化十三年「泣太郎赤い袷は誰着せた」（七番日記）もあるが、「泣太郎」は一茶の造語だろう。

139 おらが世やそこらの草も餅になる　七番日記

訳めでたい春の世だなあ。そこらに生えている草も餅になるのだ。年文化十二年。解「おらが世」や「おらが春」などは方言を用いた一茶の造語。「わが世の春」のパロディで、貧しくとも自足して生きることを言うのだろう。草餅は雛祭りに備える餅とすることが多いので、娘がいなくても、草餅を見ると雛祭りまで思い出されてしまう。雛祭りは隠された季語だが、ここでは、そこらの草でさえもすりつぶして草餅にして「おらが世」に自得する生き方とみておきたい。

140　**煙たいとおぼしめすかよ雛顔《ひゝながほ》**　　文化句帖

【訳】煙たいとお思いになっていらっしゃるご様子ですよ、お雛さまのお顔。【年】文化五年。【解】目を細めたお雛様の顔を見て人形に呼びかけた作。高貴な顔にふさわしくない煤《すす》けた家に飾られていたのだろう。「おぼしめす」は尊敬語、身分違いな家で困惑している様子をとらえてユーモラス。

141　**雛祭り娘が桐も伸にけり**　　文化句帖

【訳】何度目かの雛祭り。生まれたときに植えた娘の桐も伸びたなあ。【年】文化五年。【解】昭和初期頃まで娘が生まれると桐の木を植えて、嫁入り箪笥《だんす》を作るという風習が地方に残っていた。この風習を背景にしての作。何度目かの雛祭りを迎え、娘の背丈が伸びて大人びたことを喜ぶ句だが、この頃一茶は独身だった。

142 むさい家との給ふやうな雛《ひな》哉　七番日記

訳むさくるしい家だとおっしゃっているようなお雛様だよ。年文化七年。解女雛の視点を借りながら、むさくるしい家を浮かび上がらせる。高貴なお雛様には不釣り合いで、むさくるしい家であると「のたまふ」と過剰な敬語を使うのがユーモラス。お雛様から、庶民は貴族的な女性をイメージして恋慕していたことがうかがえる。

143 雛《ひな》棚《だな》や花に顔出す娵《よめ》が君　七番日記

訳お雛様を飾った雛棚よ。その棚の花にひょっこり顔出す鼠さん。年文化十一年。語娵が君―鼠のこと。「関西にて○よめ又よめが君といふ」（物類称呼）。解「娵が君」（鼠）も、春の季語。その名の通り、花嫁になったような気分で浮かれているのだろう。お内裏《だいり》様と並ぶお雛様の陰は遠慮しても、雛棚に飾った桃の花の陰に顔を見せる。女の子ばかりか鼠までも、嬉しそうな市井の雛祭り。

144 御《おん》雛《ひな》をしやぶりたがりて這《はふ》子かな　七番日記

訳お雛様をしゃぶりたがって這って行く子どもよ。年文化十一年。解子の可愛らしい姿をとらえた作。這い始めた子どもは、何でもしゃぶってみたがる。よりによってお雛様までも、という気持ちが「御雛を」の表現となるが、子どもにはかなわない。参上五「雛の顔」（浅黄空　自筆本）。

山焼

山野を焼いて害虫をのぞき、草木や山菜などの発育を促す初春二月の伝統行事。

145 山焼やあなたの先が善光寺　七番日記

訳山焼きの煙、その彼方先が善光寺。年文化九年。解実景のように見えるが、江戸での作。初春に枯草を焼く山焼きをみて、古郷を思い出したのだろう。中七「あなたの先が」が、古郷への遠さを感じさせてくれる。望郷の思いを抱かせる象徴として善光寺があった。

146 山焼の明りに下る夜舟哉　七番日記

訳山焼きの明りが照らすなか、川を下って行く夜舟よ。年文政元年。解生活のぬくもりを感じさせる大景を詠んだ作。山焼きの明りが、千曲川や犀川《さいがわ》（新潟に入ると信濃川）を舟で輸送する人の夜仕事を包みこんで、ゆったりと流れて行く。「豊年のホの字にやけよしなの山」、「我里は山火の少《すこし》あちら哉」、「山焼や仏体と見へ鬼と見へ」、「山焼や夜はうつくしきしなの山」、「おのがのは野火にもならで仕廻《しまひ》けり」と併記。

田打　春の初めに鋤《すき》や鍬《くわ》で田を掘り返して耕すこと。芭蕉没後に詠まれた題。

147 ざく〳〵と雪かき交ぜて田打哉　　八番日記

［訳］ざくざくと雪をかき混ぜながら田打しているよ。［年］文政二年。［解］雪が残る水田で田打ちをする早春の北信濃の農村風景。耕さずに生きる一茶にとっても、その冷たさが身にしみる。擬音語「ざくざく」は、氷と化した雪が鍬に当たる音で、寒さを耳からも感じさせる。

畠打（畑打）　連歌以来の季語。彼岸頃から種蒔きのために畑を打ち返すこと。

148 畠打や子が這ひ歩くつくし原　　八番日記

［訳］畠を打っているよ。子どもが這って歩く、畠のとなりの土筆《つくし》の原で。［年］文政二年。［解］

種を蒔く準備で畑の土をおこす、初春の農村の風景。まだ畠打ちせずに土筆が生えている原っぱで、幼い子どもが這い這いしている。そうして子どもを遊ばせながら、一生懸命畠打ちする若い母親の姿も浮かんでくる。かつてはありふれた農村風景だったとしても、それに着目して温かいまなざしを向け、句に詠むことはほとんどなかった。

恋猫・うかれ猫・猫の恋　春の陽気に雄猫が発情した雌猫を求めて鳴き、交尾すること。その雌猫が猫の妻。蕉門で盛んに詠まれた。和歌の「妻恋ふ鹿」に匹敵する俳諧題。

149 恋猫の源氏めかする垣根哉　　文化六年句日記

訳恋猫が光源氏のようなふりをしている垣根だな。年文化六年。解光源氏が幼い少女を垣間見《かいまみ》する場面（若紫）をふまえて、猫が垣根越しに覗《のぞ》いている様子。俗っぽい恋猫が雅《みやび》な源氏と同じふるまいをするおかしさ。恋には俗も雅もない。

150 大猫よはやく行け〳〵妻が鳴《なく》　　七番日記

訳大きなオス猫よ。早く行きなさい、行きなさい。妻猫が鳴いている。年文化十年。解明確な季語はないが、「猫の恋」を当てた。前文に「長沼臼引唄／野尻真光寺はなぜなけ〳〵と後世《ごせ》に入らぬでなかれうか」とあり、長沼（現長野市）で当時唄われていた臼挽き唄を取り入れた句作りとわかる。小唄など流行歌謡も俳諧と同じ価値をもつものとみる一茶の俳諧観から生まれた作。

151 猫の恋打《ぶつ》切《きら》棒《ぼう》に別れけり　　七番日記　句稿消息

訳さんざん追いかけまわしていた猫の恋なのに、突如別れてしまったなあ。年文化十一年。解越人の有名な句「うらやまし思ひ切る時猫の恋」（猿蓑）を意識して、恋から冷めた猫の様子。「ぶつきらぼう」と俗語で表現したところに句眼がある。同時に「蒲公英《たんぽぽ》の天窓はりつつ猫の恋」（七番日記）の作があるが、突然恋から冷めた猫の様子は「ぶつきらぼう」の方が伝わる。参中七「ぶつきり棒」（句稿消息）。

152 うかれ猫どの面《つら》さげて又来たぞ　　七番日記　句稿消息

訳恋に浮かれた猫、どんな顔をして、又今年もやって来たのか。年文化十三年。解「うかれ猫」は「浮かれ鳥」や「浮かれ鳥」から発想して「恋猫」をいう。「どの面さげて来たか」は、相手をののしるときに使うが、ここでは恋猫をからかう言葉。ふだんは無愛想なのに、恋の季節になると豹変してなれなれしく物欲しげな猫の顔。そんな顔になった猫を揶揄《やゆ》する。参同じ頃に「うかれ猫奇妙に焦て参りけり」（七番日記）。

153
寝て起て大欠《あくび》して猫の恋　七番日記　浅黄空

訳寝て起きて大あくびしてから、猫の恋。年文化十四年。解恋をするのにふさわしくはない「大あくび」だが、猫の恋の側面をたくみにとらえている。たっぷり休養した後の猫の恋は体力が充実しているだけに、いっそうすさまじい。自筆本にも収載。文政元年に「寝て起て大欠して桜哉」（七番日記）の作があるが、猫の恋の方がおもしろい。素《そ》檗《ばく》の「寝て起て手柄がましや今朝の秋」（世美塚）に似た発想だが、猫の恋が実態をとらえていて、ユーモラス。参文化十三年「榾《ほた》の火に大欠するかぐや姫」（七番日記）、文政七年「寝て起きて我もつら〳〵椿哉」（文政句帖）。

154
髭《ひげ》前《さき》に飯粒つけて猫の恋　七番日記

訳髭の先に飯粒をつけて浮かれ歩く猫の恋。年文政元年。解猫はいたって真剣に恋をして鳴いているが、髭の先に飯粒をつけていたら滑稽。これと併記する「連れて来て飯を喰《くは》する女猫哉」は、雌の恋猫がありついた飯を食わずに気に入った雄を連れて来て食わせる場面、「盗喰《ぬすみぐひ》スル片手間も猫の恋」は、恋猫でも食欲は衰えないことを詠んだもの。

—猫の恋と食欲は相いれないものではない。一茶が恋猫の実態をよく観察しているのは猫への愛情から。[参]同じ頃に「闇より闇に入るや猫の恋」（七番日記）。

親雀・雀子（雀の子・子雀） 子雀は生まれてしばらく親雀とともに暮らす。源氏物語に若紫が雀の子を飼っていた話があり、枕草子でこころときめきするものとしてあげられる。初期俳諧から季語として採られ、『増山井』が二月（旧暦）として以降近世の歳時記はこれにならう。

155 **五六間烏《からす》追《おひ》けり親雀**　文化三―八年句日記写

[訳]五六間も烏を追いはらったね。親雀。[年]文化六年。[語]五六間―約一・八メートルが一間。その五、六倍で、約十メートル。[解]子雀は、春の季語。親雀は季語としては定着していないが、子雀がいる雀で、ここでは春の季語とみなした。親雀は、子雀を守るために、命がけで烏を追い払う。継子意識を生涯持ち続けていた一茶が、小動物のもつ親子の愛情をみつめ、わが身もそうであったらなあ、と願う。

---

156 **むつまじき二親もちし雀哉**　七番日記

訳仲むつまじいね。両親そろった子雀たちが戯れているよ。年文化七年。解兄弟げんかしないで仲睦まじくしているのは、二親揃っているからだ。母が早世し父も亡くなってしまった一茶の哀しみと願望。110番参照。

157
夕暮れや親なし雀何と鳴　七番日記

訳夕暮れの淋しさよ。親がいない雀は何と鳴くのだろう。年文化七年。解童謡や子守唄のような響きのなかに「親なし雀」に仮託して自分の哀しみを訴える。「親なし」は、近世歌謡でしばしば取り上げられて、「宇治の茶山へ、茶摘みにゆくは、後家や寡婦《やもめ》や、親無しや」（延享五年小哥しやうが集）のように歌われる題材。

158
赤馬の鼻で吹きけり雀の子　七番日記

訳赤馬の鼻息で吹いているよ。雀の子。年文化八年。解赤馬は赤茶色の農耕馬。生まれて間もないよちよち歩きの子雀の小さな生命をいとおしむかのように、息を吹きかけているのだろう。同じ頃に「青天に産声《うぶごゑ》上ル雀かな」。

159
夕暮とや雀のまゝ子松に鳴《なく》　七番日記

訳ゆうぐれが淋しいと言うのか、実の親のいない雀の子が松の木で鳴いている。年文化八年。解三月一日、雨の日の作。自分を継子として意識し続けた一茶が雀に同情し、自らの身の上を仮託して詠んだ作だろう。文化十一年以降、文政元年「しよんぼりと雀にさへもまゝ子哉」(七番日記)など「継子」を詠んだ句が十六句ほどある。参文化十一年「むら雀さらにまゝ子はなかりけり」(七番日記)、同十三年「渋柿をはむは鳥のまゝ子哉」(同)、文政三年「又むだに口明《あく》鳥のまゝ子哉」(八番日記)、文政四年「三角の餅をいたゞくまゝ子哉」(同)、同七年「むだ鳴になくは雀のまゝ子哉」(文政句帖)。

160
雀子のはやしりにけりかくれ様《やう》　七番日記

訳雀の子はもう知っていたよ。隠れ方を。年文化九年。解弱者が生きぬくために与えられた本能かもしれないが、教えられなくても身につけている雀子の智恵がいとおしい。

161
雀子《すずめご》がざく〳〵浴《あび》る甘茶哉　七番日記

訳雀の子がぜいたくにざくざく浴びている甘茶だなあ。年文化十二年。語甘茶―四月八日に釈迦《しやか》が降誕したことを祝う灌仏会《かんぶつえ》に、甘露に擬《なぞら》えて釈迦像に灑《そそ》ぐお茶。アマチャの葉を乾かして煎じて飲料としたもの。季語。[解]甘茶をたっぷり浴びる雀の子の幸福。擬音語「ざくざく」は、文化十一年「五月雨《さみだれ》にざく〳〵歩く鳥かな」（七番日記）の例があるが、元来は里丈「山寺のざく〳〵汁や若葉時」（夏つくば）のように、山菜をふんだんに入れた汁物。そこからたっぷりとしたことをあらわす擬態語に転じて用いたのだろう。贅沢《ぜいたく》感がある。[参]上五・中七「雀らがざぶ〳〵浴る」（文政元年・七番日記）、「雀子も同じく浴る」（文政二年・八番日記　嘉永版）。

162
雀の子そこのけ〳〵御馬が通る　八番日記　おらが春

[訳]雀の子どもよ、そこ退《の》け、そこを退け、お馬さんが通るから。[年]文政二年。[語]そこのけ―其処を退きなさい。「太郎冠者『それならば流鏑馬《やぶさめ》の体をしてみせませうか』　酒屋『それは面白からう。それをしてみせい』　太郎冠者『それならば、さあ。お馬が参る。お馬が参る』　酒屋「馬場退け、馬場退け」（狂言・千鳥）。「馬場退け」は、馬場にいる人を追い払うときの慣用句となった。[解]狂言の滑稽なやりとりを大名行列の命令口調に転じて、「大名の御馬が通る」と雀の子に呼びかけた作。「御馬」を子ども遊びの竹馬とみることもできる。前年の「それ馬が〳〵とやいふ親雀」（八番日記）が初案とみれば、親雀が子雀に呼びかけたことになるが、作者自身の呼びかけとみた方がよい。同じ言葉

でも、使う主体が誰かによって、意味も響きも異なってくることを感じさせてくれる。ユーモラスな響きをもつのは、狂言「千鳥」のシテ太郎冠者が、酒屋から酒をどうにかしてだまし取ろうとして、酒屋もだまされまいとしながらも応じてしまうやりとりのおかしさを下敷きにしているからだろう。「雀子や川の中迄親をよぶ」「雀子のしを〳〵ぬれて鳴にけり」と併記。【参】文化八年「無性《精》神そこのき給へ春の雨」(七番日記)、同十三年「寝返りをするぞそこのけ蛬《きりぎりす》」(同)。

163
我と来て遊べや親のない雀　　おらが春

「親のない子ハどこでも知れる、爪を咥《くは》へて門に立」と子どもらニ唄はるゝも心細く、大かたの人交りもせずして、うらの畠ニ木萱《かや》など積たる片陰に踞《かが》りて、長の日をくらしぬ。我身ながらも哀也けり。　六才弥太郎

【訳】おれについて来て一緒に遊びなよ。親のいない雀は。【年】文政二年。【語】親のない子ハ…唄はるゝ—「孤《おやのないこ》は目かけて遣りやれ、爪をくはえて、門にたつ」(絵本倭詩経)。遊べや—北信濃の幼児が用いた方言。雀への呼びかけ。「や」は切れ字としても働く。【解】出典の『おらが春』は、文政二年に成った句文集。この句は文化十一年「我と来て遊ぶや親のない雀」(七番日記)の改案であることが明らか。日記では年齢を「八才の時」とするが、『おらが春』では六才と改変する。子雀が無邪気についてくる様子を「遊ぶ

や」と客観的にいうのに対して、一字だけ変えて「遊べや」と能動的に転換して呼びかけた。「親のない子雀」を「継子」の自画像と重ねて、孤独な雀に淋しい継子が呼びかけたことになり、両者のあわれが共鳴していっそう哀しみを誘うが、牧歌的で明るく温かい。歌謡を下敷きにしているからだろう。【参】前書、「親のない子は肩身でしれるなど、唄れ、心くるしく、うらの毛小屋に一人日なたぼこして」（浅黄空）、中七「あそぶや親の」（七番日記・別案）。夏目成美は、この句（「遊ぶや」の句形）を「小鍋ほしと啼けむ。あはれにきこへ候」と評している（句稿消息）。

164
慈悲すれば糞《はこ》をする也雀の子　　文政句帖

【訳】慈悲をかければ、糞をするのだなあ、雀の子。【年】文政七年。【語】慈悲する―慈悲は、仏・菩薩が衆生を慈しむこと。「する」をつけて動詞化する例はほとんどない。【解】「雀子や親をも呼るじひの門」と併記。仏になったつもりで、雀の子を慈しんでも、雀には関係なく、糞をするおかしさとそれを手で受け止めた温かさから感じるちょっとした嫌悪感。仏が衆生に対したときも同じ思いだったろう。恩を仇で返すという意の諺「慈悲すればはこする」をそのまま用いた句作り。同じ頃に「むだ鳴になくは雀のまゝ子哉」「雀子やほうさう《疱瘡》神のしめの内」の作がある（文政句帖）。

呼子鳥　古今伝授の三鳥の一つ。カッコウというが、『犬子集』では春部に分類している。

165 さく花に拙《つたな》きわれを呼子鳥　題葉集

【訳】花が咲いたよ、と風雅に拙いおれを招く呼子鳥。【年】寛政十二年。【語】呼子鳥―郭公などの鳥。人を呼ぶように鳴くことから命名された。風雅の秘密を伝える秘伝の大事な鳥。【解】「呼ぶ」と「呼子鳥」を言いかけて、風雅に未熟者の自分に「花」が咲いたよと呼びかけさせたものの、どうもしっくりこない。若き日の一茶が和歌的風雅を自らの俳諧に取り入れようとしていた一方、秘伝とされる「呼子鳥」に象徴される、和歌的風雅に違和感を覚えていただろうと推察される作。

鶯《うぐいす》　春を代表する鳥。「春告鳥《はるつげどり》」ともいわれるように、その初音がもてはやされた。梅や柳と取り合わせることが多く、『古今和歌集』仮名序には「花に鳴く鶯、…いづれか歌をよまざりける」と、歌詠む代表的な生き物として挙げられる。

166 うぐひすの腮《あご》の下より淡ぢ島　享和二年句日記

【訳】鶯のあごの下からあらわれてくる淡路島。【年】享和二年。【語】うぐひすの腮―他に用例がない。淡路島―明石海峡・友ヶ島水道（本州側）と鳴門海峡（四国側）の瀬戸内海にあるもっとも大きな島（兵庫県）。解遠く淡路島を見ての句。『享和二年句日記』正月には、下五を「角田河」とする句形でも記されている。どちらかに迷った後に「淡ぢ（路）島」と改訂したのだろう。嘱目の風景句ではなく、瀬戸内海にある淡路島の大景、春の気配を小なる生物のさらに小なる「腮」からとらえようとした作であり、小さきものの視点から大景をとらえようとする明確な姿勢が感じられる。参文政元年「東風《こち》吹や堤《どて》に乗たる犬の腮」（八番日記）。

167　瘦《やせ》藪《やぶ》の下手鶯もはつ音哉　　文化句帖

訳やせほそった藪で鳴く鶯の下手な声でも、初音には違いないよ。年文化元年。解瘦せた藪の貧相な鶯は、一茶の住む家の自画像だろう。懸命に生きて、春を告げるために初音をあげるけなげさ。弱く貧しくても同じように初春を迎えたのである。

168　鶯が呑んでから汲《くむ》古井哉　　文化句帖

訳鶯が水を飲んでから汲む古井戸の水よ。年文化四年。解山野に住む鶯が山里に降りてきた。鶯と人が共棲してきたことの証《あかし》として古びた井戸に焦点をあてるが、これまで一通り鶯が優先。加賀千代尼「朝顔に釣瓶《つるべ》とられてもらい水」を思い出させる句。

169
鶯や懐の子も口を明く　　文化句帖

訳鶯の初音よ。懐に抱いた子も口をあけている。年文化五年。解鶯の初音につられて何か言おうとする乳飲み子が口をあけた顔を見る喜び。中七「懐の子も」が親のあふれる情愛を感じさせてくれる。鶯も乳飲み子も共に春を生きている。参蕪村「鶯の啼《なく》や小さき口明イて」（蕪村句集）。

170
鶯もなまりを直せ猫の恋　　文化句帖

訳鶯よお前もなまりを直しな。懸命に鳴く猫の恋にならって。年文化五年。解猫の恋も春の季語。恋猫は、しぼり出すような声で必死に鳴く。上手に鳴けない鶯の初音をまだ「なまり」が残っているからだと見立てたのだろう。恋猫も鶯も擬人化して、同じ生き物として呼びかける。

171
武士《さむらひ》や鶯に迄つかはるゝ　　七番日記　志多良

訳 さすがお武家さま。鶯にまで使われている。年 文化十年。解 武家や町人にあった飼い鳥の風習を揶揄《やゆ》した作。鶯の鳴き声を競うために、武士が鶯の世話をさせられる。まるで主君に仕えるかのようだ。仕官の身は辛いもの、と皮肉たっぷり。何者にも使われないわが身は気楽。参 文化十三年「侍《さむらひ》に蠅を追する御馬哉」（七番日記）。

172 鶯やとのより先へ朝御飯　七番日記　志多良

訳 鶯よ、お殿様より先に朝御飯。年 文化十年。解 城中に住む鶯はお殿様より先に餌を啄《つい》ばむ。殿様も鶯も生物としての観点からみれば自然なことで、人間だけが前後・上下を問題にするばかばかしさ。参 前書「城中鶯」（志多良）、下五「朝飯を」（志多良　句稿消息）。

173 鶯やくらまを下る小で《ぢゃ》うちん　七番日記

訳 鶯が鳴く季節になったなあ。鞍馬山を下る小さな提灯《ちょうちん》。年 文化十一年。解 鞍馬山で修行したという伝説をもつ源義経が闇に紛れて鞍馬を下って行くのだろうか、と一茶には珍しく物語的な趣向。蕪村の「はるさめや綱が袂に小でうちん」（蕪村句集）や「むし啼や河内通ひの小でうちん」（同）のような物語を秘めた句を思い出させる。参 文化九一年「鶯やくらま育《そだち》の顔もせず」（七番日記）。

174 鶯や此《この》声にして此山《やま》家《が》　七番日記

訳うつくしい声で鳴く鶯よ。この声だからこそこの山家に似合う。年文化十二年。解梅に鶯の取り合わせはもっともぴったりするが、この山家もまさしくぴったり。鶯の住む山家の満ち足りた生活。参同じ一月に「鶯のしらなんではいるかきね哉」（七番日記）。

175 鶯や今に直らぬ木《き》曾《そ》訛《なまり》　七番日記

訳うぐいすよ、おまえさんは今も直らないね。木曾訛が。年文化十三年。解木曾で捕えられ連れられてきた飼い鳥の鶯だろう。鳴く音に木曾谷の訛が残っているとみる擬人法。鶯も人間も同じ生き物と見る一茶にとっては、当然のことだが、鶯にも訛があるという発想がおもしろい。初期俳諧にはこうした発想の句があった。

燕《つばめ》・乙鳥　つばめ。雁と入れ替わるように春に飛来する。人家の軒などに巣を作り、秋から冬にかけて南方に渡る。前年の巣を忘れないとされ、子に対する慈愛の深い鳥とされる。

176
夕燕我には翌《あす》のあてはなき　文化句帖

訳夕方の燕よ。おれには明日どうなるというあてもない。年文化四年。解二月二十一日の作。「北風吹。申刻地震」（文化句帖）と記した後、この句を記す。ねぐらに帰ることができる燕に対して、帰る家のない境涯の身の上を対照させて「我には」と強調。「あてはなき」という嘆息は、地震のために家を失った人に成り代わってのものであり、また我が身のことでもある。参中七・下五「我のみ翌のあてもなし」（発句鈔追加）。下五「あてもなし」（版本発句題叢　花声集など）。

177
いざこざをじっと見て居《ゐる》乙鳥哉　七番日記

訳争いのいざこざをじっと見ている乙鳥だよ。年文化十二年。解乙鳥の視点から人間界を見た姿。動きの速い乙鳥が梁《はり》などに羽を休めてじっと人間の争いを見ている。「いざこざ」は争い。人間がくりかえす無用な争いを暗に批判しているが、「じっと見ている」ところに、そんな人間を哀憐する思いが込められている。同時に「京も京京の五条の乙鳥哉」「目を覚せアコ《吾子》が乙鳥も参たぞ」などの作もある。前者は京の五条大橋から、敏速に動き回り弁慶に立ち向かう義経を思い出させ、後者は特定の乙鳥を贔屓《ひいき》する吾が子への愛情も感じさせてくれる。

雲雀《ひばり》　畑や野原などに営巣する留鳥。春のうららかな日、空高く舞い上がって囀《さえず》るのを揚《あげ》雲雀《ひばり》、その後で一直線に落下するのを落雲雀《おちひばり》という。

178　鳴く雲雀人の顔から日の暮る、　　文化句帖

訳鳴く雲雀、人の顔から日が暮れて行く。年文化元年。語顔から暮る、—はじめに人の顔がぼんやり暗くなること。文化六年「畠打の顔から暮る、つくば山」（文化六年句日記）。解雲雀が鳴く時間を詠んだ露川句「雲雀鳴く朝や寝上手起嫌ひ」（北国曲）があるが、人の顔がぼんやりとして輪郭を失う黄昏時《たそがれ》（日暮）をとらえて、聴覚と視覚の両方から時間をとらえた作として新しい。芥川龍之介「水洟や鼻の先だけ暮れ残る」は、この一茶句にヒントを得た作かもしれない。参同時に「踏残すぜゞ《膳所》、よかただ《堅田》よ鳴雲雀」。

雉《きじ》　日本固有の鳥で、畑や野原などに棲み、食用ともなる。春に雄が雌を求めて鳴くさまは、和歌以来「雉子のほろろ」として知られ、子を思うことが切な鳥という。

廿六日、江戸をうしろになして、おぼつかなくも立出る。小田の蛙は春しきり貌《がほ》に騒ぎ、木末の月は有明をかすみて忽《たちまち》旅めく

179 雉鳴いて梅に乞食《こじき》の世也けり　寛政三年紀行

訳雉の鋭い鳴き声が聞こえる頃、梅の花が咲き、乞食も出歩く世となったねえ。年寛政三年。語梅に乞食―其角「梅が香や乞食の家ものぞかるゝ」（続虚栗）。蕪村「虱《しらみ》とる乞食の妻や梅がもと」（時々庵己未歳旦帖）。解山里は雉が鳴いて、梅が咲いている。梅に乞食は昔から詠まれているが、春を待って物乞いに出るのだろう。旅立つ自分も、乞食と同じように春を待っていたのだ。

180 雉《きじ》鳴や関《くわん》八《はつ》州《しう》を一《ひと》吞《のみ》に　七番日記

訳雉が鋭い声で鳴いているよ。あたかも関八州を一呑みにしてしまうかのように。年文化九年。解二月の作。関八州は、上野・下野・常陸・安房・上総・下総・相模・武蔵国の八州で広大な地。、三月には「時鳥花のお江戸を一呑に」と詠むので、下五「一呑に」の語勢を活かそうとしたのだろう。豪快な気分にしてくれる。一茶は微弱なものをみつめる温かい目と世界を鳥瞰《ちょうかん》できる目と両方を備えていたことがうかがわれる。

181 走る雉《きじ》山や恋しき妻ほしき　七番日記

訳走る雉、山が恋しいからだろうなあ。おれは妻が欲しい。年文化九年。解雉は飛ぶ前に走る習慣があり、その実際を見ていたのだろう。「妻が欲しい」という願いは、走る雉とは直接関係ないが、切実さが伝わってくる。その率直さが句としても新しい。一茶が妻帯したのは、この二年後の五十二歳。

雁《かり》・帰雁・行雁 秋に飛来して越冬した雁が、春になって北に帰ること。名残惜しさを感じさせ、花を見ずに帰るのをいぶかしがる形で詠まれてきた。

182 行《ゆく》雁《かり》や迹《あと》は本間《ほんま》の角田川　七番日記

訳帰って行く雁たちよ。おまえたちが居なくなったら本当の隅田川に戻るのだよ。年文化九年。語行雁―帰雁、また帰る雁で、季語。春に北へ帰る雁。大江丸「行く雁や北斗の外は雲の浪」の用例がある。解角（墨）田川は、『伊勢物語』東下りで「白き鳥の嘴《くちばし》と脚の赤き鴫《しぎ》のおおきさなる」鳥（都鳥）が住むところとされた。冬場にいた雁が、北へ帰ると「都鳥」だけの世界にもどる。それを「ほんまの」と都風（京風）の言葉で表現して洒落《しゃれ》た。参『株番』では、この句の中七を「ほんまの」と平仮名表記する。

183
有明の雁になりたや行雁に　七番日記

訳有明の雁になりたいよ。北へ帰って行く雁に。年文化九年。解雁に託して、朝立ちして古郷に向けて旅したい。俗謡調の「なりたや」が活きている。先行例では、鬼貫「我が身の細うなりたや牡丹畑」（仏兄七久留万）、淡斉「あの時の我になりたや雪こんこ」（二えふ集）があり、同時代の乙二に「松島の鶴になりたやはるの空」（松窓乙二発句集）がある。

板橋

184
かしましや江戸見た雁の帰り様　七番日記

訳やかましいなあ。江戸見物をした雁が北へ帰る様子は。年文化十年。解板橋は中山道の最初の宿場。繁華な日本橋を発って帰郷する人々が、鄙《ひな》びた風景にほっとして飯盛女を相手に自慢話で大騒ぎ。帰る雁を擬人化した情景句だが、田舎者を皮肉る気分で詠んだものだろう。

185
思ふさま寝《いね》てはこして帰《かへる》雁《かり》　志多良　句稿消息

訳思い切り寝て、糞をして北へ帰って行く雁。年文化十年。語はこ―厠《かわや》において糞を受ける容器（箱）から、転じて糞。解わが国（日本）は、安全な国だから、自由に眠っておおいに食って糞をして帰って行くことができると、雁の生態も自慢の種。前年作の「けふからは日本の雁ぞ楽に寝よ」（七番日記）と異曲同工。参中七「寝」と「鳴」を併記（句稿消息）。

蛙　かえる、かわず。両生類。古今集以来、鶯と並んで歌詠む生き物の代表。芭蕉「古池や」句は蛙を詠んだ句としてあまりにも有名。

186 なく蛙此《この》夜《よ》葎《むぐら》も伸《のび》ぬべし　文化句帖

訳なく蛙の声、それにひかれてこの夜は葎も伸びるはず。年文化二年。解蛙が繁殖期を迎え、勢いよく鳴いている。それに促されるかのように雑草も、夜のうちに繁茂するだろう、と戯れた。夜に感じる動植物の生命力。

187 草蔭にぶつくさぬかす蛙哉　文化句帖

訳草の陰でぶつくさ屁理屈をぬかしている蛙よ。年文化二年。語ぬかす―「言う」ことを乱暴にいう言葉。解二月七日の作。この日は「夜少雪」。同日の「草かげや何をぶつくさゆふ蛙」は、「夕」と「言ふ」を言いかけた言葉遊びだが、「ぬかす」の方が迫力があっておもしろい。

188 かゝる世に何をほたへ《え》てなく蛙　七番日記

訳こんな世に何をいい気になって蛙が鳴いているのか。年文化九年。語ほたへて—いい気になって。つけ上がって。「白い炭などとほたへる隠者哉」（文政八年十一月二十日草水宛一茶書簡）。解一茶以前の和歌や俳諧で鳴く蛙を詠んだ例は枚挙にいとまないが、「ほたへ（え）る」を使った例は見ない。歌詠む代表者としての蛙を「ほたへる」と言い換えて、俗っぽく問いかけるところがユーモラス。

189 夕不二に尻を並べてなく蛙　七番日記

訳夕方の富士山に尻をならべて蛙たちが鳴いている。年文化九年。解日没ころの美しい偉容をみせる富士山と卑小な蛙たちとの対照。鳴く蛙は古来詠み継がれてきたが、富士山との取り合わせは例がない。「並べて」という几帳面さも笑いを誘う。文化九年九月に「夕月に尻つんむけて小田の雁」（七番日記）の作がある。これは道彦の「大原や月一につんむく家一つ」（蔦本集）を意識しての句作りだろう。

190 小便の滝を見せうぞ鳴蛙　七番日記

訳小便の滝をみせてやろうぞ。鳴く蛙に。年文化九年。解芭蕉「よし野にて桜見せふぞ檜の木笠」と万菊丸「よし野にて我も見せふぞ檜の木笠」の唱和（笈の小文）をふまえて、蛙に小便の滝を見せてやろう、と戯れて呼びかけた。卑俗で痛快。かつて庶民の便所は戸外にあって、助丹「小便もしたし水鶏《くひな》も起す也」（国の花）、其角「小便に起ては月を見ざりけり」（五元集拾遺）、朱拙「小便してうらみの滝の夜寒哉」（芭蕉盥）の景色が普通だった。参一茶は初期のころから小便を題材にして、寛政四年「船頭よ小便無用浪の月」（寛政句帖）、寛政年中「小便の身ぶるひ笑へきりぎりす」（西国紀行書込）、文化十二年「小便の滝を見せうぞ来よ蛍」（七番日記）、文政三年「真直な小便穴や門の雪」（八番日記）、同五年「小便の穴だらけ也残り雪」（文政句帖）、同七年「むく起〔の〕小便ながら御慶哉」（同）、同八年「隣から連小便や夜の雪」（同）など晩年にいたる迄、二十五句ほど詠んでいる。

191 天下泰平と居並ぶ蛙かな　七番日記

［訳］天下泰平だと並んで座っている蛙たちだなあ。［年］文化十二年。［解］蛙軍（蛙合戦）は、蛙を人間に見立てての合戦。蛙同士の陰惨な合戦を描いた奇譚（『古今著聞集』巻第二十「寛喜三年高陽院の南大路にして蛙合戦の事」）や源頼朝の命を受けて土佐坊正尊が義経を討った、堀河夜討ち（『平家物語』『義経記』謡曲『正尊』等）などが有名。ここでは、何事もなかったように並んでいるおかしさ。「天下泰平」は、一茶がしばしば用いることば。破調ながら、あえてこうした句作りをした。貞門談林時代には、天下泰平句の用例がある。［参］保友「ほうらいや天下泰平国土菓子」（延宝元年歳旦発句集）、甚右衛門「天下泰平安城やけふの春」（ゆめ見草）、一茶・文化十二年「綿弓やてんてん天下泰平と」（七番日記）、同十三年「天下泰平と立たるかゞし哉」（同）、同十四年「天下泰平とうに咲桜哉」（同）。

192
痩蛙まけるな一茶是に有　　七番日記　浅黄空

蛙たたかひ見ニまかる、四月廿日也けり

［訳］痩せ蛙、負けるなよ。一茶が是にいるのだから。［年］文化十三年。［語］四月廿日―一茶の父の祥月命日は、五月二十一日。この翌年の文化十四年五月二十一日は、一茶の父の十三回忌にあたる。［解］痩蛙は、やせ細った蛙。痩藪・痩馬・痩竹・痩脛などの用例から創案したもので、一茶の造語だろう。一茶自身も、この句以外には用いていない。「蛙た

たかひ」も造語。蛙が繁殖期に雄が雌を争うこととみればわかり易いが、四月は初夏だから、時期的にはやや遅い。前書から父追善の思いをこめて、自分もこうして生き延びていますよと報恩の思いを込めて詠んだ追善の句だろう。同じ頃に詠んだ「時鳥なけなけ一茶是ニ有」（七番日記）も同じ趣向だが、一茶と痩蛙が組み合わされて、この句が活きてくる。弱者への応援とする近代的な見方もありうる。参前書「むさしの国竹の塚といふに、蛙たたかひありけるに見にまかる、四月廿日也けり」（希杖本一茶句集）。正明「蛙軍《かはづいくさ》棒ふりむしも加勢哉」（ゆめみ草）。古硯「美玉ここにありとやいはん花の露」（続山井）、荷雪「是にあり手風神風御田扇」（誹諧当世男）。

193
坐《座》とりけり大蛙から順〳〵に　　七番日記

訳居場所をとったなあ。大きな蛙から順々に。年文政元年。解蛙の世界にも順位序列があることに着目。人間世界の順位序列を、蛙に置き換えたときの思いだろう。人の世も蛙の世界も変わらない、同じ生き物のかなしさ。

194
夕不二に手をかけて鳴蛙哉　　七番日記　句稿消息

訳夕方の富士山に手をかけて鳴いている蛙だねえ。年文政元年。解霊験あらたかな信仰の対象も蛙には関係ない。寛政三年に詠んだ「青梅に手をかけて寝る蛙哉」の着想が活かされている。この「夕不二」は富士山信仰がもたらした人工の富士塚。富士山信仰に伴い、六月一日、富士山に参詣する「富士講」が結成されたが、参詣できない人のために各地に浅間神社に勧請されて不二塚が築かれた。浅草富士（台東区浅草）は有名、一茶もしばしば題材に詠んでいる。[参]文化二年「浅草不二詣／背戸の不二青田の風の吹過る」（文化句帖）、同六年「またぐ程の不二へも行ぬことし哉」（文化六年句日記）、同七年「浅草や家尻の不二も鳴雲雀」（七番日記）、文政七年「浅草や朝飯前の不二詣」（文政句帖）。

195
おれとしてかゞみくらする蛙哉　　八番日記

独坐

[訳]おれとともに腰をかがめ比べしている蛙よ。[年]文政二年。[解]蛙が腰を落としじっとして一茶を見ている。一茶も同じようにして蛙を見ている。蛙軍《かわずいくさ》ならぬにらめっこ。蛙の姿がおかしいが、その姿は己が姿でもある。『梅塵本八番日記』では、中七「白眼《にらみ》くらする」。こちらの方が誇張した表現。この年には「いうぜんとして山を見る蛙哉」（おらが春）と陶淵明の詩「悠然見南山」（飲酒・其五）をふまえて、隠者のような蛙も詠んでいる。[参]「小高みに音頭とりの蛙かな」「親分と見へて上座に鳴蛙」「木母寺の鐘に孝

一行かはづ哉」「鶺鴒《せきれい》の尻ではやすや鳴蛙」と「塔の影莚《むしろ》かすりてなく蛙」と併記。

196 じつとして馬に嗅《か》がるゝ蛙哉　　文政句帖

訳じっと動かないでいて馬に匂いを嗅がれている蛙よ。年文政八年。解蛙と馬を取り合わせて、小なるものと大なるもののアンバランスを楽しんだもの。観念的な句ではなく実景であろう。じっと嗅がれる蛙も、それを見つめる作者の姿勢にも面白さが感じられる。この句を立句に中野（長野県中野市）の門人文虎と梅塵と幻一との四吟半歌仙を巻いている。脇句は文虎「盥の中に遊ぶ雀子」。一茶が良く詠む雀をつけているのは、門人たちも一茶の好みを承知していたのだろう。参「棒杭に江戸を詠《ながむ》る蛙哉」「そこでも江戸が見ゆるか鳴く蛙」と併記。

蝶《ちょう》・小蝶・初蝶　蝶が花の間をひらひらと舞う姿は春が来た喜び。小蝶は漢語の「胡蝶」と響きあう。初蝶は初めて見た蝶。荘子が夢で蝶となった寓言「胡蝶の夢」（『荘子』「斉物論」）は、近世の人々に好まれ、多くの文学作品に用いられた。

道後温泉の辺りにて

197
寝ころんで蝶泊らせる外湯《そとゆ》哉　西国紀行

訳寝ころんで息をひそめ蝶を止まらせる、ゆったりのんびりの外湯だなあ。年寛政七年。語外湯―内湯に対していう。道後温泉は愛媛県松山市にある名湯で、多くの人に親しまれ文人墨客も訪れた。解前書の通り、伊予松山の道後温泉での句。四国を行脚《あんぎや》した折、風早難波村（愛媛県松山市）に頼りとした俳人茶来（最明寺の住職）を訪ねたが、他界していた。後住に宿泊さえ許されず「朧〳〵ふめば水なりまよひ道」と詠んだ後、幸いにも道後温泉に宿を得てほっとして詠んだ作。道後温泉は日本最古の温泉。開放感のある外湯で、蝶と自分が一体化して、荘子の「胡蝶の夢」の境地に近づいたところが愉悦。幸福な気分が伝わってくる。

198
草の蝶大《おほ》雨《あま》垂《だれ》のかゝる也　享和二年句日記

訳草に隠れるようにとまっている蝶、大きな雨だれが降りかかっているよ。年享和二年。語草の蝶―草のなかにとまる蝶。蕉笠「おりざまに吹立られし草の蝶」（瓜畠）。解草藪で羽を休めている蝶に、大きな雨垂れが降りかかる。草にとまる蝶は、そうでなくてもあわれさを感じさせるのに、いっそうあわれ。蝶に旅先での自分の姿を重ね合わせたものだろう。参文化元年「門川の飯櫃《いびつ》淋しや草の蝶」（文化句帖）。

199
初蝶のいきお《ほ》ひ猛《まう》に見ゆる哉
文化句帖

[訳]春の初蝶が勢いよく飛んでいるように見えて頼もしいなあ。[年]文化元年。[解]初蝶を擬人化した作。本来ならば弱々しい蝶を別の角度から見た。中七「いきおひ猛」は勢いが盛んなさま。「法師ばかり羨しからぬものはあらじ。『人には木の端のやうに思はるるよ』と清少納言が書けるも、げにさることぞかし。勢猛《いきほひまう》に、のゝしりたるにつけて、いみじとは見えず（徒然草・一段）をふまえる。この頃一茶は『徒然草』をよんでいて、『文化句帖』一月二十六日に「つれづれ二云、此国のはかせの書おけるも古へのはあはれおほかりける」と書き付けている。[参]享和四年（二月十一日文化元年に改元）一月二十五日の作。

200
文七とたがひ違ひに小てふ哉
文化句帖

[訳]組紐《くみひも》職人の文七が出て行くと行違いに小さな蝶が入ってきたことだよ。[年]文化二年。[語]文七—文七元結の略。髻《もとどり》を結ぶ晒《さら》し紙で作った細い組紐。または創業者桜井文七に因んで、それを作る職人。[解]職人の文七と小蝶を取り合わせて、つましく生きるものの小さな行き違いに着目。出会わないことがいっそう詩情を深める。

201
はつ蝶にまくしかけたる霰《あられ》哉　　文化句帖

訳春になってはじめて舞い出た蝶にいどみかかるように霰が降っているよ。年文化四年。解中七「まくしかけたる」は、勢いよくたたきつけるの意で、「まくしたてる」と類語。霰は冬の季語で下五「霰哉」とむすぶからこれに感動があるが、勢いよくふりそそぐ霰のなかで飛ぶ初蝶をいとおしんだ、春の句。参二月二十五日の作。この日は「晴　申刻地震　木下川通曲り金矢切渡シ　小金ニ入」（文化句帖）。

202
初蝶の一《ひと》夜《よ》寝にけり犬の椀《わん》　　文化句帖

訳初蝶が昨夜一夜寝たのだなあ。この犬の椀で。年文化五年。解「犬の椀」は、犬の餌茶碗。初めてこの世に生まれ出た初蝶は、犬を恐れないで眠り、犬も初蝶を見守って一夜を過ごしたのだろう。ありえなそうな風景だが、実際にその景を見ての驚きだろう。生きる者同士の不思議な共生を見つめる作者の目が温かい。

203
蝶とぶや此《この》世に望みないやうに　　文化三―八年句日記写

訳蝶が飛んでいるよ。この世に希望がないかのようにあちこちと。年文化六年。解三月五日の作。翌日に中七を「此世の」と一字違えて再び記す。花を求めるのではなく、あちこちと乱脈に飛ぶ蝶。「この世に望みがない」という言い方から、作者自身、希望を失っていたのかもしれないと感じさせられる。

204 世の中や蝶のくらしもいそがしき　七番日記

訳これが世の中というものだなあ。蝶のくらしも人と同じく忙しい。年文化八年。解蝶があちこちと飛び回るさまを忙しいと見立てた。蝶の暮らしも人の暮らしと同じものとみたところに句眼がある。「世の中」は、古語では男女の仲を言う場合があったが、ここでは世間一般だろう。

205 むつまじや生れかはらばのべの蝶　七番日記

訳仲むつまじいことだね。生まれ変わったならば、野辺の蝶になりたいね。年文化八年。解肉親との争いを忌避するこころ。戯れ合う蝶をみての願望。素直で飾らない、つぶやきのような句である。野梅の句「むつまじや兄弟いづるわかなつみ」（我庵集）が念頭にあったかもしれないが、たわむれるように飛ぶ蝶に置き換えたところが手柄。

206 蝶とぶやしなのゝおくの草履《ざうり》道　七番日記

訳蝶が飛んでいるだろうね。信濃の奥の草履道。年文化八年。解人々が行き交うところに飛ぶ蝶は、人が恋しいからだろう。「草履道」は、文政四年「門礼や片側づつは草履道」（八番日記）、同年「年礼や下駄道あちは草履道」（同）とも詠むことからみて、下駄道とは異なり、草履でも歩ける比較的整備された道。参文政四年「梅咲や信濃の奥も草履道」（だん袋）。

207 手まくらや蝶は毎日来てくれる　七番日記　浅黄空

訳手枕で昼寝している気楽さとさびしさよ。蝶だけは毎日来てくれる。年文化十年。解独り寝のさびしさ。蝶が出る時間だから昼間。荘子の胡蝶の夢のように高尚な趣味ではなく、できれば添い寝してくれる妻が欲しい。参前書「独座」で上五「肱《ひぢ》枕」（多羅葉集）。上五「茶の淡《泡》や」（句稿消息）。

208 此《この》方が善光寺とや蝶のとぶ　七番日記

訳こちらの方角が善光寺なのだろうか、蝶々が導くように飛んで行く。年文化十二年。

【解】「牛にひかれて善光寺参」は、早く明暦二年（一六五六）刊『せわ焼草』に登録される諺。この諺の牛を蝶に代えて、のどかな春の善光寺参りを演出した。四門四宗、老若男女すべての人に開かれた善光寺は、人々の信仰の対象であり、「善光寺参り」は娯楽の一つだった。善光寺は長野市にあるほか、各地にも同じ名の寺がある。【参】文化十四年「死下手や鼻でおしへ《を》る善光寺」（七番日記）。

209 **蝶とぶや横明りなる流し元**　七番日記

【訳】蝶が飛んでいるよ。横から明りがさしてくる台所に。【年】文化十三年。【解】「流し元」は、水を使う場所で、台所（キッチン）。「横明り」は用例がないが、横から取った明かりで、台所の横側に窓があるのだろう。蝶が横側から光を受けて飛ぶ明るい春の風景に安息感がただよう。【参】白雄「蝶とぶやあらひあげたる流しもと」（しら雄句集）。

210 **石なごの一《ひ》二《ふ》三《み》を蝶の舞《まひ》にけり**　七番日記

【訳】いしなご遊び、子どもたちが一二三と石を数え、蝶は子どもたちのまわりを舞っているよ。【年】文化十三年。【解】いしなご《石投》は、女児の遊び。ひとつの石を投げあげて落ちてくる前に、地面の石を拾う。早くたくさん拾った方が勝ち。蝶が舞う温かな陽ざしのなかで、子どもたちが数を数えながら、無心に遊ぶ姿をとらえて、温かく巧み。わらべ歌風の作。

参文政四年「石なごの玉にまつはる小蝶哉」（八番日記）。

211 神垣や白い花には白い蝶　　七番日記

訳神社の垣根のすがすがしさよ。そこに咲く白い花には白い蝶。年文政元年。解白のもつ清潔さを神垣に映しての作。同じ頃の「祝ひ日や白い僧達白い蝶」「初蝶もやっぱり白い出立哉」「白妙の僧白妙の梅の花」も同じ着想。雪の白は憎しみの対象だが、神垣には白がすがすがしくふさわしい。

212 大猫の尻尾《しっぽ》でなぶる小てふ哉　　八番日記

訳大きな猫の尻尾で、からかわれている小さな蝶よ。年文政二年。解大猫が尻尾を悠々と動かしているところに小さな蝶がじゃれつくように飛んでいる様子。猫が尻尾で小蝶をあやしていると見る観点がおもしろい。

213 葎《むぐら》からあんな小蝶が生れけり　　八番日記　浅黄空

訳律のなかから、あんな可愛らしい小さな蝶が生まれたよ。年文政二年。解律のように顧みられず、嫌われものから誕生する可憐でいとおしい命。同じ時期に上五「芥《あくた》から」、また「塵塚に」とする案も『八番日記』にあって、小さなかけがえのない命がどこから誕生するか、さまざまに工夫した形跡がみられる。参中七「あんな小蝶の」（おらが春）。

214 門の蝶子が這《は》へばとびはへばとぶ　希杖本発句集

訳門口まで飛んできた蝶、子どもが這って行けば飛び、這えばまた飛ぶ。年文政六年。解飛ぶ蝶を追いかけて、這う子どもの動きを巧みにとらえた。「門の蝶」は、子どもを誘うかのように門口まで訪ねて来た蝶。蝶を追いかける幼な子の命と飛ぶ蝶の命は等価で、それをみつめる一茶の目も温かい。

白魚　河口付近に生きる半透明で長さ六センチほどの小魚。一年の寿命から、そのはかなさを詠まれることが多い。伊勢の付合語（俳諧類船集）。俳諧でとくに好まれた題。

215 白魚のどつと生るゝおぼろ哉　文化句帖

訳白魚がどっと生まれる、おぼろ月の夜だよなあ。年文化五年。語どっと――一般的には笑い声や風の吹く音。解「おぼろ」は「生るゝ」にかかるが、「(おぼろ)月」をも暗示する。初夏になると、白魚は河口をさかのぼって産卵するが、春の朧月夜の産卵と時間を定め、ちいさな生命が集まって誕生する瞬間をとらえて、幻想的で荘厳な雰囲気を醸し出す。芭蕉の「明ぼのやしら魚しろきこと一寸」(野ざらし紀行)を念頭においていたかもしれないが、「どっと」という擬音語で生命誕生の神秘をとらえた点で新しい。一茶を助けた立砂に「大雨にどっと出たる小蝶かな」(随斎筆紀)があり、これにヒントを得たとする説もある。

わか草　萌え出た春の草をいい、柔らかくみずみずしいものとして詠む。「つま」の枕詞でもあるように、和歌では男女の語らいの背景や恋しい人の象徴としても用いられる。

216　わか草や我と雀と遊ぶ程　　文化句帖

訳わか草が伸びたよ。オレと雀が遊ぶ程の丈まで。年文化五年。解若草が伸びたことを喜び、雀と遊んだという舌切り雀の翁《おきな》に自分を見たてているのだろう。遊ぶ雀を詠んだ例は、文化二年「もちつきや門ハ雀の遊処《あそびどこ》」(文化句帖)、同十年「雀子を遊ばせておく畳哉」(七番日記)、同年「大仏の鼻で鳴也雀の子」(七番日記)、同十二年「菜の花や鼠と遊ぶむら雀」（七番日記）、文政二年「竹の子と品よく遊べ雀の子」（おらが春）などがある。子雀は春の季語だが、雀だけでは季語ではない。

菫《すみれ》　山野に自生し、濃い紫色の可憐な花を咲かせる。紫、あれたる宿、野をなつかしみ、春の形見などを連想した。

217 地車におっぴきがれし菫哉　文化句帖

訳地車におっぴきがれてしまった。無残な菫よ。年文化元年。語地車―四輪の車。重い荷を積んでひく。蕪村「地車のとどろとひびくぼたんかな」（蕪村句集）。解「おっぴきがれし」は「おしひしがれる」で「押し拉《ひし》ぐ」の受身形。「押し開く」を「おっぴらく」と音便化する用法と同じく語勢を強めた言い方。実感を伴うが、この句以外の用例は見当たらない。芭蕉「山路来て何やらゆかしすみれ草」（野ざらし紀行）や蕪村「春の水すみれつばなをぬらしゆく」（夜半叟句集）とは逆に、粗暴に扱われるのが路傍の菫。地車をひく生活者にとって菫が雅《みやび》であるかどうかなど関係ない。

218 壁土に丸め込まる丶菫哉　文化句帖

訳壁を塗る土と一緒に丸め込まれてしまった菫よ。年文化二年。解菫は濃い紫色。高貴な感じを与える花だが、茶色の壁土に混ぜられて壁に塗り込められてしまったあわれ。中七「丸め込まる、」は擬人法で、都合よくあしらわれてしまうこと。参二月二十三日の作。同日に「このましき菫も咲くよあみだ坊」。

219 サホ姫のばりやこぼしてさく菫　　七番日記

訳佐保姫の小便よ。それをこぼして咲いている菫。年文化七年。解サホ姫（佐保姫）は、春を告げるビーナスで春の季語。「霞の衣裾はぬれけり／佐保姫の春立ちながら尿《しと》をして」（犬筑波集）の有名な付合を踏まえて、ビーナスの尿がもれて、こぼれたおかげで、菫が咲いたと笑いに興じた。俗が生み出す雅もあるのだ、と言いたい。

菜の花・なの花　油菜の花で、一面に黄色く咲く様子を詠むことが多い。栽培がさかんになったのは、江戸中期頃から。俳諧題。

220 なの花のとつぱづれ也ふじの山　　七番日記　株番

訳菜の花の畑のとっぱずれにあるのだなあ、富士の山は。年文化九年。語とっぱづれ—

度を越して外れていること。文化十年「君が世のとつぱづれ也浮寝鳥」（七番日記）。文政三年「青天のとつぱづれ也汐干がた」（八番日記）。同六年「炎天のとつぱづれ也炭を焼」（文政句帖）、年次未詳「すみがまや浮世の隅のとつぱずれ」（梅塵編一茶発句集）。解『浅黄空』『自筆本』にも記載、『随斎筆紀』にも見られる、一茶自得の句。まず菜の花畑が目に入って来て、その彼方、視界のかたすみに富士山が見えて来る。実見した風景としても、中七「とつぱづれ」に句眼があり、大景を一望できるように構成した。「とつぱづれ」は、宝暦十年刊『眉斧日録』（湖十編）三編に収載する「十月の窓から不二のとつぱずれ」の先例があると指摘されている（鈴木勝忠「一茶調の母体」『蕪村・一茶』所収）が、菜の花に雄大な富士山を配したところが手柄。若葉を配して富士山の大景をとらえた先例に、蕪村の「不二ひとつ埋みのこして若葉かな」（蕪村句集）がある。参北斎の画本『富岳三十六景』の初版は文政六年（一八二三）頃、『富岳百景』の初版は天保五年（一八三四）の刊行と言われているので、一茶が北斎の画本を見て、この句を成した可能性は低い。

221　かるた程《ほど》門《かど》のなの花咲にけり　　七番日記

訳かるたの数ほど門の菜の花が咲いたなあ。年文化十年。解かるたは花札だと通例四十六枚、百人一首だと百枚と数は一定しないが、たくさんの意で用いたのだろう。花を描いた花札もカルタと呼ばれていたから、そうした華やかな札をイメージしての句作り。家の門に咲く菜の花との取り合わせが新しい。参中七「門の菜畠も」（志多良）。

222 なの花も猫の通ひぢ吹とぢよ　七番日記

訳菜の花も恋猫が通って行く道を花吹雪で閉ざしてしまいなさいよ。年文化十年。語猫の通ひぢ吹とぢよ―遍昭「天つ風雲のかよひ路吹きとぢよをとめの姿しばしとゞめむ」（百人一首）。解上五の「も」は、桜吹雪に加えて「菜の花吹雪も」。通い猫は、恋猫でこれも春の季語。恋に浮かれている猫の通路を花吹雪で閉ざしてしまいたい。優美な和歌を俗な猫の恋に転じた面白さ。

223 大《おほ》菜《な》小《こ》菜《な》くらふ側《そば》から花さきぬ　七番日記　句稿消息

訳大きな菜の花小さな菜の花、摘んで食って行くとすぐに次の花が咲くよ。年文化十一年。解上五「大菜小菜」の響きの面白さにひかれた句作り。菜の花は食用にもしたが、それをとりあげて詠むのは珍しい。成美が「春色見るがごとし」と評したのは、「くらふ側から」を次々に菜の花が咲く様子と見たからだろう。参下五「花が咲《さく》」（『希杖本一茶句集』）。文化十一年三月二十四日斗囿宛書簡では、この句と258番・279番の句を掲げる。

224
菜の花や垣根にはさむわらじ銭《ぢせん》　七番日記

訳菜の花が咲いているよ。その垣根に挟んでくれているわらじ銭。年文化十一年。語わらじ銭《ぢ》―草鞋《わらじ》を買うためのお金。わずかな旅費。解垣根越しに菜の花が咲き揃っている山村の風景。主は不在だが、旅立つ前に訪ねて来ることを知って、垣根に心ばかりの草鞋銭を挟んでおいてくれる。その心遣いが嬉しく、ありがたい。旅で身にしみるのは人情とさりげない心遣いである。

225
なの花の中を浅間のけぶり哉　七番日記

訳菜の花が一面に咲く中を浅間山の煙が上って行くよ。年文化十三年。語浅間―浅間山。長野県と群馬県にまたがる活火山。標高二五六八メートル。解浅間山全体を菜の花が覆い、そこから活火山の煙が立ち上って行く大景。天明三年（一七八三）の浅間山大噴火は、甚大な被害をもたらした。菜の花が一面に咲いている、穏やかで美しい風景を見ても、立ち上る浅間山の煙は噴火による災害の記憶を人々に甦らせたことだろう。文化九年の句「なの花のとつぱづれ也ふじの山」（七番日記　株番等）と比肩できるような大景を詠んだ作で、ならべて鑑賞されてよい句。

226 なの花にむし《蒸》つぶされし小家哉　七番日記　句稿消息

訳菜の花に蒸されてつぶされたあばら家だなあ。年文化十三年。解「蒸しつぶされし」が句眼で誇張した表現。菜の花栽培が盛んになったのは江戸中期の蕪村の時代頃からで、化政期には、全国各地で栽培されるようになった。菜種油用に刈り取られた菜の花がうず高く積まれて、花の匂いに蒸せ返るような小家の様子をとらえた。参同じ頃に「菜の花やおばゝが庵も夜の体《てい》」（七番日記　浅黄空は中七「おばゝが庵の」）。

木の芽・芽出し

きのめ。このめ。木に萌え出た新芽。芽出しははじめて出た草の芽。

227 木々おの〳〵名乗り出たる木の芽哉　俳諧千題集

訳木々がそれぞれ、おれだよわたしよ、と名乗り出たような木の芽だよ。年寛政元年。語名乗り出たる—謡曲調の表現。「これは木曾の山家より出でたる僧にて候。われ未だ都を見ず候ふ程に此度思ひ立ち都に上り候」（謡曲・巴）。解木々が芽吹く季節を迎えた喜び。木々は、雪国の春を耐えて花を咲かせ、やがて若葉の候を迎える。ブナやナラばかりか名も知らない雑木が、いっせいに芽吹く様子を擬人化した。中七「名乗り出たる」が眼目。㊫去来の「岩鼻やこゝにもひとり月の客」をめぐって、芭蕉は「こゝにもひとり月の客と名乗り出たらんこそ風流なれ」と言ったという逸話が伝わる（三冊子）。

228 芽出しから人さす草はなかりけり　八番日記

㊕芽を出した時から人をさすような草はないだろうよ。㊎文政二年。㊔何丸の歳旦帖『男艸子』にこの句を送っている。何丸のような貴顕に近づこうとする人を警戒していたのかもしれない。㊫何丸―宝暦十一年生まれ。信濃吉田（長野市）の人。文政二年、江戸へ出て、守村抱儀らの後援を得て俳諧宗匠として立つ。

蕨《わらび》　シダ類の落葉多年草。時の政治を批判して首陽山の蕨を食べて餓死したという伯夷《はくい》・叔斉《しゅくせい》の故事や志貴皇子の「石走《いはばし》る垂水の上のさわらびの萌え出づる春になりにけるかも」（万葉集）をイメージした。

229 鳥べの、地蔵菩薩の蕨哉　発句集続篇

㊕鳥辺野の地蔵菩薩の傍らに出ている蕨よ。㊎文化十年。㊖鳥べの―鳥辺野。京都市東山区。平安時代、火葬場があったことで知られる。㊔鳥辺野は、葬送の地。そこの地蔵

菩薩は、迷える衆生を救い天に導く。蕨は握り拳《こぶし》のように見えるが、やがて手を開いて、衆生を導いてくれよう。伯夷・叔斉が首陽山に隠れて蕨を食べて餓死したという有名な古代中国の故事を思い出させるが、ここでは地蔵菩薩の救いの手。

梅・梅の花・梅の木　すべての花に先駆けて咲くとされているので「花の兄」と呼ばれる。一般には白梅（紅梅は二月）。仮名「うめ」「むめ」「んめ」を併用。和歌以来、花よりも香を詠むことが多く、その気品の高さが好まれた。菅原道真（天神）ゆかりの木の花。

230 **我もけさ清僧の部也梅の花**　さらば笠

此裡《うち》に春をむかへて

訳私も新年の今朝ばかりは清らかな僧侶の仲間入りだ。芳しい匂いの梅の花。年寛政十年。解新年を長谷寺（奈良県桜井市初瀬にある真言宗の寺）で迎えた折の感懐。観音信仰の寺で女性の参詣も受け入れたので、清少納言たちも参詣した。乞食のように放浪する半俗半僧の一茶も霊験あらたかな気分になって、この地に籠《こも》ったのだろう。「我も」の「も」と「けさ清僧」の「けさ」が、普段の俗な生き方とは異なることを強調する上で有効に働いている。参前書に「長谷の山中に年籠りして」（文政版）もある。この句に寺の住職が「かすみ見そむる白雲の鐘」と脇をつけている（さらば笠）。蕪村「頭巾一着て声こもりくの泊瀬法師」（蕪村句集）。

231 梅さけど鶯なけどひとり哉　　享和句帖

葛生《くずふ》

訳梅が咲いても鶯がないてもひとりぼっちだなあ。年享和三年。語葛生―「葛、生ヱテ楚《いばら》ヲ蒙《おほ》フ」（詩経・唐風）。解上五「…ど」と中七「…ど」は漢詩文的用法。「梅に鶯」は、典型的な春の象徴。前書の「葛生」（詩経）は、夫に先立たれた妻が悲しみ嘆く挽歌。それを自らの孤独な身の上に転じた。同じ年に「鶯の四月啼《なき》ても古郷哉」とも詠んでいるが、この句の前書に「東山」とあるのも『詩経』（豳風）から採ったもの。この頃、一茶はさかんに『詩経』を学び、自分の句に取り入れていた。

232 梅がかやどなたが来ても欠茶碗　　文化句帖

立川通御成

訳梅の香がして来るよ。梅見にどなたが訪ねてくれても、おもてなしは欠けた茶碗。年文化元年。語立川通御成―竪川（江戸本所を東西に流れ隅田川と中川をつなぐ運河）通りの日光御成街道沿い。一茶は、文化元年十月から五年五月まで相生町五丁目（竪川の北—東京都墨田区緑町一丁目）辺に住んだ。解梅の香りに誘われて、だれが我が庵を訪ねてくれても、欠け茶碗でもてなすしかない。貧乏で孤独な庵住まいの様子がうかがわれる。梅の香りが春を伝えてくれる頃の心もやわらいで人恋しくなる気持ちも伝わってくる。許六の「梅が香や客の鼻には浅黄椀」（篇突）に対抗して成したとする説（遠藤誠治「一茶の句作態度」『連歌俳諧研究』五十一号）がある。参嘯山「醴《あまざけ》やおつはら髪が欠茶碗」（葎亭句集）。万和「朝〳〵にどなたが来ても衾かな」（随斎筆紀）。一茶・文政二年「草の戸やどなたが来ても欠火桶」（八番日記）、同「草の戸やそなたが来ても欠火桶」（梅塵本八番日記）。

233
膝の児の指《ゆびさす》始《はじめ》梅の花　文化句帖

『父母恩慈教《ふもおんじゆうきやう》』其子発声如聞音楽

訳膝に抱いた子どもが指をさし始めた。その先に咲く梅の花。年文化元年。語父母恩慈教—父母恩重経。孝養を勧める経。中国で作られたという。「其子《そのこ》ノ発スル声、音楽ヲ聞ク如シ」。解梅の香りに誘われたのか、梅の花に誘われたのか、指さしを始めた子どものかわいらしさこそ父母への孝養の始まり。上五「膝の児」のぬくもりが伝わってくる。

234 梅さくに鍋《なべ》ずみとれぬ皺《しわ》手哉　文化句帖

訳梅が咲く季節なのに、相変わらず鍋の墨がとれないままの皺の手よ。年文化元年。語鍋ずみ—木や石炭で火を焚くときにつく鍋の底の黒い煤煙。解一生を煮炊きで終える老婆が皺手をみつめる哀しさ。鍋墨の代わりに眉墨をつけ、おめかしして梅見に出かけたいけれど、家事におわれたままで叶わない。そんな老婆を見る作者の視線は温かい。

235 やぶ入りの顔にもつけよ梅の花　文化句帖

訳やぶ入りの黒い顔にも梅の花をつけなさいよ。年文化五年。解いっこうに垢《あか》抜けしない娘なのだろう。白梅の花のように白粉をつけ、紅梅の花のような頰紅をつけなさいよ、と帰郷する娘に呼びかけた。やぶ入りも春の季語。正月十六日頃休暇をもらって、古郷へ帰ること。参同日（一月二九日）の作に「やぶ入りのかくしかねたる白髪哉」。

236 梅咲て身のおろかさの同《おなじ》也　文化六年句日記

訳梅が咲いても、わが身の愚かさは変わりませんなあ。年文化六年。解一月七日、随斎成美亭での初会の挨拶《あいさつ》句。この年の元日の夜大火に見舞われたが、昼は「思旧巣」の前書で、「梅さくや寝馴《なれ》し春も丸五年」と古郷の家を懐かしみながら、江戸住まいのわが身を詠んだ。

237
婆ゝ猫よお《を》どりばかさん梅の花　七番日記

訳婆々猫よ。おどって化かしてやろうよ。梅の花の下。年文化七年。解猫が年老いると化け猫になるという。踊り化かすは「踊り明かす」のもじり。そんな雌猫に呼びかけた陽気で明るい句作り。猫と牡丹の取り合わせは多いが、梅との取り合わせは珍しい。

238
幼《をさな》子《ご》や摑《にぎ》〳〵したり梅の花　七番日記

訳幼い子のいとおしさよ。にぎにぎしている梅の花。年文化七年。解幼子が梅の花をご飯に喩《たと》えてままごとをしているのだろう。川柳の「役人の子はにぎにぎをよく覚え」をふまえながら、子どものかわいらしさを詠んだもの。

239
銭《ぜに》から〳〵敬白《つつしんでまうす》んめ《梅》の花　株番

訳銭がからから音をたてている。謹んでお祈り申し上げます。天神さんの梅の花。年文化九年。[解]江戸の湯島天神など梅が咲く天神様のお参り風景だろう。賽銭《さいせん》箱に投げ入れた銭がからからと音をたて、殊勝に願掛けする。かしこまった「敬白」がおかしいが、庶民のありのままの姿をとらえた作。文化九年に湯島天神の富籤《とみくじ》が公許されたという。

240 せなみせへ作兵衛店《だな》の梅だんべへ　　株番　七番日記

葛西辞《ことば》

[訳]さあお兄さん見なさい。これこそ作兵衛の店の梅だぞよ。[年]文化九年。[語]葛西辞―下総国葛飾郡（東京・千葉・埼玉）の隅田川以東で使う言葉。せな―兄をいう方言（物類称呼）。みせへ―「見さい」（見なさい）。作兵衛―一般的には「さくびやうゑ」。詐病の擬人化で、仮病をつかう人。[解]方言「せなみせへ」と「だんべへ」の響きのもつおもしろさを活かした句作り。作兵衛の店の梅が見事に咲いたよ。文化十四年一月には「かさい《葛西》こと葉」の前書で「せなみさい赤いはどこの梅だんべい」（七番日記）としているから、作兵衛にはこだわりがないのだろうが、実在しそうな人物が立ち現れてきて愉快。

241 月よ梅よ酢よこんにやくのとけふも過ぬ　　七番日記

訳月よ梅よ酢よ蒟蒻《こんにゃく》のと言って今日も過ぎてしまったなあ。年文化十年。語酢よこんにゃくの―何のかの、と文句をつけること。「四の五の」と同じ意味で使う慣用句。解「月雪とのさばりけらし年の暮」「梅が香にのつと日の出る山路かな」「恵比須講酢売に袴着せにけり」「昆若《こんにゃく》にけふは売勝《うりかつ》若菜哉」などすべて芭蕉句を下敷きにした句作り。芭蕉を売り物にして、なんのかんのと言って今日も過ぎたというのだろう。文化元年刊巣兆編『はたけせり』に収載されている其堂の句「あらたまる梅よ月夜よ我は何」を意識した句作りとみる説もある。参上五「月の梅の」（七番日記・文化十年）。

242
古郷や梅干婆《ば》ゝが梅の花　　七番日記

訳これぞ古郷だよ。梅干し婆の家に咲く梅の花。年文化十一年。解同時に「こつそりと咲ておじやるぞばゝが梅」。帰住後の古郷は居心地のよいものではなかったが、「梅干し婆」という軽口が出るほどに、老婆の庭に咲く梅に穏やかな春を感じた。

243
大《おほ》御《み》代《よ》や野《の》梅《うめ》のばくち野《の》雪《ぜっ》隠《ちん》　　七番日記

訳大いなる平和の世の中だなあ。野に咲く梅、野でする博打《ばくち》、野でする用便。年文化十二年。語雪隠―便所。厠など用便をたす所。解御代はふつうは天皇の治世。ここでは徳川氏の治世による平和な世の中。その証拠に野の梅が香り、野でもするほど博打《ばくち》が流行し、野でも安心してする用便。三題話のように並べているが、だんだん卑俗下品になることから、表向きは平和な世と寿《ことほ》ぎながら、実はそうではないと風刺したいのだろう。

244 梅の木にじ《ぢ》だゝん《んだ》を踏鳥哉　七番日記

訳梅の木にとまって、地団太を踏むまぬけな鳥よ。年文化十三年。解「梅に鶯」は喜ばれるが、梅の木に鳥がとまって枝踏みしても、だれも見向きもしない。その悔しさを地団太を踏むと大げさに表現したところがユーモラス。

245 がら〳〵やピイ〳〵うりや梅の花　七番日記

訳がらがらやピイピイを売り歩く商人がきたよ。梅の花が咲いた頃。年文化十四年。解がらがらは、回すとがらがら音が出る竹筒、ピイピイは風車、もしくは笛。そんな子どものおもちゃを売り歩く商人がやって来た。そのにぎやかさが、子どもをもつ喜びを改めて感じさせてくれる。同じ頃の「梅さくや親はなけれど子は育つ」は諺《ことわざ》「親はなくても子は育つ」を用いて、自らの子煩悩を自戒したのだろう。

246
おさなごや尿《しと》やりながら梅の花　七番日記

訳幼い子よ。おしっこをやりながら見る梅の花。年文化十四年。解文化七年「幼子や掴《にぎ》〳〵したり梅の花」(145番)の先例がある。こちらは可憐に咲く梅の花の下で、おしっこする幼い子どもが活き活きとしている。文政二年に「おさな子やたゞ三ツでも年の豆」(八番日記)があるから、三歳ぐらいまでの子が一茶句に詠む「幼子」。

247
烏帽子《えぼし》きた馬士《うまかた》どのや梅の花　七番日記

訳烏帽子をきて正装した馬方どのよ。梅の花も芳しい。年文政元年。解梅の花とゆかりが深い菅原道真を祀《まつ》る亀井戸天神の宮司が正装して元旦の祭りに出かけるのに合わせて、馬方も烏帽子を着たのだろう。「馬子にも衣裳」とからかい半分、「馬士どの」と改まって呼ぶのは、そのため。「亀井戸」の前書をもつ「梅の花庵の鬼門に立にけり」と併記。参前書「亀井戸天満宮」(だん袋)、「亀井戸天神」(発句鈔追加)。

248
そら錠と人には告よ梅の花　七番日記

一茶坊留主《るす》図

訳みせかけの錠だと人に告げなよ。梅の花。年文政元年。解参議《さんぎ》篁《たかむら》の「わたの原八十島かけて漕ぎ出でぬと人には告げよ海人《あま》の釣り舟」（百人一首）をもじった遊び。「人には告よ」が面白かったのだろう。「そら《空》錠」は、「空事」のように本当のものではないこと。

249 梅咲やせう《しゃ》じに猫の影法師　七番日記

訳梅が咲いて良い香が漂っているなあ。障子に映るのは猫の影法師。年文政元年。解ありふれた日常の風景だが、障子の向こうに映る猫と梅のシルエットが影絵のようで幻想的。別世界へと誘う。

250 梅さくや地獄の門も休み札　八番日記

斎日《さいにち》

訳梅が咲いているなあ。地獄への門も休み札がかかっている。年文政三年。語斎日—三業（身・口・意）を清めて、ものいみする日。解梅が咲く温かな日和を言祝《ことほ》いだ作。新年早々地獄を持ち出すのは、一茶が死を意識し始めたからか。前書の斎日は物忌みする日だが、正月十六・十七日の藪入《やぶいり》に閻魔《えんま》に参る日の「賽日《さいにち》」と重ねあわせて、地獄の門

―をイメージしたのだろうが、その地獄の「休み札」が人間臭くてユーモラス。

花・花の陰・花びら・華の世　開花するものの総称だったが、平安後期以後は一般に桜の花をさし、華やかさを象徴するものとして詠まれる。咲くのを待ち、散るのを惜しむのが、和歌以来の伝統。花の陰は桜の木の下陰。花びらは桜の花片。華の世は比喩《ひゆ》的な表現。

皇都

251 **みやこ哉東西南北辻が花**　寛政句帖

訳さすが都だなあ。どこの辻を見ても花ざかり。年寛政四年。語辻が花―絵模様染。草花文様を紅色にしたもの。江戸初期に流行した。花盛りを言いかける。解どこもかしこも花盛りの都を寿ぐ句。一茶ばかりか地方に住む人々には都は憧れの地で文字通り「花の都」。「東西南北」は、挙句で「東西南北日本の春」（大阪独吟集）、「東西南北御当地の空」（江戸蛇之鮓）のように使われるめでたい表現。一茶の西国行脚記念集『たびしうゐ』に収載する半歌仙の初折裏の十二（折端）を「東西南北正風の春」とする。

車隣

252　としよりの追従《ついしよう》わらひや花の陰　享和句帖

訳年寄がお追従笑いしているよ。花の陰で。年享和三年。語車隣―「車ノ隣々タル有リ馬ノ白顛タル有リ」(詩経・秦風)。花の陰―「薪負へる山人の花陰に休めるが如し」(古今集仮名序)以来雅を代表する言葉。解おかしくもないのに笑う「追従笑い」を思わずしてしまった年寄り。前書「車隣」(詩経)の意を勢いさかんな様と見て、それにおもねる老人の姿だろう。

253　花の陰此《この》世《よ》をさみす人も有《ある》　文化句帖

訳花の陰でこの世を軽んじて暮らす人もいる。年文化三年。語さみす―狭くする。軽んじる。価値を置かない。解三月二十七日随斎成美宅での作。句頭に長点や○点があるから、好評を得た句だろう。桜花を愛《め》でる風雅の伝統に立った句作り。同日作で、○点のみの「夕過や桜の下に小言《こごと》いふ」や無点の「金の糞しそうな犬ぞ花の陰」の方に一茶の作風の特徴を見出すのが現代の評価で、当時とは若干異なっている。

254　花さくや目を縫れたる鳥の鳴《なく》　文化句帖

訳花が咲いたなあ。目を縫われた鳥が鳴いている。年文化五年。解鳥を取るために囮《おとり》の鳥の目を縫い、よく鳴かせる。その鳥が花の咲く春を感じて鳴くあわれ。目を縫われた鳥は美しく咲く春の花を見ることができない。

255
花びらに舌《した》打《うち》したる蛙《かはづ》哉　七番日記

訳散ってきた桜の花びらにちぇっと舌打ちした蛙よ。年文化七年。解蛙の動きを微視的にとらえた作。蛙は散る花の哀れさを感じる必要がないばかりか、邪魔者にすぎない。擬人化した小動物の視点から見れば、散る花はあわれではない。散る花を愛《め》でる人を蛙が相対化してくれる。

256
花の月のとちんぷんかんのうき世哉　七番日記

訳花や月やとちんぷんかんのことを言いながらのうき世であったなあ。年文化八年。解芭蕉翁の「月雪とのさばりけらし年の暮」を真似て、俳諧師気取りで生きてきたが、何がなんだかわけがわからない、と自省した。うき世は、「浮世（浮かれた世）」、また「憂世（辛い世）」。上五が破調であるのは、チンプンカンを強調するためだろう。初期俳諧に「から子の踊《をどり》かきし絵に／踊《とび》はねるちんぷんかんや三ツ拍子」（誹諧当世男）の例はあるが、「ちんぷんかん」は、あまり使われない。翌文化九年にも「辻だんぎちんぷんかんも長閑哉」（七番日記）と詠む。【参】文化八年閏二月二日、成田（千葉県）での作。同日に「月花や四十九年のむだ歩き」（七番日記）と詠んだ。

257 さく花の中にうごめく衆生哉　七番日記　自筆本

【訳】咲く花の中でもごもごと動く人々よ。【年】文化九年。【語】衆生—命あるものすべて。迷いのなかに生きるもの。【解】花見の客たちをとらえた作。中七の「うごめく」が花見客の実態をとらえて巧み。下五「衆生」は、生きるものすべての怪しさと哀しさを言いとらえる。【参】前書「人間界」（株番　浅黄空）。上五「陽炎の」（文政二年・八番日記）。

258 有《あり》様《やう》は我も花より団子哉　七番日記

【訳】ほんとのことを言えば、おれも花より団子がいいのだがねえ。【年】文化十一年。【語】有様—ほんとうのこと。ありのまま。文化十二年「有様はいま〱しいぞ門の雪」（七番日記）、同「有様は寒いばかりぞはつ時雨《しぐれ》」（同）。【解】古く『せわ焼草』（明暦二年）などに登載される「花より団子」の慣用的な諺《ことわざ》をとりいれて、風雅観をゆさぶった。大声では主張できず、つぶやくような口語調がおかしい。『浅黄空』では、上五・中七「正直は

「おれも花より」とする。参同じ頃「人声にほっとしたやら夕桜」（七番日記）。

259
喧《けん》嘩《くわ》買《かひ》花ふんづけて通りけり　七番日記

訳喧嘩を買って出る男、散った花を踏んづけて通っていったよ。年文化十四年。解文化十一年作「隙あれや桜かざして喧嘩買」（七番日記）の勇ましい姿を「花ふんづけて」と具体化した作。翌十五年（文政元年）には「谷中」の前書で「日ぐらしや花の中なる喧嘩買」（七番日記）の句もある。蕪村「葱《ねぶか》買て枯木の中を帰りけり」（蕪村句集）に着想を得たか。参文政八年「けし提てけん嘩の中を通りけり」（文政句帖）。

260
人に花大からくりのうき世哉　七番日記

訳人には花、おおいなるからくりのこの世だなあ。年文政元年。解「花は桜木、人は武士」（諺苑）など流布した諺をもじり、人は花見に浮かれているけれど、この浮世（憂世）は、みえない何かに操られている、と思弁的。同じ年、菊見物では「人に人人にもまれてきくの花」と詠むのは現実的。どちらも、「大からくりのうき世」を何かに操られて生きていることになるが、それを楽しもう。

261 御仏や寝てござっても花と銭　八番日記

訳仏様よ。寝ていらしても花が手向けられ、お賽銭が上げられる。年文政二年。解釈迦《しやか》涅槃《ねはん》図を見ての作。信仰心もさることながら、現世利益が優先する。罰当たりなことだが、正直に言えばうらやましい。同じ頃に「寝ておわしても仏ぞよ花が降《は》る」「小うるさい花が咲とて寝釈迦哉」「其の脇にごろり小僧の寝しやか哉」の作もある。

262 花の陰あかの他人はなかりけり　梅塵本八番日記

訳花の陰で宴会、聞いてみれば、赤の他人じゃなくてどこかで縁がつながっている。年文政二年。解諺「縁はいな物、味な物」（やぶにまぐわ等）の俳諧化。知らぬ者だと思っていても、どこかでつながっていると感嘆。文政二年二月二十五日李園宛書簡では「桜々と諷《うたは》れし老木哉」「上野遠望／白壁のそしられながらかすミけり」「かくれ家や猫にもすえる二日灸」「葎からあんな小蝶が生れけり」などの句と共にこの句を送っている。

263 華の世を見すまして死ぬ仏かな　文政九・十年句帖写

[訳]花が咲く春の世をしっかり見てから死んだ仏様だよなあ。[年]文政九年。[解]痛風の病気をかかえて自分の死を意識しながらの作。生きることへの未練があって、仏様のように花が咲いてから涅槃に入るような真似はできない。「死時《しぬとき》も至極上手な仏哉」と併記。同じ年の「ぽつくりと死が上手な仏哉」も同案。

264
花の影《陰》寝まじ未来が恐しき　文政九・十年句帖写

耕《たがやさ》ずして喰《くら》ひ、織《おら》ずして着る体《てい》たらく、今まで罰のあたらぬもふしぎ也

[訳]花の陰では眠るまい。未来の死後の世界が恐ろしい。[年]文政十年。[解]前書から、単純な花見の句ではなく、遊民として生きることへの自省から出た句と知られる。春の季語が使われているが、夏以降の作だろう。「花の陰」は、西行「願はくは花の下にて春死なむその如月のもちづきのころ」（山家集）をふまえるが、西行とは異なって、寝てしまえば死を迎えることになるから、遊民として暮らしていても死にたくはないというのが本音。[参]文政元年「花見まじ未来の程がおそろしき」（七番日記）、「けふは花見まじ未来がおそろしき」（同）、「寝て涼ム月や未来がおそろしき」（同）などがあり、十年前にすでに死を予感しながらも、それから逃れようとしていたことがわかる。

花見

桜の花を見て楽しむこと。多く飲食を伴い、遊興的な気分が濃厚。

265
剃《そり》捨て花見の真似やひのき笠　　首途の時、薙髪《ちはつ》して　寛政句帖

訳頭を剃って花見西行や芭蕉を真似て檜木笠《ひのきがさ》をかぶり旅に出よう。年寛政四年。語剃捨て―「薙髪」と同じく頭を丸めて坊主になること。解僧体で花見をする西行と「よし野にて桜見せうぞ檜木笠」（笈の小文）と詠んだ芭蕉を追慕しての句作り。定住できる家がないから、芭蕉や西行の生き方を真似するほかない。俳人が西行や芭蕉を気取って行脚するのが流行した時代、一茶は、先人の「真似だ」と客観的に自分をながめて謙遜したことになる。参檜木笠は旅を象徴する笠。

266
おのれらも花見虱《しらみ》に候よ　七番日記

訳われも花見虱でございますよ。年文化十二年。解花見西行のパロディ。花を愛でて各地の花を訪ね歩いたとして伝説化された花見西行に倣って、虱の身で名乗り出たところがユーモラス。

桜・散桜・ちる花・夕桜　バラ科サクラ属のうち梅・桃・杏《あんず》などを除いたものの総称。二日草、よしの草などの異名がある。連句の花の定座は「桜」でなく「花」と詠む約束だが、

発句ではほぼ同じ扱い。散桜・ちる花は、その美しさをたたえ、哀惜の念を込めて詠む。夕桜は夕方の妖艶な桜。

267 親ありとこたへてもどる桜哉　　月の会

【訳】親がいるんだ、と胸をはって答えて戻って行く。いつもより見事に咲いている桜よ。【年】寛政九年。【語】親あり―諺に「親のない子は三文安い」あるいは「爺ちゃん婆ちゃん子は三文安い」。山村地域では広く言われていたらしい。【解】父母に大事に育てられている子の誇らしさ。六歳の弥太郎（一茶）が詠んだという「我と来て遊べや親のない雀」（おらが春）がさびしげなのに対して、誇らしげな子どもの姿が目に浮かぶ。桜は誇らしげな気持ちに照応する。

268 見かぎりし古郷の山の桜哉
黄鳥《くわうてう》　　享和句帖

【訳】見限ったはずの古郷の山の桜が見事に咲いている。【年】享和三年。【語】黄鳥―「黄鳥ヨ、黄鳥ヨ、穀《こく》ニ集マル無《な》カレ」（詩経・小雅・鴻雁之什）。この小雅の解釈は諸説あるが、安住できる場所を得ない者が帰郷を願う詩（白川静）と解しておきたい。【解】古郷への屈折した思い。同じ年に「夕桜家ある人はとくかへる」（夕方に美しく桜が咲いている。家がある人はすぐに帰宅する）。この前書に「杕杜《ていと》」（詩経・唐風）。孤立無援の状態を風刺する詩。自ら古郷を捨てたと強がるが、望郷の思いは禁じ得ない。参文化元年に「見かぎりし古郷の桜さきにけり」（文化句帖）の句形で記し、句頭に◎を付す。

269 江戸衆に見枯らされたる桜哉　　文化句帖

訳江戸衆がよってたかっての花見、そのために枯れてしまった桜だよ。年文化元年。語江戸衆―調鶴「江戸衆や心は山家ほとゝぎす」（誹諧坂東太郎）。解闊達《かったつ》なイメージをもつ江戸の人々が、花が枯れるまで次々と花見に出かける様子をいうのだろう。「見枯らす」の用例はみかけない。「見限る」「見残す」などから発想した一茶の造語だろう。

270 かい《界》わい《隈》の口すぎになる桜哉　　文化句帖

訳この近所一帯の金儲《もう》けになる見事な桜よ。年文化二年。語三月十三日には「何桜《なにざくら》かざくら銭の世也けり」「ちる花に活過《いきすご》したりとゆうべかな」の作がある。解二月二十七日随斎成美の句会での作。桜を愛《め》でる風流人や花見客をあてこんで金儲けして世過ぎする人が守る桜を風刺しながらもそれも致し方ないと共感する。「口過ぎ」は、暮らしをたてることで、「見過ぎ」とほぼ同じ意味だが、糊口をしのぐ人々には実感を伴う。

271
ちる花を屁とも思はぬ御顔哉
達摩《磨》賛　文化句帖

訳散る桜を屁とも思わないお顔ですなあ。年文化二年。解散る桜をあわれと見る伝統や美意識に対する逆説。前書から、九年間も面壁坐禅し続けたという達磨《だるま》を詠んだ作とわかる。花が散ったくらいで悟るのは、未熟者。達磨さんのふてぶてしい顔を見習いたいもの。慣用句「屁とも思わぬ」の使い方が巧み。

272
穀《ごく》つぶし桜の下にくらしけり　文化句帖

訳無駄飯だけ食う者、桜の下で暮らしているのだなあ。年文化三年。語穀つぶし―働かず五穀を食うだけの役にたたない人。ののしり言葉。解ごくつぶしは、一茶自身でありながら、桜の下で花見する花見西行でもある。それを風雅人とは見ないで、役立たずの人とみるのが新しくユーモラス。参年次未詳「穀つぶし花の陰にて暮しけり」（七番日記）は、この改案だろう。

273 ばゝが餅ぢゝいが桜咲にけり　文化句帖

訳 婆が餅を作る頃になった。爺が自慢の桜が咲いたよ。年 文化四年。解 草津（滋賀県）の姥《うば》が餅は有名。花咲爺の昔話のイメージを重ねて成した作。明るい春の目出度さ。江戸期の子ども絵本では「花咲かせ爺」と言っていたが、明治になってから「花咲き爺」と文法を無視して簡略な言いまわしになった。一茶は、菊の花を咲かせる爺を、「勝声や花咲爺が菊の花」（文化十一年・七番日記）と詠んでいるので、時代を先取りしていた可能性がある。

274 一本の桜持《もち》けり娑《しゃ》婆《ば》の役　文化三―八年句日記写

訳 一本の桜の木を持っている。世間の役にたっている。年 文化六年。語 娑婆―仏教用語。苦しみが多く忍耐することが多いところ。「苦の娑婆」とも用いるが、俗世間一般をさす。解 ふだんは何にも役に立たない家や人でも、たった一本でも桜が植えられている家に住んでいると、春になれば花見客が訪れる。それだけで良い。

275 夕ざくらけふも昔に成にけり　七番日記

訳夕方の桜を見ていると今日も早くも昔になってしまったのだなあ、と痛感することだよ。年文化七年。解芭蕉「さまざまの事おもひ出す桜哉」（笈の小文）や其角「墨の梅はるやむかしの昔かな」（後の旅）をふまえて、一日をふりかえってみればそれも過去のこと、時間の不思議さに思いをめぐらせた。参同じ年に「夜桜や大門出れば翌《あす》の事」の作もある。

276 ちる花や已《すで》におのれも下り坂　七番日記

訳散る花の哀れさよ。すでにおれも盛りを過ぎて下り坂。年文化七年。解散る花に無常を感じる伝統に対して、肉体の衰えを含めて自分の問題とて向き合った。江戸期は四十歳を初老とみたので、こうした感慨が起こっても不思議ではない。同年に「花ちるや已《おのれ》が年も下り坂」の作もある。

277 死《しに》支《じ》度《たく》致せ〳〵と桜哉　七番日記

訳死ぬ用意をしなさい、しなさいと桜が咲いているよ。年文化七年。解桜が咲くまでは生きていようと毎年思うが、西行が「願くは花の下にて春死なん」と詠んだように、そろそろ死ぬ準備をしなければならない。風雅に生きるのも良いが、「働かずして喰《く》ふ」

て生きているのだからと自省したか。この年（文化七年）春の俳諧歌（狂歌）に「はやく死ね〳〵とや烏めが喰《く》ふ〳〵と鳴にける哉」とあるから、生きていても無用者だと責められた経験をふまえての作だろう。

278 下々《しもじも》に生れて夜もさくら哉　七番日記

訳下々の身分に生まれて夜も桜を見物しているよ。年文化八年。解閏二月二十九日の作。この句の前に「好色そうな老法師のうろつく様や肥桶《こえおけ》を担いで行く五、六人の男が早起きの女をからかうと、「しや首ねぢふせしや。足打折てやらん」と反撃される様子を描き「皆々木の間の春げしきとはなりぬ」と結ぶ俳文がある。一晩中桜見物できる庶民の自由さとたくましさに共鳴しての作。下々も悪くない。

279 此《この》やうな末世を桜だらけ哉　七番日記

訳このような末世にもかかわらずあちこち桜だらけだなあ。年文化十一年。解末世は末法の世。この句を立句に二月十六日浅野に入り、文虎と両吟歌仙を巻いた（ほまち畑）。文虎の脇は「今やひがんとほこる鶯《うぐいす》」（株番）で、末世とは言え、桜ばかりか鶯も鳴くのどかに彼岸を迎えました、と応じている。文虎はめでたい気分だと解して脇をつとめたのである。参文化十一年三月二十四日斗囿宛書簡に223番・258番と併記。

280
気に入た桜の陰もなかりけり　七番日記　句稿消息

訳気に入った桜の花の陰もないのだなあ。年文化十一年。解桜の陰は「花の陰」とほぼ同じ意で使われる、風雅の象徴。寛政期から文化六年までに「穀《ごく》つぶし花の陰にて暮しけり」（七番日記）、文政期の作「花の陰寝まじ未来がおそろしき」（文政九・十年句帖写）などの作があり、一茶は「穀つぶし」の隠者が好むところとする。『句稿消息』で成美は「おもひしまゝの山里もがなとねがはれ候兼好法師の心にもおもひ合せ候」と兼好の「すめば又憂き世なりけりよそながら思ひしまゝの山里もがな」（新千載集）を下敷きにした句作りであると指摘。どこも憂世である。

281
隙《ひま》あれや桜かざして喧《けん》嘩《くわ》買《かひ》　七番日記

訳ひまがあるからだなあ。桜の花を頭にかざして行く喧嘩買。年文化十一年。語喧嘩買―自ら喧嘩を買って出る人。文政元年「谷中／日ぐらしや花の中なる喧嘩買」（七番日記）、同七年「江戸声や花見の果のけん花かひ」（文政句帖）。解一月下旬の作。山部赤人「ももしきの大宮人はいとまあれや桜かざしてけふもくらしつ」（新古今集　和漢朗詠集）のもじり。「いとま」を俗な「隙《ひま》」に言い換え、桜をかざす風流を「喧嘩買」の無風流に読み替えた。粋な風流人を装っても喧嘩するのが楽しみ。「火事と喧嘩は江戸の華」とはいうものの、威勢ばかりがいいのが江戸っ子。[参]二月七日に「ちる花に喧嘩買らが通りけり」（七番日記）とあるのは別案。

282 三尺に足らぬも花の桜哉　七番日記　句稿消息

[訳]三尺に足りない、そんなものでも花のなかでは桜だなあ。[年]文化十一年。[語]三尺―約一メートル。[解]人々が極端に桜を賞美した「花は桜木、人は武士」（百句ことわざカルタ等）をふまえた句作り。三尺は『奥の細道』で仏頂和尚の歌と伝える「竪横の五尺にたらぬ草の庵むすぶもくやし雨なかりせば」の五尺よりもさらに小さい。

283 ちる花に御目を塞《ふさ》ぐ雛哉　七番日記

[訳]散ってゆく花にお目を塞ぐお雛《ひな》さまのいとおしさよ。[年]文化十二年。[解]目をふさぐのは、花が散るのを惜しむ気持ちからだと忖度《そんたく》しての作。人形は、もともと「ひとがた」だから感情移入しやすい。人間の命より長く生きた雛は、ずっと御目を塞いで花の散るかすかな気配だけを感じて来られたのだろう。

284
散《ちる》花《はな》もつかみ込けりばくち銭　七番日記

訳散っている花も一緒につかみ込んだよ博打《ばくち》の銭も。年文化十三年。解散る花をあわれと惜しむ風雅の伝統とは無縁な庶民。地面に散っている花びらと一緒に博打の銭を急いで拾い集めるおかしさとあわれ。上五の「も」が有効に働く。参同じ頃「ちる花に御免の加へぎせる哉」（七番日記　浅黄空）。

285
花ちるや末代無智の凡夫衆　八番日記

訳花が散るよ。末代まで無智のままの悟らない人々。年文政二年。解花が散れば無常を観じて、悟りを開くのが賢悟の人。それに対して、無智で悟らない凡夫には救いがない。蓮如《れんにょ》が「この如来をひとすぢにたのみたてまつらずは、末代の凡夫、極楽に往生するみちふたつもみつもあるべからざるものなり」（御文）と言ったのだから、花が散ったのを機にひたすら念仏を唱えれば救われるのだが、そうしないのが凡夫たち。自分もその一人。

286
なまけるなイロハニホヘト散《ちる》桜《さくら》　七番日記

訳怠けるなイロハニホヘトを学んでいる内に桜が散っている。年文政元年。解「いろはにほへとちりぬるを」のいろは歌を用い、諺化した「少年老い易く学成り難し」、「光陰矢の如し」をふまえて、子どもを諭した作。寺子屋の手習いの教訓と散る桜を巧みに取り合わせている。初期俳諧の談林に「身入《みにしみ》ていろはにほへと書きくどき」(大坂独吟集)、貞門に「書初やいろはにほへとちよの春」(続山井)などがあり、その影響が感じられる句作り。参同年十一月に「はつ雪やイロハニホヘト習《ならふ》声」(七番日記)。

287
さくら〳〵と唄れし老《おい》木《き》哉　　八番日記

訳さくらさくらと昔唄われた老木よ。年文政二年。解老木のかつての栄光を詠むが、哀れを誘うのではない。文政四年「花ならば老木はゆるせお七風」、同七年「いそ〳〵と老木もわか葉仲間哉」、同七年「生役や老木のぜいに帰り花」なども老いてなお盛んな老木を賛美する。

288
苦の娑婆や桜が咲ば咲いたとて　　梅塵本八番日記

訳苦しみのこの世の中だよ、桜が咲けば咲いたといって。年文政二年。語娑婆—仏教用語。煩悩を抱いたままの衆生が生きる世の中。解桜が咲いたと言って騒ぎ立てても、人々の暮らし向きは変わらないから、仏の慈悲にすがって救済を願いたい。『浅黄空』には「大悲奉納」の前書がある。「大悲」は衆生を苦しみから救済する仏の慈悲心。深刻な願いの句だが、下五を連句の第三のようにして、軽く言い止めるからだろう。一茶より一時代前の露白に「さくら咲娑婆の日和や七廻り」（渭江話）の追善句があるように、「娑婆」は当時の感覚では、単純に世の中や世間一般ではなく、仏教的な世界観と結びついて使われていた。参中七・下五「花が開ケばひらくとて」（風間本八番日記）。

藤

山野に自生するほか、観賞用に棚を作って栽培される。紫や白の房状の花が特徴的で、風に揺れるさまを藤波という。暮春を代表する花で、和歌にもよく詠まれる。

289 藤さくや木辻の君が夕《ゆふ》粧《よそほ》ひ　七番日記

訳藤の花が咲いているよ。木辻の遊女の夕化粧。年文化八年。解木辻は、奈良の遊女町として栄えた。藤が咲いたことと遊女客を引くために夕方化粧することは直接結びつかないが、艶冶《えんや》な気分が共通する。参同じ頃に「藤さくや已《すで》に卅日《みそか》の両大師《りやうたいし》」。

山吹

バラ科。多く山野の水辺に自生する。万葉以降詠みつがれてきた。晩春三月の花とされる。山中に黄色を点じて美しい。

290山吹や先《まづ》御先へととぶ蛙　七番日記

訳山吹が咲いたよ。まずお先に失礼と飛ぶ蛙。年文化十三年。語蛙も春の季語。解蛙は鳴くものだが、その前に先ずお先に飛びましょう。芭蕉句「古池や蛙飛び込む水の音」の上五を其角が「山吹や」としたこと（葛の松原）をふまえた戯れ。この句の上五を「古池や」と改めて詠んでもいるから、芭蕉や其角が詠んだ飛ぶ蛙への敬意が含まれていたのだろう。同じ頃、「夕やけにやけ起してや鳴蛙」（七番日記）と、鳴いても顧みられないで「やけを起こした」蛙も詠んでいる。参前書「深川芭蕉庵の跡拝見して」（浅黄空）。上五「古池や」（浅黄空）、「玉川や」（自筆本、文政版）。

柳　薄緑色に新しい葉を付けた早春のさまを賞し、風になびく風情を詠む。水辺のものとして詠むことも多い。揺れる柳の枝と女性の髪とは相互に比喩《ひゆ》の対象となり、その形から葉と女性の眉《まゆ》も相互になぞらえる。

291振り替る柳の色や雨あがり　はいかい柳の友

訳ふりかえってみて、青々とした柳の色に驚いたよ。この雨上がり。年寛政元年。解振り返ってみる柳に託して、別離の悲しみを詠んだ作。王維の「渭城ノ朝雨軽塵ヲ浥ス客舎青々柳色新タナリ　君ニ勧ム 更ニ尽セ一杯ノ酒　西ノカタ 陽関ヲ出ヅレバ故人無カラン」（送元二使安西）をふまえての句作り。一茶に吉原へ登楼するだけの資力があったとは思われないが、吉原大門にあった見返り柳をイメージして詠んだとすれば粋な句となる。参「今日庵執筆　菊明」の号で入集。今日庵は、森田元夢（享保十二〜寛政十二年 七四歳）の庵号。

292
雨あがり朝飯過のやなぎ哉　花見二郎

訳雨上がり、朝飯を過ぎて見る青々とした柳よ。年寛政十二年。解朝飯は、芭蕉の句「あさがほに我は食《めし》くふ男かな」（みなしぐり）が念頭にあったのだろう。一茶は、朝飯の時間を文化二年「下京の朝飯時を日傘哉」（文化句帖）と詠んでいた。柳は、王維「客舎青々柳色新タナリ」（送元二安西）をふまえているか。朝飯を終えて、旅立とうとする前の清涼感を柳に託した作。参文政七年「浅草や朝飯前の不二詣」（文政句帖）は、浅草の浅間神社境内に招来した「富士山」への参詣を詠んだ作。

293 柳からもゝんぐわとて出る子哉　　七番日記　おらが春

【訳】柳の陰から「ももんがだあ」と言って出てくる子よ。【年】文化十年。【語】もゝんぐわ―鼯鼠。リス科の哺乳類。夜行性で木から木へ飛び移る。「もゝんぐハ・とがごしとふたつのものを合せて、もゝんぢいといふ歟」（鳥山石燕・画図百鬼夜行）。【解】「ももんぐわ」は、その姿も呼び名も子どもにとって恐怖の化け物で、百々爺《ももぢい》と同一視された。柳も幽霊が出る場所にふさわしい。子どもが柳の陰に隠れて脅かそうとした様子と声の響きをとらえて楽しい。【参】文化九年「もゝんじの出さうな藪を梅の花」（句稿消息）。

294 一村は柳の中や春の雪　　七番日記

【訳】一村全体が柳が芽吹いて青々としている。そこに春の雪。【年】文化十一年。【解】上五を「ひとむら」と読むと山村風景。「いっそん」と読むと、陸遊「柳暗花明又一村」（遊山西村）のような詩句を思い出させる。一村すべてが柳の緑に覆われ、これに降り散る春の淡雪の白さを感じさせてくれ、一幅の絵画を見るようである。

まつの花　松は百年に一度花が咲くというので、めでたいことや長寿を祝うように詠むのが一般的。

295
是からも未だ幾かへりまつの花　真佐古

訳これから先幾度も齢を重ねながら青々と若返り、末長く栄えてゆく見事な松の花。年天明七年。解松は縁起が良いから、庭木として植えられ、大事に手入れされる。松と待つを言いかけるのは常套的な言葉遊びだが、松のようにいつまでも若さを保ってくださいと、松にことよせた長寿の祝い。「渭浜庵《いひんあん》執筆《しゅひつ》一茶」で入集。現在知られる一茶号での最初の作品。渭浜庵は葛飾派三世の素丸《そまる》の庵号で、その執筆をつとめていたのだから、一茶はこの頃すでに俳諧に通暁していたはずである。参『真佐古《まさご》』は新海米翁（長野県佐久郡）の米寿記念集。

春が行く・行春・あすなき春・春を惜しむ

晩春。春が過ぎ去って行く名残惜しい気持ちを込めて詠む。哀感を伴うこともある。

296
行春の町やかさ売すだれ売　寛政句帖

訳過ぎ行く春の町よ。かさ売りやすだれ売りが、売り声をあげて通り過ぎて行く。年寛政四年。解大江丸の「夕立や江戸は傘うりあしだ売」（俳懺悔）を学んだ句作り。大江丸の句は、夕立のなかでも傘売りや下駄売りが行き交う江戸の町の気風の良さを詠み、一茶は江戸の五月雨《さみだれ》の季節に備えて傘売りの商人、夏に備えてすだれ売りの商人が行く町の活気ばかりか季節の推移も感じさせてくれる。参空存「五月雨や蓑笠売の市日和」（ゆめみ草）。蓼太「行く春や一声青きすだれうり」（蓼太句集）。

297 大和路や翌《あす》なき春をなく烏《からす》　文化句帖

訳大和路の行く春よ。明日になれば、春から夏へとかわると春を惜しんで鳴く烏。年文化二年。解春にうかれ歩いた「うかれ烏」も明日になれば季節が変わってしまう。弥生尽を迎えた惜春の情を烏に託した。江戸相生町（墨田区）に住んでいながら、同日「下京の窓かぞへけり春の暮」とも詠んでいる。関西遊歴の若き日への懐旧の情からの作か。参一月十五日に「大和路は男もす也茶つみ歌」。

298 ゆさ〳〵と春が行《ゆく》ぞよのべの草　七番日記　我春集

訳ゆさゆさと春が去って行くよ。野に咲く花。年文化八年。解一茶と同時代の俳人・鈴木道彦に「ゆさ〳〵と桜もてくる月夜かな」（蔦本集）があり、どちらが先行するかわからないが、上五の擬態語が新鮮。野辺は「野辺送り」の野辺と見る必要はなく野良一帯。参文化七年「けふぎりの春とは成ぬのべの草」（七番日記）を推敲《すいこう》したものか。

299
白髪《しらが》同士《どし》春をゝしむもばからしや　七番日記

訳白髪になった者同士が春を惜しむのもばからしいなあ。年文化十三年。解去来「花守や白きかしらを突きあはせ」（炭俵）のパロディ。花守が花を守る風雅だが、逝く春を惜しむのは馬鹿らしい。一茶が交流した人々は白髪になっていたのだろう。同時代の修験者で俳人の岩間乙二に「成美は題目にひたとかたぶき、巣兆ははやく酒に酔ふとか。道彦は向島に隠居す―とも聞ゆ」の前書で「きくの秋白髪くらべにむさし迄」（松窓乙二発句集）の作があり、その人々を同士と呼んだか。参一茶・文化元年「しバしまて白髪くらべん鉢扣」（文化句帖）。

一茶句集　夏

五月雨　降り続く五月の長雨。梅の実がなる頃なので梅雨（うめのあめ／つゆ）ともいう。和歌ではサミダレ、俳諧ではサツキアメの読みが加わる。初期俳諧では地上に海や川が出現すると詠み、物が腐食するイメージが蕉風俳諧で加わる。

300 **五月雨《さみだれ》や鳥あなどる草の家**　文化句帖

[訳]五月雨よ鳥でさえ馬鹿にする粗末な家。[年]文化四年。[語]あなどる―軽蔑する。小ばかにする。[解]五月雨に降りこめられたあばら家に住む憂鬱《ゆううつ》。古く「五月雨は鳥のなかぬ夜明哉」（雑談集）と詠まれたように、五月雨には鳥さえもなかないとされてきたのだが、外で鳴く鳥さえ、わが家を馬鹿にして阿呆と鳴いている。[参]文化十一年「五月雨にざくざく歩く鳥かな」（七番日記）。

けふは〳〵と立おくれつゝ入梅空《つゆぞら》いつ定るべくもあらざれば、五月十日東都をうしろになして

301 **五月雨や胸につかへるちゝぶ山**　七番日記

[訳]五月雨が降りしきっているよ。古郷を思うと胸にわだかまりができる。秩父山を前にして。[年]文化七年。[解]江戸から信濃へ中山道沿いを行くとき、上毛三山（妙義・榛名・

赤城）より先に、秩父連山が上尾宿のあたりで見えてくる。山国信濃の柏原でどんなことが待ち受けているか、一茶にとって秩父山はその吉凶を占う役割を果たしていたのだろう。このときは、遺産相続の交渉問題が胸につかえていた。[参]文化元年「さはつても時雨さう也ち丶ぶ山」（文化句帖）、同十一年「雁鳴や浅黄に暮るち丶ぶ山」（七番日記）、同十五年「坂本宿／長き日や胸につかへる臼井山」（だん袋）。

入《つ》梅《ゆ》晴《ばれ》　五月《さつき》晴とも。梅雨が明けた後、空がからりと晴れあがったこと。

302 入《つ》梅《ゆ》晴《ばれ》や佐渡の御金が通る迚《とて》　　七番日記

[訳]梅雨があがってすっきりした空、佐渡金山から掘り出された御金が、街道をお通りになると。[年]文化十三年。[語]入梅晴―近代では梅雨の間の晴れ間もいうが、江戸期は梅雨が明けた後の晴れ間をいった。[解]佐渡金山から掘り出された金が江戸へ運ばれて行く。街道の警固を強化してものものしく運んで行く様子を、庶民には関係ないと思いながらも、無視することができず「通るとて」と苦々しげに見た。[参]文政三年「さどが島」の前書で「それがしも宿なしに候秋の暮」（八番日記）。

暑さ・暑き夜　夏の気温が高いこと。またその夜。小暑・大暑を合わせた暑中の意にも用いる。俳諧題。

303 大空の見事に暮る暑哉　七番日記

訳大空が見事に暮れてゆく。それでもなおお暑いことだよ。年文化七年。解六月十二日、江戸住吉町の八巣蕉雨宅での作。「夏は夜」と枕草子の作者が言う通り、暑かった日の大空が見事に暮れて夜になったが、暑いことに変わりはない。蕉雨は桜井氏。信州飯田出身の豪商。文化十一年御家人株を買って江戸へ移住。文政十二年（一八二九）没。五十五歳。参同時に「蓬生《よもぎふ》に命かけたる暑かな」。

304 あつき夜や江戸の小隅のへらず口　七番日記

訳実に暑い夜だ。そういう江戸の片隅の憎まれ口。年文化七年。語へらず口―負けおしみやでまかせ。憎まれ口。解六月十二日、江戸住吉町の八巣蕉雨宅での作。暑さに負けん気が加わり、ますます憎まれ口が過熱して行く。「江戸の小隅」で大言壮語、侃々《かんかん》諤々《がくがく》の議論があったのだろう。それを客観視するところがユーモラス。

305 暑き夜をにらみ合たり鬼瓦　　七番日記

燐二階住

訳暑い夜を一晩中にらみ合っているよなあ鬼瓦。年文化十二年。解鬼瓦は、屋根の棟の両端に備え付ける鬼の面のような瓦だが、ここではいかつい顔をした男の譬喩《ひゆ》。擬人化された鬼瓦は、狭い土地でひしめくように建て込んだ家の隣同士。鼻を突き合わせて息苦しく生きる人々のいがみ合いは、暑さも手伝って頂点に達する。一触即発のケンカになりかねないが、「鬼瓦」のにらみあいだけに、にらめっこのようでユーモラス。同時に詠んだ「夜涼みやにらみ合たる鬼瓦」も同案。

306 穀《こく》値《ね》段《だん》どか〳〵下るあつさ哉　　文政九・十年句帖写

訳穀物の値段がどんどん下がる、ひどい暑さだなあ。年文政九年。解文政二年に「米国《こめぐに》の上々吉の暑さかな」と詠んだのは、夏の暑さで稲が豊かに実るから。この句は豊作はありがたいが、米や穀類の値段が下がってしまうほどの暑さだと農民の気持ちを代弁した。参上五・中七「米値段ぐつぐと下る」（あみだがさ）。

夏の夜・短夜

夏至を頂点に日照時間が長くなり、夜が明けやすいことから、それを惜しんだり、あっけなさを詠む。

307 短夜を継《つぎ》たしてなく蛙哉　文化句帖

訳夏の短夜、次の夜もまた次の夜も続けて鳴く蛙よ。年文化五年。解オスの蛙は繁殖期になるとメスを求めて鳴く。夏の短い夜では、鳴き足りないから、鳴き続ける。それを「つぎたす」とみるのが新しい。毎夜の蛙の鳴き声は、性への執着だが、生きるもののあわれを感じさせてくれる。

308 短夜に竹の風《かぜ》癖《くせ》直《なほ》りけり　文化句帖

訳夏の短夜に竹に吹く風の癖も直って吹いているなあ。年文化五年。解「竹の風癖」は、曲がりくねって吹く風。夏の短夜は曲がるには短すぎる。文化十二年「涼風の曲りくねって来たりけり」(七番日記)に先行する作。風さえも擬人化して「癖」があったり、曲がりくねって吹くと捉える感覚が独特。

309 夏の夜やいく原越る水戸肴《ざかな》　七番日記

訳夏の短夜だなあ。どれくらいの原を越して運ばれてきたのか、水戸肴は。年文化七年。語水戸肴―水戸（茨城県）で獲れる肴。亀のことか。『毛吹草』巻四「名物」に「水戸《ミト》浮亀《ウキキ》　魚也」と掲載する。解水戸から江戸千住までは、水戸街道で百余キロメートル。夏の短夜にしても、水戸肴が一夜で江戸へ着くことはむずかしい。一茶は馬橋あたりまでしばしば水戸街道沿いに旅した。さらにその遠方にひろがる野原に思いを馳せた作。文化元年には「秋霧やあさぢを過る水戸肴」（文化句帖）と詠んでいたので、水戸街道を通って運ばれる新鮮な魚一般を「水戸肴」として珍重したものだろう。

涼《りょう》・涼《すず》み・涼《すず》し・涼しさ・涼風《りょうふう》・門涼《かどすずみ》・夕涼《ゆうすず》　暑い時期に感じる涼味で、秋になっての新涼《しんりょう》とは別。涼風も暑さのなかで涼しさを感じる風。門涼は家の前の涼、夕涼は夕方に涼むこと。

310 門の木も先つゝがなし夕涼　寛政三年紀行

訳門に植えてある木も、堂々としていてふだんと変わらない。その木陰で夕涼み。年寛政三年。語門の木―「門の神」と同じくその門や家を守る木。解十五年ぶりに古郷のわが家に帰った安堵感。「つつがなし」は、「歳亦無恙耶、民亦無恙耶、王亦無恙耶」（戦国策）が古い用例。襟を正して改まって使うこうした言葉に加えて、「門の木も」の「も」の働きで、父も無事だったことを喜びながらも、「先たのむ椎の木もあり夏木立」（幻住庵記）をふまえ、「先」の後に含みをもたせる。安堵感が大きい分だけ、帰郷後の失望感もあったか。

311 狐火の行衛《ゆくへ》見送るすゞみ哉　寛政句帖

訳あらわれて消えて行く狐火を見送っている。もってこいの夕涼みだよ。年寛政四年。語狐火—山野に見える怪しい光。解視覚的な涼しさ。鳥山石燕の『画図百鬼夜行』前編（安永五年刊）には狐が山野で火を吐く画図がみえる。江戸期の人々は青白い火を狐火とみたのだろう。蕪村の「狐火の燃つくばかり枯尾花」（蕪村句集）をヒントにして、夏の風景に転じた句作り。「行衛見送る」に句眼がある。参「西国紀行書込」や『蕉翁百回忌追遠集』にも収載。

312 舟板に涼風吹けどひだるさよ　文化句帖

訳船板に涼しい風が吹いてきて気持ちがいいが、腹がへったよ。年文化元年。語舟板—ここでは船底の板。ひだるさ—空腹感。惟然「ひだるさに馴てよく寝る霜夜哉」（其便）。

［解］一月二十二日午後二時頃の句。涼しい風の心地よさがかえって空腹感をかきたてた。一茶は文化四年「閑古鳥ひだるさう也おそ桜」（文化句帖）のように、人も鳥も同じように空腹感を覚えると、鳥の空腹感も読み取ってしまう。［参］左注に「こは八ツ時木更津に入し時の句也」。

313 翌《あす》あたり出て行《ゆく》門《かど》の涼《すずみ》哉　　文化五・六年句日記

［訳］明日頃には出て行くつもりの家で涼んでいることだよ。［年］文化五年。［解］明日あたりの曖昧《あいまい》さに句眼がある。他人の家の食客として生きる身は、こうして涼んでいても、たぶん明日はここに居られないと、今を充足しながらも、淋しさを隠しきれない。

小田原町何とやらいへる家に鳥あまた飼置ける。雁鴨などは首伸す事ならざる床下なるに、かれらが身にもさりがたき情あるにや、今卯われたるやうなる雛《ひな》のひよ〱と聞へて、又なく哀也。親〱よりのなせるわざなれば、ぜひなき稼《なりはひ》なるべし。是貴人の酒食をよろこばすためならめど、雲井のよそにとぶものゝ、かゝるヲチクボ《落窪》に身じろぎもならぬかなしび、日夜の羽ずれに礎《いしずゑ》すりへらす。罪なく消る期なく、終《つひ》にはアツモノ《羹》に備へられんと、鳥の心思ひやられ侍る

314
目をぬひて鳥を鳴かせて門涼　文化六年句日記

訳目を縫って、鳥を鳴かせて勝手に楽しみながらの門涼み。年文化六年。解前書は、小田原町（東京都中央区日本橋室町一丁目辺り）で稼業として鳥を飼う家に飼われている鳥の哀れさをいう。飼い鳥の習慣は、平和な世の象徴でもあるが、身勝手な人間の楽しみのはてに酒食の料理にされてしまう。前書と句は、そんな哀れな鳥が鳴いているのを聞きながらする門涼みに対して、痛烈な批判と哀しみが込められている。参文化五年「花さくや目を縫れたる鳥の鳴《なく》」（文化句帖）。

315
身の上の鐘と知りつゝ夕涼　文化六年句日記

訳わが身の上の無常を告げる鐘だと知りながらも、夕涼み。年文化六年。解無常を告げる鐘の音として、嘆くのは詩歌では常套的《じょうとう》。それを承知の上だが、庶民にとっては、暑さをのがれて夕涼みすることの方が大事。参中七「鐘ともしらで」（文政版）。下五「夕がすみ」（発句類題集）。

316
斯《か》う居るも皆がい骨ぞ夕涼　七番日記

訳こうして縁台で夕涼みをしているが、みんな骸骨《がいこつ》だよ。年文化七年。語がい骨—蓮如《れんによ》「朝《アシタ》ニハ紅顔《コウガン》アリテ、夕《ユフベ》ニハ白骨トナレル身ナリ」（御文章）。解夕涼みの風景句。衣服や肉を剝《は》いでみれば、人はみな骸骨。無常と観ることもできるが、シュールなおかしさを読み取ることもできる。庶民はもとより、権勢をふるい威張っている人、金持ち、高貴な生まれを誇る人などもすべて骸骨だとすれば、哀れというよりはおかしい。参同時に「がい骨の笛吹やうなかれの哉」。

317
いざいなん江戸は涼みもむつかしき　七番日記

訳さあ、去ろう。江戸は涼みでさえむつかしい。年文化九年。解芭蕉句「いざ行む雪見にころぶ所まで」（笈の小文）のパロディ。江戸は風雅な地ではなく、喧噪《けんそう》の町。ひしめき合う人々に涼みさえもゆったりとできない。参文化八年には「月さへもそしられたまふ夕涼」（我春集）の作があり、江戸っ子の気性の荒さを詠む。

318
大の字に寝て涼しさよ淋しさよ　七番日記

訳大の字になって寝転んで感じる涼しさよ、淋しさよ。年文化十年。解膝《ひざ》を折ってしか寝られなかった境涯から一転して、脚を十分に伸ばし大の字に寝ることができるようになって感じる感覚。畳みかけるリズムが心地よい。この背後には老子の「無為自然」の生き方を願う心が潜んでいる。類句「大の字にふんばたがって昼寝かな」（文政元年・七番日記）の前書「老子」とあるのは、その証《あか》し。【参】同じ頃「何もないが心安さよ涼しさよ」（七番日記）。文化十四年「大の字に寝て見たりけり雲の峰」（七番日記）、「大の字にふんぞり返る涼哉」（同）。

319　**下々の下々下々の下国の涼しさよ**　　志多良　七番日記

おく信濃に浴《ゆあみ》して

【訳】下の下のそのまた下の国の涼しさよ。【年】文化十年。【語】おく信濃―湯田中温泉（長野県山ノ内町）の一茶門人湯本希杖方。【解】下国は、律令制で国力や畿内からの距離等によって、大国・上国・中国・下国と分けたことに基づく。信濃はそれでは中国の下。吐き捨てるように「下」を連ねて「涼しさ」に至る言語感覚は、談林の句調を思わせる。ここは下国だが、風呂上りの涼しさだけが取り柄、それで良いとしよう。卑下しているのではなく、「涼しさ」をたたえているのである。【参】前書「おく信濃に浴《ゆあみ》して」は『句稿消息』にもふす。文政六年「下々国の茨も正覚《しやうがく》とりにけり」（文政句帖）。

320 芭蕉翁《をう》の臑《すね》をかぢ《じ》って夕涼《ゆふすずみ》　七番日記

訳芭蕉翁の臑をかじって、気楽な夕涼み。年文化十年。解芭蕉を売って歩くわが身を「親のすねかじり」に喩《たと》えて、気楽なものだと内省した。成美に添削を依頼した『句稿消息』には前書「川中島行脚して」で「芭蕉様の」と上五を改めて送っている。「翁」では親しすぎる呼称であり、尊敬すべきだとして改めたのだろう。参同時に「臑一本竹一本ぞ夕涼み」(七番日記)。文政六年「ばせを翁の像と二人やはつ時雨」(文政句帖)。

321 藪《やぶ》むらや貧乏馴《なれ》て夕すずみ　七番日記

訳藪の多い村よ。人々は貧乏に慣れて夕涼み。年文化十一年。解貧しい山村風景だが、夕涼みして、それなりに満ち足りている情景。そこに温かな目がそそがれている。

322 妻なしが草を咲かせて夕涼　七番日記

訳妻がいない人が小さな草に花を咲かせて夕涼み。年文化十二年。解妻なしはずっと独身の人ではなく、妻を亡くした人だろう。盆花には早いが小草を咲かせて、静かに夕涼み。しみじみとした哀感がしのびよる。同年作の「妻なしが草花咲ぬ夕涼み」と同工異一曲。これらは兀雨の「妻なしのひとへ山茶花咲にけり」（何袋）を下敷きにした句作り。

323
裏店《うらだな》に住居《すまひ》して

涼風の曲りくねつて来たりけり　七番日記

訳涼風があちこち曲がりくねって吹いて来たよなあ。年文化十二年。解涼風は木陰から来たり水辺から来たりするのが一般的。人家が隣接して息苦しい裏店住まいのひがみが為した句だが、ユーモラス。参前書「うら長屋のつきあたりに住て」（句稿消息）、「裏家住居」（発句鈔追加）。同じ頃「涼風も隣の松のあまり哉」（七番日記・句稿消息）。

324
田中

涼風に欠《あくび》序《ついで》の湯《たう》治《ぢ》哉　七番日記

訳涼しい風に欠伸《あくび》が出てくる、退屈ついでにゆったりと湯治。年文化十二年。語田中―湯田中（長野県山ノ内町）。解文化十二年六月二日か三日の作。同年五月二日「田中ニ入」（七番日記）とあるので、山ノ内町湯田中希杖亭で一週間ほど湯治した日を思い出して詠んだ作。欠伸がでるほどゆったりした気分で湯治できる喜び。これほどの贅沢《ぜいたく》は一望めない。参同じ頃「涼風ややれ西方山極楽寺」（七番日記）。

325
涼しやな弥《み》陀《だ》成仏の此かたは　七番日記

東本願寺御門迹

訳涼しいものだなあ。阿弥陀さまのいらっしゃる、この方角は。年文化十二年。語東本願寺―ここでは江戸浅草の東本願寺別院。浄土真宗。弥陀成仏の此かたは―親鸞「弥陀成仏のこのかたは　いまに十劫をへたまへり　法身の光輪きはもなく世の盲冥《もうみやう》をてらすなり」（浄土和讃・讃阿弥陀仏偈和讃）。解文化十二年、家康（元和二年〈一六一六〉没）の二百年忌にあたり、各地で追善法要が営まれた。浅草の東本願寺でも家康を追善する催しがあったものか。『句稿消息』ではこの句の上五「花さくや」と「涼しさや」の二案を示し、前書に「日光祭り村役人といふもの題に分て二百年年忌の真似をしたりし時、東本願寺　菩薩」と記す。中七・下五は、浄土和讃の文言をそのまま採ったもの。上五「花さくや」は家康追福の意がこめられていたかもしれないが、「涼しさや」で阿弥陀如来を称える一途な気持ちに変わっている。両用に解せられるような句作りをしたのだろうが、最終的には阿弥陀仏に帰依する。参上五「花さくや」と「涼しさや」の二案（同）。同じ頃、前書「東本願寺」で「やよかにも仏の方より時鳥」（七番日記）。

326
たばこの火手に打《うち》抜《ぬい》て夕涼　七番日記

訳たばこの火を手でぽんと払って夕涼み。年文化十三年。解「手に打抜て」が句眼。威勢よく煙管《きせる》につめた煙草の残りを掌《てのひら》で叩く動作をいう。そうした後、すまし顔で夕涼みしている。庶民の日常の一コマ。

327
あこよ来よ転ぶも上手夕涼　七番日記

訳わが子よ、こっちへ来なさいよ、転ぶのも上手。一緒に夕涼み。年文化十三年。解子どもの成長を喜ぶ親心。立って歩むばかりか転ぶのも上手と見るのは、わが子可愛さの親のひいき目。諺《ことわざ》を用いた其角の「はへばたて、たてば歩めと思ふにぞ我身につもる老をわするゝ」(類柑子)が念頭を過《よぎ》ったか。参年次未詳「あこよ其さい槌《づち》もてこ《来》すみ俵」(七番日記では文化十年十一月に入る)も、着想は同じ。

328
涼まんと出れば下に〳〵哉　七番日記

訳涼もうと外に出れば「下に下に」のかけ声。年文化十四年。解大名行列が通過する街道風景。涼みさえゆっくりできない。行列が行き過ぎるまで、頭を上げてはならないから、暑くなった地面の熱が伝わってきて夕涼みどころではない。

329
まゝつ子や涼み仕事にわらたゝき　八番日記

訳継子《ままこ》にちがいないな。涼み仕事に藁敲《わらたた》きをしているのは。年文政二年。解継子は血のつながりのない親をもつ子。その親に命じられて、藁を柔らかくするために、涼しい場所で藁敲きをしている。継子意識を持ち続けた一茶が幼い日の自分の姿を投影したのだろう。ただ同じ頃「まゝつ子や昼寝仕事に蚤拾《のみ》ふ」の作もあるので、悲惨な境遇というより、継子の頼りなさや所在なさを詠んだとみるべきだろう。

330
銭なしは青草も見ず門涼み　八番日記

江戸住人

訳銭がないものは青草も見ないで門涼み。年文政二年。解「暑日や青草見るも銭次第」と併記。眼から涼感を誘う青草を詠んだ作。ここでは鉢植えの青草。涼感を誘う青草さえなくて、暑苦しいままの門涼み。『おらが春』では「江戸住居」の前書で「青草も銭だけそよぐ門涼」の句と「なでしこに二文が水を浴せけり」の句を併記して収載(同)。

331 涼しさに大福帳を枕かな　八番日記

[訳]涼しさに感じ入って、大福帳を枕にして寝ていることよ。[年]文政二年。[語]大福帳―日々の売買を記録する帳面。多く商家で用いる。台帳、大帳とも。[解]日々の生活が暑さの感覚と重なり合う。ふつうなら涼感が得られることのない大福帳との取り合わせがおかしい。「大帳を枕としたる暑かな」も同じ頃の作で、こちらは暑苦しい。

332 涼風や何喰はせても二人前　文政句帖

菊女祝

[訳]涼しく吹く風よ。何を食べさせても二人前。[年]文政五年。[語]涼風―夏の終わりに吹き秋を感じさせる風。夏の季語。[解]七月中の作か。この年三月十日「寅刻菊女金三郎ヲ生」と記した一茶の妻菊女は、六月十六日痛風にかかったが、その後、回復。その祝と産後の肥立ち祝を兼ねた祝の句。二人前も食べると安心したものの、翌六年五月十二日他界してしまった。三十七歳。

333 夜涼みや大僧正のおどけ口　文政句帖

【訳】夜の涼みの折だよ。大僧正が冗談を言ったのは。【年】文政五年。【語】夜涼み―夕涼み、門涼み、舟涼みなどと同じく、夏の季語「涼み」のひとつで夜に涼むこと。大僧正―僧正の最高位。【解】大僧正ともあろう人がおもしろいことをいうおかしさ。前年に「夜涼みや女をおどす犬のまね」（八番日記）の作があるから、夜涼みの折は、趣向を凝らして、会話を楽しみながら、涼んだのだろう。

334 人の屑《くず》より《選》のけ《除》られてあら涼し　文政句帖

【訳】人の屑と選別されて、ああ涼しい。【年】文政七年。【解】遊民として生きることは、何にも役に立たない無用者、廃棄物と同じ。一般社会から除外される身だが、暑苦しい人間関係に縛られることがなくかえって涼しい。強がりもあるが、本音でもある。下五「あら涼し」は、蕪村の「蚊屋《かや》の内にほたるはなしてあゝ楽や」（蕪村句集）の発想に近い。

夕立

旧暦六月の昼下がりに激しく降る雨。

335 うつくしき寝《ね》蓙《ござ》も見へて夕立哉　文化句帖

【訳】きれいな寝《ね》茣蓙《ござ》も見えるよ。激しい夕立のなか。【年】文化元年。【語】寝蓙―寝茣蓙。敷きぶとんの上に敷いて寝るためのござ。夏の季語。解突然の夕立で干してあったものすべてが雨に打たれている風景。干し物の中にうつくしい寝莫蓙。その持ち主は、さぞや高貴な方だったろう。庶民にはふさわしくない寝莫蓙が気にかかる。

336 宵《よい》祭大夕立の過にけり　文化六年句日記

訳宵祭り、どしゃぶりの夕立が通り過ぎていったよ。年文化六年。語宵祭―祭日の前夜に行う。夏の季語。解五月十三日、信州長沼（長野市）での作。威勢の良い祭りの囃子《はやし》にまじり、どしゃぶりの夕立が過ぎて行ったよ。明日はいよいよ本祭り。そう思えば夕立も祭りに興を添える。

337 夕立に打任せたりせどの不二　我春集　七番日記

浅草反甫《タンボ》にて

訳夕立の雨が打つに任せている。裏口にある富士山を。年文化八年。語せど―背戸。うらぐち。うらもん。解富士詣するために、元禄年間より少し前に作られた浅草富士を詠んだ作。本物とは異なる小さな富士山が、どしゃぶりの夕立に打たれている姿は、なすすべもなくも哀れ。

338 夕立やかゆき所へ手のとゞく　七番日記

訳夕立が突然降ってきたよ。かゆい所へ手が届いた。年文化十年。解「夕立が降る」と「かゆい所へ手が届く」ことの因果関係は全くない。が、この取り合わせによって、そんな気がしてくる不思議さ。参中七・下五「かゆい所へ手がとゞく」（文政八年・文政句帖）。

339 夕立や一人醒《さめ》たる小松島　七番日記

訳夕立が降ってきたよ。たったひとり醒めたままの小松島。年文化十一年。語小松島―地名としては、徳島市の南。ここでは小さな松のある島。解屈原「衆人皆酔ヒ、我独リ醒ム、是《ここ》ヲ以テ放タル」（漁父の辞）のもじり。「一人醒たる」は、激しい夕立の中でも松が多い小さな島だけが静かな様子。

340 寝並んで遠夕立の評義哉　おらが春

訳並んで寝て、遠くの夕立について、あれこれ意見を言い合っているよ。年文政二年。解並んで寝転がったまま意見を交わすのだから、ずさんで評議するだけの意味をもたない。遠くの夕立について論じるのは、さらに無用のこと。そうした無意味で無用なことを肯定する生き方から生まれた作。文化十三年作の「てんでんに遠夕立の目利《めきき》哉」の改案とする見方もある（一茶全集第一巻）。参文化十二年「寝並んで夕立雲の目利哉」（七番日記）、文政三年「寝並んで遠見ざくらの評義哉」（真跡）、同四年「寝並んで小蝶と猫と和尚哉」（八番日記）。

雲の岑《みね》　夏空に峰のようにそそり立つ入道雲をいう。俳諧独自の題で、夏の終わりを感じさせる。

341 雲の岑《みね》の下から出たる小舟哉　　享和句帖

訳雲の峰の下から湧き出たように小舟があらわれたことだよ。年享和三年。解芭蕉「雲の峰いくつ崩れて月の山」（奥の細道）をふまえ、李白「孤帆ノ遠影碧空ニ盡キ」の詩句を下敷きにした叙景句。一見平穏な句に見えるが、大地震があった後の作。参享和三年四月十四日は晴天、何事もなかったが、その翌日（十五日）「曇　卯の三刻大地震」（享和句帖）。こう記録した後に、この句を記している。一茶は江戸から我孫子《あびこ》（千葉県）へ向かう途中だった。同十八日馬橋（松戸市）で余震があったらしく「朝地震《あさなえ》と成一けり蝸牛《かたつむり》」（同）の句を記す。

342
むだ雲やむだ山作る又作る　七番日記　志多良

訳むだに出ている雲よ。むだな山を作る。またも作る。年文化十年。解次々とわき出てくる入道雲の様子だが、それをむだ山と見る感覚が珍しく新しい。下五「又作る」の繰り返しが、もくもくわいてくる雲の峰を実感させて効果的にはたらく。参下五「けふも又」の句形もある（七番日記）。

343
投出した足の先也雲の峰　七番日記　志多良

訳投げ出した足の先にそびえる雲の峰。年文化十年。解地上と空が近い高原で寝そべっているのだろう。「足の先」に雲の峰を発見したのは実感だが、また鋭い観察力のたまもの。天と人が一体化した感覚がおもしろい。成美は「かけ合せ奇也尤《もっとも》常人のおもひよらぬ所なるべし」（句稿消息）と取り合わせの妙を高く評価した。

344
蟻の道雲の峰よりつゞきけり　八番日記

訳蟻の道はずっと雲の峰から続いているのだなあ。年文政二年。解大景の句。ちっぽけな蟻を見つめながら、蟻の行列がどこからきたのかを想像して、日常の世界を離れて行くのが痛快。下五「続きけん」（梅塵本八番日記・文政二年）、「つゞく哉」（文政九年句帖写）の句形もあり、切れ字をどうするか、様々に試みた様子がうかがえる。

夏の月　みじか夜の月。明けやすき月。月の影の涼しさをめでる。和歌以来の題。

345 痩《やせ》松《まつ》も奢《おごり》がましや夏の月　享和句帖

訳痩せている松も得意そうにいばっているよ。夏の月。年享和三年。語がまし―名詞・副詞・形容詞・形容動詞などについて形容詞を作る。解松に登る月を賞するので、痩せて貧相な松までもいばっている、と擬人化した。一茶に多く見られる手法。

346 うら町は夜水かゝりぬ夏の月　文化句帖

訳裏町には田んぼに夜水が引かれたのだなあ。そこに映る夏の月。年文化元年。語夜水―夜間、田に引く水。解この句と「水切の騒ぎいつ迄夏の月」を併記。日照りで干上がった裏町の田に夜水が引かれたのだろう。旱魃《かんばつ》の折の水利権争いは死活問題に関わるが、そんな地上の争いに関わりなく夏の月が出ている。参同年に「うら町の曲りなりなるお《を》どり哉」。

347 **寝むしろや尻を枕に夏の月**　八番日記

訳寝莚《ねむしろ》の涼しさよ。おれの尻を枕にして夏の月。年文政二年。語寝むしろ―涼をとるために寝る時に敷布団の上に敷く莚。夏の季語。寝茣蓙《ねござ》も同じ用途。解月を仰ぎ見るのではなく、寝そべったまま月を見る面白さ。身体の向こうに出ている月が自分の尻を枕にしているように見立てて、擬人化した。視点を変えた発想から生まれた、現実的な風景句でありながら、非現実的な構図にみえてくる。

夏山

新緑の頃から草木が茂る頃までの三夏の山の総称。

348 **夏山に洗うたやうな日の出哉**　題葉集

訳緑したたる夏の山に、洗ったように赤々と輝く日の出が見えるよ。年寛政十二年。解同年の一茶句に「夏の雲朝からだるう見えにけり」（題葉集）があり、これと対照的な作。緑と赤の反対色がこれから暑くなる夏の昼を予感させる。

349 夏山や一足づゝに海見ゆる　　享和句帖

訳緑あざやかな夏山よ。一足くだるごとに海が近付いて見える。年享和三年。解夏山を下って、次第に海が近付いてくる感動が伝わってくる。中七「一足づゝに」に句眼がある。近松の浄瑠璃の台詞「死に、行く身をたとふればあだしが原の道の霜一足づゝに消えて行く」（曾根崎心中）を応用したか。参上総の木更津滞在中五月二三日の作。

350 夏山の膏《あぶら》ぎつたる月よ哉　　享和句帖

羔裘《かうきう》

訳夏山の上に出るあぶらぎった月夜だなあ。年享和三年。語羔裘—小羊の皮で作った衣服。「羔裘膏ノ如ク　日出テ曜《えう》タリ」（詩経・檜風・羔裘）。解詩経の詩句「羔裘膏ノ如シ」から、暑苦しい夏の夜の暑苦しくべったりとはりつくような月夜を類推して、原詩を不快な身体感覚に詠みかえた。

351 夏山や一人きげんの女郎花　　七番日記

訳夏山よ。一人だけご機嫌で身をくねらせている女郎花《おみなえし》。年文化七年。語一人きげん—

自分勝手な理解。「鹿島より事触が出て廻ルとの」の付句に「嶺の松独《ひとり》機嫌でなさそうな」（阿蘭陀丸二番船）。解夏の季語・夏山と秋の季語・女郎花がともに詠まれているが、上五に切れ字「や」があるから、まだ夏なのに、秋の気配を感じて女郎花が咲き始めた様子。女郎花に擬《なぞら》えて、時宜をわきまえない人を揶揄《やゆ》したのだろう。参文化十年「市姫の一人きげんやとしの暮」（七番日記）。

清水

地中から湧き出る清らかな水。暑さを忘れさせるものとされる。清水は雑とされたが、「むすぶといへば夏也」（無言抄）とされ、涼感をもって詠まれ江戸中期に夏の季語と認識された。

352 姨《をば》捨《すて》のくらき中より清水かな　　十家類題集　真蹟

訳姨捨山の暗いなかからきよらかに湧き出る清水よ。年寛政十一年。語姨捨—「わが心慰めかねつ更級や姨捨山に照る月を見て」（大和物語）で良く知られる棄老伝説の地の代表的な名前。解棄老伝説は各地にあるが、これは信州の姨捨山（長野県千曲市）。中七が「くらき森」でも「くらき山」でもない。人生そのものの暗さを示唆し、清水は救いの譬喩《ひゆ》だろう。希望を見出そうとする句と読みたい。

353 つゝじから出てつゝじの清水哉　　七番日記

【訳】つつじの根元から出て、つつじの根元に戻って行く清水よ。【年】文化十年。【解】つつじは、春の季語だが、春に雪解け水を地下水に貯めて、夏になって流れ出す清水の爽快さを詠んでいるので、夏の季語「清水」に句眼がある。諺「青キコト藍ヨリ出テ藍ヨリモ青シ」（童観鈔）、「氷は水より出て水より寒し」（諺草）を利用した句作り。【参】中七「出てつゝじへ」（志多良　句稿消息）。

354 人の世の銭にされけり苔清水　　七番日記

【訳】俗世間では銭を稼ぐ手立てにされてしまったよ。苔清水。【年】文化十二年。【語】苔清水—苔の間を伝わって流れる清水。【解】苔清水を愛《め》でる風雅より、現世利益こそ大事。この年の「陽炎《かげろふ》や馬糞《まぐそ》も銭に成にけり」（七番日記）は、銭を稼ぐ庶民のたくましさを詠んだもの。小銭を稼いで生きる世俗の人の生き方にあきれながらも、それこそが人の世だと肯定的に銭を詠む。【参】文政二年「直き世や小銭程でも蓮の花」（おらが春）。

小金原

355 母馬が番して呑す清水哉　おらが春　八番日記

訳母馬が見張り番をして子馬に飲ませている、その清水の清らかさよ。年文政二年。語小金原―松戸市（千葉県）にあった官有の放牧地。一茶「此原ハ公の馬をやしなふ所にして長さ四十里なるをもて四十野といふ」（寛政三年紀行）。解母馬の愛情。一茶はこの句を詠む少し前に愛娘さとを亡くしている。かつて知友を訪ねて馬橋や流山、布川や守谷、木更津へ行く度に小金原で馬を眺めた記憶が甦《よみがえ》り、母子の情愛を馬に託して詠んだものだろう。娘への深い愛情が伝わってくる。小金原は旧遊の地で、文政五年には「永き日やたばこ法度の小金原」（文政句帖）と詠んでいる。参文化二年「冬枯や親に放れし馬の顔」（文化句帖）、同七年「下陰を捜してよぶや親の馬」（七番日記・布川紀行）も前書「小金原」。

青田・青田原　稲が青々としている田圃《たんぼ》。青田原はそれが野原のように広がっている状態。実りの秋を予感させる。

悪しき石ながらも打たねば火を生ず。破れたる鐘もたゝけばひゞくは天地しぜんのことはり也。いなや、返しなきに無下に里出せんも、亡父の心にそぶくかと、しめ野分

るを談じあひけるに、父の遺言守るとなれば、母屋の人のさしづに任せて、其日はやみぬ

356
父ありて明ぼの見たし青田原　　父の終焉日記

訳父が生きていらして、一緒にあけぼのの空をみたいものだ。眼前には父が遺してくれた青田原がひろがっている。年享和元年。解父の没後享和元年五月二十八日初七日を迎えた折の句とするが、これを収載する『父の終焉日記』をまとめたのは、一茶四十四歳の文化三年から同六年頃までの間か。遺産相続をめぐり、父の遺言を記しておく必要性もあった。日記は創作的な部分とシリアスな側面をないまぜにした文学作品で、父が病臥したときから他界するまでの看病の日々を記録し、父の遺産を相続する権利がある自分の存在をクローズアップして結んでいる。青田は、一茶より一時代前の俳人芝芳に「朝夕に祖父の気そよぐ青田哉」（左比志遠理）と詠んだ句があるように、先祖伝来の守るべき土地の象徴であった。参前書の文章は、初七日の記事で「（五月）廿八日　初七日なれば、父のいまそかりける時、我に妻むかへしてとゞめよと人に云、おのれにも戒られしが、ある人の聞かぬふりに空耳したる人（義母や義弟）あり」から始まり、父の意に背いて雲水の身とならざるを得なかったと述べた後に、遺産の相続権がある義母・義弟の態度と二人に向けての言葉。

357
背戸の不二青田の風の吹過る　浅草不二詣　文化句帖

訳背戸の富士山に青田の風が吹きすぎて行く。年文化二年。語背戸―裏口。家のうしろ。解六月一日の作。この日は、浅草浅間神社の祭日。各地に富士詣のための小さな富士山が築かれた。富士山信仰を背景に青田から家の裏口に吹いてくる風がさわやか。

358
リン〳〵と凧《たこ》上りけり青田原　七番日記

訳大空にりんりんと凧があがっているなあ。眼前に広がる青々とした田んぼ。年文化十三年。解六月七日、晴天の日に北信濃の小布施から湯田中へ行く途中の風景。天空の青、凧の白、青田の緑がうつくしく調和する。「青田原」は一茶好みの表現。「リンリン」はもともと擬音語で、初期俳諧で「りんりんと友まつむしの茶の湯哉」（玉海集）、付句「松虫の声りんりんとして」（時勢粧）などと用いられるように松虫の鳴く音。中期俳諧では擬態語として使われたらしく嘯山「つばくらの身をりんりんと往来《ゆきき》哉」（葎亭句集）がある。参同じ頃に「凧上てゆるりとしたる小村哉」（七番日記）。

田家

359 夕飯の膳《ぜん》の際《きは》より青田哉　　文政九・十年句帖写

訳夕飯の膳の端に青田が見えるなあ。年文政十年。解開け放って涼しい風を入れた家で、夏の夕飯。その膳の向こうに見える青田は、「父ありて明ぼの見たし青田原」（父の終焉日記）そのものではないか。古郷に安息して、父祖伝来の青田を眺めながらの夕飯に充足する姿が浮かんでくる。参同じ年に、前書「柏原大火事、壬《閏》六月朔日也」で「焼つりの一夜に直る青田哉」の作もある。

夏花《げばな》　夏安居《げあんご》（旧暦四月十六日から七月十五日）の修行の間に仏に供える花。江戸中期以降に季語として採用されたらしく元文三年刊『俳諧其傘』に載る。

題老婆

360 大原や小町が果の夏花《げばな》つみ　　七番日記

訳大原よ、老いた小野小町が夏花を摘んでいる。年文化十二年。解大原の古名は小野で、小野氏とのかかわりが深いことから小野小町の出身地と伝える。老いて古郷に帰って夏花をつむ小町のあわれをイメージしての作。参『玉造小町壮衰書』（長編詩―小野小町に重ねて読まれた）ほか、『袋草子』『宝物集』『和歌童蒙抄』、『江家次第』、『無名抄』

一などに小野衰老説話を伝える。

ちのわ　茅の輪。水無月祓《みなづきはら》いに用いる。厄除けの神蘇民将来《そみんしょうらい》が教えたという。チガヤを紙で包み束ねて輪にし、これをくぐると、身が清められ厄除けとなる。

361 **捨た身を十程くぐるちのわ哉**　文政句帖

〔訳〕捨てた身なのに十回ほどくぐる茅の輪よ。〔年〕文政八年。〔解〕仏門に入って世を捨てた身でも、災難や病気を払う茅の輪くぐりを何回も繰り返して、無病息災を願う。生きることへの執着は、捨てがたい。「御袋は猫をも連れてちのわ哉」と併記。〔参〕文化十一年「一番に乙鳥《つばめ》のくゞるちのわ哉」（七番日記）、文政元年「茅の輪から丸々見ゆる淡路島」（同）、同三年「母の分も一ツ潜るちのわ哉」（八番日記）同四年「乙鳥《つばくら》も親子揃ふてちのわ哉」（同）、同「蝶〳〵の夫婦連してちの輪哉」（梅塵本八番日記）。

太刀兜《たちかぶと》・幟《のぼり》・粽《ちまき》　五節句の一つ五月五日の端午の節句に飾る。厄払いの日だったが、菖蒲と尚武の音通から男子が強くたくましく成長することを願って太刀兜を飾り幟旗《のぼりばた》を立てた。粽はチガヤの葉で巻いて蒸した餅。端午の節句に飾り、また食べて魔除けとする。

362 旅せよと親はかざらじ太刀《たち》兜《かぶと》　文化六年句日記

訳旅をしなさい、と親が飾ったはずはない。端午の節句の太刀や兜を。年文化六年。解五月に帰郷した折の作。一茶は十五歳で古郷を出され、三十年以上旅暮らしをしてきたと我が身をふりかえるが、まさか生まれたときから父がそう望んだのではない。義母がそうさせたのだとの思いが胸底にあったのだろう。蕪村「鰒《ふく》喰へと乳母はそだてぬ恨みかな」（落日庵句集）を念頭においての句作りだろう。

363 我門を山から見たる幟《のぼり》哉　文化六年句日記

訳我が家の門を山から見下ろすと堂々と立つ見栄えの良い幟旗。年文化六年。解傾斜地に立つ家が多い信濃の風景。そこに生きる人は、男子の誕生を祝って家の門に幟旗を立てる。隣近所に対しても誇らしく、自らも満ち足りた気分となる。そうした充実感をとらえた作。蕪村「木がくれて名誉の家の幟哉」（新華摘）を下敷きにした句作り。

364 がさ〳〵と粽をかじる美人哉　七番日記

訳がさがさと音立てて粽をかじる美人だなあ。年文化九年。解芭蕉「粽結《ゆ》ふかた手にはさむ額髪《ひたひがみ》」（猿蓑）は、王朝風女性の優雅な姿。蕪村「青梅に眉あつめたる美人哉」（蕪村句集）は、美人のなやましい表情。これらに対して、男子の節句に食べる粽をがつがつかじる美人の卑俗なおかしさ。

365　とつゝきに金太郎するや幟《のぼり》客　八番日記

訳最初から金太郎のように相撲をするよ。端午の節句の幟を持って来てくれた客が。年文政三年。語金太郎―坂田金時。源頼光の四天王の一人。怪力の持ち主。赤本『金時おさなだち』では、金時は信州の大姥山で山姥《やまんば》に育てられたとする。解端午の節句祝いに幟を持ってきてくれた客が、挨拶《あいさつ》もしないうちから、男の子をつかまえて、相撲をとる。力試しして男の子の成長を喜ぶ様子、その陽気さが何よりもめでたい。参文化十年「梅さくや犬にまたがる金太郎」（句稿消息）、文政三年「金太郎が膝ぶしきりの袷哉」（八番日記）。

更衣《ころもがえ》・衣替《ころもかえ》・袷《あわせ》・初袷《はつあわせ》・帷《かたびら》　旧暦四月一日、綿入れから袷に着替えること。夏になったことが実感される。袷は裏地つきの着物で四月一日から五月四日まで着る習慣があった。帷は夏用の単衣《ひとえ》。後の更衣は、十月一日。

366
飴ン棒横に加へて初袷　　亨和句帖

[訳]飴を横に咥《くわ》えたたま、夏衣に着替える初袷。[年]亨和三年。[語]加へて—咥へての誤記。初袷—その年初めて着る袷。[解]子どもの更衣。棒飴を横に咥えたままの更衣はあぶなっかしいが、ほほえましくもある。この年の作「よき袷はしか前とは見ゆる也」（亨和句帖）も子どもの更衣。

367
江戸じまぬきのふしたはし更衣《ころもがへ》　　文化句帖

[訳]江戸になじまなかった昔が懐かしい。江戸での更衣に慣れたものだ。[年]文化四年。[解]江戸じまぬは、江戸になじまない、江戸の空気に染まらない、の意で江戸っ子を気取らない意味も含まれる。何度も江戸で更衣をした田舎者が、更衣の日を迎えて初心を思い出した。一茶の自画像だろう。[参]四月六日の作。「袷きる度《たび》にとしよると思《おもふ》哉」（文化句帖）。

368
空豆の花に追《おは》れて更衣　　七番日記

[訳]空豆の花が早くも咲いてそれに追われるかのように更衣。[年]文化七年。[解]四月二日、

下総での作。空豆の花は、初夏を告げる花。やがては食用とする空豆の花に「追れて」いるのは農民だろう。農家は更衣も忘れるほど忙しい。桜花を訪ね歩くのが風雅の伝統ならば、空豆の花に追われるのが農民の生き方。「更衣よしなき虫を殺す也」「更衣よしなき草を引ぬきぬ」「更衣此日も山と小藪かな」を併記。参道彦「空豆の花の墨にも暮の春」（志多良）。

369 今ぞりの児《ちご》や帷《かたびら》うつくしき　七番日記

訳今剃ったばかりの稚児よ。単衣の衣がうつくしい。年文化八年。解お祭りの行列に参加する稚児だろう。髪を剃り夏衣に着替えた姿がうつくしい。「うつく」はこころが「うつろ」になった状態。稚児の姿にこころが虚ろになるほどの感動を覚えたのである。

370 青空のやうな帷《かたびら》きたりけり　七番日記

訳青空のような色をした帷子を着ていたよなあ。年文化九年。解同時に「帷やふし木のやうな大男」の作がある。いずれも比喩《ひゆ》表現を試みたことがわかるが、帷子を青空に擬《なぞら》えることで、壮大でさわやかな気分になる。

371
白雲を袂《たもと》に入て給《あはせ》かな　七番日記

訳白雲を袂のなかに入れて袷に着替えたことだよ。年文化十年。解冬着から解き放たれた爽快な気分。白雲を袂に呼び込む豪快さは其角ばり。同じ頃袂を詠んだ「蚊柱が袂の下に立にけり」の作がある。

372
世に倦《あい》た顔をしつゝも更衣　七番日記

訳世の中にあきたという顔をしながらも、ちゃんと更衣。年文化十一年。解世捨て人を装って、苦々しい顔をしている人を揶揄《やゆ》したのだろう。観念よりも夏着の軽さと爽やかさを感じる身体感覚こそ生きる実感であり、大切。

373
蒲公《たんぽゝ》は天窓《あたま》そりけり更衣　七番日記

訳たんぽぽは、頭をそってしまったよ。更衣。年文化十一年。語天窓そる—剃髪すること。解今まで咲いたが綿毛になって、飛んで行ってしまったことを「天窓そりけり」と表現。同じ更衣でも人間よりさっぱりしたものだ。

374 更衣山より外《ほか》に見人《みる》もなし　七番日記

訳更衣した。けれど山よりほかに、この姿を見てくれるものはない。年文化十一年。解孤独な更衣。小ざっぱりした姿を誰かに見せたいが、山と向き合うだけ。行尊「もろともにあはれと思へ山桜花よりほかに知る人もなし」（百人一首）をふまえる。

375 おもしろい夜は昔也更衣　句稿消息

訳おもしろい夜は昔のことだ。更衣。年文化十一年。解更衣した夜は、着物のやや黴臭《かび》い匂いや虫除薬などの匂いから過去を懐かしみ、楽しいことを思い出すからおもしろい。今となっては昔のこと、だからおもしろいこともある。参文化八年八月十六日「随斎主人角田堤夜／おもしろき夜永の門の四隅哉」（七番日記）。

376 泣《なき》虫《むし》と云《いは》れてもなく袷哉　七番日記

訳泣き虫だ、と言われても相変わらず泣く。袷に着替えながらも。年文化十一年。解子どもが泣き止まない様子が、かわいらしく、おかしい。袷も身の丈にあわずちぐはぐなまま。「泣き虫」と誹《そし》られても、泣きやまないのは意地があるからか。一見簡単に句に

—詠めそうな情景だが、なかなか詠むことができない。

377 としよれば犬も嗅《かが》ぬぞ初袷　　七番日記

訳年老いると犬さえも嗅がないもんだぞ、初袷。年文化十二年。解袷に着替えても、犬にさえ見向きもされないというのは年寄りのひがみだが、自分に言い聞かせるような口調がユーモラス。

378 初袷しなのへ娵《よめ》にござるげな　　七番日記

訳初めて着替えた袷、この信濃へ嫁にいらしたのだなあ。年文化十二年。語ござるげな—いらっしゃいますな。口語で使われていたと思しき古語。「世の人披見の後、笑止にも覚すらん、との気づかひは、其方に筋なき高ぶりの事か。いかにも世間でそれのみの沙汰でござるげな」（延宝八年刊・俳諧備前海月）。解信濃は一茶の古郷、冬が長く夏は短い。夏になって袷に着替えてみて、改めてその実感がわいただろうと他国から来た嫁を思い遣っての作。下五「ござるげな」は丁寧な表現だから、「娵」は「上国」から「下国」の信濃へ嫁いできた人か。

379
小児の成長を祝して
たのもしやてんつるてんの初袷　七番日記

訳たのもしいことだなあ。初袷の子どもの丈がてんつるてん。年文化十三年。解四月十四日に生まれた長男千太郎を祝う句。「てんつるてん」は、着物の丈が短かく脚が出ていることの擬態語。「つんつるてん」ともいう。生まれて間もない子どもにはオーバーすぎるが、健やかに成長している喜びを着物の丈に託していった。参前書「小児の行末を祝して」（おらが春　文政版）。中七「つんつるてんの」（文政版）。

380
千太郎に申
はつ袷にくまれ盛《ざかり》にはやくなれ　七番日記

訳初めて袷を着たわが子、憎まれ口をたたくように早くなれ。年文化十三年。解「にくまれ盛」は、逆説的な親の愛情表現。一日も早く憎まれ口をたたいて、小憎らしいほどの振る舞いをするように、成長してくれと願う親心からの呼びかけ。

381
福耳と母がいふ也更衣　七番日記

[訳]福耳だねえと母が言ってくれたよ。更衣の日。[年]文政元年。[解]福耳は、耳朶《みみたぶ》がぽってりしていてふくよかな耳。この耳をもつ人はお金持ちになると言われる。夏衣に着替える日に母が着物をうしろからかけてくれて、ささやいてくれた。その言葉が将来の幸せを予言してくれたようで嬉しい。

382
衣《きぬ》替て居《すわっ》て見てもひとりかな　八番日記

[訳]衣替えして、座ってみてもたったひとりにかわりないなあ。[年]文政二年。[解]更衣でさっぱりした気分がかえって孤独感を深める。娘さとを亡くした年の作。この年の暮れには「年忘と申さへ一人かな」（八番日記）と詠んでいる。「ひとり」を詠んだ句は、寛政年中「きりぎりすなくも一ツ聞《も》ひとり哉」（西国紀行書込）、享和三年「梅さけど鶯なけどひとり哉」（享和句帖）、文化二年「反故団《うちは》シヤにかまへたるひとり哉」（文化句帖）、同十年「待々し桜と成れどひとり哉」（七番日記）、同年「蚊いぶしもなぐさミニなるひとり哉」（七番日記　志多良　句稿消息）、同十二年「炉を明て見てもつまらぬ独哉」（七番日記）がある。しかし、この句は大きな喪失感を伴うので、孤独感がいっそう深い。[参]文政五年「町住《ずみ》は七めん倒《だう》ぞころもかへ」（文政句帖）。

383 てゝ親のぶらんど見よや更衣　文政句帖

訳父親のぶらんこに乗る姿を見なさい。更衣して身軽になった後の。年文政五年。語ふらんど―ぶらんこ。鞦韆。春の季語。太祇「鞦韆や隣みこさぬ御身体」（太祇句選）、同「ふらここの会釈こぼるゝや高みより」（同）。解父親の勇ましさをぶらんこに乗って示そうとしたものか。「見よや」という命令口調の呼びかけがおかしい。ぶらんこは、一茶にとって新しい素材で、「てゝ親が一ぶらんどや更衣」の句形でも記す。

はだか　裸。衣服を何も身に着けていない状態。裸一貫のように比喩的な言葉だが季語としては晩夏。

384 先祖代々と貧乏はだか哉　文政九・十年句帖写

訳先祖代々から続いて貧乏だと裸でいることとよ。年文政九年。解芭蕉翁は「花むくげはだか童のかざし哉」（東日記）と風流に裸を詠んだが、こちらの家は先祖代々の貧乏暮らしのために裸。「灯籠《とうろう》の火で飯をくふ裸かな」と併記している。破調が自負心や負けん気の強さを感じさせる。文化八年「春雨や貧乏樽《だる》の梅の花」（我春集）は、季重なりで、貧しげな樽にも春の雨が降り注ぎ梅の花が咲くと温かいまなざしを向けた。参文化九年の句文集『株番』には、下総相馬郡の娘が八歳で子どもを生み、人々が奇瑞として祝に物品を与えたために豊かになったという奇譚が記されている。

日傘　紙または絹を張って陽射しをさえぎる傘。キヌカサとも言って江戸期以前から使われていた。

385 僧正が野糞遊ばす日傘哉　　文化句帖

訳身分の高いお坊さんが野糞をなさっています。それを覆い隠す日傘よ。年文化元年。

語僧正―官職としての僧の最高位。解身分の高い僧侶の俗な一面をとらえた作。最高敬語「遊ばす」によっておかしみを誘い、日傘の働きをクローズアップして、立派な袈裟《けさ》をたくしあげて脱糞する姿態を想像させる。蕪村「大とこの屎《くそ》ひりおはす枯野哉」（蕪村句集）が念頭にあったのだろう。高僧といえども、人に変わりないと皮肉りながらも共感した。参六月初旬の作。「僧都が棄《すて》し菰《こも》を埋る」の前書で「下京の朝飯時を日傘哉」も同じ頃の作。

簾《すだれ》・青簾　細い竹や葦《よし》を横に並べて糸で編みつなげて陽射しを遮るもの。風通しがよいこと、室の内外を隔てること、姿が直接見えないことから万葉の時代から重宝された。青簾は青竹で編んだ簾。

386 身一ッや死《しな》ば簾の青いうち　文化句帖

【訳】わが身一つでさっぱりとしたものだよ。これで死ねばすがすがしい。簾がまだ青いうち。【年】文化二年。【解】陽射しをさえぎる簾だが、それを掛け始めた初夏のうちは、まだ青くさわやか。この季節に死んでも無一物のわが身だから思い残すことはない。西行は「願はくは花の下にて春死なむ その如月《きさらぎ》の望月のころ」（山家集）と詠んだが、おれが死ぬとしたら暑苦しくなる前がいい。

387 岩くらやサモナキ家の青簾　文化句帖

【訳】さすがに岩倉だね。これといった家でもないが青簾がつるされている。【年】文化五年。【語】岩くら―岩倉。京都市左京区。「堀川内大臣殿は、（郭公の声を）岩倉にて聞きて候ひしやらん」（徒然草・一〇七）。サモナキ―これといった取り柄もない。【解】蕪村の句「岩倉の狂女恋せよほと、ぎす」が念頭にあったのだろう。俗語「サモナキ」に句眼があり、特別な家でもないのに青簾を吊《つ》るしていることに注目したのは、岩倉がおくゆかしい土

――地柄だからだろう。文化八年には「夕顔やサモナキ国に笛を吹」（七番日記）と詠んでいるので、「サモナキ」という言葉の面白さに惹《ひ》かれての作と言えよう。

388 青《あを》簾《すだれ》さしたる人も居ざりけり　七番日記

訳青簾これという人も居ないものだなあ。年文化七年。語さしたる人―特に気にすべき人。敬意をはらうべき人。「花盛さしたる人も来ざりけり　綾（大綾）／隠居畠の春の夕暮　洞（知洞）」（『志多良』所収一茶・大綾・知洞三吟歌仙の付合）。解青簾の向こうには貴人がいるという幻想を否定した作。古来「君待つと我が恋ひ居れば我が宿の簾動かし秋の風吹く」（額田王・万葉集）などと期待させてきたが、そうではないところがおかしい。参同年に「青簾きたなく成て末長し」。寛政五年に「青すだれ白衣の美人通ふ見ゆ」（寛政句帖）、同十四年「去《さる》人の大笑いせり青簾」（七番日記）などの作もある。

わか竹　その年に生えた竹。今年竹とも。成長が早く若々しいすがすがしさを詠む。

389 わか竹のおきんとすれば電《いなびか》り　享和句帖
殷其雷《いんきらい》

訳雨を含んだ、今年生えたばかりの若竹が、起き上がろうとすると、いなびかり。年享和三年。語殷其雷―インインと鳴る雷（詩経・召南）。夫の帰りを持ち侘びる妻の詩とする説、祖霊の降臨を暗示する詩とする説があるが、前者によって解した。解わか竹は若い女性、いなびかりは一瞬の快楽の寓意か。『詩経』にかこつけて淫靡《いんび》な句として詠んだものだろう。参雷の鳴る音を古代中国では、殷々と表現したらしい。

かや・紙帳・蚊遣　蚊帳・蚊屋。蚊に刺されないために、部屋の四隅から寝床を覆うように吊る。麻や絽《ろ》、木綿などでできていて、用いられたのは江戸期からで俳諧で詠まれた他、浮世絵にも描かれた。紙帳は白い紙を張りあわせた蚊帳。蚊遣は蚊を追い払うために煙をたてること。かやりび。

390
満月に隣もかやを出たりけり　寛政十年四月十九日鹿尾宛書簡

訳満月があまりに美しいので、隣の人も蚊帳をでたのだなあ。年寛政十年。解名月は秋の季語だが、夏の満月も美しいと感嘆。ひとり満月を愛《め》でていると、隣人も蚊帳を出て月を愛でている様子。芭蕉「秋深き隣は何をする人ぞ」（笈日記）をふまえ、夏の短夜の満月を愛でていると応えた。隣人も赤の他人ではない、とみるのが一茶の生き方。参同じ書簡に「芥子の花がうきに雨の一当《ひとあた》り」。

391 翌《あす》も〳〵同じ夕か独蚊屋　文化六年句日記

訳明日もそのまた明日も同じ夕べか、一人寝の蚊帳。年文化六年。解五月十三日、長沼（長野市）での作。同地の門人たちに独り者の身の上のあわれさを訴えた。加賀の千代尼作とされた「起きてみつ寝てみつ蚊帳の広さかな」を意識させながら、「今日も明日も」と毎日同じことだと繰り返して嘆いてみせたので、ユーモラスな句として受け止められただろう。

392 しら〳〵と白髪《しらが》も見へて蚊やり哉　文化六年句日記

訳しらじらとした白髪も見えている。白く立ち上る蚊遣の煙よ。年文化六年。解白髪と蚊遣の白煙の連想から「しらじら」明ける夜明けの風景。玉手箱を開けると白い煙が出てきて、白髪になった浦島太郎の昔話が連想の背景にあっての作。

393 蚊やりして皆をぢ甥《をひ》の在所哉　七番日記

訳蚊遣をいぶしている家々、どこもおじと甥が住む村里だなあ。年文化七年。解一族郎党が固まって住み、いっせいに蚊遣を焚いて、その煙が立ち上る情景。伯父（叔父）と甥の緊密な付き合いにも、むせ返りそうだが、村落共同体のなかで生きるには血縁と地縁から逃れることはできない。わずらわしく感じる反面うらやましくもある。参四月五日、布川の月船宅で滞在中の作。

394 うつくしや蚊やりはづれの角田川《すみだがは》　七番日記

訳うつくしいものだなあ。蚊遣の煙がとどかない隅田川は。年文化七年。語角田川―歌枕。解四月五日、布川の月船宅で滞在中の作。滞在先の古田和右衛門（月船―伊勢屋善兵衛）への挨拶句。月船が廻船問屋を営んでいたことから、俗世の蚊遣の外を生きる姿とうつくしく流れる隅田川を重ねあわせて、ほめたたえた。

395 馬迄も萌黄《もえぎ》の蚊屋に寝たりけり　八番日記

江戸屋敷

訳馬までが萌黄色の蚊帳に寝ているのだなあ。年文政二年。解大名の江戸屋敷では、お武家さまばかりか馬までも、萌黄色のちゃんとした蚊帳で寝ている。同じ頃の作「手をすりて蚊屋の小すみを借りにけり」は、蚊帳を借りることさえ遠慮しなければならないの意で「蚊蠅のごとく」生きる人を顧みれば、馬以下であると思わざるを得ない。

396 塵の身もともにふは〳〵紙帳哉　八番日記

病後

訳塵のようなわが身はふわふわ、その身と共に同じようにふわふわしている蚊帳が吊ってあるよ。年文政二年。解「塵の身」は「風のうへにありか定めぬ塵の身はゆくへも知らずなりぬべらなり」(古今集)以降の常套的表現。軽いだけの存在としてわが身も紙帳も同じ。病気をした後だけに、わが身の軽さがいっそう気にかかる。参上五「ちりの身と」(おらが春　発句鈔追加)。「始《はじめ》から釣り放しなる紙帳哉」(八番日記)も同じ頃の作。

扇・団扇《うちわ》・団《うちわ》　風を起こすために、細い竹などに紙や絹を張って作った道具。扇は折りたたみ式。団扇は柄を付けたもの。

397 夏菊の花とよる団《うちは》哉　文化句帖

訳夏の菊が衰えて行くとともに古びて行く団扇だなあ。年文化五年。解夏の間中使った団扇が古びることと夏菊が枯れて行くことが微妙なニュアンスでつながる。菊は秋が盛り、団扇はこれからは役に立たない。参同日（四月二一日）作に「御侍《みさむらひ》 団《うちは》と申せ東山」。

398 暮《くれ》行《ゆく》や扇のはしの浅間山　七番日記

浅間山の下を通りて

訳暮れて行くなあ。扇の端っこに見える浅間山。年文化七年。解柏原へ帰省する途中の作。中山道沿いの軽井沢あたりから浅間山を仰ぐと、遠景にあるので暑さをしのぐ扇に隠されてしまう。大きな浅間山を小さな扇で隠して、端にみるという行為におかしみがある。

399 子ども等が団十郎する団扇《うちは》哉　七番日記

訳子どもたちが団十郎の真似をする団扇だよ。年文化十年。語団十郎—市川団十郎。歌舞伎役者。一茶の時代は五代か六代。解二代団十郎の虎退治を描いた団扇絵などをもって、子どもが歌舞伎の真似事で団十郎を演じて見せたのだろう。荒事を得意とした団十郎の勇ましさを真似る子どものかわいらしさに注目した。参文化十一年「乞食が団十郎する秋の暮」（七番日記）、同十四年「大根で団十郎する子共哉」（同）。

千代の小松と祝ひはやされて、行すゑの幸有らん迚《とて》、隣々へ酒ふるまひて

真蹟

400 五十聟天窓《あたま》をかくす扇かな

【訳】五十歳の聟、真っ白になった頭を隠す祝いの扇よ。【年】文化十一年。【解】四月十一日、菊と結婚した折の自画像。前書は、その折の祝言。句は照れ隠しで顔を隠そうとしたところが、思わず頭を隠してしまったという。「頭隠して尻隠さず」の諺を意識させながら、頭が気になって隠したとする笑い。文政元年には「ごろり寝の貌《かほ》にかぶせる扇哉」（七番日記）、同二年には「小座頭の天窓にかむる扇かな」（八番日記　おらが春）の作がある。【参】「三日月に天窓うつなよほとゝぎす」句に続いて掲出。『七番日記』の冒頭部には、「文化十一年四月十一日、赤川里常田氏女《むすめ》ヲ娶《めと》ル。女二十八ト云フ。五十二ニシテ始《はじめ》テ妻帯ス」と記し、日記本文（四月十一日）には「晴　妻来　徳左衛門泊」とのみ記す。

401 大猫のどさりと寝たる団扇哉

七番日記

【訳】大きな猫がどさっと寝転んだ、よりによって団扇の上に。【年】文化十三年。【解】これから

涼をとるために団扇で煽《あお》ごうとしていたのだろう。それを知ってか知らずか、人間の行動を見透かして邪魔するような大猫の傍若無人のふるまいが、おかしく暑苦しさをます。参同じ頃「此世をば退屈顔よ渋うちは」（七番日記）、「行あたりばつたり〳〵団扇哉」（同）。

402 膝《ひざ》抱《だい》て団扇握《にぎっ》て寝たりけり　七番日記

訳膝を抱いて団扇を握ったまま寝てしまったよ。年文化十三年。解子どものしぐさ。自分で団扇で涼をとりながら、膝をだいたまま眠ってしまう姿をとらえて温かい。子どもが膝を抱くのは淋しいから。文化十年「大の字に寝て涼しさよ淋しさよ」は、逆に膝を伸ばして寝る淋しさ。

403 鼻先にちゑぶらさげて扇かな　文政句帖

訳鼻先に知恵をぶらさげて、したり顔して扇であおいでいるよ。年文政五年。解「鼻先にちゑぶらさげて」は、小賢しく小利口で、鼻持ちがならないことを言う。諺の「鼻端智恵」（安永五年・類聚世話百川合海）と同じ意味。そうした諺をそのまま用いた句作り。小利口ぶって理屈を述べ立てながら扇を使って涼む人に対する痛烈な皮肉だろう。

御用の雪　夏、将軍に献上する雪や氷。夏まで雪や氷を保存する「氷室守」（夏の季語）があるが、その雪や氷を江戸へ運ぶことで、季語として定着していない。

404 雲もとべ御用の雪の関越る　七番日記

訳雲も飛んで行け。御用の雪が関を越えて行く。年文化十年。語御用の雪―加賀藩が金沢から江戸の将軍家まで氷を献上するために、通常十日を要する日程を五日で運んだことが知られている。解飛脚は別名雲助。その雲助ばかりか本物の雲も飛んで行け、と勇ましい。駒迎えでは、逢坂《おうさか》の関まで出迎えたが、氷はそんな優雅な作法もなく、関を越えて行く。雲に命令しても、雲が応じるはずがない。あらゆるものを命令して動かそうとする為政者の無茶ぶりがあぶりだされてくる。参文化十二年「御用の雪御傘《みかさ》と申せみさむらひ」（七番日記）。

田植え・田植歌・田植笠・早乙女《さおとめ》・田植馬・田草　田植えは稲の苗を田に植え替えること。結《ゆい》と呼ばれた共同作業。田植歌を歌いながら行う。和歌では田歌、俳諧では田植歌といい、作業する女性が早乙女、かぶる笠が田植笠。水田をおこす馬が、田植馬。田に稲を植えた後に生える草が田草。

405
もたいなや昼寝して聞く田うゑ唄　西国紀行書込

訳もったいないことだよ。昼寝しながら、のうのうと聞く田植唄。年寛政十年。解農民の子に生まれた一茶が働かずに生きることに対して自責の念を詠んだ代表作。「もたいなや」は古語、北信濃地方では近代まで使われてきた。田植えは親戚や近隣の人々も集まって来てなす共同の農作業。行事的要素もあり、田植唄も出て明るい気分になる。それに関わらない能楽者だと自覚せざるを得ないが、共同体からこぼれおちたという疎外感もある。参前書「粒々皆心苦」（文政版）、「耕さずして喰、織ずして着る体たらく、今迄の罰あたらぬもふしぎなり」（希杖本）。文政二年「もたいなや花の日永を身にこまる」（八番日記）、同五年「もたいなやからだにこまる里の秋」（文政句帖）。

406
かつしかや早乙女がちの渉し舟　題葉集

訳葛飾よ、早乙女が目立つ渡し舟。年寛政十二年。語かつしか―葛飾。『万葉集』には山部赤人や高橋虫麻呂が真間手児奈を追悼して「手児名志所念（てこなしおもほゆ）」（反歌）と結ぶ挽歌を収録する。渉し舟―渡し舟。川の両岸を結んで客や荷物を運ぶ舟。「其船の制、多く平田作り（平底の船）を用」（和漢船用集）。解葛飾は真間手児奈の伝承の地。手児奈は、男たちから言いよられたが、誰も選ばず投身自殺した美女。その地のせいか田植えするために出す渡し舟にも若い早乙女の姿ばかりが目に入って来る。参文化十四年「春風や犬の寝聳《ねそべ》るわたし舟」（浅黄空）。

407 信濃路の田植過けり凧《いかのぼり》　享和句帖

宛丘《ゑんきう》

訳信濃路の田植えが過ぎてしまったなあ。時ならぬ凧があがっている。年享和三年。語「宛丘」―「子ノ蕩《あそ》ベル、宛丘ノ上ニ」（詩経・陳風）。陳の幽公の度を過ぎた遊蕩を非難した詩とする説と夏の神を迎えて舞い踊る詩とする説の二つがある。ここでは時宜を得ない無用なものとみた。解信濃路は北国だが、田植え時も過ぎてしまった。そんな折に丘の向こうに正月の凧が揚がっている。自分も季節外れの凧と同じく無用もの。前書「宛丘」を田植えとは無縁な遊楽の丘とみての作だろう。

408 みちのくや判官《はうぐわん》どのを田うゑ歌　七番日記

訳ここぞ陸奥だなあ。判官どのを田植歌でお慰めしよう。年文化八年。語判官―ここでは九郎判官義経《よしつね》。解頼朝に追放され、陸奥の藤原氏を頼った義経だが、その地で果てた。せめて、早乙女の明るい田植歌で義経の無念を晴らして欲しい。

409
田草《たのくさ》や投付《なげつけ》られし所にさく　七番日記

訳ぬきさられた田草よ。投げつけられた所で咲いている。年文化十年。語田草―田草取りで抜かれた草。文化十三年「田の草の花の盛りを引かれけり」(七番日記)。解田草は稲には邪魔な嫌われものだから、抜き取られて捨てられる。が、それでも花を咲かせる。どこでも生きぬくしぶとさに共感した。参下五「形《なり》に咲」(発句集続篇)。

410
明神の烏も並ぶ田うゑ飯　七番日記

訳明神様の烏も並んでいる、ちょうど田植えの飯時。年文化十三年。解明神様の烏が行儀よく木々にとまっている。田植えの人々は、田の畴《あぜ》に並んで飯を食っている。無関係に見える烏と人間が、それぞれに並ぶ姿をパラレルにとらえているのが面白い。

411
蕗《ふき》の葉にいわしを配る田植哉　七番日記

訳蕗の葉っぱに入れた鰯《いわし》を配る田植だなあ。年文化十三年。解蕗の葉は、皿のように大きく広がっているから、鰯を入れて配るのに便利。鰯は山国の農村ではご馳走。田植は「結」で、多くの人々が助け合っての共同作業。貧しいながら、農村の田植えの充実感一が伝わってくる。

412
ばゝ達やおどけ咄《ばなし》で田を植る　七番日記

訳婆々たちよ、おどけ咄をしながら田を植えている。年文化十三年。解早乙女が田植えをする、あるいは神事としての田植えは、都人が想像上で作り上げた風流で、現実的ではない。田舎では、老婆たちがおどけ話をしながら、たくましく田植えする。鄙《ひな》ぶりの「風流」は、少々下ネタの入ったおどけ話。参同じ頃の作「風筋をばゝに取らるゝ木陰哉」（七番日記）も婆たちがたくましく生きる姿。

413
時めくや世をうぢ山も田植唄　七番日記

訳まさに初夏、この世のどこもかしこも田植唄。年文化十三年。解喜撰法師「わが庵《いほ》は都のたつみしかぞすむ世をうぢ山と人はいふなり」（百人一首）をふみ、静かな山の中の田んぼからも田植唄が聞こえてくるよ、と戯れた。喜撰の歌を使って、句作りした、文化十年「どなたやら世をうぢ山の冬籠《ごもり》」（七番日記　志多良）、同十一年「うぢ山や木魚の外も小夜砧《さよぎぬた》」（同）、同年「ビハ咲や世をうぢ山へ咄し道」（同）、同十三年「うぢ山や蚊やり三四夕念仏」（同）などの作もある。参同じ頃「よ所の子や十そこらにて田植

「唄」（同）。

414
襟《えり》迄《まで》も白粉《おしろい》ぬりて田植哉　七番日記

訳襟元まで白粉をぬりつけて田植えをしているよ。年文政元年。解田植えは早乙女の仕事で神事だが、地方では若い女性が少ないから、老女も早乙女に変身して田植えをする。恋する男性の目を意識して、思いきり化粧した若い女とみることもできる。

415
只《たつ》た今旅から来しを田植馬　八番日記

訳たった今旅から帰ったばかりなのに、田植えに駆り出されている馬よ。年文政二年。解田植え時期は、大忙し。荷を運んできたばかりの馬までも駆り出されるのは、ふつうは田植え前の代掻き（田掻き）で、水を引き入れた水田を掻き均《なら》すとき。

416
身一ツすぐすとて、女やもめの哀《あはれ》は
おのが里仕廻《う》ふてどこへ田植笠　八番日記

訳自分の里の田植えを終えてから、どこへ行って田植えをするのだろうか。年文政二年。

解村の共同作業である田植えは、自分が住む村全体が助け合って行う。それを終えてから、他の村に行って田植えをするのは、稼ぐため。前書からみて、寡婦が田植笠をかぶって出稼ぎに行くことに哀れを感じて詠んだ作である。参前書「身一ツすぐす迚《とて》、山家のやもめの哀さハ」（おらが春）。上五「おのが村」（希杖本句集）。

信濃路

417 しなのぢや山の上にも田植笠　八番日記

訳さすがに信濃路だなあ。ここでは山の上にまで田植笠。年文政四年。解平地が少ない信濃では、山間部の傾斜地でも耕して田を作る。そうして作った棚田に田植笠がみえる。下五「田植うた」（版本発句題叢）、また「人の世や山の上でも田植うた」（梅塵本八番日記）とする句形もあるから、山の上から早乙女が歌う田植歌が聞こえると、信濃の貧しさを詠んだ作だが、天空からも田植歌が聞こえてくるようなおおらかさがある。

余苗《あまりなえ》　田植えを終えた後に残る余った苗。水田の片隅にまとめておく。

418 余《あま》苗《りなへ》馬さへ喰ずに成にけり　七番日記

訳植えられずに余った苗、馬さえも食わずに放っておかれたよ。年文化十二年。解馬にさえも顧みられなかった苗の無念さ。この年、ほぼ同じ着想で「捨早苗《すてさなへ》馬も踏《ふ》まずに通りけり」（七番日記）の作がある。

心太《ところてん》　テングサから作り、酢醤油で食べる。奈良・平安朝時代からあったが、和歌では詠まれず、江戸初期の歳時記では六月とする。

419　松よりも古き顔して心太《ところてん》　文化句帖

訳松よりもずっと前からいたよ、と古顔した心太。年文化元年。語心太―夏の涼味あふれる食べ物。『増山井』には「こころぶと」で「俳。今、ところてんといふもの也」（「四季之詞」上・夏）という。解心太を擬人化した作。「古き顔」がおかしい。参文化十年「一尺の滝も涼しや心太」（七番日記）、同「小盥や不二の上なる心太」（同）、同「旅人や山に腰かけて心太」（同）、同「心太から流けり男女川」（同）、文政五年「あさら井や小魚と遊ぶ心太」（版本発句題叢）、同「心太牛の上からとりにけり」（文政句帖）など心太を詠んだ作もある。

かはほり　蝙蝠。コウモリの古い言い方。夕方頃から活動をはじめて、蚊などの昆虫を食う。羽を広げた姿、逆さまにとまる姿が印象的。

百日他郷

420 かはほりが中で鳴けり米瓢《ひさご》　七番日記

訳蝙蝠《こうもり》が空っぽの米瓢の中で鳴いているなあ。年文化十三年。解前書の「百日他郷」は、柏原へ帰って結婚しても相変わらず、北信地方の門人宅を訪ね歩いて、百日間、家にいないことをいう。米を入れる袋の中は空っぽで、蝙蝠が住みついて鳴いている、との寓意。実際に、食う米もなくて泣いているのは妻。参同じ時に「かはほりや看板餅の横月夜」（七番日記）。

羽ぬけ鳥　夏、羽毛が抜け替わる頃の鳥の総称。どこか頼りない。

421 なか〱に安ど顔也羽ぬけ鳥　七番日記

訳まあまあ安堵《あんど》した顔である。羽がぬけた鳥。年文化十一年。語なか〱―予想とは逆の状況を述べるときに使う。かえって。蕪村「中〱にひとりあればぞ月を友」（蕪村句集)。解羽抜け鳥を鶏とみるか、鷹とみるかで趣が異なる。この場合は、雄鶏か大鷹だろう。どちらも勇ましいから羽がぬけるとみじめだが、そんな風もなく安堵顔だというから、おかしい。

時鳥《ほととぎす》　初夏に飛来する渡り鳥。二十種ほどの異名がある。鳴き声を賞し、その初音を待ちわびたり、恋人を想うときに鳴く鳥とされた。血を吐いて鳴く鳥とも、冥土と現世を往来する鳥とも、田植え時を知らせる鳥ともいわれる。和歌では原則的に姿が詠まれない。郭公と杜宇も同じ鳥と思われ、カッコウもホトトギスとして詠まれた。

422
朔日《ついたち》のしかも朝也時鳥《ほと、ぎす》　文化句帖

訳四月一日のしかも朝に鳴いたよ。時鳥。年文化五年。解四月一日は夏の初め。時鳥は夏を告げる鳥。しかも古歌にある通り朝に鳴いた、と常識通り、生真面目なのがかえっておかしい。参実際は四月三日の作。

423
我汝を待こと久しほと、ぎす　おらが春　七番日記

老翁岩に腰かけて、一軸をさづくる図に

【訳】わたしはお前を長らく待っていたのだ。ほととぎすよ。【年】文化七年。【語】老翁―黄石公が下邳《かひ》の橋で張良に兵法の書を授けた故事（史記）。李白「経下邳圯橋《いきやう》懐張子房《ちやうしばう》」（下邳の圯橋を経て張子房を懐ふ）にも詠まれ、日本でも愛された故事。若き日の一茶が圯橋と号したのは、秦の始皇帝の暗殺に失敗した張良が、黄石公から太公望の兵書を授けられたという故事に心酔していたからか。【解】前書からみれば、画賛句。漢詩文調仕立て。黄石公が張良に兵法を伝授したという故事をふまえて、自分を黄石公、ほととぎすを張良に見立てて、長い間お前を待っていたと大げさに呼びかけた。夏の到来を告げるほととぎすを待ちに待っていたのだ、と大上段にかまえたところがユーモラス。【参】前書は『おらが春』（文政二年成）のもの。これ以前、一茶が後援した魚淵の『あとまつり』（文化十三年十一月刊）にも同じ前書がある。

424　**我ら儀は只やかましい時鳥**　七番日記

【訳】私めでございますが、ただただやかましいだけの時鳥でございます。【年】文化九年。【解】和歌的風雅では、時鳥は、夜明けに遠くで一度だけ鳴くのが良いとされた。何度も鳴いては興ざめでやかましいだけ。へりくだった丁寧さがおかしみを誘う。

425 それでこそ御《おん》時鳥《ほととぎす》松の月　七番日記　株番

[訳]それでこそほととぎす様だ。月に松のたとえもある。[年]文化十年。[解]風雅の名の期待通り、明け方にホトトギスが一度だけ鳴いた。松にかかる月が定番のように。ホトトギスに敬語「御」をつけて定型的な風雅観だとしながらも、それを風刺したのである。[参]上五「これでこそ」（文政版一茶句集）、下五「松に月」（世美塚、文政版）。

五十年一日の安き日もなく、ことし春漸《やうや》く妻を迎へ、我身につもる老を忘れて、凡夫の浅ましさに、初花に胡蝶の戯るゝが如く、幸あらんとねがふことのはづかしさ、あきらめがたきは業のふしぎ、おそろしくなん思ひ侍りぬ

426 三日月に天窓《あたま》うつなよほとゝぎす　真蹟　七番日記

[訳]有頂天になって頭をぶつけるなよ。ほととぎす。[年]文化十一年。[解]四月十一日、母方宮沢家の遠縁にあたる信濃町赤川の常田久右衛門の娘菊（二十八歳）と結婚。前書は、老齢であるにもかかわらず結婚したことを喜び、句ではホトトギスに擬《なぞら》えて有頂天になっている自分を戒めるが、喜びを隠しきれない。前書の「凡夫の浅ましさ」は言い得て妙。[参]前文に続き「人の世に花はなしとや閑古鳥」「吾が庵は何を申すも藪《やぶ》わか葉」の句、掲出句の後に「人らしく更《か》へもかへけり麻衣」と400番の句を記す。

427
宗鑑に又しかられな時鳥　七番日記

訳宗鑑に又も叱られるなよ、時鳥さん。年文化十二年。語宗鑑―山崎宗鑑。室町後期、十六世紀半ばに生きた連歌師。『新撰犬筑波集』の編者。解早くも山里で鳴く時鳥。それに向かって、都の愚か者が待っているから、早く都へ行け、と宗鑑が言ったという伝説をふまえて、「又叱られな」と戯れて呼びかけた。時鳥の初音を待ちわびるのが風雅だと気取る都人に対する風刺。参貞室「山崎の宗鑑法しと云しえせものの、『かしましや此さとすぎよ郭公みやこのうつけさこそ侍らん』と読侍りしは、いとことさめてにくきやうなれど、是れはいるまやうとて、狂歌・狂句の本体とこそ承はれ。古人のあまねくめでさせられて、一声に命をかけしほとゝぎすを、よしなしとおもひ捨たるにはあらず」（かた言）。

閑古鳥《かんこどり》　初夏に飛来する渡り鳥。郭公の異名、ホトトギスの別名とされた。カッコウドリの訛《なま》りとする説、喚子鳥（よぶこどり）の当て字とする説がある。寂しげに鳴くとされ、閑古鳥が鳴くという慣用句もある。この世とあの世を行き交う鳥とされる俳諧題。

越《こし》の立山にて

428
はいかいの地獄はそこか閑古鳥　享和句帖

訳俳諧の地獄は、そこにあるのか、閑古鳥よ。年享和三年。解前書によれば、越中（富山県）立山で詠んだことになる。ここでは実景ではなく、立山曼荼羅《まんだら》に描かれた地獄の責めの絵を見ての作だろう。地獄絵を目前にすると、俳諧地獄もあるように思われてくる。芭蕉翁が「うき我をさびしがらせよかんこ鳥」（猿蓑）と詠んで閑古鳥に問いかけたが、おれは「さびしがる」どころか、俳諧の地獄を見ることになった。本当に地獄はそこにあって、地獄の底なのか、それともまだ別にあって、さらに奥底があるのか、おれも閑古鳥に問いかけてみよう。参文化十一年「俳諧を囀《さへづる》やうなかんこ鳥」（七番日記）、同年「高野山／地獄へは斯《か》う参れとや閑古鳥」（同）、同年「死んだならおれが日を鳴《なけ》閑古鳥」（同）、同十三年「かんこ鳥鳴《なく》や蟇《ひき》どの丶吊《とむらひ》に」（同）。同年「俳諧をさへずりもせよかんこ鳥」（同）。

429
かんこ鳥しなの丶桜咲きにけり　文化句帖

訳かんこ鳥が鳴いている。今頃信濃の桜が咲いたなあ。年文化三年。解四月二日、流山の双樹とともに深川で詠んだ作。初夏を告げる閑古鳥が鳴く頃になって、ようやく北信濃の桜が咲いたものだよ、と古郷の話を句にした。

430
死下手の我をくをとや閑古鳥　　七番日記

（「くを」の横に「喰」）

訳なかなか死なない我を食おうとするのか閑古鳥。年文化九年。語死下手―病上手の死下手と慣用的に使い、なかなか死なないことをいう。解閑古鳥は、この世とあの世を行き交う鳥と思われていた。閑古鳥の鳴き声を死を予感させるものとして聞いた。参文政五年「死下手とそしらば誹《そし》れ夕巨燵《こたつ》」（文政句帖）。

431
吉日の卯月八日もかんこ鳥　　句稿消息

訳吉日の四月八日にもお構いなしに鳴く閑古鳥。年文化十一年。解四月八日は、お釈迦様の誕生を祝う灌仏会《かんぶつえ》。だから吉日。お花祭りとも言い、春の季語。花祭りの賑わいにもかかわらず、早くも閑古鳥が鳴いたところがめでたさを倍増させる。参成美は「吉日、おもしろく候」と評した（句稿消息）。

432
づ《ず》ぶ濡《ぬれ》の仏立けりかんこ鳥　　七番日記

訳ずぶ濡れの仏様が立っている。何の関係もなさそうに鳴く閑古鳥。年文化十三年。解五月雨の頃、屋根のない所に安置されている仏像（濡れ仏）をみての作。横几が「づぶぬれに捨ぬ身をさえしぐれ哉」（句兄弟）と詠んだが、仏様がずぶ濡れになっても、身を捨てない閑古鳥には関係ないだろうと揶揄《やゆ》。人間の信仰通りに自然は運行しない。

よし切・行々し《ぎょうぎょう》

オオヨシキリ・コヨシキリの二種が夏鳥として飛来して、葦（葭）原に住む。行々しは、よし切の異名。ギョギョシと鳴くと言われる通り、けたたましく鳴くので「仰々し」と言いかけて詠むことが多い。俳諧題。

433 行々し大河はしんと流れけり　文政句帖

訳ヨシキリが川辺でけたたましく鳴いている。大河はしんと静かに流れている。年文政五年。解行々子のやかましさと大河の泰然自若ぶりを対照的にとらえた。文政二年には「元天窓輪《はげあたまたが》かけろとか行々子」（八番日記）、「へら鷺は無言の言や行々子」（同）と詠み、前年には「行々子口から先へ生れたか」（同）、「たしなめよ口がすぐるぞ行々子」（同）と行々子を諌めた。「行々し」は「仰々し」に通じ、うるさく大げさに言い立てる人をイメージさせる。

434 よし切やことりともせぬちくま川　文政句帖

訳よし切りが仰々しく鳴いているよ。ことりとも音をたてない千曲川。年文政五年。語ことりともせぬ—まったく音をたてない。擬態語。文化七年「或時《ある》ハことりともせぬ千鳥哉」（七番日記）。解よし切りのけたたましさと対照的に千曲川の流れの静けさ。中七「ことりともせぬ」は上五のよし切（ヨシキリ）と千曲川の両方にかかる。「行々し大河はしんと流れけり」と趣向を同じくするから、その改案と見る説もある。「よし切や水盗人が来た〳〵と」と同時の作。

水鶏《くいな》　水辺に住む鳥。詩歌に詠まれるのは夏に飛来する緋水鶏《ひくいな》。和歌以来、もっぱら鳴き声が詠まれ、人が戸をたたく音に擬《なぞら》えて「たたく」と表現される。

435　遠《とほ》水鶏《くひな》小菅の御門《ごもん》しまひけり　七番日記

訳遠くに水鶏の鳴く声。小菅の御門が閉ざされてしまったなあ。年文化七年。解水鶏の鳴き声を和歌的伝統では「たたく」とした。御門は、小菅にあった門で、将軍の鷹狩のために使う小菅御殿の門。それが閉ざされて、文化四年以降代官所が設けられた。こうした背景をふまえて遠くに鳴く水鶏の声から過去を追懐。閉ざされた門は、双樹の留守宅の譬喩《ひゆ》か。参六月十三日、流山（千葉県）の双樹（秋元三左衛門感義）の留守宅に泊まった折の作。翌日から守谷・取手（茨城県）等へ赴き、二十日再び流山へ戻り、下五を「しまりけり」と改変している（七番日記）。

鵜《う》

鵜飼・鵜川・鵜舟は、鵜を使って鮎や鯉・鮒などを獲る、大化の改新以来の漁にかかわる言葉。鵜は単独で季語にはならないが、鵜飼から夏を感じさせる鳥。

436 子もちう《鵜》が大声上てもどりけり　八番日記

訳 子をもっている鵜が大声をあげて戻ってきたよなあ。年 文政二年。解 親の鵜が子どもの危険を感じて、警戒の鳴き声をあげて戻ってきた姿に、子どもを守ろうとする人と同じ生き物の姿をみた。同じ頃「鵜もおや子うかい《ひ》も親子三人《みたり》哉」の作もある。参 下五「戻り哉」（梅塵本八番日記）。

437 鵜の真似は鵜より上手な子供哉　おらが春

訳 鵜の真似は鵜より上手な子どもだなあ。年 文政二年。解 諺「鵜の真似をする鴉《からす》」は、鵜の真似をして水に溺れた鴉を例に、人まねしても失敗することを戒めた喩《たと》え。子どもの模倣能力に感嘆した。「鵜の真似を鵜より功者《こうしや》な子供哉」（梅塵本八番日記）も同じ頃一の作。

蟾《ひき》・蟾蛙　ヒキガエル。ガマガエル。雨蛙と比べて身体がかなり大きく、のそりと動く。冬眠後、早春に現れ産卵するが、また土のなかで春眠し、再び初夏に出てくる。

長嘯子の虫合に歌の判者にゑ《え》らまれしは、汝が生涯のほまれなるべし

438 ゆ《い》うぜんとして山を見る蛙哉　　おらが春　七番日記

〔訳〕悠然として山を見据えている、ひき蛙よ。〔年〕文化十年。〔語〕ゆうぜんとして―ゆったりかまえて。陶淵明「悠然トシテ南山ヲ見ル」（飲酒）。長嘯子―木下長嘯子。江戸初期の文人。豊臣秀吉の妻（北政所）の兄家定の長子。関ケ原の戦いで敗れ、封を失って京都東山や大原野に隠棲。細川幽斉に和歌を学んだ。〔解〕蛙は仙客の異称をもつ（和漢三才図会）。陶淵明の詩句を借りて、超俗の蛙の風姿を詠んだ作としておもしろい。『おらが春』で、この句の前文に、蛙が唐土の仙人に飛行術を教え、我が朝では蛙合戦で武名を残した昔を述べ、今は藪から這い出して人と同じように涼み、「其《その》つら魂《だましひ》一句いひたげ」であると記すので、夏の蟾蜍《ひきがへる》。一般的な蛙は、春の季語。〔参〕成美は「蛙になしたる所妙」と評価（句稿消息）。この年、「浅艸の不二を踏へてなく蛙」（七番日記）「木母寺の花を敷寝の蛙哉」（同）「むき〳〵に蛙のいとこはとこ哉」（同）など蛙を詠んだ佳句

が多い。『浅黄空』『自筆本』『発句鈔追加』などにも収載。

439　大《おほ》蟾《ひき》は隠居気どりやうらの藪　七番日記

訳大きな蟾は、隠居を気取っているようだ、裏の藪で。年文政元年。解蟾蜍《ひきがへる》の不敵な面構えと尊大に見える態度を揶揄《やゆ》して、からかった作。自分もそうありたい、と思っても隠居できないのが庶民だから、隠居するのは憧れ。その隠居が「うらの藪」で隠居を気取っているところがユーモラス。参同じ頃「ヒキ殿は石法花《華》かよ五月雨」。

440　蟾《ひき》どのゝ妻や待らん子鳴らん　八番日記

訳蟾蜍《ひきがえる》どのの妻が待っているだろう、子どもが鳴いているだろう。年文政二年。解七月上旬の作。六月二十一日に娘さとを亡くした後も、一茶は家に居ることはなく、北信濃一帯の門人宅を泊まり歩いて俳諧の指導をしていた。そんな自分を蟾蜍に擬えて、妻も亡き娘も待っているだろう、という。勝手といえば勝手だが、愛する娘を亡くした悲しみで家に居られなかったのだ、妻の切ない気持ちもわかっているのだ、と言いたい。山上憶良の有名な歌「憶良らは今はまからむ子泣くらむそれその母もわ《吾》を待つらむぞ」（万葉集）を用いた句作り。参同じ頃「ヒキどのゝ葬礼《とむらひ》はやせほとゝぎす」。

蛍　夏の夜、光を点滅しながら水辺を飛び、幻想的な世界をかもし出す。和歌では多く恋に身を焼く虫として詠まれた。

441 馬の屁に目覚て見れば飛ぶほたる　寛政句帖

訳馬の屁に驚いて目覚め、うつろな目で見ると蛍が飛んでいる。年寛政四年。解旅の宿での句だろう。芭蕉の句に「蚤虱馬の尿する枕もと」（奥の細道）があるが、「馬の屁」を詠んだ例は少ない。俗な馬の屁に起こされて雅な蛍を見たことのおかしみ。同年作の「夏の夜に風呂敷かぶる旅寝哉」（寛政句帖）は、蚊に責められて風呂敷を頭にかぶった例。ともに旅の宿での苦労を笑いに転じている。参晩年に「馬の屁に吹とばされし蛍哉」（文政句帖）と誇張して詠んだ例もある。

442 門の蛍たづぬる人もあらぬ也　文化句帖

訳家の門には蛍が飛び交うが、訪ねて来る人はいないのだ。年文化三年。解去来の「応々といへど敲《たた》くや雪の門」や蕪村の「寒月や門をたゝけば沓の音」のように、人が訪れて門を敲く風雅とは異なる孤独。蛍は亡き人の魂の化身というが生身の人が恋しい。

443 そよ〳〵と世直し風やとぶ蛍　　文化六年句日記

【訳】そよそよと世直しの風が吹いてくるよ。それにのって飛ぶ蛍。【年】文化六年。【解】四月十九日の作。暑さを和らげる風を「世直し」風と言ったのだが、世の中が良くなる世直しの意もこめられている。世直し一揆が多発したことを背景に、世直しできればいいね、と蛍に呼びかけた。【参】文化六年五月三十日「夕顔や世直し雨のさば〳〵と」（文化六年句日記）。同年「世直しの竹よ小藪よ蟬時雨」（同）、同十年「世直しの夕顔さきぬ花さきぬ」（七番日記）、文政九年「世直しの大十五夜の月見かな」（文政九・十年句帖写）。

444 手《て》枕《まくら》や小《こ》言《ごと》いふても来る蛍　　七番日記

十一雨（中略）新町、高瀬屋五兵衛ニ泊。（中略）雨の疲れにすやすや寝たりけるに、夜五更《ごかう》のころ、専福寺とふとく染なしたる挑灯《ちやうちん》てらして、枕おどろかしていふやう、「爰《ここ》のかんな《神流》川に灯籠《とうろう》立てて、夜のゆききを介《たす》けんことを願ふ。全く少きをいとはず。施主に連《つらな》れ」とかたる。「かく並々ならぬうき《憂》旅、一人見おとしたらん迚《とて》、さのミぼさち《菩薩》のとがめ給ふにもあらじ。ゆるしたべ。」とワぶれど、せちにせがむ。さながら罪ありて閻王《えんわう》の前に蹲《うずくま》るもかくやあらんと思ふ。十二文きしん《寄進》す

【訳】手枕してまんじりともしないでいるよ。小言を言ってもせめて来る蛍。【年】文化七年。

語五更―夜を五つにわけたときの第五。現在の午前三時から午前五時、または四時から六時ころ。解五月十一日、柏原へ帰省する旅の途中、新町（高崎市）旅籠高瀬屋五兵衛に宿泊した折のこと。神流川岸に建てる石灯籠の寄進をせがまれた恐怖体験をふまえての作。一茶は十二文寄進。蕎麦一杯が十六文だったから、それより少なく、これが恐怖の代金だったとすればおかしくもある。旅先での実体験をふまえているが、夢のようでもある。「とぶ蛍うはの空呼《そらよび》したりけり」も同じ時の作。「山伏が気に喰ぬやら行蛍」もこの折の作。

445 念仏の口からよばる蛍哉　七番日記

訳念仏を唱えている、その同じ口から呼ばれた蛍よ。年文化八年。解崇高な念仏と子ども時代を思い出させる蛍狩の呼び声が同じ僧の口から出てくる。そのずれが楽しく温かい。

446 行け蛍手のなる方へなる方へ　七番日記

訳飛んで行け蛍よ。手の鳴る方へ。手の鳴る方へ。年文化九年。解子どもたちが鬼遊び（隠れ鬼）のときに唄う「鬼さんこちら手の鳴る方へ」を蛍に言い換えて、童心にかえった。蛍は亡き人の魂の化身と思われていたが、そんなことより、今おまえを呼ぶ方へ行けとの思いが込められている。

447 さく〳〵と飯《めし》くふ上をとぶ蛍　七番日記

訳さくさくと飯を食っている上を飛んでいる蛍。年文化九年。語さくさくと―擬音語。一般的には乾いた音。野童「さくさくと丸雪ふり込霜ばしら」(鳥の道)。解旧国(大江丸)「さくさくと藁くふ馬や夜の雪」(俳諧新選)のように、馬が藁を食む擬音語を人間に転じたおかしさ。また源氏物語・蛍巻のような優雅な世界とは別の卑俗な世界。さらには「さくさく」という擬音語によって淋しさを醸し出されるさびしさ。これらが同居した不思議な感覚。

448 手枕やぼんの凹《くぼ》よりとぶ蛍　七番日記　志多良

閑坐

訳手枕している気楽さよ。ほんのくぼから、飛び立つ蛍。年文化十年。語ぼんの凹―項《うなじ》の中央のくぼみ。中七「ボンの凹」と表記(句稿消息)。解蛍は人の魂の化身というが、ぼんのくぼから飛び立つのは、その化身だろうか、それとも寝そべって自堕落にしているからだろうか。どちらにしても、身体の項あたりに飛ぶ蛍が不思議な感興をもよおす。参文化六年「翌《あす》ぎりの春と成けりぼんの凹」(文化句帖)、同十二年「釣人のぼんの凹より帰る雁」(七番日記)文政二年「八兵衛がぼんのくぼより乙鳥哉」(梅塵本八番日記)など十六句ほど「ぼんの凹」を詠んだ句があり、身体のなかでも特別な場所だった。

449 おゝさうじや逃るがかちぞやよ蛍　七番日記

訳おおそうだ、逃げるが勝ちだ、なあ蛍よ。年文化十年。解諺「逃げたが勝ち」(譬喩尽)を採りいれた句作り。あれこれ争うよりも逃げるが勝ちだと蛍に呼びかける。自分自身へのよびかけでもある。真蹟自画賛の扇面もある。参下五「其蛍」(句稿消息)。

450 行け蛍とく〳〵人のよぶうちに　七番日記　句稿消息

訳行け蛍、早く早く、人が呼んでいるうちに。年文化十一年。解人が呼んでくれるうちに行かないと、誰にも呼ばれなくなる。体験から生まれた句だろう。「ほ、ほ蛍来い、こっちの水は甘いぞ」のように蛍に呼びかける、蛍狩りの唄が文化期に唄われていたことがわかる。参文化九年「行け蛍手のなる方へなる方へ」(七番日記)、同十年「行け蛍

―薬罐《やくわん》の口がさし出たぞ」(同)、同年「行な蛍都は夜もやかましさ《き》」(同)。

451
わんぱくや縛《しば》れながらよぶ蛍　七番日記　句稿消息

訳わんぱくなものだなあ。悪さをして縛られていながらも蛍をよんでいる。年文化十三年。解蛍狩りに夢中になる腕白な子どもの面目躍如。同じ年に上五「泣蔵《なきぞう》や」とする句形もある。また同じ頃下五を「夕涼」とした句形もあるので、腕白な子どもをどう詠むか、様々に試みたことがわかる。参同じ頃に「蛍見や転びながらもあれ蛍」(七番日記)、「本通りゆらり〳〵と蛍哉」(同)などもある。

452
はつ蛍つひとそれたる手風哉　七番日記

訳今年初めての蛍がすっとそれてしまった。手風のために。年文政元年。語手風―手を動かすことで生じる風。解初めて見つけた蛍をつかまえようと手をあげたとき、自分の手風で煽《あお》られて蛍は逃げてしまった。手風の強さに気づいたことに驚き、空をつかむ空虚感から命あるものの命の尊さに思いをめぐらせた。

453 瘦《やせ》蛍《ほたる》ふはり〳〵とながらふも　　八番日記

訳瘦せた蛍がふわりふわりと風に流されて行っても、なんにもならないのに。年文政二年。解「ながらふ」は「長らふ」ではなく「流らふ」。瘦せた蛍が風に流されていく姿を自分がこの世に生き延びて「長らふ」姿と重ねあわせた作。「瘦たりな門の蛍にいたる迄」と併記。

454 大蛍ゆらり〳〵と通りけり　　八番日記　おらが春

訳大きな蛍がゆらりゆらりと通っていったよ。年文政二年。解蛍でさえ、大きなものは、悠然と生きている。「ゆらり」の繰り返しに句眼がある、遠慮しながら生きるわが身をふりかえったか。同時期に「大蛍せかずにゆらり〳〵哉」(八番日記)とも案じている。

455 蛍来よ我拵《こしらへ》し白露に　　八番日記

訳蛍よ飛んで来い。おれが作った白露に。年文政二年。解上五を「蛍来し」と読む説もある。これをとれば、季節外れの秋の露に秋の蛍が飛んできたことになる。掲出した上五「蛍来よ」と読む方を採れば、蛍を呼ぶときは、甘い水で誘うのが常だが、秋の季語白露であるのが異様。白露は、娘のさとを喪った悲しみが凝固した露。「白露の玉ふんがくなくきりぎりす」「娘見よ身を売れッヽ行蛍」などと併記。

456 孤《みなしご》の我は光らぬ蛍かな　八番日記

きりつぼ　源氏三つのとし、我も三つのとし母に捨てられたれど

訳同じみなし子でも、おれは光源氏のようには光らない蛍だなあ。年文政三年。解みなし子意識から生まれた作だが、正月、源氏カルタで遊んだ折の句。高貴な身分の光源氏に自らを擬《なぞら》えてみせたところが笑い。天皇の子どもの光源氏と平凡な農民の生まれの自分を比べること自体に無理がある。それを承知で笑いを誘った。中七の「光らぬ」は、歌謡の歌詞「親がなければ、ひかりなし」（和河わらんべうた）や「親がござらにや、光ない」（山家鳥虫歌）等も、取り入れたのだろう。文政六年の「孤《みなしご》が手本にするや反故《ほご》うちは」（文政句帖）の作もあり、むしろこちらに、しみじみとした哀感がある。孤児という視点からみれば、雅も俗も同じで、光るか光らないかだけ。参同じ頃「鶯やわら家に匂ふ兵部卿」「雨の夜や鉢のぼたんの品定」「柴垣や涼しき陰に方違」「なつかしやゆかしや蟬の捨衣」など源氏物語に因む作がある。

457 馬の屁に吹とばされし蛍哉　　文政句帖

【訳】馬の屁で吹き飛ばされた蛍だよ。【年】文政六年。【解】寛政四年「馬の屁に目覚て見れば飛ぶほたる」が思い出される。蛍が飛び交う馬小屋の風景だろう。群がった蛍がいっせいに同じ方向に飛んで行く。馬小屋から屁の匂いがするから、因果関係があるのだとみた。蛍は和泉式部の「物おもへば沢の蛍も我が身よりあくがれいづる魂《たま》かとぞみる」という歌以来、蛍は人の魂の化身とみられてきたが、そんな伝統も馬の屁ひとつで吹き飛ばされてしまうおかしさ。【参】「赤馬の鼻で吹たる蛍かな」「たゝかひはさらに好まぬ蛍かな」と併記。

458 世が直るなほるとでかい蛍かな　　一茶連句集（梅塵抄録本）

【訳】世の中が直る、直るといって飛んでいるでかい蛍よ。【年】文政八年。【語】でかい—「大きい」の俗語。【解】世直しを希求する作。大きな蛍が光を放ってくれるように、世の中も明るくなって欲しいものだ。一茶が「世直し」を願って詠んだ作は、文化六年「世直しの竹よ小藪よ蟬時雨」（文化五・六年句日記）、同「夕顔や世直し雨のさば〳〵と」（同）、同「そよ〳〵と世直し風やとぶ蛍」（同）、同十一年「世中ハどんどと直るどんど哉」（七番日記）、同「世直しの夕顔咲ぬ花さきぬ」（同）、文政二年「稲妻や一切づつに世が直る」（おらが春）、同四年「世が直る〳〵とむしもをどり哉」（梅塵本八番日記）、同八年「鳴な虫直る時には世が直る」（文政句帖）などがあり、翌九年には「世直しの大十五夜の月見かな」（文政九・十年句帖写）の作もある。参脇句は一巴「下手のはなしの夜はすずしい」。

虫（尺取虫）　虫だけの場合は、秋の季語で鳴き声を愛でる。尺取虫は、エダシャクトリなどの俗称。人が親指と人差し指を広げたり縮めたりして尺をとるように、肢体を伸縮させて進むのでその名がある。

459
幽栖

虫にまで尺とられけり此《この》はしら　おらが春　八番日記

訳虫にまで寸法を測られてしまったよ。この柱。年文政二年。解芭蕉さんは「冬籠またよりそはん此はしら」（あら野）と詠んだが、このちっぽけな柱では寄り添うどころか、尺取虫が寸法を測っているばかり。前書「幽栖」は俗世を避けて生きることをいう。そこで自足する気にもなっていても、あまりに狭いなあと笑いに転じるほかない。北信濃の俗諺「尺取り虫が頭のてっぺん迄のぼれば命はおしまいだ」をふまえて、「こんなあばら屋で命を終えんとする」自嘲の句とする説もある。参下五「我柱」（八番日記）。同じ年に「扇にて尺を取たる牡丹哉」（八番日記）。（注）中七「尺をとらせる」（嘉永版句集）。

蚊《か》・藪蚊《やぶか》・孑孑《ぼうふら》・棒ふり虫　人が嫌う虫の代表。人や動物を刺して不快にさせる。『枕草子』に「にくきもの」としてあげる。藪蚊や縞蚊《しまか》など種類も多い。孑孑と棒ふり虫は蚊の幼虫。

460 蚊を焼くや紙燭にうつる妹が貌《かほ》　寛政句帖

訳蚊を焼くのだろうか。紙燭に照らし出された恋人の貌。年寛政五年。語紙燭—照明器具。松の棒を削って油を塗り、紙を巻きつけて点火する。解蕪村「燃立て貌はづかしき蚊やり哉」（新五子稿）、芭蕉「夕貌の白ク夜ルの後架に紙燭とりて」（武蔵曲）をふまえ、「蚊を焼く」庶民生活の視点から詠んだ作。一瞬にして照らし出される「恋人」の貌が、この世のものとは思われないほど美しい。

竹（裡）といへる僧の久しく布川辺をさまよふ

461 追れ〳〵蚊の湧く艸《くさ》を寝所哉　享和句帖

訳都を追われ田舎も追われ、蚊が湧き出す草むらをようやく寝所としたことだよ。年享和三年。語布川―茨城県北相馬郡利根町。解前書から追われたのは、竹裡という僧侶であったことがわかるが、自画像のような作り。竹裡への深い共感があったのだろう。竹裡は伝不明。一茶の先輩格にあたる人か。

462
目出度《めでた》さは上総《かづさ》の蚊にも喰《くは》れけり　文化句帖

訳めでたいことに上総の蚊にも食われたことだよ。年文化三年。語上総―千葉県富津。上総には一茶を庇護してくれた女流俳人花嬌《かきよう》がいた。解五月八日の作。他で蚊に食われるのはまっぴらだが、ここでは蚊さえ私を歓迎してくれると、上総の人へ挨拶。同時に「細々と蚊やり目出度舎《やど》り哉」があるが、掲出句の方が情が深い。参文化元年「我星は上総の空をうろつくか」（文化句帖）。

463
蚊所の八重山吹の咲きにけり　文化句帖

訳蚊が出てくる暗い所から八重の山吹が咲いたなあ。年文化五年。語蚊所―蚊が多く発生する所。じめじめして暗い所。一茶独特の用語か。解晩春から初夏にかけて咲く黄色の八重山吹が、暗い蚊所を照らす。明の山吹の光と暗の蚊所の闇を対照的にとらえた印象画のような作。

464 老ぬれば只蚊をやくを手がら哉　七番日記

訳老いてしまったものは、ただ蚊を焼き殺したことだけが手柄だよ。年文化七年。解老人の昔話はいくらでもあるが、今は蚊を退治するしか能がない。それを手柄として誇る老人の姿にペーソスが漂うが、「手柄」と思う得意げな顔も浮かんできて、ユーモラス。参四月五日、布川の月船宅で滞在中の作。「御迎の鐘を聞《き》く〱やく蚊哉」と併記。

465 さはげ《わ》〱お江戸生れの蚤《のみ》蚊なら　七番日記

訳騒げ騒げ、花のお江戸で生まれた蚤や蚊ならば。年文化十年。解蚤や蚊でさえも江戸生まれを自慢しているかのようだ。幕藩体制の政治の中心地の江戸生まれの者が、幅をきかせていたことを揶揄《やゆ》したのだろう。同じ頃「五十にして都の蚊にも喰はれけり」の作もある。風雅の都の蚊に食われるのはめでたい。参同じ年に「蚊いぶしもなぐさみになるひとり哉」（七番日記）。

466 方《はう》〳〵《ぼう》から叩き出されて来る蚊哉　七番日記

【訳】あちこちから叩き出されて来る蚊どもだなあ。【年】文化十一年。【解】前年に「隣からいぶし出されし藪蚊哉」の作があるが、「叩き出されて」の方が迫力がある。「蚊蝿のごとき」と自分を意識せざるを得なかった作者自身の姿が投影されているからである。【参】同時に「夕されば痩子やせ蚤賑はしや」(七番日記)、同じ頃「蚊柱の穴から見ゆる都哉」(同)、「蚊柱のそれさへ細き棲《すみか》かな」(同)。

467 目出度さはことしの蚊にも喰れけり　七番日記

【訳】目出度さは今年の蚊にも食われたことだよなあ。【年】文化十三年。【解】蚊は老人の血を吸わず若い人の血を吸う、と言われる。これを逆手にとって、蚊に食われたのだから、まだ若い、めでたいことだと蚊に食われた痛みを我慢する。その見栄っ張りぶりが笑い。

468 ナムアヽと大口明けば藪蚊哉　七番日記

【訳】南無阿弥陀仏を唱えようと「ナムアヽ」と大きな口を明ければ飛び込んでくる藪蚊だよ。【年】文化十三年。【解】信仰心で念仏を唱えようとすれば、すぐに藪蚊が口に飛び込んでくる理不尽さ。殺生を好んでするわけではないが、現世に生きる者には致し方ない。それほど藪蚊が多くて悩まされるのだというおかしみでもある。参同じ頃「ナム〳〵と口を明たる蛙かな」（七番日記）。

469
明がたに小言いひ〳〵行蚊哉　七番日記

訳明け方にぶんぶん小言を言いながら出て行く蚊だなあ。年文化十四年。語小言いふ―ぶつぶつ不平や文句をいうこと。解明け方の蚊は寝ぼけた耳にはことさらうるさくて、小言のように聞こえてくる。「小言いふ相手もあらばけふの月」（文政句帖）と詠んだ句は、文政六年五月十二日、三十七歳で他界した妻の菊への愛情から生まれたものだが、蚊の小言はうるさいだけ。

470
けふの日も棒ふり虫よ翌《あす》も又　おらが春

日々懈《け》怠《たい》不惜寸陰

訳今日の日もぼうふらのように生き、明日も又同じ。年文政二年。解前書の訓読は「日々懈怠ニシテ寸陰ヲ惜シマズ」。浮いたり沈んだりして生きる孑孑に自らを喩《たと》えた作。「孑孑」と「棒に振る」を言い掛けて、明日も同じように無能に生き続ける。自嘲的な響きもあるが、生きるとはそういうものだと割り切っているのだろう。棒ふり虫のように思われても、五分の魂があるのだ。「人には棒振りむし同前におもはれ」（西鶴置土産）も、念頭にあったか。参中七・下五「棒ふり虫と暮にけり」（八番日記）。あし丸「孑孑のふり尽しけりけふも又」（発句題葉集）。

471 孑《ぼう》孑《ふら》が天上するぞ三ケの月　八番日記

訳孑孑が天へ昇ってゆくぞ。天には三日月。年文政二年。解小さな生き物の姿をとらえた作。孑孑は蚊の幼虫。それが蚊柱がなると天上に昇って行くように見えるが、その先に三日月があったのだろう。微細な生命と三日月の取り合わせがおもしろい。「孑孑の天上したり三ケの月」（おらが春）は、この再案。一茶が代編した松宇の『杖の竹』（文化十三年）に収載する車両の句「蜻蛉や天上したる門の川」が下敷きにあったかもしれない。参下五「門の月」（文政句帖・文政五年）。

蠅《はえ》・蠅除《はえよけ》・蚊蠅《かはえ》　日常的にいた昆虫。羽音をたてて飛び回り、食物にもとまったので、人々に嫌われた。蠅除は、蠅をよけるための道具。金網や布類を張って食料などにかぶせたもの。蚊蠅は、日常生活にあって嫌われ者の代表。

472 通し給へ蚊蠅の如き僧一人　寛政句帖

訳お通し下さいな。蚊や蠅のような僧侶の一人でございますから。年寛政四年。語通し給へ―関所越えする時の台詞か。蚊蠅の如き僧―取るに足らない僧。解謡曲調の表現がおかしみを誘う。僧は枕草子以来「木の端」にたとえられてきたが、人々が嫌う蚊や蠅に喩え、貧相ながら「通し給へ」と堂々と述べるところがユーモラス。

あはれ、おのれの命に替へて、一度はすこやかなる父にして見まほしく、たうべたきとのたまふも、あしかりなんは戒めしが、今は耆婆《ぎば》・扁鵲《へんじやく》が洒落もとゞかざらん、諸天・善神の力も及ばざらん、と只念仏申すより外にたのみはなかりき

473 寐すがたの蠅追ふもけふがかぎり哉　父の終焉日記

訳寝ている姿の父にまとわりつく蠅を追い払うのもきょうだけとなってしまったなあ。年享和元年。語耆婆―インドの名医。扁鵲―中国の名医。解父の死に直面した享和元年五月二十日の日記。父は昼より顔が青ざめ、目は半分ふさぎ、痰《たん》がからまり息もままならず、翌日の朝五時過ぎに臨終を迎えたという。蠅は、父につきまとう義母や義弟の比喩。文政二年に「古郷は蠅迄人をさしにけり」（おらが春）と詠んでいるのも同じ。かつての日本では蠅は日常生活にはつきもので、うるさく飛び回って食物にも留まるので、

不衛生の代表とされた。一茶は生涯で百句ほど「蠅」を詠んでいて、晩年（文政七年）には「美女に蠅追せながらや寝入道」（文政句帖）という変わった句もある。

474
蠅打てけふも聞也山の鐘　文化句帖

訳 蠅を叩いて今日も山寺の鐘を聞いているなあ。年 文化三年。解 五月十四日の作。蠅を打ち殺しながら、自らは死に行く身として諸行無常の鐘の音を聞くユーモアとペーソス。同時に「蠅打にけふもひつぢの歩《あゆみ》哉」の作がある。

475
蠅負《おふ》や花なでしこに及ぶ迄《まで》　文化句帖

訳 蠅を追い払っているよ。紫色のナデシコに及ぶまで。年 文化五年。語 花なでしこ—紫や紅色の花をつける。夏の季語。解「負」は「追」の誤字か当て字。可憐な花なでしこに隠れた蠅を執念深く追う姿が滑稽。なでしこを漢字表記すれば、撫子だから、可愛がっている子どもの比喩かもしれない。参 同日（四月二一日）作に「蠅打《はへうち》に敲《たた》かれ玉《たま》ふ仏哉」。

476 蠅一ツ打てはなむあみだ仏哉　　句稿消息　七番日記

〔訳〕蠅を一つ打ち殺しては唱える、なむあみだぶつ、なむあみだぶつ。〔年〕文化十一年。〔解〕殺生を戒める仏教の教えに背いて、殺生した後に念仏を唱える俗人のおかしさ。一茶は浄土真宗の信者だったから、こうした念仏を唱えるのだが、それを方便と割り切っていたのだろう。「蠅とつて口が達者なばかり也」と併記。うるさいのは、蠅ばかりではない。

477 蠅《はへ》除《よけ》の草を釣《つる》して又どこへ　　七番日記

独楽庵を訪ふに不逢《あはず》

〔訳〕蠅よけの草を吊《つ》るしたままたどこへ。〔年〕文化十二年。〔語〕独楽庵を訪ふに不逢─賈島「松下童子ニ問ヘバ言フ　師ハ薬ヲ採リニ去ルト」(唐詩選・尋隠者不遇)をふまえるか。独楽庵─独楽坊とも。六川(長野県上高井郡小布施町)の梅松寺住職・知洞。〔解〕蠅を避ける草を吊るしているのだから、近くにいるはずだが、気配がない。「又どこへ」の口語的問いかけは、蕪村句「庵《あん》の月主《あるじ》を問へば芋掘に」(蕪村句集)とは逆の発想。〔参〕前書「独楽坊を訪に、錠のかゝりて」、下五「さてどこへ」(句稿消息)。前書「独楽坊を訪ふに、錠のかゝりければ、三界無安といふ事を」(文化十三年・杖の竹)、中七・下五

「草もつるして扠《さて》どこえ」（同）。乙由「蓮二法師を送る／青柳のほだしや解て又どこへ」（麦林集）。

478
武士《さむらひ》に蠅を追《おは》する御馬哉　七番日記

訳さむらいに蠅を追わせている、お馬ですなあ。年文化十三年。解持ち主が誰かによって、馬の価値も変わって来る。うるさくつきまとう蠅を追わせる馬のすまし顔がイメージされ、馬に仕える武士の生真面目な顔まで想像される。人間より大事にされるのは、身分が上の人に所属するお馬だから。そうした身分制度のばかばかしさをあばいた作。参文化十年「武士や鶯に迄つかはるゝ」（七番日記）、同十五年「士《さむらひ》の供を連たる御犬哉」（同）は同工異曲。同じ頃「蠅追を二人供して未亡人」（七番日記）、「ことしや世がよいとや中蠅の声」（同）。

479
世がよくばも一ッ留《とま》れ飯《めし》の蠅　八番日記　おらが春

訳世の中が良いならばもう一つとまれよ、飯にとまっている蠅。年文政二年。解世の中がうまくまわっていると蠅も多く発生するから、一匹だけでなく、蠅も騒がしい。翌年刊行の『俳諧発句題叢』に収載された一茶句「草の葉や世中《よのなか》よしと蠅さわぐ」は、端的

—にそれを指摘して詠んだ句。

480 古郷は蝿迄《まで》人をさしにけり　　おらが春

心に思ふことを

【訳】古郷では、蝿までもが、人をさすなあ。【年】文政二年。【解】蝿は、『詩経』「青蝿篇」で人を陥れるような悪口をいう者に喩えられて以降漢詩文では憎しみの対象。一茶にとって蝿は「親しらず蝿もしつかりおぶさりぬ」（八番日記　文政二年）の句にみられるように親しみを感じる生き物でもあるが、古郷では蝿までも人を刺すと皮肉たっぷり。中七を「蝿すら」とする文語的な句形もあるが、口語的な「まで」の方が親しみやすい。「人をさす」のは、悪口や陰口。【参】中七「蝿すら」（八番日記　文政二年）。

481 やれ打な蝿が手をすり足をする　　梅塵本八番日記

【訳】やれ打つな、蝿が両手をすりあわせ、両足もすりあわせている。【年】文政四年。【語】蝿が手をする—蝿の手足の先は、ギザギザした毛状になっていてどこでも止まれるようになっている。それについた塵芥《じんかい》を除去して、どこでも止まれるようにしておくために手足をすりあわせる。【解】蝿を打とうとしている自分への呼びかけ。以前「古郷は蝿迄人をさしにけり」（おらが春）と憎むべき相手として詠んだが、拝む姿は人が仏を拝む姿と変わらない。生きることの哀れは蠅も自分も同じ。翌文政五年には「とく逃げよにげよ打たれなそこの蠅」（文政句帖）と蠅に呼びかけるが、蠅の方が「打てくと逃《のがれ》て笑ふ蠅の声」（同）と人間より一枚上手。さらに翌年には「耳たぼに蠅が三疋とまりけり」（同）、またその翌年には「草庵にもどれば蠅ももどりけり」（同）、「蠅よけの羽織かぶって泣子哉」（同）など蠅とともに生きる姿を詠んだ句がみられる。蠅との戦いと共存は、一茶ばかりか、昔の日本人の課題だった。参上五「やよ打な」（風間本八番日記）。中七「蠅は手をすり」（関清水初篇・同二篇）。「それうつな蠅は手もする足もする」（花鳥文庫）。

482
無常鐘蠅虫めらもよつくきけ　文政句帖

訳諸行無常の鐘の声を蠅どもも、よく聞け。年文政八年。解ぶんぶんと飛び回る蠅に命令口調で呼びかけた作。騒がしいお前も、やがては「祇園精舎の鐘の声、諸行無常の響きあり……盛者必衰の理」の通り、滅びてゆくのだ。『平家物語』の冒頭をもちだし、大上段にかまえて呼びかけたところがユーモラス。「僧正の頭の上や蠅つるむ」「蠅よけに孝経かぶる昼寝哉」と併記。僧侶の頭も蠅にとっては交合の場、孝行を勧めるという孝経も蠅除けの一助として役立つに過ぎない。日常的な蠅との戦いは、蠅の勝利で終わるから、蝿に「諸行無常」と呼びかけるほかないのだ。

蚤《のみ》　体長二、三ミリで褐色の昆虫。哺乳類や鳥類の血を吸う。吸われた方は痒《かゆ》くて不快。『枕草子』二八段に「にくきもの」としてあげられる。俳諧題。

483 よい日やら蚤がおどるぞはねるぞよ《を》　七番日記　志多良

訳良い日なんだろうか。蚤が踊るぞ。跳ねているぞ。年文化十年。語中七・下五「蚤がはねるぞ踊るぞよ」（発句題叢）。解蚤が暴れまわっている日は、人間にとっては迷惑千万。蚤の立場からみた逆転の発想。

484 蚤の迹《あと》それもわかきはうつくしき　志多良　七番日記

訳蚤に食われたあと、そのあとも若い人は美しいなあ。年文化十年。解嫌われ者の蚤、その蚤に老人が食われたあとは汚らしい。が、若い人なら艶があって美しく感じるから不思議。其角に「切られたる夢は誠か蚤の跡」（花摘）という有名な句があるが、蚤に食われた痕跡《こんせき》に美を見出した俳人は一茶以外にいない。士朗の句「よしの山若きはひとの恥かしき」（枇杷園句集）から発想されたとする説もあるが、日常的な身体感覚をも一つ一茶句の方が表現レベルでも優れている。

485 飛下手の蚤のかわ《は》いさまさりけり　七番日記

訳 飛び下手の蚤がうろうろしている、その姿を見ていると可愛くなってしまったよ。年 文化十三年。解 人の血を吸う蚤は憎らしいが、飛び跳ねて逃げて行くなら、憎さも百倍。だが、飛び下手で逃げ遅れている蚤は不憫だ。蚤であっても不器用なものに対して、同情してしまう優しさとおかしさ。

こぞの夏、竹植る日のころ、うき節茂きうき世に生れたる娘……閨《ねや》に泣声のするを目の覚る相図とさだめ、手かしこく抱き起して、うらの畠に尿《しと》やりて、乳房あてがえば、すハ〱吸ひながら、むな板のあたりを打たたきて、にこ〱笑ひ顔を作るに、母ハ長々胎内のくるしびも、日々襁褓《むつき》の穢《きたな》らしきも、ほと〱忘れて、衣のうらの玉を得たるやうに、なでさすりて、一入《ひとしほ》よろこぶありさまなりけらし

486 蚤の迹かぞへながらに添乳哉　おらが春　七番日記

訳 蚤に食われた迹がいくつあるか、数えながらも寄り添って乳をあげているよ。年 文政元年。語 こぞの夏、竹植る日―文政元年五月十三日。うき世に生れたる娘―長女さと。

五月四日誕生。解人肌のぬくもりを通して、母が子を慈しむ情愛が伝わってくる。母が子どもに乳をあげながら、子どもの蚤に食われた跡を数えているのか、自分自身の蚤の跡を数えているのか、どちらにしても子に寄り添う母の姿が浮かぶ。長文の前書は『おらが春』（文政二年稿）から抄出した。「蚤の跡吹て貰てなく子哉」と併記。娘への愛情と慈母への感謝の思いが伝わってくる句文である。参中七「かぞへながらも」（発句鈔追加）。484番参照。

487
やけ土のほかり〳〵や蚤さわぐ

文政十年閏六月十五日付春耕宛書簡

土蔵住居して

訳焼けた土がほかりほかりと温かいなあ。蚤が夏だと思い違いして騒ぎ出す。年文政十年。解この年閏六月に柏原の大火で類焼。焼け残った土蔵に住んでいた折の作。希杖は『文政九・十年句日記写』に「閏六月六日先生（一茶先生）より御文有。奥ノ有隣来ル」の前書で「痩蚤にやけ石ほた《こ》り〳〵哉」の句を記す。これが初案で、蚤に焦点をしぼった再案の句。参焼け出されて湯田中に避難した折には、「焼後田中に盆して」の前書で「打水や打湯や一つ月夜なり」「七夕や涼しき上に湯につかる」「御仏はさびしき盆とおぼすらん」（すべて文政九・十年句帖写）とも詠んだ。

488
痩《やせ》蚤《のみ》のかはいや留《る》主《す》になる庵　文政九・十年句帖写

訳痩せた蚤が可愛らしく思われるなあ。これから主人が留守になる庵にいては。年文政十年。解家を火事で焼け出されて、火災後に湯田中へ避難する前に、蚤に呼びかけた作。痩せた蚤も含めて、弱いものやしいたげられた者と共生する生き方が晩年まで変わらなかったことがうかがえる。同時期に「かまふなよやれかまふなよ子もち蚤」の作もある。

参中七「不《ふ》便《びん》や留守に」（発句鈔追加）。

紙魚《しみ》　体長八ミリほどの昆虫。形が魚に似ていると見られたことから紙魚と表記された。紙を食って生きる。

489
虫干

逃る也紙《し》魚《み》が中にも親よ子よ　志多良　七番日記

訳虫干しの日、虫が逃げて行くよ。紙魚でさえも、「親よ子よ」とかばい合いながら。年文化十年。解着物や和本に棲みつく紙魚は、小さくて見分けがつかないが親子がいるはずと見ての作。そんな虫でさえ、互いにかばい合って逃げるものを、わが身をふりかえれば、なさけない。丈左の句「白魚のそれが中にも親よ子よ」（塵窪）との類似が指

——摘されている（遠藤誠治氏「一茶の句作態度」『一茶の総合研究』所収）が、紙魚だからユーモラス。

虱《しらみ》　体長一ミリから三ミリほどの昆虫。鋭い吸収口で哺乳類の血を吸う。蚤とともに嫌われものの代表。

末の世の今にいたりては、心に任せぬ事にのみおほかりき。…仁左衛門の家は…一つとして眺望に欠けるといふことなし。あはれ、ものしりてこゝに住ば、…世の中の常ならぬを観じ、山の鐘の夕暮るゝは、仏をねがふなかだちともなりて、おりく〳〵か、る白雲も、たゞにや見すぐすべき。我たぐひは、目ありて狗《いぬ》にひとしく、耳ありても馬のごとく、初雪のおもしろき日も、悪いものが降とて謗《そしり》、時鳥《ほととぎす》のいさぎよき夜も、かしましく鳴くとて憎み、月につけ花につけ、たゞ縦に寝ころぶのみ。是《これ》あたら景色の罪人ともいふべし

490　蓮の花虱を捨つめるばかり也　寛政三年紀行

——

訳蓮の花が咲いた。これを愛《め》でて悟りをひらくのが道心者であるが、おのれときたら自分を刺す憎い虱をとって捨てるばかり。年寛政三年。解布川（茨城県）の馬泉宅（仁左衛門宅か）での作。この前におかれた俳文「新家記」では、いかに数奇を凝らした家に

あって美しい風景を見たとしても、自分は雪月花、花鳥風月の風雅観や仏教的な無常観とも無縁な犬や馬と変らない「景色の罪人」だ、という。ありていの風雅観や悟りすました無常観を疑う、若き日の一茶の風雅観がうかがわれて興味深い。句は、『猿蓑』所収「市中は」歌仙の名残の花―芭蕉句「手のひらに虱這はする花のかげ」とこれに続く去来の挙句「かすみうごかぬ昼のねむたさ」を意識しての作。芭蕉翁のように虱を這わせるのではなく、虱を捨てるだけと詠んだのは、芭蕉翁の風雅に及ばないとする謙虚な気持ちで蕉風俳諧を学ぼうとする姿勢があるから。参文政三年「我味の柘榴に這はす虱かな」（八番日記）。

蟬　オスのみ鳴く昆虫で、日本には三十種から五十種いるという。漢音の「セン」の転訛という説があり、鳴き方も様々ある。地上での生命が短いことからはかないものの象徴にも喩えられる。

491　觜《はし》太《ぶと》の夢や見つらん夜の蟬　　文化句帖

訳嘴太鴉《がらす》の夢でもみたのだろうか。突然鳴きだした夜の蟬。年文化元年。語觜太―嘴太鴉。くちばしが太い鴉。細い鴉は嘴細。解カラスは雑食で蟬も食べてしまう。その生態を知りながら、蟬が鳴いたのは、カラスに食われてしまう恐ろしい夢をみたからだと同情。自分を蟬に擬《なぞら》え、恐怖の対象となるカラスを漠然とした不安に喩えたのだろう。

492 母恋し〳〵と蟬も聞ゆらん　文化六年句日記

亡父の墓参。浅野正見寺泊。古間雪居の母のも《喪》にこもるをとふ

訳「母恋し」「母恋し」と蟬も聞いているのだろうね。年文化六年。解五月二十一日、母を亡くした門人の小林雲居の心情を思いやっての作。ふだんはやかましく鳴く蟬さえ雲居の泣き声を「母恋し」「母恋し」と聞いているのだろう、と深い哀悼の意を表した。

493 湖に尻を吹かせて蟬の鳴　七番日記

訳湖から吹いてくる風に尻を向けて蟬が鳴いている。年文化九年。解「閑《しづか》さや岩にしみ入る蟬の声」の世界を意識しながら、蟬を主体にして、湖を見下ろした。同じく文化九年の「夕不二に尻を並べてなく蛙」（七番日記）も同工異曲。

494 蟬鳴や今象《きさ》潟《かた》がつぶれしと　七番日記

訳蟬が鳴いている。今、象潟がつぶれてしまったと。年文化九年。解文化元年（一八〇四）六月初旬、出羽大地震、震源地の象潟は隆起、芭蕉が舟を浮かべたという風景は一変してしまった。この年、この句を成したのか、記録しておいたものを再録したのかわからないが、出羽大地震を詠んだことは間違いない。

495
蟬なくや我家も石になるやうに　　七番日記　志多良

訳蟬がけたたましく鳴いているよ。わが家も石になるほどに。年文化十年。解あまりに騒々しく鳴く蟬のために家も固まってしまいそうだという幻想が生まれるのは、音声のもつ不思議な力に左右されるから。芭蕉の句「閑さや岩にしみ入る蟬の声」（奥の細道）を反転させて、岩にもしみ入るほどの蟬の声だから、わが家は石そのものになってしまいそうだと言いたい。

496
逃《にげ》くらしくけり夏のせみ　　七番日記

訳逃げてはくらし逃げてはくらす夏の蟬。年文化十年。解蟬に自己投影して、日々逃げ回ってくらす蟬に心を寄せた。追いかけるのは誰か、あるいは何から逃げるのかわからないところが、おかしくも恐ろしくもある。繰り返しが効果的。

497
せみ鳴や笠のやうなる鳰《にほ》の海　七番日記

訳蟬が鳴いているよ。笠のような琵琶湖で。年文化十年。解鳰の海は琵琶湖の別称。琵琶湖は、琵琶に似ていることから命名されたが、笠を連想するのは、謡曲「巴」で、巴御前が鳰の海を見た後、信楽笠を木曾へ戻してくれと懇願したからか。あるいは義仲寺を人に喩えて、遠くからみると鳰の海（琵琶湖）が、笠のように見えるからか。大きな湖を笠に見立てたおもしろさ。参同年に「夕雉の走り留《どまり》や鳰の海」（句稿消息）。

498
恋をせよ〳〵夏のせみ　七番日記

訳恋をしなさい、恋をしなさいと夏の蟬。年文化十年。解「恋にこがれて鳴く蟬よりも、鳴かぬ蛍が身をこがす」（音曲神戸節等）の流行歌謡の歌詞をふまえて、「鳴かぬ蛍」の方が恋に身を焦がしているのだから、それよりももっと恋をしなさい、と戯れて呼びかけた。蟬は地上に出てから一週間程度で、死んでしまう。それを知って、短い命を燃やして恋をせよと呼びかけた、とするのは近代的な解釈。参文化十年「夏の蟬恋する隙《ひま》も鳴にけり」（七番日記）。同「夏の蟬恋する隙もおしむらん」（志多良）。

499
蟬鳴や天にひつゝく筑摩《ちくま》川　　志多良　句稿消息

訳蟬が鳴いているよ。天にひっつくように流れる千曲川。年文化十年。語筑摩川―千曲川のこと。甲《こ》武信《ぶし》ヶ《が》岳《だけ》の南佐久郡川上村を源流とし、佐久盆地、上田盆地を北に流れ長野盆地の川中島で犀川《さいがわ》と合流して、新潟で信濃川と名前を変える川。解蟬の鳴き声が暑さの感覚を増幅させる。「ひつゝく」がねばるような暑さを感じさせ、あまりの暑さに千曲川と天の距離が近づいたような錯覚におちいったのだろうが、身体感覚から大景をとらえたところが妙。「ひつゝく」は、一茶と同時代に梅夫「山桜空にひつゝくばかり也」（享和三年日記に記載）、雨竹「あかつきの空へひつゝく柳かな」（三韓人に収載）、五友「蜒《なめくぢ》が家に山のひつゝく霞かな」（世美塚）、雉啄「冬の日や野にひつゝいて一軒家」（株番に収載）と様々に趣向を凝らした句があった。参中七・下五「空にひつゝく最上川」（七番日記）。

500
せみなくやつく〱赤い風車　　八番日記

訳蟬がけたたましく鳴いているよ。しんそこから赤い風車。年文政二年。語風車―子どものおもちゃ。車輪形に羽を作り軸と柄をつけて、風をとらえて廻す。春に多く売られた。春の季語。解「つくづく」は、じっくり見るとき、あるいは深く考えるときに使う副詞。ここでは「しんから」で真っ赤なこと。蟬が鳴くことと風車が赤いことに因果関係はないが、蟬の鳴き声のけたたましさも風車の赤も度を超えていることから、連想が働いたのだろう。「つくづく」と見る精神がただ者ではない。

501 松のせみどこ迄鳴て昼になる　八番日記

訳松の蟬、ずっと鳴き続けているが、どこまで鳴いてから昼飯になるのかい。年文政二年。解常緑樹の松は、永遠の命の象徴として和歌に詠まれたり、能舞台に描かれて神の憑代とされたりする。その木にとまった命の短い蟬が延々と鳴き続ける。それはよいのだが、そろそろお昼にしたらどうだろうか、「腹が減っては戦ができないだろうに」と転じて戯れた。

蝸牛《かたつむり》　蝸牛は地上に生息する巻貝の総称。まいまい・でんでんむし等多くの異名がある。湿気を好んで梅雨時に活発に動く。

502 蝸牛我なす事は目に見へぬ　文化六年句日記

訳蝸牛、自分がすることは目に見えないものだ。年文化六年。解自ら殻を背負って動いている蝸牛は、自分が何をしているかは見えない、と格言のような句作り。自分自身の姿を知ることはできない。六月五日に「ともかくもあなた任せかかたつぶり」と詠んだのは、自分をすてて阿弥陀仏に帰依する他力本願の生き方を蝸牛に見たから。

503 蝸牛見よ〳〵おのが影ぼふし　七番日記 句稿消息

訳蝸牛、見ろよ見ろよ、自分の影法師を。年文化十一年。解蝸牛は、角をふりあげて威勢よく振る舞って、「蝸牛角上の争い」をするが、よくよく自分の姿を顧みなさい、という誡《いまし》め。影法師を見るだけでも、その滑稽な姿に驚くはずと呼びかけた。

504 並んだぞ豆つぶ程な蝸牛　七番日記 句稿消息

訳並んだぞ。豆粒ほどのかわいらしい蝸牛が。年文化十一年。解小さな蝸牛の姿をとらえた作。偶然に隊列を作った姿をみた折の感動を口語でいう「並んだぞ」が、活き活きしている。参中七「豆粒程の」（句稿消息）。

505 かくれ家や錠のかはりに蝸牛　句稿消息

訳隠れ家よ。門の錠の代りに蝸牛。年文化十二年。解蝸牛を隠れ家の番人と見立てたおかしさ。『句稿消息』で朱引きで消した上五「留主の戸や」とするのが初案か。「一ぱしの面魂《つらだましひ》やかたつむり」と併記。一茶は「ともかくもあなた任せかかたつぶり」（文化五・六年句日記）句のように「あなた任せ」（他力本願）の生き方をするものとして蝸牛をみていた。参同年の「柴門《しばのと》や錠のかはりの蝸牛」（七番日記）と同案。

506 雨一見のかたつぶりにて候よ　七番日記

訳雨を一見している蝸牛ですぞよ。年文化十三年。解謡曲のワキがしばしば使う「是は諸国一見の僧にて候」の文句取り。「かたつぶり」と目を片方つぶるを言い掛けて、「雨の中でも真赭《ますほ》の薄を見に行こうとしたという登蓮法師（徒然草・一八八段）のような情熱はありません。片目で雨を見てまた殻に引きこもりますよ」と笑いを誘った。参下五「候か」「候よ」を併記（句稿消息）。前年作「一ぱしの面魂《つらだましひ》やかたつむり」（七番日記）も擬人化された蝸牛。

あやめ　アヤメ科の多年草。菖蒲の古称。山野に自生するが、観賞用にも栽培される。細長い葉に紫または白の花を開く。

507 夕月のさら〳〵雨やあやめふく　文化六年句日記

訳夕月の出ているなかにさらさらと雨が降っているよ。あやめも咲き始めたね。年文化六年。語さら〳〵―雨の降り方や竹のそよぎをいう擬態語。「多摩川にさらす手作りさら〳〵に何ぞこの児のここだかなしき」（万葉集）。解四月二十日雨、「巳刻止」という日の作。実風景だが、幻想的。雨の降り方は「雨はら〳〵がさら〳〵とまた」（二えふ集所収付句）とあるように、最初は「はら〳〵」と降り、再び降りだすと「さら〳〵」に変わる。同日に「菖蒲ふけ浅間の烟しづか也」の作もある。参文化二年「古草のさら〳〵雨やなく蛙」（文化句帖）、同四年「陽炎にさら〳〵雨のかゝりけり」（同）、同七年「そよげ〳〵さら〳〵竹のわかいうち」（七番日記）。

夏菊

早咲きの菊の総称。小さな菊が多く、白または黄色の花をつける。

508 夏菊の小しやんとしたる月よ哉　文化句帖

訳夏の菊は少ししゃんとして、月夜に咲いているよ。年文化元年。語小しやん―ちょっとすっきりした様子の擬態語。一茶好みの用語。文化九年「きりきりしやんとしてさく桔梗哉」（七番日記）。文化十一年「しやんとした松と並や男星」（同）なども ある。解秋を待たずに咲く夏の月夜の菊は、粋で気風が良い。菊を擬人化して女性に見立てたか。一茶門の文虎の句「三ケ月のしやんとつつ立暑さ哉」（三韓人　文化十一年刊）は、この句に影響されてなしたのだろう。参文政八年「夕立やしやんと立《たつ》てる菊の花」（文政句帖）。

昼顔　野原などに自生する蔓性植物。淡い紅や紫の漏斗《ろうと》状の花が咲く。日中に咲いて夕べにしぼむことによる名。俳諧題。

509 とうふ屋が来る昼顔が咲にけり　　七番日記　志多良

訳とうふ屋がやって来る。昼顔が咲いているなあ。年文化十年。解豆腐屋は早起きだから、朝顔の咲くころに豆腐を売り歩くのに、昼顔の花が咲いている時刻に来るおかしさ。寝坊でもしたのか。中七「来る」までと「咲にけり」までの二つの短文からなる、つぶやきのような句。その面白さが活きている。参文政四年「とふ《う》ふ屋と酒屋の間《あひ》を冬籠」（八番日記）。

浅間山

510 昼顔やぽつぽと燃る石ころへ　おらが春

訳昼顔よ。ぽっぽと燃えているように咲いて石ころを照らすよう。年文政二年。解浅間山の麓《ふもと》に咲く昼顔をイメージしての作。昼顔は一般的には赤く咲かないで、ぼんやりした桃色だが、活火山の浅間山周辺では、そう咲かない。半濁音「ぽ」は一茶自身がつけたもの。文化五年に「浅間山」と前書し「昼顔やけぶりのかゝる石に迄」（文化五・六年句日記）の先行作がある。

葎《むぐら》　雑草類の総称。夏に生い茂る草で勢いさかんな様子、その一方で日に萎《な》えるイメージがある。

511 菊薗《その》につゝと出たる葎《むぐら》哉　文化句帖

訳菊の植え込み一帯につつっと勢いよく出た雑草だなあ。年文化元年。解だれもが愛する菊に交じって、生えている雑草の生命力。中七「つゝと出たる」に雑草のように生きる自分の姿を投影したものか。中七の「つゝ」は、「落つる所を猪早太、つゝと寄りて」（謡曲・鵺）のような謡曲の詞章。能の舞台を思い出させ、寄り添うのではなく

「出たる」と俗に転じた。

夕顔　白い漏斗状の花が咲く蔓性植物で、夕べに咲いて朝にしぼむ。実は干瓢となる。和歌以来の題で、『源氏物語』「夕顔」により貧家に咲くイメージがある。

512 夕顔の花めで給へ後架《こうか》神《がみ》　文化句帖

訳夕顔の花を慈しみなさい便所の神様よ。年文化五年。解芭蕉「夕顔の白く夜ルの後架に紙燭とりて」（むさしぶり等）をふまえて、芭蕉翁のお陰で注目されるようになったのだから感謝しなさいよ、と便所の神様に戯れた。参同日（四月二一日）作に「夕顔の長者になれよ一ツ星」。

513 夕顔やサモナキ国に笛を吹《ふく》　七番日記

訳夕顔の花が咲いているよ。これと言ってとりえのない国に笛を吹く。年文化八年。語サモナキ―これといった取り柄もない。解幕藩体制下では武蔵国・下総国・信濃国など、大名の領地を国と呼んでいた。「サモナキ」国が、どこかは特定できないが、夕顔と笛の取り合わせ。源氏物語の夕顔や平家物語の青葉の笛を連想させながらも、哀れでも無

―常でもないところが新しい。

514 夕顔の花で洟《はな》かむ娘かな　七番日記

―訳夕顔の花で洟をかむ娘だねえ。年文化九年。解夕顔の花からは、はかない命を終えた源氏物語・夕顔を連想するのが雅、そんなことをつゆ知らず、洟をかむ少女のしぐさがいとおしく可愛らしい。参文化九年五月の作。同年八月二日の「蕣《あさがほ》の花で鼻かむ女哉」は再案か。

515 汁椀にぱっと夕顔明り哉　七番日記

―訳汁椀にぱっと広がる夕顔の明りよ。年文化十一年。解夕顔は、白い花をつけるが、その果肉も白い。濁った汁椀に入れたとき、それが浮かび上がってきたのだろう。食卓まで明るくしてくれる。参同時に「夕顔に尻を揃て寝たりけり」（七番日記）。

516 夕顔の中より馬の屁玉哉　七番日記

―訳夕顔の花のなかから聞こえてきた馬の屁のすさまじさよ。年文化十三年。語屁玉―芋の異称。放屁すること。川柳に「大屋根へ屁玉を落とす火の見番」(柳多留五四)、「竜宮の屁玉虚空へ舞い上り」(同八〇)。解ぼんやり咲く夕顔とぼあと響く馬の屁玉の連想が働いたのだが、夕顔の花のイメージにはしっくりこない。夕顔には源氏物語のイメージがつきまとうので、その雅と屁玉の俗の落差のおかしさ。「夕顔の花にそれたる屁玉哉」「夕顔の花に出たる屁玉哉」と併記。

けし・けしの花　ケシ属植物の総称。白・紅・紫などの大きな花を咲かせ、散りやすいことから、はかないもののたとえにも用いられる。俳諧題。

517 **生て居るばかりぞ我とけしの花**　七番日記

訳生きているだけの無用者だぞ。おのれと芥子の花は。年文化七年。解生きていても無用な自分の存在を芥子とならべて、消してもよいと洒落《しゃれ》て投げ出してみせた。芥子の命も自分の命も価値は同じ。深刻にならずユーモラス。

518 **けし提《さげ》てけん嘩の中を通りけり**　文政句帖

訳芥子を提げて喧嘩している人ごみの中を通っていったよ。年文政八年。解文化十四年

「喧嘩買花ふんづけて通りけり」（七番日記）、同「ちる花に喧嘩買うが通りけり」（同）と同じ趣向だが、喧嘩のなかを淡々と通り過ぎる、この句の方が、凄みがある。手に提げた芥子が匕首《あいくち》のように見えるのも不思議。蕪村の「葱買《ねぶか》て枯木の中を帰りけり」（蕪村句集）に影響された作だろう。なお、一茶と交遊があった椿堂に「芥子提て鳥羽の車に追れけり」（関清水物語）がある。この句も蕪村句の影響で、一茶も知っていただろう。遠藤誠治氏はこれを「王朝的美意識への一茶の皮肉」とみる（「一茶の句作態度」）。参中七「群集の中を」（文政版）。蕪村「麦秋や遊行の棺ギ通りけり」（新花摘）。

519

僧になる子のうつくしやけしの花

文政句帖

訳お坊さんになる子はうつくしいなあ。芥子の花が咲く。年文政六年。解僧侶になろうとする子どもの姿も志も普通の子とは違って心が惹《ひ》かれる。僧と芥子の取り合わせは、芥子坊主からの連想だろう。芥子坊主は芥子の実だが、子どもの髪型。脳天の髪だけ残して、頭髪を剃ったもの。木因の「元日や常に見る子のうつくしき」（嵐雪戊辰歳旦帖）や紅雪の「うつくしき継子の顔の蝿うたん」（其袋）など、日常とは異なる子どもを「うつくし」と詠んだ例があるが、芥子の花と取り合わせた例はない。参「一重でもすまし、ものをけしの花」「ばか念や江戸紫のけしの花」と併記。

葵《あおい》　タチアオイ（立葵）の俗称。梅雨の時期に、垂直に伸びた花茎の下から上に赤や白、紫、黄色などの花を咲かせる。近世からさかんに栽培された。

520 指《ゆびさし》もならぬ葵の咲にけり　七番日記

訳指をさしてもならない、葵の花がさいたなあ。年文化十二年。解葵は、素朴な花だが、家紋をイメージしたのだろう。賀茂社の神紋に由来するが、徳川将軍家の家紋として有名。「指さしもならぬ」は、徳川の権力に逆らえないことの寓意。

ぼたん　豪華な大輪の花を咲かせ、品種や色も多彩、さかんに栽培された。周茂叔「愛蓮説」で「花ノ富貴ナルモノ」とされて以来、富裕なイメージが定着し、「花の王」の異名ももつ。花鳥画にも好まれて描かれ、深見草・二十日草の名もある。

四日　花嬌仏の三廻忌俳筵　旧懐

521 目覚しのぼたん芍薬《しやくやく》でありしよな　株番

訳目が覚めるほどの美しいぼたん芍薬だったよなあ。年文化九年。解四月四日、富津滞在中、女流俳人・織本花嬌（文化七年四月三日没）三回忌の追善句。諺「立てば芍薬、居すりや牡丹、歩行姿《あるく》は百合の花……」（譬喩盡）をふまえた句作り。この句にならべて記す「何ぞいふはりあひもなし芥子花」からも、花嬌を哀悼する気持がうかがえる。花嬌は一茶が敬慕する人であっただろう。一茶は後に花嬌の句集「花嬌集」を編もうとしたが果たせなかった。

522 **是程のぼたんと仕かたする子哉**　七番日記

訳これほど大きな牡丹だよと手をひろげてみせた子どもだよ。年文政元年。語仕かた―仕形で身ぶりや手ぶり。解大人に牡丹が大きく素晴らしかったことを告げるために、手を広げてみせる子どものしぐさがかわいらしい。「是程と牡丹の仕方する子哉」の句形も試みている（七番日記・文政元年）。参同年に「影ぼしも七尺去てぼたん哉」（七番日記）。

なでしこ　山野・川原などに自生して赤紫色や紅色の小さな花を咲かせる。『万葉集』以来秋の七草の一つだが、鎌倉前期『夫木和歌抄』以後夏の部に分類され、俳諧でも夏。可憐な風情が好まれ、子どもに擬《なぞら》えて詠むことも多い。

523 露の世や露のなでしこ小なでしこ　七番日記

訳はかない露のように消える世だなあ。その世に生きるなでしこ、もっと小さななでしこ。年文化九年。解五月の吟。同時に「露の世や露の小脇のうかひ達」の作もあり、露のようなはかなさを意識する出来事があったのだろう。小なでしこは幼子の比喩。この思いが、自分の子どもを喪った、文化十四年五月三日長男千太郎追悼句「露の世は得心ながらさりながら」（七番日記）、文政二年六月二十一日長女さと追悼句「露の世は露の世ながらさりながら」（おらが春）の絶唱に結実して行く。

524 御地蔵や花なでしこの真中に　七番日記

訳お地蔵さまよ、なでしこの花の真ん中にいますね。年文化九年。解地蔵は、迷える衆生を天へ導く菩薩。撫子のまん中にいるだけで、そこが天のように思われてくる。同時に「御地《おんぢ》蔵《ざう》河原《かはら》なでしこたゞ頼む」、前年に「御地蔵や何かの給ふ露しぐれ」の作がある。庶民がもっとも親しみやすい地蔵を詠んだ一茶句は多い。

梅の魁《さきがけ》に生れながら、茨の遅生《おそばえ》に地をせばめられツヽ、鬼ばゞ山の山おろしに吹折《ふきおら》れ吹折《ふきお》れて、晴れ〳〵しき世界ニ芽を出す日ハ一日もなく、ことし五十七年、露の玉の

緒の今迄切ざるもふしぎ也。しかるに、おのれが不運を科《とが》なき草木に及すことの不便也けり

525
なでしこやままはは木々の日《ひ》陰《かげ》花

おらが春

訳なでしこの可憐な花よ。継母・帚木の日陰の花であっても咲いている。年文政二年。語ままは木々―継母と帚木の言いかけ。解自分は五十七年露命をつないで生き延びてきたが、継母は孫までも日陰者にしかねない、と憤っての作。ほぼ同じ頃に「なでしこに二文が水を浴《あびせ》けり」（八番日記　おらが春）と詠んだのは、三文の値打ちもない人間が撫子に冷や水を浴びせたことへの憤り。これもわが子（継母にとっては孫）を冷遇することを怒っての作。わが子をもって改めて幼いころに受けた継母の仕打ちを思い出したのだろう。

526
野なでしこ我《わが》儘《まま》咲《ざき》が見事也

文政句帖

訳野に咲くなでしこ。自分勝手に咲く様子が見事だよ。年文政五年。解野に咲く花のあるがままの姿を肯定する。人の手を加えると、花が細ってしまうの意を詠んだ「なでしこや人が作れば直《すぐ》ほそる」と併記。「我儘咲」は用例を見出すことができないので、一茶の造語かもしれない。自然な姿こそよいのだ。

萍《うきくさ》　水面に浮いている草の総称。根が漂っているから、定めのない世の中、「うき」から憂きや浮きを連想することもあった。

527 萍や花咲く迄のうき沈《しずみ》　七番日記

訳萍よ花が咲くまでの間は浮いたり沈んだり。年文化十一年。解萍は、あちこちと水面を漂うから根がないように見える。花が咲いても変わらないが、花咲くまでの浮き沈みであリたい。人間の生き方を暗示するが、深刻に受け止める必要はなく、浮き沈みこそ人生だと割り切ったときに生まれた作。下五を「涙」とする句形もあり、どちらが成案かは微妙。

528 萍の花からのらんあの雲へ　八番日記　おらが春

訳萍の咲いている花から乗ってみよう。あの雲へ。年文政二年。解池や沼に浮かぶ浮き草は、根無し草で頼りない。その草に咲く花は、さらに儚《はかな》い。その花から雲に飛び乗るというのは幻にすぎないが、幻を夢みるほかないときもある。権力もお金もない詩人はこうしたメルヘンのような願いを抱くことしかできないが、それでよい。参前書「大沼」（おらが春）。「萍や裸わらはが首すぢ《ぢ》に」と併記（八番日記）。

麦・麦秋・烏麦・麦つく

麦は秋に蒔いて夏に刈り入れる。穂が一面に黄色く熟す夏は、麦にとっての秋だから麦秋。烏麦は、鳥の食べる麦、麦つくは収穫した麦を臼で搗《つ》くこと。

529　麦秋やふと居《ゐ》馴《な》染《じめ》る伊勢参　　題葉集

【訳】麦の取り入れ時になったなあ。ふと気づけば長居して馴染んでしまった伊勢参り。【年】寛政十二年。【語】伊勢参—春に行われることが多かった。荷兮「春めくや人さまざまの伊勢まゐり」（春の日）。居馴染む—長くいて親しくなじむこと。蘆本「燕の居馴染むそやほと〻ぎす」（続猿蓑）。【解】伊勢参りは、春に行うことが多かったが、夏になっても、まだ伊勢に居続けたことから、居心地がよいという伊勢神宮への挨拶句。二百万とも言われる多くの人々が参拝した明和八年（一七七一）には『勢田唐巴詩』、『諸国抜参《ぬけまいり》夢物語』、『抜参御影《おかげ》百人一首』などが出版された。百人一首のパロディの冒頭の天智天皇の歌は「麦秋の刈穂をすて〻はしりゆく御影参りハ汗にぬれつ〻」（抜参御影百人一首）。一茶はこの歌を知っていたかもしれない。

530　里の女や麦にやつれしうしろ帯　　享和句帖

東門之《とうもんし》池《ち》

訳郭から身請けされたおんなよ、今では麦刈に疲れて後帯。年享和三年。語東門之池—「東門ノ池アリ　以テ麻ヲ漚《ひた》スベシ　彼ノ美ナル淑姫　與《とも》ニ晤《あ》ひて歌フベシ」（詩経・陳風・東門之池）。里の女—遊郭の遊女や芸妓。やつれし—憔悴する。「俳諧の風雅にやつれし心、殊勝ならずや」（二えう集）。うしろ帯—背後で結んだ帯。堅気の女性の帯の結び方。解物語的趣向の作。前書「東門之池」は、詩経から「君子の荒淫を戒め、君子の夫人の美徳によって感化しよう」という風刺を読み取ったことを意味する。「里の女」は、淫乱の風があった遊女をイメージ。許六の「里の女や麦に骨折るうしろ帯」（風俗文選犬註解）と同じ着想である。遊女が身請けされても、麦の刈り入れに従事するようなことはなかっただろうが、「うしろ帯」は堅気の女になったことを示唆しており、一茶が読み取った詩経の意図を反映している。

531　烏麦あたり払《はらっ》て立りけり　　七番日記

訳烏麦、あたりを追い払って立っているなあ。年文化十一年。解烏麦は、野生で食用にできない邪魔者だが、そんなことお構いなしで、あたりをはばからずに立っている様子。自然界も人間界も同じ。参同じ頃「此所かすみ盛りや麦の秋」（七番日記）。

越後女旅かけて商ひする哀さを

532
麦秋や子を負ながらいわし売　　おらが春

訳麦の刈入時になったなあ、今年も子どもを背負いながら、越後女が鰯《いわし》を売りにやってきた。年文政二年。解同じ年に「越後女の哀さを」の前書で「鰯めせ〳〵とや泣子《なく》負《おひ》ながら」（八番日記）の作がある。鰯は秋が旬で、秋の季語。泣く子を背負い、「鰯を買いませ」と声をあげて鰯を売り歩く越後女の姿がリアル。季語を「鰯」から「麦秋」に変えると、麦の刈入を終えた女が、前年の秋に獲れた鰯を行商する姿となる。塩漬けの鰯の匂い、乳飲み子や女の汗の匂いが入り混じってむせかえる。年中働いて子どもを育てる、越後女のたくましさと哀しさが胸に迫って来る。参同じ年に「子を負て川越す旅やしぐれ」（八番日記）。

533
麦つくや大《だい》道《だう》中《なか》の大《おほ》月《つく》夜《よ》　　八番日記

訳麦をついているよ。大きな道の真ん中で、大きな月が出る夜に。年文政四年。語大道中―大きな道の真ん中。一茶独特の表現か。文政元年「名月や大道中《だいだうなか》へおとし水」（七番日記）。解人々の通行する本道に臼を持ち出して麦を搗《つ》いている、その背後に大きな月が見えるという構図がおおらかで、「麦つく」と「月夜」の言いかけも楽しい。蕪村の「涼しさに麦を月夜《つくよ》の卯兵衛哉」（自画賛）の童話的世界にも通じている。参文政八一年「麦搗《むぎつき》の大道中の茶釜哉」（文政句帖）、同「麦搗や行灯釣《つる》す門榎」（同）。

苔の花　実際には花ではなく、白や薄紫色の胞子を入れた胞子嚢《のう》を花に見立てていう。

534　我上にやがて咲らん苔の花　七番日記

訳わが身の上にやがて咲くだろう苔の花が。年文化十二年。解苔の花は、梅雨の頃に咲く胞子状の花で目立たない。他の花を咲かせそうにないが、そんな花なら咲くだろうと自嘲気味。けれども、この年に「それ〴〵に盛り持けり苔の花」とも詠んでいるから、望みもある。

筍《たけのこ》　竹の地下茎から生じる若芽で、食用では孟宗竹《もうそうちく》が美味。成長が早く、勢いのよさを賞して子どもに擬することも多い。別称、たかうな。和歌では筍《たかんな》として詠まれる。

535　筍《たけのこ》のうんぷてんぷの出《で》所《どこ》哉　七番日記

訳筍がどこへ出るかは運で決まっているのだなあ。年文化十二年。語うんぷてんぷ―運否天賦。人の運はあらかじめ定められているから、運任せ。【解】筝はどこに出るかで、小さいうちに採られてしまうか、大きく成長するかが決まる。自分の運が良くないこと、出自のために場所を得ないことを筝に仮託した作。「うんぷてんぷ」の用例は、宝暦十二年刊『童の的』に収載する「うんぷてんぷの掘貫の井戸」の先例がある。【参】下五「出たりな」（句稿消息　随斎筆紀）、「出やう哉」（句稿消息別案）。

瓜の花・冷し瓜・瓜の番・初瓜

甜瓜《まくわうり》・胡瓜《きゅうり》・西瓜《すいか》・冬瓜《とうがん》・糸瓜《へちま》・烏瓜《からすうり》など瓜類の花の総称。黄色い花が多い。瓜の番は実った瓜を盗みに来る人がいたので、それを防ぐ番人、初瓜はその年初めてなった瓜、冷やし瓜は食べるために冷やした瓜。涼感を伴う。

536 冷し瓜二日たてども誰も来ぬ　文化句帖

【訳】瓜を冷たく冷やしておいて来客を待ったが、だれも訪ねて来ないよ。【年】文化元年。【語】冷し瓜―まくわ瓜や西瓜を水や氷で冷やしたもの。【解】「待ち人来たらず」の心境。下五「誰も来ぬ」の口語調が活きている。同じ頃「待もせぬ月のさしけり冷し瓜」の作があるので、誰かを待っていたことは間違いない。人恋しさが一茶の特色。

537 酒なども売《うり》侍《はべ》る也瓜の番　文化句帖

訳酒なども売っていらっしゃるよ。瓜畑の番人が。年文化二年。解五月十五日、流山での作。酒を売るのは、瓜を盗まれないための番人の副業だろう。「売り」と「瓜」を言いかけ、「侍る」の丁寧語で茶化したところがおかしい。ちゃっかり逞しく生きる人への共感。

538 谷底の大福長者瓜の花　文化六年句日記

訳谷底に住む大金持ち。黄色の瓜の花。年文化六年。解「瓜田《かでん》に履《くつ》を納《い》れず李下に冠を正さず」（古楽府・君子行）と諺《ことわざ》にいうが、どうしたことか、瓜畠をもった大金持ちが谷底に住んでいる。名詞を並べただけだが、大金持ちの奇妙な姿を浮かび上がらせている。

539 夕陰や鳩の見ている《ゐ》冷し瓜　七番日記

訳夕方の物の陰よ。鳩が見ている冷やし瓜。年文化八年。解ドラマチックではなく、日常にありふれた風景をとらえて新鮮。「鳩に三枝の礼あり」（鳩は親より三本下の枝にとまる）と言われる。その鳩が夕方のうす暗い物陰で、じっと冷やし瓜を見ている姿は、静かだが不思議な趣がある。

540 人来たら蛙《かへる》になれよ冷し瓜　志多良　句稿消息

訳人が来たら、蛙に変身するのだよ。冷やし瓜。年文化十年。解冷やした瓜への呼びかけ。よりによって蛙に変身せよ、と呼びかけるおかしさ。蛙にも迷惑だが、冷やし瓜を人に食べられてはならない。青と白の縞模様をもつ真桑瓜《まくわうり》と、殿様蛙の縞模様の類似性から連想して呼びかけた作だが、楽しくユーモラス。参中七「蛙となれよ」（七番日記）。

541 初瓜を引《ひっ》とらまいて《へ》寝た子哉　八番日記　おらが春

訳今年初めてなった瓜を手でしっかりにぎって寝た子どもよ。年文政二年。語引とらまいて―しっかりつかむ。しっかりにぎる。童謡などで使われた。「童謡にいふ、京都鼠をとらまへて、さかやき削つて髪ゆうて云々の語を取りしなるべし」（風俗文選通釈）。一茶・文政五年「凧の糸引とらまへて寝る子哉」（文政句帖）。解中七「引とらまいて」が句眼。一茶の娘さとの可愛らしいしぐさを詠んだのだろう。「さと女笑顔して夢に見へけるま丶を」の前書で「頬べたにあてなどしたる真瓜《まくわ》哉」（おらが春）は、さとが早世してしまった後の哀しみ。この句はまた「夢にさと女を見て」の前書で「頰べたにあてなどするや赤い柿」（文政二年・八番日記）と柿を配して詠んでいる。参子どもと瓜を取り合わせた「はつ瓜の天窓《あたま》程なる御児《ちご》哉」（文化九年・七番日記）、「葉がくれの瓜と寝ころぶ子猫哉」（同十年・同）、「瓜西瓜《すいくわ》ねん〳〵ころり〳〵かな」（同十三年・同）等の作もある。

若葉・茂り　緑も濃くなる前の新緑、黄緑色にみずみずしく萌える新樹の葉。茂りは新樹の葉が生い茂ったさま。

542 **大蛇の二日目につく茂り哉**　享和句帖

我孫子より北へ入、野田を過て流山に入ル道に、一丈ばかりなる蛇蟠《わだかまる》

訳横たわっている大きな蛇が二日も目に入ってくる夏草の茂みよ。年享和三年。語一丈―約一・七メートル。解夏の暑さと大蛇の生臭さが相まって不快感をもよおす。しかも一日ならず二日も目についたのだからいっそう不愉快。前日、大地震があったことと連動する不安といらだちから、大蛇のいる茂りへの生理的な嫌悪感をいだいての作。参前文は『享和句帖』四月十六日の条。

543 夕飯も山水くさきわか葉哉　文化句帖

訳夕飯も山から汲んできた水で炊いたような味だ。山は若葉の季節だなあ。年文化五年。解「夕飯も」の「も」は茶をわかす水に加えての「も」だろう。山住みの隠者ではなく、炭焼きなどして生きる山の民と見た方が実感が深まる。「くさき」は、山水が硬質なので、癖が強いことをいう。

544 しんとしてわか葉の赤い御寺哉　七番日記

訳しんとして若葉が赤いお寺であるよ。年文化十一年。解これから青葉になろうとするエネルギーを秘めている、若葉が芽ぶく直前の赤さに着眼。文化十一年「其中にはゞせぬ赤いわか葉哉」（七番日記）、「なぜかして赤いわか葉がもろいぞよ」（同）と「赤い若葉」にこだわり、文化十三年には「なまじいに赤いわか葉の淋しさよ」（同）と詠んでいる。若いエネルギーは、もろさも同居している。

545 ざぶ〳〵と白壁洗ふわか葉哉　七番日記

訳ざぶざぶと白壁を洗うような若葉よ。年文政元年。解五月上旬の作、四月上旬には

「雀らがざぶ〳〵浴る甘茶哉」と詠んでいる。甘茶の方が、擬音語「ざぶ〳〵」の語感にふさわしいが、もえるような若葉が風に吹かれて白壁に波打つ様子を「ざぶ〳〵と」表現する感覚の方が新鮮。参「橋守が桶の尻干《ほす》わか葉哉」と併記。同じ頃「ツゲ垣の四角四面のわか葉哉」、「真丸にせつて《殺生》うさるゝわか葉哉」、「どちらから鋏をあてんわか葉垣」の作もある。

夏木立・小陰《こかげ》・木下闇《こしたやみ》　群生する木々が夏に枝を伸ばし葉を茂らせているさま。屋敷林や沿道の林。初期俳諧では「小太刀」と掛けることが多い。小陰は夏木立の木陰。木下闇は夏木立の下が昼でも暗いさま。

546 **刀《と》禰《ね》川《がは》は寝ても見ゆるぞ夏木立**　文化句帖

訳利根川は寝転んでいても見えるぞ。夏木立の合間から。年文化元年。語刀禰川―利根川。群馬県に上流があり、千葉県まで流れる。信濃川に次ぎ日本第二の長さ。解「坂東太郎」の異称をもつ利根川を意識して、ものぐさ太郎をまねて寝転んでも見える、と戯れた。不精な寝姿と悠々と流れる利根川のゆったり感が響きあい、「も」の働きが活きている。参前書「五月十日日暮里にて」（双樹草稿）。文政七年「刀禰の帆が寝ても見ゆ一るぞ青田原」（文政句帖）。

547 君が世やかかる小陰もばくち小屋　　文化句帖

訳ありがたい君の世だなあ。こんな小陰にも博奕《ばくち》小屋。年文化元年。語君が世―一般的には天皇の治世。聖代。ここでは徳川幕府下の治世。解こうした木陰にも博奕小屋が立っている時代を平和な世だ、と寿《ことほ》いだように見えるが、実は皮肉。禁止されている賭博が、どんなところでも行われているので、庶民には涼む場所さえないという憤りが背景にあるのだろう。

548 堂守りが茶菓子売也木《こ》下《した》闇《やみ》　　七番日記

訳お堂を守る番人が茶菓子を売っている。夏の木陰で。年文化十二年。解「木下闇」は和歌でも詠まれる風雅、「堂守」は俳諧で見出された風流人。木下で涼みをとりながら小商いする堂守は、蕪村の「堂守の小草ながめつ夏の月」（蕪村句集）のような隠者ではなく、風流や隠逸とは縁がない。いじらしくつましく生きる人に共感した。同時に「界隈の縄なひ所や木下闇」。参蓼太「桑子さへ歯音おそろし木下闇」（蓼太句集）。

紫陽花《あじさい》　山野に自生するほか栽培もされる。和歌では「四ひらの花」といい、俳諧では梅雨時の花として詠まれ、近代、白から紫へ色を変えるので「七変化」という異名がある。

549 紫陽花の末一色と成にけり　文化句帖

訳紫陽花の花の最後の一色となってしまったなあ。年文化元年。解色を変えて咲き続けた紫陽花が全ての色彩を失ったことへの感嘆。最後の一色までみつめるのも稀有《けう》なこと。参菊明号で詠んだ「鳴海／紫陽花や己《おの》が気儘《きまま》の絞り染」（俳諧五十三駅・天明八年）とこの句以外に、紫陽花を詠んだ句は伝わっていない。

卯花《うのはな》**・花卯木**　ユキノシタ科に属する空木の花で、白い小花が密生して咲く。山野に自生し、生垣にもされた。和歌以来、月光や雪に見紛うと詠まれることも多い。花卯木はとくに花の咲いた空木（卯木）。

550 淋しさに蠣《かき》殻《がら》ふみぬ花卯木《うつぎ》　文化句帖

訳淋しくて牡蠣《かき》の殻を思い切り踏みしめた。花卯木が咲いている。年文化元年。語蠣殻―焼いて灰にし、石灰の代用にしたり、薬に混ぜて用いたり、砕いて鶏の飼料に混ぜたり、屋根にふいたりなどして用いた（和漢三才図会）。花卯木―初夏、鐘のような形の白い五弁の花が咲く。茎は中空。解牡蠣殻を踏むことと淋しさと花卯木は直接的に関係ないが、すべて「空ろ《うつ》」な状態で通底する。上総の人・三化の「涼しさにさく〳〵ふむや蜆《しじみ》がら」（一瓢編『西歌仙』に収載）がヒントになっての句作りとする説がある。参同年に「いかけしが坩堝《ルツボ》こぼすや花卯木」。

551 僧入れぬ垣の卯花《うのはな》咲にけり　文化句帖

訳僧侶を入れない家の垣根に卯の花が白く咲いたことだよ。年文化二年。解四月二十七日随斎成美亭で披露した兼題句。『文化句帖』の五月一日にもこの句を記録する。神主・神職の家や神社には、一般的に僧体の者は入れない。その事実をいうのではなく、僧衣の墨染の黒に対して、卯の花の白さを対照させて「僧入れぬ」と詠んだのだろう。参魚子「卯花や無事に分行く僧一人」（俳諧友あぐら）。

552 卯の花や伏見《ふしみ》へ通ふ犬の道　七番日記

訳卯の花が咲いたよ。伏見へ通って行く犬の道沿いに。年文化十年。語伏見―京都市の南部。「伏し見」と言いかけたか。解実景ではなく、空想的な句。許六「双六行」に

「此世を夢のふしみなる、すみぞめの奥にすむ人あり。折かけ垣の卯の花も、おりまち顔には咲ねども、いかなる人の住らんと、見すごしがたき縄すだれ、かかる住ゐぞあやしかりける」(和漢文藻)とあるのに基づき、伏見に住む墨染の人に会いに伏し目がちに通う細道を「犬の道」と転じて戯れたか。参同じ頃に「うの花にとぼ〳〵臼の目きり哉」(七番日記)。

553 ずつぷりと濡て卯の花月よ哉　七番日記

訳ずっぷりと濡れて卯の花が咲いている美しい月夜だなあ。年文化十一年。解「卯の花月よ」は卯の花の白く咲いている月夜で歌語。梅雨に先駆けて降る長雨(卯の花腐し)に「ずっぷり濡れて」と俗語を配して、長雨が止んだ後に仰ぐ月夜の美しさを愛でた。「ずつぷり濡て」は一茶好みの言葉。参文化十一年「陽炎にずつぷりぬれし仏哉」(七番日記)、文政元年「大雨やずつぷり濡て帰雁《かへるかり》」(同)。

爰《ここ》らの子どもの戯に、蛙を生ながら土に埋めて諷ふていはく、「ひきどののお死なつた。おんばくもつてとぶらひにおんばくもつてとぶらひに〳〵に」と口々ニはやして、芣《おほ》苡《ばこ》の葉を彼うづめたる上に打かぶせて帰りぬ。しかるに本草綱目、車前草の異名を蝦《か》蟇《ぼ》衣《い》といふ。此国の俗、がいろつ葉とよぶ。おのづからに和漢心をおなじくすといふ

べし。むかしハかばかりのざれごとさへいはれあるにや

554
卯の花もほろり〳〵や蟇《ひき》の塚　おらが春

【訳】卯の花も、ほろりほろりと散って行くよ。ヒキガエルの墓に。【年】文政二年。【語】おんばく―一茶書留『方言雑集』に「芣苡《ヲンバク》　オホバコノ訛」。芣苡―漢音フウイ。本草綱目―明人・李時珍著。薬学・博物学辞典。万暦二十三年（一五九五）刊。車前草―おおばこの漢名（本草綱目）。蝦蟇衣―おおばこの古名。蛙が好んでこの草の下にもぐるという。がいろつ葉―蛙葉の訛り。【解】長い前書「蛙の野送」では、子どもが生き埋めにした蛙を弔うにも、和漢の故事や謂《いわ》れがあったことを述べる。句では「ほろり」の繰り返しによって、子どものもつ無邪気な残酷性と対照的に卯の花が静かに散る様子を詠む。上五の「も」は、「わが涙」に加えての「も」。蛙の野辺送りをする子どもをみて、愛娘さとの死を思って、哀しみをいっそう募らせた。謡曲の文句を用いた「まかり出たるは此藪の蟇にて候」や「雲を吐く口つきしたり引蟇」のようなヒキガエルを詠んだ滑稽な句も『おらが春』に収録する。【参】同じ年に「卯の花の吉日もちし後架哉」（八番日記）、「卯の花に一人《ひとり》切《きり》の鳥井《居》かな」（同）。

茨の花　棘のある野生のバラの総称で、花茨とも。和歌では詠まれない。垣根にすることもあった。

村長誰かれに逢て我家に入る。きのふ心の占《うら》のごとく素湯《さゆ》一つとも云《いは》ざれば、そこ〳〵にして出る

555 古郷やよるも障《さはる》も茨《ばら》の花　七番日記

訳古郷よ。立ち寄って、ふれても茨の花のように棘をさす。年文化七年。解父の遺産相続の交渉で、義母・義弟と話し合った時のトゲトゲしい雰囲気。「障《さはる》」は遺産問題を話題にすることの寓意。前書では遺産相続の調停をしてくれる村長に会った後、生家を訪ねたが予想通り白湯《さゆ》すら出してくれなかった、という。遺産交渉は、この後も進展せず、文化十年一月二十六日、菩提寺明専寺住職の調停で決着した。その年一茶五十一歳。参「(五月)十九日雨　辰刻柏原ニ入　小丸山墓参」(七番日記)。

青梅　あおうめ。梅の実は、和歌では詠まれなかったが、江戸初期から「夏のはじめの心」(連珠合璧集)のひとつとして詠まれるようになった。

新川　枕流亭ニ舎《やど》る

556 青梅に手をかけて寝る蛙哉　寛政三年紀行

訳青梅にちょいと手をかけて寝ている蛙だよ。年寛政三年。語新川―現千葉県成田市。

手をかけて―赤染衛門「色々ににほへるきく《菊》にて《手》をかけて露にわかるゝ心ちこそすれ」（赤染衛門集）。[解]蛙が青梅に手をかけているだけのしぐさを「手をかけて寝る」とみたのは、「枕流亭」だから。自分を蛙に擬えて、枕流亭の亭主に、枕をお借りして寝させていただきますと挨拶した。枕流は、白兎園宗瑞門というが未詳。「漱石枕流」（屁理屈を言い、負け惜しみが強いこと）によって号したとすれば、変わり者だったのだろう。

一茶句集　秋

秋立　立秋。藤原敏行の「秋来ぬと目にはさやかに」（古今集）の詞書「秋立つ日詠める」以降和歌・連歌・俳諧にも詠まれた題。

557 **秋立や身はならはしのよ所《そ》の窓**　文化句帖

【訳】立秋となった。わが身はいつもと変わらず、他人様の家。【年】文化元年。【語】ならはし—習慣。しきたり。【解】立秋になっても毎年同じく旅の身の上で、一所不住。旅が習慣となってしまった。寛政八年（一七九六）十一月「一所不住」の前書、「降雪に草履《ざうり》で旅宿出たりけり」の一茶発句に「身ハならはしぞ松かぜの冬」と樗堂が脇をつけている（御桜　樗堂俳諧集）。この脇を発句に仕立てたもの。

558 **秋立や雨ふり花のけろ〳〵と**　文化五・六年句日記

【訳】立秋の日、雨降り花がけろりとして立っている。【年】文化五年。【語】雨ふり花—昼顔の別称（『七番日記』文化七年五月「古郷まで」）。けろけろ—意に介さない様。暁台「うぐひすのけろ〳〵と初音つくり哉」（暁台句集）。一茶「けろ〳〵と師走月よの榎哉」（享和句帖）。【解】祖母の三十三回忌の法要を営むため、七月二日、晴天の柏原に帰郷した折の作。「けろ〳〵」に父の遺産問題について知らん顔を決め込んでいる義母と義弟を批判する意図が隠されている。「知らん顔をする」の意で「けろけろしている」と動詞で用いるのは方言。

秋・(白さ) 立秋から立冬の前日まで。初秋・仲秋・晩秋に分かれ、白帝が秋を司ることから白秋ともいう。

559 **松陰におどらぬ人の白さ哉**　享和句帖

有狐《いうこ》

訳松の陰でも踊らない人の清らかな白さよ。年享和三年。語有狐―「狐ノ綏々《すゐすゐ》トシテ彼の淇《き》の梁《りやう》ニ在リ、心之ニ憂フ　之ノ子裳《もすそ》無カラン」(詩経・衛風)。狐(男)が女を狙うことをいうとする説、妻が夫を思うとする説などがある。解「有狐」をどう解したか不可解だが、惑わされる人に対する戒めを読み取ったものだろう。「松陰」は松平氏(徳川)の陰をいうか。「おどらぬ人」は、調子を合わせて踊らない人。「白さ」は松の青に対する「白」で、俗人を白眼視する阮籍《げんせき》のような人をイメージすべきだろう。松平氏の幕藩体制に惑わされない人を称えた作とみておきたい。陰陽五行説によれば秋の色は白なので、季語はないが、仮に秋の句としておいた。参「有狐綏々」の題で「秋の夜の独身長屋むつましき」(享和句帖)の作もある。一茶・五十歳「松陰ニ寝てくふ六十

―余州かな」（七番日記）。

秋の日　秋の一日。つるべ落としと言われるように、すぐに暮れてしまって慌ただしいと感じる。

560 **秋の日や山は狐の娵《よめ》入り雨**　文政句帖

訳さびしい秋の日だよ。遠くの山は狐の嫁入り雨。年文政六年。語狐の娵入り雨―日が照っているのに降る雨。解九月下旬の作。秋の日が弱々しく照っていた遠山に、俄《にわ》かに雨が降り出した。狐の嫁入りだと思うと華やいだ気持ちになるが、秋の日のさびしさはいっそう深まる。十月初旬の作に「娵入りの謡《うたひ》盛りや小夜時雨」。参蘭更「芥子咲て狐の娵入《よめり》月夜哉」（半化坊発句集）。

秋寒・うそ寒・朝寒・夜寒・冷つく　秋寒は、秋も半ば過ぎる頃に感じる朝夕の寒さ。うそ寒は晩秋の寒さで俗語。朝寒・夜寒は、晩秋に特に朝夕に肌で感じる寒さ。冷つくは、秋冷。

561 秋寒や行先〳〵は人の家　享和句帖

訳秋風が身にしみる寒さよ。訪ねて行く先々はどこも他人の家。年享和三年。語人の家―他人の家。解どこも他人様の家という嘆き。「家がない」という一茶の意識は、帰ることができる家を切実に求めて、「有明や家なし猫も恋を鳴」（文化六年句日記）、「家なしの此身も春に逢ふ日哉」（同）などの句に結実して行った。参文化元年「蛙なくや始て寝たる人の家」（文化句帖）。曲翠「人の家を吾家にして秋の暮」（秋津島）。

562 朝寒や蟾《ひき》も眼《まなこ》を皿にして　文化句帖

訳朝の寒さにヒキガエルさえ、目を皿にして驚いているよ。年文化二年。語蟾―ヒキガエル。夏の季語。目を皿にして―大きく目を見開かせる。解晩秋の寒さをいう夜寒に対して、夏から秋へと季節が変わる朝寒。ヒキガエルを擬人化して寝ぼけ眼を開かせるところが句眼。「にして」と連句の第三のようにしたのは、芭蕉「辛崎の松は花より朧にて」を意識したものだろう。

563 鶏の小首を曲る夜寒哉　文化句帖

訳鶏がちょっと首を曲げているよ。秋の夜寒に。年文化三年。解中七「小首を曲る」が眼目。思案するを意味する「小首を傾《かし》げる」が慣用的表現だが、「曲る」は、その変奏だろう。日常のなにげない動きをとらえて絶妙。

564 冷つくや背すじあたりの斑山《まだらやま》　連句稿裏書

訳冷気が迫ってくるよ。背筋あたりから迫ってくる斑尾山。年文化四年。語斑山―斑尾山。北信濃（長野県）の飯山と柏原（信濃町）との境にある。標高千三百メートル余。解同時に詠んだ「背筋から冷つきにけり越後山」は類想。冷気は山の霊気でもあり、「背すじあたり」の身体感覚が活きている。参八月十日の作。同時に「雁鳴やうしろ冷つく斑山」。許六「吹入て背筋をはしる霰かな」（有磯海）。

565 うしろから大寒小寒夜寒哉　七番日記

訳背後からしのびよってくる大寒、小寒、夜寒だなあ。年文化八年。解上五「うしろから」は背後からで、寒い北国の初冬を感じさせてくれる。中七から下五のたたみかけるような表現にリズム感があり、夜の寒気を実感させる。中七・下五に繰り返す「さ」と「ざ」音が寒さの体感。

566 うそ寒や親といふ字を知てから　　句稿消息　七番日記

周流諸国五十年

訳寒々としてきたなあ。親という字を知り覚えてから。年文化十年。語うそ寒―秋になって、なんとなく感じる寒さ。解前書につけば、諸国を廻り歩いて古郷へ帰ってきたときの心境句。未だ亡父の遺産相続をめぐって義母・義弟と争い、その決着が見えない。義母とは言え親のはずだが、子を思う気持ちなどない。歌謡の歌詞「親といふ字を、絵に描いてなりと、肌の守りと、をがみたや」（山家鳥虫歌等）を取り入れての句作り。

567 うそ寒も小猿合点《がてん》か小うなづき　　志多良

訳寒くなってきたのも、小猿は承知していたのか、ちょっとうなずいた。年文化十年。解秋になって小猿が小首を傾けた様子をとらえ、その可愛らしいしぐさを読み解いた作。「合点」は、先生（宗匠）が和歌や俳句を批評して、秀作に点や丸、鉤《かぎ》などをつけること。小猿がすることではないが、まじめくさった顔でちょっと頷《うなず》いたのだろう。

568 あばら骨なでじとすれど夜寒哉　　七番日記　志多良

[訳]あばら骨をなでまいとするけれど、夜寒が骨身にしみる。[年]文化十年。[解]病気のために、瘦せ細って出たあばら骨をなでれば、いっそうみじめになる。それでも、夜寒のためにさすってしまう病身のあわれ。成美は「老懐身にしられて甘心」と評して長点を付した（句稿消息）。太祇「さむき夜や探れば窪き老が骨」（太祇句選）、蓼太「夏瘦の我骨探る寝覚かな」（蓼太句集）などの先行作があるが、「なでじ」が効果的に働いて実感を伴う。

569 次の間の灯《ひ》で飯を喰ふ夜寒哉　　七番日記

独旅

[訳]隣の間からもれる灯で飯を食う夜の寒さよ。[年]文化十二年。[解]旅では、灯さえ隣のものを借りて飯を食う侘しさ。晩秋の夜寒が追い打ちをかける。「一人《いちにん》と書留《かきとめ》らるゝ夜寒哉」と併記。また同年、中七を「帳に付たる」の句形でも記す。芭蕉「あさがほに我は食《めし》くふおとこ哉」（みなしぐり）を念頭において、旅にあればもっと侘しいものだと詠んだのである。[参]中七表記「灯」を「火」として同じ句をすぐ後に再び記している。

570 ならはしや木曾の夜寒の膝《ひざ》頭《がしら》　　七番日記

訳しきたりなのだなあ。木曾の夜寒にかかえる膝頭。年文化十二年。解又玄句「木曾殿と背あはする夜寒哉」（葛の松原）、または芭蕉誤伝句「木曾殿とうしろ合せの寒哉」（芭蕉句解）をふまえて、木曾の夜寒に転じた作。寒い夜は、芭蕉の思いを受けとめて、膝頭を抱いて寝るのが習わし。参同じ頃に「膝頭山の夜寒に古びけり」（七番日記）。

571 たばこ盆足で尋る夜寒哉　七番日記

訳煙草盆を足で探り当てる、夜の寒さよ。年文化十四年。解あまりの夜寒に炬燵《こたつ》から出る気もなく、足で煙草盆を探す。その無精さが笑いの種。「ばか咄《はなし》出《いだ》したる夜寒哉」、「咄スル一方は寝て夜寒哉」も同じ頃の作。徐柳の「すゞしさの足で明たる障子哉」（何袋　三韓人）を下敷きにした句作り。参同年「先よしと足でおし出すたんぽ哉」（七番日記）。

572 うそ寒や蚯蚓《みゝず》の声も一夜ヅヽ　八番日記

訳そぞろ寒くなってきたなあ。蚯蚓の鳴き声も一夜過ぎるごとにか細くなり、寒さがましてくるように感じるよ。年文政二年。語蚯蚓鳴く―秋の夜、土の中で蚯蚓が鳴くと思われていたが、ケラ（螻蛄）の鳴き声だという。秋の季語。解鳴くはずのない蚯蚓の声を聞いて、感じる寒さ。『八番日記』によれば、五月の終わり頃の作だが、その句頭に「秋」と季節を書き入れている。七月初旬には、中七を「蚯蚓の歌も」として記録。梅塵本同八番記では、中七「蚯蚓の唄も」と表記。蚯蚓の歌は、寛文十年刊・下河辺長流編『林葉累塵集序』に「此ころ世にわづかなる螻の才ありて、ほねなきみみずの歌よみもここかしこにいできたりて……」とあるので、歌うものとされていたことがわかる。参年次未詳「古犬や蚯蚓の唄にかんじ貌」(文政版・嘉永版一茶発句集)。

573 赤馬の苦労をなでる夜寒哉　八番日記

訳赤馬の苦労をなでてやる、夜寒の季節となったなあ。年文政二年。解収穫を終えて、馬もひと休み。赤馬は農村のどこにでもいた農耕馬で、一年の労苦をねぎらって馬を撫でてやる。やさしい農夫の手がかじかむような夜寒の季節。同年作「行秋や馬の苦労をなでる人」も同じ着想。参文化八年「赤馬の鼻で吹けり雀の子」(七番日記)。

574 盆の灰いろはかく子の夜寒哉　八番日記

訳盆の灰の上にいろはの文字を書く子、夜寒が身に染みるよ。年文政二年。解盆のなかに灰を入れ表面を平らにして手習い用とするのは、豊かではない農村の智恵。灰に書いた字を消して何度も練習できるが、寒さのために思うように書けない。前年作の「盆の灰いろはを習ふ夜寒哉」、文化十三年の「古盆の灰で手習ふ寒さ哉」（七番日記）と同じ趣向だが、子どもに焦点をあてた。文政元年の「なまけるなイロハニホヘト散桜」（七番日記）は、子どもへの教戒だろう。同五年の「まゝつ子や灰にいろはの寒ならい《ひ》」（文政句帖）は、継子の手習いで哀れ。参上五「盆の灰に」（梅塵本八番日記）。文化十年「いろはでも知りたくなりぬ冬籠」（七番日記）。同十四年「いろはをも知らで此世を古郷炭」（同）。同十五年「初雪やイロハニホヘト習声」（同）。初期俳諧には、「いろは」を詠んだ作が多い。

秋の夕

秋の夕方。和歌では主に秋の夕暮、俳諧では秋の夕か秋の夕べが加わる。暮れやすくさびしいイメージからあはれを感じる。

575
野歌舞伎や秋の夕の真中に　七番日記

訳野歌舞伎が演じられているよ。秋の夕暮れの真っ最中に。年文化十一年。解野歌舞伎は、秋の収穫を終えた農民たちが演じる素人歌舞伎。秋の夕のさびしさなどは都の風雅とばかりに、けばけばしく華やかに演じられている。「夕の真中に」が見事に時空をとらえている。野性味あふれる風流。

秋の夜・夜永・長き夜

秋の夜。秋は夜が長いとして詠むのがふつう。

576 秋の夜や旅の男の針仕事　寛政句帖

訳秋の長い夜のことだよ。旅の男が灯のしたでひとり針仕事。年寛政五年。語針仕事―縫い物をすること。松律「月清し貧女が儘《まま》の針仕事」（談林功用群艦）。解針仕事は一般的に女の仕事とされていた。旅の男が自分の着物を繕う孤独な情景が思い浮かんできて、しみじみとさせられる。文政二年、五十七歳の一茶は「母親や涼《すずみ》がてらの針仕事」（八番日記）と詠んで、母を追憶している。

577 秋の夜や隣を始《はじめ》しらぬ人　文化句帖

訳秋の夜よ。隣をはじめとして知らない人ばかり。年文化元年。解芭蕉「秋深き隣は何をする人ぞ」（笈日記）をふまえて、孤独な自分を訴えるが、「隣を始めしらぬ人」への無関心ぶりがユーモラス。実は人恋しさの裏返し。

578 秋の夜やしやうじの穴が笛を吹　我春集　文政版一茶句集　遺稿

訳しみじみとした秋の夜。障子に開いた穴に秋風が吹きこんで笛を吹く。年文化八年。解中七「窓の小穴」（七番日記）が初案だろう。秋の夜長、家の障子が笛を吹いているようで、秋祭りの笛の代わりになり、わが貧乏ぶりも風流に思えてくる。淡々に「なでしこや障子の穴の朝日山」（其角十七回）の句があり、この言葉を取り入れてなしたものか。

579 下駄からり〳〵夜永のやつら哉　七番日記

訳下駄をからりからりと音立ているのは夜深しのやつらだなあ。年文化十年。解下駄の「からりからり」の音に生きる者の活気を感じながらも、「やつら」という俗語を用いたのは下駄の音を響かせる者に対する憎しみを感じたからだろう。この年に成った『志多良』『句稿消息』などにも収載するが、同じ句形。

580 長き夜や心の鬼が身を責る　七番日記

訳秋の長い夜、心の鬼がわが身を責める。年文化十年。語心の鬼が……―身から出た罪によって心が責められること。解「心の鬼が身を責める」は、「身より出だせる咎なれば、心の鬼の身を責めて、かやうに苦をば受くるなり」（謡曲・歌占）や流行歌謡の歌詞「我と作れる、心の鬼が、せめて苦しむ、身の咎《とが》を」（臼引歌　延享五年小哥しやうが集）を取り入れた表現。一茶の場合、癰《よう》の病が責める原因だっただろう。「長き夜」と取り合わせて鬼気迫る。

天の川・星祭・織姫《おりひめ》・七夕《たなばた》雲・彦星・星むかへ　七月七日の七夕の日を星祭りともいう。この日に、織姫が彦星を迎えるのが星むかへ、出会う場所が天の川、その日にかかっている雲が七夕雲。

581 を《お》り姫に推参したり夜《よ》這《ばひ》星《ぼし》　寛政句帖

訳織姫に推参いたしました。わたくし夜這い星めが。年寛政四年。語をり姫―織女星。たなばたひめ。年に一度七夕の夜、牽牛星《ひこぼし》と会うという伝説をもつ星。夜這星―流れ星の異称。秋の季語。夜、寝所に忍んで行く風習の「夜這い」と重ねあわせた。解天の川に流星が流れたという自然現象を、呼ばれてもいないのに織姫に言い寄ったと擬人化した作。身分違いの夜這いには、謙譲語の「推参」がふさわしくユーモラス。

582
助《すけ》舟《ぶね》に親子おちあう星むかへ《ふ》　享和二年句日記

訳助船を出した親子が合流した、折しも七夕の夜。年享和二年。語助舟―寄船とも。渡船で足りない船を近郷の村から補充した船。解「おちあう」は、示し合わせ会うことだが、ここでは偶然に合流すること。この句の前には「洪水」の前書で「古《いにし》への水もみし人秋の風」と詠んだ句が置かれているから、荒れた天候の日の七夕だったのだろうと推測される。親子が七夕の日に出合う縁の深さを思わせる、一茶の願望から生まれた句。

583
我星はどこに旅寝や天の川　享和句帖

訳私のひとり星はどこで旅寝しているのだろう。天の川では年に一度の逢瀬《あふせ》の日だというのに。年享和三年。語我星―一茶独特の用語。解この句と着想を同じくする、四十歳「ひとりなば我星ならん天の川」(享和二年句帖)、四二歳「我星は上総の空をうろつくか」、六十歳「我星はひとりかも寝ん天の川」などがある。いずれも七夕伝説の天の川から外れて、漂泊の旅寝をする「我星」に孤独な自分の姿を投影している。参中七「どこにどうして」(七番日記・文化九　株番)。

一雨颯々《さふさふ》と過て軒雫《しづく》、涼風おとづれて、木間月朗《ほがらか》也。今宵星祭夜なれば、二星の閨《けい》

情《じやう》はいふもさらにして、世の人の祝ひ大かたならず

584 我星は上総《かづさ》の空をうろつくか　文化句帖

訳わが星は上総の空でうろうろしているのだろうか。年文化元年。語上総―千葉県富津。一茶・五五歳「初空の行留り也上総山」(七番日記)、同六十歳「空色の山ハ上総か霜日和」(文政句帖)。解「我が恋はむなしき空に満ちぬらし思ひやれども行く方もなし」(古今集)を下敷きにして、前書から七夕を祝う星祭りの日に詠んだ作とうかがえる。参上総の女流俳人花嬌に一茶が恋情をいだいていたとする説が生まれる一因はこの前書と句にある。花嬌は、文化七年四月三日没。享年未詳。一茶は、同年七月十三日の百ケ日に「草花やいふもかたるも秋の風」(七番日記)と追慕した。参「七月七日戌刻雨忽晴」(文化句帖)。

585 涼しさは七夕雲とふゆふべ哉　文化句帖

訳涼しく感じるのは、七夕雲だよ、と言う夕べだからだね。年文化三年。解秋の初めの行事の七夕に雲が出ているのは、織姫と彦星には不吉だが、人々には涼しくなる予兆だから、心地よい。「夕べ」と「言ふべ」は掛詞。参七月六日、随斎成美亭での作。

586
彦星のにこ〳〵見ゆる木間哉　文化句帖

訳七夕の夜は彦星がにこにこしているように見える、その笑顔が木の間からも見えるよ。年文化三年。語にこにこ—笑う様子。擬態語。玉壺「にこにこと笑ふて扣《たた》く西瓜哉」(俳諧新選)。解年に一度の逢瀬を喜ぶ彦星の喜びが口語「にこにこ」で表現され、童画をみるようで楽しい。参七月六日、随斎成美亭での作。

587
七夕　病中

うつくしやせうじ《しやうじ》の穴の天の川　志多良　七番日記

訳うつくしいなあ。障子の穴から見える天の川。年文化十年。解天の川のうつくしさを詠んだ詩歌俳諧は多いが、どこからどう見るかは詠まれてこなかった。病気で床に臥した折の作。障子の穴からのぞいた天の川のうつくしさに感嘆する視点が新しい。参前書「病」(句稿消息)、成美は「上五妙」と評し、長点・鉤点を付している(同)。

588
木曾山に流入けり天の川　七番日記

訳木曾の山に流れこんで行ったよ。天の川。年文政元年。解木曾山を鳥瞰《ちようかん》して大景をとらえた作。木曾谷は深い。その山谷を眺望すれば、天の川が流れ込むように見える。「さむしろや鍋にすじ《ち》かふ天の川」と併記する。こちらは近景からとらえた大景。参上五「我門に」(文化十一年・七番日記)、「古郷に」(文政三年・八番日記)。

589 水喧嘩水と成《なる》時《とき》天の川　八番日記

訳どちらの田に水を引き入れるかの喧嘩が和解した時、夜空に広がる天の川。年文政四年。語水喧嘩―水争い。夏の季語。解人の営みの哀しさを包み込む天空の運行の不思議さ。自分の稲田に水をひきいれるかどうかは死活問題。誰もいないはずの夜中に出かけて、我が田に水を引き入れようとしたら、同じ思いの人がいて、激しく争ったはてに「水入り(和解)」となった。人の営みの哀しさと天上の美しい天の川が、交響する。

月夜　月の明るい静寂な秋の夜。良夜ともいう。

590 横町に蚤《のみ》のござ打つ月夜哉　みつのとも

訳横町で蚤を払うためにばんばんと勢いよくござを打っている。何とも美しい月夜だなあ。【年】寛政十年。【語】横町—横手にある町。表通りから横へ入った町筋一般。横丁とも。下町。蚤—体長三ミリ以下の昆虫。褐色。口先の剣状の大きな顎で血を吸う。【解】足かけ七年におよぶ西国行脚を終えて帰ってた八月、江戸での作。庶民の暮らしぶりと天上の月は対照的だが、雅俗混淆の世界を描き出して美しい。【参】「のみもいとにくし。衣のしたにをどりありきて、もたぐるやうにする」（枕草子）。

591 西向て小便もせぬ月よ哉　　享和句帖

水山蹇《けん》

【訳】西を向いて小便さえしない。美しい月夜だなあ。【年】享和三年。【語】水山蹇—六十四卦の第三十九卦。四難卦のひとつで、八方塞《ふさがり》。「蹇ハ西南ニ利《よ》ロシ、往《ユ》クニ中ヲ得レバナリ」（易経・艮下）。【解】易に基づく作だが、小便との取り合わせがおかしい。方角が良いとされる西方浄土を向いて、小便するのも忘れてしまうほどの美しい月夜をめでた。其角の「小便に起ては月を見ざりけり」（五元集）をふまえての句作り。

592 婆々どのが酒呑に行く月よ哉　　七番日記

【訳】婆どのが酒を呑みに行く、明るい月夜だなあ。【年】文化八年。【解】爺が月夜に酒を呑みに行くのは珍しくないが、婆どのであるのが愉快。酒と月は、李白や杜甫、陶淵明など中国の詩人にこそふさわしいが、酒のみ婆どのならば、さぞやたくましく痛快だろう。

593 子をもたば盆〳〵の月よ哉　　七番日記

【訳】子どもをもったなら、お盆のめでたい月夜と言えるのに。【年】文化九年。【解】菊阿（許六）に「極楽も地獄も盆の月夜かな」（正風彦根躰）とあるように、旧暦七月十五日のお盆の日の月夜はめでたい。その盆と日常的に使う丸盆を言いかけた。「盆」の繰り返しも心地よい。子どもと戯れて、月見したいと願っての作。

松山御城にて良夜

594 人並に畳の上の月み哉　　御桜

【訳】旅の身の上の私、世間の人並に畳の上でする月見のありがたさよ。【年】寛政八年。【語】人並―一般の人と同様。世間なみ。一茶「人並に正月を待つ灯影かな」（庚申〈寛政十二年〉春興帖）。同「人並の正月もせぬしだら哉」（志多良）。【解】旅の宿での挨拶《あいさつ》句。一茶真蹟によれば、伊予（愛媛県）松山城下の藩士宜来の蝸牛庵での観月会に招かれた折の発句。温かく迎えてくれた宜来への御礼。人並であることの有りがたさを身に沁みて感じるのは、日々の生活が旅の身の上であるから。参宜来らと巻いた表六句の発句（一茶真蹟）。署名は「むさしの旅人　阿道」（同）。

今日の月・明月・月見　八月十五日の仲秋の満月。名月、今宵の月なども同じ。里芋を供えることから芋名月ともいい、この夜は秋の草や団子なども供えて月見をする。

595 夕月や流残りのきり〳〵す　文化句帖

訳西の空の夕月よ。暮になって川に流されて残ったコオロギが水辺にうちあげられている。年文化元年。語きりぎりす―コオロギ（蟋蟀）の古名。流残り―几董「燕《つばくらや》流れのこりし家二軒」（井華集）。解九月二日、下総の利根川沿い根本村（茨城県稲敷市）での作。洪水に見舞われた災害の悲劇は、人ばかりか、小動物にまで及ぶ。「流残り」のきりぎりすは、かろうじて生き残ったきりぎりす。これも秋の季語。参同時に「焼原やはやくも鳴きしきり〳〵す」。

596 雨降やアサツテの月翌《あす》の萩　文化句帖

信州人あなひ《案内》せんといふ日、空のけしき替りて

【訳】ひどい雨降だなあ。アサッテの月、明日の萩もどうなるやら。【年】文化二年。【語】アサッテ—明後日。【解】「今日の月」が仲秋の名月をいうのに対して、アサッテの月はアテにならない。翌の萩は、雨に散ってしまうかもしれないからこれもアテに出来ないことの比喩。信州の風流人が江戸の一茶を訪ねた八月三十日の作で、ともに風流を楽しみたいが、アテにしないでくれ。約束できないよという謎かけ。

597 むさしのや犬のこふ《う》家《か》も月さして　文化句帖

【訳】さすが武蔵野。犬の便所にも月がさしている。【年】文化二年。【語】こふ家—後架。禅堂の後ろにあった便所。【解】「武蔵野の明月」の伝統をふまえて、犬の便所にさえ名月がさすとからかった諧謔ぶりがおかしい。

598 年よりや月を見るにもナムアミダ　文化句帖

【訳】さすがに年寄りだなあ。月をみるときも、南無阿弥陀仏。【年】文化二年。【解】名月を見るときにも、年寄りの信仰心から、極楽往生を願って「南無阿弥陀仏」を唱えている。風流心よりも念仏を大事とする老人がユーモラス。

599 たまに来た古郷の月は曇りけり　連句稿裏書

訳たまに帰って来た古郷の月は曇っているなあ。年文化四年。解八月十四日の作。亡父の七回忌に帰郷した折の作。この句に続いて、「思ひなくて古郷の月を見度《みたき》哉」「たま〳〵の古郷の月も涙哉」「たまに来し古郷も月のなかりけり」など遺産相続が不本意なことを月に仮託して嘆いた。参八月十四日の作。「たま〳〵の古郷の月も涙哉」とも作る。

600 名月の御覧の通り屑《くづ》家《や》也　文化五年八月句日記

訳名月のご覧になられた通りの屑家ですなあ。年文化五年。解月を擬人化して、その視点から屑家を見る鳥瞰図《ちょうかんず》。名月を仰いで愛でる伝統からすれば新鮮。父の遺産相続をめぐり、異母弟と折半すると話しあわれた頃の作でわが家への愛着も感じられる。参同じ八月頃に「名月も脇へつんむく小家哉」の作もある。

601 そば時や月のしなの丶善光寺　七番日記

訳新蕎麦の季節だ。月の名所の信濃の善光寺。年文化九年。解善光寺（長野市）からやや離れた農村長沼での作。同地の人々は、早くから一茶を温かく迎え入れた。安堵と充足感がなした善光寺賛歌。芭蕉が善光寺を詠んだ「月影や四門四宗も只一つ」（更科紀行）が念頭にあったのだろう。参同年十一月に「雪ちりて人の善光寺平哉」（七番日記）。

602
名月をとってくれろと泣子哉　　句稿消息　おらが春

訳「あのうまそうな名月をとってくれろ」と泣く子どもよ。年文化十年。解名月があまりに美しい、せんべいのように丸いから欲しい、と聞き分けのないことを言って泣く子どもがいとおしい。成美は『句稿消息』で、この句を「鬼貫が口気あり」と評した。この年九月、この句を立句に露月と両吟歌仙。露月の脇は「小銭ちらばる茣蓙《ござ》の秋風」（茶翁聯句集　梅塵抄録本）。文化十一年「あの月は太郎がのだぞ迎鐘」（発句題叢）も同案。なおこの中七「太郎がものぞ」の句形もある（発句鈔追加）。人口に膾炙《かいしゃ》した名句。参上五「あの月を」（七番日記　志多良）。

603
月さへ《え》よあの世の親が今ござる　　七番日記

訳月よ冴え冴えと照らしなさい。あの世へ行ってしまった親が今眼前にいらっしゃる。年文化十一年。解月の冴え冴えとした光の中に、亡き父母の姿を見ようとしたもの。句のリズムと月への呼びかけからみて、芭蕉句「月さびよ明智が妻の咄せん」（俳諧勧進牒）を下敷きにした句作り。

604 木《もく》母《ぼ》寺《じ》は反吐《へど》だらけ也けふの月　七番日記

訳木母寺は反吐があちこち、天には八月十五日の名月。年文化十一年。語木母寺―墨田区にある天台宗の寺。梅若塚があることで知られる。陸奥の人買いにさらわれた梅若丸は、隅田川のほとりで歌を遺して没してしまう（謡曲隅田川）。浄瑠璃でも上演され人気を博した。解其角の「木母寺に歌の会あり今日の月」をふまえて、飲食を伴った歌会が終わった後の様子。梅若丸をしのんで歌会するものの、飲み過ぎたために反吐だらけ。名月は美しいが、鑑賞するどころではないと皮肉たっぷり。参同じ年に「木母寺の雪隠からも千鳥哉」（七番日記）。

605 ふしぎ也生た家でけふの月　七番日記

漂白四十年

訳不思議なことだなあ。生まれた家で仰ぐ今日の名月。年文化十三年。解同時期に「何となく生まれた家ぞ花の春」とも詠んでいるが、名月を仰ぐこの句の方が、しみじみとした味わいがある。同じ頃「名月にけろりと立しかゞし哉」「名月や石の上なる茶わん酒」「名月に引ついて出る藪蚊哉」「名月や箕《み》ではかり込む御さい銭」「さらしなの月を〆《しめ》出す小家哉」等と、古郷での月見を様々に詠んでいる。㊀年次未詳「五十年ぶりで古郷に入／ふしぎ也生まれた家でけふの春」（自筆本）の句があるが、この年の作か。

606 姥《うば》捨た奴も一つの月夜哉　七番日記

訳老婆を捨てた奴も同じ月見をしているよ。年文化十四年。解捨てられた姥にも、棄てた者にも同じ月が照る。どちらも哀しい思いで月を仰ぐのだ。ほぼ同じ頃に「姨捨た奴もあれ見よ草の露」、「秋風や翌《あす》捨らるゝ姨が顔」「名月や芒《すすき》へ投る御さい銭」の作もある。「わが心なぐさめかねつ更級や姨捨山に照る月を見て」（古今集）の歌物語が、平安朝の『大和物語』に収載されて以降信州の姨捨山は、棄老伝説の地として有名になった。芭蕉の「おもかげや姥ひとりなく月の友」（更科紀行）もそのひとつ。参この年に「捨らるゝ迄とや姨《をば》のおち葉かく」の作もある。

607 世がよいぞはした踊も月のさす　七番日記

訳世がよいからだ。中途半端な踊りにも月がさす。年文化十四年。解「世がよい」は治世の良さをいうのか。同じ頃「露だぶり世がよい上に又よいぞ」の作もある。こちらは逆説的な皮肉か。文化元年から十四年に限っても、全国各地で起こった百姓一揆や村方騒動は二百件を超している（青木虹二『百姓一揆の年次的研究』で概算）。こうした「世がよい」かどうか疑問。翌年に「よい世とや虫が鈴ふり鳶《とび》がまふ」（七番日記）の作もある。これは虫や鳶に擬《なぞら》えた、一揆の人々とみたいが、うがち過ぎだろうか。参「親なしがあれ踊ぞよ諷《うた》ふぞよ」「此月は踊はきのふかぎり也」と併記。宝暦年間に起こった百姓一揆で有名な郡上一揆の地白鳥町では白鳥踊り、また郡上八幡を中心に郡上踊りなどが行われていた。一揆と直接関係があるかどうかは別として、踊りは庶民の楽しみ。

608　古郷の留主居も一人月見哉　八番日記

訳古郷の留守番も珍しく一人で月見しているなあ。年文政二年。解九月二日、一茶の古郷柏原での作。妻が留守だったのだろう。ふだんなら、一茶が外出していて、妻が一人留守居して見る月を仰いで、妻の淋しい心境を思いやった。翌三日は近郷の古間で「近江源氏ト云カブキ一見」し、「欠際《かけぎは》のいさぎよいのも名月ぞ」と詠み、その翌日四日は「なまけるや翌《あす》も花あり月有《ある》と」と詠んでいる。

609 酒尽てしんの座につく月見哉　八番日記　おらが春

【訳】酒宴が終わって、いよいよ本当の座についての月見となったなあ。【年】文政二年。【語】しんの座―真の座敷の略。格調高く様式の整った座。【解】月見そっちのけで酒宴をしていたが、酒が尽きて、これから真の座について、静かに月見がはじまる。最初から風雅を気取らないところが庶民の月見。併記する「名月や下戸はしん〳〵しんの坐に」は、酒豪より下戸の方が静かに月見ができるの意。一茶は酒好きだから、知り合いの下戸の人を詠んだのだろう。

610 名月や五十七年旅の秋　八番日記

【訳】名月よ。思えば、生まれてこの方、五十七年すべて旅の秋。【年】文政二年。【解】八月二十日の作。日記に「他郷」と記す。「是程《これほど》の月や我家に寝て見たら」と併記。一茶は、十五歳で他郷へ出たから、実際には「四十二年旅の秋」だが、生まれたときから数えたもの。『おらが春』でも、継母にいじめられ「晴れ〳〵しき世界ニ芽を出す日ハ一日もなく、ことし五十七年、露の玉の緒の今迄切ざるもふしぎ也」とふりかえっているから、五十七年露命をつないで生きてきた、というのが実感であっただろう。【参】中七・下五「四十七年同じ旅」（句稿断片）。

611
名月や膳に這《はひ》よる子があらば　八番日記

訳名月が美しいなあ。供えたお月見の膳に這ってくる子どもが生きていたら。年文政二年。解月見していると六月二十一日に早世した娘さとの思い出が甦ってくる。「這い寄る」が具体的で「子があらば」の欠落感が哀しみを誘う。二年後の文政四年に「茅の輪哉手引て潜る子があらば」（八番日記）があるが、「名月や」句の方が実感がこもる。

612
小言いふ相手もあらばけふの月　文政句帖

訳小言を言う相手もあればいいのになあ。とりわけこんなすばらしい名月の日は。年文政六年。解九月十一日の作。五月十二日に三十七歳で他界した妻の菊を追慕しての句。八月九日には「小言いふ相手のほしや秋の暮」、九月二日には「小言いふ相手は誰ぞ秋の暮」と詠んで、仲秋の名月を一緒に仰げないことを悲しんだ。翌年九月八日には「小言いふ相手もあらば花莚《むしろ》」の句を成し、句頭には「春」と記している。こうした変奏は、すべて妻の菊を喪った一茶の深い哀しみから生まれた。参前書「やかましかりし老妻ことしなく」（だん袋　文政版）。下五「菊の酒」（だん袋）、「花筵」（文政句帖・文政七年）、中七・下五「相手のほしや秋の暮」（同）。文政七年下五「花筵」（同）。同八年「小言いひ〳〵底たゝく新酒哉」（同）。

613 名月に尻つんむける草家哉　文政九・十年句帖写

訳美しい名月に尻を向けている田舎の家よ。年文政九年。語つんむく―そっぽをむく。文化十一年「蓮池ニうしろつんむく後架哉」（七番日記）。俳諧歌（狂歌）で文化十年「春風ニうしろつんむく梟ハ吹ちる花をいきどほる哉」（志多良）。解「尻つんむく」が句眼。月見の風流とは無縁な山家もある。一茶自身は「名月や仏のやうに膝をくみ」（年次未詳）と名月に感じ入って仏様のように悟ろうとしたこともあるが、悟りとは無縁な生き方もある。「子ども衆は餅待宵の月見哉」「隠れ家は気のむいた夜が月見哉」「名月や抔《など》とは上べ稲見かな」「古壁やどの穴からも秋の月」と併記。

秋の雨・秋の雲　冷たくわびしく降る雨。秋雨もほぼ同じ意。秋の雲は鰯雲《いわしぐも》のようにそぞろな雲。

614 馬の子の古郷はなる、秋の雨　享和句帖

訳馬の子が古郷を離れて行く。冷たい秋の雨の日に。年享和三年。解馬は一茶好みの動物。古郷を離れる子馬は、駒迎えならば都に上る馬だからまだしも光栄だが、これから売られて行く農耕馬に冷たく降る秋の雨だろう。

615
秋雨やともしびうつる膝頭《ひざがしら》　享和句帖

訳外では冷たい秋の雨が降っているよ。行燈《あんどん》の灯が映る自分の膝頭を抱いている。年享和三年。語膝頭―ここでは膝を抱いて見た膝の関節。解膝頭を抱いてじっと寒さに耐えている様子。孤独な男の旅の宿の姿。中七「ともしびうつる」が句眼。参同時に「秋の雨ついに夜に入し榎哉」と「膝節《ひざぶし》に灯《ひ》のちらめくや秋の雨」。

616
秋の雨乳ばなれ馬の関こゆる　文化句帖

訳冷たい秋の雨降る中、乳離れしたばかりの馬が関を越えて行く。年文化元年。解秋の雨は、身にしみ込むように冷たく降る。そんな雨にうたれて駒牽《こまひき》で都へ向かう馬だろうか、農耕馬として売られて行く馬だろうか。乳離れしたばかりの幼い馬に心を寄せる。

617
越後節蔵に聞えて秋の雨　文化句帖

訳越後の民謡が蔵から聞こえてくる。外は秋の雨。年文化元年。語越後節―越後の民謡。越後から来た瞽女《ごぜ》の口説きもいうが、一茶の時代より後のこと。解越後節は越後から来た杜氏がうたう民謡。杜氏は、秋から春にかけて酒造りをする。出稼ぎではあるが、杜一氏の唄には酒造りを担っているという誇りがあり、冷たい秋の雨の中でも凜《りん》と響く。

618 夕暮や鬼の出さうな秋の雲　七番日記

訳夕暮れ時のあやうさよ、鬼が出てきそうな秋の雲。年文化七年。解人々の顔の見分けがつきにくくなり、不安にさせる夕暮れ時。秋の雲は一般的には澄み渡った秋空の雲でさわやかだが、夕焼けの真っ赤な雲から赤鬼を連想した童心に返っての作。

兄直《えなお》に引かれて香取社に参《まゐる》。かとり野などいへる広原を過て、五郷内村樹林寺夕顔観音に参り、角力見物

619 秋の雨小《ちひさ》き角力《すまふ》通りけり　七番日記

訳さびしく降る秋の雨、小さな角力取りが通って行ったよ。年文化七年。語兄直―下総飯田の人。香取社―香取神社。かとり野―千葉県香取野。五郷内村―千葉県香取市。樹林寺―臨済宗。夕顔観音―夕顔の畑から出現したという千手観音。解一茶がしばしば訪ねた房総の地での角力見物の一コマ。秋雨の淋しさと小さな力士を取り合わせて、しみじみとした哀れと愛おしさを感じさせてくれる。角力も秋の季語。参白雄「城うらや小さき牛に梅嫌《うめもどき》」（しら雄句集）。一峨「秋の日影ちひさき膝におくものか」（文化十三年

一九月六日付一茶宛書簡）。

620 牛の子が旅に立也秋の雨　　七番日記

[訳]牛の子どもが旅に立つのだ。冷たい秋の雨。[年]文化八年。[解]売られて行く子牛を旅立つと見立てた作。秋の雨は春雨と違って冷たい。同年の『我春集』では下五「秋の風」で掲載。文化二年に「牛の子の貌《かほ》をつん出す椿哉」（文化句帖）の作もある。[参]上五「牛の子の」（我春集）。

621 笛の家や猫も杓子も秋の雨　　七番日記

[訳]祭り笛を代々担当している家よ。猫も杓子も来て練習中、外は秋の雨。[年]文化十四年。[語]笛の家―祭りのときに先祖代々笛の演奏をつとめる家。[解]祭り笛を練習するために、だれもかれもが集まってきた。そんなにぎわいの日に降る秋の雨。ふつう秋の雨は淋しく降るとされるが、秋祭りを待つ人々の熱気で、そんな風には感じられない。蕪村の「月更て猫も杓子も踊かな」（自画賛）や一茶の友人鶴老（守谷・西林寺住職）の「君が代ハ猫も杓子も夫婦哉」（文化九～十一年・株番）を念頭においての作だろう。[参]文化七年「あさら井や猫と杓子と梅の花」（七番日記）、同十年「寝たなりや猫も杓子も春の

雨」（同）、同十二年「仕合《しあわせ》な猫と杓子よ冬牡丹」（同）、文政九年

「今の世や猫も杓子も花見笠」（文政九・十年句帖写）。

秋風　藤原敏行「秋来ぬと目にはさやかに見えねども風の音にぞ驚かれぬる」（古今集）以来、秋の到来を知らせる風。初秋・仲秋に用い、ときに晩秋の蕭条《しょうじょう》とした風を詠むこともある。「飽き」を言いかけることもある。

622 日の暮や人の顔より秋の風　　享和句帖

訳一日が暮れてゆくよ。ぼんやりした人の顔から秋風が吹いてくる。年享和三年。語日の暮―たそがれ時。たそがれ時は、「誰そ彼」で人の顔が見分けられない時間帯。解中七「人の顔より」は、上五にも下五にもかかり、人の顔を浮かび上がらせる。老若男女いずれを想像するかで、この句の理解の仕方は違ってくる。四七歳の文化六年には、「畠打の顔から暮る、つくば山」（文化六年句日記）の作があり、農夫が一日の仕事を終えようとしている時間と知れる。

623 秋の風乞《こ》食《じき》は我を見くらぶる　　文化句帖

624
秋風や家さへ持たぬ大男　　文化句帖

訳秋風よ。家すら持っていなく所在ない大男。年文化二年。解「大男総身に知恵が回りかね」と揶揄《やゆ》される大男、しかも家すら持っていないとすれば、落ち着ける場所がない。秋風のあわれと大男の所在なげな様子が響きあう。

訳秋の風が吹いている。乞食が来てわが身とおれ（一茶）を見比べている。年文化元年。解乞食よりも貧しい身なりをしていることを自嘲した句だが、後に「乞食首領」を名乗ったことのある一茶には誇らしい気分もあったのだろう。貧者と困窮者が貧しさや困窮の度合いを競い合う万葉の貧窮問答歌をヒントにしての句作り。深刻だが、互いに譲らないところがユーモラス。一茶と同時代の俳人鈴木道彦は、一茶を清貧の俳人とみている。「一茶の清貧を尊とむ」の前書きで、「塵とては栂《つが》の古葉を庵の雪」（蔦本集）と詠んでいる。参「発会序（前略）つとめて心の古ミを汲ミほさざれば、彼腐れ俳諧となりて、果ハ犬さへも喰らはずなりぬべき。されどおのれが水の嗅きはしらで、世をうらみ人をそしりて、ゆくゆく理屈地獄のくるしびまぬかれざらんとす。さるをなげきて、籠山の聖人手かしこく此俳幅《はいかい》をいとなみ、日夜そこにこぞりて、おのおの練出せる句々の決断所とす。春の始より入来る人々、相かまへて、其場のがれの正月こと葉など、必のたまふまじきもの也。　文化七年十二月　日　しなのの国乞食首領一茶書」（我春集）。

625
秋風にあなた任せの小蝶哉　文化句帖

訳秋風が吹く。その風任せに飛ぶ小さな蝶よ。年文化二年。解一茶は晩年の文政二年に「ともかくもあなた任せのとしの暮」（おらが春）と詠むが、「あなた任せ」がこの頃から胸にいだいていた言葉であると知られる。他力本願に生きる小さな蝶に共感した作。参文化六年「ともかくもあなた任せかかたつぶり」（文化五・六年句日記）、同十年「あなた任せ任せぞとしは犬もとり」（七番日記）。

626
笠紐《ひも》にはや秋風の立日哉　文化句帖

訳笠の紐に早くも秋風が立つ日になったことだよ。年文化三年。解笠の紐を結んで旅立つ日と秋風が立つ日を重ねて、いつまでも他人の好意に甘えていられないと旅の覚悟を決めたが、秋風のさびしさが身にしみる。参七月十五日の作。

627
どの星の下が我家ぞ秋の風　文化句帖

訳たくさんの星のなかでどの星の下が我が家なのだろうか。冷たく吹く秋風。年文化三年。解これだけ星がまたたいていたら、どれが我が家か。だれも探し当てられないから、みんな同じように孤独だろう、と秋風に問いかけた。天空の星からみればみんな同じだが、秋風の冷たさは、それぞれの身にしみる。

628
焼杭をとく吹させ秋の風　文化句帖

訳焼けた杭をすぐに冷ませよ。冷たい秋風よ。年文化三年。語とく—すぐに。解七月二十八日、夜八刻（早朝二時〜三時ころ）四ツ日市（日本橋一丁目）から出火。この年正月三月にも火事があったこと、親しくしている書肆《しょし》が蓄えてきた唐本・和本が灰燼《かいじん》に帰したことに同情する前文がある。秋風に呼びかけて、焼けた杭に象徴される江戸市中の火災を哀しみ、復興を願う。

629
なけなしの歯をゆるがしぬ秋の風　文化五・六年句日記

稲伽ニ入。金箱村花火有。金井金右衛門此里ニアリ

訳なけなしの歯をゆるがして吹いて来るよ。秋の風。年文化六年。語稲伽—一茶の門人で長野市長沼あたりの人か（未詳）。金箱村—長野市金箱。花火—金箱神社（諏訪神社）の秋祭りの花火か。なけなし—ほとんどない。解七月二十六日の作。「ナケナシの歯を秋風の吹にけり」と併記。前書から、金井金右衛門（金箱の人）の歯が抜けていた

ことを詠んだ句だが、一茶自身もまた歯が抜けはじめ、文化八年六月十六日には残る歯も失った（我春集）。おおかたの歯が抜け落ちてしまった口に秋風が吹きこんで、残った歯までゆるがせる。芭蕉翁が「物いへば唇寒し秋の風」（真蹟懐紙）と詠んだが、唇どころか残りの歯もたもたない。大真面目だけに、その顔を想像するとユーモラスである。

630 草花やいふもかたるも秋の風　七番日記

十三日　百ヶ日　花嬌仏《くわけうぶつ》

訳秋の七草や花よ。思い出していろいろ悔みを言うのも、昔を語るのもむなしい。さびしく秋の風が吹く。年文化七年。解七草をはじめ様々な花が咲くが、秋に咲く花はさびしい風情をたたえている。花嬌亡き後の百か日法要に手向けた追善句。花嬌への深い哀悼の思いがこめられている。参花嬌は千葉県富津の織本園。対潮庵。文化七年四月三日没。享年未詳。一茶は三回忌の文化九年には、「目覚しのぼたん芍薬でありしよな」（株番）、「何ぞいふはりあいもなし芥子の花」（同）と追善句を手向けた。

631 秋風やあれも昔の美少年　七番日記

[訳]さびしく吹く秋風よ。あれも昔は美少年だったよな。[年]文化七年。[解]美少年が凋落《ちょうらく》して、その面影をとどめているだけに、哀れを誘い秋風のわびしさと響きあう。

632 秋風や壁のヘマムシヨ入道　　七番日記

[訳]秋風が吹いているよ。壁のヘマムシヨ入道にも。[年]文化八年。[解]ヘマムシヨ入道は子どものいたずら書き。頭部「ヘ」、眼「マ」、鼻「ム」、口と顎「シ」、耳「ヨ」と書く文字遊びの一種で、坊主頭であることから、「入道」と言う。そうして描いた戯画にも、秋風が吹きつける。哀れというよりも、どこかおかしい。破調句で、下五「入道」を長く伸ばして読むのだろう。[参]同じ頃「行秋やどれもへの字の夜の山」の作もある。

633 秋の風一茶心に思ふやう　　七番日記　我春集

[訳]秋の風、一茶が心のなかで思うように。[年]文化八年。[解]秋の風を単純にさびしいと思うのではなく、自分の心の在り様を見つめての作。不角の「苔《こけ》の花我も心に思ふやう」（一茶の『寛政三年紀行』に所引）をヒントにしているだろう。他に自分の名前「一茶」を発句に詠み込んだ例がいくつかある。この先例は、芭蕉の「発句也松尾桃青宿の春」（知足筆江戸衆歳旦写）。[参]文化十三年「痩蛙《やせがへる》まけるな一茶是に有」（七番日記）。同

年「時鳥《ほととぎす》なけ〳〵一茶是に有」（同）。文政元年「鶯よけさは弥太郎事一茶」（同）。同年「春立や弥太郎改め一茶坊」（同）とも。なお、文化十年に「一茶坊に過たるものや炭一俵」（同）。

634 泣く者をつれて行とや秋の風　七番日記

小児

[訳]泣いている子どもを連れ去って行くとか言うよ、秋の風が。[年]文化九年。[解]泣いている者はだれだ、秋風に連れていかれてしまうよ、と子どもをいさめる。さびしく吹く秋風のイメージから外れて、鬼と同じ役割を果たすとみる秋風のとらえ方が新しい。

635 行先も只《ただ》秋風ぞ小順礼　七番日記

[訳]行く先もただ秋風が吹いているだけだぞ。[年]文化十年。[解]願掛けで神社仏閣や聖地をめぐる子どもの順礼だろう。社寺に神様がいるわけではなく、秋風だけが吹いている。いたいけな姿が気になる。文政三年「鬼灯《ほほづき》や七ツ位の小順礼」（梅塵本八番日記）も、いたいけな子どもの順礼を詠んだ作。

636 秋風に歩行《あるい》て逃る蛍哉　　七番日記　志多良

【訳】秋風の冷たさに、歩いて逃げる蛍であるなあ。【年】文化十年。【解】蛍は夏、生き延びたのはいいが、早くも吹く秋風に飛ぶことができない。「歩行て逃る」に句眼がある。季節を間違えたものの哀しみに、飛べなくなってしまった老いの悲しみも加わる。【参】『八番日記』にも収載。

637 かな釘《くぎ》のやうな手足を秋の風　　句稿消息　志多良

【訳】金釘のような固く骨ばった手足を吹き抜けて行く秋の風。【年】文化十年。【語】かな釘のやうな―固くやせ細っていることの喩え。この年三月作「金釘のやうな蕨《わらび》も都哉」（七番日記）。「かな釘」を「ボウフラ（孑孑）」をいう信濃の方言として「衰弱した身体つきの形容」とみる説も興味深い。【解】善光寺で病臥《びょうが》してやや回復後、「つえにすがりて、霜がれの虫の這ふやうに」（志多良）、長沼（長野市東北部）に向かう途中、吉田にある善敬寺辺りを過ぎた折の作。吹きぬける秋風の冷たさは、西行が「心なき身にもあはれは知られけり」と詠んだ「あはれ」を越えて、金釘のようにやせ細って固まった身体に錐《きり》をもみ込むようにつきささる。この句に続いて「やま国のならひ、俄《にはか》に空かき曇りて、北山おろし雨を吹きとばして」と激しく吹く秋風の様子を記している（志多良）。【参】

『希杖本一茶句集』では、「桂好亭にわづらふこと七十五日」の前書で、下五「秋の暮」。桂好亭は善光寺の上原文路の屋敷。ここで癰《よう》を病んで療養していた。

638 秋風やつみ残されし桑の葉に　七番日記

松宇婦人没

訳秋風が吹いているよ。摘み残した桑の葉に。年文政元年。解七月上旬の作。前書の「松宇」は長沼（長野市）の門人松井善右衛門。その妻の他界を追悼する句。桑の葉は春の季語。養蚕のために葉を育てるが、婦人が亡くなってしまったために葉が摘み取られていない。残った葉に秋風が吹き、哀しみをあらたにする。

639 秋風やむしりたがりし赤い花　おらが春

さと女卅五日　墓

訳秋風が吹いているよ。思えば娘がむしりたがっていたなあ。赤い花を。年文政二年。解六月二十一日に他界したさと女の三十五日墓参の句。秋に咲く赤い花は、曼珠沙華《まんじゅしゃげ》だろう。この花の意味は「天上に咲く」で、今はこの世にいない娘を思うにふさわしい。彼岸花ともいうこの花が、早世してしまった愛娘さとが花をむしっていたしぐさを思い

――出させて、悲しみを誘う。「赤」は命の象徴でもある。【参】三男石太郎の三七日に「九十六日のあひだ雪のしら〳〵しき寒さに逢て、此世の暖さをしらず仕廻ひしことのいた〳〵しく、せめて今ごろ迄も居たらんには」の前書で「赤い花こゝら〳〵とさぞかしな」（八番日記・文政四年）の作がある。

640 **淋しさに飯をくふ也秋の風**　文政句帖

――【訳】淋しさを感じて飯を食っているのだよ。吹き抜けて行く秋の風。【年】文政八年。【解】空腹が淋しさの原因ではないが、なぜか淋しいから飯を食う。併記する「淋しさや西方極楽浄土より」と合わせてみれば、死の予感からくる淋しさだとわかる。芭蕉「あさがほに我は食《めし》くふおとこ哉」（みなしぐり）をふまえた句作り。

野分　野の草を分けて吹く風の意。台風など秋の暴風をいう。『源氏物語』『枕草子』等の古典文学作品では、翌朝の荒れた景に興趣を覚えることになっている。

641 **ほつ〳〵と馬の爪切る野分哉**　文化句帖

――【訳】ほつほつと音を立てて馬の爪を切っている。折しも吹き荒れる野分の風よ。【年】文化元年。語ほつほつと―擬音語として読むか、擬態語として読むか、濁音「ぼつぼつ」と読むか、半濁音「ぽつぽつ」と読むかで印象が変わってくる。解馬の爪は、よく切れる鎌で切る。野分は台風の風だから、一過性の嵐。そんな日にわざわざ切れ味の良い鎌で馬の爪を切ることもないが、嵐が吹き荒ぶ音と「ほつほつ」という音が交響することに不思議な感動を覚えたのだろう。嵐雪に「ほつ〱と喰摘《くひつみ》あらす夫婦《めをと》かな」（玄峰集）、惟然に「新麦かさらばこぼれをほつ〱と」（三河小町）の用例がある。これらからは、擬音語として用いていた様子がうかがえる。参享和三年「ほつ〱と二階仕事や五月雨」（享和句帖）は、胡蝶の「ほつ〱と楳《うめ》の実煮るよ五月雨」（犬古今）に酷似する（遠藤誠治「一茶の句作態度」）。

霧・秋霧　同じ自然現象でも春は霞、秋は霧と使い分けるが、とくに強調して使うときに秋霧という。

642 秋霧や河原なでしこりんとして　連句稿裏書

訳河原いちめんを覆っている秋霧よ。そこになでしこがりんと咲く。年文化四年。語河原なでしこ―河原に咲くナデシコ。秋の七草のひとつ。解文化元年作「秋霧や河原なでしこ見ゆる迄」の下五を改訂。等類とも思われるが、改訂によってなでしこの姿に焦点が定まった。

643
山霧や声うつくしき馬糞かき　文化三―八年句日記写

訳山を覆う霧よ。どこからかうつくしい馬糞かきの声。年文化四年。語馬糞かき―馬小屋（馬房）を掃除する人。解馬の世話をする人は野卑だと思い込んでいたが、霧のなかから美しい声でうたう馬子唄が聞こえてきたのだろう。日々の生活のなかでの発見が楽しい。参「連句稿裏書」にも記録されている。

644
有明や浅間の霧が膳をはふ　株番　七番日記
軽井沢

訳薄月が残る有明よ。浅間にかかった霧がわが膳のあたりに這うようにおりて来る。年文化九年。解帰郷する途中の浅間山麓軽井沢あたりでの作。浅間山の霧という大自然と朝餉の膳に向かうという旅人の日常が奏でる、さわやかでささやかなハーモニー。軽井沢には遊郭があったから、そこの朝餉風景と見ることもできる。

露・白露・夕露・夜露　空気が冷えて水蒸気が水滴になり、草木や地面などに付着した自然現象。単独で用いるときは秋季。白露は二十四節気の一つ。夕露は夕方、夜露は夜におりる露。はかないものの代表で、人の世や涙などを表象する。

645 白露のかた袖に入《いる》朝日哉　しぐれ会集

訳白い露をおいた片袖に差し込むまばゆい朝日よ。年寛政十一年。語白露の袖―前関白「むさし野や人の心のあさ露につらぬきとめぬ袖の白玉」（新勅撰集）。解露の白と朝日の赤を対照的に描いて清新。露のもつ無常のイメージを朝日によって刷新した。片袖は片身の袖のない方を敷き、袖のある方をかけて寝た夜着として用いることもあった。一茶は、「片袖」にこだわって、晩年までこれを取り入れた句を詠んでいる。参享和三年「片袖に風吹通すかれの哉」（享和句帖）。同「片袖は山手の風や鳴千鳥」（同）。文化三年「片袖ははらはら雨や春がすみ」（文化句帖）。文政四年「片袖は月夜也けり梅の花」（八番日記）。

646 夕露やいつもの所に灯のみゆる　版本発句題叢　塵窪

仇野《あだしの》

【訳】夕べの露よいつものところに人を焼く火が見える。【年】寛政十二年。【語】仇野—化野《あだしの》。火葬場のあった地。灯のみゆる—自然に灯が目に入ってくる状態。【解】近くに夕べに結ぶ露を見て、遠くには毎日のように死者を焼く化野の火が見えてくる。化野を詠んだ題詠作だろうが、はかない命を思い、身の上をふりかえると無常観と孤独感が、わが身に迫ってくる。【参】上五「しら露や」（文政版）。

今迄は父をたのみに古郷へは来つれ、今より後は誰を力にながらふべき。心を引さかる丶妻子もなく、するすみの水の泡よりもあはく、風の前のちりよりもかろき身一ツの境界（涯）なれど、只きれがたきは玉の緒なりき

647
生残る我にかかるや草の露　　父の終焉日記

【訳】父に死なれて生き残ったわれにふりかかってくるよ、草の露が。【年】享和元年。【解】享和元年三月帰郷したが、父が病に臥し、亡くなってしまって、初七日を迎えた折の作。この間の事情を記した『父の終焉日記』は、父が発病した四月二十三日から五月二十八日までの看病日記で、父の終焉を看取り初七日を迎えるまでの自分と義母との葛藤をドラマチックに記している。「草の露」は自分の涙とする説もあるが、義母の薄情を喩《たと》えたものだろう。【参】この年（享和元年）の春興句は「花ぢやもの我もけふから三十九」と流行の歌を取り入れて明るい。

648 ちち母は夜露うけよとなでやせめ　文化句帖

訳父や母が冷たい夜露を受けさせるために撫でて子どもを育てたのだろうか。年文化元年。語せめ―「…しただろうか」の反語形。解蕪村句「鰒喰へと乳母はそだてぬ恨みかな」（落日庵句集）をヒントにして、一茶の継子意識から生まれた句作り。貧窮問答歌「われよりもまづしきひとのちちははうゑこゆらむ」（万葉集・巻五）の影響もあるだろう。文化六年の「旅せよと親はかざらじ太刀兜」（文化六年句日記）は、この句の変奏。

649 白露に気の付《つく》年と成にけり　文化句帖

訳白露が結んだことに気がつく年齢になったものだなあ。年文化三年。解白露は世の無常の象徴。それに気づく年齢になったことを自覚。無我夢中で生きてきて、ふと振り返ると初老。江戸期は四十歳になると初老。参七月十日「晴　酉刻白雨」（句帖）。

650 おく露やおの〳〵翌《あす》の御用心　文化五年八月句日記

訳露がおりたよ、おのおの方、明日の身の上にご用心あれ。年文化五年。解明日は露と消えるはかない身の上であることを自覚しなさい、と芝居がかって言うおかしさ。一番気づかないのは、そう言っている本人。参同じ頃に「白露や〳〵とて腮《あご》に杖」。

651
露の世の露の中にてけんくわ哉　七番日記

訳はかなく消えてしまう露のような世の中、その中で喧嘩しているとはなあ。年文化七年。解ふだんは無常の世だと自覚することはないが、死を前にするとそれを自覚せざるを得ない。儚《はかな》く消える身は争う暇などないはずだが、との思いがよぎる。そう感じながらも、一茶は父の遺産をめぐって義母や義弟と争った。参八月二十五日の作。「晴　辰ノ今月今日海上破舟　死人菩薩志スル人有」。同日に「阿弥陀仏／露の世と世話やき給ふ御舟哉」（七番日記）。文政四年に「露の世とおしやる口より喧嘩哉」（八番日記）。

652
白露は康《やす》よりどのゝ宝かな　七番日記

訳はかなく消えてしまうがうつくしく結ぶ白露よ。これぞ平康頼どのの宝だなあ。年文化七年。解軍記物語を取り入れた作。『平家物語』や『吾妻鏡』によれば、平康頼（一一四六年没か。七五歳）は、源頼朝の父義朝の墓を建てて、その菩提《ぼだい》を弔ったことで後白河上皇や平清盛に取り立てられたが、僧俊寛らと鹿ケ谷で平家追討を図ったとして配流された。その後、清盛に許されて洛東双林寺に住み、平家滅亡後は頼朝から引き立てられた。有為転変の激しい生き方をした康頼にとって、無常を象徴する白露だけが宝物というほかない。康頼は仏教説話集『宝物集』の著者とされている。参八月十日の作。「我門の宝もの也露の玉」と併記。

653 白露にざぶとふみ込む烏哉　　七番日記

訳しらつゆがおりているよ。ざぶと踏み込むのは烏だなあ。年文化八年。解烏は死者が出ると鳴くという。白露は無常の象徴。これらを取り合わせると虚無的になりがちだが、中七「ざぶとふみ込む」によって逆に生き生きした初秋の風景に転じた。

654 露はらり〳〵大事のうき世哉　　七番日記　株番

訳露がはらりはらりと散って行く。一大事の憂世だなあ。年文化九年。語うき世―浮世と憂き世を言いかけて、浮ついた世と辛い世の両義で用いる。解七月には「露はらり〳〵世の中よかりけり」と詠む。露のようにはかない世であり、それこそが一大事の憂き世（浮き世）であるから、そこに生きるほかないのだ、との思いがこめられている。参同年に「露の世や露の小脇のうが《鵜飼》ひ達」（七番日記）、「露の世や露のなでしこ小なで

「しこ」(同)等の作もある。

秋

655 露ちるやむさい此世に用なしと　句稿消息　七番日記

訳露が散って行くよ。この世で役にたたないものと。年文化十年。解成美はこの句を「観相かぎりなし」と高く評価した(句稿消息)。「むさい」は、「不潔で不快」と「卑しく下品な」の両方の意がある。江戸浅草蔵前の札差(金融業者)だった成美は、一茶よりさらに「むさい」と感じてこの世を生きたのかもしれない。はかない露よりもこの世はもっとはかないが、露は美しく散り、この世は「むさい」まま。参この句と「秋風やまだかく\と枕吹」を併記し、「立秋　病中」と前書する(志多良)。

656 越後馬夜露払《はらひ》て通りけり　七番日記

訳越後から来た馬が夜露を払って通って行く。年文化十年。解信濃馬は朝廷に献上された歴史をもつが、越後馬は農耕専用の馬だったのだろう。その馬が身ぶるいして、夜露を払って通り過ぎる姿はあわれ。越後からきた遠路の旅の労を思いやる。

657
白露や茶腹で越《こえ》るうつの山　七番日記

訳白露がおりているよ。茶腹で不風流に越える宇津の山。年文化十一年。語うつの山―東海道、丸子宿から岡部宿に越える途中の山。難所。宇津の谷峠とも。十団子が名物。「家毎に十団子を売る。其大さ赤小豆ばかりにして、麻の緒につなぎ、古へは十粒を一連にしける」(東海道名所記・宇津の山)。解許六の有名な句「十団子《とをだご》も小粒に成ぬ秋の風」の前書は、「宇津の山を過て」(五老井発句集)。これをふまえて名物の十団子を食べてたっぷりお茶を飲んだので、茶腹で越えることとなったと揶揄《やゆ》。白露から玉露を連想、その連想から茶腹をイメージ。和歌的伝統では、蔦の細道の風流な峠、白露もあわれだが、茶腹ではそう感じる余裕もなく滑稽。伊勢物語の業平の面影をかりて、滑稽な人物に仕立て直した。

658
いざさらば露と答《こたへ》よ合点《がってん》か　七番日記

訳いざさらば。露と答えなよ。合点したか。年文化十一年。語露と答よ―「白玉か何ぞと人の問ひしとき露と答へて消えなましものを」(伊勢物語)。解芭蕉「いざ行む雪見にころぶ所まで」(笈の小文)に対する答え。合点は優れた句につける点から転じて、承知したことをいう。古典(伊勢物語)をふまえながら、涼莵の辞世句「合点じや其暁のほと、ぎす」（随斎筆紀に引用）をかすめての句作り。「合点」という語勢によって、露と消えるはかなさまで打ち消してしまいそうなところがおかしい。参『文政版一茶句集』に「男女私にちぎりて夜ひそかに逃行を教訓して」と前書、上五「人問ば」として収載。

659
玉になれ大玉になれけさの露　七番日記

訳まるい玉になれ、大きな玉になれ、今朝の露。年文化十二年。解大きな玉になったところで、露は夕べには消えてしまう。子どもが「ナニナニになあれ」とかわいらしく願い事を唱える口調をかりて、「露のようにはかない」ならば、いっそもっと大きくなれと呼びかけた。

660
世〔の〕中よでかい露から先おつる　七番日記

訳世の中の常だよ。でかい露から先ず落ちるのだ。年文化十三年。解露のはかなさから無常を観じてきた伝統をふまえ、大きな露から先に落ちるという自然の理を重ねて、世の中で威張っている人ほど先に無常に落ちて行くと風刺した。俗語「でかい」の使い方がおもしろくインパクトがある。十二月には「見よとてやでかい露から散じたく」と詠み、大きくなればなったで早く散って行くしかない、という道理を詠んでいる。【参】同じ頃「けふからは見るもお《を》がむも草の露」。

661 身の上の露ともしらでほたへ《え》けり　　七番日記

【訳】身の上ははかない露に等しいのに、いい気になってつけ上がっているよ。【年】文化十三年。【語】ほたえる―ふざける。つけあがる。【解】自戒した句か、知り合いの傲慢《ごうまん》さに腹を立てた句かわからないが、下五が活きている。蕪村に「己が身の闇より吼《ほ》えて夜半の秋」（蕪村句集）があるが、一茶は俗な人間が自らの俗を自覚できないでいることにいらだつ。【参】同時に「老人に云／ばかいふな何の此世を秋の風」「老が世に桃太郎も出よ捨瓢《すてひさご》」。

662 我庵《いほ》は露の玉さへいびつ也　　七番日記

【訳】わが住む庵では丸い露の玉さえいびつだなあ。【年】文化十年。【解】露の玉は、あわれの象徴で丸いはずだが、いびつな庵にはいびつな露が結ぶ、と見るのが不思議でおもしろい。同じ頃「丸い露いびつな露ぞいそがしき」「我庵は露のでかいを自慢哉」などとも詠む。いびつは「いびつなり」（形容動詞）で、文化十一年「我里はどうかすんでもいびつ也」（七番日記）、文政元年「我家はどうかすんでもいびつ也」（同）、「蓮の葉に此世の露はいびつ也」（八番日記）などと詠む。参同時に「白露の上も大玉小玉かな」「一升でいくらが物ぞ露の玉」「露だぶりおくやことしも米の飯」。

終に六月廿一日の蕣《あさがほ》の花と共に、此世をしぼミぬ。母ハ死貌《しにがほ》にすがりて、よゝよゝと泣もむべなるかな。この期に及んでハ、行水のふたたび帰らず、散花の梢にもどらぬくひごとなどとあきらめ貌《がほ》しても、思ひ切がたきハ恩愛のきづな也けり

663
露の世ハ露の世ながらさりながら　おらが春

訳露のようにはかない身の上だと思ってはいるが、しかしそうは言っても。年文政二年。語前書「愛子を失ひて」（文政版）。解六月二十一日に早世した愛娘さとの死を嘆き悲しむ挽歌。この世を「露の世」だと悟っているつもりでも、娘の死は納得できないし、悟ることができない。割愛した長文の前書の前半は、歓楽極まりて哀情多しが世の常であるとし、愛娘さとの疱瘡《ほうそう》神を追い出して、回復の兆しがみえたと叙している。発想が似た車両の「露の世と見えてさつさと蓮の花」（世美塚）の句があるが、「露の世」の繰り返しが言葉では言いあらわせない一茶の無念と悲しみを伝え、「さりながら」の余韻・余情を読者も共有することができる。なお、文化十四年五月三日「悼」の前書で詠んだ「露の世は得心ながらさりながら」（七番日記）は、長男千太郎を追悼した句である。

稲妻　稲妻は夜空に走る雷鳴を伴わない電光。「稲の妻」だから豊作の予兆と信じられていたことによる。同じ現象である電《いなびか》り（稲光）は江戸期では雑。

664 稲妻やうつかりひよんとした顔へ　七番日記

訳稲妻が光ったよ。もうかりひよんとした顔へ。年文化十一年。解芭蕉句「夕顔にみとる、や身もうかりひよん」（続山井）をふまえて、稲妻が照らし出す物忘れ顔をとらえた作。うつかりひよんは、「うつかりして忘れる事」の意で、「猫にかつほも花に鳥ながらうつかりひよんと心とめねば下駄履かへつ扇わすれつ寝よとの鐘に帰去来」（俳諧無門関）のように使うが、句に取り入れることは少ない。

665 稲妻や一もくさんに善光寺　七番日記

訳稲妻が光ったよ。一目散に向かって行く、先は善光寺。年文化十二年。解実際に善光寺の方角に稲光が走ったのだろうが、善光寺信仰が背景にあったのだろう。稲妻を擬人化した「一もくさん」に句眼がある。「牛にひかれて善光寺」ならぬ「稲妻にひかれていちもくさんに善光寺」という遊び心から生まれた作である。

666 稲妻に並ぶやどれも五十顔　八番日記

訳稲妻が一瞬光り照らし出された顔は、どれも五十歳の老顔《おいがお》。年文政三年。解芭蕉翁は「稲妻にさとらぬ人の貴《たつと》さよ」（をのが光）と詠んだが、それを知ってか知らずか五十歳になっても悟らない人ばかりが並んでいる、と笑いを誘った。当時の五十歳は老齢。論語に拠れば、「五十にして天命を知る」年だが、どうもそんな風には見えない、とユーモラス。

花野・秋の原　萩《はぎ》・桔梗《ききよう》・女郎花《おみなえし》・葛《くず》の花・藤袴《ふじばかま》・撫子《なでしこ》・野菊・竜胆《りんどう》などが咲いている野原。秋の原も同じだが、花野の方が華やか。

667 今迄は踏れて居たに花野かな　秋顔子

訳今まで踏みつけられていたのに、秋になって花が咲く野となったことだよ。年寛政二年。解「踏まれて居たに」が眼目。踏みつけられていたものでも、いつか花が咲くという希望が託されている。花野は秋の野だから、同じく花が咲いても春の野にくらべてどこかさびしいが、春に咲かないならば、秋の七草のように野原いちめんに咲いてやろうという意地もある。参「秋顔子」は其日庵素丸の連句論書。一茶「汐浜を反故にして飛ぶ鵆《ちどり》かな」も入集。

668 先の人も何も諷《うた》はぬ秋の原　文化句帖

鎌ケ谷原

訳先人たちもどんな風にも歌わなかった秋の原。年文化二年。語鎌ケ谷原―現在の千葉県鎌ケ谷市。解「秋の原」は、和歌や俳句に詠まれなかったとみる一茶の優れた言語感覚から生まれた作。それほど、秋の原は殺風景。一茶の年次未詳句に「秋の原知つたらなんぞうたふ《唄》べき」（文政版）もある。水颯に「鵙《もず》鳴や雲陰さむき秋の原」（春鹿集）の句があるが、和歌の用例はみあたらない。「春の原」「春の野」「秋の野」は、いくらでも歌うのに不思議である。

棚経《たなぎよう》・迎《むか》え鐘《がね》・灯籠《とうろう》・送り火　盂蘭盆会《うらぼんえ》に精霊棚《しようりようだな》を前に僧侶がお経を読むこと、その時御霊《みたま》を迎えるために鳴らす鐘と迷わないようにかかげる灯籠。最終日に祖先の精霊を送るためにたく火。

669 灯《とう》籠《ろう》や消る事のみ先に立　文化句帖

訳灯籠の灯よ。みつめていると、消えてしまう事だけがまず思い出される。年文化元年。解家に釣る灯籠ではなく、大きな石灯籠だろう。思い出したくない記憶だけが甦《よみがえ》ってくることの不思議さと哀しさ。

670 里の子のおもしろがるか迎ひ鐘　連句稿裏書

訳里に住む子が面白がって鳴らしているのだろうか。迎え鐘を。年文化四年。語迎ひ鐘―旧暦七月十二日の霊祭りの日、祖霊を迎えるために鳴らす鐘。解村の子にとっては当たり前の鐘が里の子にとっては、珍しい。農村の祖霊信仰が里では失われつつあったのだろうか。やんちゃざかりの「里の子」には、迎え鐘も、おもちゃに過ぎない、と読むこともできる。

671 としとへば片手広げる棚経哉　七番日記

訳年はいくつか、と聞けば片手を広げる、棚経の坊さんよ。年文化十二年。解精霊棚の前でお経をあげてくれた子どもの坊さんに年齢を聞くと、片手を広げて五歳と示す。その幼いふるまいが、先ほどのお経とは似つかわしくない。可愛いらしくもおかしくもあり、「門前の小僧習わぬ経を読む」と感嘆。参文化十五年（文政元年）「としとへば片手

「出す子や更衣」（七番日記）。

672 **なぐさみに打としりつゝ迎鐘《むかへがね》**　七番日記

訳なぐさめに打つのだと知りながらも、鳴らす迎え鐘。年文化十二年。解なぐさみは、気休め程度の意。それでも、父母の御霊がこの世に帰って来るのではないか、とはかない夢をみる。参同時に「負《おう》た子が手でとゞく也迎鐘」（七番日記）、また「まづしくも家ある人やむかひ鐘」（遺稿）も同じ頃の作か。

673 **送り火や今に我等もあの通り**　文政九・十年句帖写

訳祖先を送る火をたいているよ。今すぐにおれもあの通りに送られていくのだ。年文政十年。解「我等」は複数形ではなく、自分自身のこと。死期を悟りたくはないが、やがては祖霊の一人にならなければならない。同じ頃、「生身玉《魂》やがて我等も菰《こも》の上」の作もある。

踊り　盆踊り。各地各様の踊りがあるが、もともとは祖霊をなぐさめるためのもの。

674
仇《あだ》し野の火の片脇にをどり哉　文化句帖

訳死人を焼く化野《あだしの》の火の片隅で踊りをしていることだよ。年文化元年。語仇し野―化野。徒野。京都の嵯峨の奥、小倉山の麓。火葬場があった。解化野の煙は、無常を象徴するが、死人を焼く火の明かりをたよりにして踊りに興じる人の哀れとたくましさ。人は死と隣り合わせて生きているが、それを受け入れて、この世を「踊る」ほかないという寓意もこめられている。参同年に「うら町の曲りなりなるをどり哉」。

675
六十年踊る夜もなく過しけり　文政句帖

訳六十年、踊る夜もなく過ごしてきたなあ。年文政五年。解還暦を迎え、人生をふりかえってみての感懐。村祭りの踊りの輪に加わることなく、どこへ行っても「よそ者」として生きてきた。大げさだが、古郷から切り離されてかろうじて生き延びてきたのだ、と改めてわが身をふりかえったのである。「身の程や踊て見せる親あらば」と併記。参文政八年に「踊日もなく過しけり六十年」（文政句帖）、「踊声母そつくり〳〵ぞ」（同）。

676
寝《ね》所《どこ》からならして出たり踊下駄　一茶発句鈔追加

訳寝どこから足を踏み鳴らして出たよ踊り下駄。年年次未詳。解「雀百まで踊りを忘れず」というが、祭りの笛に浮かれて、寝てもいられず寝床から足で拍子をとりながら踊り出た。一茶は文政八年には「踊る日もなく過《すご》けり六十年」（同句帖）と詠んでいるが、陽気に踊り出すこともあったのだろう。この明るさこそ一茶らしい。

角力《すもう》　奈良時代に始まった相撲《すまい》の節《せち》（旧暦七月）は、平安末期に廃絶したが、初期俳諧の歳時記で初秋の季語として登載して以降秋の季語として詠まれる。

677　投られし土俵の見ゆるゆふべ哉　享和句帖

訳投げつけられた土俵が見えてくる。さびしい秋の夕暮れ時だなあ。年享和三年。語土俵―辻相撲の際にも作る。各地で相撲が行われた。解「土俵」から、角力が連想され、これを季語とみた。「なげられし」で、負角力。「ゆふべ」も、秋の夕べだろう。「見ゆる」は自動詞。見たくないのに、自然に目が行ってしまう哀しさを相撲取りの身になって詠んだ作。大技のひとつ「投げ」で負けてしまったことが腑に落ちない力士に、秋の夕暮れのさびしさがいっそう身に染みる。

678 草花をよけて居《すわ》るや勝角力　文化三―八年句日記写

けふはとし毎の祭りなりとて、遠近《をちこち》群集す

訳草花を踏まないようにすわっているなあ。勝った力士は。年文化四年。解勝ち力士の余裕がやさしさを生む。各地で祭りの趣向として角力が興行された。几董の「やはらかに人わけゆくや勝角力」(続明烏)が下敷きにあったと思わせる句作り。参文化四年九月六、七日頃、中野市(長野県)安源寺での作。この頃、「ためつけて松を見にけり負角力」(連句稿裏書)と負けた力士を詠んだ作もある。

679 角力《すまふ》場《ば》やけさはいつもの細《ほそ》念《ね》仏《ぶつ》　七番日記

訳しらじらと見える角力の土俵よ。今朝はいつも通りの小声の念仏。年文化八年。解昨夜激しくぶつかり合った角力の土俵は、日常生活では念仏の場。一夜明けて転じたときの落差が、日々の営みの哀れと大切さを伝えている。

680 親ありて大《おほ》木《き》戸《ど》越《こゆ》る角力哉　七番日記

訳親がいるから堂々と相撲取りが大木戸を越えて行くのだなあ。年文化八年。語大木戸

―国境の出入り口に設置した関門。江戸では甲州街道の四谷、東海道の高輪にあった。解古郷で待つ親がいるから、大きな体の相撲取りが、いっそう大きく見える。親を亡くした一茶の羨望。親のある、なしは、しばしば歌謡で歌われた題材。「人は羨《け》なりや、親様二人、わしは入り日の、親一人」（山家鳥虫歌）、「親はこの世の、油の光、親がござらにゃ、光ない」（同）などの例がある。一茶が孤児意識をくりかえし詠むのは、こうした近世の流行歌謡の影響もあるだろう。

681 梟《ふくろふ》が笑ふ目つきや辻角力《つじずまふ》　七番日記

訳梟が笑っているような目つきをしているよ。辻角力を見て。年文化十一年。解辻角力は、素人の角力だから、真剣勝負でもどこか間がぬけている。梟はぎょろりとした目つきで愛想がないが、そんな角力を見て笑っているように見える。文化八年には「梟はやはり眠るぞ大角力」（七番日記）。と詠んでいるので、ふつうならば梟の関心事ではない。そこがおかしい。

682 負角力むりにげた〳〵笑けり　八番日記

訳負けた角力取り、むりやりげたげた笑っていたよ。年文政四年。解負けた力士の照れ笑い。「げたげた」の豪快な響きが豪快なだけに空しい。同じ頃「笑ふ《う》ては居《をら》れまいぞや負角力」（八番日記）と反省を促し、「わざと負けなど、口には角力哉」と客観視する。寛政四年「負角力其子の親も見て居るか」（寛政句帖）を嚆矢《こうし》に、文政八年「まけ角力直《すぐ》に千里を走る也」（文政句帖）に至るまで負角力を詠んだ一茶句は二十五。一方、勝角力を詠んだ句は十一句で、負角力にこだわったことがわかる。なお、これらを含めて角力を詠んだ句は九十余句。参同じ着想で同じ年に「投げられて起てげら〳〵角力哉」（八番日記）の作もある。

683
とが《咎》もない草つみ切るや負角力　　文政句帖

訳咎められるような罪もない草まで全て摘んでしまうよ。負けた力士は。年文政七年。
解「脇向て不二を見る也勝角力」とセットの句。勝者は負け力士を顧みず悠然と富士山を見るが、敗者は地面に這いつくばって、腹いせに草を引き抜く。同じ時、負角力を「妹が顔見ぬふりしたりまけ角力」、勝角力を「老角力勝ばかつとて憎まる丶」とも詠んでいる。蕪村「負くまじき角力を寝ものがたり哉」（続明烏）と対照的な几董「やはらかに人わけ行くや勝角力」（同）が思い出される。一茶には負角力を詠んだ句が勝角力を詠んだ句の二倍以上ある。参「関取が負たを本ンと思ふ子や」「年寄をよけて通すや角力取」など十三句角力句を併記。

かがし　獣の肉を焼いて串にさし、その臭いで鳥獣を退散させることをカガシというが、鳥獣をおどすために竹や藁《わら》で編んで田畑に立てた人形に代っていった。

684　姨《をば》捨《すて》はあれに候とかがし哉　　七番日記

訳姨捨はあちらでございますと案山子《かがし》が立っているよ。年文政元年。解姨捨山が月の名所となって、文人墨客や俳人たちが訪れた。その人々に、案山子の道案内が名所を教える様を想像させておかしみを誘う。

砧《きぬた》　槌《つち》で布を打って柔らかくする木や石の台で、打つ行為もいう。女性（とくに孤閨を守る妻）の夜なべ仕事として詩歌に詠まれ、その音は秋のもの悲しさを実感させる。

685　恋猫の片《かた》顔《がほ》見ゆる小夜砧　　七番日記

訳恋する猫の片方の顔だけが見えているよ。砧をうつ音が聞こえる夜に。年文化七年。語片顔―片方。一笑「南ゆく片顔黒き扇かな」（孤松）。解猫の恋は、春の季語で騒がしいが、秋の恋猫は、つつましい。片方の顔だけ見せて、砧を打つ音を聞いているかのようだ。恋と砧は連想語。参鬼貫「おもひあまり恋る名をうつ砧哉」（仏兄七久留万）。

686 鳴しかも母や恋しき小夜ぎぬた　八番日記

【訳】鳴く鹿も母が恋しいのだろうか、秋の夜中に砧を打つ音を聞いている。【年】文政二年。【解】鹿が妻を恋しいと鳴くのが和歌的な伝統で、鹿は秋の季語。「鹿も」と「しかも（その上）」を言いかけて、母が恋しいから鳴くのだろうか、と転じた。また、妻が夫を思って砧を打つという漢詩的伝統をふまえて、鹿が母を恋しがって砧を打つ音を聞いている、と恋の対象をずらしている。同じ頃の「母の日や壁お《を》がみつゝ小夜ぎぬた」も同じ着想。

687 子《こ》宝《だから》の寝顔見い〳〵砧哉　八番日記

【訳】子宝の寝顔を見ながら砧を打ってるよ。【年】文政三年。【語】子宝―「子は第一のたから」（明暦二年・せわ焼草）。「子ほどの宝何があろ」（享保三年・やぶにまぐわ）など。【解】子どもを宝として慈しむ母の愛情。はじめ中七「見へ〳〵」と客観的な句として詠んだが、「見い〳〵」と母がわが子をたびたび見ながら砧を打つと改めた。子の寝顔で仕事の疲れもいやされる。「子宝の多い在所や夕ぎぬた」と併記。

鹿・小《さ》牡《お》鹿《しか》　交尾期により秋季。和歌以来、牡《お》鹿《じか》（さおしかとも）が牝《め》鹿《じか》を求める高い鳴き声が哀れ深いものとして詠まれ、萩や紅葉などと取り合わせることが多い。

688 **さをしかの鳴ても暮る丶山《やま》家《が》哉**　文化句帖

[訳]小牡鹿が妻を恋うて鳴いているのに、早くもどっぷりと暮れてゆく山家よ。[年]文化元年。[語]さをしか—小牡鹿。おすの鹿。入野（鹿が分け入る野）の枕詞。鳴く鹿—猿丸大夫「奥山に紅葉ふみわけ鳴く鹿の声聞く時ぞ秋はかなしき」（百人一首）。[解]小牡鹿は、妻を恋して野に分け入る、あるいは人里離れた奥山に分け入って鳴く、というのが和歌的な風雅。それをふまえながら、釣瓶《つるべ》落としの秋の日が早くも暮れてしまった山家でも鳴く鹿のあわれ。[参]同時に「鹿鳴くや日は暮きらぬ山の家」「さをしかや恋初てより山の雨」「鹿鳴や雨だれさへも秋の体《てい》」。

689 **鹿の声仏は何とのたまはく**　文化五年八月句日記

[訳]妻呼ぶ鹿の鳴き声、仏様は何とおっしゃったか。[年]文化五年。[解]八月二十一日の作。同日に「鹿の身に成て鹿聞ひとり哉」。慈悲深い仏様ならば妻恋の鹿の鳴き声をうけとめて、応えてくれるだろうか。和歌的な伝統では妻問いする鹿の鳴き声は悲しいとする

―のだが、あまりの哀切さに閉口して、もう勘弁してくれよ、という気持ちで、煩悩から解放され解脱したと思われる仏様に問いかけた。

690 足枕手枕鹿のむつまじや　　七番日記

―訳 足枕し手枕する鹿の仲のよさ。年 文化十一年。解 鹿の寝姿はめったに見られないから、空想から生まれたものか、あるいは鹿に仮託した願望の作だろう。芭蕉「女《め》をと鹿や毛に毛がそろふて毛むつかし」（貝おほひ）が念頭にあったか。

鴫《しぎ》

チドリ目シギ科の鳥の総称。夏から秋にかけて飛来する渡り鳥で水辺に棲む。嘴《くちばし》も脚も長く、種類も多い。和歌以来詠み継がれてきた鳥。

691 立鴫の今にはじめぬゆふべ哉　　享和二年句日記

―訳 鴫が立った今から秋の夕べがはじまるよ。年 享和二年。解 西行「こころなき身にもあはれはしられけり鴫立つ沢の秋の夕暮れ」をふまえた秋の夕べの淋しさ。「ゆふべ」は、「夕べ」と「いふ《言》べ」の言いかけで、鴫が飛び立った秋の夕べからいっそうあわれさを感じると言う、の意。江戸時代、鴫は各地に棲んでいた。参 享和元年以前「つくづくと鴫我を見る夕べ哉」（西国紀行書込）。享和元年「里あれば人間ありて鴫の立」（享和二年句稿）。同年「鴫ども、立尽したり木なし山」（同）などのほか晩年の文政三年「立鴫や我うしろにもうつけ人」（発句題叢）、同八年「茶けぶりや鴫恋《こふ》鴫のひたと鳴」（文政句帖）など鴫を詠んだ句が五十句ほどある。

692 今しがた逢し人ぞよ鴫をつく　文化句帖

【訳】たった今、会ったばかりの人だよ。鴫を棒で突き刺している。【年】文化元年。【解】鴫を食用にしたのだろう。直前に出会ったときと変わらず平穏な顔をしているが、鴫を突き刺した棒を持っているから、この人が猟をしたに違いない。再会した人の直前の行いが想像できるが、それが予想外であったことの驚き。同じ頃の作に「鴫立やいつの御幸の筏《いかだ》ぞも」、「鴫鳴や鶴はいつもの松の丘」、「人は年とるべきものぞ鴫の立」がある。【参】蕪村「きのふ見し万才に逢ふや嵯峨の町」（天明二年冬几董宛書簡）。

693 鴫の立程は残して暮にけり　文化五・六年句日記

【訳】秋の日はつるべ落としだが、鴫が立つほどの余裕は残して暮れたよ。【年】文化六年。【解】有名な三夕の歌のひとつ「こころなき身にもあはれはしられけり鴫立つ沢の秋の夕暮れ」（西行）があるが、秋の夕暮れを惜しむだけの余裕を残して日が暮れた、と古歌をふまえての遊び。

一盛一衰、是春秋のならひ、おどろくはおろかなれど、虎嘯《うそぶ》きて風起りしも見たりし物から、俄《にはか》に鼠のあなう世の中のありさま、いたはしくぞ覚《え》へ侍る

694
鴫《しぎ》
立《たつ》や門の家鴨《あひる》も貰《もらひ》鳴《なき》　志多良

訳鴫が飛び立ってしまったよ。あとを追いかけて門のアヒルももらい鳴き。年文化十年。解敬愛した今井柳荘の三回忌を追善し、かつ柳荘の子息礒右衛門の命運を悲しみ、栄枯盛衰の非情さを詠んだ作。善光寺の代官職にあった父柳荘のあとを子息が継いだが、八月二十九日失脚。飛ぶ鳥を落とす勢いであったものが、追鳥狩で追われる鳥のように逃げる身となったことを述べた後、掲出した前文に続く。「鴫立つ」は和歌以来の風雅の象徴で、鴫が飛び立ったあとは秋のさびしさが一入《ひとしお》だと嘆じるのが通例。前書と句から、「鴫」は柳荘、「あひる」は、柳荘の子礒右衛門を擬《なぞら》えたものだろう。

雁《かり》・はつ雁　秋に渡来して春に北に帰る渡り鳥。一列をなして飛ぶさまを文字に見立てて雁字という。鳴き声からガンとも言われ、哀れ深いものとして和歌でも詠まれる。はつ雁は、その年初めて渡来した雁。

695
殺されにことしも来たよ小田の雁　享和句帖

訳殺されに今年もやってきたよ。小さな田に舞い降りた雁。年享和三年。解堅田落雁の風雅ではなく、雁を食う慣習をふまえて詠んだ。『俳諧職業尽』に、鳥うちを業とする人が登載されているように鳥は大事な食料。参同時に「鳥をとる鳥も枯野のけぶり哉」。

696
雁なくや平家時分の浜の家　文化句帖

訳雁が鳴いているよ。平家の時代からあった浜の家で。年文化元年。語平家時分—平安末期、平家が全盛を誇っていた時代。解雁の鳴き声は波の藻屑《もくず》と消えた平家への鎮魂歌。瀬戸内海沿いに栄華を極め、壇ノ浦で滅亡した平家のことが浜の漁師の家からも思い出される。平家滅亡の歴史を感じさせてくれる。

697
鍬《くは》の罰《ばつ》思ひつく夜や雁の鳴《なく》　文化三—八年句日記写

作らずして喰《くら》ひ、織らずして着る身程の、行先おそろしく

訳鍬で耕さないで生きる身の罰に思い至った夜だよ。雁が鳴いている。年文化四年。解農民の子に生まれた一茶がそれを放棄して生きることの恐れ。罪であるばかりか、罰が

あたる、と恐れた。雁は「仮」の世と言いかける。文化二年の「耕さぬ罪もいくばく年の暮」（文化句帖）も同じ思い。

698
大橋や鑓《やり》もちどのゝ迹《あと》の鴈《かり》　七番日記

訳大橋を渡っているよ。鑓もちどのの後にひと竿の鴈。年文化七年。解一茶の時代、深川大橋以前からあった両国橋を大橋と呼んでいたので、両国橋だろう。浮世絵にみる両国橋は、雁の列のように弓なりにかかっている。空を飛ぶ鴈の行列が、大名行列の鑓もちに続く大きな景色。なお両国橋の下流にある深川大橋（新大橋）は、長さ百八間（約百九十メートル）。参文化元年「両国橋より川下の方、浜町より深川六間堀へ架す。長さ凡《およ》そ百八間あり。この橋は元禄六年癸酉、始めてこれをかけ給ふ。両国橋の旧名を大橋と云ふ。故にその名によつて新大橋と号《なづ》けらるゝとなり」（芭蕉袖日記）。

699
田の雁や村の人数《にんず》はけふもへる　七番日記

訳田んぼの雁が増えたなあ。村の人の数は今日も減った。年文化八年。解秋になると雁が飛来して田んぼに降り立ち、数を増やしていく。その一方、秋から冬にかけて仕事がない北国の村人は出稼ぎに出るしかないから人口が減少する。風雅どころではない貧しい村の現実をあぶり出す。

700 けふからは日本の雁ぞ楽に寝よ　　七番日記　迹祭

訳今日からは、日本の雁だぞ。気楽に寝なさいよ。年文化九年。解雁は渡り鳥で秋に日本に飛来して越冬する。各藩ごとに州（国）意識が強かった時代、「日本」全体を国家と自覚した点が新しい。異国船の来航を知って、日本を一国として認知していたから、こうした句を詠んだのだろう。また、古学（国学）の影響で、漢・唐（中国）に対して日の本（日本）を意識したのだろう。古郷柏原から江戸へ戻った八月の作。参流布した句で、一茶真蹟とされる画賛に「外ヶ浜」の前書がある。『株番』にもこの前書で収載。江戸期、外ヶ浜は日本の最北端で、そこから先は異郷とされた。同じ頃「御仏の河中島ぞおりよ雁」。若き日の寛政七年に「冥加あれや日本の花物鎮守《そうちんしゅ》」（西国紀行）、中年の文化四年「花おの〳〵日本だましいさましや」（文化句帖）、老年の文政元年「日本の外ヶ浜迄おち穂哉」（七番日記）。

701 雁わや〳〵おれが噂を致す哉　　七番日記

訳雁がわいわいと鳴いている。おれの噂でもしているのだな。年文化九年。解雁も自分も等価な生き物とみての作。「おれが噂」という自意識過剰がおかしい。同時に「死迄《まで》もだまり返て小田の雁」「小田の雁我通てもねめつける」の作もある。

702
かしましや将軍さまの雁じ《ぢ》や迚《とて》　七番日記
小梅筋

訳うるさいことだ。将軍さまの雁だからと言って。年文化九年。語小梅筋―江戸向島小梅町。解向島小梅町には、水戸徳川家の下屋敷があったので、将軍さまは、水戸徳川家。雁を将軍さまの家来に擬人化して、偉そうにしていると皮肉ったのだろう。この翌年には「かしましや江戸見た雁の帰り様」と同じように雁を擬人化して、今度は田舎者の騒々しさをなじっている。

703
鳴な雁どつこも同じうき世ぞや　七番日記

訳鳴くな雁どこも同じように憂き世だぞ。年文化十年。解雁に呼びかけて、自分自身にどこへ行っても辛い世の中だと納得させる。上五の命令調の呼びかけが効果的。文化十三年「なくな雁けふから我も旅人ぞ」（七番日記）は、雁も自分も同じ旅人の境遇にあると共感しての作。参中七「どつこも茨の」（句稿消息）。

704 雁よ雁いくつのとしから旅をした　　七番日記

訳 雁よ帰る雁よ、おまえはいくつの年から旅をしたのだ。年 文化十三年。解 雁に呼びかけて、自分が十五の歳のときから、ずっと旅をしてきたことをふりかえった作。上五の繰り返しの呼びかけがやさしい。最初、日記の一月十一日に記しているが、別に二月初旬にも記し、そのとき句の頭に「秋」と書き入れている。秋の季語「雁」とした方が、旅の辛さを味わうことになると思い直して句を詠んだ季節とは異なるが、秋の句としたのだろう。参 同じ頃に「帰雁浅間のけぶりいく度見る」（七番日記）。また「我家を置ざりにして帰雁」（同）、「立際になるやさつさと帰雁」（同）、「夫婦雁咄して行くぞあれ行ぞ」（同）、「帰雁花のお江戸をいく度見た」（同）など帰雁を詠んだ作が散見する。

705 はつ雁も泊るや恋の軽井沢　　八番日記

訳 初雁も泊まるだろうな。恋の軽井沢に。年 文政二年。語 はつ雁―初秋、北から渡ってくる雁。秋の季語。解 軽井沢には遊郭があったので「恋の軽井沢」と戯れた。『八番日記』に、この句の前に「雁鳴やなんなく碓井《氷》越たりと」、後に「雁急ゲ追分陰《かげ》る坂木てる」と記す。初雁が北上してくる様子を中山道沿いの碓氷峠以北の地名を入れて詠んだ連作のなかの一句。

渡り鳥　繁殖地と越冬地を別にする鳥で、秋に渡来して春に北に帰る鳥。俳諧題。毎年決まった季節に飛来し、去って行く。

706 どふ《う》追れても人里を渡り鳥　八番日記　おらが春

訳どう追っ払われても人里を渡って行く渡り鳥。年文政二年。解渡り鳥は人から追われても、人里から離れられない。自分の生き方と重ねた作、破調がかえって哀しみを誘う。可候の「春風やどう吹れても人の顔」（七番日記・文化十年二月に所引）をヒントにしたのだろうが、渡り鳥に人生を仮託した分、味わいが深まっている。「世渡りの氷柱下ルや天窓《あたま》から」、「どれ程の世をへるとてか寒の水」と併記。同じ年に「行な雁住ばどっこも秋の暮」と雁に呼びかける。「喧嘩すなあひみたがひの渡り鳥」もこの年の作。

秋蟬　和歌ではほとんど詠まれなかったが漢詩では詠まれ、初期俳諧から「はかないもの」として声やぬけがらが詠まれた。

707 秋蟬の終《つひ》の敷《しき》寝《ね》の一葉哉　文化五・六年句日記

訳秋蟬が終の棲家として眠る一枚の葉よ。年文化五年。解祖母の三十三回忌の法要を営むため、七月二日、晴天の柏原に帰郷した折の作。古郷に帰って薄い一枚のふとんで詫び寝する無用者の自分を秋蟬に喩《たと》えた。

日ぐらし 夜明けや夕暮れにカナカナと鳴く蟬。さびしさを感じさせるものとして和歌でも詠まれた。

708 日ぐらしや急に明《あか》る湖《うみ》の方　文化五・六年句日記

訳日ぐらし蟬が鳴き始めたよ。急に明るくなった湖の方で。年文化六年。解七月十七日、野尻湖（北信濃にある湖）での作。「福島勝楽寺法談」（長野県須坂市福島）と日記にあるので、同寺の住職（浄土真宗）の説法を聞いて、悟るところがあったのだろう。一茶は浄土真宗の信者だった。同日に「日ぐらしの爰《ここ》を瀬にせん一ツ島」。

蜻蛉《とんぼ》・赤蜻蛉 トンボ目に属する昆虫の総称。和歌での蜻蛉はカゲロウ。赤蜻蛉はアカネ属のトンボの総称。

709
夕日影町一ぱいのとんぼ哉　西国紀行書込

訳夕日が赤々と町を照らし、町中いっぱいに飛んでいる赤とんぼたちよ。年寛政十年。語夕日影―夕日の光。歌語。とんぼ―もともとは「とんぼう」（蜻蛉）。あきつは、とんぼうの異名。解中七「町一ぱい」は、「夕日影」と「とんぼ」の両方にかかる。ふだんは貧しい町が幻想的な風景に変わった夕暮れの至福の時。北村季吟が編んだ季寄せ『山之井』（正保五年刊）に「むさし野にけさ一杯のかすみ哉」があるので、初期俳諧から学んだ習作かもしれないが、群れて飛ぶ「とんぼ」に実感が伴う。参柯尺「雪とけて町一ぱいの子ども哉」（三韓人）は、一茶の代作。一茶五十二歳「雪とけて村一ぱいの子ども哉」（七番日記・文化十一年）がある。

710
うろたへな寒くなる迚《とて》赤《あか》蜻蛉《とんぼ》　文化句帖

訳うろたえるなよ寒くなっても燃えるような赤い衣の赤蜻蛉。年文化元年。解赤蜻蛉の色をほめて励ます。上五「うろたへな」と俗語で呼びかけるのが面白い。「迚」は漢詩文的な表現で、和歌でも取り入れて、土御門院「浮世にはかゝれとてこそ生れけめことはり知らぬ我涙哉」（続古今集）のように詠んだ。一茶は、文化二年「秋の山活て居迚うつ鉦《かね》か」（文化句帖）、同七年「ナベズミのかゝれ迚しも菫哉」（七番日記）など、俗語とぶつけて「迚」を用いて詠んでいる。【参】文政二年「正月や夜は夜迚うめの月」（文政句帖）は、囀斎の「釣葱夜は夜とて目にさはる」（美佐古鮓）が念頭にあったにちがいないとする説もある（遠藤誠治「一茶の句作態度」）。

711 日短かは蜻蛉《とんぼ》の身にも有にけり　文化三—八年句日記写

秋の日の袖に傾けば、かへる期のせかされて、もと来し道をいそぐ

【訳】日が短いのは、蜻蛉のようにすぐ帰る身にも同じようにあるものだなあ。【年】文化三年。【解】上五「日短か」は冬の季語だが、この句では秋の日が暮れるのを早いことをいう。前書と句で、帰る場所がない自分を「とんぼ返り」に見立てて戯画化した。同時に詠んだ「又人にかけ抜れけり秋の暮」は、祭礼を見た帰りの作。実景句だが、人生の敗者になることの悲しさと秋の淋しさが重なり合う。

712 そば所と人はいふ也赤蜻蛉《とんぼ》　連句稿裏書

【訳】信濃は蕎麦《そば》の名産地ですねと人は言うのだなあ。赤蜻蛉よ。【年】文化四年。【解】蕎麦のほか名産がない瘦《や》せた土地だと他人様はいう。けれども我が国の旧名「あきつしま」の由来となった赤蜻蛉がたくさん住んでいる。慰めにならない他人の言葉をかりて、赤蜻蛉

に呼びかけ、自分を納得させるところがユーモラス。八月十九日の作。同時に「とんぼうの赤きは人に追れけり」とも詠んでいる。

713
蜻蛉《とんばう》の尻でなぶるや角田川　七番日記

訳とんぼの尻でからかっているのだろうか。角田川。年文化十年。解実際には、とんぼが卵を産むために隅田川の水面で尻を何度も上げ下げしている風景。それを「なぶる」と見るのが新しい。大いなる流れと小さな命の営みが交響する楽しさ。参下五「秋の草」と併記する（七番日記）。初案は「秋の草」か。なお、『句稿消息』では下五「大井川」。

714
蜻蛉《かげろふ》も起てはたらく夜川哉　七番日記

訳蜻蛉さえも起きていて働いているよ夜中の川だよ。年文化十一年。解夜川は、夜中の川。鵜飼や漁猟などがなされている夜の川をいうことが多いので、篝火《かがりび》が焚かれているのだろう。蜻蛉もその光に誘われて舞っていることを「起てはたらく」とみた。はかない蜻蛉でも、生きて働く命の尊さ。参文化十三年「御仏の花も一枝夜川哉」（七番日記）。

715 遠山が目玉にうつるとんぼ哉　八番日記

訳 遠くの山が目玉に映っている、とんぼの姿よ。年 文政三年。解 とんぼの目は複眼で大きい。そこに遠くの山が映っているから、遠山も身近に迫ってくる。ちっぽけな命のとんぼの持つ不思議さに心を動かされたのだろう。とんぼの目玉をじっくり見る観察眼から生まれた作。

蛼《こおろぎ》 バッタ目コオロギ科の昆虫の総称。「こほろぎの織《はたおり》の火に入るは恋ゆゑ」という（本朝文選）。

716 蛼《こほろぎ》のふいと乗《のり》けり茄子《なすび》馬　七番日記

訳 こおろぎがふっと飛び乗ったよ、茄子馬に。年 文化十二年。解 茄子馬は、盂蘭《うら》盆《ぼん》に祖先の精霊が乗ってこの世に来るために、作った馬。茄子を胴体にして手足を添える。「ふいと乗る」が、祖霊信仰につながる生命の躍動感をとらえていて妙で、この句の眼目。瓜でも同じような馬を作ったので、同じ頃「瓜の馬くれろ〳〵と泣く子哉」の作もある。どちらも盂蘭盆会を詠んでいるので、隠れた季語は「魂祭」。

きりぎりす・はたおり虫　秋の草地などで鳴くコオロギ科の昆虫。平安和歌以来、キリギリスとして詠まれた多くは蟋蟀《こおろぎ》。秋の情趣を代表し、人の世の哀れとも重ねられる。はたおり虫は、きりぎりすの異称。ギーチョンと鳴く声が機織りに似ていることから命名された。

717 小便の身ぶるひ笑へきり〳〵す　　西国紀行書込

訳小便したあとの身ぶるいを笑え、きりぎりすよ。年寛政年中。解友とするものがなく連れ小便さえできないが、立小便した後の爽快感は格別。きりぎりすよ、こんなおれを笑ってくれ、と呼びかける。「身ぶるい」がリアルで、ユーモラス。其角の発句に「僧と咄《はな》し明して／小便に起ては月を見ざりけり」「はつ雪に此小便は何奴ツぞ」「小便も覚《かけひ》にあまる五月かな」等がある。連句で小便を詠むのは宗因の頃からだが、発句で堂々と詠むのは其角。それに倣ったか。参寛政四年「船頭よ小便無用浪の月」（寛政句帖）。文化九年「小便の滝を見せうぞ鳴蛙」（七番日記）。同十一年「ちる霰立小便の見事さよ」（同）。文政五年「小便の穴だらけ也残り雪」（文政句帖）。同八年「両方に小便しながら御慶哉」（同）など小便を題材にして詠んだ二十数句がある。

718 蛬《きりぎりす》きり〳〵死もせざりけり　文化句帖

訳きりぎりすよ。きりきりまいして死ぬこともなかったなあ。年文化二年。解「蛬」と「きりきり死」を言いかけて、せわしく生きて無駄死にしなかったとする。言葉遊びを楽しんだ作だが、きりきり舞いして死ななかった、とすることに蛬への同情が感じられる。同時に「蛬なけとてもやす芦火哉」。

719 涼風や力一ぱいきり〳〵す　七番日記

訳涼しい風が吹いているよ。力いっぱい鳴くきりぎりす。年文化七年。解六月十一日、江戸久松町の松井宅での作。きりぎりすは、現在いうこおろぎ。涼しくなって秋を感じると出番とばかり鳴く。小さき虫の意地。口語「力一ぱい」は連句（付句）の用例があるが発句ではほとんど使われない。

720 蛬《きりぎりす》さがし歩くや庵の棚　七番日記

訳きりぎりすが探しまわるよ。庵の棚の間を。年文化七年。解この蛬も、現代でいうこおろぎ。鳴くきりぎりすは、藤原忠房「蟋蟀《きりぎりす》いたくな鳴きそ秋の夜の長き思ひは我ぞまされる」（古今集）のように恋の思いを託されて詠まれた和歌的風雅。蛬が動き回る音は和歌では詠まれないし、俳諧でも詠まない。庵主の棚には何があるかわからないが、何かを探し歩いている。蛬がごそごそと動く気配がする不気味さを詠んで新しい。【参】同年八月一日に「秋風や腹の上なるきりぎりす」（七番日記）。

721 蛬《きりぎりす》せんきの虫も鳴にけり　　七番日記

【訳】きりぎりすが鳴くと疝気の虫も一緒に鳴いているよ。【年】文化九年。【語】せんきの虫―疝気の虫。腹痛を起こす原因と考える虫。大腸や小腸など内臓に原因があって下腹部に激痛が走る。【解】藤原良経「きりぎりす 鳴くや霜夜の さむしろに 衣かたしき ひとりかも寝む」（百人一首）は有名な恋の歌だが、下腹部の激痛を伴う虫も鳴いていては、恋どころではない。恋の虫よりも腹の虫に左右されることのおかしさ。許六に、疝気ときりぎりすを取りあわせた「疝気《せんき》持腰骨寒しきり〳〵す」（五老井発句集）の作がある。

722 猫の飯打ちくらひけりきりぎりす　　七番日記

【訳】猫の飯をくっているよ。きりぎりすが。【年】文化九年。【解】中七「打ち」は接頭語で、「喰」を強調する。討死、討ち果たすなどをイメージさせる誇張表現が、きりぎりすが

―猫飯に必死で食らいつく様を想像させて、おかしみを誘う。

723 野ばくちや銭の中なるきり〳〵す　七番日記

訳野原で博打《ばくち》しているよ。銭が飛び交う中に逃げまわるきりぎりす。年文化十一年。解野原で傍若無人に振る舞う博徒たちに、きりぎりすはきりきり舞い。ふだんなら草に居るきりぎりすが銭の中を逃げ回る。「逃げしなや瓜喰欠《うりくひかい》てきりぎりす」と併記。

724 苦の娑《しや》婆《ば》や虫も鈴ふるはたを《お》ゝる　七番日記

訳苦しい世の中だなあ。虫さえも鈴をふり、機をおるのだから。年文化十一年。解この句と同じ年、まったく逆に「世がよしや虫も鈴ふりはたを《お》ゝる」（七番日記）と詠むのは、不可解。同じ頃「親ありや子ありや虫もはたを《お》ゝる」「おるはたの下手は虫にもありにけり」「下手虫のちよん〳〵機をおりにけり」など機織り虫を素材に句を詠んでいるから、機織り虫や鈴虫に託して現世を詠んだことは確か。

725 寝返りをするぞそこのけ蛬《きりぎりす》　七番日記

訳寝返りをするぞ、そこをどきなよ。きりぎりす。年文化十三年。解「きりぎりす鳴くや霜夜のさむしろに、衣かたしきひとりかも寝む」（百人一首）を下敷きに、独り寝でも寝相が悪くて寝返りする。下敷きになったらかわいそうだから、「退《ど》きな」ときりぎりすに呼びかけて戯れた。「そこのけ」の言葉のおもしろさを活かそうとしてなした作だろう。162番も「そこのけ」を活かした呼びかけの句。

726 歯ぎしみの拍子とる也きりぎりす　八番日記

訳歯ぎしりの拍子をとって鳴いているよ。きりぎりす。年文政三年。語歯ぎしみ―歯ぎしめ、歯ぎしりと同じ。解和歌的世界では、きりぎりすが鳴くのは独り寝の淋しさに共鳴してのことだが、同じ独り寝でも、歯ぎしりに合わせて、拍子をとっているかのように鳴くのは滑稽。

蟷螂《とうろう》 カマキリの漢名。力量を顧みず強敵に立ち向かうことを「蟷螂の斧」という。

727 蟷螂や五分の魄《たましひ》見よ〳〵と　八番日記

訳蟷螂が斧をふりあげているよ。五分の魂を見よ見よと。年文政二年。解微力を顧みずに斧を振り上げて戦う「蟷螂の斧」と微小な虫でも意地があることをいう「一寸の虫にも五分の魂」を言い合わせた句作り。下五「見よ」の繰り返しが、カマキリが力をふりしぼり気力を示す一方で虚勢を張る姿とも見えてくるのでユーモラス。参「蟷螂よ五分の魄持たとて」と併記（八番日記）。下五「是見よと」（おらが春）。

艸《くさ》の花　野や庭に咲く秋の草花の総称。小さく可憐な花をさして言い、「千草の花」ともいわれる。俳諧題。

728 **石《いし》仏《ぼとけ》誰《たれ》が持たせし艸《くさ》の花**　七番日記

訳石仏様よ、誰が持たせてくれた草の花ですか。年文化八年。解草の花は、秋の野に咲くちっぽけな花。誰が手向けたかわからないが、野仏にふさわしい。だれが草の花をもたせてくれたのか、と問いかけ呼びかける表現によって、手向けた人の心の優しさまで想像させてくれる。

菊・菊の花　キク科の多年草。古く中国から渡来した花。観賞用に栽培され、多くの品種がある。梅・竹・蘭とともに四君子の一つ。気品ある香が愛され、梅を「花の兄」というのに対して一年の最後に咲くから「花の弟」と称される。

水はいよ〳〵増《まし》つゝ、川添《かはぞへ》の里人は手に汗を挙《にぎ》り、足を空にして立さはぐ《わ》。今切《きれ》こみしほどの入樋《いりひ》、彼堤とあはれ風聞に胸を冷して家々のおどろき大かたならず

729
魚どもの遊びありくや菊の花　文化句帖

訳魚たちが珍しいと遊び歩くのだろうか、水中には菊の花。年文化元年。語入樋―水門。解九月二日の作。句帖の八月三十日に「南風吹　利根川出水　巳刻雷雨」、九月一日に「晴　亦洪水加二尺　根本といへる邑《むら》の入樋より切込」、同二日に「亦洪水加六寸」と記録。一茶が台風に見舞われ利根川が氾濫する時期に流山から布川へ行った折の風景。今まで地上だったところが川になり、魚がそこで泳ぎまわっている。大災害を魚を主体にしてみると別の見方が生まれる。「遊びありく」は、ふつうならば楽しい生き方だが、災害にあった魚たちにとっては命をかけた遊びとなる。参「夕月や流《ながれ》残りのきり〳〵す」「我植し松も老けり秋の暮」と併記。

730
芭蕉忌に先《まづ》つゝがなし菊の花　文化句帖

訳芭蕉忌を迎えて、まずは無事、菊の花がめでたく咲いている。年文化元年。語芭蕉忌

——芭蕉が没した陰暦十月十二日、近江義仲寺を中心に営まれた。時雨忌ともいう。解『文化句帖』によれば「十月十二日　晴　小金（松戸市）翁会　布川ニ入」とあり、芭蕉忌（翁会）に小金で詠んだ追善句とわかる。一茶の時代、近江の義仲寺をはじめ各地で芭蕉忌が営まれていた。芭蕉の門人支考の『笈日記』に載る芭蕉の句「稲こきの姥もめでたし菊の花」をふまえての句作りだろう。芭蕉翁のおかげで、「稲こきの老婆」ばかりか、私もとにかくも無事に生きていますと報告して追善の思いとした。芭蕉忌も秋の季語。

731 里犬の尿《ばり》をかけけり菊の花　　連句稿裏書

訳里の犬が小便をかけたぞ。菊の花に。年文化四年。解日常的なありふれた風景。菊作りする人が大事に育てている菊でも、犬にとっては関係ない。父の七回忌で帰郷した一茶に、古郷の人が冷たく当たることを寓意したものか。「尿」は「しと」と詠む説もある。ここでは、「けだもののうへにては、馬痢といふぞ。〈犬のかけばり〉とこそいへ、それぞれの名目をしらねば是非なし」（誹諧破邪顕正）によって「ばり」と読んだ。芭蕉に「行雲や犬の欠尿《かけばり》むらしぐれ」（六百番誹諧発句合）の句がある。

茄子《なすび》・小豆角《さゝげ》のたぐひ、舟いくつも漕《こぎ》連る、、是皆江戸朝餉《あさげ》のれうと見えたり

732
朝《あさ》涼《すず》に菊も一艘《そう》通りけり　七番日記

訳朝の涼しい内に出る川船。茄子やささげなどの積荷のほか、菊の花を積んだ一艘が通ったよ。年文化七年。語一艘―原本は「一般」に見えるが、改訂。綾瀬川を通行する舟。朝餉のれう―れうは料で朝食の材料。解川船に朝食用の野菜を積んで売り歩く商人が、売り荷に菊の花を加えたのだろう。朝の清涼感と秋を感じさせる菊の取り合わせがすがすがしい。卑近な日常生活を温かく見る目が見出した美しさ。

733
菊さくや我に等しき似せ隠者　七番日記

訳菊が咲いているよ。私と同じように菊を愛する偽物の隠者。年文化八年。解菊は、菊水や菊慈童などから不老不死や長寿をイメージする一方、陶淵明「採菊東籬下、悠然見南山」（飲酒）などから隠者的生き方を象徴する花としてイメージされた。隠者を偽装して生きている人への揶揄《やゆ》だが、自分もふりかえってみれば同じ。

734
片《かた》隅《すみ》や去年勝たる菊の花　七番日記

訳片隅に置かれているよ。去年勝った菊の花が。年文化十一年。解去年の品評会で勝利した菊でも今年は片隅に置かれている。なにやらさびしげ。諸行無常とまではいわないが、時代は移り変わって行く。元禄俳人丈竹が俳諧をやめて菊にのめり込んでいったように、菊作りは、江戸期に大流行した。

735
菊合
勝《かち》声《ごえ》や花《はな》咲《さか》爺《ぢゝ》が菊の花　七番日記

訳勝声が響くよ。これぞ花咲かせ爺の菊の花。年文化十一年。語花咲爺―昔話の主人公。枯木に花を咲かせた。江戸後期は「花咲かせ爺」のタイトルの子ども絵本が出版されていた。解菊合は菊の優劣を品評する会。広く民間でも行われたらしい。静まり返った会場に、ひときわ高い爺の勝鬨《かちどき》が響き、衆目を集めたのだろう。中七「花咲爺」は「はなさかぢゝ」と読んだが、江戸期の子ども向け絵本は「はなさかせぢゝ」と「せ」を入れた、文法の法則にのっとった言い回しをしている。参同時に「勝菊や力み返て持奴《もつやつこ》」（七番日記）、「勝菊にほろりと爺が涙哉」（同）「勝菊やそよりともせずおとなしき」（同）。

736
我菊や形《なり》にもふりにもかまはずに　七番日記

訳我が菊が咲いているなあ。なりふり構わずに。年文化十二年。解乱菊のように、なりふり構わずに生きる自分の姿を投影した作。文化十四年には「我菊や向タイ方へつんむいて」（七番日記）と詠んでいる。これらの句の通り、一茶はなりふり構わず自分が生きたいように、足の赴くままに門人たちの間を巡回行脚していた。

737
負てから大名の菊としられけり　七番日記

訳負けてから大名が出品した菊だとわかったことだよ。年文化十四年。解九月上旬、信州浅野（長野市豊野町）の祭りの折の作。菊の品評会で、大名の出品か、庶民の出品かわからずに勝負が決まった後、話題になったのだろう。痛快な気分が伝わってくる。「人間がなくば曲らじ菊の花」、「負馴て平気也けりきくの花」、「大名を味方にもつや菊の花」、「うるさしや菊の上にも負かちは」なども一連の作。菊の優劣を競う菊合わせは、平安朝に始まるが、元禄期頃から庶民の間にも流行した。文政五年に「負け菊をじっと見直す独《ひとり》かな」（文政句帖）のような庶民の敗北感を詠んだ作もある。

738
鍬《くは》さげて神農《しんのう》顔やきくの花　おらが春　八番日記

九月十六日正風院菊会

訳鍬をさげて来るとまさしく神農のような顔だね。芳しく咲く菊の花の品評会。年文政二年。解古代中国の伝承の皇帝神農は、医療と農耕の神。髭面の画像が多く伝わる。正風院は、長沼（長野市）の門人佐藤魚淵（信胤）の別号。魚淵は農業に従事したが、漢方医でもあったから、魚淵が主催した菊の品評会に招かれた折の挨拶句。魚淵の立派な風貌を誉めて、人柄も称えたのである。『八番日記』にも、この句を記録するが、日記当日（九月十六日「正風院菊会」）は「下手笛によつくきけとや鹿のなく」「山寺や縁の上なるしかの声」など鹿の句を記している。参同じ頃「菊作菊より白きつむり哉」（八番日記）。

朝顔・蕣《あさがお》

紅・紺・白・紫などのラッパのような花が咲く蔓性植物。朝に咲いて夕べを待たずしぼむため、はかないものの象徴とされる。昼顔・夕顔の夏季に対し、秋季。

739 朝顔やしたゝかぬれし通り雨　享和句帖

訳朝顔よひどくぬれてしまったね。通り雨に。年享和三年。解朝顔は「槿花一朝」（しぼみやすいことの喩《たと》え）と言われるように、雨にうたれていなくても、はかない花。自分の身の上のはかなさを、そうした朝顔に擬《なぞら》えたのだろう。一茶には朝顔を詠んだ句が七十句ほどあり、この年にも「朝顔や大吹降るもあがり口」（享和句帖）、「朝顔や花見るうちもいく度立」、「朝顔に老づら居て団扇《うちは》哉」、「朝顔の大所の濃かりけり」等の作がある。

740 蕣《あさがほ》に名利張《はっ》たる住居《すまひ》哉　文化句帖

訳あさがおが蔓を伸ばすために張った綱まで、己が名利を誇る住居となっているなあ。年文化二年。語名利―名聞と利欲。解「名利に使はれて、閑《しづ》かなる暇なく、一生を苦しむるこそ、愚かなれ」（徒然草・三十八）をふまえて、蕣そのものよりそれを咲かせる見栄っ張りな人を揶揄《やゆ》した。同じ頃「蕣もあひそに咲す酒屋哉」の作もある。朝顔作りが流行していたのだろう。

741 蕣《あさがほ》におつつぶされし庇《ひさし》哉　文化句帖

訳朝顔でつぶされそうになっている家の庇の頼りなさよ。年文化二年。解朝顔が繁茂して、家全体を覆っている状態だが、「おつつぶされし」という俗語の使い方が巧み。同時に「蕣の花をまたぐや這入口《はいりぐち》」の作、また同年閏八月十三日には「帰庵／蕣に入口もないしだら哉」とあり、入り口さえわからなくなるほど庵（家）全体が朝顔に覆われていた状態だった様子がうかがえる。

742 朝顔も銭だけひらくうき世哉　七番日記

訳朝顔の花も銭がある分だけの数が開いている、物憂き世の中だなあ。年文化十一年。
解家に銭があるかどうか、朝顔の咲いている数でわかる、とかなりシニカルな見方。憂き世を生きる貧乏人は、朝顔の花さえ十分に愛でることができないと腹が立つ。翌年（文化十二年）の「朝顔の先から銭のうき世哉」（七番日記）、「欲面《よくづら》の朝顔たんと咲にけり」（同）も、金持ちがたくさん朝顔を咲かせていることを誹《そし》った句。

桔梗《ききよう》　秋の七草の一つ。青紫または白の鐘のような花を咲かせる。朝顔の古名、木槿《むくげ》の別称でもあった。

743 きり〱しやんとしてさく桔梗哉　七番日記

訳かいがいしく咲く桔梗の静かなたたずまいよ。年文化九年。解秋の七草のなかで、紫色に咲く桔梗は、楚々たる風情がある。それを「きりきりしやんとして」と見たのだろう。きりきりしゃんとしては、身支度やたたずまいが、きわめてかいがいしい様子であること。上五または中七が字足らずの破調句ながら、桔梗の姿をとらえて余すところない。【参】中七「しゃんで咲く」（版本発句題叢）。知足「しゃんとして辛キ味あり雉子の声」（誹諧曾我）。路通「しゃんとして千種《ちぐさ》の中や我もこう」（そこの花）。

女郎花《おみなえし》　秋の七草の一つ。山野に自生して黄色の小花を傘状につける。遍昭「名にめでて折れるばかりぞ女郎花われ落ちにきと人に語るな」（古今集）の歌や「をみなへし、女にたとへてよむべし」（能因歌枕）などと言われて以降、女性に見立てる。

744 女郎花《をみなへし》もつとくねれよ勝角力　　文化句帖

【訳】女郎花、もっと身をくねらせてみなよ、勝角力の力士の前で。【年】文化三年。【解】女郎花は女性的な花。勝った力士をいくら称賛しても足りないから、もっと身をくねらせて喜びなさいよ、と女郎花に戯れて呼びかけた。わかり易そうな句だが、別の解釈があっても良いか。七月十七日、随斎成美亭での作で、八月六日には「女郎花けぶりの形《なり》にくねりけり」と詠んでいる。

745 古郷や貧乏馴れし女郎花《をみなへし》　　七番日記

訳ここが古郷だよ。貧乏にも馴れた女郎花。年文化十二年。解前年結婚した妻の菊を女郎花に擬《なぞら》えて、感謝の思いをこめて詠んでいる。貧乏に馴れた妻がいてくれるおかげで、ようやく自分の古郷だと実感することができた。女郎花は芭蕉が「ひよろ〳〵と猶《なほ》露けしや女郎花」となよやかなイメージを詠み、蕪村がこの句に賛して女性を描いたように、俳諧でも女性に喩《たと》えられてきた。

萩の花　秋の七草の一つ。山野に自生して紅紫の米粒のような可憐な花をたくさんつける。風に揺れる様子が好まれ、和歌以来、露・鹿などと取り合わせ、女性的なイメージで詠まれる。

746 猫の子のかくれんぼする萩の花　　七番日記

訳猫の子どもがかくれんぼしている。咲き乱れた萩の花の下で。年文化十一年。解白萩も赤萩もあるが、どちらも小さく可愛らしい花をつける。そんな萩の花の下で子猫がじゃれて、姿をあらわしたり隠れたりしている様子を「かくれんぼ」と見た。「かくれんぼ」は、子どもの遊びだから子猫にもふさわしい。小動物への愛。

そばの花　蕎麦《そば》は世界各地の痩《や》せた山間などに栽培され、白や淡い紅の花を咲かせる。俳諧題。

747 **しなのぢやそばの白さもぞつとする**　　七番日記

訳信濃路よ。蕎麦の花が真っ白で、それにもぞっとする。年文化十四年。解蕎麦の花の白さにぞっとする理由は、蕎麦の白い色が雪を連想させるから。「はや山が白く成ぞよそばでさへ」と併記。やや後に詠んだ「そば咲やその白さ、へぞつとする」は同案。帰住する以前の一茶は、文化元年「しなのぢはそば咲けりと小幅綿」（文化句帖）、「そばの花咲くや仏と二人前」（同）、「近い比《ころ》しれし出湯《いでゆ》やそばの花」（同）などとそばの花を愛でていたが、信濃定住後は、雪の白さとイメージが重なって憎らしく思うように心境が変化した。参上五「山畠や」（文政句帖　遺稿）。

蘭《らん》　ラン科植物の総称。日本に自生するほかに輸入された蘭は、異国情緒を感じさせる。漢詩では高潔な人格を象徴する花として詠まれた。秋の七草の一つフジバカマの古称で、和歌では蘭の題で藤袴が詠まれる。

748 蘭のかや異国のやうに三ケの月　八番日記

【訳】蘭の香りが漂っているよ。異国のように三日月も出ている。【年】文政四年。【語】蘭―梅・菊・竹とならぶ四君子のひとつ（芥子園画伝）。異国―中国や阿蘭陀《オランダ》。文化文政期には、異国船が数回日本に漂着した。【解】異国への淡い憧れ。中七「異国のやうに」は蘭の花の香に感じた異国情緒。それに触発されて、三日月も異国に出ている月のような気がした。「蘭の葉や花はそちのけ〳〵」「いづくから日本風ぞ蘭の花」と併記。同じ頃に「蘭のかに上国めきし月夜哉」の作もある。上国は律令制でいう畿内に近い豊かな国。一茶は信濃をその反対の「下国」と見ていた。【参】中七「日永なんぞと」（浅黄空　自筆本）。「異国のやうな」（梅塵本八番日記）。

稲・おち穂　イネ科の一年生作物。田の実とも。日本人の主食コメの原料で黄金色に稲穂が実ることから「実りの秋」を実感する。おち穂は稲を刈りいれた後に散り残った稲穂。

749 日本の外ケ浜迄おち穂哉　七番日記

【訳】日本の最北端・外ヶ浜にまで、落ち穂が落ちているよ。【年】文政元年。【解】文政十二年刊『一茶発句集』の前書に「米穀下《げ》直《ぢき》にて下々なんぎなるべしとは、こと国の人うらやましからん」とある。豊作で米価が下がったために農民が難儀している。ふだんならば、農民は落穂まで拾って腹の足し、年貢の足しにするのだが、この年は、日本全国が豊作だったので、異郷と接する日本最北端の地―外ヶ浜の落穂さえだれも拾おうとはしない。豊作のために天明の大飢饉にくらべて、米価が三分の一以下に下落したからである。これを受けて、異国の人がうらやましく思うだろう、という意だがよくわからない。難儀しながらも、国を維持できる力を持っているから、侵略できないことを自慢したのだと理解すれば、外国船がやってきても、日本は心配ない、ということになる。

750
刀利根禰川や稲から出て稲に入　八番日記

訳悠々と関東平野を流れる利根川よ。稲が実る地に源流を発し、稲刈の地まで流れ入る。年文政三年。語利根川―新潟・長野・群馬の県境にある大水上山（大利根山とも）を水源として、群馬・栃木・埼玉・茨城・千葉にまたがる関東平野を東へ流れて銚子（千葉県）で太平洋に注ぐ大河。坂東太郎の異名もある。解利根川沿い一帯が稲の実る秋を迎えた。大河の上流から下流までを鳥瞰《ちょうかん》した句で、実りの秋の大景をとらえて、おおらかな気分にさせてくれる。文政八年の「刀禰川や只一ツの水馬《みずすまし》」（文政句帖）は、逆に「大海の一滴」に倣った「大河の一滴」で、微視的な視点から詠んだ作。

鬼灯《ほおずき》　観賞用に栽培する多年草。袋状の萼《がく》に包まれた実が秋に赤く色づく。実から種子を除いて口で鳴らす子どもの遊びから、頬付《ほおづき》の名がついた。俳諧題。

751 鬼灯《ほほづき》や七ツ位の小順礼　　八番日記

訳 鬼灯を鳴らして通り過ぎるよ。七歳くらいの子どもの順礼が。年 文政三年。解 順礼は坂東や秩父、西国、四国の霊場・札所をめぐる人。その親についてきた子どもの順礼を小順礼と言ったのだろう。鬼灯を鳴らして、ついてくる子どものしぐさがいとおしい。翌年には「小順礼ももらひながらや凧《いかのぼり》」（八番日記）と詠んだ句があるから、「順礼」は札所めぐりを建前にしながらも、実際には家々を歩いて物乞いする人であったとみることができる。参 鬼灯を素材にした句は、文政三年と四年の二年間のみに見られる。文政三年「鬼灯を取てつぶすやせなかの子」「鬼灯を膝の小猫にとられけり」（八番日記）、同四年「鬼灯の口つきを姉が指南哉」（同）、「髻《もとどり》に鬼灯さしてもどりけり」（同）。

尾花・芒《すすき》　尾花もススキ。秋の七草の一つ。山野に自生して秋に黄褐色の尾花を穂状に咲かせる。秋を代表する景物で、和歌以来、風になびくさまが人を招くものとして詠まれた。

752
我庵《いほ》は江戸のたつみぞむら尾花　七番日記

訳私の住む庵は、江戸の辰巳（南東）の方角だよ。群がって芒が生えている。年文化八年。解喜撰法師「わが庵は都のたつみしかぞすむ世をうぢ山と人はいふなり」（百人一首）をふまえ、鹿が住むわけではない不風流な芒の生える庵だと告げて笑いを誘った。一茶が住んだ本所深川あたりは江戸の東南。帰郷して柏原に定住した後の文化十三年に「我庵は江戸の辰巳ぞけしの花」（七番日記）と芥子の花と取り合わせて詠んだのは、住まいを「消し（ケシ）」たことを告げる洒落《しゃれ》からか。

753
一《ひと》念《ね》仏《ぶつ》申だけしく芒哉　おらが春

七月七日墓詣

訳一回の念仏を唱えるだけ敷いておく芒よ。年文政二年。解一念仏は、南無阿弥陀仏と一回唱えるだけではなく、何回も唱えて一回分の念仏とすることをいう。早世した娘さとを弔う念仏のために芒を折って、敷いて座るのも悲しい。『だん袋』では「山家の墓詣、七月七日」の前書で「念仏を申だけ敷く芒哉」とする。参中七「申程しく」（八番日記）。

紅葉《もみじ》　木の葉が赤や黄に色づくこと。楓《かえで》が代表だが他の木も広く含めていう。色葉とも。下紅葉は下葉の紅葉。薄紅葉は薄い色の紅葉。

754 紅葉《もみぢ》して百姓禰宜《ねぎ》の出立哉　　文化句帖

訳山は紅葉。百姓禰宜がこれから仕事に出発して行くよ。年文化二年。解百姓禰宜は、百姓をしながら禰宜をつとめる神職。宮司の命を受けて、紅葉の山を越えて職務に就くのだろう。下五「出立哉」が、ふだんの百姓仕事とは異なる禰宜の颯爽《さつそう》とした姿を彷彿《ほうふつ》させてくれる。その変身ぶりに好感を抱いての作。

755 紅葉より一段赤し毛見肴《ざかな》　　八番日記

訳紅葉よりいっそう赤いなあ。毛見に出す肴は。年文政四年。語毛見―検見。収穫時に村を訪れて取れ高を見聞し、年貢高を定める役人。毛見肴は、検見に差し出す肴。秋の季語。解検見は嫌われ者だが、年貢高を査察するので、逆らえない。検見を紅葉鯛より高級な金目鯛などで供応して、年貢高を軽減してもらおうとする村人の哀しく、けなげな振る舞い。中七「一段」はいっそうの意だが、村人を見下ろす一段高い所にいる、の意も含まれている。

渋柿・熟柿《じゆくし》　渋柿は柿の果実が熟していても、渋いままの状態の柿。熟柿は甘味をともなうイメージをもつ柿。

756
渋柿をはむは烏のまゝ子哉　七番日記

訳渋柿を食べているのは、烏のなかでも継子《ままこ》だなあ。年文化十三年。解本当の親ならば、渋柿ではなく熟れた柿を食べさせるのに。少年時代の自分の哀れな姿を烏に仮託して詠んだ作。一茶は生涯、継子意識がぬけなかった。同時に「御所柿の渋い顔せぬ罪深《ふかし》」、「高枝や渋柿一つなつかしき」がある。渋柿は厭うべきものでありながら、昔を懐かしむ食べ物でもあった。

老懐

757
くやしくも熟柿仲間の坐につきぬ　七番日記

訳悔しくも、熟柿にむしゃぶりつく老人仲間になってしまったことだ。年文化十三年。解歯が衰えたから、固い柿は食べられない無念。率直に「くやしくも」というところがユーモラス。同時に詠んだ「浅ましや熟柿《じゆくし》をしゃぶる体たらく」は、老いの嘆き。どちらにしても、若い時のように固い柿を食べられないのは、納得がいかない。

木槿《むくげ》　アオイ科の落葉低木。庭木・生垣用に栽培される。一重また八重の淡い紫や紅、白い花が咲く。「槿花《きんか》一日の栄」の成句もあるように、朝顔と同様、人生のはかなさの象徴とされる。和歌では槿花の題で朝顔が詠まれるなど混用されたが、俳諧では区別された。

758 **うか〳〵と出水に逢し木槿《むくげ》哉**　文化句帖

訳うかうかと出水に会ってしまって無残な姿になった木槿よ。年文化元年。語出水―大量の降雨のために水量が増すこと。また増した水。洪水。夏の季語。解芭蕉句「道のべの木槿は馬にくはれけり」（野ざらし紀行）が念頭にあったのだろう。芭蕉翁の詠んだ木槿は、「うか〳〵」と馬に食われてしまった。今見ている木槿は、「うか〳〵と」洪水に逢ってしまった。どちらにしても木槿に罪はなく、出水のせいにするところがユーモラス。

759 **木槿さくや親代々の細けぶり**　七番日記

訳木槿が咲いているよ。親代々続く貧しい暮らし。年文化九年。解木槿は朝開いて夕べにしぼむから、はかないことの譬喩《ひゆ》。細けぶりは、貧しくて煮炊きもままならないから、竈《かまど》の火も焚けないことの暗喩。それが響きあって、代々貧しくつましく生きる姿に深く一共感した。

葡萄《ぶどう》　蔓性の落葉低木に暗紫色や淡緑色の果実をつける。古くペルシャやコーカサスで栽培されたというが、日本には中国から渡来した。一茶と同時代の諏訪《すわ》に葡萄の画を得意とした天龍道人がいた。

760
黒《くろ》葡《ぶ》萄《だう》天の甘露をうらやまず　文政句帖

[訳]黒葡萄は天のもたらす甘露をうらやまない。[年]文政七年。[語]天の甘露―天が降らす甘味の液。仏教では不老の霊薬。転じて水や酒、お茶などにもいう。[解]葡萄を主語とみれば、天から降ってくる雨をうらやましく思わないと解するのが自然。天の甘露を自然がもたらす甘味と見て、葡萄自身が酸っぱいままでいることに自足していると解することができよう。葡萄を素材に詠むのは、この年（文政七年）だけ。[参]「甲州」の前書で「一番の不二見所や葡萄棚」「のら葡萄里近づけば小つぶ也」と併記。同じ頃「色白は江戸へ売らるゝ葡萄哉」（文政句帖）。

糸瓜《へちま》　ウリ科の蔓性一年草。江戸初期に渡来。黄色い五弁の花をつけ、秋に長い円筒形の果実をつける。

761 さぼてんにどうだと下る糸瓜哉　七番日記

訳サボテンにどうだとばかりにぶら下がる糸瓜よ。年文化十二年。解サボテンは、夏の季語。仙人掌と書くように、異形ゆえに珍重された。「どうだ」という口語が擬人化された糸瓜の得意げな顔を想像させてくれておかしい。こうした観点も、大胆に口語を取り入れることも、一茶句の特色。

762 総《そう》領《りやう》の甚太郎どの丶糸瓜哉　七番日記

訳ご嫡子の甚太郎どのの糸瓜であるなあ。年文化十二年。語総領―家督を継ぐもの。嫡子の場合が多い。甚太郎―甚六のもじり。慣用句「総領の甚六」で、長男・長女はお人よしだが少々愚か者である、とされる。解甚太郎のものとして、糸瓜も大事に育てられているが、甚六と同じでどこか間延びしている、と揶揄《やゆ》。慇懃《いんぎん》な言葉を使って、実は少し間のびしている「総領の甚六」をからかった。

栗　ブナ科の落葉高木。実はイガに覆われて、固い皮につつまれている。万葉の山上憶良以来、子どもへの愛情を思い出させる。

763栗おちて一ツ〳〵に夜の更る　文化句帖

訳栗が落ちて、そのひとつひとつに夜が更けてゆく。年文化三年。解栗は黒ずんだ紅色、地面の黒と相まって夜が更けて行く。「一ツ一ツに夜の更る」に句眼がある。虫に食われて中身が空の虚栗《みなしぐり》ではなく、いっぱいつまった栗の実だろう。地上に落ちた栗は、夜のうちに蝕まれるのだろうか、無事に夜を明かして拾われていくのだろうか、それぞれの運命が待っている。

764拾れぬ栗の見事よ大きさよ　七番日記

小布施

訳拾われなかった栗の見事なことよ。その大きさよ。年文化十年。語小布施—長野県小布施町。江戸初頭より栗が栽培されており、幕府への献上品だった。解虚栗は、虫に食われて中身が空っぽな栗で人は見むきもしない。そうでなく、拾われそこねた見事な栗もある。江戸期、小布施の見事で大きな最上品の栗は、幕府に献上するので、拾うことができなかった。だから同じ年（文化十年）に「大栗や漸《やうやく》とれば虫の穴」（七番日記）

と皮肉って詠み、一方「虫喰が一番栗ぞ一ばんぞ」(同)と逆説的に誇りたくもなる。中七・下五の「よ」の繰り返しが効果的。【参】文化十四年「拾はれぬ栗がざつくりざくり哉」(七番日記)。

765 栗拾ひねん〳〵ころり云《いひ》ながら　文政句帖

【訳】栗を拾う子守、ねんねんころりと言いながら。【年】文政五年。【解】子どもを寝付かせながらの栗拾い。年端の行かない少女(子守娘)の子守唄がやさしく響く。同じ年には「夕霰ねん〳〵ころり〳〵哉」(文政句帖)の作があるが、栗拾いの方が温かい。栗は子守娘にも子どもにも好物。前年作の「やきぐりを噛《か》んでくれろと出す子哉」(八番日記)は、子守をてこずらせる様子。同年作「誰にやるくり《栗》や地蔵の手の平《ひら》に」(八番日記)は、村に住む人々の温かい気持ちが伝わってくる。「ねん〳〵ころり」の子守唄を用いた句作りは、文化十三年「瓜西瓜ねん〳〵ころり〳〵哉」(七番日記)ですでに試みられていた。【参】同じ年に「今の世や山の栗にも夜番小屋」(文政句帖)、「まけぬき《負気》に栗の皮むく入歯哉」(同)、「焼栗もにくい方へはとばぬ也」など栗を詠んだ句が多い。

栃の子・栃餅　日本特産種の落葉高木トチノキになる果実を北信濃の方言で栃の子といい、

その実を粉にして作るのが栃餅。

766 栃《とち》の子やいく日転《ころ》げて麓《ふもと》迄《まで》　七番日記　発句題叢

訳栃の実よ、いったい幾日転がって行くのか麓まで。年文化十一年。解誰も目にとめない栃の実が転がって行く様子に着目して、人間の子どもに呼びかけるように呼びかける。栃の実は、人が住む麓まで転げて行くだけが取り柄だが、それもまたよい。参上五「栃の実」（版本発句題叢）。

767 栃餅や天狗の子供など並《ならぶ》　八番日記

訳栃の実で作った餅よ。それを前に天狗の子どもたちが並んでいる。年文政四年。解わんぱくでいたずら盛りの子どもたちを天狗の子どもに喩《たと》えて、栃餅を前に行儀よく並んでいるおかしさを活き活きと描き出す。子どもは餅を食いたい一心で、珍しく静か。そんな子どもをみる一茶の目が温かい。参同じ頃「栃の実や人もとち〳〵とび歩く」（八番日記）。

団栗《どんぐり》　ブナ科ナラ属の果実の総称。紡錘形をしたものが多く、デンプン質だが、一般的には食べない。

768 団栗《どんぐり》の寝ん〳〵ころり〳〵哉　八番日記

訳どんぐりの寝んねんころりころり、ねんころり。年文政二年。解どんぐりがころがる様子と子守が「寝ん」「寝ん」と子どもをあやす言葉を言い掛けて、子守唄のように詠んだ。俗謡を取り入れたものだろう。文化十三年に「瓜西瓜ねん〳〵ころり〳〵哉」（七番日記）の先行作があるが、どんぐりの方が子守唄に似合う。参文政五年「夕霰ねん〳〵ころり〳〵哉」（文政句帖）。また765番参照。

秋の暮・行秋　秋が終わろうとする頃。冬を前にして、寂しい気分を伴って詠む。暮の秋・暮秋もほぼ同じ。秋の夕暮時にも用いることがある。行秋は、紅葉狩して、月を愛でるなどして秋を惜しみ、哀しみの情を詠む。

769 一つなくは親なし鳥よ秋の暮　享和句帖

訳ひと声鳴くのは、親がいない鳥だよ。さびしい秋の暮。年享和三年。解八月二十六日の作。親なし鳥に、自分の孤独を投影させた。この年に「露しもや丘の雀もちゝとよぶ」（享和句帖）とも詠んでいるので、上五「一つなくは」は雀で、「チチ」と鳴くのだろう。親のない子の不幸は近世歌謡でしばしば取り上げられて歌われ、一茶も晩年にいたる迄このテーマで句を詠み続けた。参「手招きは人の父也秋の暮」と併記。

770 梟《ふくろふ》の一人きげんや秋の暮　　文化五・六年句日記

訳ふくろうが一人だけご機嫌だなあ。秋の暮れ。年文化六年。解「一人きげん」は、一人がっての機嫌。ご機嫌の場合も不機嫌の場合もいう。伝統的な秋の暮のさびしさから離れているのが面白い。文化十年「市姫の一人きげんやとしの暮」（七番日記）は、類句。参文化七年「夏山や一人きげんの女郎花」（七番日記）。

771 天広く地ひろく秋もゆく秋ぞ　　たびしうゐ

訳天がひろびろとして広く、地もはるかにひろがり、過ぎ去って行く秋だぞ。年寛政七年。解広大な天と地のなかを通りすぎて行く旅人に晩秋を擬えた。「広」「ひろく」の漢字とかなの書き分けにも注意を払っている。四国行脚を終えて大坂の黄花庵升六の庵で巻いた歌仙の発句（一茶坊亜堂の号）で、脇は孚舟「人おのづから胸の有明」。参一茶は寛政四年以降の関西・四国・九州・中国の各地を遊歴（『西国紀行』の旅）、寛政七年一秋、処女撰集『たびしうゐ』を編んで出版した。

772 行秋をぶらりと大の男哉　　七番日記

訳晩秋のなかを、なすこともなくぶらりと歩いてゆく大の男よ。年文化七年。解「ぶらりと」をどう受け取るかで、晩秋のもの悲しさを超然と生きる大の男か、まったくの無用者か、男をめぐって解釈が二つに分かれる。前者ならば芭蕉が詠んだ「此道や行人なしに秋の暮」（其便）の孤独感とは異なる、世俗を超然とした男。後者ならば秋のもの悲しさとは無縁・無用の無風流な男。どちらにしても、秋のもの悲しさや切実さを超えたところに、行く秋のなかに占める「大の男」の存在感がある。

773 松島や一こぶしづつ秋の暮　　七番日記

松島

訳松島のことが思われるなあ。握りこぶし一つずつの秋の暮。年文化八年。解木更津にあって松島を思っての作。秋が次第に暮れて行く時間を握りこぶしという質量でとらえて、島々が点在する松島の秋の暮れが描き出される。抽象的な時間をこぶしで把握することは、常識や抽象的思惟を超えて魅力的である。

774
なかくに人と生れて秋の暮　我春集

訳人として生まれたからこそかえって秋の暮のさびしさを味わえるのだ。年文化八年。語なかくに—中納言朝忠「逢ふことの絶えてしなくはなかくに人をも身をもうらみざらまし」(百人一首)。解人として生まれたからこそ秋の暮をしみじみと味わうことができる。さびしさもまた人ならでは、との思い。蕪村句「中くにひとりあればぞ月を友」(蕪村句集他)をふまえているか。中七「人もむまれて」(俳家奇人談)の句形も伝わるが、これでは句の体をなさないので、誤記か誤伝だろう。参『発句題叢』『世美塚』『深大寺』『名なし草紙』にも収録。

775
ゑ《え》いやっと活《いき》た所が秋の暮　句稿消息　七番日記

病後

訳えいやっとふんばって活きてきた所が、秋の暮。年文化十年。語病後—文化十年六月十八日、善光寺町上原文路宅(好桂亭)で発病、七十五日病臥。その後の作。えいやっと—ふつうは勇ましいときに使う掛け声。「仲人へ嬉しい礼をえいやつと」(吾妻からげ)。解芭蕉翁は「この道や行く人なしに秋の暮」と詠んだが、おれは病中「えいやっ」と活きてきた。そして行きついたのは、秋の暮。生死をかけて芭蕉と同じ道をたどったという感慨だが、上五の響きに力があって、実感が伝わってくる。「えいやっと」は、初期俳諧で使われ、重方「ゑ（え）いやっと越ぬる年や二またげ」（寛文延宝期・貞門歳旦発句集）、玄札「ゑいやっと越ぬる年や老の春」（寛文九年・貞門歳旦発句集）などの例があるが、芭蕉以降はほとんど使われない。一茶が初期俳諧から学んだ言葉の一つである。参文政七年「えいやっと来て姨捨の雨見哉」（文政七年八月二十三日高井郡四人集宛一茶書簡）。

776 活《いき》て又逢ふや秋風秋の暮　句稿消息　七番日記

訳活きていてこそ逢うのだ。秋風も秋の暮も。年文化十年。解善光寺で大病した後の作。活きていればこそ秋風や秋の暮の風雅や淋しさを味わえるのだ、と実感。同時に「活て又見るぞよ〳〵秋の暮」（句稿消息）と率直に生きてゆくと意欲をみせる。

777 あはう鶴のたり〳〵と秋の暮　七番日記

訳おろかなばか鶴が、のたりのたりと歩む秋の暮。年文化十一年。解「秋の日は釣瓶《つるべ》落とし」の喩《たと》え通り暮れやすいのに餌を求めているのか、のたりのたりと歩む。その姿は、鶴にふさわしくない。蕪村の「春の海終日《ひねもす》のたり〳〵哉」（蕪村句集）を鶴に応用した一句作り。生き物にすれば「あはう（阿呆）」になってしまうところが笑い。

778 江戸〳〵とえどへ出《いづ》れば秋の暮　　七番日記

訳江戸・江戸と、江戸へ行けばいいことがありそうだと出て行ってみたものの、さびしい秋の暮。年文化十一年。解江戸は田舎者にとってあこがれの地だったのだろう。大騒ぎで江戸へ行っても格別に良いことはない。秋の暮は、いずこも同じと和歌では歌われているが、性懲りもないのが人の常。

779 青空に指で字を書く秋の暮　　七番日記

訳青空に指で字を書く、秋の暮。年文化十一年。解そのまま散文に言い換えても同じだが、不思議な詩情が感じられる。秋の暮は伝統的にさびしさの象徴だから、蒼穹《そうきゅう》の天に向かって字を書く姿は孤独。しかし、大自然の懐にいだかれて、孤独さえも満たされている。杜甫の詩「愁坐シテ正ニ空ニ書ス」（対雪）が、空に字を書く先例。これをふまえた句作りだろう。

戸隠山

780 鬼の寝た穴よ朝から秋の暮　　七番日記

訳 鬼の寝穴だよ。薄暗くて朝からまるで秋の暮。年 文政元年。解 戸隠神社の宝光社に参詣した折の作。参道は険しいが、一気に登ったのだろう。能「紅葉狩」などで知られる、鬼女紅葉が隠れ住んだという伝承の洞窟があった。秋の暮の本意は淋しさにあり、鬼のねぐらの恐怖とは異なるものの、鬼女が退治されたという伝説を思うと朝から空虚感が漂う。参『七番日記』に「(八月)三晴、同行三人　荒安　大久保　戸隠山法光院(宝光社)丁善法院(宿坊)泊」「四、晴飯綱山上不動堂粟飯堀三好二入」。

781 一人《ひとり》通ると壁にかく秋の暮　　八番日記　おらが春

訳 ひとりで通った、と壁に書く秋の暮。年 文政二年。語 壁にかく—楠正成が息子正行に与えた十一カ条にわたる武士の嗜《たしな》みや覚悟・心得を説いた教訓(楠状　壁書遺言)。解「露の身の一人通るとかくはしら」と併記。早世した娘さとの納骨の六月二十七日の句。季節は夏だが、心は秋。破調が心の悲痛な思いと重なり、子どもを連れて通った道を今は一人だけで通ると壁に書き付けた。壁書は、楠正成が金剛山にしたことで有名。それに倣っても、教訓すべきたいせつな子がいない。参 前書「連にはぐれて」(おらが春)。六月二十一日娘さとを亡くした日に「サト女此世ニ居事《ゐること》四百日、一茶見新《親》百七十五日一命ナル哉今巳ノ刻没」（八番日記）と記録。

782 膝抱て羅漢顔して秋の暮　　八番日記　だん袋

【訳】膝を抱いて、羅漢さんのような顔をして、秋の暮。【年】文政二年。【語】羅漢―阿羅漢の略。仏弟子の到達する最高の階位という。【解】石像の十六羅漢や五百羅漢は、悟りきった顔ではなく、様々な表情をしている。膝を抱く姿の羅漢がどんな人か、どんな顔をしているか、想像してみると楽しい。

783 善光寺の柱に長崎の旧友昨二日通るとありけるに

知た名のらく書見へ《え》て秋の暮　　文政句帖　だん袋

【訳】旧友の落書きを見て懐かしくなった、秋の暮。【年】文政五年。【解】九月一日の作。八月二十九日から善光寺近在の門人文路宅に宿泊していたので、実景の句だろう。秋の暮は、ふだんでも人恋しいが、長崎で出会った旧友が、善光寺まで来ていたとすれば、いっそう恋しい。旧友が誰かは未詳だが、落書きから一茶自身の若き日の旅の昔を思い出した。

【参】前書「善光寺に詣けるに長崎の旧友きのふ通るとありければ」（だん袋）。

一茶句集　冬

神の御立　十月の異称。諸神が出雲大社に参集し、各地の社が留守になるとされる。

784 鳶《とんび》ヒヨロヒヽヨロ神の御立げな　七番日記　自筆本

訳鳶がヒヨロヒ、ヨロと鳴いている。出雲に向けて神々がお立ちになるようだな。年文化十二年。解擬声語の鳶の鳴き声を擬音語の笛に喩えて、笛の音と共に神々が出雲に向けて旅立ったのだろうと思いを巡らせた。十月一日の作。同時に「よい連《つれ》ぞ貧乏神も立給へ」とも詠んでいるのがおかしい。参中七「ひよろ神の」(文化十二年十月七日魚淵宛書簡　文政版一茶句集等)、下五「お立やら」(発句類題集)。

時雨・初時雨《はつしぐれ》・むら時雨・しぐるゝ・時雨雲　時雨は初冬に降るにわか雨。「過ぎ行く通り雨」とされ、無常の観念と結びついた。初時雨はさびしく降る時雨で冬の到来を告げる。むら時雨は、村に降る時雨、まばらに降る雨を言うが、どちらも瞬間的に降る初冬の雨。「しぐるゝ」は動詞形で、時雨に遭うこと。芭蕉忌を時雨忌と呼んだことと相まって芭蕉を思い出させる言葉ともなった。時雨雲は、時雨が来ることを予感させる雲。

785 義仲寺へいそぎ候はつしぐれ　しぐれ会

訳芭蕉翁の眠っている義仲寺の時雨会に間に合うように急ぎます。折しも初時雨。年寛政七年。解宝暦十三年以降毎年、芭蕉が亡くなった十月十二日に近江の義仲寺で芭蕉追悼会「しぐれ会」が開かれ、その記念として『時雨会』が毎年出版された。若き日の一茶が芭蕉を敬慕し、「唯今粟津が原へと急ぎ候」（謡曲・兼平）をふまえて詠んだ作。参寛政七年一茶は京都東山で芭蕉堂闌更と会い連句（たびしうゐ）、義仲寺のしぐれ会に参加。寛政八年「しぐれ会に今年も出たし旅ごろも」、翌九年「塚の土いたゞひて帰るしぐれかな」の一茶句も年次追善句集『時雨会』に収録されている。

786
三度くふ旅もつたいな時雨雲　亨和句帖

けふ一かたげたらざりしさへ、かなしく思ひ侍るに、古へ翁の漂泊《へうはく》かゝる事日々なるべし

訳三度の飯を食う旅は何とももったいないことだ。折しも時雨を告げる雲。年享和三年。語一かたげ―一度の食事。かたげは、食事の度数を数える言葉。古へ翁―芭蕉。解時雨の季節、芭蕉を追慕しての作。芭蕉句「世にふるもさらに宗祇のやどり哉」（みなしぐり）や「宿かりて名をなのらするしぐれかな」（続猿蓑）や「旅人と我名よばれん初しぐれ」（笈の小文）などの句から、旅人芭蕉のイメージと時雨は深くむすびついている。三度も食鍬《くわ》をもって耕さずに食えるのは、芭蕉の名前を語れば飯にありつけるからで、

事をいただけるのは、申し訳なくもったいないという自省が心底にひそんでいる。参宝暦十三年以降、毎年十月十二日（旧暦）に没した芭蕉を追悼して「時雨忌」が義仲寺で営まれ、若き一茶も何度か参会した。

787 さはつても時雨さう也ちゝぶ山　文化句帖

訳さわってみただけで時雨になりそうだなあ。秩父の山。年文化元年。語秩父山―武甲山を中心とした山。文化七年「五月雨や胸につかへるちゝぶ山」（七番日記）。文化十一年「雁鳴や浅黄に暮るちゝぶ山」（同）。解今にも時雨が降ってきそうな空模様。山を擬人化して「ふれなば落ちん」の心境。秩父山を越すと古郷の信濃に至る。「さはる」という肌の感触から、詠む対象となる風景を肉体化したところが新しい。参八月三日の作（句帖）。享和三年「漢広／さはってもとがむる木也夕涼み」（享和句帖）。

788 もろ〳〵の智者達何といふ時雨　文化句帖

訳たくさんの智恵者たちは、今日の時雨を何というだろうか。年文化二年。解時雨は、和歌でも俳諧でも人々に詠み継がれてきた。それを詠んだ人たちに、今日の時雨は格別にあわれだよ、と訴える。十月十二日の芭蕉忌を意識しての作。

789 死にべたと山や思はん夕時雨　文化句帖

訳上手に死なないと山は思うだろうね。夕方の時雨。年文化二年。語死にべた―死に下手。病気ばかりしているが死なないこと。解山を擬人化して、山が自分に問いかけているように詠んだ作。おれ（山）は夕時雨によって死の山に一変するが、死にべたのおまえ（一茶）は何も変わらず生き延びている、と山が思っているだろうと、山になって詠んだ。自分が山に語りかけるように、山も自分に問いかけるのは、万物に精霊が宿っているというアニミズム的信仰が身についていたから。

790 念入てしぐれよ藪《やぶ》も翁塚　七番日記

訳特に念を入れて時雨なさいよ。その藪も翁の塚。年文化七年。解十月十三日、田川（茨城県稲敷郡河内町）で詠んだ句。宝暦十三年以降毎年近江の義仲寺を中心に営まれ、多くの俳人たちに影響を与え、また義仲寺とは別に各地でも芭蕉忌が営まれた。上五「念入て」は、そうした時代風潮を揶揄《やゆ》する気分だろう。

791 はつ時雨俳諧流布の世也けり　七番日記

訳はつしぐれ俳諧が流布する世であるなあ。年文化七年。解「初しぐれ猿も小蓑をほしげ也」（猿蓑）等の芭蕉句をふまえた句作り。初時雨の日、芭蕉翁のおかげで、俳諧が流布する世の中になったのだと感嘆。芭蕉を売って生きる俳人が多くいたことも示唆している、とみるのはうがち過ぎで、素直に芭蕉風俳諧が流布したことを喜んだとみれば良いだろう。

792 むら時雨山から小僧ないて来ぬ　七番日記

訳ひとしきり激しく降って通り過ぎる時雨、山から小僧が泣いて来たのだ。年文化八年。小僧―子どもの僧。商店などで使われていた子ども。解文化十年一月二十二日付け一峨宛書簡で一茶は「当地は日々北風斗《ばかり》に而《て》、山から小僧が泣て来たといふ斗なく候」と寒気を訴えている。「山から小僧…」は当時の童謡の歌詞だろう。その軽いリズムを取り入れて、時雨が急に降り出す様子に見立てた句作り。「うしろから大寒小寒夜寒哉」（我春集）も同じ年の作。こちらは「寒（さむ）」の音をリズミカルに畳みかけて、効果的。

793 椋《むく》鳥《どり》の釣《つる》瓶《べ》おとしやはつ時雨　七番日記

訳灰褐色のムクドリが釣瓶落としのように飛び去って行く。今日、初時雨。年文化九年。

[語]釣瓶おとし―井戸の釣瓶が、まっすぐに落ちて行くこと。転じて秋の日がすぐに暮れてしまうこと。[解]「秋の日は釣瓶落とし」と群れて飛ぶ灰褐色の椋鳥の色を重ねあわせて、秋から冬へと季節の推移をとらえた技巧的な作。椋鳥と釣瓶おとしは秋、はつ時雨は冬の季語で、秋から冬へと移り変わる微妙な季節の推移を詠んでいる。

794 桃《たう》青《せい》霊《れい》神《じん》託《たく》宣《せん》に曰《いはく》はつ時雨　　七番日記

[訳]桃青霊神のお告げであらせられるぞ「はつ時雨」。[年]文化九年。[語]桃青霊神―寛政三年、神祇伯白川家から「桃青霊神」の神号が授けられ、芭蕉百年忌に当たる寛政五年に本格的な神格化が始まった。[解]霊験あらたかな桃青霊神が今日の雨を「初時雨」と仰せなのだから、そうに違いない。一茶が俳諧活動を始めた寛政三年ころから芭蕉の神格化が始まり、「桃青霊神」として崇敬の対象となっていった。一茶は「芭蕉様の脛をかじって夕涼み」(句稿消息)と芭蕉翁のお陰で俳諧師を気取って生きられると自覚しながらも、一方で神格化される風潮をにがにがしく思ったのだろう。丁寧過ぎる口調は、そうした風潮を揶揄《やゆ》する気持ちから生まれたもの。同年の句「有様は寒いばかりぞはつ時雨」は、率直な気持ち。

795
やあしばらく蜫《こほろぎ》だまれ初時雨　　志多良　句稿消息

訳やあしばらくぶり。コオロギよ黙れ、共に静かに語ろう、初時雨の日。年文化十年。解善光寺で病臥した後、十月初旬長沼（長野市東北部）の門人を訪ねた折の軽口。生き延びた上に温かく迎えられて、上機嫌。重頼の句「やあしばらく花に対して鐘撞《つ》く事」（貞徳俳諧記）や梅翁の「金沢にて／やあしばらく夕のかね沢釣鰹」（宗因七百韻）など初期俳諧の口語調を取り入れた作。参『茶翁聯句集』によれば、十月十二日、長沼の経善寺で芭蕉忌（時雨忌）があった。その頃の句か。

796
捨られし姥《うば》の日じ《ぢ》ややら村時雨　　七番日記

訳今日が棄てられた姥の日だというのだろうか。冷たくひとしきり降る時雨。年文化十二年。解秋から冬にかけて寒くさびしくなる季節に、棄老伝説を思い出して、老婆に心を寄せた。この句の三句前に「かゝる時姥捨つらん夜寒哉」の句を記録している。参文化十二年八月上旬の作。このあたりの日記に「在庵　八十一日。他郷　百廿九日　内四十一日長沼」と記している通り、家をかまえた柏原での生活は短い。

797 **義仲寺はあれに候はつ時雨**　七番日記

訳 義仲寺はあれでございます。初時雨。年 文化十三年。解 十月十二日、西林寺（茨城県守谷市）で芭蕉忌を営んだ折の句。「翁忌や何やらしやべる門雀」、「大切の御十二日ぞはつ時雨」、「梟も一句侍《仕》此時雨」、「義仲寺や拙者も是にはつ時雨」もその折の作。785番の「義仲寺へいそぎ候はつしぐれ」（しぐれ会）とほぼ同じ趣向だが、青年時代の芭蕉崇敬から、やや距離をおいて「あれに候」と詠んだのだろう。参 宝暦十三年以降、近江の義仲寺では芭蕉忌に奉納された句を集成して『時雨会』を毎年出版。その寛政七年・八年・九年・十一年・十二年、文政五年に一茶句がみられる。

798 **しぐるゝは覚期《悟》の前かひとり坊**　七番日記

訳 時雨の頃に旅しているのは覚悟する前か、ひとりの坊主。年 文化十三年。解 十月八日、馬橋（千葉県松戸市）辺りでの作。宗祇の「世にふるもさらに時雨の宿りかな」芭蕉の「世にふるもさらに宗祇のやどりかな」を念頭において、旅人として孤独に生きるのか、と問いかけた。一茶は妻帯して古郷に家をもっていたので、自分の人生を重ねての問いかけではない。参 閏月下旬北信濃で「ひとり坊立や時雨の鼻先へ」（七番日記）、十月一日は谷中（東京都台東区）で「古郷や時雨当りに立仏」（同）と詠む。この頃、一茶は一門人の魚淵『あとまつり』の出版を目的に江戸への最後の旅に出ていた。

799 而《しかうして》後何が出る時雨雲　七番日記

訳そうして後、何が出るというのか、時雨雲。年文化十四年。解漢文訓読調または講釈師の口調をかりて、大げさに時雨雲に呼びかけた戯れ。何が出るかのひとつの答えを一茶句から探すと、この年九月中旬頃に詠んだ「初時雨お十二日を忘ぬや」という、十月十二日の時雨忌（芭蕉忌）が予想される。

芭蕉忌・ばせを仏　元禄七年（一六九四）十月十二日に他界した芭蕉の忌日。時雨忌とも。一茶が生まれた宝暦十三年（一七六三）は七十回忌にあたる。この頃から義仲寺を中心に追善法会がなされ、『時雨会』が幕末に至るまで毎年出版された。ばせを仏は、芭蕉を仏に見立てたもの。

800 むさし野や芭蕉忌八百八十寺　しぐれ会

訳広大な武蔵野であるなあ。芭蕉忌を営む寺が八百八十。年寛政十二年。解八百八十寺は、杜牧「江南春」の「南朝四百八十寺（しひやくはつしんじ）」（三体詩）のもじり。

四百どころか八百、どの寺でも芭蕉忌を営んでいるという強意の表現。芭蕉追慕と顕彰が儀式化されたものが芭蕉忌だが、武蔵野一帯から追善の鐘の音が響きわたるような感覚になる。それほどに芭蕉追善会が営まれたのである。参一茶・五十九歳「芭蕉忌や客に留主させて火貫に」（八番日記）、同「芭蕉忌や三人三色の天窓付」（同）、同「芭蕉忌や嵐雪いまだ俗天窓《あたま》」（同）、文政年中「芭蕉忌や客が振舞ふ夜蕎麦切」（梅塵抄録本）など晩年にも芭蕉忌を詠んだ句がいくつかある。

801 芭蕉忌やヱゾ《蝦夷》にもこんな松の月　八番日記

訳芭蕉追善の忌日よ。蝦夷にも出るよ、こんなすばらしい松の月。年文政三年。解松尾芭蕉の松と蝦夷地と呼ばれた北海道の松前の松を効かせて、芭蕉忌が蝦夷地でも行われていると感嘆。同地で俳諧を広めた乙二は白石の人で、一茶とも交友があり、「旅のあはれ手向せうものばせを仏」「淋しさの冬の主かな我仏」など芭蕉を敬慕した句がある。乙二は、文化七年、箱館と松前（当時は両方とも蝦夷地）に「斧柄社《おののえ》」を結んだ。なお明和三年に、松前にはじめて芭蕉句碑「しばらくは花の上なる月夜かな」が建立されたという。参「はいかいの恩法講《報恩》やはつしぐれ」「ホケ経《法華》と鳥もばせう《芭蕉》の法事かな」と併記。

802 旅の皺《しわ》御覧候へばせを仏　文政句帖

訳旅で刻まれた皺をご覧ください。芭蕉仏様。年文政七年。語ばせを仏―一茶と交流した乙二に「旅のあはれ手向せうものばせを仏」(松窓乙二発句集)の用例がある。解「芭蕉仏に旅した皺を馳走哉」と併記。十月十二日の芭蕉忌(時雨忌)に芭蕉を仏様として供養した作。一茶の時代、旅人芭蕉・俳聖芭蕉のイメージが出来上がっていたから敬慕する芭蕉に倣って自分も旅の人生を送ってきたと報告。年次未詳の「ばせを忌やことしもまめで旅虱《たびじらみ》」(文政版)「ばせを塚先拝むなりはつ紙子」(文政版)の作もある。参この年の『文政句帖』には一茶自身の旅を「煤《すす》取て錠をおろして旅かせぎ」(文政七年十二月二十八日雲士宛書簡にも)、「寒空のどこでとしよる旅乞食」と振り返った作を記載する。

803 ばせを忌や十人寄れば十ケ国　文政句帖

訳芭蕉忌法要が営まれているよ。十人より集まれば、十ケ国それぞれのお国で。年文政八年。解一茶の時代、義仲寺はもとより全国各地でもそれぞれに法要を営んだことをいう。「十人十色」をもじったのだが、芭蕉が行脚した地ばかりか、まったく無縁な地にまで、芭蕉塚や句碑が建立された。「ばせを忌や女のかけしズダ袋」「ばせを忌の入相に

「入しわらじ哉」「ばせを忌や昼から錠の明く庵」「ばせを忌と申も只一人哉」と併記。

寒・寒い・寒き・寒き夜　一般的にさむし・さむい・さむきと訓ずる場合は、身を震わすような冬の低温。カンと音読する場合は、二十四節気の大寒と小寒を合わせた寒中（寒の内）。寒き夜（寒夜）は、冬の夜と同義。

貧家

804 **寒き夜や我身をわれが不寝番《ねずのばん》**　寛政句帖

訳寒い夜だなあ。寝ないで自分でわが身の番をしていないと凍えてしまいそう。年寛政四年。解寒さにふるえて眠れないことを寝ないで番をすると自嘲的ながら、ユーモラスに表現。貧者の意地が感じられる。旅先での思い出。年次未詳（寛政年中）の作に「我好《すき》て我する旅の寒哉」（西国紀行書込）がある。旅をする我が身をいとおしむ点では同じで、好んで旅をするというのも意地だろう。

805 **合《が》点《てん》して居ても寒いぞ貧しいぞ**　我春集

訳十分に承知していても寒いぞ貧しいぞ。年文化八年。解合点は和歌や俳諧で出来の良い作に付す記号。日常語でも威勢の良い言葉として使うが、威勢だけ良くても寒さと貧しさはやってくる。「合点して」は初期俳諧で付句に使われるが、一茶より一時代前の蕉風俳人の涼菟の発句に「合点して出たれど寒し単綿《ひとへわた》」（篗普請）があり、また二柳に「遊女賛／合点して此道迷へ山ざくら」（俳諧新選）がある。一茶句の「て」音と「ぞ」音を繰り返すリズムに、寒さと貧しさがユーモラスに響きあい重なり合う。

806 生《いき》残《のこ》り〳〵たる寒《さむさ》かな　我春集

訳しぶとく生き残っている証拠だ、なんともいえぬほどの寒さよ。年文化八年。解同年の「あら寒し〳〵といふも栄《え》よう哉」（七番日記）の句と同工異曲。厳しい寒さを感じられるのも、生きていればこそである。「生き残り」の繰り返しが効果的に働いていて、思わず同感させられる。

807 しなのぢの山が荷になる寒《さむさ》哉　七番日記

臼井峠

訳信濃路の山を見上げると山が重い荷物のように聳《そび》えている。寒さも一入《ひとしお》。年文化九年。語臼井峠―碓氷峠。中山道の難所。解碓氷峠から、これから向かう信濃路を見たときの作。『句稿消息』は中七を「雲が荷になる」とし、文政元年の『だん袋』では下五「暑さかな」と改案しているが、「山」として「寒哉」とする方が、重荷を背負う実感が伝わってくる。帰住を決断する少し前の文化九年十一月の作で、山国の生活の重苦しさをあれこれ思いやった。

808 **ウス壁にづ《ず》んづ《ず》と寒が入にけり**　七番日記

訳薄い壁にずんずどんどんと寒さが入り込んできたなあ。年文化十四年。語寒―二十四節気の一つ。立春前の三十日ほどの間をいう。冬の季語。解季節の「寒」を擬人化して「づんづ」と入ってくるというおかしさ。安作りの家壁が薄いことをいうのだが、同情よりも笑いを誘う。文化九年に鶴老と巻いた両吟歌仙（「松陰に」の付句「鮓売の声をづんづと東風《こち》吹て　一茶／子どもの走ル辻の獅々舞　鶴老」のように、風の吹く様を擬人化した例もある。参文化五年「陽炎《かげろふ》のづんづと伸《のぶ》る葎《むぐら》哉」（文化句帖）、文政七年「戸をメてづんづと寝たりかたつむり」（文政句帖）。白雄「蔓草のづんづと秋も二十日たつ」（しら雄句集）。

自像

809 ひいき目に見てさへ寒き天窓《あたま》哉　七番日記

訳ひいき目で見ても、寒そうに禿げた頭だなあ。年文政元年。語ひいき目—甘くみても。解加齢とともに頭の禿げ具合が気になるが、どうみても年相応以上に禿げていると自信喪失を詠んで、笑いを誘った。「ひいき目に見てさへも不形《ぶなり》な天窓哉」「ひいき目に見てさへ寒し影法師」と併記。またこの年に十月の作「賛／うしろから見ても寒げな天窓也」（七番日記）も同案。参下五「そぶりかな」（文政版一茶発句集）。

810 椋《むく》鳥《どり》と人に呼るゝ寒哉　八番日記

江戸道中

訳椋鳥と他人に呼ばれる寒さよ。年文政二年。語椋鳥—十一月頃に出稼ぎに来る信濃者の比喩。「椋鳥が来ては格子をあつがらせ」（誹風柳多留・初篇）、「むく鳥も毎年来ると江戸雀」（同・七三篇）。解椋鳥は群れて騒々しい鳥。出稼ぎに江戸へ行く信濃者は「椋鳥」に喩えられて蔑称された。そう自覚していても、他人から椋鳥と呼ばれると、ますます寒さが骨身にこたえる。「椋鳥と我をよぶ也村時雨」と併記。信濃者は「信濃者につこりとして喰かゝり」（誹風柳多留・十一篇）と揶揄されたように、大飯喰らいのイメージも手伝って、田舎者の代表者とみられていた。参前書「東に下らんとして、中途迄出たるに」（おらが春）。

小春　十月の異称。「十月は小春の天気、草も青くなり、梅もつぼみぬ」（徒然草）という日和。

811 麦ぬれて小春月夜の御寺《みてら》哉　文化句帖

訳麦の芽が雨に濡れて、小春のように暖かな夜の月の光がお寺を照らしているよ。年文化元年。解「（十月）廿七日　随斎に出席　晴」（句帖）から、随斎成美亭での題詠だろう。同時に「ふる雨も小春也けり知恩院」の作があるから、「御寺」は知恩院をイメージしたものか。同寺は、京都市東山区の法然ゆかりの寺（浄土宗）。一茶は浄土真宗の信徒。

寒月　冷たく冴え冴えとした冬の月。漢詩的表現で、引き締まった感じがする。

812 寒月や喰つきさうな鬼瓦　七番日記

訳凍てつきそうな寒月が地上を照らしているよ。喰いつきそうな鬼瓦が天空を仰いでいる。年文化八年。解冬の月（寒月）も鬼も「冷《すさまじ》」いものの代表で同類（類船集）だが、鬼瓦のすさまじい形相を形容する「喰つきさうな」と寒月の取り合わせが絶妙。

813 寒月やむだ呼されし座頭坊　七番日記

訳寒々とした冬の月。仕事もないのに無駄に呼ばれた盲目のあんまさん。年文化十三年。解仕事があると思ったのに、アテが外れて、寒月がいっそう寒々と感じられる心象風景。無駄寝・無駄歩き・無駄足・無駄口・無駄骨・無駄書など無駄を詠む一茶句は多く、とりわけ無駄人と呼ばれる無念さを詠んだ作が多い。翌年の「夜あんまやむだ呼びされて降《ふる》しぐれ」（七番日記）も同じ趣向。

木がらし　晩秋から初冬にかけて吹く、木を枯らすほどの強く冷たい風。凩《こがらし》は日本独自の国字。

814 木がらしに口淋しいとゆふべ哉　文化句帖

訳凩が吹くと口が淋しいと言う夕べとなったなあ。年文化元年。解凩が吹く夕べ、空腹感が淋しさをいっそう募らせる。「物いへば唇寒し秋の風」（芭蕉庵小文庫）と芭蕉翁は詠んだが、おれはそんな高尚なことよりも、空腹感にさいなまれているのだ、と言いたい。下五「夕べ」は「言ふべ」と言いかける。冬の夕暮れの孤独な独言だがそこはかとないユーモアがただよう。

---

815 木がらしや地びたに暮る、辻諷《うた》ひ　　文化句帖

世路山川ヨリ嶮《けは》シ

訳 凩が吹きすさんでいるよ。地べたに座って、日々暮らしてゆく辻諷い。年 文化元年。語 辻諷ひ―辻で小謡などをうたって、物乞いする人。解 前書の世路云々は、「孝友異情、山川ヨリモ嶮《けは》（険）シ」（宋書）や諺「人心、山川ヨリモ嶮（険）シ」による。地べたは、地面の俗な表現、地びたは方言。人々が行き交う辻の地面にむしろを敷いて、物乞いしながら日々を暮らす者への深い同情。凩は世間の冷たさそのもの。一茶も地面から上を見上げている。

---

816 牛の汁あらし木がらし吹にけり　　文化句帖

峠二日

訳牛のよだれ、嵐も木枯しも吹いていることよ。年文化四年。解十月三十日、中山道安中（群馬県）に宿泊した日の作。同日に「越て来た山の木がらし聞夜哉」もある。嵐や木枯しと関係なさそうな「牛の汁」の取り合わせがおかしい。中七「あらし木がらし」の「シ」音は摩擦音で、寒さを感じさせるのに効果的。

817 北壁や嵐木がらし唐がらし　七番日記

訳北壁がしかと受け止めているよ。吹き荒《すさ》ぶ嵐に凩に唐辛子。年文化十三年。解北壁は、嵐も木枯しも北からの風を一身で受け止める。唐辛子は、嵐、木枯しと語調があうから取り合わせたもの。並べて口に出してみると、「シ」音が重なり合って寒さを感じさせてくれるばかりか、唐辛子の辛さが寒さを増幅させてくれるような気がする。前年に「やせ脛《すね》やあらし凩三ケ日の月」（七番日記）、「身一ツにあらし木がらしあられ哉」（同）の作もあり、様々に変奏を試みたことがわかる。参上五「軒下や」（自筆本）。

818 木がらしや菰《こも》に包ンである小家　七番日記

訳木枯しが吹き荒《すさ》んでいるよ。そのなかで菰にくるんである小さな家。年文化十四年。
解家全体を菰で蓋《おお》っている雪囲いを「包んで」というのだろう。小家は、けなげに生きる庶民の家、同じ年に詠んだ「木がらしや物さしさした小商人《こあきんど》」は庶民の姿そのもの。同じ頃に詠んだ「木がらしに女だてらの跨火哉《またび》」「木がらしや木葉にくるむ塩肴」の作もある。㊂中七・下五「孤にくるんで捨庵《すていほり》」（文政五年・文政句帖）。

819 木がらしや廿四文の遊女小家《屋》　八番日記

護持院原《ごぢあんがはら》

㊋木枯しが吹き荒んでいるよ。二十四文の遊女小屋を。㊊文政二年。㊎護持院原—神田橋外にあった。享保二年、護持院が焼失した後、火除《ひよ》け地として用いられた。㊉火除け地に立てられた遊女小屋は、粗末な作りだった。蕎麦一杯の値段はだいたい十六文だったから、二十四文で身を売るのは、最下等の遊女。寒々とした気持ちが、いっそう荒んでくる。㊂同じ頃「木がらしや折助帰る寒さ橋」（梅塵本八番日記）。

雪・初雪　月・花と並んで自然の美しさを代表する景物。和歌的優美さとは別に雪は豊作の吉兆といわれ、白楽天の詩句「雪月花ノ時ニ最モ君ヲ憶フ」（和漢朗詠集）のように、友を思うよすがでもある。初雪は、その年降るはじめての雪。一般的には待ちわびたものとして詠む。

820 山寺や雪の底なる鐘の声　　雪の碑

訳山寺よ、雪の底から響いてくる寺の鐘の声。年寛政二年。解雪国ならではの句。雪に埋もれた山寺から聞こえてくる鐘の響きは、荘厳でありながら、そこに生きる人のぬくもりを響かせてくれる。「雪の底」に句眼がある。鐘の声は、蕪村の句「涼しさや鐘をはなるゝかねの声」（蕪村句集）が夏の清涼感を伴うのに対して、一茶句は冬の凍りつくような寒さを伴っている。参文化十年「我が郷《さと》の鐘や聞くらん雪の底」（七番日記）。

821 海音は塀の北也夜の雪　　享和句帖

訳海の音は、塀の北から聞こえてくる。しんしんと降る夜の雪。年享和三年。解海辺の漁村の夜の風景句、言水の有名な句「木枯しの果てはありけり海の音」（都曲）をふまえて、海に出た木枯しがもどって来て、塀の外の北側から海の音となって聞こえて来るとみた。耳には冬の海の音、目には夜の雪で寒さも一入《ひとしお》。一茶より前時代の蕪村は「なの花や昼一しきり海の音」（遺稿）と詠んでおり、視覚と聴覚の両方から体感を得るのは、前時代の俳人蕪村の句作りに倣ったのだろう。参同時に「はつ雪のかゝる梢も旅の家」。

822
初雪のふは〳〵かゝる小《こ》鬢《びん》哉　　　享和句帖

無心所着《むしんしよぢやく》

訳初雪がふわふわ舞って、ふりかかる鬢のもつれのいとおしさよ。年享和三年。語無心所着―和歌では句ごとに意味が異なり、全体として意味をなさないものとして嫌われた。わけのわからない歌。俳諧も基本的に同じ意味で用い、荒唐無稽を非難するときに用いる。解鬢は髪の左右側面のほつれ毛、小鬢だから、ちょっとしたほつれ髪。淡い初雪が若い女性の小鬢にふりかかる情景とみたい。細やかな観察眼が光っている。同時に「真昼の草にふる也たびら雪」（享和句帖）、「初雪や誰ぞ来よかしの素湯土瓶《さゆどびん》」（同）の作もあり、これらも小さな物にふりかかる雪を詠んでいる。同年中には「ふは〳〵としていく日立一葉哉」（同）の作もある。参「ふは〳〵」句は次の通り。文化二年「草の家や霧がふは〳〵蟹がはふ」（文化句帖）、同三年「風ふは〳〵木曾鶯も今やなく」（同）、同十年「はつ雪や軒の菖蒲もふは〳〵と」（七番日記）、同十三年「大仏や鼻より霧はふは〳〵と」（同）、文政元年「大丸の暖簾ふは〳〵雪解哉」（同）、同二年「塵の身もともにふは〳〵紙帳哉」（八番日記）、同七年「ふは〳〵と出たは御堂の藪蚊哉」（真蹟）、同九年「田中／湯けぶりのふは〳〵蝶もふはり哉」（文政句帖）。

823 初雪や古郷見ゆる壁の穴　文化句帖

訳初雪が降っているよ。古郷が見えてくる、壁の穴から。年文化元年。解一茶の古郷柏原（長野県信濃町）は、雪が深いどころか身動きもできないほどの大雪に見舞われることがある。後に「初雪をいま〳〵しいと夕哉」（文化七年　七番日記）と詠むが、この句は望郷の思い。壁の穴の向こうの古郷が、理想郷のように思われてくる。参年次未詳「はつ雪や今行里の見へて降《ふる》」（遺稿　真蹟）。

824 雪の日も蒙《もう》求《ぎう》しらぬ雀哉　文化句帖

訳雪の日も蒙求を知らないでさえずる雀たちよ。年文化元年。語蒙求―唐の李瀚撰。初学者用の教科書。中国古代から南北朝までの著名人の類似する言行を二つずつ配して四字句の韻語として、経・史・子類の故実を記す。解「勧学院の雀は蒙求を囀《さへづ》る」（義経記等）をふまえて、学問所とはほど遠い巷に住む雀は、ただやかましくさえずるだけとユーモラスに言う。夏目成美亭での作。同時に「女三宮小野／初雪やおち葉の宮とどこをいふ」の句もある。この頃、『和漢朗詠集』や『源氏物語』などの古典を勉強していて、その成果を示そうとした様子がうかがわれる。参「十一月廿七日　晴　随斎会出席」（句帖）。同時に「はつ雪に白湯《さゆ》すすりても我家哉」「はつ雪や其角が窓も見へて降る」（同）。

825
捨扶持を寝て見る雪の夕哉　　文化句帖

訳捨扶持の身で寝て見る雪の夕べであるなあ。年文化二年。語捨扶持―役に立たない者に与えるわずかな米や食料。解雪が恐ろしいほど積もる地方では、雪を風雅と見ることはできない。雪かきをしなければならないから、気が休まらず、夕寝をしていられないのがふつう。それでも、わずかな食い扶持を与えられて生きているのだから仕方ない。無用で役立たずの者にとって、雪の夕べは哀しいが気楽でもある。

826
雪ちるや友なし松のひねくれて　　文化句帖

訳雪が舞っているよ。友だちがいない松はひねくれて。年文化二年。解芭蕉「辛崎の松は花より朧《おぼろ》にて」のパロディ。曲がっている松を、友だちがいないからひねくれている、と擬人化。そんな松に雪が散っても、風流だと言ってだれも見向きもしない。「ひねくれて」は、一茶以外の俳人は、ほとんど使わない。同じ十二月三日に詠んだ「はつ雪やあさぢが原のいなり好《すき》」には長点や○点がある。浅茅が原の狐を暗示した句の方が好評だった。

柏原ニ入

827 雪の日や古郷人もぶあしらひ　文化句帖

訳雪の降る日、古郷の人も冷たく応対する。年文化四年。解十一月五日、柏原での作。江戸で冷遇され、古郷へ帰って遺産交渉をしても進展せず、軽くあしらわれるばかり。江戸も古郷も、どこにも居場所がない。「も」の働きが巧み。同時に「寝ならぶやしなの丶山も夜の雪」、「椎柴《しひしば》や大雪国を贔屓《ひいき》口」、「かじき佩《はい》て出ても用はなかりけり」の作がある。無用者として自分を自覚するほかなかった。

828 心からしなの丶雪に降られけり　文化句帖

訳心の底から信濃の雪に降られていることだよ。年文化四年。解十一月十二日、遺産交渉が進展しないで柏原から帰る折、毛野（飯綱町）の門人の滝沢可候宅での作。古郷の人から疎外された哀しみも含めて信濃の雪に降り込められ、己の心を見つめるほかない。この句の後に注として「『漢書』ニ有　若人不能留芳百年臭残百年」（モシ人芳ヲ百年ニ留ムル能《あた》ハズンバ臭ヲ百年ニ残ス）と書き記している。

留別

829 古郷の袖引く雪が降にけり　　文化五・六年句日記

訳古郷へ帰れと袖を引く雪が降ってきたなあ。年文化五年。語袖引く―人を誘う。解十二月二十九日の作。雪が降るといまいましいと思いながらも古郷をなつかしく思い出す。柏原の人によろしくと伝えておくれ、という切なる望郷の思い。

830 雪ちるや七《しち》十《じふ》顔《がほ》の夜《よ》そば売《うり》　　七番日記

訳雪が散るように降っているよ。七十歳の顔の夜蕎麦売り。年文化七年。解雪が降るなか、老齢の男が夜蕎麦を売っている。当時の七十歳は、かなり高齢であり、その顔に焦点をあてて人生の重さと深さを感じさせる。哀感ただようが、そう見るのではなく、蕎麦を売りながら立派な顔をして生き抜く力を見る方が良いだろう。

831 わらの火のへら〳〵雪はふりにけり　　七番日記

訳藁の火がへらへらと燃え、へらへら雪も降っているよ。年文化七年。解中七「へらへら」は一茶独特の用法。この年の十一月二十七日には「わらの火のめら〳〵暮れること哉」（七番日記）と詠むので、火は「めらめら」燃えると見ていたことがわかる。一方、文化九年「同じ世をへら〳〵百足《むかで》小ばん哉」（七番日記）、文政二年「焼栗やへら〳〵神の向方に」（八番日記）、同八年「紅葉火のへら〳〵過る月日哉」（文政句帖）とも詠む。これらから、薄っぺらで媚びるような印象をあたえる状態を「へらへら」の擬態語で表現して、実質を伴わない軽さを憎んだのだろう。

832
はつ雪や是もうき世の火吹竹　七番日記

訳初雪が降っているよ。これも辛い冬の世のはじまりと精いっぱい火吹き竹で火をおこす。年文化七年。語火吹き竹―竹筒の一方を吹いて風を送り、火の回りをよくする道具。風呂を沸かすときに用いることが多い。解蔵前の札差夏目成美亭での作。この句を詠んだ日、成美亭では大金が紛失、一茶も嫌疑をかけられたらしい。火吹き竹を吹きながら「これも憂世だから仕方ない」と諦めたか。火吹き竹は、火力を強くするために用いるから、火（非）のないところの火を煽《あお》り立てたという寓意があったのだろう。参この句を詠んだ十一月三日「卯五刻　箱中改ラル、所金子紛失ス　是則昨二日留主中ノ所為トシテ終日大ニ捜ス　我モ彼党ニタグヘラレテ不許他出」その後、毎日「大捜」し、八日「金子未出ザレド其罪ユルス」とある（七番日記）。

833
はつ雪やそれは世にある人の事　七番日記

訳初雪や、そんな風に言えるのは世の中に受け入れられている人のこと。年文化七年。語世にある人—世に受け入れられ、もてはやされる人。解「初雪や」なんて悠長に詠むことができる風流人を揶揄《やゆ》したものか。あるいは夏目成美宅で紛失した大金をめぐって、一茶も嫌疑をかけられたが、それは貧乏で世に受け入れられないからだ、と言いたいのだろうか。二重に意味がとれるようにして曖昧にしたのだろう。文化七年十二月二十日信州長沼の門人笹人宛書簡では、中七を「是《これ》も世にある」とする。参文政五年「初雪やなどゝ世にある人のいふ」（文政句帖）。

834
はつ雪をいまいましいと夕哉　七番日記

訳初雪をいまいましいと言う夕べ、いよいよ冬が到来するなあ。年文化七年。解下五「夕哉」は「言ふべい」と「夕べ」を言いかけた表現。風雅を代表する「雪月花」の雪は、雪国に生きる者にとっては、無用でいまいましいものに過ぎない。語調も滑らかで実感も伝わってくる。参中風の見舞いに来てくれた春甫・掬斗・素鏡・雲士（長沼の俳人）宛文政三年十二月八日付の礼状には「俳諧寺記」という雪国の生活を厭う俳文のなかで、この句を記載する。

835
はつ雪やぐわら〳〵さはぐ腹の虫　　七番日記

訳初雪が降ったなあ。ががら騒ぐのが腹の虫。年文化八年。解十一月一日「両戯場（中村座・市村座）始」（七番日記）に因み、芝居で大仰な声「ぐわら〳〵」とあげることから、腹の虫の「騒ぎ」に擬えた。前日には「木がらしにしく〳〵腹のぐあひ哉」と詠んでいるので、空腹で腹が「ぐわら〳〵」鳴ったのではなく、腹具合がわるかったのかもしれない。同日の「腹の虫しかと押へてけさの雪」は、空腹を詠んだものか。いずれもユーモラス。

836
ほちや〳〵と雪にくるまる在所哉　　句稿消息　七番日記

訳ふうわりと雪にくるまっている生まれ古郷だなあ。年文化九年。語ほちやほちや―太って憎めないい風姿。文化三年「ほちや〳〵と藪《やぶ》蕣《あさがほ》の咲にけり」（文化句帖）、同五年「ほちや〳〵と鳩の太りて日の長き」（同）。文政元年「ほちや〳〵と菜遣《つかわ》しぬ煤払《すすはらひ》」（七番日記）。解「ほちや〳〵」を一茶以外の俳人が用いた例はみあたらない。成美はこの句を「上々」と評した。雪に包まれた古郷をいとおしむ感覚。837番と同時の作。七番日記では上五を「ほちく〳〵」とする句形もあるが、「ほちや〳〵」の方が温かい。古郷の温かい思い出が生み出した言葉だろう。参文化八年「冬ごもり菜ハほちや〳〵とほけ立ぬ（七番日記）。文政元年「雁行な小菜もほちや〳〵ほけ立ニ」（同）。同八年「麦などもほちや〳〵肥て桃の花」（文政句帖）。

837
是がまあつひの栖《すみか》か雪五尺　句稿消息　七番日記

十二月廿四日　古郷ニ入

訳これがまあ終生のすみかとなるのか。わが家には雪が積もりに積もって五尺。年文化九年。語是がまあ―感嘆するときの言い回し。文化九年二月「是がマア竹の園生《そのふ》か石畠」（七番日記）。五尺―一尺は、三十センチほど。その五倍で、約百五十センチ。解古郷での永住を決意しての句。『七番日記』には「六十になりけるとし、人々賀の祝せよ、といふことのうるさくて／鶴もいや亀もいや松竹もいやたゞの人にて死《しぬ》ぞ目出度《めでたき》」という大田南畝の狂歌を引いた後、この句を記す。南畝の人生観を一茶流にして、「ただの人」で死ぬ覚悟をしたいと自分に言い聞かせても、五尺の雪を目の前にすると嘆息せざるを得ない。参夏目成美に添削を依頼したとき、中七を「死所かよ」と「つひの栖か」の二案を示したが、成美は前者を朱で消して、後者の句形を採り、「上々吉」と評している（句稿消息）。

838 掌《てのひら》へはら〱雪の降りにけり　七番日記

訳掌のなかにはらはらと雪が降ってくるよ。年文化九年。解何気ない雪国の風景だが、雪を掌に収めることのできないはかなさと哀しみをとらえた。それはとりもなおさず人生そのものの暗喩となっている。

839 はつ雪や俵のうへの小《こ》行灯《あんどん》　ほしなうり　文政版一茶句集

訳初雪が降っているよ。積み上げた俵の上に置かれた小さな行灯。年文化九年。解炭俵か穀物俵かわからないが、早い初雪に驚いて、急いで冬支度をしている人の姿が浮かんでくる。「小行灯」がささやかな生活を暗示して、温かく心に灯をともしてくれる。

840 はつ雪を煮て喰《くらひ》けり隠居達　七番日記

訳初雪を煮て食ってしまったよ。隠居たちが。年文化十年。解初雪を風雅なものとして見る都人とは異なる隠居たちの逞しさ。これも一興。隠居と言って馬鹿にしてはいけない。風雅観を一蹴する逞しさがユーモラス。参下五「おくの院」（文政三年十二月八日呂芳宛一茶書簡）。

841
雪行け〳〵都のたはけ待《まち》お《を》らん　七番日記

[訳]雪よ降って行け、降って行け、都のばかものが待っているだろう。[年]文化十年。[語]たはけ―ふざけたもの。ばかもの。[解]雪月花は風雅を代表する。それならば、この大雪、都で降らせてみたい。雪を擬人化しながら、都の戯けもの―風流人に会わせてやろう、と命じた。雪国に住む生活実感から都の風雅観をゆるがすが、上五「ゆきゆけゆけ」を含めて全体に言葉遊びを楽しむ、童謡風でやさしい句に仕立てられている。

842
雪の夜や苫《とま》屋《や》の際《きは》の天の川　七番日記

[訳]雪の夜になったなあ。粗末な家々の屋根の境目の天の川。[年]文化十年。[語]苫屋―苫で屋根を葺いた粗末な家。[解]雪が降っていたら、天の川は見えないので、雪が降りそうな凍てつく夜だろう。七夕のとき以外には気にかけない天の川が、粗末な家々の間からのぞく冬空に横たわっている。それもうつくしい。

843
雪ちるやきのふは見えぬ明家《あき》《や》札　七番日記　志多良

[訳]雪が散るように降っている。昨日、目に入らなかった空き家の札がぶら下がっている。

[年]文化十年。[解]成美が「明家札、寒けきありさま眼中にあり」（句稿消息）と評した通り、降り散る雪のなかで、「明き家」と書いた一枚の札が寒々とした感覚を呼びおこす。『三韓人』所収のこの句には「石の上の住居のこゝろせはしさよ」の前書がある。「樹下石上る」（山野・路傍に野宿すること）と同じ意味で、「明家札」が流転してやまない人の世の無常を象徴する。[参]文化十一年十一月三日、成美亭での一茶送別半歌仙の発句（三韓人）。下五「借家札」（三韓人　自筆本　文政版）。

844 雪ちるや銭はかり込《こむ》大《おほ》叺《がます》　　句稿消息　七番日記

浅草市

[訳]雪が降り散っているよ。銭を量る大叺に。[年]文化十年。[解]大叺は、藁莚《わらむしろ》を二つ折りにして縫い合わせて袋にしたもの。一般的には穀物や塩や木炭を入れる。銭箱ならぬ大きな銭袋（大叺）に雪が降りこんで行く俗な風景。雪を風流とする風雅観とは異なり、雪のはかなさ、大銭を扱う人のはかなさが響きあう。

845 む《う》まさうな雪がふうはりふはり哉　　七番日記　句稿消息

[訳]うまそうな雪がふうわりふうわり散っているなあ。[年]文化十年。[解]成美が「惟然坊が

洒落におち入らん事おそるゝ也」（句稿消息）と指摘した通り、惟然の「水さつと鳥よふは〳〵ふうはふは」（きれぎれ）や「おもたさの雪はらへどもはらへども」（惟然坊句集）の口調に似ている。笠に杖の旅人の後姿を描く惟然の自画賛も、一茶が描く旅姿の人物像に似ているから、惟然に倣ったものかもしれない。しかし、雪を食べ物のようにとらえて、「むまし」（旨し）とする感覚、やわらかに降る雪の「重さ」を「ふは〳〵」ととらえなおした点が新しい。参同じ頃「雪礫《つぶて》馬が喰《くは》んとしたりけり」（七番日記）。

846 はつ雪やといへば直《すぐ》に三四尺　七番日記

訳「初雪や」と優雅に言ったら、すぐに三四尺も積もるのだ。年文化十年。語三四尺―一尺は三十センチほど。その三〜四倍。解豪雪地帯では、初雪が降るとまたたくまに一メートルを超すほどに雪が降り積もる。風雅どころではない。

847 山に雪降《ふる》とて耳の鳴にけり　七番日記

訳山に雪が降るだろうと言って耳が鳴ったんだなあ。年文化十一年。解北国の冬の寒さは格別。高い山から雪が降り始めたことを告げる耳鳴りがしてくる。ピンと張りつめた空気が耳鳴りの原因。山に降り始めた雪はすぐに里へと降りてくる。

848
びんづるの目ばかり光るけさの雪　七番日記

訳びんずる尊者の目だけが光っている、今朝の雪。年文化十一年。解びんずるは、十六羅漢の一人。その像は、本堂の外に置かれている。自分の身体と像の同じ個所を撫でると痛みや病気がやわらぐと言われている。目を病んだ人が多くて、像の目ばかり撫でたので、雪が舞う朝、木像の目だけが光っている。ありがたい羅漢様だが、目ばかり光っているのは異様でもある。

849
雪ちるやしかもしなのゝおく信濃　七番日記

訳雪が降って来たよしかも信濃の奥信濃に。年文化十四年。解「し」音の繰り返しで、奥信濃に寒々と降り続ける雪のさまを表現。奥信濃の雪はとりわけ深い。同じ頃「はつ雪や是ヨリ北は庵の領」「初雪といふ声ことしよはりけり」「雪ちるやきのふ出来やる湯の烟《けぶり》」、「雪囲《がこひ》世はうるさしやむつかしや」とも詠んでいる。また、この年も雪を詠んだ句が多く、「後〳〵は雪とも云ず成にけり」、「雪の日や字を書習ふ盆の灰」、「うら壁やしがみ付たる貧乏雪」などの作もあり、冬は雪との戦いであったことがわかる。

850
闇夜《やみのよ》のはつ雪らしやボンの凹《くぼ》　七番日記

訳闇の夜に降る初雪らしい。ボンの窪がうずく。年文政元年。語ボンの凹―首筋（項《うなじ》）の真ん中の窪み。「ぼんのくぼ夕日にむけて火鉢哉」（享和句帖）。解初雪が降る闇夜を身体感覚でとらえた作。冬の到来を告げる初雪の寒さの感覚は、雪国に生きる者それぞれの身体に刻まれて記憶される。ふだんの生活で意識しないボンの窪で、それをとらえたところが新しい。

851
雪の日やこきつかはる丶おしなどの　八番日記

訳雪の降る日よ。こきつかわれる、信濃者。年文政二年。解「おしなどの」は「御信濃殿」。信濃出身者に使う慇懃《いんぎん》なふりを装った軽蔑的な表現。大飯喰らいとされていた。雪にも慣れているから、と言って出稼ぎの信濃者を使う都人を詠んだ。実際の見聞に基づく作だろう。

852
雪ちるやおどけも云へぬ信濃空　八番日記　おらが春

訳雪が降って来たよ。おどけさえも言えない信濃空。年文政二年。語おどけ―戯け。ふざけ。たわむれ。解大雪が降る雪国の住人にとって、雪は風雅の対象ではないし、冗談をいう気さえ起こらない「白い魔物」である。文化七年作の「はつ雪をいま〳〵しいと夕哉」（七番日記）を、この年（文政二年）にも記しているように、雪をいみきらって詠んだ作。747番「しなのぢやそばの白さもぞつとする」は、白から雪を連想して、ぞっとした。文政九年にもこの句が記録されている（文政九・十年句帖写）。参下五「信濃山」（自筆本）。同じ頃「雪ちらり〳〵冬至の祝儀哉」（八番日記）。

853しなのぢや意地にかゝつて雪の降　八番日記

訳さすがに信濃路だよな。何がなんでも雪が降ってくる。年文政三年。語意地にかかる―依怙地《いこじ》になる。是が非でも意思を押し通す。解中七「意地にかゝつて」が雪国に住む者の怒りを表現。雪には感情も意思もないが、信濃路ではあたかも意思があり、閉ざされた生活を強要するかのように降ってくる。同じ雪でも江戸では「雪ちるや吉原駕《かご》のちうを飛ぶ」（版本発句題叢・文政三年）と雪さえも吉原通いを演出する。参文政四年「雪降やのがれ出《いで》ても降にけり」（八番日記）は怒りから諦めに近い嘆き。

854はつ雪や駕をかく人駕の人　文政句帖

［訳］初雪が降って来たよ。駕籠を担ぐ人、駕籠に乗っている人。［年］文政五年。［解］十月上旬の作。誰にも同じように初雪が降るが、何の因果か駕籠かきとそれに乗る人に分かれる不条理。同時に「はつ雪や酒屋幸つひとなり《隣》」、「はつ雪やなど、世にある人のいふ」、「はつ雪に一の宝の尿瓶《しびん》かな」、「はつ雪や我にとりつく不性《精》神」などの作もあり、雪景色百態を詠んでいる。同じ頃詠んだ「はつ雪やといふも家にあればこそ」では、旅の途上で冬を迎えなくてすむから客観的になれるのだという。

霰《あられ》

雪の結晶に水滴が付いて凍り、白い氷の粒となって激しく降る。「雪あられ」とも。和歌以来、玉に見立てられ、板庇《びさし》や篠《ささ》の葉などに当たる音を詠むことも多い。

855 玉《たま》霰《あられ》茶の子のたしに飛入ぬ　七番日記

［訳］玉霰、お茶菓子の足りない分、菓子盆に飛び込んだ。［年］文化十一年。［解］北信濃地方では、お茶を飲みながら長談義して長い冬を越す。茶菓子や漬物などがお茶請けとして用意されたものの、長談義には足りない。そこへ俄《にわ》かに玉霰が降ってきて、縁側に跳ね返って菓子盆に飛び込んだ。開放的な家作りの山村で、お茶のみ話に花を咲かせる地方ならではの初冬の風景。

湯のある所は山陰ながら、糸竹の声常にして、老の心もうき立て、さながら仙窟に入りしもかくやあらんと覚ゆ。十娘五嫂の舞ひ、遊女くゞつの声、時ならぬ花の咲心ちす。彼上人のぼさつと見給ふもむべなる哉。此楼に上れば、一時衆苦を忘る。不思議の別世界也けり

856　三絃《さみせん》のばちで掃きやる霰哉　文政句帖

訳三味線の撥《ばち》で掃いて落とした霰だよ。年文政五年。語糸竹―琴や三味線などの弦楽器と笛や笙《しょう》などの管楽器。仙窟―遊仙窟。唐代の小説。作者・張文成が神仙窟に迷い入り、崔十娘とその兄嫁王五嫂から歓待されたという話。遊女くゞつ―遊女と傀儡女《くぐつ》。ともに色を売る女性。ぼさつ―菩薩。女性的な姿をした観世音菩薩をいう。衆苦―多くの苦しみ。解湯田中温泉（長野県下高井郡山ノ内町）での作。霰はつぶ状で固いので床に落ちて転がる。それを三味線の撥で、さっと床下へ掃いて落とす。何気ないしぐさだが、芸者の白い腕もちらりと見えて小粋で洒脱。真蹟は「雪ちるやわき捨てある湯のけぶり」句文と「子どもらが雪喰ひながら湯治哉」句文の間に、この句文が置かれている。文化十一年の「三弦《さみせん》のばちでうけたり雪礫《つぶて》」（七番日記）を受けた句作り。参前書「相の山」（発句鈔追加）、中七「ばちであしらふ」（同）。

857 玉《たま》霰《あられ》夜タカは月に帰るめり　七番日記

訳玉のような霰が地上を打つ。ヨタカは月に帰っただろうね。年文化七年。解十二月中旬の作。同じ頃「玉霰瓦の鬼も泣やうに」。ここでの夜タカは客引きして身を売る女性だろう。高級な遊女ではない。そんな女が身を打つ霰を逃れて月に住むという女性—嫦《じょう》娥《が》のように月に帰ったのだろうね、とやさしく包み込む。参文政五年「夕顔にほのぼの見ゆる夜たか哉」（文政句帖）、同七年「かはほりや夜たかゞぼんのくぼみより」（文同）。

かれの

枯野。草木すべてが霜枯れして、赤茶けた野原。芭蕉句「旅に病んで夢は枯野をかけめぐる」をイメージすることが多い。

858 子七人さは《わ》ぐかれの、小家哉　享和句帖

式微《しきび》

訳七人の子どもがさわいでいる枯野の中の小家だなあ。年享和三年。語式微—「式《そ》レ微《かく》レタリ」（詩経・邶風）。このリフレーンで、「君」の帰りを待つ詩。解荒涼としたイメージの枯野のなかの小家は帰らぬ父を待つ子だくさんの貧乏家だろう。『詩経』を咀嚼《そしやく》してなした習作。

859
御《お》談《だん》義《ぎ》の手まねも見ゆるかれの哉　七番日記

訳お談義する人の手ぶりの真似も見えている。なんと枯野の中から。年文化十一年。語御談義―ここでは辻談義。講釈師が、軍記や歴史物語を身振り手振りで説く。手まね―文政八年「斯うしたらまけじと角力の手まね哉」（文政句帖）。解御談義は、仏教の教えをわかり易く民衆に説くもの。ふつう寺院でするから、枯野から見えるはずはないので、幽霊か化け物の仕業か、「旅に病んで夢は枯野をかけめぐる」と詠んだ芭蕉の面影か。一茶はあまり怪異を詠まないので、これは数少ない例とみたいが、辻談義だから、怪異ではなく枯野のなかの談義の一場面をきりとった叙景句だろう。参沾徳「川越に談義聞ゐる枯野哉」（志多良）。

霜・霜の夜・霜よけ　大気中の水蒸気が氷点下に下がった夜におりる。江戸初期の歳時記は初冬とするが、中期以降は三冬。

860
おく霜や白きを見れば鼻の穴　七番日記

訳おりている霜よ。白いと見れば、鼻の孔だった。年文化八年。解中納言家持「かささぎの渡せる橋に置く霜の白きを見れば夜ぞふけにける」（百人一首）のもじり。雅な鵲《かささぎ》の橋を連想させながら、白くなった鼻毛を霜に喩えて俗に転じたおかしさ。霜柱が立つように鼻毛が林立している。

橋上乞食

861 母親を霜よけにして寝た子哉　八番日記　自筆本

訳母親を霜除けにして、すやすやと寝た子どもよ。年文政四年。解前書から乞食の母が子をかばって橋の上で寝ている様子がイメージされる。寒くて寝ることができない霜夜の続いた子が、母を霜除けにして寝る。睡魔に勝てないのだ。同年作の「霜をく《お》や此夜はたして子を捨る」は、食うために子どもを捨てざるを得ないという非情の選択。それほどに困窮していたのである。母を霜除けにするのも非情だが、母も子を捨てて生きて行かねばならないことも悲しい。貧者が人として生きることの悲しみを伝えてくれる。参文化十年「霜よけのたらぬ所へかゞし哉」（七番日記）、同十三年「むだ山も霜除に立つ庵哉」（同）。

862 霜の夜や七《しち》貧《ひん》人《じん》の小《こ》寄《より》合《あひ》　文政句帖

訳霜の降りた夜の寒さよ。よりによって、七人の貧乏人のちっぽけな集会。年文政七年。

語寄合―寄り集まって相談する集会。解七貧人は七賢人のもじり。古代中国の七賢人は、竹林で清談を交わしたというが、現代の七人の貧乏人は、清談どころか銭をどう工面するか程度の相談をしている。七だけが共通項だが、それが可笑《おか》しくもあわれ。

十夜　浄土宗の法要。旧暦十月六日から十五日の十昼夜、念仏修行する。

863 十夜から直〔に〕吉原参り哉　文政句帖

訳十夜念仏を終えるとすぐに吉原へお参りするのだなあ。年文政七年。語吉原―江戸の吉原（台東区千束）。遊郭があった。解ありがたい念仏を唱え歩いても、精進落としと称して吉原へ参詣。こちらの方がご利益がある、と罰当たりだが、それが偽らざる人情。「蓑を着てかしこまつたる十夜哉」「法《のり》の世は犬さへ十夜参《まいり》哉」などと併記。

寒垢離《かんごり》　寒中に冷水を身体に浴びる修行。修行者は社寺に参詣し、神仏に祈願するが、町の家々を巡る場合もあった。

864
寒垢離《かんごり》にせなかの竜の披露哉　　八番日記

訳寒中の荒行寒垢離の折に背中に彫った竜を披露しているよ。年文政二年。解寒垢離は、寒中に冷水を浴びて、神仏に祈願する荒行。そのときに、これみよがしに刺青《いれずみ》の竜を見せる若者、竜も冷水を得て、生き生きと動き出すかのようだ。参前書「両国橋」(おらが春　発句鈔追加　自筆本)。

鉢扣《はちたたき》　十一月十三日の空也忌《くうやき》からの四十八夜、半僧半俗の空也僧(時宗の僧)が洛中洛外を巡り、鉦《かね》・瓢《ひさご》などをたたいて念仏・和讃を唱える寒行。俳諧題。

865
しばしまて白髪《しらが》くらべん鉢扣《はちたゝき》　　文化句帖

訳しばらくそこで待っていろよ。白髪の数をくらべようじゃないか。年文化元年。解半俗半僧への呼びかけ。一茶の晩年・文政六年に「大毛虫白髪くらべに来る事か」(文政句帖)があるが、こちらの句の方が軽やか。一茶と交流があった乙二に「きくの秋白髪くらべにむさし迄」(松窓乙二発句集)の句がある。参同時に「宗鑑がとふばも見たか鉢敲《はちたたき》」。

寒念仏《かんねぶつ》　寒中の三十日間、鉦を叩きながら、山野やお寺を巡り歩くこと。

866 大門やから戻りする寒念仏　七番日記

訳大きな家の門から、空しくから戻りする寒念仏の行者。年文化十年。解大きな門のある大家では、米や銭をたくさん布施してくれるだろうと期待したが、アテはずれ。念仏者の心情を忖度《そんたく》し、そびえたつような大門をクローズアップする。富める者ほど冷たい。参一茶・文化十年「一夜でも寒念仏のつもり哉」（句稿消息）。蕪村「極楽のちか道いくつ寒念仏」（蕪村句集）。

867 真黒な藪《やぶ》と見えしが寒念仏　文政九・十年句帖写

訳真っ黒な藪だと見えたのに、寒念仏の行者だった。年文政十年。解大きな黒い影が忍び寄ってくる恐怖。黒い藪も何が出て来るかわからないが、念仏を唱えて回る行者も、己の死を予感させるかのようで怖い。寛政年中の若き日に詠んだ句「勿体《もたい》なや昼寝して聞《きく》田植唄」を併記する。

いろり・炉　囲炉裏《いろり》は民家の床の一角を四方に切りぬいて作った炉。炉は囲炉裏を含めた言い方で、炊事や暖房用に火を焚く装置。

それより夏秋も過る迄やや隣国を吟ひ《さまよ》、思はずも此里に来りて、すこやかなる再会を祝ひ、はた半時もやまふの貌《かほ》を守る事は、誠に仏の引きあわせなるか。いかなるすくせのゑにしなるか

868 炉のはたやよべの笑ひがいとまごひ　挽歌

[訳]炉辺のぬくもりよ。そこでした昨夜の笑い話が永遠のお別れの挨拶でした。[年]寛政十一年。[語]炉のはた―炉の端。炉辺。よべ―夕べの方言。いとまごひ―暇乞い。別れを告げること。ここでは永遠の別れ。[解]立砂《りゅうさ》を哀悼する句。炉辺での話は艶笑譚か昔話か。各地を歩いて諸国の情報にも通じていた一茶は、姦通や不倫などの当代のゴシップも書きとめている。立砂も話題が豊富で、笑い話を好んだのだろう。しかし、この笑いは永遠の別離の哀しみと裏腹であった。[参]立砂は、馬橋（千葉県松戸市）の俳人。油屋平右衛門。年下の一茶を庇護し可愛がった。

869 一尺の子があぐらかくいろり哉　七番日記

[訳]一尺の子どもがあぐら《胡坐》をかいている囲炉裏だなあ。[年]文化十三年。[解]一尺は約三十セ

ンチメートル、「幼子」と言わずに身丈で示すのが句眼。「一寸の虫にも五分の魂」などを思い出させながら、胡坐をかいている子どものかわいらしさと囲炉裏端の温かさが伝わってくる。

あじろ　網代。網の代わりの意。魚を獲るための道具。竹や木を、葦などを編んで、川や湖のなかに出し、その端に筌《うけ》をおいて、川瀬や湖の岸につないでおく。

870 **親のおやの打し杭也あじろ小屋**　享和句帖

兎《と》罝《しや》

訳 親のそのまた親が打った網代網杭だよ。この網代小屋も。年 享和三年。語 兎罝―「肅肅タル兎罝　之ヲ椓スルコト丁丁」（詩経・周南）。兎を獲る網を静かに張り、コツコツと杭を打つ、の意。解 代々続く網代守の誇り。前書の「兎罝」から網代守を連想して、転用したのだろう。網代守は、和歌に詠み継がれてきた歌語。詩経の咀嚼《そしやく》の仕方がわかる好例。同年の「親も斯《かく》見られし山や冬籠」も同じ着想から生まれた句である。庶民もまた代々の世を生き抜いてきたのである。

鷹狩　江戸期では初期俳諧の『御傘』で大鷹狩、鷹狩は冬、小鷹狩は秋、朝鷹狩は春と分類するが、『毛吹草』以下後期まで中冬、または冬とする。

871　鷹がりの上座下座や芝つ原　　文政句帖

訳鷹狩の上座と下座がきちんと守られているなあ。この芝原で。年文政七年。解鷹狩は特定の貴族や大名クラスの武家にしか許されていなかった。その狩場の芝原で、上座下座と秩序正しく居並んでいる様子は、庶民とはほど遠い、と皮肉をともなった感嘆。同じ芝原でも庶民が宴会をした後は「酒くさい芝つ原也とぶ小てふ」と蝶も飛ぶ。同じ年に、鷹狩の標的となる鳥を「追れ鳥事すむ迄はかくれ居よ」「老鳥の追れぬ先に覚悟哉」などと詠んでいるから、鷹よりも鷹に追われる鳥に同情していることがわかる。

綿弓　種を取り除いただけの繰り綿を打って、不純物を除き、柔らかくする道具。弓形の竹に鯨の筋の弦を張って打つため、ピンピンと音がする。俳諧題。

872　綿弓やてん〳〵天下泰平と　　七番日記

訳綿弓をうつ音が聞こえてくるよ。てんてん天下泰平と。年文化十二年。解文化九年の

「松陰に寝て喰ふ六十余州かな」（真蹟　文政版一茶句集）の前書に「天下泰平」と記すものの、句に詠みこむ例はきわめて少ない。綿弓を打つ「てんてん」の響きから、天下泰平を連想した遊び。本気でそう思っていたかどうかはわからない。

紙子・紙衣《かみこ》　和紙で作り柿渋を塗った防寒用の安価な着物。もとは律宗の僧侶が用いたもので、老人や風流人に好まれたほか、浪人の代名詞ともなった。俳諧題。

873 明神の御狙《さる》と遊ぶ紙子哉　　句稿消息　七番日記

訳明神さまに飼われているお猿さん。そのお猿さんと遊んでいる紙子だよ。年文化十年。解紙子を着ているのは、遊郭に行くのに紙子を着て洒落《しゃれ》こんだ遊客か。遊客が吉原へ行きがてらに、明神様の猿と遊んでいると見れば、はやる気持ちを抑えるため。かりに紙子を着た子どもが猿と遊んでいるとすれば、猿と子どもがじゃれあって、楽しんでいることになる。参同じ頃「似合しや女坂下る紙衣達」（七番日記）、「唐《もろこし》の吉野へいざと紙子哉」（同）。

874 世はしまひ紙衣似合とはやさる丶　　七番日記

訳この世は末だ。紙衣が似合う、とはやされるようになっては。年文化十三年。解自分のような者が紙子が似合うと周りから称えられたら、世もおしまい、と照れ隠し。紙子が似合うのは、俳諧師として恰好《かっこう》がついてきたからだろう。北信地方の門人たちは「一茶先生」と呼んでいた。この句と「世が世ならとばかり更衣《ころもがえ》」を併記。「更衣」は、夏の季語。こちらでは、時宜に合えば、「自分のような者でも、それなりの地位につけるはず」と気負ってみせている。参類句に文化十四年「世が代《よ》なら〳〵とて更衣」（七番日記）。

875　つぎ交ぜの美を尽したる紙子哉　　文政句帖

訳貼り交ぜの美をきわめた紙子だなあ。年文政七年。解紙子は冬の防寒具。芭蕉「紙子一衣は夜の防ぎ」（奥の細道）は、上等な紙子。それに比べて継ぎはぎだらけ。それを逆手にとったか。蕪村「鴛鴦《おしどり》の美をつくしてや冬木立」のパロディとしての句作りだろう。「達者なは口ばかりなる紙衣哉」、「焼穴を反故《ほご》でこそぐる紙子哉」、「千両のかしくも見ゆる紙衾《ふすま》」と併記。これらも上等な紙子ではないことを楽しんでの作。

布子・綿子・綿むしろ

布子は木綿の綿入れ。綿子は真綿で作った防寒衣、また子ども用の袖なしの綿入れ、綿むしろは「繰綿」の縁語で一般的な季語ではない。綿は真綿、木綿、繰綿などの総称で、冬の季語。

876 芭蕉塚先《まず》おがむ也《を》初布子　七番日記

訳芭蕉塚へ行って真っ先に拝んでいるよ。綿入れの着物が欲しいと。年文化十一年。解芭蕉塚は芭蕉の遺品や墨蹟を埋めて、芭蕉を祀った墳墓。「紙子一衣は夜の防ぎ」（奥の細道）と芭蕉翁が言ったが、この寒さには綿入れが欲しい、それから後に風雅について導いてくださいと拝みたいというのが正直な気持ち。

877 雲水は虱《しらみ》祭れよ初布子　七番日記

訳雲水は虱を祀りなさいよ。初めて布子を着る日は。年文化十一年。解雲水は行脚僧。雲水は、布子についている虱に悩まされて、虱をつぶす。それが殺生の始めだから、虱を供養しなさい、と呼びかけた。実際には虱つぶしにつぶしてしまいたいところを、ユーモラスに「祭れよ」と戯れて雲水に呼びかけたのだろう。

878 貧乏神巡り道せよ綿むしろ　七番日記

訳貧乏神、ここを回り道して行ってくれよ。綿むしろを広げたばかり。年文化十二年。解綿むしろは、これから真綿にしようとする前の段階で綿を広げた状態。そんな時から貧乏神がとりついたら、たまったものではない。貧乏神への命令口調がユーモラス。

879 ナム芭蕉先《まづ》綿子《わたこ》にはありつきぬ　七番日記

訳南無芭蕉、とりあえずちゃんちゃんこにはありついた。年文化十二年。解ナムは「南無阿弥陀仏」の略。仏を拝むように芭蕉を拝む。「芭蕉翁の臑をかぢつて夕涼」（文化十年・七番日記）と自覚することの延長で、芭蕉を売り歩いているからこそ防寒具の綿入れを得られる。いささか現世利益的ながら、芭蕉を売って生きるわが身をふりかえってみた。

頭巾　頭にかぶる袋状の布。長方形の投頭巾は舞踊や飴売・小児などにも用いられ、円形の丸頭巾は老人や僧侶が多く用いるなど、種類が多い。俳諧題。

880 八《はち》兵《べ》衛《ゑ》が猪《ゐ》首《くび》に着なす頭《づ》巾《きん》哉　　七番日記

【訳】八兵衛のずんぐりした首、そんな首にかかるように着た頭巾だなあ。【年】文化十一年。

【語】八兵衛―江戸時代の下総（千葉県）船橋あたりの私娼（公認されていない売春婦）。

【解】猪首は、猪のように太い首で頭巾を着ても似合わない。八兵衛は、一種の隠語で男性の名前のようだが私娼をいう。丸々と太った首に頭巾をかぶって客を引く姿は、あわれとちぐはぐさが同居していて滑稽でもあり哀しくもある。

足袋《たび》　防寒・礼装などのために、足にはく袋状の履物。木綿、絹などで作る。

881 拾ひ足袋しつくり合ふが奇妙也　　八番日記

【訳】拾った足袋が足にしっくり合うのが奇妙だなあ。【年】文政四年。【解】蕪村の「行春や眼に合はぬめがね失ひぬ」（遺稿）と逆の奇妙な感覚。足袋を拾うのも珍しいが、それが足にしっくり合うのはもっと珍しい。他人の経験とするより自分が足袋を拾っての感懐とした方が奇妙。【参】「赤足袋や這せておくえば直しやぶる」と併記。

衾《ふすま》・蒲団《ふとん》　衾も蒲団も寝るときにからだの上にかける防寒具。綿入れが普通だが、麻や紙で作った衾もある。俳諧題。

882 早だちのかぶせてくれし蒲団哉　題葉集

【訳】早立ちの人がかぶせてくれた蒲団のぬくもりよ。【年】寛政十二年。【語】早だち—早朝出発する旅人。【解】旅は道連れとは言うものの、偶然同宿した人が朝早く出発するので、自分がかけていた蒲団をかけてくれた。蒲団のぬくもりよりも人情の温かさにほろり。【参】下五「衾哉」（自筆句集）。

883 雀らよ小便無用古《ふる》衾《ぶすま》　七番日記

【訳】雀たちよ小便しちゃいけないよ。この古衾に。【年】文化十一年。【解】古衾は、古びた寝具。それをいいことに雀たちが、小便をする。黴《かび》臭い匂いもする。日常のありふれた風景をユーモラスに見て、雀たちに呼びかけた。「小便無用」は、江戸の書家文山（佐々木玄龍の弟、享保二十年歿）の伝えたとして、其角が「この処《ところ》小便無用花の山」の句を詠んで喜ばれたとする説があった（近世奇跡考）。【参】一茶・寛政四年に「船頭よ小便無用浪の月」（寛政句帖）。川柳に「小便無用礼は無ひ京の町」（柳多留一二七）。

884 煎《せん》餅《べい》のやうなふとんも気楽哉　七番日記

訳煎餅のように薄くて固いふとんも寝るには気楽なものだよ。年文化十四年。解旅寝ではふとんを借りて窮屈な思いで寝る。それに比べたら、わが家は煎餅ぶとんでも気楽なもの。「旅すれば猫のふとんも借にけり」、「飯櫃《めしびつ》の方脇かりるふとん哉」と併記。

雪車《そり》　雪の上を滑走させて人や物を運ぶ道具。竹や木を使って作った乗り物。

885 馬迄もよいとしとるか雪車《そり》の唄《うた》　文化句帖

訳馬までも良い年とりになるだろうか。馬車をひく明るい馬子唄が聞こえてくる。年文化三年。解十二月一日の作。同日に「としよらぬ門のそぶりやそりの唄」。「馬齢を重ねる」「馬耳東風」など馬をめぐるマイナスのイメージを払拭するような明るい唄が、良い年取を思わせて嬉しい。

886 雪《そ》車《り》負《おう》て坂を上るや小サイ子　七番日記

訳ソリを背負って坂を登って行くよ。小さい子が。年文政元年。解雪国の子どもたちの

——ソリ遊びの風景。坂を登るのは、傾斜を利用して滑走するため。大きな子どもたちに混じって、小さな子がソリを担ぐ姿がいとおしい。

かじき　かんじきとも。雪の中を滑らないように、深みにはまらないように歩くために、木の枝や蔓《つる》を楕円形にして靴の下に履く道具。

887　かじき佩《はい》て出ても用はなかりけり　　文化句帖

訳かんじきを履いて外へ出ても、これといった用はないのだなあ。年文化四年。解十一月五日、遺産交渉で柏原に帰省した折の作。古郷で無用者のわが身を自覚するほかなかった。かんじきは、雪国に生きる者にとっての必需品。それを履いて出るのは、用事があったり、招かれたりするからだが、誰も呼んでくれないのは、まったく無視されているから。

——

雪仏《ゆきぼとけ》　雪を固めて作った仏像。雪だるま。

888 雪仏犬と子どもが御好かや　七番日記

訳雪仏よ、犬と子どもがお好きなようですかね。年文化十二年。解雪だるまの近くで遊んでいる子どもたちを見ての作。子どもたちが雪だるまを好んで作ったのに、逆に雪仏に子どもたちを好きなのかねと戯れて問いかけた。逆の視点から問いかけることで、子どもも犬も、雪だるまもいっそう活き活きしてくるから不思議。「雪仏我手の迹もなつかしや」、「寄合て雀がはやす雪仏」「はつ雪をおつくねても仏哉」と併記。

雪礫《ゆきつぶて》　雪合戦のときなどに雪を丸めて玉にして投げつける。

889 親犬が尻でうけけり雪礫《つぶて》　七番日記

訳親犬が飛んできた雪礫を尻で受けたよ。年文化十四年。解親犬が子犬をかばって、雪礫を受けたいじらしさ。尻で受けたところがおかしいが、必死で子を守る親犬の姿に共感。同じ頃に「犬の子も追《う》ふて行也雪礫」（上五を「犬の子は」とする句もあり）とも詠んで、犬も喜ぶ雪遊びの情景を描き出している。

冬籠《ふゆごもり》 冬の寒さを避け、家にこもって過ごすこと。本来は動植物が活動を停止することで、和歌・連歌では雪に埋もれる草木について詠んだものが多い。

890 五十にして冬籠さへならぬ也　文化句帖

訳五十歳にもなって、冬籠さえままならない身であることだよ。年文化三年。解この年(文化三年)、一茶は四十四歳。「人生五十年」を意識して、五十歳を一区切りとみて、旅に明け暮れて冬籠さえできない境涯。上五の破調が通常の人生からの逸脱と重なる。五十歳を意識して、四十七歳にも「五十年見れども見れども桜哉」(文化六年句日記)と詠んでいる。

891 菊いろ〳〵いつ古里の冬籠　七番日記

訳菊はいろいろに咲いている。いったいいつになったら古里で冬籠できるのだろうか。年文化七年。解望郷の句。菊を愛した陶淵明のように「帰りなんいざ」という気持ちはあっても、いつになったら古郷へ帰れるのだろうか。目途が立たない。

892 犬なども云《いふ》事《こと》を聞《きく》冬籠　七番日記

訳犬なども素直に言うことを聞く冬籠。年文化十一年。解雪国の長い冬を覚悟した冬籠。ふだんならば主人の言うことを聞かない犬さえも、主人の緊張が伝わったのか、おとなしい。「犬など」は家畜類。ほかに江戸期の農村では牛や馬が飼われていた。

893 屁くらべが又始るぞ冬籠　七番日記

訳放屁合戦が又始まるぞ。今年の冬籠も。年文化十三年。解雪国に生きる者にとって冬籠は、優雅な洒落たものではない。日常を正直に受け止めれば、笑い話に興じ、屁の大きさを自慢する程度。「放屁合戦」とでも言えばまだしも上品だが、「屁くらべ」が日常。哀しい現実だが人々にとっては笑いの種で屈託がない。前年には「屁くらべや夕顔棚の下涼み」と詠んだが、冬籠の方が匂いがこもる分、実感を伴う。同じ頃「垣外へ屁を捨に出る夜寒哉」（七番日記）の作もある。晩年の文政七年には「屁くらべや芋名月の草の庵《いほ》」（文政句帖）と詠んでいる。

894 のふ《う》なしはつみも又なし冬籠　八番日記　おらが春

【訳】能がないものはまた罪もない。冬籠するだけ。【年】文政二年。【解】能があれば冬の間も出稼ぎに行ったり、知恵を使って悪事を働いたり、冬の仕事をみつけてするのだが、何の能もないのは何もできない。だから「罪も又なし」ということになるが、情けない。同年作の「おれにつぐのふなし猿や冬籠」から自画像として詠んだ作とわかる。【参】文政四年「のうなしの仕様事《しやうこと》なしの冬籠」（八番日記）。

895 太刀きずを一ツばなしや冬籠　　文政句帖

【訳】刀で切られた傷の話だけを繰り返して冬籠。【年】文政五年。【解】中七「一ツばなし」は、その話題だけしかないので、いつでもだれと会っても繰り返して、同じ話をすること。「太刀きず」は柱などにつけられた器物の疵《きず》ではなく、話し手の身体に刻まれた傷なのだろう。それを見せられながら、同じような自慢話を聞かされる方はあきあき。

896 人謗《そし》る会が立なり冬籠　　文政句帖

【訳】人を悪く言う集まりの会ができるのだ。冬籠の間。【年】文政六年。【解】北国の長い冬籠の間、人の悪口を言うのは、ストレス解消法。物品の売買の「市が立つ」ように、集まって悪口を言う「会が立つ」と皮肉った。また諺「人の口に戸は立てられず」をふまえて、

「人誹る会が立つ」というペーソスも感じられる。奇祭「悪口祭」があるように、悪口をどこかで発散するような会があっても不思議ではない。参文政七年「人そしる会も有也冬ごもり」（文政句帖）。

炬燵《こたつ》・巨燵 櫓の下で火を焚き、上に蒲団をかけた暖房装置。床を切って炉を設けた切炬燵（掘炬燵）と、櫓の中に炉を入れるだけの移動可能な置炬燵がある。俳諧題。

897 思ふ人の側へ割込む炬燵哉　寛政句帖

思恋

訳思っている人の側へ近寄って行って、他人をおしのけて割り込む炬燵の温かさよ。年寛政五年。解恋しく思っている人に少しでも近づきたい。とりわけ掛けふとんで手足を隠すことができる炬燵だから、身体がふれる位置に近づきたいと懸命に割り込むのが人情。それがおかしいが、炬燵にかこつけて、恋しく思う気持ちを許してくれよ、ということになる。参出題「思恋」があって詠んだ題詠作。

898 南天よ巨《こ》燵《たつ》やぐらよ淋しさよ　享和句帖

訳南天よ。難を転じてよ。炬燵やぐらよ。この身を温めてよ。何とも淋しいよ。年享和三年。語南天―晩秋から冬にかけて、丸くて赤い実をつける。南天と「難転」が同音であることから難を転ずるものとして、鬼門（東北の角）に植えられることが多い。解上・中・下すべてを助詞「よ」で結び呼びかけた句作り。南天と炬燵やぐらの取り合わせが新しく、下五「淋しさ」に行き着くのが不思議。難を転じても、火のない炬燵やぐらを持っているだけでは淋しいだけ。参同年に「おのが身になれて火のない巨燵哉」。

899
唐迄も鵜《う》呑《のみ》顔して巨《こ》燵《たつ》哉　　句稿消息

訳中国までもひとのみにしたような得意な顔で炬燵に入っていることだなあ。年文化十年。解大げさな表現をして笑いのめすしかない炬燵の番人。炬燵にしがみついているだけなのに、「唐までも鵜呑」顔という豪傑ぶりの顔が馬鹿らしくおかしい。『歴代滑稽伝』に、山崎宗鑑の付合例として「日本のものの口の広さよ」に「大唐をこがしにしてや呑ぬらん」の付合例を引いているが、こうしたことが句作りのヒントになったか。炬燵を守る番人に弁慶を持ち出した「雀来よ炬燵弁慶是にあり」（七番日記）も、同じ年の作。

900 づぶ濡《ぬれ》の大名を見る巨燵《ず》《炬》哉　八番日記

訳ずぶ濡れの大名行列を見ている炬燵の温かさよ。年文政三年。解参勤する加賀藩の大名行列を見ての作だろう。上五「ずぶ濡れ」の大名に対して、下五「巨燵哉」が効いている。文化十四年「大名は濡れて通るを巨燵哉」（七番日記）、文政六年「大名を眺《なが》めながらに巨燵哉」（だん袋）の作があるが、掲出句の方が写生的で完成度が高い。参この年の春に「迹供《あとども》はかすみ引けり加賀の守」（八番日記）、文政七年には「畠打や寝聳《ねそべつ》て見る加賀の守」（文政句帖）がある。

炭・炭団《たどん》　炭は薪を蒸し焼きにして燃料とする黒い塊。洛北小野はその産地。白炭は黒炭を再び焼いて作る茶湯用の炭。消炭は燃えた途中で火消壺に入れて作り、柔らかく燃えやすいが火持ちが悪い。炭団は炭を布海苔《ふのり》などで固めて乾燥させた人造の炭。

901 うら町や炭団手伝ふ美少年　寛政句帖

訳路地裏の町よ。真っ黒なたどん商いを手伝っている美少年に出くわしたことだ。年寛政六年。解「炭団に目鼻」は、目鼻立ちがわからないほど真っ黒な顔をしている、炭団のような容貌をいう。それとはまったく逆の色白の美少年をみかけた驚き。うら町も意一外な発見がある。

902 ちとの間は我宿めかすおこり炭　文化句帖

訳少しの間だけは自分の家のような気がする。火が入った炭を見ていると。年文化二年。解十月十五日千葉県流山での作。おこしたばかりの炭を見ていると、古郷の家で炭をおこしたことが思いだされて、旅の身の上がなぐさめられる。同じ頃に「炭の火や夜は目につく古畳」の作もある。

903 炭くだく手の淋しさよかぼそさよ　文化句帖

訳炭を砕く手の淋しさよ、手首の細さよ。年文化二年。解中七・下五を呼びかけるような詠嘆の「よ」で畳みかけて、人間のたよりない境涯をあぶりだす。十月十五日千葉県流山での作。流山には一茶の庇護者双樹がいた。双樹宅の女性を詠んだものだろう。

904 一茶坊に過たるものや炭一俵　七番日記

訳一茶坊主には過分だろうなあ。炭一俵は。年文化十年。解炭一俵あれば厳しい北国の冬も越せるが、自分には贅沢すぎる、と思わざるを得ない。滄波「冬籠り炭一俵をちからかな」（ありそ海・となみ山）の句もあるように、越冬するために炭一俵は貴重品。一俵で足りなくなったら、支考の句「今一俵炭を買ふかはるのゆき」（鳥の道）のように思案するようになる。

905
朝《あさ》晴《ばれ》にぱち〳〵炭のきげん哉　七番日記

訳久しぶりに朝が晴れた。ぱちぱちと炭も機嫌よさそう。年文化十年。語ぱちぱち―ものが弾ける音。一茶は、花が開く擬音語としても用いた。享和三年「ぱちぱちと椿咲け り炭けぶり」（享和句帖）。解炭がはじける様子をいう擬音語「ぱちぱち」は、冬の暗い日に、明るい気持ちにしてくれる。炭が機嫌が良いからだ、とみるのが新鮮。「冬はつとめて…いと寒きに、火など急ぎ熾《おこ》して、炭もて渡るも、いとつきづきし」（枕草子）も思い出したか。珍しく晴れて天気が良いのも、うれしい。

906
雲と見し桜は炭にやかれけり　七番日記

訳雲のようだと見た桜は炭に焼かれてしまったなあ。年文化十年。解満開の桜を雲に喩えるのは、「み吉野のよしの丶山の桜花白雲とのみ見えまがひつつ」（後撰集）の歌に見られるように和歌的・常套的な技法。都人は桜を愛でるだけ。冬になれば、桜樹が伐られて炭にされて、煙になって空に立ち上って行くものを、と鄙《ひな》の視点から都の雅《みやび》を見直して、皮肉交じりに嘆息した。

907
分てやる隣もあれなおこり炭　　七番日記　句稿消息

訳分けてやる隣もあって欲しいものだ。赤くおきた炭を。年文化十年。解「あれな」は願望をあらわす。「隣は何をする人ぞ」と人恋しいが、そんな人はいない。けれども、こんなに火がおきた炭はめったにないから、隣人が欲しい。孤独をみつめるのが芭蕉ならば、孤独な人に呼びかけるのが一茶。参成美が「侘しさにたへたる人のと西上人のよめる俤あり。あれなといふこと葉うまくとり合候物哉。甘心」と評した(句稿消息)のは、西行の「さびしさに堪へたる人のまたもあれな庵ならべむ冬の山里」(新古今集)をふまえた句であることを指摘したもの。

908
直なるも曲るも同じ炭火哉　　七番日記

訳まっすぐなものも曲がっているのも同じおこり炭だよ。年文化十年。解暖をとるための炭には変わりないが、曲がっている炭を邪魔者扱いする。抗議してみてもはじまらないが、人は直なるものを好むのは、扱いやすいからだ。用途・効能が「同じ」という観点が大切だ、そう嘆いても扱いやすい方を人は選ぶものだ。

榾《ほた》　囲炉裏《いろり》や竈《かまど》でたくきぎ。枯れ枝や木の切れ端など。榾火はその放つ火。

909　榾《ほた》の火や白髪《しらが》のつやをほめらる、　七番日記

訳ほたの火が燃えているよ。照らし出された白髪のつやをほめられた。年文化八年。解榾火で照らされる白髪の艶を褒められたのは、ほかに褒められるところがないから。それを承知しているのだが、褒められたことを喜びとしたのだろう。それを喜びとして苦笑いをしてやり過ごすのも人としては大切なこと。

910　婆《ば》ゝ《ば》どのや榾《ほだ》のいぶるもぶつくさと　七番日記

訳婆どのよ、榾がいぶるのさえもぶつくさと文句をいう。年文化十一年。解婆々どのと「どの」をつけるは、何かにつけて口うるさいので敬して遠ざけているから。榾火がぶつぶつ燻《いぶ》るのと、婆々がぶつくさ文句を言う音が、重なるおかしさ。

薬喰《くすりぐひ》　滋養や保温のために猪や鹿などの肉を食べること。普通は穢《けが》れがあるとみて食べない獣肉を薬と称して食べた。

911　ばさら画《ゑ》の遊女も笑へ薬喰《くすりぐひ》　七番日記

訳派手な画の遊女も笑え、薬食い。年文化十四年。解ばさら画は、扇や団扇《うちわ》などに描いた粗放な画。出来の悪い浮世絵の遊女だろう。肉食の薬喰はうしろめたかったので、「遊女も笑え」と呼びかけて照れ隠しした。

納豆《なつとう》　糸引納豆。蒸した大豆を藁《わら》などに包み、適温で納豆菌を繁殖させた発酵食品。

912　納豆の糸引張て遊びけり　七番日記

訳納豆の糸を引っ張って遊んでいたことだよなあ。年文化九年。解十二月上旬、一茶を温かく迎えてくれる長沼（長野市）での作。納豆の糸に託して、くつろいだ気持ちで、納豆の糸は長く引くので、長らくの縁を喜んだ。長沼には、素鏡・春甫・掬斗・松宇ら古くからの一茶門人が居て、合計すると六百六十四日以上も滞在したという（パンフレット「一茶と出逢うまち「長沼」」）。

みそさざい　鷦鷯。全長十センチほどの日本最小の鳥。地味な暗い色の羽だが、雄は美しい声で鳴く。スズメに似ているがそれよりもさらに小さな鳥。

913 みそさざいちつとう《ふ》ても日の暮る　文化句帖

【訳】みそさざいがちいと鳴き始めただけでも日が暮れる。【年】文化元年。【解】みそさざいの鳴く音を「ちつと」と聞いて、「チョツ」を連想したのだろう。冬の夕暮れはあまりに早く、ちょっと鳴いただけでも、早くも闇になると、まだ鳴かないでくれという気持ちが働いての作。

914 みそさゞい鳥には屑《くづ》といはるゝか　文化句帖

【訳】みそさざいよ。鳥の仲間には屑だと言われているだろうかねえ。【年】文化三年。【解】みそさざいは、茶褐色の目立たない小さな鳥で、美しい冬鳥が多いなかで見劣りがする。その鳥に自分の姿を仮託して、ちっぽけでも「屑」と呼ばれているだろうと同情し、鳥としての矜持《きょうじ》をもって生きよ、と呼びかけた。

915
みそさゞいチヨツ〱と何がいま〱し　七番日記

訳みそさざいがチョッチョッと鳴いている。何がいまいましくて、そんな風に鳴くのか。年文化十一年。解みそさざいは、小さな鳥で良く鳴く。その鳴き声を聞いての句作り。現代でいまいましいときにいうチェッという擬音語が、一茶にはチョッと聞こえたか。何を不満がましく生きているのか、と問いかけた。

千鳥《ちどり》　チドリ科の鳥の総称。小型で水辺に群生する。鳴き声が哀調を帯び寒さと結びつけられたり、ちょこちょこと浜辺を歩く姿が詠まれる。

916
或《ある》時《とき》はことりともせぬ千鳥哉　七番日記
田川題

訳あるときはことりともしない千鳥だなあ。年文化七年。解千鳥は群れを成す小さな鳥。チイチイと鳴いて、砂浜を千鳥足で忙しげに歩む。そんな千鳥がまったく動かないところに着目。「小鳥」が「ことり」とも動かない、という言葉遊びに興じたのだろう。田川（茨城県稲敷郡河内町）で、千鳥の題を得て詠んだ題詠作。

さきのとしの大なひ《ゐ》に、鳥海山はくづれて海を埋め、甘《蚶》満寺はゆりこみ、沼とかはりぬ。さすがの名どころも、まことにうらむがごとくなりけり　あとまつり

917 象《きさ》がたの欠《かけ》を摑《つかん》で鳴《なく》千鳥　七番日記

訳象潟のかけらをつかんで鳴く千鳥。年文化十年。語さきのとしの大なひ—文化元年の出羽大地震。象潟一帯は隆起して陸地となり、一変した。解文化元年の奥州出羽の大地震のあとを思いやっての作。千鳥が行き場を失い、壊されたかけらをつかんで鳴くさまは、大地震のすさまじさを思い出させる。「象潟の欠をかぞへて鳴千鳥」(七番日記)もほぼ同案の類句。この句の別案に中七「欠をすがりて」(同)とするものもある。災害は、人間ばかりか、生きるものすべてに混乱と哀しみをもたらす。

918 鳴じ《ぢ》やゝらしやくりするやら村千鳥　七番日記

訳鳴いているのだろうか、しゃっくりしているのだろうか、村千鳥。年文化十一年。解村千鳥は、群千鳥とほぼ同じで使われる。群がっている千鳥が、いっせいに鳴きだした様子は、まるでしゃっくりしているようだと擬人化して戯れて、呼びかけた。「やら」の使い方が巧み。

干菜《ほしな》　蕪や大根などを軒先で陰干しにしたもの。越冬用の食用にした。

919 二軒前干菜もかけし小家哉　　享和句帖

訳二軒前の家に干菜もかけられている。何とも小さな家よ。年享和三年。語二軒前―四十五歳「五月雨や二軒して見る草の花」（文化句帖・文化四年）。五十八歳「春立や二軒つなぎの片住居」（八番日記・文政三年）、六十歳「うら住の二軒もやひの灯ろ哉」（文政句帖・文政五年）。解小家に暮す庶民が、「干柿」などのほかにも「干菜」もかけて暮らすつましさ。上五「二軒前」が眼目。同時に「二軒前干菜かけたり草の雨」がある。蕪村「五月雨や大河を前に家二軒」（蕪村句集）の小家二軒が念頭にあったか。頼りなくこの世をわたる人を見る目が温かい。

鴨《かも》　カモ科に属する小型の水鳥の総称。多くは冬に飛来する渡り鳥で、和歌以来、鳴き声や霜夜の姿に望郷・旅愁・恋情などを喚起されるものとして詠むことが多い。

920 古利根や鴨の鳴《なく》夜の酒の味　　文化句帖

一訳古利根の流れよ。鴨が鳴く夜に古酒の味。年文化二年。語古利根―利根川の古い水路。

【解】古利根と古酒の味わいがかすかに響きあい、鴨の鳴き声が聞こえてくる。十一月十七日随斎成美宅での作。中国の王羲之《おうぎし》は、『道徳経』を書写して、愛する鵝鳥《がちょう》と交換したという。文人は食べるためではなくそんなことをするが、おれはちょっと贅沢に鴨料理で酒を飲めば格別との思い。同時に「湯どうふの名所と申せ鴨の鳴《なく》」。

水鳥・浮ね鳥　水鳥は白鳥、鴨、雁、百合鷗《ゆりかもめ》、鳰《かいつぶり》、鴛鴦《おしどり》など。冬、雄はとくに美しい羽になる。浮ね（寝）鳥は、首を翼の間に入れて眠っている水鳥。

921 鐘の声水鳥の声夜はくらき　享和句帖

【訳】お寺の鐘の声、水鳥の鳴く声、夜の暗い闇。【年】享和三年。【解】上・中・下の三段切れの句のように見えるが、声のみ聞こえる不気味さで通じあい、それによって漆黒の闇の深さを表現した。同時に「水鳥や芦の葉の船に入」「水鳥のあなた任せの雨夜哉」など水鳥を詠んだ作がある。

922 限りある身とな思そ浮ね鳥　七番日記

【訳】限りがある辛い身だと思いなさるな、浮寝鳥。【年】文化十一年。【解】浮寝鳥は、水面に浮かんだまま寝る水鳥。浮きは、憂きに通じることから、辛い思いをしている鳥をイメージすることもある。芭蕉句「数ならぬ身となおもひそ玉祭り」（有磯海）の換骨奪胎。
参同じ年に「水鳥よ今のうき世に寝ぼけるな」（七番日記）。

鱈《たら》　タラ科の魚の総称。白身の魚で冬になると美味。

923 ゑ《え》ぞ鱈《たら》も御代の旭《あさひ》に逢にけり　七番日記

訳蝦夷地で獲れた鱈もこのありがたい御代の旭に会えたことよ。年文化十二年。解蝦夷地の鱈も、ありがたい御代に会えたよ、と誇らしげ。北前船《きたまえぶね》が蝦夷地と呼ばれた松前《まつまえ》あたりから大量の鱈や鰯《いわし》をもたらした時代的背景を感じさせる。

鰒《ふく》　フグ科の魚の総称。内臓に猛毒をもつが、身は美味で当時は味噌汁にして食べるのが一般的。クと清音で発音した。俳諧題。

924 むさしのへまかり出《いで》たる鰒《ふくと》哉　七番日記

【訳】武蔵野へ参上しました鰒でござるよなあ。【年】文化八年。【解】謡曲調の句。貴重でありながら毒にあたると危ない鰒が武蔵野へ送られてきたことを大げさに言って、笑いを誘う。鰒をクローズアップするところがおもしろい。蕪村句「罷出《まかりいで》たものは物ぐさ太郎月」（ふたりづれ）の口調を取り入れているのだろう。【参】同じ頃「むさしのに誰〳〵たべぬ鰒汁」また「衆生ありさて鰒あり月は出給ふ」「鰒の顔にかにも〳〵ふてぶてし」。

なまこ　生海鼠《なまこ》。海に生息する円筒状の棘皮《きよくひ》動物。五百種もあるという。酒の肴として食用にした。俳諧題。

925 **人ならば仏性《ほとけしやう》なるなまこ哉**　　七番日記

【訳】人間ならば仏のような慈悲心をもつなまこだなあ。【年】文化七年。【語】仏性―慈悲心のあること。【解】なまこはごろりとしているだけでとらえどころがない。それに仏性を感じて人に見立てたおかしさ。なまこに仏性をみたのは、一茶だけだろう。

枯菊《かれぎく》　赤茶色に枯れた冬枯れの菊。

926
枯菊に傍若無人の雀哉　　七番日記

訳冬枯れた菊に対して勝手気ままにふるまう雀だなあ。年文化十二年。解四字熟語「傍若無人」を取り入れた大胆な遊び感覚の作。類例はほとんどない。雀たちがよってたかって枯菊を啄《ついば》む様子を擬人化して漢語で表現し、日常の風景を大仰にしたところがおかしい。「金の出た菊も同じく枯にけり」、「枯菊や雁のゝさばる御成筋」と併記。金をかけても枯れれば、元も子もない。

かれ芒《すすき》　枯れ尾花。葉も穂もすっかり枯れた芒。冬の野原を想像させる。

立砂《りふさ》翁と今は此世をへだたれど、我魂の彼土にゆきゝしてしりけるにや、又仏の呼よせ給ふにや、十三回忌といふけふ、はからずも巡り来ぬることのふしぎさに、そゞろに袖をしぼりぬ

927
何として忘れませうぞかれ芒　　我春集

訳どうして忘れることができましょうか。一緒に見た枯れ芒を。年文化八年。解「枯れ尾花」は其角が編んだ芭蕉翁の追善集の名前だが、追善の気持ちは「かれ芒」と言っても変わらない。其角が芭蕉を追慕したように、わたしも亡くなった友人を追慕していま

す。『我春集』には長文の前書があり、この年（文化八年）十月二日に没した「友人」柳荘（善光寺代官）追悼と下総馬橋の俳人栢日庵立砂（寛政十一年十一月二日没）の十三回忌追善の思いを述べ、一連の追善句を「合点《がてん》して居ても寒いぞ貧しいぞ」で結んでいる（我春集）。

大根《だいこん》・土大根《つちおおね》・大根引《だいこひき》　大根は冬が美味でその収穫である大根引も基本的に冬の作業とされる。「つちおおね」は、大根の古名。

928 **跡とりや大根一本負《せな》におひ**　享和句帖

訳跡取り息子だねえ。大根一本を背中に背負って帰って行く。年享和三年。語跡とり―家督を継ぐ人。解人々がまだ働いているのに能天気な跡取り息子は、さっさと農作業を切り上げ、背負うまでもない大根一本を背負って堂々と帰って行く。その気楽さを揶揄《やゆ》した作であるが、総領の甚六ぶりがおかしい。参同時に「跡とりや大〔根〕かたげて先に立」。

鵲巣《じゃくそう》

929 むら雨にすつくり立や大根引　享和句帖

【訳】にわか雨の中ですくりと立っているよ。大根引きが。【年】享和三年。【語】鵲巣—家作りして妻を求める男の隠喩（詩経・召南）。むら雨—にわか雨。【解】すくりと立つ大根引きの性別、年齢を想像するとおかしい。前書「鵲巣」からすれば、若い農夫。詩経をふまえているので、妻を求める男の雄々しい姿となる。「鵲巣」の前書で詠んだ一連の作に「大根や一つ抜てはつくば山」「一本の翌の夕飯大根哉」「我庵の冬は来りけり痩大根」がある。

930 菊をさへ只はおかぬや大根引　文化句帖

【訳】菊の花さえ只はおいておかない勢いだよ。大根引きは。【年】文化二年。【解】十月三日随斎成美宅にての作。中七「只はおかぬ」が眼目。風流を競う菊作りが盛んな時代、大根引きにかかっては、風流などは無用の長物。同日に「大日《おほひ》枝《え》に牛つなぎけり大根引」、「鶴遊べ吉野の大根今や引」の作もある。

931 大根引大根で道を教へけり　七番日記

訳大根を引き抜いている農夫が、大根で道を教えてくれたよ。年文化十一年。解農夫の親切心から出た所作がユーモラス。引き抜いた大根で道を指し示してくれたという着想は、「ひんぬいた大根で道をおしへられ」という川柳（明和二年〈一七六五〉刊『誹風《はいふう》柳多留《やなぎだる》』）と類似するが、偶然だろう。大根は、冬の必需品。それをふりかざす農夫は、地霊神のように神々しくもある。参文化二年「君が代の下総大根引きにけり」（文化句帖）、同九年「藪原の一つ大根も引れけり」（七番日記）、同十年「蛬《きりぎりす》其大根も今引くぞ」（同）など大根引きを詠んだ作が二十数句ある。

932 大根を丸《まるた》でかぢ《じ》る爺《ぢぢい》哉　　文政句帖

訳大根を丸いままでかじる爺よ。年文政七年。解「丸」（丸太）は、丸い薪のこと。大げさにその大根を丸太ごと食べる、野性味あふれた爺のたくましさを詠んだ作。一茶の自画像か理想像だろう。老爺と言って侮ってはいけないとユーモラス。

933 武者などに成てくれるな土大根　　文政句帖

草庵

訳武士などにならないでくれよ、大根さん。年文政八年。解大根が武者になって「押領使」（地方の長官）を助太刀したという話（徒然草・六十八段）に基づき、武士になどならないで、そのまま大根でいてくれと呼びかけた。同じ話をもとに蕪村は「武者ぶりの髭づくりせよ土大根」（自画賛）と詠んでいる。「大根で鹿追《おひ》まくる畠哉」「わんぱくも一本かつぐ大根哉」と併記。参文化七年「かつしかや鷺が番する土大根」（七番日記）。

木の葉・ちる木の葉・葉ちる・おち葉・ちる紅葉　散り落ちた葉、また落ちて行く葉。木の葉だけで落ち葉と同意で用い、ちる木の葉・葉ちるも同じ意で使う。ちる紅葉は、落ち葉の中でも特に紅葉についていう。

934 **楢《なら》の葉の朝からちるやとうふぶね**　文化句帖

訳楢の葉が早朝から散りこんで浮かんでいるよ。豆腐船に。年文化元年。語とうふぶね―豆腐を入れて浮かべておく水槽。解山里の生活を温かくみつめた叙景句。早朝からはじまる豆腐作りと散る楢の葉から、しみじみと深まる秋の気配が感じられる。

おのれ人には常の産となすべき事もしらず、人の情ニてながらふるは、物いはぬちくるゐ《畜類》にはづかしき境界也けり

935 ちる木の葉渡世念仏通りけり　七番日記

訳散る木の葉、その中を渡世念仏者が通り過ぎて行ったよ。年文化七年。解十月十五日、佐原（千葉県）へ行く途中の田川（茨城県稲敷郡河内町）辺での作。前書は、恒産なくして人の情にすがって生きるわが身は、畜類にも劣るというもの。句は、世渡りのために念仏を唱える僧に自分を擬《なぞら》えて、恥じたもの。

936 むらおち葉かさ森おせんいつちりし　七番日記

訳群がって散る落ち葉。笠森お仙はいついなくなったのだろうか。年文化八年。語かさ森おせん―宝暦元年（一七五一）～文政十年（一八二七）。江戸谷中笠森稲荷の前にあった水茶屋鍵屋の看板娘。明和年間（一七六四～七二）頃、鈴木春信の絵で評判になった美人。解笠森お仙が明和七年（一七七〇）二月、こつぜんと姿を消したことを落ち葉に喩《たと》えた。文化期にはすでに伝説の人になっていたのだろう。下五「いっちりし」は、一茶のみならず男たち共通の感嘆だった。

937 猫の子がちよいと押へるおち葉哉　七番日記

訳猫の子がちょっと押さえた落ち葉だね。年文化十二年。解切れ字「哉」で子猫の手の下に隠れた落ち葉に焦点を絞りながらも、子猫の動作を擬態語「ちよいと」でとらえた活き活きとした作。落ち葉を追いかけ、それに翻弄されながらも、くるくると動き回り、やっと押さえて、得意げな子猫の表情が浮かんでくる。「ちよいと」は、「かさの台やちよいと入る月ぬす人じま」（松島眺望集）、「ちよいと乗たがるやたれも駒むかへ」（貝おほひ）、「みそさざゐ馬の背中へちよいと行」（国の花）などの先行例があるが、猫と取り合わせた例はない。一茶は猫が好きだったらしく、猫を詠んだ句は三百句を超える。そのうち子猫を詠んだ句も二十句以上ある。参上五「猫の子の」、下五「木の葉かな」（文化十二年十月七日魚淵宛書簡、文政三年・八番日記）。同時に「風のおち葉ちよい〳〵猫が押さへけり」（七番日記）。

938
やよ烏赤いおち葉を踏むまいぞ　七番日記

訳やあ烏、赤い落ち葉を踏まないようにしなよ。年文化十二年。解烏への呼びかけ。黒い鳥が赤い落ち葉を踏むのを、縁起が悪いとするのだろう。生き物を人間と同類と見て、「……すまいぞ」という狂言の口調を用いて、戯れに諭すところがユーモラス。

939 焚《たく》ほどは風がくれたるおち葉哉　　七番日記　発句鈔追加

訳 焚く分ほどの落ち葉は、風が運んできてくれたよ。年 文化十二年。解 自足して生きる姿勢を詠んだ句。越後（新潟県）の良寛作という「焚くほどは風が持てくる落ち葉かな」と、しばしば類似性が指摘される。巴人「焚ほどは夜の間に溜る落葉哉」（夜半亭発句帖）という句が、一茶や良寛句より先に詠まれているが、これらの影響関係はわからない。つましく自足して生きるのが分相応と理屈をつけるとつまらなくなる。参「入《要》程は手でかいて来る木の葉哉」（文政元年・七番日記）。

940 夜神楽《かぐら》や焚火の中へちる紅葉　　七番日記

訳 夜神楽がたけなわだなあ。社前の焚火の中へ散って行く紅葉。年 文化十二年。解 収穫を終えて冬の夜の祭り風景。人々で賑わう祭りは宴、その一方で散る紅葉は孤独な心の象徴。「里神楽懐《ふところ》の子も手をたゝく」「ばか蔵も一役するや里神楽」と併記。参 文政二年「ぬり樽にさつと散たる紅葉哉」（八番日記）。

941 人の世や木〔の〕葉かくさへ叱らるゝ　　七番日記

訳これが人の世よ。木の葉を掃くのさえも叱られる。年文化十三年。解散る木の葉でさえも自分のものだとする人間の浅ましさ。「叱らるる」は「怒らるる」より、やや上品な言い回しだから、上流階級の人かお金持ちをイメージするのだろう。参この句の前に「金比良《毘羅》やおんひら〳〵とちる木葉《このは》」の句があり、この句の後に「継ツ子が手習をする木葉哉」の句を記載。

冬枯《ふゆがれ》

冬、草木の葉が枯れてしまうこと。その風景は寒々と心と身に迫ってくる。

942 冬枯や親に放れし馬の顔　　文化句帖

小金原

訳冬枯れの淋しい風景よ。親馬に放れた子馬の心細げな顔。年文化二年。語小金原—幕府直轄の牧があった（千葉県松戸市小金牧）。文化八年「春立や夢に見てさへ小金原」（七番日記）など小金原を詠んだ句がある。解十月二十二日の小金原での作。冬枯れの野で、親から離れてたたずむ不安げな子馬の顔が印象的。この日の印象を江戸へ帰った三十日には「じつとして雪をふらすや牧の駒」と詠んでいる。馬への深い愛情が感じられる。

943 冬がれて親孝行の烏哉　七番日記

訳 草木が枯れ果てた冬、親孝行の烏がいるよ。年 文政元年。解 雪に閉ざされた寒村に生きる親孝行の烏。「烏に反哺の孝あり」（カラスは年老いた親のために餌を獲《と》って来て嚙み砕いて口移しであげるという）による句作り。

かえり花　初冬の小春日和に、桜、山吹、つつじなどの草木が陽気につられて、時節はずれの開花をすること。俳諧題。

寺内大木桜あり。四季咲といふ也。今花盛り也

944 イカサマに大慈〱のかへり花　七番日記

訳 いんちきに大慈悲大慈悲と桜の帰り花。年 文化七年。解 十月十七日、樹林寺（臨済宗。千葉県香取市五郷内）での作。この四季桜は現代でも見られ、樹齢六百年という。大慈は「仏の広大な慈悲」。冬にも咲く桜を「イカサマ」と非難するかのようにみえるが、実は反語で、帰り花の桜を大いに愛でたのだろう。

茶の花　冬枯れの風景の中で、緑葉に金色のシベをもち、清楚で幽《かす》かな芳香を放つ白色五弁の小花をもつ。山茶花や冬椿などとともに冬の花として喜ばれた。

945 茶の花に隠《かくれ》んぼする雀哉　　七番日記

訳茶の花に隠れん坊している雀たちよ。年文化十年。解茶の花は白くさびしげに咲く。そんな花でも隠れん坊するかのように飛ぶ雀。芭蕉句「菜畠に花見貌《がほ》なる雀哉」（其便）と似た情景だが、一茶は自分が雀になって、茶の花のなかをあちこち飛びまわる姿を想像する。

冬椿　冬に咲く早咲きの椿。寒椿とも。椿だけなら春の季語。「椿」は国字。

946 世にあはぬ家のつんとして冬椿　　享和句帖

千引

訳世間とは仲良しではない家の前につんとして立つ冬椿。年享和三年。語千引—千人でひくほどの重さの物。解前書の「千引」の頑固さと「つんとして」誇り高く咲く冬椿が互いに響きあっている。同時に「火のけなき家つんとして冬椿」「日の目見ぬ冬の椿の咲にけり」「売家につんと立たる冬木かな」等の作がある。

煤《すす》はき・煤の顔・煤　元来、元日に年徳神を迎えるための清掃。江戸期は十二月十三日以降行った屋内の煤を払う大掃除。その時の煤に汚れた顔。煤払の時に出た煤。俳諧題。

947 ほか〳〵と煤がかすむぞ又打山《まっちやま》　七番日記

訳ほかほかと煤が取り巻いて霞んでいるよ。待乳山一帯が。年文化七年。語煤―ここでは「煤はき」（季語）の略。又打山―待乳山。本龍院（浅草寺末寺）の山号、本尊は遊女たちが信仰した聖天（歓喜天・十一面観音）。解十二月八日の作。日記に「随斎煤払」とあるので、この日は夏目成美宅で煤払い。成美は浅草の札差で、豪邸に住んでいたのだろう。その煤払いの煙が、待乳山まで及んで、山全体が煤でかすんでいる。

948 煤はきや火のけも見へ《え》ぬ見世《みせ》女郎《ぢよらう》　七番日記

訳今日は煤掃きの日、相変わらず火の気配さえ見えない見世女郎。年文化七年。語見世女郎―切見世女郎で自分の部屋を持たず、大部屋を衝立《ついたて》で区切って色を売る。吉原では最下級のランクの遊女。三十歳以上の年増が多かった。解煤掃きは原則として十二月十三日に行われた。江戸時代は家のなかに竈《かまど》や囲炉裏《いろり》等があり、また家内に神棚を祀っていた。それらにたまった煤を払い、一年分のけがれをはらったが、自分の部屋を持っていない下っ端の遊女には無縁だったのだろう。「傾城《けいせい》や秤《はかり》にかかるとしの暮」も同じ頃の作。

949
ほの〳〵と明わたりけり煤の顔　七番日記

訳ほのぼのと明るくなってきたなあ。煤払いで黒ずんだ顔が。年文政元年。解煤掃きで黒ずんだ顔が次第にあらわれ、だれか見分けがついてくる面白さ。「ほのぼのと明石の浦の朝霧に嶋がくれ行く舟をしぞ思ふ」(古今集)のもじり。

師走　十二月の異称。祖霊が大晦日に帰って来るので、師の坊主が駆け回るという説(奥義抄)はこじつけだが、一年で最もあわただしいこの月の感じを伝えている。他に臘月《ろうげつ》ともいう。

950
京の師走高みに笑ふ仏哉　享和句帖

旄丘《ばうきう》

訳京都の十二月、高所で笑っていらっしゃる仏さまがおわすよ。年享和三年。語旄丘―「旄丘ノ葛　何ゾ誕《の》ビタル之節《このふし》」（詩経・邶風）。この詩の解釈は諸説あるが、戦に行った恋人の無事帰還を願う詩として解した。解高所に安置された仏の笑いは、上五が七音の破調であることと関連して、意味ありげ。一茶が詩経のこの詩句から何を読み取ったか、よくわからないが、高みで仏が笑うのは師走の町を忙しく走り回る庶民に紛れて、恋人が帰らないことを暗示するか。文化九年「蚤《のみ》とぶや笑仏の御口へ」（七番日記）、文政二年「虫の屁を指して笑ひ仏哉」（八番日記　おらが春）などの作もある。

餅《もち》・餅つき・のし餅・配り餅　餅は正月や節句など祝事に食べる。初期俳諧『毛吹草』では「鏡餅つく」を冬の季詞とし、「餅つく」を非季詞とするが、次第に厳密な区別はなくなって行った。糯米《もちごめ》をふかして臼に入れ、杵《きね》で搗《つ》くのが餅つき。搗いた餅をのばしたのが、のし餅。隣近所へ配るのが、配り餅。師走の年中行事。俳諧題。

951 高《たか》砂《さご》のやうな二人や餅をつく　七番日記

訳高砂の爺婆《じじばば》のように共白髪の爺と婆二人が餅をついている。年文化十年。解江戸期の女性のための教養書や実用書の終わりは、多く高砂の爺婆が描かれている。そんな理想一の翁《おきな》と媼《おうな》二人の餅つき風景。来年も長寿で、餅つきができるほど元気でいたい。

952
庵《いほ》の夜は餅一枚の明り哉　七番日記

訳庵の夜は、餅の一枚が灯のように明るく照らし出してくれるなあ。年文化十年。解餅一枚あれば、夜が明るく照らし出されるような心境。嵐雪の有名な句「梅一輪いちりんほどのあたたかさ」（玄峰集）が思い出される。梅よりも餅が心も家も明るく温めてくれる。参文化十三年「庵の夜は餅の明りに寝たりけり」（七番日記）。

953
あこが餅〳〵とて並べけり　七番日記　句稿消息

訳わたしの餅わたしの餅と言って並べているんだよ。年文化十年。解餅を丸めるそばから、「わたしの餅」「わたしの餅」と繰り返して、並べて行く子どものしぐさがかわいい。餅を独占するというより、子どもにとっては餅が自分の分身と感じられるのだろう。参文政二年の『おらが春』にも収録。

954
妹《いも》が子は餅負ふ程に成にけり　七番日記　句稿消息

【訳】恋人の子どもは餅を背負う年になったなあ。【年】文化十年。【解】地方では歩き始めた子どもの成長を祝い、一生食料に困らないことを願って、餅を背負わせる。成美は「一昨年歟《か》、野老、人日の句に　妹が子は薺《なづな》打つほどになりにけり　といたし候得共、餅の方よろしく存候」と評価した（句稿消息）。一茶句も成美句も蕪村の句「妹が子は鰒《ふく》喰ふほど成にけり」（落日庵句集）の変奏。成美グループが蕪村句を受容したらしい様子がうかがえる。

955
我《わが》宿《やど》へ来さうにしたり配り餅　　七番日記　句稿消息

【訳】我が宿へも来そうな気配がしたよ。配り餅。【年】文化十年。【解】歳末に搗《つ》いた餅を近隣に配る習慣があり、それをアテにして心待ちにして歳末を迎えたが、無念なことに我が宿は通り過ぎてしまった。この無念と期待外れの脱力感が笑い。上五を「我門に」として、餅配りがやって来なかったことを記す文章がある（参考参照）。配り餅を心から待望しているだけに、その無念ぶりがハタから見るとおかしい。【参】『おらが春』（文政二年成）は、上五「我門に」で収載、「坊守り、朝とく起て飯を焚ける折から、東隣の園右衛門といふ者の餅搗《つき》なれば、例之通り来たるべし。冷てはあしかりなん。ほか〳〵湯けぶりの立《たつ》うち賞翫《しやうがん》せよ、といふからに、今や〳〵と待にまちて、飯は氷りのごとく冷《え》へて、餅はつひに来ずなりぬ」という前文がある。

956 鶏《にはとり》が餅《もち》踏んづけて通りけり　七番日記

訳 鶏がつきたての餅を踏んづけて、すまし顔で通っていった憎らしさよ。年 文化十一年。解 餅配りで餅をもらえるかどうかが、年末を迎えた一茶の大きな関心事。大事な餅を踏みつけて通り過ぎる鶏に憤りを覚えた。その怒りもユーモラス。

957 のし餅や皺《しわ》手《で》の迹《あと》のあり〳〵と　八番日記

訳 一面にのばした餅よ。皺の手の迹もはっきりと見える。年 文政三年。解 年末の餅搗《つ》きは一家そろっての共同作業。餅を平らに伸すのは女性の仕事で、切り餅にするために老婆も若い人にまじって、餅を伸したのである。老人が気晴らしして若返ることを「皺伸ばし」というが、それを餅に転じたおかしさもある。「のし餅の中や一すぢ猫の道」「かくれ家や猫が三疋もちの番」も、ほぼ同じ時期の作。参 年末に餅を搗くほか、「直き世や雀は竹に年用意」「一袋猫もごまめの年用意」など雀や猫も新年を迎える用意をすると一茶はみる。

節分 季節を分ける時期で春夏秋冬あるが、とくに立春の前日をいう。柊《ひいらぎ》の枝に鰯《いわし》の頭を刺して戸口に立て、鬼打ち豆の大豆をまいて邪気を払う。

958かくれ家や歯のない口で福は内　七番日記

訳隠れ家よ。歯のない口で、「福は内」。年文化十年。解季語はないが、「福は内」が節分の豆まきの唱え言葉なので冬。前書「四日節分」（志多良）。ただし中七「歯のない福で」（同）は誤記だろう。一茶が使う「かくれ家」は、隠居所や庵でもなく、人の寄り付かない家。そこでの節分は孤独だが、人並みに福がくることを願っている。文化七年に「山桜花をしみれば歯のほしき」（七番日記）と詠んでいるので、四十八歳頃には、すでに歯を失っていたのだろう。

正月待つ・春を待つ 十二月半ばが過ぎて、お正月や新春を待つ気分になって来ること。季語として定着していない。

959正月の待遠しさも昔哉　文化句帖

訳正月を待ち遠しいと思うのも、昔のことであったよなあ。年文化元年。解十二月十六日の作。凧《たこ》揚げ・コマ回し、羽根つき、正月の子ども遊びを懐かしく思い出すが、何より正月がくると思うだけでもわくわくしてくる。そう感じたのも昔のことだったなあ。

960
口明て春を待らん犬はりこ　文化句帖

訳口を開けて春を待っているのだろう。犬張子人形が。年文化二年。解犬はりこは、子どもの魔除けとして作られた犬の立ち姿の人形。もともとその口は開いたままなのだが、春を待つ様子にふさわしくユーモラスに変えたのだろう。着眼点が楽しい。参享和三年「口明けて親待鳥や秋の雨」（享和句帖）、文政四年「口明けて蝿を追ふなり門の犬」（八番日記）。

年内立春　旧暦で新年になる前に立春が来ること。

961
年の内に春は来にけり猫の恋　七番日記

訳まだ冬だが、春が来たのだろう。恋猫がやかましく鳴いている。年文化九年。解交尾期に鳴く猫の声はけたたましい。ふつうならば、春が来てから始まるが、年も明けないうちに早々と猫が鳴いていることを面白がった。文化九年用の春興句として、文化八年中に詠んだ句。文化八年の立春は十二月二十四日で、年内立春。

年の市　飾り物などの正月用品を売る市。深川八幡では十二月十四・十五日に開かれ、人出を集めた。俳諧題。

962 年の市何しに出たと人のいふ　文化句帖

浅草市に逝《ゆく》

【訳】年末の市に何をしに出て来たのかと人様が言う。【年】文化元年。【解】芭蕉句「何に此《この》師走の市にゆくからす」(花摘)をふまえている。家族がいない者には正月用品を売る年末の市は無用だから疎外されている者の悲しみ。十二月十七日の作。まったく同じ句が十二月二十二日にも記載するが、それには「心可ヨリ餅配」の前書がある(文化句帖)。

掛乞《かけごい》　掛取りのこと。掛け売りの代金を取り立てにくること。またその人。歳末だけ、あるいは歳末と盆の二回がその時期。現代の借金取りのような人。

963 掛乞に水など汲で貰ひけり　七番日記

【訳】掛売りの代金を受け取りに来た人に水など汲んでもらったよ。【年】文化十四年。【解】「身体を患っているから起き上がれない」などと言い訳して、寝たままで借金取りに水を汲んでもらう人の姿をとらえてユーモラス。年末にやってくる借金取りとの様々な攻防は、井原西鶴の『世間胸算用』で有名。

せき候《ぞろ》・節季《せつき》候《ぞろ》・せつき候　十二月下旬の歳末から年始にかけて二、三人でやってくる門付け。笠に歯朶《しだ》を挿し顔を赤い布で覆った異装で家々を回り、「せきぞろござれや」とはやしながら、歌い踊って米銭を乞い、もらい受ける。俳諧題。

964 **せき候《ぞろ》や七尺去《さつ》て小セキ候**　七番日記　句稿消息

【訳】節季候がやってきた。その七尺後から子どもの節季候がついてくる。【年】文化九年。【解】親子連れの節季候なのだろう。子どもが七尺（約二メートル）去るのは、気恥ずかしいから。「七尺去て」は、「三尺下がって師の影を踏まず」や「仏の七歩み」などからの連想だろうが、慣れない物乞いに戸惑いながらも無邪気に物乞いする子どもの姿が浮かんでくる。祇兵の句「節季候や跡から急ぐ小節季候」（我春集に収載）を下敷きにした句作りとする説（「一茶の句作態度」）がある。【参】一茶が節季候を詠んだ句は、文化二年「松風や小野の奥さへせき候と」（文化句帖）、文政二年「せき候に負ぬや門のむら雀」（八番日記）など六十句ほどある。

965 節季候を女もす也それも御代　　七番日記　志多良

訳歳末の門付を女もしている。それもありがたい代だ。年文化十年。解『志多良』の前書に「はやるものは」とあることから、当時女の節季候が流行したのだろうと推測できる。「女もす也」は、「男もすなる日記といふものを…」（土佐日記冒頭）のもじり。参下五「江戸の前」（自筆本）。

966 扨《さて》も〳〵六十顔のせ〔つ〕き候　　七番日記

訳さてもさてもやって来たのは、六十顔の節季候でござる。年文化十一年。語さてもさてもーそれにしてもまあ。「さてもさても有がたき子細でござる」（狂言・大黒連歌）。解六十歳は、還暦の年、実際の年齢はわからないが、還暦を迎えたような節季候に対して、自分の年齢に近いから心を動かしたのだろう。同じ年に「六十に二ツふみ込む夜寒哉」（七番日記）と詠んでいるので、なぜか自分を六十歳と勘違いしていたのかもしれない。参同時に「そりや梅が〳〵とやせき候」（七番日記）。翌文化十二年三月に「扨も〳〵六十顔の出代りよ」（七番日記）。

年忘れ　一年の労苦を忘れることで、そのために行う宴が忘年会。「忘年会」の初出は明和九年（一七七二）刊『古今ものわすれ』。俳諧題。

967 独身《ひとりみ》や上野歩行《あるい》てとし忘《わすれ》　七番日記

訳独身なのだろうな。上野をひとりで歩き回って年忘れ。年文化十一年。解独身で結婚していないばかりか、一緒に忘年会をする友もいない人の年末のさびしさ。上野は江戸の上野。寛永寺の門前町として発展したが、近隣の吉原とくらべて、どこかさびしく独身が一人歩きする町にふさわしい。

968 わんといへさあいへ犬もとし忘れ　七番日記

訳わんと言え、さあ言え、犬も年忘れ。年文化十四年。解「わん」は、犬の鳴き声（擬声語）だが、一茶は「わんだれ　善光寺訛。ソチ達、ソナタ衆ナドト、下輩ニ対シテ云コト」（方言雑集）と解していたので、犬の鳴き声を「わん」と聞いて、「わんだれ」を重ねあわせたのだろう。繰り返した命令口調で、「下輩」の犬ではあるが、一年の労苦を忘れようと呼びかける。参汶村「わんといふ大仏殿のほととぎす」（元禄十五年跋渡鳥集）。

年の暮・暮れ・こよひ一夜・越《こゆ》る・年留《とま》る・年ごもり・行年《ゆくとし》　年の暮は大晦日を含む十二月の末頃。一年を回想し、老いることを詠嘆したり、掛取り（収支決算日）のせわしなさを詠む。暮れも同義。こよひ一夜は大晦日。越るは大晦日をいう年越しの夜。年留るは年の終わり。年ごもりは大晦日の夜、神社やお寺にこもって旧年を送り、新年を迎えること。行年は、過ぎ去ってゆく年で感懐にふける。

969 行年もかまはぬ顔や小田の鶴　　文化句帖

訳過ぎ行く年も気にしない風の顔だね。小さな田んぼの鶴。年文化元年。語小田―小さな田。解十二月六日「晴　金令納会」での作（句帖）。「金令」は鈴木道彦の庵号。過ぎて行く年に自分を小田の鶴に道彦をなぞらえた作だろう。一茶は道彦を好きではなかった。

970 行年を元の家なしと成りにけり　　文化五・六年句日記

訳過ぎ去って行く年なのに、以前と同じ身の上の家なしとなってしまったなあ。年文化五年。解十二月十八日に「旧巣を売　文別ニ有」として「けふに成て家取《とら》れけりとしの暮《くれ》」と併記。住む家まで奪われてしまったと怒ったが、もともとの家なしの身に帰った

―のだという哀しみと諦め。旧巣は、本所二ツ目（相生町五丁目＝墨田区緑一丁目）にあった一茶の借家。

971
行としや馬にもふまれぬ野大根　七番日記

訳去って行く年よ。馬にもふまれないでしぶとく残っている野大根。年文化七年。解中七「馬にも」から、人にも引き抜かれず、馬にもふまれないでいる野大根。一年をしぶとく生き抜いたことへの感嘆。馬にさえ見向きもされなかったから生き延びたとみることもできる。

972
行としや身はならはしの古《ふる》草履《ざうり》　七番日記

訳去って行く年よ。わが身には慣れ親しんだ古い草履。年文化七年。解新年を迎えるにあたって、草履はもとのまま。新しい年も同じように生きていくのだろう。古草履と変わらないわが身をふりかえっての感慨。

廿三日西林寺に入《いる》

973 行としや空の名残を守谷迄　七番日記

訳去って行く年よ。今年の空のなごりの中を守谷まで行こう。年文化七年。語空の名残―残照の残る空。「宵のとし、空の名残おしまむと、酒のみ夜ふかしして」（笈の小文）。解十二月二十三日の作。西林寺（天台宗。茨城県守谷市）の住職・鶴老（法名義鳳）は、前年に一茶を知ったばかりだが、旧知のごとく歓迎した。守谷まで続く空の名残の明るさが印象的で、はずむような気持ちが伝わってくる。一茶の『方言雑集』の付録に書きとめてある重裁の句「行としや空の名残のあぢなもの」を下敷きにして、雑俳のにおいを消した、とする説がある（遠藤誠治「一茶の句作態度」）。参中七「空の青さに」（我春集）。一茶は西林寺で越年、二十日間滞在し、『我春集』の執筆を始めた。この句を立句に鶴老の脇「寒が入やら松の折れ口」で、天外を加え、三吟歌仙を巻いている（我春集）。

974 君が世やから人も来て年ごもり　寛政句帖

長崎

訳ありがたい御世だねえ。ここ長崎では唐人も来て年ごもり。年寛政五年。解この句とならべて「から人と雑魚《ざこ》寝《ね》もすらん女哉」の句もある。長崎での作（文政版にも同じ前書がある）。人種や宗教が違う人々を受け入れる御世は、海外に開かれた町長崎だけの風物。開放された地ならではの驚き。参前年（寛政四年）の年末には「君が世や乞食へあまる年忘《としわすれ》」（寛政句帖）と詠んでいた。

975 斧の柄の白きを見ればとしの暮　享和句帖

伐柯《ばつか》

訳一年が終わって、斧の柄を新しくした。その白さをしみじみ眺める年の暮。年享和三年。語伐柯—「柯《か》ヲ伐《き》ルニハ如何《いかん》セン　斧ニ匪《あら》ザレバ克《あた》ハズ」（詩経・豳風）。斧の柄—薪割りや伐採に使う斧の柄（刃をささえるもの）。慣用語に「斧の柄朽《く》つ」で、わずかな時間と思っていたら長い年月が経っていたこと（述異記）。解斧の柄を伐るには、斧の寸法を知ることが大切であるように、周公旦が賢者を求めるのに賢者を使わしたことを良しとするの意。これに基づき、良い手本は身近にあるものだ、の意で使われた。斧の柄を斧に合わせたサイズで新しく付け替えるように、自分も新しい生き方をするべきだろうか。

976 耕さぬ罪もいくばく年の暮　文化句帖

訳耕さないで生きてきた罪はどれほど重なったのだろうか。年の暮れにはいっそう罪の深さが思い知らされる。年文化二年。解これまでを自省した作。一茶は、田畑を耕すべき農民の子に生まれたが、十五歳で古郷の柏原（信濃町）を出て後、耕すことはなかった。そうした自分の生き方を「罪」と受け止めたのは、一茶の誠実さである。

977
餅《もち》のでる槌《つち》がほしさよ年の暮　　文化句帖

訳餅が出る小槌が欲しいよ。年の暮。年文化二年。解童心にかえって、昔話の打ち出の小槌を欲しがるおかしさ。新年を迎えるための餅だけに切実で、「わが門《かど》へ来さうにしたり配り餅」や「当てにした餅が二所《ふたとこ》外れけり」のように配り餅を待つ句がいくつもある。参下五「春の雨」（七番日記）の句形もあるが、年次未詳。

978
両国橋
としの暮亀はいつ迄《まで》釣《つる》さる、　　文化句帖

訳年の暮。両国橋につるされた亀はいつまでこのままか。年文化四年。語両国橋—武蔵と下総を結ぶ、隅田川下流の橋。解八月十五日（旧暦）、水生の生き物を川に放って供養し、後生の功徳とする放生会が行われた。人々は、銭を払って亀を買って川に放すが、誰にも買われず、年末まで吊るされたままでいる。亀の宙ぶらりんのままの状態に、自分の姿を重ねたのだろう。【参】広重の版画「江戸百景　両国橋」に生きた亀が欄干からぶらさげられている図柄がみられる。

979 とし暮て薪《たきぎ》一《いち》把《は》も栄《ええ》耀《う》哉　　七番日記

【訳】歳末になると、薪一把あるだけでも贅沢な気持ちになることだなあ。【年】文化七年。【語】栄耀—えいようの略。贅沢。【解】芭蕉翁は「年暮ぬ笠きて草鞋《わらぢ》はきながら」（野ざらし紀行）と旅人としての生き方を詠んだ。が、私には身を温める薪一把があるだけで贅沢。旅人として生きるより市井に生きる者として満足したのである。

980 雁鴨よなけ〳〵としが留るなら　　七番日記

【訳】雁も鴨も鳴きな、鳴きな、年がここで留まるなら。【年】文化八年。【解】雁は秋の季語、鴨は冬の季語。秋と冬を代表する鳥と俳諧でよく使う「かり」、「かも」を響き合わせた言葉遊び。いくら鳴いても、過ぎ行く年を留めることができない、という歳末の感慨。

981 梟《ふくろふ》よのほゝん所かとしの暮　七番日記　句稿消息

訳梟よ、のほほんとしているどころかい、早くももう年の暮れ。年文化十年。解梟は冬の季語。ここでは一茶自身のこと。一年も終わりだから、のほほんとしている場合か、と自分に「喝」を入れてみた。梟は昼はほとんど眠っていて夜行性であるので、人々が忙しく立ち回る年末も関係ない。参下五「としの暮」を朱で消して「大卅日」と改訂している（句稿消息）。

節分

982 六十の坂を越《こゆ》るぞやつこらさ　句稿消息　七番日記

訳六十歳の年を越えたぞ、やっこらさ。年文化十年。解文化十一年の歳旦句用に詠んだ句。下五「やつこらさ」の口語が巧み。成美は「おもしろく覚候。おもふに今朝の年玉といふ趣向はやはり此句の産《う》み所に同じく存候。年玉の句は捨玉ふべし」（句稿消息）と述べ、上五「五十二の」と実年齢に変え、中七を「越す夜ぞ」と朱で改訂した。成美が捨てなさい、と言った「今朝の年玉」は文化十一年作「我庵やけさのとし玉とりに来る」（七番日記）の句をさす。参上五「七十の」（自筆本）。中七「坂を越夜ぞ」（句稿消息　発句鈔追加）。同時に「小うるさの年をとる夜ぞやつこらさ」（句稿消息では中七を

「とるのか」と朱で訂正）。杉風に「年今宵越るや人の老の坂」（杉風句集）の句があるとするが、因州鳥取住の催笑「とし今よひこゆるや人の老の坂」（玉海集）を誤って混入したものか。作者は別として、一茶がこの句を知っていた可能性もある。

983
喰《くつ》て寝てことしも今《こ》よひ一夜哉　七番日記

訳飯を食って寝て起きて暮らしてきた今年もこの一夜だけだなあ。年文化十年。解一年を無為に生き延びてきたという大晦日の感慨。「喰」は「くふ」と読むのも良いが、無頼な生き方を感じさせる俗語で読んでおきたい。参下五「今夜かぎりかな」（自筆本）。同じ頃「かすむぞや大卅日《おほみそか》の寛永寺」（七番日記）。

984
とく暮れよことしのやうな悪どしは　七番日記

訳早く一年を終わりにしなさいよ。今年のように悪い年は。年文化十年。解この年十月十三日、善光寺町（長野市）で起こった打ち壊しを背景にした作。「悪どし」は、用例がない。「悪日《あくにち》」を流用した造語か。事実上はまだ十月だが、打ち壊し騒動が早く終焉を迎えて欲しいと願った。参『文化十年句文集』に収載するこの句に前文がある（その概要）―「手に〳〵鑓《やり》・山刀などもちて富家を破りて物とりひしめき立ち、火など放ちければ」云々という打ち壊し、一揆がおこった。こうした様子を記録した後、「かゝる災の起りたるは、世のさまの悪しければ、魔王のたぐひのことさら世をみだらんとて、かくは起りつらん。よく〳〵心すべき事になん」と結ぶ。

985 寝た所《とこ》が花の信濃ぞとしの暮　七番日記

訳寝た所が古郷の信濃となるぞ年の暮。年文化十二年。解この年、『あとまつり』出版のために八月下旬柏原を出て、江戸・松戸・守谷・流山・富津・馬橋などを歩いて、十二月二十八日、柏原へ帰る途中の作。古郷を思いながらも、どこで新春を迎えても良いとする旅人の覚悟。「花の信濃」と形容する例は、ほとんどなく、結婚後の一茶の心境の変化がもたらした言葉だろう。

986 羽生《は》へて銭がとぶ也としの暮　七番日記

訳羽が生えて銭が飛んで行くよなあ。年の暮。年文化十三年。解節季払いが主な時代だから、年末は、あちこちの支払いでお金が飛んでいく。「羽生える」は大げさだが、庶民感覚としてこのうえなく的確。俳文「俳諧寺記」を記した文政三年十二月八日付春甫・掬斗・素鏡・雲士（長沼の門人）宛書簡の結びに、この句を引いている。参里東一「銭百になれとことぶく若菜哉」（藤の実）。

987 湯に入て我身となるや年の暮　八番日記

訳風呂に入って自分の身がもどって来るよ。年の暮れ。年文政二年。解年末の慌ただしさにわが身も落ち着かないで他人のよう。ゆったりと風呂を浴びて、やっと一息ついて自分にもどる。中七「我身となる」が巧みで実感を伴う。

後生の一大事ハ、其身を如来の御前に投出して、地獄なりとも極楽なりとも、あなた様の御はからひ次第、あそばされくださりませと、御頼ミ申ばかり也

988 ともかくもあなた任せのとしの暮　おらが春

訳善かれ悪しかれ、ともかく一切を阿弥陀様にお任せして迎える年の暮れ。年文政二年。解愛娘を亡くした一茶が、親鸞上人の他力本願の教えによって救われようとする切なる願い。文政二年十二月二十九日の作として、巻頭で「…ことしの春もあなた任せになんむかへける」と述べ、「目出度《めでた》さもちう位なりおらが春」と詠んだ句と照応させる。この句の前書の前半部では、他力本願を力説すれば自力地獄に墜ちることを戒め、後半部は、我田引水を慎んで仏様にいっさいを委ねるという。参この句の上に「親鸞上人隔ヌ

ル地獄極楽ヨクキケバ只一念ノシハザ也ケリ」と注記(おらが春)。先行作に文化四年六月の「ともかくもあなたまかせかかたつむり」(俳文「浅草本願寺の木曳式」)がある。一茶は浄土真宗の信徒だった。

989下戸の立たる蔵もなし年の暮　　八番日記

訳見渡しても下戸が建てた蔵もないなあ、年の暮。年文政四年。語下戸の立たる…—下戸は酒を飲まない分、お金が貯まりそうだが、蔵を建てることはない。享保三年刊『やぶにまぐわ』に早く登載され、以降安永八年刊『諺合鏡』等の諺を集成した諸本でも採用する有名な諺。解諺を用いて、上戸の自分を弁護したのだろう。一年間、よく酒を飲み暮らしたが、まだまだ飲み足りない。昔から言い伝えられた諺をもちいて、屁理屈をこね自己を正当化することのおかしさ。参多少「名月や下戸の建たる蔵引ん」(五車反古)。一瓢「山吹や下戸の建たる蔵もなし」(随斎筆紀)。

990うつくしや年暮《くれ》きりし夜の空　　文政句帖

訳うつくしいなあ。年が暮れてしまった夜の空。年文政八年。解大晦日の作。「在庵卅日」とあり、年末を迎えた安らぎが感じられるが、「アヽまヽよ年が暮よとくれまい

――と」と併記しているので、充足感とともに諦念もあったのだろう。定めなき世の大晦日の空の色は心が虚ろになるほどうつくしい。愚直に生きたからこそ「うつくしや」なのだ。

一茶句集　雑（無季）

こゝの専念精舎に住せる五梅法師は、あが師の門に遊びたまひしときくからに、予したひ来《きて》ゆ、已《すでに》四とせの昵近《ぢつきん》とは也《成》けらし。今日や誠の別にのぞむ。…「実《まこと》老少不常《定》のうき世、是むつミの終と思ひ給へ」、「思べし」と、此水茎を残すもの也けらし

991 便《たより》なくば一《いつ》花《くわ》の手向情《なさけ》あれや　　西国紀行

訳 便りがないなら、この世とおさらばした、と思って一輪の花を手向ける思いやりをくださいな。年 寛政七年。語 一花―季語ではないが、紹巴「一花のこぞよりむめはさかりかな」（大発句帳）のように用いる例がある。解 人生の無常はいつやってくるかわからないと、心を通わせた友人五梅との別離を惜しんだ留別句。「便りがないのは無事」という諺をふまえて、その意を反転させた句作り。「一花の手向」は「奉献一華」の意。「情」は、人情。「なさけ」と読んだが、「こころ」と読む説も捨てがたい。旅の途上で死んだなら、私を憐れんでください、という願いを伝えている。参 前文は、一茶が専念寺（香川県観音寺市）の住職五梅（性誉和尚　竹阿門）の元に身を寄せ、我宿のようにふるまい、同門の和尚と親しくしていたが、別れに臨んで人の世の定めなき思いを述べたもの。

耕舜先生挽歌

992
此《この》次《つぎ》ハ《は》我《わが》身《み》の上かなく鳥　　文化三―八年句日記写

訳この次はわが身の上に死が訪れるか、鳥がないている。年文化四年。解「耕舜先生挽歌」の結びに記した追悼句。耕舜先生こと柳沢勇蔵は、致仕して、竪川（隅田川と中川をつなぐ運河）沿いに住み、子どもたちに手習いを教え、文化四年六月十六日に他界した。一茶の親友で、「彼は我をちからに思ひ、我はかれをたよりにしたひて」という間柄だった。参六月十七日「短夜やけさハ枕も艸の露」、同十八日「風そよ〳〵空しき窓をとぶ蛍」、同二十二日「時鳥さそふはづ《ず》なる木間より」、三七日（七月八日か）「夕月や門の涼ミも昔沙汰」（すべて文化三―八年句日記写）は、耕舜先生追悼句。

993
月花や四十九年のむだ歩き　　七番日記

訳月や花やと四十九年もむだに遊行してきた。年文化八年。解「五十にして天命を知る」（論語）、「五十にして四十九年の非を知る」（淮南子）、「人間五十年、下天一昼夜」（倶舎論）など諺として流布した言葉をかみしめ、自らの人生を振り返った。西行や芭蕉のような漂泊の系譜につらなるはずもなく、無駄に旅しただけだった。四十九年を「始終苦年」と言いかけたところが深刻さを越えておかしみを出す。参同じ頃に「今朝の春四十九ぢやもの是《これ》も花」（七番日記）、「花の月のとちんぷんかんのうき世哉」（同）。

一文化九年二月に「辻だんぎちんぷんかんも長閑《のどか》哉」（七番日記）。

994 亡《なき》母や海見る度《たび》に見る度に　　七番日記

【訳】亡き母よ海を見るたびに思い出す。【年】文化九年。【解】『七番日記』文化九年三月二十九日に記載され、同日に詠んだ「なむあみだおれがほまちの葉も咲た」「紫の雲にいつ乗るにしの海」も無季の句。この頃、無常観にとらわれていたのかもしれない。亀洞「海山を父母にして雲の峰」（北国曲）の例があるが、海をみて母を恋う句は日本の詩歌の伝統では新しい。一茶を庇護した成美に「母のうせける時／母なしに我身はなりぬ身はなりぬ」（随斎翁家集）があり、この句を意識して、母を追慕したものか。

995 恥《はぢ》入《いっ》てひらたくなるやどろぼ猫　　株番

猫・小判

【訳】恥じ入って平たくなっているのだろうか。どろぼう猫。【年】文化九年。【解】『七番日記』に二月中の作として収録。擬人化した猫が恥じ入って、「ひらたくなる」様子がおかしい。「どろぼ猫」が「恋猫」ならば春だが、前書から「猫に小判」（世話詞渡世雀など）の諺をモチーフにしていることが明らかだから、雑の句とした。

996
松陰に寝てくふ六十よ州かな

株番　七番日記

賀治世

訳松の陰に寝て食って生きている、日本六十余国であるなあ。年文化九年。語六十よ州―日本全国。畿内・七道の六十六国に壱岐・対馬をあわせたもの。松陰―松の陰。寛政七年「初蟬や人松陰をしたふ比」（西国紀行）。文政二年「松陰や寝莚一ツの夏坐敷」（おらが春）。解松は徳川氏の本姓松平氏の暗喩とすれば、「治世を賀す」という前書の通り、幕藩体制のおかげで平和に暮らすことができる、と感嘆したことになる。文化期は、各地で百姓一揆や異国船来航などあり、必ずしも泰平な時代ではなかった。これを勘案すれば、皮肉とも受け取れる。ただし、この句を立句にして巻いた鶴老との両吟歌仙の脇（鶴老）は、「鶴と遊ん亀とあそばん」で、平和そのもの（『株番』収載）。参真蹟とされるものにも多く、「泰平楽」「天下泰平」などの前書。『文政版一茶句集』は「天下泰平」、『杖の竹』では「国家安全」と前書。文化元年・同四年ロシア船、同五年・七年イギリス船、同八年・九年ロシア船など国を揺るがす異国船来航があり、幕府はその対策に追われて浦賀や富津などに砲台を築くよう命じていた。それでも、天下泰平・国家安全、と言いたかったのかもしれない。

997
松島や同じうき世を隅の島　　七番日記

訳松島よ。景勝の地と歌われても、片隅にあれば同じく住みにくいものだね。年文化九年。解文化九年二月の作。片隅に生きる自分と大きな島から離れて隅にある島を重ねあわせ「隅」と「住」を言いかけて、住みにくいなあと共感した。同時に成した「松島や生まれながらの峰の松」は、生まれながらの名門ぶりを誇る名勝の地の松。

けふといふけふ、久しくねがひける本間の家を訪ひて、ばせを翁の書のかず〳〵に目を覚しけるが、其外に又手にふれ給ひし一品有

998
したはしやむかししのぶの翁《おきな》椀《わん》　　真蹟

訳慕わしいことだ。昔をしのぶよすがの芭蕉翁がお使いになったお椀。年文化十四年。解「翁椀」は芭蕉が使ったという言い伝えをもつ椀を手に取って、芭蕉をしのんだ作。毎年十月十二日に芭蕉を追善する「時雨忌」が営まれていたが、前書の本間家を訪ねたのは五月二十三日（文化十四年・七番日記）で、この折の作か。当時、同家は東茨城郡小川町（茨城県小美玉市）にあった。本間道悦（自準）は『鹿島詣』の旅の芭蕉を泊めたことで知られる。一茶と交流したのは玄琢（文政七年没　七十歳）。「芭蕉」遺品というだけで、俳人たちを魅了した。

999 もふ《う》見まじ〱とすれど我家哉　八番日記

訳もうふりかえって見ないでおこう、見ないでおこう、と思ってもふりかえってしまう我が家だなあ。年文政二年。解同じ年の「思ふまじ見まじかすめよおれが家」（八番日記）、「かすむぞや見まじと思へど古郷は」（同）、「かすむならかすめと捨し庵哉」（同）なども同じ趣意による句作り。一茶は帰郷後も北信濃一帯を廻り歩いて人々と俳諧をしていた。『七番日記』によれば、前年（文化十五年＝文政元年）は「他郷二百廿九日　在庵百十六日」、その前年（文化十四年）「他郷二百五十二日　在庵九十五日」。他郷で暮らす方が長いのだが、我が家が気になっていたのである。「見まじ」の繰り返しが、効果的。参上五「思ふまじ」（おらが春　発句鈔追加）。

1000 商人《あきんど》やうそをうつしに蝦夷《えぞ》が島　文政句帖

訳商人たちよ、嘘を言い、その嘘をうつしに蝦夷が島まで来たというのか。年文政五年。語うそをうつしに―嘘をつく、嘘をつくことを知らなかった人々に、悪い病気を伝染させるように嘘をうつすこと。一茶独特の表現。解蝦夷地と呼ばれた松前（北海道）での日本の商人たちは、不当・不平等な条件でアイヌの人々と「嘘をうつして」、形ばかりの「交易」をした。「江戸風を吹かせて行くや蝦夷が島」「来て見ればこちが鬼也蝦夷が島」と併記。いずれも和人に対する激しい憤怒の作である。交友のあった俳人乙二から、蝦夷地での和人非道の情報を得たか。参一茶は異国（露西亜《ロシア》）にも関心を寄せていた。文化元年（一八〇四）九月、ロシア使節レザノフが長崎に来航、通商を求めた。その十二月に翌年用の春興句を詠んでいる（すべて『文化句帖』に収載）。「梅がか《香》やおろしやを這《はは》す御代《みよ》にあふ」「日本の年がおしいかおろしや人」「春風の国にあやかれおろしや船」「神国の松をいとなめおろしや舟」「門の松おろしや夷《えびす》の魂《たまげ》消べし」。

解説

一　一茶句集と一茶句の選択

1　一茶句集

一茶は文政《ぶんせい》十年（一八二七）十一月十九日、六十五歳で他界したが、生前、四季別に分類した自選句集を編んでいた。そのひとつは『一茶自筆句集』である。春と冬の部のみ伝来、寛政《かんせい》五年から文政八年までの千四十四句が収録されている。また、文化期後半から文政時期に至る『浅黄空』がある。春の部のみ伝来、五百二十九句と俳諧歌《はいかいか》四首が収録されている。この他に文化八年『我春集《わがはるしゅう》』、同九年・十年『株番』、同十年『志多良《しだら》』、文政二年『おらが春』（娘さと追悼句文集）、同五年『まん六の春』などの年間句文集もある。これらは『寛政三年紀行』『西国紀行』『享和句帖』『七番日記』『文化句帖』『八番日記』『文政句帖』などの紀行や日記類のような手控えとは異なり、テーマや意図をもって、前時代や同時代の句や歌、詩を加えて編んだ選集である。

『一茶発句集』が出版されたのは、一茶没後二年の三回忌にあたる文政十二年であった。編者は北信濃の門人「信州俳諧寺門徒」（魚淵・二休、春耕・稲長、文路・素鏡、希杖・楚江、文虎・春甫）、一茶を良く知る村松春甫《むらまつしゅんぽ》が描いた一茶の画像を入れ、四季分類で五百二十一句が収載されている。その後、この集の収録句数が少ないことを嘆いた高橋一具らが関与して八百二十二句を収録した墨芳編『俳諧一茶発句集』が嘉永《かえい》元年（一八四八）に出版され、これらは何回か版を重ねている。稿本では、湯田中（長野県山ノ内町）の湯本希杖《ゆもときじょう》編『希杖本一茶句集』（一茶没年頃成立）、中野（長野県中野市）の山岸梅塵編『一茶発句集続篇』（天保二・三年頃成立）が知られている。

明治期（一八六八―一九一二）に入り、明治三十一年岡野知十校訂俳諧文庫第十一編『一茶大江丸全集』が嘉永版の一茶発句集と一茶自筆という四季別『一茶句帳』（稿本）を翻刻して出版、同三十五年大塚甲山編『一茶俳句集』が続き、同四十一年俳諧寺可秋編『一茶一代全集』などが刊行された。大正期（一九一二―二六）には、大正十年中村六郎編・校訂『一茶選集』、同十四年半田良平編『季題別年代考　一茶俳句集』、同十五年勝峯《かつみね》晋風《しんぷう》『一茶発句集』、同年工藤静波編『季題類別　一茶名句選集』などが刊行された。

昭和二年（一九二七）勝峯晋風は日本俳書大系『一茶一代集』に「一茶俳句選抄」を掲載、翌三年信濃教育会編『一茶叢書』九編十一冊が出版された。翌四年大橋裸木《おおはしらぼく》編『一茶俳句全集』は、一茶の発句一万八千三百七十句を収録、以降、同十年荻原井泉水《おぎわらせいせんすい》編『新編一茶俳句集』（岩波文庫）、同十七年栗生純夫編・校訂『一茶発句集』、同二十二年小林郊人『一茶名句集』、同二十八年伊藤正雄校註『小林一茶集』などの一茶句集が刊行された。

終戦後、昭和三十三年に改版された岩波文庫『一茶俳句集』（21刷）が約千二百句、昭和三十四年日本古典文学大系58『蕪村集　一茶集』（岩波書店）が二百八十二句、同四十五年古典俳文学大系15『一茶集』（集英社）「発句編」が五千三百余句を収録。一茶の出身地長野県の一茶同好会や信濃教育会は、一茶資料の発見・整備・保存・出版を積極的に進め、昭和五十一年から信濃毎日新聞社が『一茶全集』全八巻を刊行、昭和五十四年には約一万九千句を収録した第一巻「発句」を出版した（平成六年〈一九九四〉同社刊『一茶発句総索引』で、新出発句約二百句を追加、誤認句が五十句ほどあると指摘）。

平成期（一九八九―）に入り、平成二年岩波文庫『新訂一茶俳句集』が二千余句を収録、同五年矢羽勝幸『一茶大事典』（大修館書店）は、一茶生前に出版された俳書に入集する一茶句を採録、新資料も加えて千五百二十余句を収載した句集を編み、あわせて梅塵編『一茶発句集　続篇』を翻刻、収録した。梅塵本には千百四十句程が収載されている。

一茶句の鑑賞は、昭和五十八年完訳日本の古典58『蕪村集・一茶集』（小学館）が百四十五句、平成八年金子兜太《かねことうた》『一茶句集』（昭和五十八年岩波書店刊の『古典を読む』9を文庫本にしたもの）が百二十句（収録句は二百以上）、同年加藤定彦『風呂で読む　一茶』（世界思想社）が百三十八句、翌九年宮坂静生『小林一茶』（蝸牛俳句文庫29）が三百句、同十一年半藤一利『一茶俳句と遊ぶ』（PHP新書）が百八十句を採りあげている。

2 一茶句の選択

今日に至っても、一茶の真蹟や門人が編んだ選集等から、一茶の句が発見され、現在、一茶発句総数約二万と言われている。こうした膨大な一茶句から千句を選ぶのは、至難の業である。明和八年(一七七一)刊『日本詩史』の編者江村北海《えむらほっかい》は、「余ガ姪」と呼ぶ伊藤《いとう》君嶺《くんれい》が編んだ『日本詠物詩』序(安永丙申〈五年〉一七七六)で「詩ヲ作ルコト難シ、詩ヲ選ムハ更ニ難シ」と詩を作るより詩を選ぶ難しさを繰り返して嘆じている。まして詩を作れない私が詩を選ぶことは、勝手気ままな選択だという誹《そし》りを免れないこと必定である。

そこで、これまでに編まれた「一茶句集」で採録された句を優先的に選択した。

しかし、紀行や日記類に書き残された夥《おびただ》しい一茶句も、実に面白い。等類・類想・同意・同巣の句が多いが、それもまた楽しい。そこで、恣意《しい》的な選択だと非難されても致し方ないと腹をくくって千句にしぼった。そのため、採録し損ねた句が少なからずある。改めて千句を選び直してみたいが、二万句から自由に句を選べる現在、それぞれに「おらが一茶句集」を編んで、楽しんでいただきたい。本書がその試金石となれば、幸いである。

二 一茶の俳諧観

文政五年(一八二二)、還暦を迎えた一茶は「まん六の春と成りけり門の雪」と歳旦句《さいたんく》を詠み、その前書で自分を「荒凡夫」と呼び、「ますます迷ひにまよひ」愚を重ねるばかり、このまま愚者として生きて行くと宣言した。この翌年には、「春立や愚の上に又愚にかへる」と詠んで、前書では若き日の自分を「巣なし鳥」にみなし、囀《さえず》り覚えた「夷《ひな》ぶりの俳諧」を方便にして各地を放浪するほかなく、愚者であるおかげで、幸いにも生き延びた、とふりかえった（『文政句帖』文政六年一月）。

一茶の人生は、故郷柏原（長野県信濃《しなの》町《まち》）を軸に、出郷、放浪、帰郷、巡回を繰り返したが、その俳諧観が変化したわけではない。文化九年（一八一二）十二月、五十歳で柏原に帰住する以前（前期）とこれ以後（後期）の大きく二つにわけてみよう。

1前期――関西・西国・九州放浪

十五歳で家を出された「巣なし鳥」一茶が、どこで何をして暮らしていたか不明だが、二十五歳の天明七年（一七八七）に「渭浜庵執筆《いひんあんしゆひつ》一茶」として俳書に名を残すので、「夷ぶりの俳諧」は、素堂《そどう》を祖とする葛飾蕉門であろうと推定されている。渭浜庵は、葛飾派の中心であった溝口素丸（寛政七年没）の庵号。一茶は素丸のほか、同じ葛飾派の二六庵竹《にろくあんちく》阿《あ》（寛政二年没）、今日庵元夢（寛政十二年没）にも師事した。

葛飾派は上総・下総・安房、常陸に勢力をもち、一茶もしばしば訪れて同地の人々と交際した。ことに、馬橋（千葉県松戸市）の大川立砂（寛政十一年没）・斗囿《とゆう》（天保《てんぽう》四年没）父子や流山（千葉県流山市）の秋元双樹（文化九年没）は、一茶を温かく庇護《ひご》してくれた。寛政三年（一七九一）、二十九歳の一茶は立砂のもとに立ち寄ってから、十四・五年ぶりで柏原に帰郷したほどである（寛政三年紀行）。

しかし、一茶は古郷に安住することはなく、江戸や関東で落ち着くこともなく、翌寛政四年三月、江戸を出立して、同十年八月まで関西・西国・九州を巡り歩いた。三十歳から三十六歳までのあしかけ七年におよぶ旅であった。一茶はこの成果を寛政七年『たびしうゐ』、同十年『さらば笠』の二つの集に編んで出版した。

同書には、高桑闌更《たかくわらんこう》（寛政十年没）や大伴大江丸（文化二年没）、井上重厚（享和《きょうわ》四年没）、四国観音寺の五梅（享和三年没）、松山の栗田《くりた》樗堂《ちょどう》（文化十一年没）や門田《かどた》兎《と》文《ぶん》（文化六年没）、九州八代の文暁（文化十三年没）、熊本の田川鳳朗（弘化《こうか》二年没）の師で武家の久武綺石（享年未詳）、江州の栗本玉屑《ぎょくせつ》（文政九年没）、大坂の黄華庵升六《こうかあんしょうろく》（文化十年没）、八千房駝《はっせんぼうだ》岳《がく》（文化十二年没）、京都の宮紫暁（文化三年頃没）、江森月居（文政七年没）、また俳諧書肆《しょし》菊舎太兵衛（其成―文政十年以降没）などが入集する。いずれも蕉風各派の著名俳人である。

江戸では、夏目成美（文化十三年没）や鈴木道彦（文政二年没）、雪中庵完来（文化十四年没）、建部巣兆《たけべそうちょう》（文化十一年没）、信濃の藤森素檗《ふじもりそばく》（文政四年没）、秋田の吉川五明（享和三年没）なども入集。また雪中庵大島蓼太《おおしまりょうた》（天明《てんめい》七年没）とも交流があったという（三韓人）。

一茶は、葛飾派以外の多くの俳人と風交を結び、さまざまな蕉風にふれたのである。

この西国の旅は、一茶の俳諧観を作る上でも、大きな役割を果した。旅日記『西国紀行』(『寛政紀行』とも)の余白に、次のような貴重な書き入れがある。

八月九日讃州高松に善光寺開帳あり。人々にさそはれて、
五汊山眺望　外山哉(也)
子守唄のかた言、海士の囀りか、いづれか俳諧ならざるや。
(「西国紀行書き入れ」『一茶全集』第五巻)

寛政九年、三十五歳の一茶が弘憲寺《こうけんじ》(香川県高松市)で、善光寺(長野市)の出開帳に参じたときの所感である。文法的に正しい反語形をとっていないが、「子守唄の片言、海士の朗詠か、どちらか俳諧とは言えないだろうか(どちらも俳諧だ)」の意で、歌謡が俳諧と同じ価値をもつと考えていたことがわかる。また、次の記述にも注意される。

久かたの雲井□□□天下る不骨なり。天地の有としあれる姿情□□□不朽にして、一句の魂とも言がたし。
そが中に蕉派一法有り。よく我も見なるを尊ぶ。たとへば白みそは赤みそといへるに等

しく、皆おのれ〳〵魂□は是天地の場也。爰《ここ》に赤うろりといへるありて、淋しくおもしろく、笑みの魂唱《とな》はしめん。これが是を仏と此集を作る。太山《みやま》のをの《斧》と海士の囀り、いずれか俳諧ならざるや。　（同前書）

選集の序か跋《ばつ》として認めた走り書きだろう。一茶自身の見解ではなく写しの可能性もあるが、こう記したことに注意したい。欠字が多い前半は意味不明だが、後半は目鼻がない正体不明の海鼠《なまこ》を「白うるり」に喩《たと》えた『徒然草』六十段を反転させて、「淋しくおもしろく、笑みの魂」を唱える蕉風俳諧を「赤うるり」に擬《なぞら》えて、その優位性を言う。「笑みの魂」は滑稽《こっけい》精神。興味深いのは「皆おのれ〳〵魂□は是天地の場也」という前提に立っていることである。

「魂□（欠字）」は「魂魄《こんぱく》」、「是天地の場也」は、『寛政三年紀行』で「彼は非これは是と、眼に角立ててあらそふは、人の常にして、いひしも云はれしも、皆々今は夢となりぬ。本より天地大戯場とかや」と言う「天地大戯場」である。正確には「天地一大戯場」で、上田秋成（文化六年没）は『胆大小心録』に康熙帝《こうきてい》の「聯句《れんく》」として引いている。「康熙帝の治世も悠久である天地の一瞬に過ぎない」の意だが、一茶は「魂魄（精霊）が、天地の戯場（劇場）で是非を争う、夢のようなもの」が人の世というものだと解したのである。

結びは「樵《きこり》の斧《おの》の打つ音（樵歌《しょうか》）、海士の朗詠、どちらか俳諧とは言えないだろうか」

の意で「どちらも俳諧である」という反語である。ここからも、一茶はこれらの歌謡が俳諧と同じ価値をもつものと考えていたことが分る。

しばしば一茶の句に同巣・同意や類想が多く、また擬音語や擬態語、比喩《ひゆ》、畳語や繰り返し表現が多いと指摘されるが、それは子守唄や樵歌、舟歌等の近世歌謡や若き日の一茶が学んだ『詩経』や『万葉集』の特色でもあった。

2　後期──帰郷・北信濃

文化八年（一八一一）春、四十九歳になった一茶は、節目となる五十歳を迎えるにあたって、自分の人生をふりかえって、芭蕉の「月雪とのさばりけらし年の暮」（続虚栗）をもじって、「月花や四十九年のむだ歩き」（七番日記）と詠んだ。これまで「月よ花よ」と詠んで俳諧に関わり続けたが、「むだ歩き」だったと顧みたのである。

この翌九年、一茶は、永住するために帰郷した。故郷に住むのは、十五歳で家を出てから実に三十五年ぶりである。その覚悟を、

是がまあつひの栖《すみか》か雪五尺　（句稿消息）

と詠み、中七を「死所かよ」と「つひの栖か」の両案併記で夏目成美に添削を依頼した。成美は「死所かよ」を朱で消して、「つひの栖か」の句形を採り、「上々吉」と評した。刺激的すぎる言葉を捨てるように成美がセーブしたのである。

帰郷した一茶は、文化十年、川中島（長野市）でこんな句を詠んだ。

芭蕉様の臑《すね》をかぢつて夕涼《ゆふすずみ》（句稿消息）

芭蕉を売って歩いて夕涼みするわが身を「親のすねかじり」に喩えて、気楽なものだ、と内省したのである。この句の通り、一茶は芭蕉を売って生きた。『七番日記』では、この句の上五を「芭蕉翁《をう》の」としている。「翁」では、まるで祖父に呼びかける様に親しげだから失礼、尊敬すべき対象として「様」として成美に送ったのであろう。

芭蕉は、寛政五年（一七九三）の百回忌に神祇伯《じんぎはく》白川家から「桃青霊神」の神号を授けられ、崇拝すべき神となった。芭蕉を追善する法要は、芭蕉没後、支考・美濃派を中心に営まれてきたが、五十回忌ころから蕉門を名乗る各派が執り行い、一茶が生まれた年—宝暦《ほうれき》十三年の芭蕉七十回忌からは、俳僧蝶夢らが義仲寺《ぎちゆうじ》を中心に毎年営んで幕末期に及んだ。義仲寺は蕉風を名乗る俳人たちの聖地になったが、そこに参詣《さんけい》できない俳人たちは、十月十二日全国各地で、それぞれの芭蕉追善法会を行った。

文化十年十月十二日、一茶と一茶門の人たちは、長沼（長野市）にある経善寺で芭蕉忌法要を営んだ。同寺の住職は呂芳《ろほう》。同地の松宇《しょうう》や素鏡・掬斗《きくと》らは、一茶が帰郷する前から、一茶を囲んで句会を開いたり、宿所を提供したり、旅費を恵むなどして、一茶を俳諧宗匠として迎えていた。その日の追善会で、一茶は次のような俳諧観を披露した。

我宗門にてはあながちに弟子と云ず、師といはず、如来の本願を我も信じ人にも信じさすことなれば、御同朋・御同行とて平坐にありて讃談するを常とす。いはんや俳諧においてをや。たゞ四時を友として造化にしたがひ、言語の雅俗より心の誠をこそのぶべけれ。

（「あるがままの芭蕉会」『一茶大事典』大修館書店）

一茶は自ら信仰する浄土真宗の思想に基づいて、「同朋」「同行」の者と「平坐」して「和讃」を歌うように、「讃談」しようと誘う。「いはんや俳諧においてをや」と強調して、浄土真宗の理想が俳諧の場でこそ実現されるのだと説く。この説教は、身分や分相応という「分」によって区別された江戸社会にあって、魅力的であったに違いない。

後半部の「四時を友として造化にしたがひ」は、芭蕉の『笈《おい》の小文』の冒頭部「風雅におけるもの、造化にしたがひて四時を友とす」に拠《よ》る。「言語の雅俗」より、「心の誠」を述べるのが俳諧だというのは、支考の「連俳互照序」（和漢文藻・巻之三）の「人よく姿情の先後をしるべし。人ただ言語の雅俗を学ぶべからず」の影響がみられ、「心の誠」は、鬼貫《おにつら》の『独こと』の「句を作るに、すがた・詞《ことば》をのみたくみにすれば、まことすくなし。ただ心を深く入れて、姿、ことばにかゝはらぬこそ好ましけれ」という心を重んじる姿勢と軌を一にしている。

一茶が、こう言って、大あぐらをかいて炉を囲むと、人々もくつろいで「心ゆくばかりに興じ」た。それを見て一茶は「実に仏法は出家より俗家の法、風雅も三五隠者のせまき遊興の道にあらず。諸人が心のやり所となすべきになん」と結んでいる。

この句会は、成美の句会とは正反対だった。成美は「俳諧十則」(『四山藁』)で次のように述べている。

会席のありさまいかにも風流なるべし。いにしへ花紅葉の結ひづくえなどいふあり。西行法師の扇文台ことにをかし。同調の友三五人、花晨月夕《かしんげつせき》におもひをのべ、喜びかなしびにつけて情をもらす、いとめでたき遊びなるべし。(『夏目成美全集』和泉書院)

成美の会席(句会)は、風流であった。成美は「風雅の心を俗体」に表現するのが俳諧であり、句を作るときは雅《みやび》な言葉を求めるのではなく、「俗なる心」「俗意」を去れ(俳諧十則)と説き、その実践の場として句会を継続的に開いていたのである。

若き一茶は葛飾派の俳人として西国の旅を終えて江戸に戻ったが、文化元年(一八〇四)四十二歳から成美の句会に出席し、ほぼ常連となった。そればかりか成美が書きとめた同時代の俳人の句の集録『随斎筆紀』の筆写と増補、文化十年以降の帰郷後も添削を依頼する文通(句稿消息)などを含めて、成美から学んだことは少なくなく、一茶にとって成美こそ「俳諧」そのものであった。

成美は、寛延《かんえん》二年（一七四九）に生まれ、十五歳の宝暦十三年には『猪武者』に入集、翌明和元年（一七六四）には、夏目家の当主となり、浅草蔵前の札差（金融業者）を継いだ。遊びとして純粋に俳諧を楽しみ、芭蕉復興を図った前時代の俳人から直接学んだ、いわゆる遊俳である。成美は白雄や闌更、蓼太、義仲寺の蝶夢や重厚などの地方系俳人のほか蕪村門の几董《きとう》とも風交を結んだ。蕪村は俗を離れた「離俗」の世界に遊ぶことで、洒脱《しゃだつ》で自在な境地をめざした。すなわち、「俳諧は、俗語を用ひて俗を離るゝを尚《たっと》ぶ、俗を離れて俗を用ゆ、離俗の法最かたし」と述べて、漢詩を語り、読書によって「市俗の気」を下げなさい（春泥句集序）と門人たちに呼びかけた。

成美は都市系・地方系の両方から、「雅文芸と同じ価値をもつ風雅」の俳諧―蕉風俳諧を受け継いでいた。一茶句が多用する、畳語・擬音語・擬態語・比喩（直喩・隠喩・擬人法）などの技法は、都市系俳諧の特色でもあり、俗談・平明・当意即妙などの句作りは、地方系の俳諧の特色であった。一茶は、成美を通して前時代の俳諧を学んだのである。

一茶は、帰郷後も成美から添削指導を仰ぎながらも、成美の風流な句会が隠者を装った少数者のための遊興とみて、違和感を覚えていたから、心底から共鳴できなかった、と考えられる。大あぐらをかいて炉を囲み、諸人が「心ゆくばかりに興じ」ることができる場を作ることに一茶が目指す俳諧の方向性があった。「俗意」を去って「風雅の心」を表現する成美の句会に対して、「心の誠」を述べるのが一茶の句会である。

古郷柏原への帰住は、成美が体現する前時代の俳諧、ことに風流な遊びとする句会との別れであった。

三　一茶句の特色

子どもや動物、弱者や虐げられた者への愛情を詠んだ一茶の句は定評があり、一揆《いっき》や世直し、ロシア船来航、蝦夷《えぞ》地開拓など現実社会を詠んだ句もまた評価されている。そこで、深刻な問題までもユーモアに転じていった句作りの方法とこれまでとりあげられることが少なかった一茶句の特色を述べておきたい。

1ユーモア表現

いざさらば死《しに》げいこせん花の陰　　文化五年（文化句帖）

「ではさようなら。死ぬための稽古をしよう。桜の木の花陰で」の意で春の句。文化元年刊吉川五明の選集『佳気悲南《かげひなた》』から『随斎筆紀』に抄出した、

涼しさに死ぬけいこ《稽古》せん一枕《ひとまくら》

という五明の句からヒントを得てなした句である（遠藤誠治氏「一茶の句作態度―古人・同時代人の句との関係」『一茶の総合研究』再録）。吉川五明（享保《きようほう》十六年～享和三年）は、秋田の俳人。『随斎筆紀』は、夏目成美が抜き書きした同時代の俳人の句を一茶が書写、補記・追録した書で、「文化八年以降、他界する文政十年まで机辺におかれて諸国俳人の句を丹念に抄記したもの」である（前田利治氏『一茶自筆化政期俳人句録』解説）。

一茶がこの句を知ったのは、句の成立年から見て、『随斎筆紀』に抄録する以前だろう。この句に動かされたのは、中七「死ぬけいこせん」の発想が妙だからである。日常では死ぬための稽古をしない。「死下手」「死支度」「死物狂」「死時」「死神」等は、日常的に通用する熟語だが、「死げいこ」は、ありそうでない言葉で、「死ぬためのけいこ」自体がありえない。それを奇として一茶は「死に稽古」という言葉を作りだしたのである。「死ぬ」と「稽古」の二つをつないだだけの造語だと言われればその通りだが、他に用例がないから、誰も思いつかなかったのである。実際にはそんな稽古をするのは不謹慎だ、という常識で私たちの心はブロックされているので、作りだせないのである。しかし、一茶にこう言われてみると、響きがよく自然だから、すでに通用している言葉だと錯覚してしまうのである。

上五「いざさらば」は、「いざさらばなみだくらべんほと ゝぎすわれもうきよになかぬ日はなし」（続古今和歌集）にみられるように、和歌でも多く用いられる雅語である。俳諧でも、江戸初期の「いざさらば足を休めん月の前」(時勢粧)に引き継がれ、芭蕉「いざさらば雪見にころぶ所まで」(花摘)、蕪村「いざさらば蚊やりのがれん虎渓まで」(蕪村遺稿)と継承されてきた由緒ただしい言葉である。

下五「花の陰」は、西行の「願はくは花の下にて春死なむその如月《きさらぎ》の望月のころ」(続古今和歌集)をふまえている。花の下で「死ぬ稽古」をした先輩は、西行であったと思い出させ、さらに芭蕉の「花の陰うたひに似たる旅寝かな」(あら野)や蕪村の「西行は死そこなうて袷哉《あわせかな》」(落日庵句集)も連想させてくれる。

この句は、和歌的優美な世界を滑稽化する蕉風の伝統に立つ句作りであり、一茶は芭蕉・蕪村の伝統につながる蕉風俳人であると言えるが、一茶の独自性は中七にある。この造語によって、活花やお茶、笛などの芸事や剣術の稽古と同じ日常的レベルのものとして「死」が位置づけられ、恐怖の対象として特別視しない言葉となる。一茶は西行の死に方を揶揄《やゆ》しながら、死と向き合う人に対して、「お稽古事」の一つだからと読みかえて、ありふれた稽古を思い出させて「さあ稽古しよう」とユーモラスに呼びかけるのである。

しら露に浄土参りのけいこ哉　　文化十年(句稿消息　志多良)

これも、先の五明句「涼しさに死ぬけいこせん一枕」にヒントを得た句である(遠藤氏指摘)。句意は「白露のはかなさに感じて、浄土へ行くための稽古をしていることだよ」

で秋の句。先の句と同巣だが、「死げいこ」という造語を用いず、「浄土参り」という新しい語を作り出したのが手柄。これも、ありそうでない言葉で、一茶自身もこれ以外には使っていない。「寺参り」から連想してなした造語だろうが、自然に受け入れられる響きをもっており、ここからも一茶の造語力の高さを知ることができる。

一茶は、成美にこの句を送って、批評を要請した。成美は長点をかけ高く評価して「稽古の辞、甘賞」と褒めたが（句稿消息）、成美が褒めるべきは、「稽古」ではなくて「浄土参り」という造語であった。これは、「死げいこ」の変奏であることは間違いないが、こちらの方がやわらかく前向きで、極楽浄土へ導かれるような気がしてくる。

文化十年の年間句集『志多良』では、この句に「列子曰、昔県大宰嚭、問二孔丘一曰『夫子聖人歟』」に始まる漢文の長い前書がある。列子が孔子にお前は聖人かどうかと問い、孔子がそうではないと答え「西方の人」つまり仏こそが「大聖」であるという『列子』の一節を引く。仏教優位を説く、「浄土参り」の稽古をすることとの意義を補強するための前書だが、仏への信心や帰依心からだけではなく、漢学趣味を楽しむためである。

大げさな漢文の前書は、傍《はた》からみれば、浄土参りの稽古そのものが大げさで滑稽であることを暴露している。つまり、白露のはかなさに感じて無常を思うのが風雅ですが、行く先は「大聖人」がいらっしゃる「極楽浄土」ですから、「浄土参りの稽古」をしていますよ、と笑いを誘い、こんな稽古なら、あなたもいかがですか、と死を恐れる人に呼びかけることになる。

深刻な事さえもユーモアに転換する造語力の高さ、敬愛すべき先達を揶揄しながらも、日常レベルに近づけて呼びかける。一茶の真骨頂が発揮されている例である。

2 呼びかけ表現

「痩蛙負けるな一茶是ニ有」(七番日記)、「我と来て遊べや親のない雀」(おらが春)、「雀の子そこのけ〳〵御馬が通る」(八番日記)など代表句とされる一茶句は、呼びかけ表現が用いられている。こうした明らかな呼びかけ表現が用いられていなくても、一茶句の五割以上は、呼びかけの句だと言っても過言ではない。一茶は、生き物はもちろん無生物に対しても呼びかける。「時候」「天文」「地理」は、天象だから、ふつう呼びかけたりしないが、それらの句からも、一茶が呼びかける声が聞こえてくる。

帰住後の文化十一年『七番日記』に収載する春季「日永」(時候)、「春風」(天文)、「雪解《ゆきげ》」(地理)を例に見てみよう。句頭に、かりにAからOの番号を付した。

A 金の蔓《つる》とりついてから日永哉

B 菜畠に幣札《ぬさふだ》立る日永哉

C 茨藪《ばらやぶ》に紙のぶら〳〵日永哉

D 丸にの丶字の壁見へて暮遅き

E　鑓《やり》もちて馬にまたがる日永哉

「日永」は、長く暗い冬が終わり、春になって陽射しが長くなったことを実感する季語。Aは金銭を得る手づるがしっかりできたお陰で「のんびり出来るなあ」と日永に呼びかけ、Bは「美しい菜畠に御祓《おはら》いの札を立てて」どうしたことか、Cは茨の藪に紙が「ぶらぶら」するのは、手持ち無沙汰だからなのかなあと疑問を投げかけ、Dは丸に「の、字」を書いた人へ、Eはドン・キホーテのような時代錯誤の人に呼びかける。次は「春風」。

F　春風にお江戸の春も柳かな

G　春風に二番たばこのけぶり哉

H　春風や大宮人の野雪隠

I　春風や小藪小祭小順礼

J　春風や地蔵の口の御飯粒

「春風」は、冷たく吹く北風に変わって、東南から吹く暖かな風。Fは春風に吹かれる江戸の美しい柳を詠んだ景気の句だが、「さすがお江戸」と軽く呼びかけ、Gは「二番たばこのけぶり」が春風に吹かれてすっと立ち上って行く様子に「北風ではそうはいかないね」と呼びかける。H・I・Jは、春風と「人事」や「行事」「宗教」を取り合わせて、春風が吹いているから「のどかで微笑ましいねえ」と呼びかける。次は「雪解《ゆきげ》」。

K　汚れ雪世間並にはとけぬ也

L　順礼の声のはづれを雪げ哉
M　十ばかり鍋うつむける雪げ哉
N　藪並にとけて［も］しまへ門の雪
O　雪とけて村一ぱいの子ども哉

「雪解」は、「雪消」「雪どけ」ともいい、長い冬が終わって雪が溶けはじめること。Kは「汚れ雪」を擬人化して、その意地に感じ、Lは順礼の声の調子外れと遅い雪解けの奇妙な呼応に感嘆しての呼びかけ。Mは冬の間に真っ黒の鍋底と対照的に清らかな雪解け水へ、Nは門の雪への命令口調の呼びかけ。Oは、雪が解けたお陰で子どもたちが村中にあふれかえったという感謝の思いが、呼びかけとなる。

天象は、自然の景気だから、心情を入れずありのままに詠むのが原則である。芭蕉は「近年の作、心情専に用る故、句体重々し。左《さ》候へば愚句体、多くは景気《けいき》斗《ばかり》を用候」（秋の夜評語）と述べ、心情の重みから逃れるために、景色の句を詠んだという。一茶はその逆だから心情を入れて詠む自分を「景色の罪人」と言った（寛政三年紀行）。

我たぐひハ、目ありて狗《いぬ》にひとしく、耳ありても馬のごとく、初雪のおもしろき日も、悪いものが降とて謗《そし》り、時鳥《ほととぎす》のいさぎよき夜も、かしましく鳴とて憎ミ、月につけ花につけ、ただ徒《いたづら》に寝ころぶのミ。是あたら景色の罪人ともいふべし。

文人画に描かれたような風雅な景色を見て、松にかかる月に長寿を願い、舟が島に隠れることに無常を感じ、山寺の鐘に仏縁を思うのが風雅人なのに、自分は犬や馬と同じでそう観じることができないで誇り憎むから、「景気の罪人」だと言うのである。三十歳以前の若き日の一茶の景気観であるが、この思いは生涯変わっていない。

＊

都人が必要とする言葉は、世俗を脱して、心を遊ばせることができる風雅な言葉である。がんじがらめの現実を超えられるのは言葉でしかないから、それで良い。田舎人に必要な言葉は、水利権を争う言葉や遺産を争う実利的な言葉である。そこに情をからめる余地はないのだが、情理を尽し、それを繰り返す言葉も必要だった。古郷柏原を出されたときから、素性も怪しく金銭も乏しい存在となった一茶は、言葉で現実と向き合うほかなかった。

一茶はこの世を「魂魄（精霊）が、天地の戯場（劇場）で是非を争っている、夢のようなものだ」と受け止め、一炊の夢のような天地の劇場で、怒り、ののしり、不正を憎み、皮肉り、ひねくれ、ねじ曲がり、嘆き、自嘲した。しかしその一方、素直に喜び、悲しみ、面白がり、楽しんだ。子どもや生き物のいのちを慈しみ、銭を惜しみ、孤独を嫌った。幸いにも、この世の現実をユーモラスにとらえる俳諧にめぐりあって、生き延びた。

一茶の俳諧は、成美が体現した「高悟帰俗」――「風雅の心を俗体」で表現する蕉風俳諧とは異なり、万物に宿る魂魄（精霊）に呼びかける夷ぶりの俳諧であった。

＊本書は、「武田徹のつれづれ散歩道　今日の喫茶室」（SBC信越放送）のゲストとして一茶句についてお話しする機会を与えられて、執筆をはじめた。武田徹氏の要を得たご質問、リスナーの方々からのご感想が大いなる励みだった。また、ここ数年、松代藩六代藩主真田幸弘の点取俳諧を読む「真田連句をよむ会」で、一茶とほぼ同時代の大名が使う言葉と時代背景を学んでいる。こうした機会がなかったら、怠け者の私がまとめて一茶句を読むことがなかったと思う。記して謝意を表します。

◆小林一茶　略年譜

〔一茶誕生〜江戸へ〕

宝暦十三（一七六三）当歳　五月五日、信州柏原（現長野県上水内郡信濃町）の小林弥五兵衛（三一歳）、母くに（年齢未詳）の長男として出生。名、弥太郎。

明和二（一七六五）　三歳　八月十七日、母くに没。

明和七（一七七〇）　八歳　継母はつ（一説に「さつ」。二七歳か）が来る。

安永元（一七七二）一〇歳　五月十日、義弟仙六（後、弥兵衛）が出生。

安永五（一七七六）一四歳　八月十四日、祖母かな没（六六歳）。

安永六（一七七七）一五歳　春、江戸へ奉公に出る（これ以降十年、消息不明）。

〔関東〜古郷へ〕

天明二（一七八二）二〇歳　大川立砂（葛飾派森田元夢門の俳人。松戸市馬橋の油商）に奉公したか。翌年、浅間山大噴火。天明の大飢饉おこる。

天明七（一七八七）二五歳　春、『真左古』に「渭浜庵執筆一茶」の名で一句入集。渭浜庵は、葛飾派の溝口素丸。冬、同派の二六庵竹阿のもとで連歌秘伝書『白砂人集』を「小林圯橋」の署名で書写。

天明八（一七八八）二六歳　四月、元夢編『俳諧五十三駅』に菊明号で十二句入集。八月、苔翁より譲られた『俳諧秘伝一紙本定《いっしほんじょう》』の表紙に「今日庵内菊明」、奥書に「蝸牛庵菊明」と署名。今日庵は元夢（葛飾派）の庵号。

寛政元（一七八九）二七歳　八月、秋田象潟へ旅して、「旅客集」に「東都菊明坊一茶」と署名。

寛政二（一七九〇）二八歳　三月十三日、二六庵竹阿没（八二歳）。

寛政三（一七九一）二九歳　四月、古郷の信州柏原へ帰る（『寛政三年紀行』）。

〔四国・九州・関西～古郷へ〕

寛政四（一七九二）三〇歳　下総・安房地方を廻り、三月、西国行脚に出立。夏、京坂地方、四国を経て、九州へ旅する（この年から寛政六年までの句集―『寛政句帖』）。西国地方の旅は、以後六年半にわたる。

寛政五（一七九三）三一歳　正教寺（熊本県八代市）で新春を迎え、九州各地を経て長崎へ。芭蕉百回忌各地で行われる。

寛政六（一七九四）三二歳　長崎で新春を迎え、九州各地を巡って、四国へ渡る。

寛政七（一七九五）三三歳　専念寺（香川県観音寺市）で新春を迎える。松山の樗堂らと風交。三月、四国から倉敷・姫路を経て大坂へ。『西国紀行』（**寛政紀行**）、連句集『日々草』成る。夏、闌更と会う。

七月二十日、素丸没（八三歳）。この頃一茶房亜堂の号も用いた。十月、大津義仲寺の芭蕉忌に馳せ参じる。冬頃、処女選集『たびしうゐ』出版。

寛政八（一七九六）三四歳　四国に渡り、樗堂らと交流。松山城の月見会に出席。

寛政九（一七九七）三五歳　松山で新春を迎える。夏、福山・尾道を経て、秋、高松・小豆島を訪問。十月、義仲寺の芭蕉忌に参る（時雨会）。

寛政十（一七九八）三六歳　長谷寺（奈良県桜井市）で新春を迎える。春、京都で『さらば笠』出版。木曽路を経て、柏原に帰郷、八月頃江戸へ出る。『急逓記』（文化十年までの手紙の発信と来信の記録）始まる。

寛政十一（一七九九）三七歳　三月、甲斐・北越に旅する。十一月二日、立砂没（享年未詳）。

寛政十二（一八〇〇）三八歳　この頃の「俳人番付」（行司嘯山）の五段目に「前頭江戸一茶」で登載。七月二日、元夢没（七四歳）。前年かこの年、正式に二六庵の号の名乗りを許されたか。

享和元（一八〇一）三九歳　三月、帰郷、四月に父が発病、五月二十一日没（六九歳）。継母・弟と遺産相続をめぐり争いが始まる（「父の終焉日記」）。

〔江戸・関東～古郷へ〕

享和二（一八〇二）四〇歳　『**享和二年句日記**』を成す。富津の花嬌との交流が始まる。

享和三（一八〇三）四一歳　『**享和句帖**』（四月〜十二月）を成す。本所五ツ目大島の愛宕山勝智院に住み、流山の双樹や布川の月船らと交流。『詩経』を学ぶ。六月、夏目成美宅へ行く。

文化元（一八〇四）四二歳　一月から『**文化句帖**』（文化五年五月三日まで）を成す。四月から『一茶園月並』（催主祇兵）の選句を行う（翌年頃まで数か月継続）。葛飾派を離れ、夏目成美や鈴木道彦らの句会に頻繁に出席する。建部巣兆とも会う。

文化二（一八〇五）四三歳　八月、十月、成美の句会で、成美・浙江・梅寿・太筇らと歌仙。上総・下総辺を度々訪れる。

文化三（一八〇六）四四歳　三月十三日、竹阿一七回忌、七月二日、元夢七回忌に参会。

文化四（一八〇七）四五歳　七月、父の七回忌法要に帰郷、十一月も帰郷し、遺産交渉。

文化五（一八〇八）四六歳　三月、成美らと上野浅草散策（「花見の記」）。六月、上州草津の鷺白を訪問（「草津道の記」）、七月二日帰郷、九日、祖母の三十三回忌法要に列席。九月、中野市（長野県）の高井大富神社に一茶・麦太・完来選の俳額が奉納。十一月、帰郷、義弟と遺産分配の証文「取極一札之事」を交わし村役人に提出。年末、江戸の住家を奪われる（「旧巣を奪はる」）。『**文化**

五年六月句日記』（六月十一日〜十五日）、『**文化五年八月句日記**』（八月二十一日〜三十日）成す。

文化六（一八〇九）四七歳

『**文化六年句日記**』（六月末日まで）を成す。四月、帰郷、長沼（長野市）・豊野（同）・中野・小布施北信濃を巡り、紫（高山村）の久保田春耕を訪れ、以後親交する。五月十九日、柏原で父の墓参。この年から「宗門人別帳」に記載、年貢も収める。

文化七（一八一〇）四八歳

『**七番日記**』（文化十五年＝文政元年まで）を成す。三月、日滝の蓮生寺（須坂市）に一茶・成美・完来の選の俳額が奉納。五月、帰郷して遺産交渉を行うも不調。六月、江戸へ戻り、飯田出身の俳人蕉雨と両総行脚。十一月三日、成美宅に滞在中、金子が紛失し、五日間足止めをくらう。十二月、西林寺（茨城県守谷市）で越年。長沼の門人春甫編『**菫草**』刊行。

文化八（一八一一）四九歳

一月二十四日、寓居（柳橋）類焼。十一月二日、立砂一三回忌に出席。成美の諸国俳人俳句抜書き『随斎筆紀』を書き写し、それに増補を続ける。句文集『**我春集**』（稿本）を成す。この年頃の「正風俳諧名家角力組」（番付・行司士朗）の東前頭五枚目に「江戸　一茶」と登載。

文化九（一八一二）五〇歳　四月、花嬌の三回忌に参列。五月まで下総・上総を廻り六月帰郷、遺産交渉が進展せず、八月江戸へ戻り、九月十月馬橋、流山、布川を廻る。再び十一月、永住を決意して帰郷、遺産交渉を続けながら、借家で越年。句文集『**株番**』を成す。

〔古郷〜古郷へ〕

文化十（一八一三）五一歳　一月十九日、亡父十三回忌を営む。同二十六日、明専寺住職の調停で遺産相続の証文「熟談書付之事」を交わす。家屋敷を二分、十一両二分受け取ることで弟と和解。六月十八日から善光寺の文路宅で七十五日間、病臥。九月下旬、帰宅。十月末、湯田中（長野県山ノ内町）の湯本希杖を訪ね、以後たびたび訪問。一年間の句文集『**志多良**』（稿本）成る。長沼の門人魚淵『木槿集』（芭蕉句碑建立記念集）刊行。序文代作。成美に発句の添削を依頼する手紙のやりとりが、この前年末から始まり、文化十三年夏まで続く（「句稿消息」）。

文化十一（一八一四）五二歳　二月二十一日、宮沢徳左衛門らの立ち合いで、生家を二分する。四月十一日、赤川（信濃町）の常田久右衛門の娘きく（二八歳）と結婚。八月、江戸に出て、十一月、江戸俳壇引退記念集『**三韓人**』を出版。十二月十七日江戸を発ち、二十

文化十二（一八一五）五三歳

五日帰郷。

北信濃地方の門人たちの間を巡り歩いて、俳席を共にする。七月、長沼で「月花会」再興。九月、「一韓人」、『あとまつり』出版のために江戸へ。下総・上総を廻り、十二月二十一日江戸を発って、二十八日帰郷。

文化十三（一八一六）五四歳

四月十四日、長男千太郎誕生、五月十一日没。七月、長沼の門人松宇宅で、瘧《おこり》を病む。十月、松宇編『杖の竹』、魚淵編『あとまつり』の出版のために江戸へ出て、年内に出版。十月、谷中の本行寺で剃髪。同寺住職は、友人の一瓢。十一月十九日、成美没（六八歳）。この年刊「正風俳諧名家角力組」（番付）に世話人として登載。ヒゼン（皮膚病）を病み、友人鶴老人が住職をつとめる西林寺（守谷市）で越年。

文化十四（一八一七）五五歳

一月、本行寺の一瓢を訪ね、二月、三月、下総を廻り、三月一日、江戸隅田川で花見。「奇方」（治方刷物）版下を書く。四月九日、成美の形見の袷を得る。下旬から上総・安房を巡歴。五月、六月は、潮来・鹿島・銚子や江戸の知友を訪れ、七月四日、帰郷。以後、北信濃一帯を巡り歩くが、他国へは出ない。十月二日、寛政期頃より一茶を助けた毛野（飯綱町）の可候没。十二月、鷺笠（鳳朗）編・一茶校合『正風俳諧葉ぶね』刊。

文政元（一八一八）五六歳　一月、長沼、二月、湯田中の希杖を訪ねる。五月四日、長女さと誕生。三月からの句稿―『だん袋』（文政六年までの句あり）を成す。九月、善光寺の文路の「おらが世」の編集を助ける。

文政二（一八一九）五七歳　『八番日記』（文政四年まで）を成す。六月二十一日さと、疱瘡で没。七月三日から、瘧《おこり》を病む。九月六日、道彦没（六三歳）。句文集『おらが春』（稿本、翌年まで執筆）を成す。『大叺』（文政四年まで）、『方言雑集』（文政十年まで）を成す。

文政三（一八二〇）五八歳　七月、太笻来訪。十月五日、次男石太郎誕生。十月十六日、雪道で転び、中風を発病、言語に障害をもつが回復。十二月、「俳諧寺記」執筆。太笻編『俳諧発句題叢』に一茶句が多数入集。松代の離山神社に一茶・武曰・虎杖・八朗選の俳額が奉納。

文政四（一八二一）五九歳　一月十一日、石太郎、母の背で窒息死（「石太郎を悼む」）。二月、紫（高山村）の天満宮に一茶揮毫の俳額が奉納。四月、文政五（一八二二）六〇歳　善光寺に一茶・松風・芝山・白斎選の俳額が奉納。四月、妻きくが痛風を病む。この年の「誹諧士角力番組」（番付）に差添「信州　一茶」で登載。

文政六（一八二三）六一歳　『文政句帖』（文政八年まで）を成す。句文集『まん六の春』（稿本）を成す。三月十日、三男金三郎誕生。

文政七（一八二四）六二歳　五月十二日、妻きく没（三七歳）。十二月二十一日、金三郎没。古典の抜き書き『俳諧寺抄録』（同九年まで）を成す。この年頃の「正風俳諧師座定」（番付）では勧進元「シナノ一茶」で登載。山岸梅塵（長野県中野市）、この頃一茶に入門。

文政八（一八二五）六三歳　五月十二日、飯山藩士田中氏の娘ゆき（三八歳）と再婚、八月三日離婚。閏八月、中風が再発、言語に障害。

文政九（一八二六）六四歳　春、茶静編『美佐古』に一茶自筆模刻句掲載。五月、素鏡の『たねおろし』を代選。竹駕篭で上原文路・荒川草水ら北信濃の門人宅を転々とする。

『文政九・十年句日記』（希杖写本）を成す。八月、二俣（新潟県妙高市）出身で、柏原小升屋の乳母宮下ヤヲ（三二歳）と結婚。『たねおろし』刊行。

文政十（一八二七）六五歳　閏六月一日、柏原大火で母屋類焼、焼け残りの土蔵で仮住、門人宅を泊まり歩く。八月、小千谷片貝（新潟県）の観音堂に一茶選の俳額が奉納。十一月八日、門人宅から帰り、同十九日午後四時ころ、土蔵で没。法名「釈一茶不退位」。門人西原文虎の「一茶翁終焉記」成る。

文政十一（一八二八）没後一年　四月、ヤヲが娘（やた）を出産。

◆参考文献

【テキスト】

川島つゆ他校注『蕪村集　一茶集』（日本古典文学大系58　昭和三十四年　岩波書店）
丸山一彦・小林計一郎校注『一茶集』（古典俳文学大系15　昭和四十五年　集英社）
信濃教育会編『一茶全集』全八巻・別巻（昭和五十一年〜五十五年　信濃毎日新聞社）
栗山理一他校注・訳『完訳　蕪村集・一茶集』（日本の古典58　昭和五十八年　小学館）
丸山一彦校注『新訂一茶俳句集』（平成二年　岩波文庫）
滝澤貞夫・二澤久昭・梅原恭則・矢羽勝幸・戸谷精三『一茶発句総索引』（平成六年　信濃毎日新聞社）

【事典・辞典・筆蹟・図録】

一茶同好会編『一茶遺墨鑑』（大正十五年　新井大正堂）
和田茂樹『小林一茶　寛政七年紀行』（昭和四十二年　愛媛出版協会）
前田利治『一茶自筆　化政期俳人句録』（昭和五十一年　勉誠社）
南　信一『俳僧一瓢の研究』（昭和五十一年　風間書房）
前田利治『一茶自筆　父の終焉日記　浅黄空　俳諧寺抄録』（昭和五十四年　勉誠社）

前田利治他『一茶自筆　寛政三年紀行　たびしうゐ　さらば笠　三韓人』（昭和五十六年　勉誠社）
石川真弘『夏目成美全集』（昭和五十八年　和泉書院）
矢羽勝幸『信州向源寺一茶新資料集』（昭和六十一年　信濃毎日新聞社）
帝塚山学院大学日本文学研究室編『梅塵本　一茶八番日記』（平成三年　和泉書院）
矢羽勝幸『一茶大事典』（平成五年　大修館書店）
松尾靖秋・金子兜太・矢羽勝幸『一茶事典』（平成七年　おうふう）
一茶記念館『〈解説〉一茶の生涯と文学』（平成十六年　一茶記念館）
矢羽勝幸・湯本五郎治『湯薫亭一茶新資料集』（平成十七年　ほおずき書籍）
渡辺卓郎『一茶自筆句集『だん袋』』（平成十八年　汲古書院）
玉城司『新資料「探題句牒」小林一茶と門人たち』（平成二十三年　鬼灯書籍）
一茶ゆかりの里『一茶ゆかりの里』（刊年未記載　信州高山村歴史公園内　一茶館）

【研究・評釈】

川島つゆ『一茶の種々相』（昭和三年　春秋社）
荻原井泉水『一茶名句』（現代教養文庫226　昭和三十四年　社会思潮社）
栗山理一『小林一茶』（日本詩人選19　昭和四十五年　筑摩書房）
黄色瑞華『一茶小論』（高文堂学術選書　昭和四十五年　高文堂出版社）

栗生純夫『一茶随筆』（昭和四十六年　桜楓社）
栗山理一他『蕪村・一茶』（鑑賞日本古典文学32　昭和五十一年　角川書店）
宮脇昌三・鈴木勝忠『一茶』（俳人の書画美術6　昭和五十三年　集英社）
黄色瑞華『現代語訳おらが春・父の終焉日記』（昭和五十四年　高文堂出版社）
金子兜太『小林一茶〈漂鳥の俳人〉』（昭和五十五年　講談社現代新書）
丸山一彦『一茶』（昭和五十七年　花神社）
丸山一彦他『蕪村集・一茶集』（完訳日本の古典58　昭和五十八年　小学館）
金子兜太『一茶句集』（古典を読む9　昭和五十八年、同時代ライブラリー252　平成八年
岩波書店）
矢羽勝幸編『一茶の総合研究』（昭和六十二年　信濃毎日新聞社）
北小路健『一茶の日記』（昭和六十二年　立風書房）
青木美智雄『一茶の時代』（昭和六十三年　校倉書房）
堀切　実『表現としての俳諧』（昭和六十三年　ぺりかん社）
前田利治・加藤定彦編『一茶の俳風』（平成二年　冨山房）
丸山一彦『新訂　一茶俳句集』（平成二年　岩波文庫）
矢羽勝幸『一茶　父の終焉日記・おらが春　他一篇』（平成四年　岩波文庫）
矢羽勝幸『信濃の一茶』（平成六年　中公新書）
矢羽勝幸『一茶の文学』（平成七年　おうふう）

矢羽勝幸『一茶新攷』（平成七年　若草書房）
井上脩之介『一茶漂泊―房総の山河』（平成七年　崙書房　＊増補版）
加藤定彦『風呂で読む　一茶』（平成八年　世界思想社）
吉田美和子『一茶無頼』（平成八年　信濃毎日新聞社）
村松友次『一茶の手紙』（平成八年　大修館書店）
宮坂静生『小林一茶』（蝸牛俳句文庫29　平成九年　蝸牛社）
半藤一利『一茶俳句と遊ぶ』（平成十一年　ＰＨＰ新書）
千曲山人（神戸今朝人）『一茶に惹かれて―足で描いた信濃の一茶』（平成十一年　文藝書房）
宗　左近『小林一茶』（平成十二年　集英社新書）
丸山一彦『一茶とその周辺』（平成十二年　花神社）
千曲山人『一茶を訪ねて―一茶と善光寺』（平成十三年　文藝書房）
加藤楸邨『一茶秀句』（平成十三年　新版　春秋社）
丸山一彦『一茶　七番日記』（平成十五年　岩波文庫）
千曲山人『一茶を探りて　一茶俳句の風土性と民衆性』（平成十七年　文芸出版）
マブソン青眼『江戸のエコロジスト一茶』（平成二十二年　角川学芸出版）
青木美智男『小林一茶』（日本史リブレット63　平成二十四年　山川出版社）
金子兜太『荒凡夫　一茶』（平成二十四年　白水社）
千曲山人・神戸直江編『一茶　茶ばなし』（平成二十四年　ほおずき書籍）

【伝記】

小林計一郎『小林一茶』（人物叢書77　昭和三十六年　吉川弘文館　平成十四年五刷）
小林計一郎『俳人一茶』（昭和三十九年　角川文庫）
丸山一彦『小林一茶』（俳句シリーズ人と作品3　昭和三十九年　桜楓社）
黄色瑞華『人生の悲哀　小林一茶』（日本の作家34　昭和五十八年　新典社）
藤田真一他『与謝蕪村・小林一茶』（新潮古典文学アルバム21　平成三年　新潮社）

◆全句索引

一、この索引は上五、中七、下五のすべての句を引くことができる。
一、句の下の漢数字は、それぞれ句の番号をあらわす。
一、仮名遣いは原則として一茶の仮名遣い通りとした。

あ行

あいてもあらば　六一二
あおぞらの　三七〇
あかいおちばを　九三八
あかいはな　六三九
あかうまの　一五八・五七三
あかとんぼ　七二〇・七二三
あかのたにんは　二六二
あかりかな　五一五・九五二
あがりけり　四六
あかりにくだる　一四六
あかんめをして　五一
あきかぜに　六二五・六三六
あきかぜや　六二四・六三一・六三二・六三八・六三九
あきぎりや　六四二
あきさむや　五六一
あきさめや　六一五
あきぜみの　七〇七
あきたつや　五五七・五五八
あきのあめ　六一六・六一九・六一四・六一七・六二〇・六二一
あきのかぜ　六二三・六三三・六三二・六二七・六二八・六二九・六三〇・六三四・六三七・六四〇
あきのくも　六一八
あきのくれ　七六九・七七〇・七七三・七七四・七七五・七七六・七七七・七七八・七七九・七八〇・七八一・七八二・七八三
あきのはら　六六八
あきのひや　五六〇
あきのゆふべの　五七五
あきのよや　五七六・五七七・五七八
あきやふだ　八四三
あきんどや　一〇〇〇
あくびついでの　三一四
あけがたに　四六九
あけぼのの　二八
あけぼのみたし　三五六
あけわたりけり　九四九
あこがもち　九五三
あこがもちとて　九五三
あごのしたより　一六六
あこよこよ　三一七
あさがすみ　一〇九
あさがほに　七四〇・七四一
あさがほも　七四二
あさがほや　七三九
あさからちるや　九三四
あさぎぞら　一八・二三
あさごはん　一七二
あさざむや　五六二
あさすずに　七三二
あさつてのつき　五九六
あさばれに　九〇五
あさひかな　六四五
あさまのきりが　六四四
あさまのけぶり　六一
あさまやま　三九八
あさめしすぎの　二九二
あしでたづねる　五七一
あしのさきなり　三四三
あしまくら　六九〇

あじろごや　八七〇
あしをする　四八一
あすあたり　三一三
あすなきはるを　二九七
あすのはぎ　五九六
あすもあすも　三九一
あすもまた　四七〇
あそびありくや　七二九
あそびけり　九二三
あそぶほど　二一六
あそべやおやの　一六三
あだしのの　六七四
あたまうつなよ　四二六
あたまかな　八〇九
あたまそりけり　三七三
あたまをかくす　四〇〇
あたりはらつて　五三一
あぢさゐの　五四九
あつきよや　三〇四
あつきよを　三〇五
あつさかな　三〇三・三〇六
あつさりと　二一三
あづまくだりの　九五
あてはなき　一七六
あととりや　九二八
あとのかり　六九八
あとはほんまの　一八二
あなたのさきが　一四五
あなたまかせの　六二五・九八八
あなよあさから　七八〇
あねさまうれし　八二
あのくもへ　五二八
あのとほり　六七三
あのよのおやが　六〇三
あはうづる　七七七
あはせかな　三七一・三七六
あはぢしま　一六六
あばらぼね　五六八
あひしひとぞよ　六九二
あひにけり　三一・九二三
あふぎかな　四〇〇・四〇三
あふぎのはしの　三九八
あふやあきかぜ　七七六
あふやすずめも　一三五
あぶらぎつたる　三五〇
あまちやかな　一六一
あまのがは　五八三・五八七・五八八・五八九・八四二
あまよかな　八一
あまりなへ　四一八
あめあがり　二九二・二九一
あめいつけんの　五〇六
あめのとり　一〇一
あめのふえ　一一
あめふりばなの　五五八
あめふるや　五九六
あめんばう　三六六
あやめふく　五〇七
あらうたやうな　三四八
あらしこがらし　八一六・八一七
あらすずし　三三四
あらたまの　五
あらぬなり　四四二
あられかな　二〇一・八五六
ありあけの　一八三
ありあけや　六四四
ありありと　九五七
ありしよな　五二一
ありつきぬ　八七九
ありにけり　七二一
ありのみち　三四四
ありやうは　二五八
あるいてにげる　六三六
あるこいへ　八一八
あるときは　九一六
あれこゆき　一一
あれにさうらふ　七九七
あれにさうらふと　六八四
あれもむかしの　六三一
あをいうち　三八六
あをうめに　五五六
あをくさもみず　三三〇
あをすだれ　三八八・三八七
あをぞらに　七七九
あをたかな　三五九
あをたのかぜの　三五七
あをたはら　三五六・三五八
あんどがほなり　四二一
あんなこてふが　二一三
いうぢよごや　八一九
いうぢよもわらへ　九一一
いかさまに　九四四

いかのぼり　四七・四〇七
いきたところが　七七五
いきてまた　七七六
いきてゐる　五一七
いきのこり　八〇六
いきのこりたる　八〇六
いきのこる　六四七
いきほひまうに　一九九
いくつのとしから　七〇四
いくはらこゆる　三〇九
いくひころげて　七六六
いこくのやうに　七四八
いざいなん　三一七
いざこざを　一七七
いざさらば　六五八
いしころへ　五一〇
いしなごの　二一〇
いしぼとけ　七一八
いせまゐり　五二九
いそがしき　二〇四
いそぎさうらふ　七八五
いたすかな　七〇一
いたすかほ　七
いたせいたせと　二七七
いちだんあかし　七五五
いぢにかかつて　八五三
いちもくさんに　六六五
いつくわのたむけ　九九一
いつさこころに　六三三
いつさばう　二一五
いつさばうに　九〇四
いつしやくの　八六九
いつそんは　二九四
いつちりし　九三六
いつふるさとの　八九一
いつぽんの　二七四
いつものところに　六四六
いづればしたに　三一八
いでてつつじの　三五三
いでてもようは　八〇七
いとひきはりて　九二二
いとまごひ　八六八
いなづまに　六六六
いなづまや　六六四・六六五
いなびかり　三八九
いぬがくはへて　五〇
いぬとこどもが　八八八
いぬなども　八九二
いぬのこうかも　五九七
いぬのとも　九九
いぬのみち　五五二
いぬのわん　二〇二
いぬはりこ　九六〇
いぬもかがぬぞ　三七七
いねからいでて　七五〇
いねてはこして　一八五
いねにいる　七五〇
いはくらや　三八七
いはるるか　九一四
いはれてもなく　三七六
いびきかな　一二五
いびつなり　一七・六六二
いひながら　七六五
いふことをきく　八九二
いふしぐれ　七八八
いふもかたるも　六三〇
いへさへもたぬ　六二四
いへにゆきなき　一五
いへのつんとして　九四六
いほのたな　七二〇
いほのよは　九五二
いまいまし　九一五
いまいましいと　八三四
いまきさかたが　四九四
いまござる　六〇三
いまさらに　一〇八
いましがた　六九二
いまぞりの　三六九
いまになほらぬ　一七五
いまにはじめぬ　六九一
いまにわれらも　六七三
いままでは　六六七
いもがかほ　四六〇
いもがこは　九五四
いりにけり　八〇八
いろはかくこの　五七四
いろはにほへと　二八六
いろりかな　八六九
いわしうり　五三二
いわしをくばる　四一一
いんきよきどりや　四三九
いんきよたち　八四〇

うかうかと　七五八
うかれねこ　一五三
うきくさの　五二八
うきくさや　五二七
うきしずみ　五二七
うきねどり　九二三
うきよかな　二五六・二六〇・六五四
・七四二
うきよぞや　七〇三
うぐひすが　一六八
うぐひすなけど　二三一
うぐひすにまで　一七一
うぐひすの　一六六
うぐひすも　一七〇
うぐひすや　一六九・一七二・一七三
・一七四・一七五
うしにひかれて　九四
うしのこが　六二〇
うしのしる　八一六
うしろおび　五三〇
うしろから　五六五
うしろふく　四三
うすがすみ　一一八
うすかべに　八〇八
うすひのほかは　四七
うそさむも　五六七
うそさむや　五六六・五七二
うそをうつしに　一〇〇〇
うたでとかすや　五七
うたはれし　二八七
うちくらひけり　七三
うちしくひなり　八七〇
うちはかな　三九七・三九九・四〇一
うちはにぎつて　四〇二
うちまかせたり　三三七
うつかりひよんと　六六四
うづきやうかも　四三一
うつくしき　三三五・三七・三六九・
四八四
うつくしや　三九四・五八七・九九〇
うつてはなむあみ　四七六
うつとしりつつ　六七二
うつのやま　六五七
うのはなも　五五四
うのはなや　五五二
うのまねは　四三七
うのみがほして　八九九
うばすてた　六〇六
うばのひぢややら　七九六
うへのあるいて　九六七
うまかたどのや　二四七
うまさうな　八四五
うまさへくはずに　四一八
うまにかがるる　一九六
うまにもふまれぬ　九七一
うまのかほ　九四二
うまのこの　六一四
うまのしりへも　五三
うまのつめきる　六四一
うまのへに　四四一・四五七
うままでも　三九五・八八五
うまもぐわんじつ　七
うまものりけり　八六
うまれかはらば　二〇五
うまれけり　二一三
うまれたいへで　六〇五
うまれてよるも　二七八
うみおとは　八二一
うみのかた　七〇八
うみみゆる　三四九
うみみるたびに　九九四
うめがかや　二三二
うめさいて　二三六
うめさくに　二三四
うめさくや　二四九・二五〇
うめさけど　二三一
うめだんべへ　二四〇
うめにこじきの　一七九
うめのきに　二四四
うめのはな　八・二三〇・二三三・
二三五・二三七・二三八・二三九・二四二・
二四五・二四六・二四七・二四八
うめばちの　一一九
うめぼしばばが　二四二
うよりじやうずな　四三七
うらのやぶ　四三九
うらまちは　三四六
うらまちや　九〇一
うらやまず　七六〇
うりのはな　五三八
うりのばん　五三七
うりはべるなり　五三七

うれしさうなり 七〇
うろたへな 七二〇
うろつくか 五八四
うをどもの 七三九
うんすいは 八七七
うんぷてんぷの 五三五
えいやつと 七七五
ええうかな 九七九
えぞがしま 一〇〇〇
えぞだらも 九三三
えぞにもこんな 八〇一
えちごうま 六五六
えちごぶし 六一七
えどえどと 七七八
えどけんぶつも 一三七
えどじまぬ 三六七
えどしゆうに 二六九
えどのこすみの 三〇四
えどのたつみぞ 七五二
えどはすずみも 三一七
えどへいづれば 七七八
えどみたかりの 一八四
えぼしきた 二四七
えりまでも 四一四
おいがみの 三三
おいきかな 二八七
おいぬれば 四六四
おうまがとほる 一六二
おうまかな 四七八
おえどうまれの 四六五
おおさうぢや 四四九
おかほかな 二七一
おきてはたらく 七二四
おきなづか 七九〇
おきなわん 九九八
おきんとすれば 三八九
おくしなの 八四九
おくしもや 八六〇
おくつゆや 六五〇
おくりびや 六七三
おごりがましや 三四五
おこりずみ 九〇二・九〇七
おさるとあそぶ 八七三
おしなどの 八五一
おしやうがほ 七一
おしやうぐわつ 一五
おしろいぬりて 四一四
おすきかや 八八八
おそろしき 二六四
おたちげな 七八四
おだんぎの 八五九
おぢざうや 五二四
おちばかな 九三七・九三九
おちぼかな 七四九
おつつぶされし 七四一
おつぴきがれし 二一七
おどけぐち 三三三
おどけばなしで 四二三
おどけもいへぬ 八五二
おどらぬひとの 五五九
おなじうきよを 九九七
おなじなり 二三六
おなじゆふべか 三九一
おにがはら 三〇五・八二三
おにのでさうな 六一八
おにのねた 七八〇
おのおのあすの 六五〇
おのがさと 四一六
おのれらも 二六六
おはれおはれ 四六一
おひかけまはる 四九
おほあくびして 一五三
おほあくびする 八三
おほあまだれの 一九八
おほかはづから 一九三
おほがます 八四四
おほからくりの 二六〇
おほきさよ 七六四
おほきどこゆる 六八〇
おほぐちあけば 四六八
おほごゑあげて 四三六
おほざしき 一二〇
おほさむこさむ 五六五
おぼしめすかよ 一四〇
おほぞらの 三〇三
おほだこの 四八
おほだまになれ 六五九
おほつくよ 五三三
おほなこな 二三三
おほねこの 三三・四〇一
おほねこよ 一五〇
おほはしや 六九八

おほはらや　三六〇
おほひきは　四三九
おほへびの　五四二
おほぼたる　四五四
おほみよや　二四三
おほゆふだちの　三三六
おぼろかな　二一五
おほをとこ　六二四
おまんがぬのの　九六
おもしろい　三七五
おもしろがるか　六七〇
おもひつくよや　六九七
おもふさま　一八五
おもふひとの　八九七
おもふやう　六三三
おやありて　六八〇
おやありと　二六七
おやいぬが　八八九
おやかうかうの　九四三
おやこおちあふ　五八二
おやこしてみる　一三〇
おやこづれ　五二・一三五
おやすずめ　一五五
おやだいだいの　七五九
おやといふじを　五六六
おやなしすずめ　一五七
おやなしどりよ　七六九
おやにはなれし　九四二
おやのおやの　八七〇
おやはかざらじ　三六二
おやよこよ　四八九
およぶまで　四七五
おらがはる　三四
おらがよや　一三九
おりひめに　五八一
おれがうはさを　七〇一
おれとして　一九五
おんひなを　一四四
おんほととぎす　四二五
おんめをふさぐ　二八三

か行

かいちやうに　一三五
かいわいの　二七〇
かうゐるも　三一六
かがさわぐ　七四
かがしかな　六八四
かがみくらする　一九五
かかるこかげも　五四七
かかるぢびたに　七一
かかるなり　一九八
かかるよに　一八八
かきがらふみぬ　五五〇
かきねかな　一四九
かきねにはさむ　二二四
かきのうのはな　五五一
かぎりある　九三三
かぎりかな　四七三
かくごのまへか　七九八
かくれがや　五〇五・九五八
かくれやう　一六〇
かくれんぼする　七四六・九四五
かけごひに　九六三
かけぢやわん　二三二
かげぼしも　一三
かげぼふし　二四九・五〇三
かげろふと　一二六
かげろふに　一三三・一二五
かげろふも　七一四
かげろふや　一二二・一二三・一二四・一二七・一二八・一二九
かけをつかんで　九一七
かごのひと　八五四
かごをかくひと　八五四
がさがさと　三六四
かざぐるま　五〇〇
かさでする　一一八
かさのやうなる　四九七
かさひもに　六二六
かさもりおせん　九三六
かじきはいて　八八七
かしましや　一八四・七〇二
かしらかな　三六
かすみかな　一〇七
かすみから　一一九
かすみたまふは　一一四
かすみみにけり　一〇六
かすみゆくや　一一〇
かすむひの　一一三
かすむひや　一二一・一二六・一三〇
かすむやら　一一五
かぜがくれたる　九三九

かぞへながらに 四八六
かたがほみゆる 六八五
かたすみや 七三四
かたそでにいる 六四五
かたつぶりにて 五〇六
かたつむり 五〇二・五〇三・五〇四
・五〇五
かたてひろげる 六七一
かたりともせぬ 六五
かちごえや 七三五
かちずまふ 六七八・七四四
かづさのかにも 四六二
かづさのそらを 五八四
かつしかや 四〇六
がつてんか 六五八
がてんして 八〇五
かどかどの 二一
かどころの 四六三
かどすずみ 三三〇・三一四
かどのあひるも 六九四
かどのきも 三一〇
かどのてふ 二一四
かどのなのはな 三三一
かどのはる 四〇
かどのほたる 四四二
かどのゆき 三五・五七
かなくぎの 六三七
かねとしりつつ 三一五
かねのこゑ 九二・八二〇
かねもこをうむ 一九
かのわくくさを 四六一
かはいやるすに 四八八
かはづかな 一四・一九五・二五五
・三〇七・四三八・五五六
かはづもかりも 一三六
かはにけぶるや 一〇三
かはへのごとき 四七三
かはほりが 四二〇
かはらなでしこ 六四三
かひぐらひ 九〇
かぶせてくれし 八〇二
かべつちに 二一八
かべにかきたる 六六
かべのあな 八一・八二三
かべのあなや 三一七
かべのへまむしよ 六三二
かへりばな 九四四
かへりやう 一八四
かへるかな 一八七・一九一・一九六
かへるかり 一八五
かへるになれよ 五四〇
かへるめり 八五七
かぼそさよ 九〇三
かほにもつけよ 二三五
かほのしわ 一〇四
かほもある 一三三
かほをしつつも 三七二
かまはずに 七三六
かまはぬかほや 九六九
かみがきや 二一一
かみこかな 八七三・八七五
かみこにあふと 八七四
かみざしもざや 八七一
かめはいつまで 九七八
かもがなく 八六五
かものなくよの 九二〇
かやりかな 三九二
かやりして 三九三
かやりはづれの 三九四
かゆきところへ 三三八
がらがらや 二四五
からすあなどる 三〇〇
からすおひけり 一五五
からすかな 四二・一二三・二四四・
六五三・九四三
からすむぎ 五三一
からすもならぶ 四一〇
からびともきて 九七四
からまでも 八九九
からもどりする 八六六
からりよながの 五七九
かりがなく 一一六
かりかもよ 九八〇
かりぎかな 二八
かりぢやとて 七〇二
かりなくや 六九六
かりになりたや 一八三
かりのなく 六九七
かりよかり 七〇四
かりわやわや 七〇一
かるたほど 三三一
かるゐざは 七〇五

かれぎくに　九二六
かれすすき　九二七
かれのかな　八五九
かをやくや　四六〇
かんげつや　八二二・八二三
かんこどり　四二九・四二八・四三〇
・四三二・四三三
かんごりに　八六四
かんねぶつ　八六六・八六七
きぎおのおの　三二七
ききやうかな　七四三
きくいろいろ　八九一
きくさくや　七三三
きくぞのに　五一一
きくのはな　七二九・七三〇・七三一
・七三四・七三五・七三八
きくもいつさう　七三二
きくよかな　七八
きくをさへ　九三〇
きげんかな　九〇五
きこゆらん　四九二
きさうにしたり　九五五
きさがたの　九一七
きさがたも　一
きじないて　一七九
きじなくや　一八〇
きそなまり　一七五
きそのよざむの　五七〇
きそやまに　五八八
きたかべや　八一七
きたぐにや　一五
きたりけり　三三三・三七〇
きちにちの　四三一
ぎちゆうじは　七九七
ぎちゆうじへ　七八五
きつじのきみが　二八九
きつねびの　三一一
きてくれる　二〇七
きにいつた　二八〇
きぬかへて　三八二
きぬたかな　六八七
きのつくとしと　六四九
きのふしたはし　三六七
きのふはみえぬ　八四三
きのふまで　五八
きふにあかるき　七〇八
きみがよや　四・五四・五四七・
九四
きめうなり　八八一
ぎやうぎやうし　四三三
きやうのしはす　九五〇
きゆることのみ　六六九
ぎよけいかな　四〇
きよねんかちたる　七三四
きらくかな　八八四
きりきり　七四三
きりきりしにも　七一八
きりぎりす　七一八・七二〇・七二一
・五九五・七一七・七一九・七二二・七二三
・七二五・七二六
きんたらうするや　三六五
ぐいぐいねこの　一二五
くさかげに　一八七
くさつみきるや　六八三
くさにもさけを　九二
くさのいへ　三・三〇〇
くさのつゆ　六四七
くさのてふ　一九八
くさのはな　七二八
くさのもち　一三八
くさばなや　六三〇
くさばなを　六七八
くさやかな　六一三
くさやまの　八〇
くさをさかせて　三三二
くさをつるして　四七七
くすりぐひ　九一一
くだりざか　二七六
くちあけて　九六〇
くちからよばる　四四五
くちさびしいと　八一四
くちすぎになる　二七〇
くちをあく　一六九
くつてねて　九八三
くづやなり　六〇〇
ぐにかへる　二一七
ぐのうへにまた　二一七
くのしやばや　二八八・七二四
くはさげて　七三八
くはのばつ　六九七
くはのはに　六三八
くばりもち　九五五

くはれけり　四六二・四六七
くはれのこりの　八〇五
くひつきさうな　八二三
くもとみし　九〇六
くものみね　三四三
くものみねの　三四一
くものみねより　三四四
くももとべ　四〇四
くもりけり　五九九
くやしくも　七五七
くらうをなでる　五七三
くらきなかより　三五二
くらしけり　二七二
くらにきこえて　六一七
くらふそばから　二三三
くらまをくだる　一七三
くりおちて　七六三
くりくりしたる　七三
くりくりはれし　八〇
くりのみごとよ　七六四
くりひろひ　七六五
くるかかな　四六六
くるひるがほが　五〇九
くるほたる　四四四
くれてもみゆる　六二
くれにけり　六九三
くれゆくや　三九八
くろぶだう　七六〇
くわいがたつなり　八九六
ぐわらぐわらさはぐ　八三五
ぐわんじつぞ　一一
ぐわんじつや　六・一八
くわんはつしうを　一八〇
げげのげげ　三一九
げげのげこくの　三一九
げこのたて　九八九
けさからは　一四
けさのそら　三三
けさのつゆ　六五九
けさのはる　一三・三三
けさのゆき　八四八
けさはいつもの　六七九
けしさげて　五一八
けしのはな　五一七・五一九
げたからり　五七九
げたのしろさよ　一〇三
げたのどろより　三
げつくりながく　六四
けのざふに　五四
げばなつみ　三六〇
けふうゑし　七八
けふからは　七〇〇
けぶたいと　一四〇
けふのつき　六〇四・六〇五・六一三
けふのひも　四七〇
けふはうらまず　一
けふもきくなり　四七四
けふもすぎぬ　二四一
けふもへる　六九九
けふもむかしに　二七五
けぶりかな　三三五
けみざかな　七五五
けろけろと　五五八
けんくわかな　六五一
けんくわかひ　二五九・二八一
けんくわのなかを　五一八
げんじめかする　一四九
こあんどん　八三九
こいちにち　五六
こいへかな　二六・八五八・九一九
こうかがみ　五一二
こうなづき　五六七
こがあぐらかく　八六九
こがあらば　六一一
こがねはなさく　九一
こがはひあるく　一四八
こがはへばとび　二一四
こがらしに　八一四
こがらしや　八一五・八一八・八一九
こきつかはるる　八五一
こきやうのつきは　五九九
こきやうのやまの　二六八
こきゃうはなるる　六一四
ごくつぶし　二七二
こくねだん　三〇六
こくびをまげる　五六三
こけしみづ　三五四
こけのはな　五三四
ここといひいひ　四六九
ここといふ　六一二
ここといふても　四四四
こころから　八二八

こころのおにが　五八〇
こざるがてんか　五六七
ござるげな　三七八
こじきはわれを　六二三
こしたやみ　五四八
こしちにん　八五八
ごじふがほ　六六六
ごじふにして　八九〇
ごじふねん　三三
ごじふむこ　四〇〇
こしやんとしたる　五〇八
ごじゆうしちねん　六一〇
こじゆんれい　九八・六三五・七五一
こすげがさ　一一〇
こすげのごもん　四三五
こせきぞろ　九六四
こぞうもちよつと　一三三
こだからの　六八七
こたつかな　八九七・八九九・九〇〇
こたつやぐらよ　八九八
こたへてもどる　二六七
こぢやうちん　一七三
こてふかな　二〇〇・二二三・六二五
ごてんぢよちゆうの　九〇
ことしから　二六・一一五
ことしのかにも　四六七
ことしのやうな　九八四
ことしもきたよ　六九五
ことしもこよひ　九八三
こどもかな　七五・四三七
こどもになりて　二
こどもらが　三九九
ことりともせぬ　四三四・九一六
こないちは　三〇
こなくらん　四四〇
こなでしこ　五三三
こにまよふとりの　一三三
このうつくしや　五一九
このかたは　三三五
このこゑにして　一七四
このつぎは　九九二
このはうが　二〇八
このはかくさへ　九四一
このはしら　四五九
このまかな　五八六
このめかな　二三七
このやうな　二七九
このやまが　一七四
このよにのぞみ　二〇三
このよむぐらも　一八六
このよをさみす　二五三
こはるづきよの　八一一
こひしとせみも　四九二
こひねこの　一四九・六八五
こひをせよ　四九八
こひをせよせよ　四九八
こびんかな　八三三
こぶねかな　三四一
ごぶのたましひ　七二七
こほろぎだまれ　七九五
こほろぎの　七一六
こまちがはての　三六〇
こまつしま　三三九
こめひさご　四二〇
こもちうが　四三六
こもにつつんで　八一八
こももかぶらず　二三
こもりうた　七三
こやぶこまつり　九八
ごようじん　六五〇
ごようのゆきの　四〇四
こよりあひ　八六二
ごらんさうらへ　八〇二
ごらんのとほり　六〇〇
これがまあ　八三七
これからも　二九五
これにあり　一九二
これほどの　五三三
これもうきよの　八三二
ころされに　六九五
ごろつけん　一五五
ころぶもじやうず　三三七
ころもがへ　三七四・三六七・三六八・三七二・三七三・三七五・三八一・三八三
ころりかな　七六八
ごろりとねたる　一六
こゑうつくしき　六四三
こをおひながら　五三三
こをもたば　五九三
こんなみも　一二

さ行

さあいへいぬも 九六八
さあぐわんじつぞ 一二
ざいしよかな 三九三
ざいしよかな 八三六
さいせんばこや 八八
さいたとて 二八八
さいはひはるの 八一
さうらふよ 五〇六
ざうりみち 二〇六
さうろうよ 二六六
さがしあるくや 七三〇
さかをこゆるぞ 九八二
さかをのぼるや 八八六
さきにけり 二三一・二七三・四二九
・四六三・五〇九・五二〇・五五一
さきにたつ 六六九
さきのひとも 六六八
ざくざくあびる 一六一
さくさくと 四四七
ざくざくと 一四七
さくすみれ 二一九
さくはなに 一六五
さくはなの 二五七
さくべえだなの 二四〇
さくらがさけば 二八八
さくらかざして 二八一
さくらかな 二六七・二六八・二六九
・二七〇・二七七・二七八・二八二
さくらさくらと 二八七
さくらのかげも 二八〇
さくらのしたに 二七三
さくらはすみに 九〇六
さくらもちけり 二七四
さけつきて 六〇九
さけなども 五三七
さけのあじ 九二〇
さけのみにゆく 五九二
さしだすししの 三一六
さしたるひとも 三八八
さしにけり 四八〇
さてもさても 九六六
さといぬの 七三一
ざとうばう 八一三
さとしんと 四一六
さとのこの 六七〇
さどのみかねが 三〇二
さとのめや 五三〇
ざとりけり 一九三
ざにつきぬ 七五七
さはつても 七八七
さびしさに 五五〇・六四〇
さびしさよ 三一八・八九八
ざぶざぶと 五四五
ざぶとふみこむ 六五三
ざふにぜん 五五
さぼてんに 七六一
さほひめの 二一九
さみせんの 八五六
さみだれや 三〇〇・三〇一
さむきよや 八〇四
さむくなるとて 七一〇
さむさかな 八〇六・八〇七・八一〇
さむしろや 一二六
さむらひに 四七八
さむらひふたり 九九
さむらひや 一七一
さめぬうちなり 六〇
さもなきいへの 三八七
さもなきくにに 五一三
さよぎぬた 六八五・六八六
さらさらあめや 五〇七
さらにして 五六二
さらばさらばや 一一八
さりながら 六六三
さるもおやこの 一〇〇
さるもこよ 一三八
さわぐかれのの 八五八
さわげさわげ 四六五
さをしかの 六八八
さをとめがちの 四〇六
さんしやく 八四六
さんじやくに 二八二
さんどくふ 七八六
さんもんが 一〇六
じうにんよれば 八〇三
しかうして 七九九
しかのこゑ 六八九
しかもあさなり 四二三
しかもしなのの 八四九
しからるる 九四一

しぎたつや　六九四
しぎのたつ　六九三
しぎをつく　六九二
しぐるるは　七九八
しぐれぐも　七八六・七九九
しぐれさうなり　七八七
しぐれよやぶも　七九〇
しげりかな　五四二
しじうさんねん　一二〇
しじゆふくねんの　九九三
しぞくにうつる　四六〇
したうちしたる　二五五
したかほへ　六六四
したからでたる　三四一
したがわがやぞ　六二七
したたかぬれし　七三九
したにかな　三一八
したはしや　九九八
しだらかな　九
しちじふがほの　八三〇
しちひんじんの　八六二
しちやうかな　三九六
じつかこく　八〇三
しつくりあふが　八八一
しつたなの　七八三
じつとして　一九六
じつとみてゐる　一一七
しつぽでなぶる　二二二
してずんずとたこ　四六
しとやりながら　二四六
しなのがさ　一三七
しなのぞら　八五二
しなのぢの　四〇七・八〇七
しなのぢや　七四・四一七・七四七・八五三
しなののおくの　二〇六
しなののさくら　四二九
しなののゆきに　八二八
しなのへよめに　三七八
しなばすだれの　三八六
しにじたく　二七七
しにべたと　七八九
しにべたの　四三〇
しばしまて　八六五
しばつはら　八七一
しばられながら　四五一
じひすれば　一六四
しぶがきを　七五六
じふやから　八六三
しまひけり　四三五
しまふてどこへ　四一六
しみがなかにも　四八九
しみづかな　三五二・三五三・三五五
しもじもに　二七八
しものよや　八六二
しもよけにして　八六一
しやうぐわつの　二・九五九
しやうぐわつもせぬ　九
しやうぐわつや　一六
しやうぐんさまの　七〇二
しやうじにねこの　二四九
しやうじのあなが　五七八
しやうじのあなの　五八七
じやうじやうきちの　一八
じやうじやうきちよ　八・三
しやうばんに　一三三
しやくとられけり　四五九
しやくりするやら　九一八
しやばのやく　二七四
しやばふさぎぞよ　三
しやぶりたがりて　一四四
しやんとしてさく　七四三
じゆくしなかまの　七五七
しゆじやうかな　二五七
じゆんじゆんに　一九三
しらうおの　二一五
しらがくらべん　八六五
しらがどし　二九九
しらがのつやを　九〇九
しらかべあらふ　五四五
しらがもみへて　三九二
しらくもを　三七一
しらしらと　三九二
しらつゆに　六四九・六五三・四五五
しらつゆの　六四五
しらつゆは　六五二
しらつゆや　六五七
しらぬひと　五七七
しらみかな　五
しらみまつれよ　八七七
しらみをすつめる　四九〇

しられけり 七三七
しりつんむける 六二三
しりでうけけり 八八九
しりてから 五六六
しりでなぶるや 七一三
しりをならべて 一八九
しりをふかせて 四九三
しりをまくらに 三四七
しるわんに 五一五
しろいてふ 三一一
しろいはなには 三一一
しろきをみれば 八六〇・九七五
しろさかな 五五九
しわでかな 三三四
しわでのあとの 九五七
しんかんとして 一二〇
しんしんと 八九
じんたろうどのの 七六二
しんとして 五四四
しんのうがほや 七三八
しんのざにつく 六〇九
しんよしはらの 一二七
しんらんまつの 八九
すいさんしたり 五八一
すぎたるものや 九〇四
すぎにけり 三三六
すぐなるも 九〇八
すぐによしはら 八六三
すけぶねに 五八二
すごしけり 六七五
すすがかすむぞ 九四七
すずかぜに 三一四
すずかぜの 三一三
すずかぜふけど 三一二
すずかぜや 三三二・七一九
すすきかな 七五三
すずしさに 三三一
すずしさは 五八五
すずしさよ 三一九
すずしやな 三一五
すすのかほ 九四九
すすはきや 九四八
すずまんと 三一八
すずみかな 三二一・三二三
すずみしごとに 三二九
すずめがさきへ 四〇
すずめかな 一五六・八二四・九二六
・九四五
すずめがゆきも 七三
すずめごが 一六一
すずめごの 一六〇
すずめのこ 一六二・一五八・一六四
すずめのままこ 一五九
すずめまで 三八
すずめらよ 八〇三
すだれうり 二九六
すつくりたつや 九二九
ずつぷりと 五五三
すつぽんも 一〇五
すてたみを 三六一
すでにおのれも 二七六
すてぶちを 八二五
すてられし 七九六
すなしどり 六
すねをかじつて 三二〇
ずぶぬれの 四三二・九〇〇
すまひかな 七四〇
すまふかな 六八〇
すまふとり 九五
すまふばや 六七九
すみいつひやう 九〇四
すみくだく 九〇三
すみだがは 八四・一八二・三九四・
七三
すみのしま 九九七
すみびかな 九〇八
すみれかな 二一七・二一八
すよこんにやくのと 二四一
すりこぎの 一〇
するこかな 五三三
するぞそこのけ 七三五
すわつてみても 三八二
すゑひといろと 五四九
ずんずとかんが 八〇八
せいさうのぶなり 二三〇
せうべんの 一九〇・七一七
せうべんむよう 八八三
せうべんもせぬ 五九一
せきこゆる 四〇四・六一六
せきぞろや 九六四
せきぞろを 九六五
せざりけり 七一八

せすじあたりの　五六四
せつきぞろ　九六六
せどのふじ　三五七・三三七
せなかのりゆうの　八六四
せなにおひ　九二八
せなみせへ　二四〇
ぜにがとぶなり　九八六
ぜにからから　二三九
ぜにだけひらく　七四二
ぜにとしきみと　一二六
ぜになしは　三三〇
ぜににされけり　三五四
ぜにのなかなる　七三三
ぜにはかりこむ　八四四
ぜにみておはす　一三三
せみなくや　四九四・四九五・四九七・四九九・五〇〇
せみのなく　四九三
せめてめをあけ　五五
せんきのむしも　七二一
ぜんくわうじ　九四・一二八・一四五・六〇一・六六五
ぜんくわうじとや　二〇八
せんぞだい　三八四
ぜんにはひよる　六一一
ぜんのきはより　三五九
せんべいの　八八四
ぜんをはふ　六四四
そういれぬ　五五一
そうかんに　四二七
そうじやうが　三八五
そうになる　五一九
そうひとり　四七三
そうりやうの　七六二
そこのけそこのけ　一六二
そこらのくさも　一三九
そしらるる　七六
ぞつとする　七四七
そでにちりけり　六八
そでひくゆきが　八二九
そとがはままで　七四九
そとゆかな　一九七
そばどきや　六〇一
そばどころと　七二二
そばのしろさも　七四七
そばへわりこむ　八九七
そへぢかな　四八六
そよそよと　四四三
そらぢやうと　二四八
そらのなごりを　九七三
そらまめの　三六八
そりおうて　八八六
そりすてて　二六五
そりのうた　八八五
それでこそ　四二五
それはよにある　八三三
それもみよ　九六五
それもわかきは　四八四

た行

たいがはしんと　四三三
だいこいつぽん　九二八
だいこでみちを　九三一
だいこひき　九三一・九二九・九三〇
だいこんを　九三二
だいさうじやうの　三三三
だいじだいじの　九四四
だいだうなかの　五三三
だいちやうちんや　一一九
だいとびんぼふ　三八四
だいのじに　三一八
だいふくちやうじや　五三八
だいふくちやうを　三三一
たいへいと　八七二
だいみやうのきくと　七三七
だいみやうをみる　九〇〇
だいもんや　八六六
たうがらし　八一七
たうせいれいじん　七九四
たうちかな　一四七
たうぢかな　一〇〇・三三四
だうもりが　五四八
たうらうや　七二七
たうゐうた　四〇五・四〇八・四一三
たうゐうま　四一五
たうゐがさ　四一六・四一七
たうゐかな　四一一・四一四
たうゐすぎけり　四〇七
たうゐめし　四一〇
たかがりの　八七一
たかさごの　九五一
たがひちがひに　二〇〇

たかみにわらふ　九五〇
たがやさぬ　九七六
たからかな　六五三
たきぎいちはも　九七九
たきびのなかへ　九四〇
たきをみせうぞ　一九〇
たくせんにいはく　七九四
たくほどは　九三九
たけのかぜくせ　三〇八
たけのこの　五三五
たこあがりけり　三五八
たこのをを　四九
ただあきかぜぞ　六三五
ただかをやくを　四六四
たたきだされて　四六六
ただはおかぬや　九三〇
たたみのうへの　五九四
ただやかましい　四二四
たちかぶと　三六二
たちきずを　八九五
たつしぎの　六九一
たつぞひいふう　二四
たつたいま　四一五
たづぬるひとも　四四二
たつひかな　六二六
たてりけり　五三一
たどんてつだふ　九〇一
たどんひとつに　三〇
たなぎやうかな　六七一
たなばたぐもと　五八五
たにぞこの　五三八
たのかりや　六九九
たのくさや　四〇九
たのもしや　三七九
たばこのひ　三一六
たばこぼん　五七一
たはらのうへの　八三九
たびがさを　一〇七
たびからこしを　四一五
たびせよと　三六二
たびにしあれど　五四
たびにたつなり　六二〇
たびのあき　六一〇
たびのしわ　八〇二
たびのをとこの　五七六
たびもつたいな　七八六
たびをした　七〇四
だぶつかな　四七六
たまあられ　八五五・八五七
たまにきた　五九九
たまになれ　六五九
たもとにいれて　三七一
たよりなくば　九九一
だらけかな　二七九
たらぬもはなの　二八二
たるくらもなし　九八九
たれがもたせし　七二八
だれもこぬ　五三六
たをうゑる　四一三
だんごかな　二五八
だんじふらうする　三九九
たんぽぽは　三七三
ちいさいこ　八八六
ちうくらいなり　三四
ちからいつぱい　七一九
ちくまがは　四三四・四九九
ぢぐるまに　二一七
ぢごくのもんも　二五〇
ぢごくはそこか　四二八
ちごやかたびら　三六九
ぢざうのひざも　九七
ぢざうぼさつの　二三九
ちしやたちなにと　七八八
ぢだんだをふむ　二四四
ちちありて　三五六
ぢぢいがさくら　二七三
ぢぢいかな　九三二
ちちははは　六四八
ちちぶやま　三〇一・七八七
ちつといふても　九一三
ちとのまは　九〇二
ちどりかな　九一六
ちのわかな　三六一
ちばなれうまの　六一六
ちひさきすまふ　六一九
ちひさくみせる　一〇七
ぢびたにくるる　八一五
ちひろくあきも　七七一
ちまきをかじる　三六四
ぢやうのかはりに　五〇五
ちやぐわしうるなり　五四八
ちやのこのたしに　八五五

ちやのはなに　九四五
ちやばらでこえる　六五七
ちよいとおさへる　九三七
ちよつちよつとなにが
九一五
ちりのみも　三九六
ちるこのは　九三五
ちるさくら　二六六
ちるはなに　二八三
ちるはなも　二八四
ちるはなや　二七六
ちるはなを　二七一
ちるもみぢ　九四〇
ちゑぶらさげて　四〇三
ちんぷんかんの　二五六
ついしよわらひや　二五二
ついたちの　四二二
つかとつか　三二一
つかはるる　一七一
つかみこみけり　二八四
つきさえよ　六〇三
つきさして　五九七
つぎたしてなく　三〇七

つきのさす　六〇七
つきのしなのの　六〇一
つぎのまの　五六九
つきはなや　九九三
つぎまぜの　八七五
つきみかな　五九四・六〇八・六〇九
つきようめよ　二四一
つきよかな　七二・三五〇・五〇八・
五五三・五九〇・五九一・五九二・五九三・
六〇六
つきよとなるや　一〇四
つきをみるにも　五九八
づきんかな　八八〇
つくしはら　一四八
つくづくあかい　五〇〇
つくはねを　五〇
つじうたひ　八一五
つじがはな　二五一
つじずまふ　六八一
つたなきわれを　一六五
つちおほね　九三三
つちがほしさよ　九七七
つちやきの　八三

つづきけり　三四四
つつじから　三五三
つつしんでまうす　二三九
つつといでたる　五一一
つばめかな　一七
つひとそれたる　四五二
つひのしきねの　七〇七
つひのすみかか　八三七
つぶれしと　四九四
つまがなく　一五〇
つまなしが　三三二
つまほしき　一八一
つまやまつらん　四四〇
つみのこされし　六三八
つみもいくばく　九七六
つみもまたなし　八九四
つゆちるや　六五五
つゆとこたへよ　六五八
つゆともしらで　六六一
つゆのたまさへ　六六二
つゆのなかにて　六五一
つゆのなでしこ　五三三
つゆのよながら　六六三

つゆのよの　六五一
つゆのよは　六六三
つゆのよや　五三三
つゆはらり　六五四
つゆばれや　三〇二
つらくせなほせ　八七
つるさるゝ　九七八
つるべおとしや　七九三
つれてゆくとや　六三四
でかいつゆから　六六〇
てかぜかな　四五二
でがはりや　一三六・一三七
てがらかな　四六四
でたちかな　七五四
でたりけり　三九〇
でついでに　五九
てておやの　三八三
でてゆくかどの　三一三
でどこかな　五三五
てにうちぬいて　三三六
てにげたはいて　一二八
てのさびしさよ　九〇三
てのとどく　三三八

てのなるはうへ　四四六
てのひらへ　八三八
てふとぶや　二〇三・二〇六・二〇九
てふとまらせる　一九七
てふのくらしも　二〇四
てふのとぶ　二〇八
てふはまいにち　二〇七
てまくらしかの　六九〇
てまくらや　二〇七・四四四・四四八
てまねもみゆる　八五九
てまりかな　五一
でみづにあひし　七五八
でるこかな　二九三
てをかけてなく　一九四
てをかけてねる　五五六
てんかたいへい　一九一
てんぐのこども　七六七
てんじやうするぞ　四七一
てんつるてんの　三七九
てんてんてんか　八七二
てんにひつつく　四九九
てんのかんろを　七六〇
てんひろく　七七一
といへばすぐに　八四六
どうおはれても　七〇六
どうかすんでも　一一七
とうざいなんぼく　二五一
どうだとさがる　七六一
とうふぶね　九三四
とうふやが　五〇九
とうろうや　六六九
どかどかさがる　三〇六
とかべにかく　七八一
とがもない　六八三
ときめくや　四一三
ときやつくらん　一〇五
とくくれよ　九八四
とくとくひとの　四五〇
とくとけよ　七六
とくふきさませ　六二八
とけにけり　七三
どこにたびねや　五八三
どこまでないて　五〇一
ところてん　四一九
ところにさく　四〇九
どさりとねたる　四〇一
としくれきりし　九九〇
としくれて　九七九
としごもり　九七四
としたちかへる　五
としとへば　六七一
としのいち　九六二
としのうちに　九六一
としのくれ　九七八
としのくれ　九七五・九七六・九七七・九八一・九八五・九八六・九八七・九八八・九八九
としよりの　二五二
としよりや　五九八
としよれば　三七
としわすれ　九六七・九六八
とせいねんぶつ　九三五
とちのこや　七六六
とちもちや　七六七
どつこもおなじ　七〇三
とつつきに　三六五
とつてくれろと　六〇二
どつとうまるる　二一五
とつときぎ　一六
とつぱづれなり　三三〇
どなたがきても　三三二
どなたかな　一一四
となりもあれな　九〇七
となりもかやを　三九〇
となりをはじめ　五七七
とねがはは　五四六
とねがはや　七五〇
どのつらさげて　一五二
どのほしの　六二七
とのよりさきへ　一七二
とびいりぬ　八五五
とびべたの　四八五
どひやうのみゆる　六七七
とぶかはづ　二九〇
とぶほたる　四四一・四四三・四四七・四四八
とほあるき　一二三
とほくひな　四三五
とほしたまへ　四七二
とほめがね　一〇六
とほやまが　七一五
とほゆふだちの　三四〇

とほりあめ　七三九
とほりけり　二五九・四五四・五一八・六一九・六五六・七三二・九三五・九五六
とほるとて　三〇二
とまやのきはの　八四二
とまるなら　九八〇
とまるやこひの　七〇五
ともかくも　九八八
ともしびうつる　六一五
ともなしまつの　八二六
ともにふはふは　三九六
ともをつれたる　四四
とりにはくづと　九一四
とりのなく　二五四
とりべのの　二一九
とりをなかせて　三一四
どろぼねこ　九九五
とゐならぶ　一九一
とをほどくぐる　三六一
どんぐりの　七六八
とんぼうの　七一三
とんびひよろ　七八四
とんぼかな　七〇九・七一五
とんぼのみにも　七一一

な行

ないすずめ　一六三
ないてきぬ　七九二
ないてもくるる　六八八
ないやうに　二〇三
なおりけり　三〇八
ながきひの　六六
ながきよや　五八〇
ながしもと　二〇九
なかでなきけり　四二〇
なかなかに　四二一・七七四
なかにうごめく　二五七
なかよりうまの　五一六
ながらふも　四五三
なかりけり　二一八・二六二・二八〇・八八七
ながれいりけり　五八八
ながれけり　四三三
ながれのこりの　五九五
なかをあさまの　二二五
なきだしさうな　一〇一
なきにけり　一三四・七三二
なきははや　九九四
なきむしと　三七六
なきわかれ　一三六
なくかはづ　一八六・一八八・一八九・一九〇
なくからす　二九七・九九二
なくこかな　六〇二
なぐさみに　六七二
なくしかも　六八六
なくちどり　九一七
なくぢややら　九一八
なくなかり　七〇三
なくねこに　五一
なくひばり　一七八
なくものを　六三四
なげだした　三四三
なげつけられし　四〇九
なけなけとしが　九八〇
なけなしの　六二九
なげられし　六七七
なさけあれや　九九一
なすびうま　七一六
なつぎくの　三九七・五〇八
なつこだち　五四六
なつとうの　九一二
なつのせみ　四九六・四九八
なつのつき　三四五・三四六・三四七
なつのよや　三〇九
なつやまに　三四八
なつやまの　三五〇
なつやまや　三四九・三五一
なでしこや　五二五
なでじとすれど　五六八
なでやせめ　六四八
などならぶ　七六七
ななしやくさつて　九六四
ななつくらひの　七五一
なにくはせても　三三三
なにしにでたと　九六二
なにもうたはぬ　六六八
なにをほたえて　一八八
なのはなに　三二六
なのはなの　三二〇・三二五
なのはなも　三二三
なのはなや　三二四

なのりいでたる 三三七
なはしろにふる 一三一
なはしろや 一三〇
なべずみとれぬ 二三四
なべのしり 七七
なほるとでかい 四五八
なまけるな 二八六
なまこかな 九二五
なまりをなほせ 一七〇
なみだかな 四一
なみださきだつ 四二五
なむああと 四六八
なむあみだ 五九八
なむなむといふ 三九
なむばせう 八七九
ならしてでたり 六七六
ならぬあふひの 五二〇
ならぬなり 八九〇
ならのはの 九三四
ならはしや 五七〇
ならぶやどれも 六六六
ならべけり 九五三
ならんだぞ 五〇四

なりてくれるな 九三三
なりにけり 二七五・四一八・五四九・六四九・八四七・九五四・九七〇
なりにふく 九六
なりにもふりにも 七三六
なるいほり 四八八
なるはうへ 四四六
なるひかな 六〇四
なるやうに 四九五
なんてんよ 八九八
なんとして 九二七
なんとなく 一五七
にぎにぎしたり 二三八
にくまれざかりに 三八〇
にげくらし 四九六
にげくらしけり 四九六
にげるがかちぞ 四四九
にげるなり 四八九
にけんまへ 九一九
にこにこみゆる 五八六
にじふしもんの 八一九
にしむひて 五九一
にせいんじや 七三三

につぽんの 七四九
にてくらひけり 八四〇
ににんまへ 三三三
にはとりが 九五六
にはとりの 六三・五六三
にふだう 六三二
にほのうみ 四九七
にほんのかりぞ 七〇〇
にらみあひたり 三〇五
ぬれてうのはな 五五三
ねがへりを 七二五
ねがほみいみい 六八七
ねごころや 一三一
ねござもみへて 三三五
ねこのかよひぢ 二三
ねこのこが 九二七
ねこのこの 七四六
ねこのこひ 一五一・一五三・一五四・一七〇・九六二
ねこのめし 七三三
ねこもしやくしも 六二一
ねころんで 一九七
ねすがたの 四七三

ねずのばん 八〇四
ねずみのなめる 八四
ねたこかな 五四一・八六一
ねたとこが 九八五
ねたりけり 三九五・四〇二
ねておきて 一五三
ねてくふろくじふ 九九六
ねてござつても 二六一
ねてすずしさよ 三一八
ねてみるゆきの 八二五
ねてもみゆるぞ 五四六
ねどこかな 四六一
ねどこから 六七六
ねならんで 三四〇
ねはんかな 一三三
ねはんざう 一三一
ねぶみをさるる 二三
ねまじみらいが 二六四
ねむしろや 三四七
ねるこかな 九三
ねんいれて 七九〇
ねんねんころり 七六五・七六八
ねんぶつの 四四五

のうなしは　八九四
のうめのばくち　二四三
のかぶきや　五七五
のきさらぬこと　五六
のぐそあそばす　三八五
のしもちや　九五七
のぜつちん　二四三
のだいこん　九七一
のたまはく　六八九
のたまふやうな　一四二
のたりのたりと　七七七
のちなにがでる　七九九
のどかさや　六一
のなでしこ　五二六
のばくちや　七三三
のびにけり　一四一
のびぬべし　一八六
のべのうま　一一三
のべのくさ　二九八
のべのてふ　二〇五
のほほんどころか　九八一
のぼりかな　三六三
のぼりきやく　三六五
のますべし　九二
のみかなら　四六五
のみがをどるぞ　四八三
のみさわぐ　四八七
のみのあと　四八四・四八六
のみのかはいさ　四八五
のみのござうつ　五九〇
のわきかな　六四一
のんでからくむ　一六八

は行

はいかいの　四二八
はいかいるふの　七九一
はうぐわんどのを　四〇八
ばうじやくぶじんの　九二六
はうぼうから　四六六
はかのまつかぜ　四三
ばからしや　二九九
ばかりぞわれと　五一七
ばかりなり　四九〇
はぎしみの　七二六
はぎのはな　七四六
ばくちごや　五四七
ばくちぜに　二八四
はこをするなり　一六四
ばさらゐの　九二一
はじいつて　九九五
はしたをどりも　六〇七
はしぶとの　四九一
はしるきじ　一八一
はしをつかんで　九三
はすのはな　四九〇
ばせをきに　七三〇
ばせをきはつひやく　八〇〇
ばせをきや　八〇一・八〇三
ばせをづか　八七六
ばせをぶつ　八〇二
ばせををうの　三三〇
はたうちや　一四八
はだかかな　三八四
はたをおる　七二四
はちたたき　八六五
ばちではきやる　八五六
ぱちぱちすみの　九〇五
はちべゐが　八八〇
はつあはせ　三七八・三八〇・三六六・三七七・三七九
はつうまを　一三四
はつうりを　五四一
はつかりも　七〇五
はつしぐれ　七九一・七八五・七九三・七五四・七九五・七九七
はつしんじ　八〇〇
はつぞらへ　三六
はつぞらを　三八
はつてふに　二〇一
はつてふの　一九九・二〇二
ぱつとゆふがほ　五一五
はつぬのこ　八七六・八七七
はつねかな　一六七
はつはるも　一〇四
はつほたる　四五二
はつゆきの　八二三
はつゆきや　八二三・八三二・八三三・八三五・八三九・八四六・八五四
はつゆきらしや　八五〇
はつゆきを　八三四・八四〇
はつゆめに　四一
はとのみてゐる　五三九

はなうつぎ　五五〇
はなからのらん　五二八
はなさかぢぢが　七三五
はなさきに　四〇三
はなさきぬ　三三三
はなさくまでの　五二七
はなさくや　二五四
はなしするやら　一一三
はなちりて　六四
はなちるや　二八五
はなではなかむ　五一四
はなでふきけり　一五八
はなとぜに　二六一
はなととしよる　三九七
はななでしこに　四七五
はななでしこの　五二四
はなにおはれて　三六八
はなにかほだす　一四三
はなのあな　八六〇
はなのかげ　二五三・二六二・二六四
・二五二
はなのかな　六六七
はなのしなのぞ　九八五
はなのじゃば　二一六
はなのつきのと　二五六
はなのはる　一・四・一〇・一三
はなのよを　二六三
はなびらに　二五五
はなふんづけて　二五九
はなみしらみに　二六六
はなみのまねや　二六五
はなめでたまへ　五一三
はぬけどり　四二一
はねはへて　九八六
はねるぞよ　四八三
はのないくちで　九五八
ははうまが　三五五
ははおやを　八六一
ははがいふなり　三八一
ははこひし　二七三
ばばがもち　四九二
ばばたちや　四一三
ばばどのが　五九二
ばばどのや　九一〇
ばばねこよ　二三七
ははやこひしき　六八六
はひりぐち　一二四
はふこかな　一四四
ばふんかき　六四三
はへうちて　四七四
はへおふもけふが　四七三
はへおふや　四七五
はへがてをすり　四八一
はへばとぶ　二二四
はへひとつ　四七六
はへまでひとを　四八〇
はへむしめらも　四八二
はへよけの　四七七
はへわらへ　一四
はへをおはする　四七八
はまのいへ　六九六
はむはからすの　七五六
はやあきかぜの　六二六
はやくなれ　三八〇
はやくゆけゆけ　一五〇
はやさるる　八七四
はやしこそすれ　三八
はやしりにけり　一六〇
はやだちの　八八二
はやひのとぼる　七九
ばらのはな　五五五
ばらのむし　八三五
はらはらゆきの　八三八
はらりだいじの　六五四
はりしごと　五七六
ばりやこぼして　二一九
ばりをかけけり　七三一
はるがすみ　一〇八
はるかぜに　九三・一〇〇
はるかぜや　九一・九四・九五・九八
・九九・一〇一
はるがゆくぞよ　二九八
はるこまの　五七七
はるさうさうに　二八
はるさめに　八三
はるさめや　七九・八四・八五・九〇
はるたちぬ　二一
はるたつや　二〇・二三・二五・二七
はるぢやげな　四七
はるとなりけり　三五
はるどりや　五六
はるのあめ　八〇・八二・八六・

八七・八八・八九
はるのかぜ　九二・九六・九七
はるのつき　一〇二・一〇三・一〇五
はるのひや　六二
はるのゆき　六八・六九・二九四
はるはきにけり　二三・九六一
はるもはや　二四
はるをまちしか　二九
はるをまつらん　九六〇
はるををしむも　二九九
はをゆるがしぬ　六二九
ばんしてのます　三五五
ひいきめに　八〇九
ぴいぴいうりや　二四五
ひかげばな　五二五
ひがさかな　三八五
ひがしやま　六二
ひきどのの　四四〇
ひきのつか　五五四
ひきもまなこを　五六二
ひぐらしや　七〇八
ひぐれかな　四八
ひげさきに　一五四
ひこぼしの　五八六
ひざがしら　五七〇・六一五
ひさしかな　七四一
ひざだいて　四〇二・七八二
ひざのこの　三三三
びじんかな　八三・三六四
びせうねん　六三一・九〇一
ひだるさよ　三一二
ひつとらまへて　五四一
ひでめしをくふ　五六九
ひとあしづつに　三四九
ひといはひ　五三
ひときたら　五四〇
ひとこぶしづつ　七七三
ひとさすくさは　三一八
ひとざとを　七〇六
ひとそしる　八九六
ひとつなくは　七六九
ひとつばなしや　八九五
ひとつひとつに　七六三
ひとつふねに　八六
ひととうまれて　七七四
ひとなみに　五九四
ひとなみの　九
ひとならば　九二五
ひとにはつげよ　二四八
ひとにはな　二六〇
ひとによばるる　八一〇
ひとねぶつ　七五三
ひとのいふ　九六二
ひとのいへ　五六一
ひとのおや　四五
ひとのかほから　一七八
ひとのかほみる　六三
ひとのかほより　六三三
ひとのくず　三三四
ひとのこと　八三三
ひとのみに　一八〇
ひとのめし　二〇
ひとのよの　三五四
ひとのよや　九四一
ひとはいふなり　七三
ひとはかな　七〇七
ひとむらは　六五
ひともある　二五三
ひとよかな　九八三
ひとよづつ　五七二
ひとよねにけり　二〇二
ひとりかな　三二一・三八二
ひとりがや　三九一
ひとりきげんの　三五一
ひとりきげんや　七七〇
ひとりさめたる　三三九
ひとりとほる　七八一
ひとりばう　七九八
ひとりみや　九六七
ひながかな　六三・六五
ひながなんどと　六七
ひなだなや　一四三
ひなまつり　一四一
ひねくれて　八二六
ひのかたすみに　六七四
ひのきがさ　二六五
ひのくるる　一七八・九一三
ひのくれや　六二三
ひのけもみへぬ　九四八
ひのでかな　三四八
ひのはじめ　一七
ひのみゆる　六四六

ひのもとや 一九
ひひなかな 一四二・二八三
ひひながほ 一四〇
ひひよろがみの 七八四
ひふきだけ 八三二
ひふみをてふの 二一〇
ひまあれや 二八一
ひみじかは 七一二
ひやうぎかな 三四〇
ひやうしとるなり 七一六
ひやくしやうねぎの 七五四
ひやしうり 五三六・五三九・五四〇
ひやつくや 五六四
ひらたくなるや 九九五
ひるがほや 五一〇
ひるになる 五〇一
ひるねしてきく 四〇五
ひるのつき 六一
ひるのてい 二一七
ひろうかな 八六四
ひろはれぬ 七六四
ひろひたび 八八一
ひろふかみありて 一三
びをつくしたる 八七五
びんづるの 八四八
びんぼがみ 八七八
びんぼふぐさ 三一
びんぼふなれし 七四五
びんぼふなれて 三二一
びんぼふゆきと 七六
ひんむしつたる 五九
ぶあしらひ 八二七
ふいとのりけり 七一六
ふえのやや 六二一
ふえをふく 五一三・五七八
ふきすぎる 三五七
ふきとぢよ 二二三
ふきとばされし 四五七
ふきにけり 八一六
ふきのはに 四一一
ふくとかな 九二四
ふくはうち 九五八
ふくみみと 三八一
ふくろふが 六八一
ふくろふの 七七〇
ふくろふも 八一七
ふくろふよ 九八一
ふしぎなり 六〇五
ふじのやま 二三〇
ふしみへかよふ 五五二
ふたおやもちし 一一〇
ふたおやもちし 一五六
ふたつになるぞ 一四
ふぢさくや 二八九
ふつかたてども 五三六
ふつかめにつく 五四二
ぶつきらばうに 一五一
ぶつくさと 九一〇
ぶつくさぬかす 一八七
ふところのこも 一六九
ふとゐなじめる 五二九
ふとんかな 八八二
ふないたに 三一三
ふはふはかかる 八二三
ふはりかな 八四五
ふはりふはりと 四五三
ふまれていたに 六六七
ふむまいぞ 九三八
ふもとまで 七六六
ふゆがれて 九四三
ふゆがれや 九四二
ふゆごもり 八九一・八九二・八九三
・八九四・八九五・八九六
ふゆごもりさへ 八九〇
ふゆつばき 九四六
ぶらりとだいの 七七二
ふられけり 八二八
ふらんどみよや 三八三
ふりかへる 二九一
ふりにけり 八二九・八三一・八三八
ふるきかほして 四一九
ふるざうり 九七二
ふるさとの 六〇八・八二九
ふるさとは 四八〇
ふるさとびとも 八二七
ふるさとみゆる 八二三
ふるさとや 七・六九・二四二・
五五五・七四五
ふるさとをみて 四一
ふるだたみ 二九
ふるとてみみの 八四七
ふるとねや 九二〇

ふるぶすま　八八三
ふるゐかな　一六八
ふろにわかして　一一三
ぶんしちが　一〇三
ぶんしちと　二〇〇
へいけじぶんの　六九六
へいのきたなり　八二一
へくらべが　八九三
へたうぐひすも　一六七
へだまかな　五一六
へちまかな　七六一・七六二
へどだらけなり　六〇四
へともおもはぬ　二七一
へらずぐち　三〇四
へらへらゆきは　八三一
ぼうふらが　四七一
ぼうふりむしよ　四七〇
ほうらいに　三九
ほかほかと　九四七
ほかりほかりや　四八七
ほくほくと　一一四
ほしなもかけし　九一九
ほしならべたる　七七
ほしのかほ　七〇
ほしむかへ　五八二
ほそけぶり　七五九
ほそねぶつ　六七九
ほたえけり　六七・六六一
ほだのいぶるも　九一〇
ほたのひや　九〇九
ぼたもちや　九七
ほたるかな　四四五・四五六・四五七
・四五八・六三六
ほたるこよ　四五五
ぼたんしゃくやくで　五二一
ぼたんとしかた　五三三
ほちやほちやと　八三六
ほつほつと　六四一
ぽつぽともえる　五一〇
ほとけかな　二六三・九五〇
ほとけしやうなる　九二五
ほとけたちけり　四三二
ほとけはなにと　六八九
ほととぎす　四二二・四二三・四二四
・四二六・四二七
ほどはのこして　六九三
ほのぼのと　九四九
ほほづきや　七五一
ほめらるる　九〇九
ほろりほろりや　五五四
ぼんのくぼ　八五〇
ぼんのくぼより　四四八
ぼんのはひ　五七四
ぼんぷしゅう　二八五
ぼんぼんぼんの　五九三

ま行

まいにちみしを　五八
まうすだけしく　七五三
まかりいでたよ　五三
まかりいでたる　九二四
まがりくねつて　三三三
まがるもおなじ　九〇八
まきのはるさめ　七八
まくしかけたる　二〇一
まくらかな　三三一
まけすまふ　六八二・六八三
まけてから　七三七
まけるないつさ　一九二
まさりけり　四八五
まずをがむなり　八七六
まだいくかへり　二九五
またきたぞ　一五二
またことし　三
またしかられな　四二七
またつくる　三四二
またどこへ　四七七
またはじまるぞ　八九三
まだらやま　五六四
まちいつぱいの　七〇九
まちどほしさも　九五九
まちやかさうり　二九六
まちをらん　八四一
まづおさきへと　二九〇
まづおつる　六六〇
まつかげに　五五九・九九六
まつくろな　八六七
まつことひさし　四二三
まづしいぞ　八〇五
まつしまや　七七三・九九七
まつせをさくら　二七九
まつだいむちの　二八五

まつちやま　七九・九四七
まづつつがなし　三一〇・七三〇
まつになく　一五九
まつのせみ　五〇一
まつのつき　四二五・八〇一
まつのはな　二九五
まつよりも　四一九
まづわたこには　八七九
まはりみちせよ　八七八
まひにけり　二一〇
まふけあそびぞ　二六
まへのひとも　二九
ままこかな　七五六
ままつこや　三一九
ままははきぎの　五二五
まめそくさいで　一三
まめつぶほどな　五〇四
まるたでかじる　九三二
まるめこまるる　二一八
まゐりかな　八六三
まんげつに　三九〇
まんざいの　五二
まんざいや　五三
まんなかに　五二四
まんなかに　五七五
まんろくの　三五
みかぎりし　二六八
みかづきに　四二六
みかのつき　二四・四七二・七四八
みからされたる　二六九
みくらぶる　六三三
みごとなり　五二六
みごとにくるる　三〇三
みじかよに　三〇八
みじかよを　三〇七
みすましてしぬ　二六三
みせぢよらう　九四八
みそさざい　九三・九一四・九一五
みたきかな　二
みだじやうぶつの　三二五
みちのくや　四〇八
みちのしめりや　一〇九
みづうみに　四九三
みづうみを　一二三
みづげんくわ　五八九
みづとなるとき　五八九
みづとりのこゑ　九二
みづなどくんで　九六三
みてさへさむき　八〇九
みてらかな　五四四
みてらかな　八一一
みとざかな　三〇九
みとなおもひそ　九二三
みながいこつぞ　三一六
みなしごの　四五六
みなをぢをひの　三九三
みのうへの　三一五・六六一
みのおろかさの　二三六
みはならはしの　五五七・九七二
みひとつや　三八六
みぶるひわらへ　七一七
みほとけや　二六一
みまじとすれど　九九九
みみずのこゑも　五七二
みやうじんの　四一〇・八七三
みやうだいに　四二
みやうりはつたる　七四〇
みやこかな　二五一・四四
みやこのたはけ　八四一
みゆるかな　一九九
みよのあさひに　九二三
みよのはる　一九
みよみよおのが　五〇三
みよみよと　七二七
みるたびに　九九四
みるひともなし　三七四
みをせめる　五八〇
むかしかな　九五九
むかししのぶの　九九八
むかひがね　六七〇
むかへがね　六七二
むぎあきや　五二九・五三二
むぎつくや　五三三
むぎにやつれし　五三〇
むぎぬれて　八一一
むくげかな　七五八
むくげさくや　七五九
むくどりと　八一〇
むくどりの　七九三
むぐらかな　五一一
むぐらから　二一三
むくわんのきつね　一三四

むさいこのよに　六五五
むさいやと　一四三
むさしのへ　九二四
むさしのや　五九七・八〇〇
むしつぶされし　三三六
むしにまで　四五九
むしもすずふる　七二四
むじやうがね　四八二
むしやなどに　九三三
むしりたがりし　六三九
むすめがきりも　一四一
むすめかな　五二四
むだあるき　九九三
むだくもや　三四二
むだやまつくる　三四二
むだよびされし　八二三
むつかしき　三一七
むつのやま　九一
むつまじき　一五六
むつまじげなる　一二一
むつまじや　二〇五・六九〇
むねにつかへる　三〇一
むらいつぱいの　七五
むらおちば　九三六
むらさきの　六八
むらさめに　九二九
むらしぐれ　七九二・七九六
むらちどり　九一八
むらのにんずは　六九九
むらをばな　七五三
むりにげたげた　六八二
めいげつに　六一三
めいげつの　六〇〇
めいげつや　六二〇・六二一
めいげつを　六〇三
めがかすむやら　一一五
めざましの　五三一
めざめてみれば　四四一
めしくふうへを　四四七
めしつぶつけて　一五四
めしのはへ　四七九
めしをうめたる　一一三
めしをくふなり　六四〇
めだしから　三三八
めだまにうつる　七一五
めでたきはるに　三一
めでたさは　四六二・四六七
めでたさも　三四
めにつきまとふ　一二九
めにみへぬ　五〇二
めばかりひかる　八四八
めはなかな　六六
めをぬはれたる　一一六・二五四
めをぬひて　三一四
もういちど　五五
もうぎうしらぬ　八二四
もうみまじ　九九九
もえぎのかやに　三九五
もくぼじは　六〇四
もたいなや　四〇五
もちいちまひの　九五二
もちおふほどに　九五四
もちにつきこむ　六九
もちになる　一三九
もちのでる　九七七
もちふんづけて　九五六
もちをつく　九五一
もつとくねれよ　七四四
もとのいへなしと　九七〇
もどりけり　五〇・四三六
もひとつとまれ　四七九
もみぢして　七五四
もみぢより　七五五
ももたろうこよ　一三八
ももんぐわとて　二九三
もらひけり　九六三
もらひなき　六九四
もりやまで　九七三
もろもろの　七八八

や行

やあしばらく　七九五
やうなかたびら　三七〇
やうなてあしを　六三七
やうなはぐきも　一〇
やうなふたりや　九五一
やうなふとんも　八八四
やがてさくらん　五三四
やかれけり　九〇六
やけぐひを　六二八
やけつちの　四八七
やすみふだ　二五〇

やすよりどのの　六五二
やせがへる　一九二
やせのみの　四八八
やせほたる　四五三
やせまつも　三四五
やせやぶの　一六七
やたらうあらため　二五
やつこらさ　九八二
やつもひとつの　六〇六
やつらかな　五七九
やなぎかな　二九二
やなぎから　二九三
やなぎのいろや　二九一
やなぎのなかや　二九四
やぶいりが　四四
やぶいりの　二三五
やぶいりや　四三・四五
やぶかかな　四六八
やぶじりの　八八
やぶとみえしが　八六七
やぶむらや　三二一
やへやまぶきの　四六三
やまがかな　六八八
やまがになる　八〇七
やまからこぞう　七九二
やまからみたる　三六三
やまぎりや　六四三
やまでらや　八二〇
やまとぢや　二九七
やまにゆき　八四七
やまのうへにも　四一七
やまのかね　四七四
やまはきつねの　五六〇
やまぶきや　二九〇
やまみづくさき　五四三
やまやおもはん　七八九
やまやきの　一四六
やまやきや　一四五
やまやこひしき　一八一
やまよりほかに　三七四
やまをみる　四三八
やみのよの　八五〇
やよからす　九三八
やよほたる　四四九
やりもちどのの　六九八
やれうつな　四八一
ゆうぜんとして　四三八
ゆうひかげ　七〇九
ゆきがきへれば　七四
ゆきかきまぜて　一四七
ゆきがふうはり　八四五
ゆきげかな　七七
ゆきごしやく　八三七
ゆきじるの　七一
ゆきちるや　八二六・八三〇・八四三
・八四四・八四九・八五二
ゆきつぶて　八八九
ゆきとけて　七〇・七二・七五
ゆきにくるまる　八三六
ゆきのそこなる　八二〇
ゆきのひも　八二四
ゆきのひや　八二七・八五一
ゆきのふる　八五三
ゆきのよや　八四二
ゆきぼとけ　八八八
ゆきゆけゆけ　八四一
ゆくあきぞ　七七一
ゆくあきを　七七二
ゆくかかな　四六九
ゆくかりに　一八三
ゆくかりや　一八二
ゆくさきざきは　五六一
ゆくさきも　六三五
ゆくとしも　九六九
ゆくとしや　九七一・九七二・九七三
ゆくとしを　九七〇
ゆくはるの　二九六
ゆくへみおくる　三一一
ゆけほたる　四四六・四五〇
ゆさゆさと　二九八
ゆでじるの　一〇二
ゆにいりて　九八七
ゆびさしも　五二〇
ゆびさすはじめ　二三三
ゆびでじをかく　七七九
ゆふかげや　五三九
ゆふがすみ　一一二
ゆふがほの　五一二・五一四・五一六
ゆふがほや　五一三
ゆふぐれとや　一五九
ゆふぐれや　一五七・六一八
ゆふざくら　二七五

ゆふしぐれ　七八九
ゆふすずみ　三一〇・三一五・三一六・三二〇・三二一・三二三・三二六・三二七
ゆふだちかな　三三五
ゆふだちに　三三七
ゆふだちや　三三八・三三九
ゆふづきの　五〇七
ゆふづきや　五九五
ゆふつばめ　一七六
ゆふつゆや　六四六
ゆふふじに　一八九・一九四
ゆふべかな　五八五・六七七・六九一・八一四・八二五・八三四
ゆふめしの　三五九
ゆふめしも　五四三
ゆふやまかげの　一一一
ゆふよそほひ　二八九
ゆめやみつらん　四九一
ゆらりゆらりと　四五四
ゆりなほすらん　一七
よいとしとるか　八八五
よいひやら　四八三
よいほどの　一〇九
よいまつり　三三六
ようなしと　六五五
よかぐらや　九四〇
よがなほる　四五八
よかはかな　七一四
よがよいぞ　六〇七
よがよくば　四七九
よけてすわるや　六七八
よこあかりなる　二〇九
よこにくはへて　三六六
よこまちに　五九〇
よざむかな　五六三・五六五・五六八・五六九・五七一・五七三・五七四
よしうかな　九九六
よしきりや　四三四
よすずみや　三三三
よそのぜんにて　四
よそのまど　五五七
よそばうり　八三〇
よたかはつきに　八五七
よつくきけ　四八二
よづゆうけよと　六四八
よつゆはらひて　六五六
よなほしかぜや　四四三
よなりけり　一七九・七九一
よにあいた　三七二
よにあはぬ　九四六
よのなかや　二〇四
よのなかよ　六六〇
よのなかを　一七
よのふける　七六三
よはくらき　九二一
よはしまひ　八七四
よばひぼし　五八一
よはむかしなり　三七五
よひのあめ　一三〇
よぶうちに　四五〇
よぶこどり　一六五
よぶねかな　一四六
よぶほたる　四五一
よべのわらひが　八六八
よみづかかりぬ　三四六
よめいりあめ　五六〇
よめがきみ　一四三
よりのけられて　三三四
よるのあめ　一三一
よるのせみ　四九一
よるのそら　九九〇
よるのゆき　八二一
よるもさはるも　五五五
よをうぢやまも　四一三

ら行

らかんがほして　七八二
らくがきみえて　七八三
らくにねよ　七〇〇
らんのかや　七四八
りんとして　六四二
りんとしてある　四八
りんりんと　三五八
るすゐもひとり　六〇八
ろくじうがほの　九六六
ろくじうねん　六七五
ろくじうの　九八二
ろくぬすと　六七
ろのはたや　八六八

わ行

わがいほは　六六二・七五二

わがうへに　五三四
わがかどを　三六三
わがきくや　七三六
わかくさや　二一六
わがさとは　一一七
わかたけの　三八九
わかなかな　五八・五九
わがなすことは　五〇二
わかなつみ　六〇
わかばかな　五四三・五四五
わがはつぞらも　三一七
わかばのあかい　五四四
わがはるも　八・三三
わがはるや　三〇
わがほしは　五八三・五八四
わがままざきが　五二六
わかみづあびる　四二
わがみとなるや　九八七
わがみのうへか　九九二
わがみをわれが　八〇四
わがやかな　九九九
わがやどへ　九五五
わがやどめかす　九〇二
わがやもいしに　四九五
わかれけり　一五一
わかれともなし　一〇八
わけてやる　九〇七
わすれませうぞ　九二七
わたしぶね　四〇六
わたむしろ　八七八
わたゆみや　八七三
わたりどり　七〇六
わらたたき　三三九
わらぢせん　三三四
わらであしふく　一二四
わらのひの　八二一
わらびかな　三三九
わらひがほ　一三九
わらひけり　六八二
わらふめつきや　六八一
わらべかな　三九
わるどしは　九八四
われこしらへし　四五五
われときて　一六三
われとすずめと　二一六
われなんぢを　四三三
われにかかるや　六四七
われにはあすの　一七六
われにひとしき　七三三
われのみならぬ　六
われはひからぬ　四五六
われもけさ　二三〇
われもはなより　二五八
われらぎは　四二四
われをくをとや　四三〇
わんといへ　九六八
わんぱくや　四五一
ゐくびにきなす　八八〇
ゐざりけり　三八八
ゐてもさむいぞ　八〇五
ゑのこかな　四九
をさなごや　二三八
をさなごや　二四六
をしへけり　九三一
をだのかり　六九五
をだのつる　九六九
をとこかな　七七二
をどりかな　六七四
をどりげた　六七六
をどりばかさん　二三七
をどるよもなく　六七五
をののえの　九七五
をばすての　三五二
をばすては　六八四
をみなへし　七四四・三五一・七四五
をんじやくの　六〇
をんなもすなり　九六五
んめのはな　二三九

一《いっ》茶《さ》句《く》集《しゅう》

現代語訳付《げんだいごやくつ》き

小林一茶《こばやしいっさ》　玉城《たまき》 司《つかさ》＝訳注

平成25年 8月25日　初版発行
令和7年 2月25日　17版発行

発行者●山下直久

発行●株式会社KADOKAWA
〒102-8177　東京都千代田区富士見2-13-3
電話　0570-002-301（ナビダイヤル）

角川文庫 18119

印刷所●株式会社KADOKAWA
製本所●株式会社KADOKAWA

表紙画●和田三造

ISBN978-4-04-401007-2　C0192

角川文庫発刊に際して

角川源義

第二次世界大戦の敗北は、軍事力の敗北であった以上に、私たちの若い文化力の敗退であった。私たちの文化が戦争に対して如何に無力であり、単なるあだ花に過ぎなかったかを、私たちは身を以て体験し痛感した。西洋近代文化の摂取にとって、明治以後八十年の歳月は決して短かすぎたとは言えない。にもかかわらず、近代文化の伝統を確立し、自由な批判と柔軟な良識に富む文化層として自らを形成することに私たちは失敗して来た。そしてこれは、各層への文化の普及滲透を任務とする出版人の責任でもあった。

一九四五年以来、私たちは再び振出しに戻り、第一歩から踏み出すことを余儀なくされた。これは大きな不幸ではあるが、反面、これまでの混沌・未熟・歪曲の中にあった我が国の文化に秩序と確たる基礎を齎らすためには絶好の機会でもある。角川書店は、このような祖国の文化的危機にあたり、微力をも顧みず再建の礎石たるべき抱負と決意とをもって出発したが、ここに創立以来の念願を果すべく角川文庫を発刊する。これまで刊行されたあらゆる全集叢書文庫類の長所と短所とを検討し、古今東西の不朽の典籍を、良心的編集のもとに、廉価に、そして書架にふさわしい美本として、多くのひとびとに提供しようとする。しかし私たちは徒らに百科全書的な知識のジレッタントを作ることを目的とせず、あくまで祖国の文化に秩序と再建への道を示し、この文庫を角川書店の栄ある事業として、今後永久に継続発展せしめ、学芸と教養との殿堂として大成せんことを期したい。多くの読書子の愛情ある忠言と支持とによって、この希望と抱負とを完遂せしめられんことを願う。

一九四九年五月三日

角川ソフィア文庫ベストセラー

新版 おくのほそ道
現代語曾良随行日記付き
松尾芭蕉
訳注／潁原退蔵・尾形仂

芭蕉紀行文の最高峰『おくのほそ道』を読むための最良の一冊。豊富な資料と詳しい解説により、芭蕉が到達した詩的幻想の世界に迫り、創作の秘密を探る。実際の旅の行程がわかる『曾良随行日記』を併せて収録。

新版 好色五人女
現代語訳付き
井原西鶴
訳注／谷脇理史

実際に起こった五つの恋愛事件をもとに、封建的な江戸の世にありながら本能の赴くままに命がけの恋をした、お夏・おせん・おさん・お七・おまんの五人の女の運命を正面から描く。『好色一代男』に続く傑作。

新版 日本永代蔵
現代語訳付き
井原西鶴
訳注／堀切実

本格的貨幣経済の時代を迎えた江戸前期の人々の、金と物欲にまつわる悲喜劇を描く傑作。読みやすい現代語訳、原文と詳細な脚注、版本に収められた挿絵とその解説、各編ごとの解説、総解説で構成する決定版！

曾根崎心中 冥途の飛脚
心中天の網島 現代語訳付き
近松門左衛門
訳注／諏訪春雄

徳兵衛とお初（曾根崎心中）、忠兵衛と梅川（冥途の飛脚）、治兵衛と小春（心中天の網島）。恋に堕ちた極限の男女の姿を描き、江戸の人々を熱狂させた近松世話浄瑠璃の傑作三編。校注本文に上演時の曲節を付記。

改訂 雨月物語
現代語訳付き
上田秋成
訳注／鵜月洋

巷に跋扈する異界の者たちを呼び寄せる深い闇の世界を、卓抜した筆致で描ききった短篇怪異小説集。秋成壮年の傑作。崇徳院が眠る白峯の御陵を訪ねた西行の前に現れたのは——（「白峯」）ほか、全九編を収載。